國家圖書館藏鈔本毛詩稽古編

〔清〕陳啓源 撰

1

中華書局

圖書在版編目 (CIP) 數據

國家圖書館藏鈔本毛詩稽古編：全 2 册 / （清）陳啓源撰 . —北京：中華書局，2017.1

ISBN 978-7-101-12200-8

Ⅰ. 國… Ⅱ. 陳… Ⅲ. 《詩經》—詩歌研究 Ⅳ. I207.222

中國版本圖書館 CIP 數據核字 (2016) 第 241957 號

責任編輯：張　昊
封面設計：劉　麗

中華書局　古逸英華

國家圖書館藏鈔本毛詩稽古編
（全二册）
〔清〕陳啓源　撰

*

中 華 書 局 出 版 發 行
（北京市豐臺區太平橋西里 38 號　100073）
http://www.zhbc.com.cn
E-mail:zhbc@zhbc.com.cn
三河弘翰印務有限公司印刷

*

889×1194 毫米 1/16 · 71⅜印張
2017 年 1 月北京第 1 版　2017 年 1 月三河第 1 次印刷
定價：1200.00 元

ISBN 978-7-101-12200-8

出版説明

《毛詩稽古編》三十卷，清陳啓源撰，清鈔本。本書半葉十行，行三十一字，小字雙行字同，無板框行格，書高二十八點八釐米，寬十七釐米，現藏中國國家圖書館。

清代經學研究以訓詁考據見長，學風平實，號爲「樸學」。在詩經學研究方面，自宋代「朱子學」興起以來，以名物訓詁爲主要特色的「漢學」備受壓抑，這種狀况一直延伸到明末。在清代，以陳啓源、惠棟、胡承珙爲代表的一批經學家，將漢學講求訓詁、考據、名物的學術傳統重新引入詩經學研究，並確立爲學界的主流思想，可謂開一時學術風氣之先。

陳啓源，字長發，吴江（今屬江蘇蘇州）人，明末諸生。平生喜讀書，晚歲精研經學，間談佛教，有《毛詩稽古編》《尚書辨略》《讀書偶筆》《存耕堂稿》傳世。《清史稿》有傳。

《四庫全書總目提要》對陳氏《毛詩稽古編》作出了較爲全面的評價，兹引述如左：

啓源此編，則訓詁一準諸《爾雅》，篇義一準諸《小序》，而詮釋《經》旨，則一準諸毛《傳》，而鄭《箋》佐之。其名物則多以陸璣《疏》爲主。題曰《毛詩》，明所宗也。曰《稽古編》，明爲唐以前專門之學也。所辨正者惟朱子《集傳》爲多，歐陽修《詩本義》、吕祖謙《讀詩記》次之，嚴粲《詩緝》又次之。所掊擊者惟劉瑾《詩集傳通釋》爲甚，輔廣《詩童子問》次之。其餘偶然一及，率從略焉。前二十四卷，依次解經而不載經文，但標篇目。其無所論説者，則並篇目亦不載。其前人論説已明，無庸複述者，亦置不道。次爲《總詁》五卷，分六子目，曰《舉要》、曰《考異》、曰《正字》、曰《辨物》、曰《數典》、曰《稽疑》。末爲《附録》一卷，則統論《風》《雅》《頌》之旨。其間堅持漢學，不容一語之出入，雖未免或有所偏，然引據賅博，疏正詳明，一一皆有本之談。蓋明代説經，喜騁虚辨。國初諸家，始變爲徵實之學，以挽頽波。古義彬彬，於斯爲盛。此編尤其最著也。〔一〕

陳氏此編在清代學術界流傳甚廣，各種鈔本、刻本層出不窮。本次我們以國家圖書館所藏清鈔本爲底本，全文影印是書。書中天頭多有錢坫（字獻之，清代書家，錢大昕之侄）墨筆批校文字，惜個別文字爲前人修書時裁去。行間亦有朱筆校注，考訂詳細，足徵參考之用。惟原書開本過大，本次影印時稍加縮小，以供研究者使用。

中華書局編輯部

二〇一六年十二月

〔一〕〔清〕永瑢等撰，《四庫全書總目》卷一六，北京：中華書局，一九六五年，一三二頁。

目録

毛詩稽古編叙

昔夫子刪定六經而其自言曰信而好古夫三王五帝之事若存若亡葢有不可深求者矣如河圖洛書出苞吐符天人相接此與後世之天書何異而夫子顧信之不疑下至商羊兩象汪芒僬僥之類尤為龎守嵬瑣夫子亦時時述而識之葢其學綜墳典徵文獻稟師傳苟古人之所有無不亟求詳慎而不敢以私見汩亂其間此所以為善述也詩叙出於子夏之徒夫小毛公亦秦漢間人訓詁視它經冣古鄭康成取其義而為箋卽不免踳駁自有聖門闕疑之法在今人槩黜為鄙書螙說此不可解一也爾雅一書古人專以釋經亦子夏之徒為之至六書必祖說文名物必稽陸疏皆先儒說詩律令今人動以新義掩古義今音證古音此又不可解也說者謂考亭集傳頒諸功令學者不敢異同然考亭嘗為白鹿洞賦

中云廣青衿之疑問樂菁莪之長育仍不用己說門人問之曰敘說自不可廢然則
考亭之意亦豈欲學者之株守一家而盡屏除漢唐以來諸儒之箋傳如今之人
安於固陋荒忽者哉余向為通義多與陳子長發商榷而成浹服其援據精博近
乃自成稽古編若干卷悉本小敘注疏為之交推旁通余書猶參停今古之間長
發則專宗古義宣幽凌滯劈肌中理即考亭見之亦當爽然心開欣然解頤嗚呼
經學之荒也荒於飆一先生之言而不求其是苟求其是必自信古始夫詩之有
敘也猶江之發源羊膊嶺也毛鄭則出玉壘過灩瀩而不時也後儒之說則歷三
峽分九道汩汩然莫知所極今與之尋源嶓山使知緣厓數百激湍萬里之皆濫
觴於此也豈非記所云先王祭川必先河而後海之義乎世有溯源三百者必能
尊奉此書為敘敘言未墜長發其竢之而已同學弟朱鶴齡撰

憶甲子歲拜先生於城東之存耕堂，遂請先生所箸之毛詩稽古編假館於葉氏，朝夕披翫，不忍釋手。是年秋，訪善書人鈔謄一本，先生即因而校正其誤。適禾中曹司農溶好古博聞，搜仿遺書，尤致意於六經講義，既得宋元數十種以請政，復攜此書以至禾，相晤於采山堂上，繙閱數卷，即已醉心，歎為未有，不徒卓議宏恉超出乎宋元以上，且使漢儒師授洗剔一新，其有功於四始六義者不淺，遂留此書與諸經義藏之於塾。稷念此書未付剞氏，世無副本得流傳於浙水，後有識者當不負先生苦心也。然而顧衍篋中失此，未免不忘。其後奔走於衣食，由歙而燕京而三晉而齊魯，數十年間無不鹿鹿塵坌，雖欲理舊編且不可得。己卯冬抵家，庚辰遭悼亡之戚，辛巳家居無以娛朝夕，念先生歿又數年，其手筆藏於家，子孫世守之，因謁諸弟昆而請焉，果不惜秘本，出以相示，則卷一至三十皆先生手自繕寫字體一遵許徐毛氏古本不雜以俗下變體點畫不苟音注派別洵非一朝一夕所成稷欲悉遵其故則入念自今讀之者必將驚詫甚有不終卷而輟者計其字體之不涵古體之可不遵與夫無傷於義有便於經者槩以時下習書錄之非敢擅易元本以自便也猶記先生脱稾時亦皆从俗書即甲子所鈔之底本亦不純用古字想先生若在見此當未必以為非獨未得如笞日就正而親校其誤記先生自言校字之難即如此本自箸之自鈔之自校之至五六過而謬者尚有十之一況今既易手點勘雖畢其能無疏漏乎先生父諦志中志皆作意或作記作書顛末已見朱長孺叙及先生跋文先生殁於己巳之冬距今十又三年稷既卒業為記其前後所借鈔之帙凡有三其原本二先生手筆也藏抒耕堂其一留禾中司農殁後子彥械登第後書未撤或云崑山得之已一即此合四本至於詩

解蘊義侍先生日少未得親承指示不能贊一詞云康熙辛巳夏日門人趙嘉稷

百拜謹識

毛詩稽古編目録

卷弟四

鄘 衛

卷弟五

王 鄭

卷弟六

齊 魏 唐

卷弟七

檜 陳 檜 曹

卷弟八

豳

節南山之什

卷弟十四

谷風之什

卷弟十五

甫田之什

卷弟十六

魚藻之什

卷弟十七

大雅

文王之什上

蕩之什下
卷弟二十三
頌
周頌　清廟之什　臣工之什　閔予小子之什
卷弟二十四
魯頌駉之什　商頌那之什
卷弟二十五
總詁
舉要
卷弟二十六

毛詩稽古編卷弟一

東吴陳啟源長發述

敘例

先儒釋經惟求合古後儒釋經多取叓新薆詩有魯故韓故齊后氏孫氏故毛故訓傳書有大小夏矦解故故者古也合於古所吕合於經也後儒猒故喜新作聰明吕猷亂俗作之弃雅訓而登俗詮緣叔世吕證先古為說鑰彌俗作巧舉經益離源也惑之竊不自揆欲參伍衆說尋流溯源推求古經本指吕挽其弊而諸經注疏惟毛詩敘傳最古擬咨从事焉適吝孺朱子吕所箸俗作著毛詩通義見示畀商確其疑因鋭意搜討加吕辨證得一義輒札記之積久得如干條𢑴俗作彙輯成帙名之曰毛詩稽古編云尔原古人釋經多由師授不㜃專俗作據經本況詩得於諷誦非

一

竹帛所書確有畫一諸儒傳寫師讀各分經文亦互異故字與義有不必相符者非得師授豈能辨其孰是哉今師授雖絕而傳義尚在尋繹傳義以攷經文其異同猶可正也此當稽古者一也又古今文義差殊若胡越之不同聲矣毛鄭字訓率宗爾雅於今俗為驚俗狃古實屬恒詮不可易也用古義以入今文固難說時人之目彊古經以就今義亦豈合古人之心乎夫積字而有句積字句而有篇章字訓既譌篇恉或因以舛非小失也此當稽古者二也又三代迄今乘（俗作垂）二千載離搆刓𣃘匪一日之積時世屢更風俗迴異古聖賢行事因乎時自宜於古者未必宜於今嗟據今人習俗併謂古人盡其事亦非通論也惟夫身於古世以論斷古人斯詩之性情得矣此當稽古者三也又若弁（俗作弁）冕車旂之制爵斝俎豆之儀籥會饗燕之規禘祫郊丘之議焚書之後典禮盡憑聚訟以還是非莫定此

皆雜臆決者至於山川陵谷屢易其形艸木禽獸不恒厥性祇可即古以言古不可迻俗僭移古以就今其地名物類間有相同非俚俗之流傳即文人之附致縱或偶符於古豈容為證於經抒其信而闕其疑勿以今之侶敵古之真竊謂有一得焉古今為詩學者無慮數十家其說燦乎備矣今日論詩不必師心以逞惟當擇善而从故斯編止參酌舊詁不剏立新解

集傳大全今日經生尚之而注疏久亡於國學故所辨證茲二書為多其魏晉六朝諸家之說則正義所引用也其宋元諸家之說則集傳所未取大全所編輯也故辨證尤夂焉若近儒所箸尤互有得失但此世尠俗鮮僭尊信無庸置喙焉尒

折衷眾說必引據古書擇其義優者以決所从不敢俗敢佗憑臆為斷其引據之書必明箸於編俾可覆叠取驗示傳信也其限於見聞疑而未定者謹闕所不知不

敘妄論

引據之書㠯經傳為主而兩漢諸儒文語次之㠯漢世近古也魏晉六朝及唐人次之㠯厺古稍遠也宋元迄今厺古益遠又多鑿空之論僞託之書非所取信焉其援據詳明議論典確鄙見賴㠯觸癹俗作發者亦百有一二焉肎人謬誤已經它書指摘者槩不贅及其指摘有未盡則曲暢之必先云某說如此不敢攘人之美也若指摘未當則加駁難

長孺通義駁正羣言最為允當頗亦采録鄙說余之述是編㠯補通義之未備也但讀書論古不必大異亦不可苟同故斯編持說閒有與通義殊者各从所信也其同者不復覼縷若所見雖同而說有更進亦不憚詞費正欲使此兩書相輔而行耳

凡有辨難必述原說吕引其耑（端俗）偕習見者略述之希見者詳述之其所援據夾咲至引述諸儒或吕名或吕字或吕氏或吕書偶因文便非義例所抒

此編之例有悞則辨奪則置之或一語而頻及或連章而闕如非同訓釋家句櫛字比也故止題篇什不載經文

辨證諸條各隨本詩為次釐為二十四卷其有義統全經詞連數什則別為五卷寘諸後名曰總話復類分之為舉㪅（俗作要）為攷異為正字為辨物為數典為稽疑凡六門焉

總話之後又繼吕附録一卷凡經注譌脫已刊稽疑而辨析未詳者傳箋釋文字義故實須加攷證者辨證詩義因而旁及它典者論斷已明尚有餘意未盡者後儒之說未甚箸聞而其誤須辨者暨義稍戱常聞亂人河濼其言者三家詩說可

三

為博聞之助者皆棄入焉其肯後仍巳經為次

字體譌陋於今極矣有俗體之譌如鰲澄按極飲嚮覓匝等有借用之譌如叩侯専移沾篤等有妄減之譌如韓雪雷衞薛戟等有妄增之譌如蔽爐寂熟栖烹等有分一字為二字而譌者如瀾與漣齊與鉢臚與膚等有合數字為一字而譌者如省渻宵皆作省俗詒匃皆作合叓侵𠷎皆作侵奉物皆作忽𪏭秩戴皆作秩等有因形近而譌者如憂夏憂叚叚李孝等有因音近而譌者如鋌錠斂匈但祖等與借用但同而實異此類不勝屈指取假俗書準於古義大半皆譌繕寫斯編本欲加釐定一遵古體又慮太驚俗目俾覽者芒然然必致廢書而歎今止於點畫閒斟酌雅俗略正其一二務令時目一覽便識其稍晦者注於本字下每卷止注皆一字每見者不復注至經文字體則別詳總詁正字門

國風

十五國次第先儒多有論説惟孔沖遠程正叔差長與於删詩本意未必合也巳

今國風較之吳季札所聞止邶鄘秦俗二風是聖心更定餘皆國史之舊源謂國史
次第原無取義夫子述而不作各仍其舊文獨更置邶鄘以示意爾殷邶以近雅
先儒之說允矣至抑秦於魏唐之後其義猶鼓嗌竊嘗思之唐即晉也春秋諸國
齊晉秦楚為大楚雄南裔秦起西俗戎惟齊晉更霸有功王室齊霸僅桓公一身
晉自文公以後世為盟主晉失霸天下無復宗周春秋之不遽為戰國晉之力也
夫子先唐於秦殆以存俗周室與文案十五國除周召王豳天子畿內邶鄘魏檜
先亡外餘為國者七耳其衛鄭齊陳曹五國皆服俗服於晉雖先晉無嫌也獨秦倔
彊西垂與晉世為讎敵如侵先之則疑於二霸矣故抑秦所以尊晉也尊晉所以
尊王也

周南 正風

關雎

集傳釋關雎合毛鄭而取匡(俗匡)衡通義辨之當矣案伊川(一卷)箸(新解)解關雎敘云關

雎之義樂得淑女為后妃而配君子配惟后妃可侢(非)稱何為求淑女為配程曰淑

女即后妃與衡意同朱子从匡(俗亦从)程也㕛論古人文義正不如伊川言兔罝

篇云公侯好仇是(俗)武夫可配公侯也假樂篇云率由羣匹是羣臣可配王也書

召誥云(讎)民百君子是君子可配民也(此孔傳之義今解非是)如豈嬪御輩必不可侢配邪又

曰淑女為后妃儀空於首章耳次章寤寐思服輾轉反側指文王則妨於義不指

文王又奄可指其說難通矣嚴緝(宋嚴粲箸詩緝)曰好逑為后妃而釋荇菜仍為膃體釋

求支樂仍指嬪御則左右流之為求荇菜寤寐求之不得為求淑女何語意之不

相應乎乎又大全載朱子之說言此詩乃妾媵(俗作)為之故能形容寤寐反側之

事昰直謂文王思淑女至卧不安席也殆與月出澤陂（俗陂）相岙奩幾尚得為性情

之正兮况文王未婚不應先有妾媵因又為之說曰此乃大王王季舊宮人作（俗作）

（亦見大全）夫文王寤寐間事舊宮人何自知之尤（俗尤）礙於理矣

王雎之鳥解者不一詩爾雅疏皆載郭氏（璞）陸氏（璣）楊雄許慎二氏三說郭云雕

類今江東謂之鶚陸云如鴟深目目上骨露幽州人謂之鷲揚許云白鷹似鷹尾

（俗尾）上白嚴緝獨取郭義謂鶚鳥不再匹夫則異處是有別也徐鉉陸佃皆云鶚性

好跱每（俗每）夫不遂（俗移）處所謂鶚夫義取諸此據此則鶚之為鳥有慎固幽深語傳之

象（俗最）厠合與義當是也若夫鷂夫名雕與鶚同類而別鳥白鷹尾白鶚之別種三

說相岙不遠郭獨得其正矣鄭樵通記吕為梟類尾有一點白是因白鷹尾白而

傅會也朱子祖其說又詢諸淮人家（俗遂）釋之曰狀（俗状）類梟鷲今江淮間有之嗳白

鷹侶鷹不侶凫江淮之鳥未可㠯證周南近世名物疏馮復京箸駁之良是

雎爾雅說文皆作鴡从鳥且聲七余切音近鶵陟砠叔苴溱沮音夫同皆清母也

今人多讀如菹醢之菹葢承俗承正韻子余切之誤又惟與雎異睢从目隹聲許規

切仰目也又息追切水名

毛傳雎鳩摯而有別箋申其意㠯為摯之言至疏又申之云雌雄情意至𦣻俗厚

而能有別㠯興后妃說樂君子情深猶能不淫其色傳為摯字實取至義箋疏皆

善述傳義矣葢至與別義正相反合之方見后妃之德若作鷙解文義偏枯矣集

傳云情意深至夫箋疏之意也歐陽修本義曰不取其摯但取其別錢氏詩詁夫

譏箋義為非皆未喻傳意案雎乃鵰類定是鶚鳥古鷙摯字亦通用但詩人取義

在至不在鷙耳

窈窕毛云幽閒也又云是幽閒貞婦之善女明是指悳而言非謂所處之宮也箋

疏釋為深宮而謂毛意大嘆誤矣且毛傳淑女皆就未得時言安得先在深宮乎

韓詩薛君名漢東漢人章句云窈窕貞婦皃見文選李善注正與毛意同

逑本訓斂聚關雎好逑釋文云逑本亦作仇又禮記及漢書注文選注引此詩皆

作仇則仇字為正矣案周南兩言好仇大雅言仇方毛皆訓匹鄭皆訓怨耦小雅

之手仇毛亦訓匹毛義長矣爾雅云仇合也又云仇匹也此兩訓皆為詩設也怨

耦之解見左傳說文亦引虞書云怨匹曰逑益亦古義嘆非所以釋詩鄭泥於怨

耦之訓謂詩好逑是和好衆妾之怨者不亦迂乎

關雎二三章毛皆以未得時言故求是未得而求友樂則預計初得時事也鄭皆

以己得時言故求是追溯其初而友之樂之正言助祭時事也如毛意則琴瑟

鐘鼓為淑女而設如鄭意則為神而設毛義勝矣琴瑟喻其和平鐘鼓象其美大

正形容之樂之情若為神而設與之樂何預哉孫毓主毛良有見

荇蓴相類實二艸也蓴葉圓荇稍銳而吞字本作莕荇乃菫文爾雅莕接余其葉

苻是也說文作莕菨餘夏有華或黃或白實大如棠梨中有細子艸本疏（吳陸璣箸）言

此菜可按酒而蘇頌圖經（宋仁宗時本艸）謂今人不食醫方鮮用意古今物性不同乎又

唐本艸（蘇恭等修）及埤雅（宋陸佃箸）皆目為荇即鳧葵夙誤案周禮醢人注魯頌毛傳並云

茆鳧葵說文及廣雅（魏張揖箸）之說亦同茆乃蓴也豈荇乎

左右流之左右音佐佑助也嬪御助后妃求之也集傳訓為奄方則於芼義難通

矣朱子目芼為熟而薦之也熟而薦之於禮當有常所安得云奄方乎案檀弓左

右就養無方又二左右就養有方有方無方皆可言左右矣又案佐佑俗字也助

義本作左右其左右手字本作ナ又今用左右為ナ又手字而別作佐佑字㠯當
助義非古也詩無佑字而佐字見六月下武韓奕奕三詩餘則手義助義併溷用
左右字盇衞包改經字有改之未盡者故雅俗互見也後儒徒守俗訓多誤解
流訓求爾雅毛傳同古字義本如此朱傳釋為順流而取之則經文為不詞矣況
流既為取則侵采義故訓采為取而擇之采既為擇則又侵芼義故又訓芼為孰
而薦之三字訓始相因而易
古注字訓必有本不敢用臆說如輾轉反側箋云臥而不周曰輾疏引書傳帝猶
反側晨興見反側既為一輾轉夫為一併為臥而不周入澤陂詩輾轉伏枕伏枕
昰身伏而不周輾轉與連文義定相同又何人斯箋以輾轉釋反側愈知四字義
同盇此四字兩見詩關雎無言之澤陂何人斯各言之疏㠯詩證詩析四字為二
七

義見其大同而小異不甚分別也張揖廣雅云展轉反側也殆取何人斯箋而倒其文變之四字義本同矣朱傳始析之曰輾者轉之半轉者輾之周反者輾之過側者轉之留語甚新美可喜嘆不知何本又釋文云輾本亦作展呂忱从車展則輾字殆始於字林說文有展字無輾字玉篇展轉二字皆訓轉無二義澤限輾字釋文亦云本又作展是知車旁皆後人加也近世錯凡夫名宦光著說文長箋言輾字是報字之改非是報轢也尼展切與輾字音義俱別

傳旨芼為擇與爾雅異義爾雅云芼搴也俗搴也孫炎注云皆擇菜也某氏云搴猶拔也郭璞云拔取菜也某郭䴖釋雅文孫則旁顧詩傳嘆旨擇釋搴於義離矣孔疏引其文又申之曰拔菜而擇之蓋欲通兩義為一但拔與擇原各一事合之終屬丞斷非確解也源 謂詩雅兩芼字文同而義異毛就詩釋詩不必援雅為據矣案

詩芼字當作覒說文云覒擇也玉篇夫訓擇因引詩左右覒之詩字多假用芼乃覒之假耳毛云擇者本訓覒不訓芼孫據毛以擇雅孔援雅以合毛皆過也又案覒說文讀如苗徐莫袍切皆平聲玉篇莫到切則去聲詩釋文同玉篇

禮惟羹俗羹用芼所謂鉶羹之芼也后夫人助祭薦菹不設羹故箋云后妃供荇菜之菹而傳夫訓芼為擇宋董氏名逌箸廣川詩故云芼而薦之曰芼則直是羹矣菹生釀之不用芼也集傳以荇菜為興故从董說夫奄害但王后采荇夫人采蘩大夫妻采蘋藻皆實事也召南為賦而周南獨為興亂非詩指

葛覃

葛覃敘述后妃在父母家事朱子辨說譏之因又謂未嫁時自當服勤女功不足偁述此亂非確論豪家女子生長富貴不知絲枲為何事往往而有況大姒大邦

八

邦俗之子哉餘辨見通義

躬之無斁箋云躬整也謂整治絺綌是未成布時也今解為躬之於身是既成衣時也由箋說見后妃之勤由今說見后妃之儉義俱通但后妃之儉於下章澣濯見之則此章專言勤優矣

害澣害否毛以為問詞鄭以為無所偏否皆當澣之竊謂毛說勝也上以污澣對言此以澣否對言意各有當如鄭說則太複矣孔疏右鄭以為有問詞而無總詰殆非文勢故不從傳殊不知澣濯細事不敢自專必詢師氏正見其尊敬師傳詩人設為商度之詞以形容后妃之心耳何必有答詞方見其為問哉毛云私服宜澣公服宜否自論澣否之常非代詩人答也疏語未當

卷耳

今吕卷耳詩為后妃思念君子覘不嗼婦人思夫之詩如伯兮葛生采綠諸作見
於變風變雅所吕閔王道之哀征役不息室家怨曠刺時也義不繫於思者也若
如今説則卷耳當為商紂刺詩不得為周南正風矣況民家婦女思念其夫形諸
怨歎不足異也后妃貟為小君母儀一國且季已五六十無逸文王受命于中身孔傳云即位時年四十
七桼征役當在即位後后妃年應相若乃佗兒女子態自道其傷離惜別之情編為詩歌傳播臣民
之口不已嫽兮至於登高極目縱酒娛懷雖是託諸空言終有傷於雅道汝墳殷
其靁兩詩閔其君子猶能勉之吕正勸之吕義故列於正風曾后妃而反不若哉
卷耳即今藥艸中倉耳子也異名頗多曰苓耳見爾雅及毛傳曰葹見離騷曰葈耳見廣雅曰
胡胡葈見神農本艸經及陸璣艸木疏曰耳璫艸曰白胡荽息遺切曰爵耳皆見艸木疏曰羊負菜見博物志
曰常葈見爾雅郭注陶隱居云傖人皆食之謂之常思菜常思者其常葈之譌乎劉

九

子釋文唐殷敬順注引蒼頡篇云葈思上聲耳一名蒼耳埤雅引荆楚記亦同卷耳之郎
為蒼耳信矣其華葉性味頗見於陸疏郭注惟陸云蔓蔓俗生郭云叢生為異宋圖
經謂陸郭所言皆與今蒼耳相類其郭言叢生尤得之仝集傳从郭
張子厚呂和叔皆言采卷耳以備酒醴之用見讀詩記此因下章金罍兕觥語故為此
說也案本艸蒼耳並無醴酒之用惟崔寔月令有伏後為麴之說張呂豈本此兮
今造神麴亦用蒼耳汁嘜神麴惟入藥不以釀也月令之麴殆斯類況此詩取㥁
僭
今憂為興義扗不盈不扗卷耳故傳云㥁者之興也酒醴之說未必詩指
詩有三周行鄭皆釋為周之列位卷耳之周行則左傳荀子毛傳義併同其說古
矣非妄也宋呂大鈞改訓為周之道路東萊呂祖謙讀詩記取之徒見下三章皆咏
僕臣故謂此二句亦言賢人君子不當令之遠行從役耳然小敍求賢審官指此

二句言知臣下之勠勞指下二三章言四章分為兩意旣諷君子當為官擇人又勸於賢勞者級恩禮焉文義相承自應如此

砠確岨三字實同一字今本詩及爾雅皆作砠說文引詩作岨釋文作砠爾雅云石戴土謂之崔嵬土戴石為砠而毛傳反之疏以為傳寫之誤今案說文釋名玉篇廣韵之釋岨皆與毛同而崔嵬奄訓惟玉篇砠岨二字並載岨解同毛砠解同爾雅則兩存其說焉劉名熙箸釋名許皆漢人時毛學未盛而二書之釋岨皆合於傳則傳寫之誤當在爾雅若疋岵則定是傳誤

樛木

釋文云樛馬融韓詩本並作朻爾雅云木下句曰朻案說文云下句曰樛从木翏聲力救切朻高木也从木丩聲居由切則二字義別詩與逮下當以樛為正矣又樛木

十

下垂喬木上竦正相反而周南詩人假託興焉一美逮下之仁一喻夫身之潔義各有當介

樂只君子鄭訓只爲是云樂其君子孔氏申之曰爲樂是君子言曰禮義施於君子使得享其樂也呂記嚴緝皆云樂哉君子語氣雖别而大義則同案說文只語已詞从口象氣下引則曰哉字代之夬可通也又只讀如止俗讀如質者非是玉篇之移之余二切韻會云惟有此二物

螽斯

螽斯敍云言若螽斯不妬忌箋疏讀爲一句故朱子譏之謂曰不妬忌歸之螽斯乃敍者之誤通義謂此敍當於言若螽斯絶句連上文讀而曰不妬忌屬下文文義爾穩得之矣嘆羣處和集便是螽斯不妬忌之驗卽如舊讀義自通

螽斯篇毛不言興而鄭以興釋之其畲張逸云此實興也文義可解故不言此善會毛意也今以為比亦不暌比興辨見總詁又比詩每上二句言螽斯二下句言后妃畲者龠后妃也振振繩繩蟄蟄正謂子孫之賢毛詩釋三義甚優韓詩外傳引此詩夫云賢母使子賢也意興毛同矣今以為螽斯之多子殊少義趣

桃夭　兔罝　芣苢

周南皆八篇敘皆言后妃而文王之悳自見至江漢汝墳二詩化行南國則云文王之化義各有攸當也晦翁譏之以為一以后妃為主不復知有文王至於化行國中三分天下皆以為后妃所致則是禮樂征伐皆出婦人之手文王徒擁虛器為寄生之君也以上皆辨說語吁敘之言安有是哉肯五篇敘止言后妃一身不及梱俗化閫外求賢審官者以勸君子耳非自為之也桃夭兔罝芣苢三敘則及國中矣暌

宜室家樂有子皆婦人事也賢才衆多與關雎思扗進賢理亦相通也且此三詩敘一云所致一云化一云美孔疏釋之云三者義通總是美化所致耳是敘止言化不言政也化者惪修於身而聞者興起後世匹婦庻於孝義感人尚能厚人倫美風俗況以國母之尊可謂必無其理哉若晦翁所云禮樂征伐者政也敘未嘗言及此也至后妃之賢是文王刑于所致美后妃正所以美文王舉此以見假足矣如必篇篇竝舉而言之古人文字安得蕪（蕪俗）冗（冗俗）若此

桃夭

說文枖媄二字竝見桃夭詩是詩夭字亦作枖又作媄也今攷其義當以枖為正枖說文訓木少盛皃毛詩以夭夭為桃之少壯義本合故釋文獨引焉夭本於兆切屈也今詩偕用耳媄訓為女子笑皃當見三家傳

桃夭三章三言宜本一義也毛傳於末章云一家之人盡以為宜則上二章宜字義亦應尒皆章傳乃云宜㠯有室頭家無踰時者不如末章義優矣康成反據肯解㠯易後傳殊失去取之當

兔罝

兔罝是賤體毛鄭皆不㠯為卑也歐陽本義㠯卑言之又譏敍曰如敍文則周南舉國皆賢無君子小人之別此㠯詞害意說詩者泥敘語遂謂兔罝野人皆有才悳可用此又近誣吁過矣文王舉賢不遺微賤得士於兔罝中自有此理度外之事後世大略之主猶能行之何云近誣敘云莫不好德賢人眾多極形容王化之盛耳言眾多不言皆賢也何謂害意且好悳人之常性歐反㠯有君子無小人為妄是何言乎案元儒金履祥引墨子文王舉閎夭大顛於罝网之中而授之政

罝士般因言兔罝體皃肅敬比閎夭大顛所㠯為賢而文王舉之也自季之取冀䟦林宗之取茅容皆㕦況文王乎比言敬悳之可貴故取士者恒㠯之也箸會詩義矣或疑墨子所言不見經典未可據信夫古人軼事經史所不載而夅俗作存於諸子百家之言㠯傳後世者多矣可悉指為誣乎縱使事屬傳會與必當時說此詩者原有得賢於兔罝之解故㠯閎夭大顛實之也又濩賈山云文王之時㓩蕘采薪之人皆得盡其力㓩蕘菜薪非兔罝之流乎山之言亦本是詩矣可見毛鄭㠯前釋兔罝詩者皆作是解竝非一家之私說也集傳以詩語上下相應故判為興㕦仍謂是興中之賦而云兔罝之人才有可用則亦不㠯歐語為㕦

芣苢

爾雅別芣苢之名馬舃車前併芣苢而三焉本艸又名當道楻葉及子皆入藥而

葉又可茹見陸璣疏及王旻山居録其實主令人有子見陶氏別録周南婦人當采其實矣韓詩既云直曰車肯瞿曰芣苢生子兩旁謂之瞿又云芣苢澤寫也車肯澤寫豈一艸乎又呂為惡臭之艸今比二艸未見其惡臭也

漢廣

敘云德廣所及也肯三詩化及國中比詩方及南國故曰廣與漢廣字偶同耳非謂漢廣為悳廣也辨説譏之無乃大苛乎

南有喬木毛云喬上竦也集傳用鄭風蘇轍注詩解集傳釋之曰上竦奄枝曰喬案爾雅釋木凡五言喬一去句如羽喬一云上句曰喬句者言樹枝之奄曲非無枝也一曰如木楸曰喬注楸樹性上竦一云槐棘醜喬注枝葉皆翹竦楸槐棘三者皆非無枝之木也一云小枝上繚為喬比又明言有枝矣爾雅五言喬𦍒奄奄枝之

說蘇氏云云不知何據或曰爾雅小枝上繚為喬下云無枝為檄兩文連彖誤㠯
假釋此耳噫鹵莽一至此邪
休息作休思釋文非之而正義㠯為嘆據傳先釋息詞後言漢上為證其說良是
但陸曰古本皆作休息本或作息以意改尒孔云未見有本作息者故不敢改獨
集傳㠯為韓詩作息豈據外傳文乎唐初韓詩內外傳及章句俱在陸孔所見本
較多何反無作息者今外傳之作息當是後人㠯意改爾
孔疏釋游女之義云內則女子居內深宮固門閽寺守之此貴家之女也庶人之
女執筐行饁不得在室故有出游之事此解甚正集傳則云江漢之俗其女好游
漢魏㠯後猶然如大隄曲可見噫誤矣女子無故出游不過冶容誨淫耳非美俗
也被文王之化者尚有此乎大隄曲作於劉宋時六朝綺靡之習豈成周盛時所

空見風俗隨時而變自周迄宋千五六百季安得相同況大隄所咏乃挾邪倡女

引彼證此尤為不類

錢坫案說文羕漾漢水也文選注引韓詩作漾者乃是誤羕為漾非毛氏自作永詩亦自作漾而羕為齊魯詩此解甚非

江之永矣永說文作羕案爾雅羕長也郭注云羕所未聞不引此詩文選登樓賦川既漾而濟深李善引韓詩云江之漾矣不可方思薛君云漾長也則韓詩自作漾矣說文羕字永字皆引此詩東漢時三家詩具存意羕字在齊魯詩亏

方說文云併船也象兩舟省總頭形案爾雅大夫方舟是也方字訓釋雖多而此其本義後世復出舫字以當併船之方非古也漢廣不可方思谷風方之舟之毛鄭訓方為泭釋文云小筏曰泭爾雅云舫泭又云庶人乘泭是也此雖非併船而不離舟義乃假借之有因者韻會釋方字歷舉諸解獨不及泭義疏矣

之子亏歸言秣其馬箋疏解此本謂於是子出嫁之時我願秣其馬乘之日致

禮飆亦欲其適已文佀夸适意則正也乖叔解之曰之子出游而歸我願秣其馬

猶古人言雖執鞭猶欣慕焉者是也朱傳說之淚意大同歐文較順而意稍婞焉

唐人香匳詩曰自憐輸廐吏餘煖在香韉此旣歐朱意已孰謂周南正風乃豔情

之濫觴哉嚴坦叔粲釋此云此女出嫁人將有秣馬目禮親迎之者豈可目非禮

犯意本箋嘫青出於藍矣

汝墳

爾雅汝為濆郭注引詩汝墳證之宋董逌據此謂詩墳字當作濆晉世詩本猶為

濆也此不嘫觀毛傳訓墳為大防則遂世已作墳从土菊矣與今本正同不應晉

世偏从水

燬字爾雅毛傳說文皆訓火韓詩薛君章句娓火說文燬又作焜音義亦同獨朱

傳訓為焚未詳字義所出
父母孔邇者勸其君子當勤勞王事無貽父母𢙣敘所謂勉之以正也箋疏及劉
女傳俱作此解集傳从張氏說以父母亦文王亦可通但不如古注主勸勉君子
義尤悉且合敘

麟趾

麟趾取興不過謂公子之信厚如麟耳集傳以麟興文王后妃而以趾興公子不
太分析兮至易信厚為仁厚於義無礙然毛傳之信而應禮較有本矣
傳云公姓公同姓公族公同祖孔疏申之以為同姓是五服之外同祖是五服之
內與杕杜傳以同姓為同祖異假對同父此對同族也又引襄十二季左傳同姓
於宗廟同宗於祖廟同族於禰廟同姓是諸姬同宗是邢凡蔣茅胙祭皆於五服

十五

之外分親疏同族是五服之内吕證毛義明且確矣集傳取王安石之説曰公姓公孫也偁子為姓古有之矣見左傳昭四季偁孫為姓未之前聞五又自申之曰孫傳姓者也此語夫不可解豈以春秋時公子之孫輙氏其祖之字與歟此公子之孫非公孫也又傳氏非傳姓也

毛詩稽古編卷弟一

毛詩稽古編卷第二

召南正風

鵲巢

鵲巢之鳩鳲鳩也毛云秸鞠爾雅同注云今之布穀鄭言其有均壹之悳故詩曰喻夫人埤雅印之言均是母道壹是妻道義尤允矣永叔獨為異說謂別有拙鳥處鵲空巢今謂之鳩至所謂布穀與鳩絕異案此說非是鵲生子輒飛去其巢任它鳥居之豈布穀獨不可居乎布穀之為鳩載在經傳歷有明據若拙鳥者不見於詩不箸於爾雅又不在左傳五鳩之列其同冒鳩名特俚俗之妄稱耳召南詩人安知宋世有拙鳥亦名鳩乎且未聞言婦德者徒取其拙也宋人說詩多从歐

集傳又衍為婞靜純一四字亦知㠯拙為美悳於義離通也夫婞靜純一止當鄭箋之壹耳尚漏其均義因均義尤遠於拙難於牽合也不知天下性拙之人盡(俗作)儘有𤃩(俗作躁)動反覆者豈必皆婞靜純一哉

采蘩

采蘩之蘩皤蒿也蔞蒿蔞蒿也鹿鳴之芩藾(音賴)蒿也凡三蒿矣郭氏爾雅注陸氏艸木疏所言皆歧本艸白蒿(卽皤蒿)入本經上品又名蓬蒿盍餅食療白蒿之外别箸蔞蒿陸佃埤雅亦竝釋此二蒿未嘗合為一也宋蘇頌圖經謂古㠯白蒿為菹今但食蔞蒿則已疑蔞之卽蘩歧未敢遽言之近世李時珍本艸綱目始言白蒿有水陸二種而以芩為陸生蔞為水生侶屬有據今録其説云白蒿有水陸二種爾雅通謂之蘩曰蘩皤蒿者卽今陸生艾蒿(非氷臺之艾)也辛熏不美曰蘩由胡

者卽今水生蔞蒿也辛香而美曰蘩之醜秋為蒿者通指水陸二種曰蘋曰蕭曰
荻皆老蒿之通名本艸所用葢取水生者詩鹿鳴之苹卽陸生皤蒿鹿食九種解
每之艸此其一也詩亏吕采蘩左傳蘋蘩薀藻之菜竝指水生白蒿言蔞蒿生陂
澤中二月發苗葉佀㛥俗作嫩艾而細政面青背白其莖或灻俗作赤或白其根白䏶俗作
脆采其根莖生熟葅暴皆可食葢嘉蔬也景𡍼俗作差大招云吳酸蒿蔞不霑薄謂
吳人善調酸醎瀹蔞蒿吕為虀俗作齏其味不濃不薄而甘美也案李詮釋蔞蒿性
狀可補濼廣詩疏之未及又采蘩詩疏吕蘩昰陸艸解沼沚為水旁澗中為曲內
頗費回護況王后薦荇大夫妻薦蘋藻皆水艸不應夫人獨異左傳蘋蘩薀藻皆
指為澗谿沼沚之毛不應襍吕陸艸於中陶隱居云白蒿生於川澤二月采生於
川澤正與詩沼沚澗中相合不必作水旁曲內解矣其說良昰但謂與蔞一艸未

知果否耳至㠯陸生者為蒿蔞艸木疏蘩色白而蒿色青白蘩至秋始可食而蒿
始生卽可食性色不同定別艸也豳風采蘩祁祁其陸生之蘩與蘩㠯生蠶蠶性
惡濕未必用水艸耳

古㠯祀與戎為大事春秋書有事書有大事皆言祭也詩公侯之事傳㠯為祭祀
而㠯下章之宮為廟意大同左傳云蘋蘩薀藻可薦鬼神正指采蘩采蘋二詩言
則毛公執蘩助祭之說不可易矣或見七月詩采蘩祁祁語遂謂夫人親蠶故采
之眞兒童之見也集傳載其說既屬蛇足近世僞為申公詩說者又從而傅會之
可嗤已

夙夜在公箋疏㠯為祭前之夕視濯摡（今俗溉）夙謂祭日之晨視饎爨還歸則祭畢
歸饋饔皆非正祭時故能被不能副此定說也宋轉氏（名粹中箸詩說）詩謂詩作於甯時

與周禮異故般次㠯祭斯特懸想之談耳竢呂記朱傳皆从之

艸蟲

箋㠯見止為同牢之時㠯覯止為初昏之夕因引易覯精語證之後儒多笑其鑿竢古詩簡質不應一事而重復言之鄭分為兩義亦非無見

集傳㠯召南采薇不用古注曰薇似蕨而差大有芒而味苦山間人謂之迷蕨胡氏曰疑即莊子所謂迷陽今案胡寅之言曰荊楚間有艸叢生修條四時發穎春夏之交華亦藩麗條之腴者大如巨擘食之甘美野人呼為迷蕨疑莊子所謂迷陽即此蕨也噫彼特㠯迷陽二字聲音相近又此詩蕨薇連章四月詩亦蕨薇同句誤謂二艸是一類而迷蕨之名偶相符家傳會為此說耳夫古今方俗語不相通野人語音尤多不正豈可為據況蕨與薇各一艸不得用薇為蕨名胡語謬甚

十八

又胡氏所記華葉條榦與今山中蕨艸殊不相類以為似蕨尢不確也莊子曰迷陽迷陽無傷吾行郤曲郤曲無傷吾足解者多矣未有以迷陽為艸名者惟羅勉道循本有迷蕨之解與是後儒鑿空妄說不可信也迷陽既為薇艸郤曲又何艸邪

說文薇菜也似藿陸疏云薇莖葉似小豆蔓生味亦似小豆藿嚴緝引項氏云薇即今之野豌[於桓切]豆葉蜀人謂之巢菜東坡改名元修菜[巢元修東坡故人嗜此菜故以名之]項說正與許陸同矣案爾雅薇垂水郭曷謂本艸有二薇生平原川谷似柳葉者白薇也生水旁似蒡者薇也詩采薇似山菜非垂水今攷本艸白薇入本經中品名春艸別錄名薇艸又名白幕云生平原川谷三月三日采根食乾蘇頌云莖葉俱青頗類柳葉六七月開紅華八九月結實其根黃白色類牛膝而短小郭曷以詩采

薇為此艸矣至巢菜之薇陳藏器唐人載於本艸拾遺云生水旁似萍則正爾雅之垂水也孔氏正義全引陸疏是直以詩之薇為垂水與邢意異源謂垂水生水旁不生水中谿澗潢潦皆山間水薇生其旁不害為山菜況叔重釋薇似藿乃其本義元恪陸璣疏詩亦同二子去古未遠說必有據孔氏从之當矣邢語殆非是又案巢菜有大小二種小巢名薇即垂水大巢名翹搖爾雅柱夫搖車是也說見本艸拾遺

采蘋

采蘋詩毛鄭皆訓為教成之祭其合於經文者有三焉蘋藻二菜與禮記昏義同一也宗室牖下與教之宗室之文同二也不倫婦而倫季女三也王肅以此詩是大夫妻助祭於夫氏之事故謂蘋藻為菹牖下為奠孔疏駁之而朱傳从之

十九

蘋薸二艸朱傳誤合為一粤俗論其有大小之分當矣但譏爾雅郭注誤曰小蘋
爲大蘋則非郭之誤而孔疏引郭之誤也案尔雅先云薸蓱注水中浮薸江東謂
之薸（隸作薸）繼云其大者蘋注詩曰亏以采蘋是郭注水中浮薸二語乃擇薸蓱非
釋蘋也於蘋字直引詩證之耳孔氏引爾雅合兩文為一而繫郭注於下又删其
引詩之語竟似以薸釋蘋矣嚴不譏孔而譏郭豈未覩爾雅原文邪疏謬殊甚嚴
又據唐本艸謂水蘋有三大曰蘋中曰荇小曰薸亦非通論蘋薸之為同類而分
大小因有爾雅之文耳荇之剡於薸乃蘇恭之說肯北未之聞也但蓴亦似荇何
不併剡之為薸乎荇蓴蘋三草相似李氏綱目辨之甚詳葉徑一二寸有一缺而
形圓如馬蹄者蓴也葉似蓴而稍銳長者荇也華並有黃白二色四葉合成一葉
如田字形者蘋也夏秋間開小華白色又偁白蘋

毛以藻為聚藻正陸璣所謂葉如蓬蒿莖大如釵股者也又名薀薀藻之菜見左
傳李氏本艸注云葉細如絲及魚鰓狀節節相生即水薀是也又一種名馬藻即
爾雅之莙其隕切牛藻藻同郭云似藻葉大江東呼為馬藻陸疏所謂菜如雞蘇莖大
如箸者即此非采蘋詩之藻

宗室牖下毛以為室中鄭以為户外義雖不同皆不以為奔也故孔疏駁王肅云
經典未有以奔為牖下者案奔乃深隱之名牖下是通明之處肅合為一名實相
違矣

甘棠

先儒釋甘棠謂召公述職不欲重煩百姓聽斷於甘棠下韓詩及史記說苑所言
皆與鄭箋同宋劉元城也安譏之謂此乃墨子之道當是召伯壯時偶馬憩息於此

廿

耳源謂巡行時適值農桑無暇故就樹下而決訟理容有之原不以此為常也若

偶然憩息則巡行多矣所憩非一處息憩者何偏愛今偕一棠哉

毛傳云蔽芾小皃呂氏引宋范氏云盛也兩義相反案說文蔽字注云蔽蔽小艸

也易豐卦釋文引子夏傳云芾小也爾雅釋言芾云芾小也然則蔽芾皆為小義

詩合此二字其當訓小無疑毛義不易矣又芾字本作市玉篇云蔽芾小皃此又

祖毛說又案甘棠即杜也（爾雅）見（尒雅）謂之杜梨（郭注）亦名棠梨（陸疏）唐風兩杕杜皆咏其特

生一言枝葉稀疏一言陰涼寡薄俱與小義相近晉孫楚杕杜賦云華葉疎悴靡

休蔭之茂榮今棠梨實非大樹合此賦語矣范曰為盛豈其然乎

爾雅云杜甘棠又云杜赤棠白者棠舍人注曰白者名棠赤者為杜為甘棠召南

甘棠唐風小雅杕杜皆杜棠也毛傳亦云甘棠杜也然則甘棠乃杜棠又名杜無

可疑矣艸木疏云甘棠今棠梨赤棠也與白棠同耳但子有赤白美惡白棠子白

而滑美甘棠也赤棠子濇而酢俗語曰濇如杜是也既以甘棠爲赤棠又以爲白

棠背後自相反必有誤也尔雅邢疏及陸氏埤雅皆全引之而不置辨惟孔氏詩

疏專引舍人注得之矣

召之甘棠蔡之樹檖皆野梨也甘棠卽杜樹似梨而小子霜後可食韻會云牡曰棠牝曰杜

齊民要術云梨核每顆十餘粒種之惟一二子生梨餘皆生杜嘆接梨者必用之

檖名夫羅又名山梨又名楊檖名鹿梨名鼠梨實大如杏可食棠棠杜梨三者同

類而小異耳甘棠名棠梨又名杜梨實無三種木名矣後世海棠乃別種鄭樸以

爲卽甘棠誤甚海棠來自海外古世所無風人安得見之哉

茇說文訓艸根而废字訓舍引詩召伯所废今詩皆借用茇毛云 艸舍也孔疏引

周禮茇舍注艸止釋之废云舍義稍别而同歸矣又左傳反沓拔舍（僖十五年）杜注云拔艸舍止殆因茇拔文異故不直云艸止兮三書各一字義實相通此詩則當以废字為正

集傳釋甘棠篇以為勿敗則非特勿伐勿拜則非特勿敗此用唐人施士丏（蹁兗切）之說也施解勿拜謂小低詘其枝如人之拜特臆說耳嘗目字義攷之則異是案沓章之伐毛訓擊說文亦同次章之敗毛無傳而說文訓毀末章之拜本作扒扒音拜拔也（見廣韵）鄭箋拜亦訓拔可見今詩拜字乃扒字之借非跪拜義也施取借用之字而妄為傳會陋矣夫毀之則甚於擊拔之則又甚於毀三章文義殆由輕而重集傳正與相反

錢坫案扒說文無之後人俗字也若改拜為扒妄甚

行露

行露㠯喻犯禮本與體集傳判為豎是言豈露之霑濕故不敢淫奔也女子不願淫奔誰能彊之者須㠯露為詞邪又曰自述己意作此詩㠯絕其人一倡始與之私繼則悔而絕之者此可謂之貞女乎下章雀鼠之訟始彊委禽焉而未遂耳若怨其不奔而遽與之訟亂無此理

室家不足非幣不足也箋所謂媒妁之言不和而彊委六禮者也疏申其意至明當矣韓詩外傳㠯為既許嫁因禮不備而不行是爭聘財也聘財不足始諾而終悔之被文王之化者當如是乎集傳云家謂媒聘不足謂求為室家之禮未備夫不行媒聘究與訟何必召公之賢方能斷斯獄哉

芣苢

麟趾敘云信㫫如麟趾之時羔羊敘云節儉正直德如羔羊騶虞敘云仁如騶虞

三敘皆云如語同而義異麟趾言如如紐麟之時也騶虞言如如騶虞之獸也羔羊言如如服羔裘之人也鄭箋云卿大夫競相切化皆如此羔羊之人正斯義矣疏申箋以為人德如羔羊又引宗伯職注士相見禮注公羊何休注吕證羔羊之德殆不㛐此詩之羔羊以為裘耳豈若麟與騶虞取義於兩物乎況所云羣不失類脆而受乳死義生禮經文無此意也與節儉正直語非甚合也疏失敘意併失箋意矣案羔裘大夫居簡之服孔疏有辨所謂服羔裘之人也息不可為大夫雖服羔裘而非其人矣召南大夫德稱其服故曰如羔羊之人

後漢循吏傳注引韓詩羔羊篇薛君章句云素喻潔白絲喻詘柔紽數名也詩人賢仕為大夫者其德能稱有潔白之性詘柔之行進俗退有度數也此亦有義味可補毛鄭之未及。

毛㠯委蛇為行可從迹。迹俗韓詩云公正皃。兩意正相成矣。惟其公正無私故舉動光明始終如一、可從迹倣。效。即叙所謂正直也。鄭訓為委曲自得不及傳之優至㠯退食為減膳自公為順於事文義尤迂、

殷其靁

傳文簡覈亦有詳人所略者。如殷其靁傳云靁出地奮震驚百里山出雲雨㠯潤天下。一興耳詞煩不殺者靁為號令之象。遠行從政佀此。故須詳之耳。嘆則詩人託興豈淺淺哉乃㠯為全不取義吾未敢信。

雨靁殷殷。嘆震靁𠈇𠈇。嘆旱靁隆隆。嘆靁聲不同。有此三者。而皆見詩。惟殷殷之靁有和豫之義。震動之象。王者政教號令動物而使之和類此矣。故詩㠯興從政。而傳引豫震兩卦義釋之。

廿三

何斯違斯毛云何此君子也斯此違去鄭云何乎此君子適居此復去此疏申之

云傳何此君子解何字非經中之斯故復訓斯爲此箋何乎此君子亦非經中之

斯適居此乃何斯之此復去此乃違斯之此孔特吕毛之斯此在何此君子下鄭

又多適居此一語故作是解也愚則謂毛鄭何此君子皆經中之斯毛之斯此總

釋兩斯字鄭之適居復去合釋違義而兩此之止當經違斯一斯字如此則經文

明順且合傳箋矣集傳得之

摽有梅

摽梅詩女之求男汲汲矣箋疏皆謂詩人代述其情良是也後世閨情豔體出文

人墨士筆正與此相類朱子以爲女子自言閨中處女何顏厚乃尔邪案大全或

問此詩謂女子自作颫不得爲正風朱子曰自作亦無害里巷之詩如此已不失

正矣又言晉魏間怨父母詩唐人怨兄嫂詩雖鄙俚可惡自是人情吟比言豈可為訓又桃夭摽梅二詩體正相同一以桃之盛喻及時一以梅之落喻過時皆興也今一以為興一以為比吾所不解

小星

小星詩以小星喻妾併（俗作媵）三五喻夫人此毛鄭說也補傳非之謂三心五柳非一時所見柳有八星不得言五夫人一而已不得以三五為喻嚴氏信其說家謂三五參昴即是小星總為衆妾之喻此謬矣三五經不言何星謂之小星猶可參三星俱大昴七星其一獨大謂之小星可乎且詩是託興非據一時所見為言心見於三月柳見於正月何妨竝取為喻牽女興天畢相去百餘度大東詩同咏之不必一時竝見也又星體離合天官家各有師授假此多不相同柳雖八星嘆疏

引元命苞曰為五星矣不儀㮚也即如下章之參古曰為三星攷工記數伐而為六星丹元子不數伐而數左右肩股為七星昴今為七星元命苞曰為六星亦不能相同又如營室二星攷工記併東壁於室而為四星河鼓左右旗班書曰為各九星則并十八星孫炎儀總為十二星人如牽牛河鼓尓雅合為一星天官書別為兩星皆是也又天上經星古今時有增損曰隋丹元子步天歌較之今日天象如閣道本六星今則八文昌本六星今則七皆增於其舊臼本四星杵本三星今則臼三而杵一皆損於其舊此等未易悉數甚有古有而今無者如折威農丈人之類豈可執一而論哉況詩託興於星但曰小大為喻耳寡多非所計也必欲以三喻三以五喻五固甚矣至集傳取兩柱字兩與字相呼應為興此全不取義之說也有辨見總詁

錢坫案古實讀如祖不讀如石也石音射声不與實同古實與寔亦有通用者如覲礼伯父實來注古文實作寔詩寔命不猶韓氏作實命是也陳氏之辨俱非是寔命不同毛云寔是也觀書是能容之戴記引書是作寔春秋桓六年寔來公羊傳云是來可見毛義允當朱傳以為與實同殊非詩恉案說文寔止也寔富也今寔音殖入三十職韻實讀如石入四質韻二字音義各別自杜注寔來訓寔為實後儒相沿涵為一字朱傳殆仍其誤

江有汜

江有汜三章汜為水浸侵入渚為小洲皆氾俗作泛偁也非水名也惟末章之沱是水名見禹貢及爾雅江之别也故小敘獨云江沱之閒謂二水之閒之國耳朱傳改為汜水之旁汜豈水名兮文義舛矣水亦有名汜者然扗成皋不近江也江有汜董氏逌引石經及說文汜皆作洍以為古作洍後譌為汜案說文汜洍二字皆引此詩音義亦同徐鉉等謂洍乃汜之或體然則汜字古有之非後之譌也

廿五

董語非是

江有汜敘不言夫人而言嫡故孔疏申之以為大夫士之妻朱傳云嫡被后妃夫人之化夫此意被夫人化必非夫人矣但言媵待季於國則前後語不相顧大夫不越境逆女其媵當待季於家不應以國别也春秋時胥高固昏於魯見宣五年此衰周之失禮文王之世安得有之至待季之誤通義較之尤當

野有死麕

吉士誘之毛鄭皆㠯誘為道儀禮有誘敂之文謂㠯禮道之古字義本如此也歐陽誤解為挑誘東萊較之云詩方惡棄禮豈有為此汙行而名吉士者斯言當矣嚴緝反从歐何其悖哉

吉士誘之言士之宜以禮來也有女如玉比女德之貞潔鄭云如玉者取其堅而潔白不可犯

也詞遜今俗遜而意嚴矣朱傳誘字亟訓以下所述或說推之當同歐解又謂如玉是美其色則此二章詩直是稱述豔情夸美冶容之語安扗其惡棄禮又烏得為正風哉至所引或說出於潘叔恭其以麕鹿為誘者謂以不備之禮為侵陵之昇夫不論理之當否而論物之厚薄是特爭聘財而已

林有樸樕毛傳云樸樕小木孔疏引尔雅樸樕心及孫炎某氏注以為即此木錢氏詩話譏之謂小木通呼樸樕非木名又爾雅是樕樸與樸樕不同某氏注㠯為可作柱則必非小木韻會載其說此佀之而實非也疏引爾雅作樸樕心定是古本原如此後誤倒其文不得疑為兩木也又郭氏某氏注皆言樸樕即槲樕槩槲樕與櫟相類華葉佀栗亦有斗如橡子而短小有二種小者叢生大者高丈餘名大葉櫟㕔則毛傳言其小者而某氏注則指其大者與錢㠯為小木

廿六

之通偁謬矣李時珍曰槲葉揺動有觳觫之態故名槲樕也樸樕者婆娑俗作娑之
皃具樹偃蹇其枝芃芃故也俗呼衣服不整者為樸樕以此理或然
純有六音緇淳也因準帍是也白茅純束之純兼也因二音訓皆為包束義本徒
本反讀如屯則鄭意也故沈重音徒尊反　二
說文云尨犬之多毛者从犬彡音衫聲今惟監本注疏無使尨也吠與說文合呂記
朱傳皆作庬非是庬訓大石見說文與尨異字
何彼襛矣
襛左从衣石經監本注疏及說文皆同今集傳俗本多誤从禾
雝从隹邕聲雝渠鳥也即脊令䳭雝离雝𪈀雝皆非雝本義乃借也函雝謂辟雝
當作廱𪈀雝是雝𡨄俗作塞義當作邕邕者水邕成池與𡨄義近矣今作壅乃俗字

也惟雝雖為雝和義奄本字可歸當終於偕又雝隸作雍礮以為二礮邑為乡邑
之作乡猶鄉之左旁也是則如故雝雖本一字今乃分為兩字鳥名獨用雝而雍
則訓和亦俗也其鳴雁和鸞鳳皇之聲皆有取於和亦當偕和
以文王為平王猶商偁玄王偁武王周偁寧王偁汾王不必以謚舉也昧者不
察故以春秋王姬歸齊事實何彼襛矣之詩陋矣朱傳本依古注又附或說於後
可謂蛇足矣經云齊侯之子此父在之偁也春秋書王姬歸齊一杜莊元年則齊
襄之五年也一杜莊十一年則齊桓之三年也王姬下嫁時二公久已為君豈有
身為齊侯而顧目為齊侯子者邪為此說者太闇於文義矣集傳又云齊侯卽襄
公諸兒其誤尤甚襄公桓公皆僖公子就如或說齊侯亦當指僖公何得云襄公
乎元劉瑾申之曰集傳疑齊侯為襄公則齊侯之子指桓公小白也是竟以桓公

錢坫案此二條辨論甚當

廿七

為襄公子矣不顧後人齒冷邪

又案平王之崩（崩俗）在隱公三年為辛酉歲太子泄父早死立其子林是為桓王王姬果為平王之孫必泄父之女林之妹也（鄭樊以王姬為桓王女不知桓王以孫繼祖亦可笑）其歸齊襄者於莊之元年為戊子歲去平王之崩已二十八年矣太子之死又在其前則計王姬之季當三十左右其歸齊桓者於莊之十一年為戊戌歲王姬當四十左右雖襄尚為靑主何至女嫁不售愆期乃尒況三四十歲老女比之桃李之華安得比過情之譽邪宋章俊卿（名如愚著山堂考索）泥其說家以此篇為刺詩言王姬有容色之盛而奄肅雝之德且譏叙墨白倒置斯尤謬說曷不與何彼相應皆正詞非反詞也文義顯然且正風安得有刺詩乎

釣必以絲緡猶嫁娶必以禮此毛鄭之說也朱傳以絲合而為緡喻男女合而為

婚則其鈞維何語成贅矣說文从糸昏聲韻會云本作緍今文作緡今詩皆作緡惟呂氏作緍

大雅言緍之絲同

騶虞

壹發五豝傳云虞人翼五豝以待公之發孔疏申之以為五豝而止一發不忍盡殺仁心之至朱傳易其說用灋賦中必疊雙語釋之是誇善射也勸多殺也通義駮其誤允矣況中必疊雙語出班孟堅西都賦作賦者之意非以為美談也意在頌美東都故先抑西都以為下篇地耳曾是東漢人所譏者而及為召南所美乎

詩彼茁者蓬又首如飛蓬蓬乃陸艸非水艸也爾雅齧彫蓬薦黍蓬郭云別蓬種類郉疏以月令藜莠蓬蒿竝興及詩語證之則斷非水艸矣本艸綱目引爾雅孫炎此非晉孫叔然正義云彫蓬即菰米古人以為五飯之一者鄭樵通記云彫蓬即末茭

可作飯食故謂之蟚其黍蓬即茇之不結實者惟堪作薦故謂之薦楊慎危言云蓬有水陸二種彫蓬乃水蓬彫苽是也黍蓬乃旱蓬青科是也青科結實如黍羌人食之今松州有馬鄭因蟚字薦字而傳會楊又因彫字黍字而傳會皆祖孫者此孫炎正邢昺所謂俗間孫炎淺近俗儒耳二子乃惑於其說亦未之思矣案蓬之名見古書甚多云轉蓬飛蓬孤蓬竝無言其水產者陸氏埤雅謂葭是澤草蓬是陸草詩兼舉之以見庶類之蕃殖斯語得之

毛詩稽古編卷弟三

邶鄘衛

謂康叔初封即兼有邶鄘衛此漢書地理記之說而服虔從之者也漢書云周既滅殷分其畿内為三國邶鄘衛是也謂之三監三監叛周公誅之盡以其地封康叔號曰孟矦謂康叔止有衛子孫併彼二國比鄭氏詩譜之說而孔氏正義述之者也孔謂殷畿千里衛盡有之是反過於周公國大非制故吕鄭譜為長佀矣㗛殷自帝甲吕後國勢寖弱大抵如東周之世畿封之廣必非武丁殷宅之舊又重吕帝辛之虢土荒民椒散俗偺境壤益削即如𨚕為畿内國周得戡之至紂滅時豈猶是邦畿千里乎又三亳皆商之故都而公翽歌稍遠商未亡時所謂邦畿千里者定應併數之如東周通畿之制武王立三監固

未嘗㠯與之也西亳偃師在孟津之南武王觀兵於孟津又大會諸侯於此厥後
北行伐紂則偃師已非商有南亳穀孰及北亳蒙郎宋地也武王克殷初下車即
以封微子亦不在三監域内況殷之畿内諸侯非大無道者不應槩從誅滅改建
它侯則三監所統不過近郊遠郊及邦畿以内地耳康叔兼而有之安得方千里
兮且非直此也古人建國原計户口為定成王作洛之後殷頑民盡徙下都封伯
禽又㠯殷民六族賜之留處故都者殆無幾書叙云成王旣伐管叔以殷餘民封
康叔於衞地里記又云遷邶鄘之民於洛邑故邶鄘衞三國相與同風合叙記
之言觀之可見封康叔時民得留者多在衞其邶鄘兩國已成曠土縱欲建它侯
豁亦不能因併以畀康叔耳厥後生齒漸蕃稍稍遂居彼地邶鄘舊壤漸致殷庶
漢書功臣表言初定封户口付才二三大矦不過萬家小矦五六百户逮文景四
五世間流民旣歸户口亦息劉矦大者至三四萬户小國自倍事正與此相類

雖其地比於它國為大噉受之先王不容無故裁削則二國之終為衛有宜也采風之時仍各存舊名以記風土之異理或當然未必㠯此寓褒貶也孔子謂齊景公曰管康叔封衛統三監之地命為衛侯見孔叢子夫統三監則邶鄘衛兼有之矣孔氏書傳亦云以三監之民國康叔為衛侯意欲皆與地理記同也又季札聞歌邶鄘衛而知康叔武公之德若康叔無邶鄘則其德化何由徧及三國乎鄭譜謂紂城北為邶南為鄘東為衛楚丘與漕二地皆見鄘風在河南足徵衛地在河南者故鄘地也祝鮀論武王之封康叔曰自武父以南及圃田之北境見左傳定四年武父不可攷桓十二年與鄭伯盟于武父是鄭地非此武父圃田則豫州之澤藪也後為鄭有鄭杜衛西南圃田北當與鄘接壤而康叔初封㠯此為境則㠯鮀之言合之鄭譜鄘風不又康叔兼有三國之明證乎

漢書地里記云邶吕封紂子武庚鄘管叔尹之衛蔡叔尹之以監殷謂之三監康成詩譜不用其說謂武王伐紂以其京師封武庚為殷後三分其地置三監使管叔蔡叔霍叔尹而教之孔疏申其意以為三監是管蔡霍武庚不在三監之中漢記三監有武庚奄霍叔則管蔡所監亦不足據信故鄭不指言之斯言良是㢤愚謂漢記非誤但述之未詳耳宋章氏山堂攷索論武王之封武庚知其必叛故立三監使治其國而納其貢稅如舜之封象此雖臆說而事勢或有㢤殷既三分三叔當分治之漢記既言管蔡監衛鄘則霍叔監邶不言可知又與武庚同國故略而弗箸非謂武庚亦一監也史記正義引帝王世紀以為管叔監衛蔡叔監鄘霍叔監邶此言管蔡所監與漢記異而言霍之監邶足補漢記之未及也周書作雒解孔晁注云霍叔相祿父言相則必立於其朝其監邶信矣蓋二叔監之於外

以戢其羽翼霍叔監之於內以定其腹心當日制馭方略想應如此厥後周公誅
三監霍叔辠獨輕者良㠯謀叛之事武庚主之霍叔與之同處意雖不欲勢難
立異非若二叔在外可㠯進退惟我也原設監之意本使之制馭但武庚故君
之子又據舊都臣民所心附覬其悬間周室俾骨肉相攜易於反掌為人必多智
數霍叔才非其敵陊俗作墮其術中遂反爲所制耳故周書多士止數管蔡商奄爲
四國破斧詩四國毛夫㠯為管蔡商奄皆不及霍則霍叔與武庚同在邶無可疑
者而管蔡所監二說必有一是矣
宋胡仁仲宏謂封康叔是武王時事此無稽之談也歸讀康誥已辨之而未盡今
觀邶鄘衛譜因復論之酒誥首云明大命于妹邦妹邦紂都也譜云武王伐紂以
其京師封紂子武庚水經注亦云武王封武庚於鶉歌則武庚未亾時據舊都如

廿一

故安得曰封康叔使之明大命於其地哉酒誥又以殷獻臣及諸臣百工囑付康叔左傳亦云分康叔曰殷民七族使武庚尚在則殷之臣工巨室尚曰武庚為君寧得以分康叔而煩其劼毖乎況武王三分殷地以置三監何地更容康叔若康叔復廁其間是四監矣書史何止言三監也其衛地在武王時世據邃記則蔡叔尹之據世紀則管叔尹之不應又封康叔此皆說之必不可通者源謂成王既黜殷遷頑民於洛邑遷之未盡者則以授康叔使為之君而敎敕之書敘謂以殷餘民封康叔此實録也孔叢子記孔子之言曰周公以成王之命作康誥正合書敘後儒不信孔子而信胡氏豈不悖哉

又案宋王存九域記言大名府古觀邑觀亦商之舊都武王立武庚於此傳氏亦言封武庚於朝歌一統記祖其說此妄也殷世屢遷其地不可悉攷謂大名是舊

都已奄確證又言武庚封此則與班書鄭譜酈注皆不合尤不可信也至以大名為古觀邑更爲舛謬觀乃夏五觀國杜預謂即頓丘衛縣晉頓丘郡今開州與大名猶近邑乃夏之有邑商為崇侯國文王滅之作豐邑馬郎今陝西西安府鄠縣兩國一在冀一在雍隔遠數千里存乃溷之爲一地而以大名府當之謬飄甚焉

邶 變風

柏舟

邶風柏舟朱子據列女傳以為婦人之詩今觀列女傳所記與衛事全不相符不知朱子何以取之假以此詩乃衛宣公夫人自誓所作夫人齊女嫁於衛至城門而衛君死保母曰可以還矣女不聽入持三年喪畢弟立請與同庖不聽衛君使人愬於齊兄弟齊兄弟皆欲與君使人告女女終不聽作此詩其說如此夫衛

錢坫此條辨駁極當

自康叔迄君角計三十七君其偁宣公者止莊公子晉耳宣公夫人始則夷姜烝父妾也繼則宣姜奪俗子婦也二姜之外不聞別娶於齊宣公卒後但聞宣姜鶉鵲之醜不聞更有守義之姜也繼立者宣公子朔非弟也列女傳之說或云出自魯詩（胡一桂云此魯詩說王氏玉海亦以為劉向楚元王之後元王與申公受詩于浮丘伯故向之說皆魯詩然列女傳既以柏舟為宣姜作及上疏成帝又引愠于羣小語而申之曰小人成羣誠足愠也仍與毛詩同意則向之說未必皆本魯詩矣）未知果否與其妄為此說者必因鄘風柏舟是共姜自誓之詩故為造此事以配之以宣公當共伯以宣公弟當其伯弟武公也鑿空傅會莫此為甚朱子則信之而反遂昌詆敘何以服人乎又案朱子雖引列女傳為證然不全用其說而疑為莊姜詩蓋亦心知其非特欲偕之助己以排敘耳獨怪後世耳食之徒因朱子揣度未定之語竟據為典故家實指此詩為莊姜作有張學龍及朱善者執此以立論言之鑿鑿然緝大全者

又録其語於書以示後學譌以傳譌妄以生妄經學之陋至此可勝嘆哉

耿耿不寐毛云耿耿猶儆儆也凡重語皆皃狀之詞多離於夲訓故與說文耳箸頰之解異也廣雅云耿耿警警不安也正疏明毛義朱傳从錢氏訓為小明蓋欲同耿於頰也始是臆說

朱子以柏舟詩詞氣卑弱柔順斷其為婦人詩正因誤認美刺諸篇皆其人自道也此亦說詩之一蔽也至謂羣小為衆妾尤無典據呼妾為小古人安得有此偁

謂邪邦風雨言日居月諸柏舟毛無傳日月傳云日乎月乎蓋以居諸為助語也柏舟疏引檀弓何居左傳忽諸證二字為語助則此居字宜讀為姬而釋文弗及非陸氏之疏則後世傳寫之誤脫也示兒編（宋孫奕箸）謂諸可訓於（引孟子左傳為證）於可訓居（引韻釋為證）詩言日月皆有所在未嘗失其軌度獨仁人不遇莊姜不見答所以自

世三

傷也槩諸訓於於訓居亦見玉篇廣韻孫語㒵㖿但合之下文則日月篇猶可通

柏舟篇不相接矣且毛義自優不必更易

朱子以柏舟為婦人詩胡一桂又舉末句不能奮飛婦人無可公之義為證不如孔疏言言同姓之臣不忍公國義尤允當且與次章亦有兄弟意又相應也疏云此仁人君之同姓故以兄弟之道責君況胡謂婦人無公義則戴嬀宋桓夫人非邪

綠衣

綠衣首章以表裏喻微顯次章以上下喻尊卑兩義各分奪淺深也朱傳曰黃者自裏轉而為裳失所益甚此未可解

我思古人俾無訧兮程子以為反己之詞取義精矣㖿論作詩者之意則思古人以責莊公較為平正日月篇誓不古處亦此意

凄其以風嚴緝以爲淒當作凄妻旁二點从仌寒也案凄字說文玉篇俱不載乃俗字也嚴誤矣淒雲雨起也詩字當以从水為正今本皆作凄

凄冸冽三字皆不見說文玉篇獨有冽字則冽字較古矣故下泉孔疏辨冽字當从仌至凄字冸字唐韻雖載之然綠衣之淒其匏有苦葉之未泮經文皆从水不从仌也蓋唐韻成於開元衛包與孫愐同時猶未及據其書以易經字矣案韻會凄字注云通作淒引詩淒其以風冸字注云通作泮引詩迨氷未泮其注凄字雖述嚴緝之言然仍以為詩作淒則是宋時經文此兩字皆从水近世諸本亦然惟監本注疏泮作冸定是鏤板時梟監之彊解事者妄改之也可見較讎之任至重須擇識字人

錢坫案冽雖見玉篇然是後來大廣益會所加恐未必是孫強增補寧論顧野王乎較讎須擇識字人可謂名言

燮燮

卌四

仲氏任只任字毛訓大釋文入林反鄭訓以恩相親信釋文而鴆反朱傳義從鄭而音從毛殊少簡點

衛詩兩言塞淵𨚍其心塞淵傳云塞瘞也鄭箋意同毛矣鄘秉心塞淵箋云寔誠實也毛無傳以𨚍傳例之意未必同鄭也孔疏於二詩皆以塞為誠實豈謂瘞與充實同義乎案釋詁瘞微也釋言瘞幽也說文瘞幽薶也俗作埋幽微之義與充實不同孔氏一之誤矣又案𨚍傳瘞字崔集注本作實孔謂塞實乃俗本是明知實非毛義矣而申傳用之不解其故又書溫恭允塞疏引詩毛傳訓塞為實是又據崔本為正兩疏皆出孔氏而彼此互異豈各因舊文邪又案說文有㙯字云靜也靜與幽微義近雅傳瘞字當是㙯之借

先君之思以勗寡人言戴嬀以思先君之故故臨行時猶勸勉我也此孔疏申意鄭之說

如此足矣楊氏名時著詩辨疑一卷謂詩勉莊姜當思先君求深而反淺不如古注也又朱子初說以此為求敎之詞言當念先君而有以勉己亦非是詩皆别後追述語瞻望弗及嫣己行矣安得復求敎兮今集傳用楊說而緝大全者引孔疏分注其下竟莫識其意之不同允為可笑

日月

日月篇敘言莊姜遭州吁之難傷己不見答於先君以致困窮東萊發明之以為夫人見薄則冢嗣之位望亦輕此國本所以傾摇也莊姜不見答則桓公之位何能有定兮此義當矣朱子辨說以為莊公在時所作蓋寧不我顧猶有望之之意又言德音無良非所宜施於前人不知古注寧本訓曾言曾不顧念我楚無望之之意德音無良言無善恩意之聲語於我與上二章古處相好同一語例總是不

見畣之意耳何妨於身後言之其曰我顧為願望之詞悳音為莊公之名譽郎朱子聽敘之解可據曰駁敘乎

日月篇兩逝字唐有杕之杜篇兩噬字毛傳皆訓逮爾雅作遾亦云逮也文異而義同噬肯適我韓詩噬作逝而訓及義亦同毛字訓相傳不謬矣集傳曰為發語詞不知何本

日月詩四章每章皆言胡能有定作詩本意在此一語矣完之見弒由於莊公之不定其位位之不定由於莊姜之不見畣禍端所始故反覆言之鄭箋以為定完得其恉矣朱傳解為莊公之心意無定夫莊公之心知嬖州吁母而已何嘗無定乎悳音無良倒語也正言之當云無良德音耳與古處相好皆指莊公之待己而言古人多倒裝文法菘高篇謝于誠歸亦此類集傳云悳音美其詞無良醜其實

姝未明劃

終風

朱子辨終風敘以為有夫婦之情無母子之意愚未見其然也州吁弑君處雲俗民好敵樂禍狂虣之惡誠宜有之今篇中取喻非一日終風曰暴曰霾曰曀曰陰曰靁其昏惑敵常狂易失心之態難與一朝居矣莊公雖非令悳之君或未至此且朱子所謂有夫婦之情者始指篇中中心是悼悠悠我思及寤言願言諸語耳然悼其無禮思其不來婦固可施之於夫豈母獨不可施之於子乎此姑就時解論之其實詩意不如此辨見後條

說終風詩者謂莊姜不忘州吁見侮慢則悼之莫往來則思之甚至憂而不寐望其思我母子之情惓惓不已所以為溫柔敦厚也此言非是州吁弑君篡國阻兵

安忍是衞之賊（隷作賊）也衞人未嘗以之為君莊姜安得以之為子況其謔浪笑傲侮慢其嫡母正定姜所謂魏妾使余者彼不以母道事莊姜莊姜安得以子道畜之母子之情絶之久矣何自致其惓惓乎故凡經文言悼言思言願（鄭云願思也）皆非指州吁也然則何所指曰叙不云乎莊姜傷己也傷己者傷己之不能正州吁耳正之維何曰聲其弑逆之罪告於國人而誅之則甚正然非婦人所能及已故受其侮笑不敢怒也悼之已耳至莫往莫來若可奈矣然國家之禍至此豈能解於思乎此首章次章之意也下二章又言其憂悼之情至不能寐且念不得伸如行而蹟心之痛切如割而傷（毛訓懷為傷）皆承上二章言之也然則莊姜所憤者敵賊之橫行所悲者宗社之多禍而已安得反結歡於簒弑之人欲與叙母子之情哉果爾則夫子不録其詩矣

莊姜于桓公而惡州吁州吁素驕不平於中久矣一旦行簒弒之事自以為國君遂傲睨其嫡母笑之謔之以快夙昔之憤小人情態諒有之也又案釋詁云謔浪笑傲戲謔也蓋古人本有此語故爾雅釋之邶詩人采用成語亦如後世文人撦故典以助詞藻也宋儒執此疑釋詁非周公作固矣

惠然肯來箋云肯可也有順心則可來不欲見其戲謔此語當矣州吁安得有順心之時乎言可來正欲其不來也距之之詞非望之之詞也左傳隱四年言州吁有寵而好兵公弗禁莊姜惡之則姜之惡州吁久矣豈有躬行弒逆人神共憤而反加親愛望其肯來者乎案肯說文云骨肉間肎肎箸也从骨肉省一曰骨無肉也苦等切古文作肎玉篇云詩惠然肎來可也今作肯

願言則嚏嚏字釋文作疐案作疐是也毛傳云疐跲也毛不破字若有口旁不應

廿七

从路訓矣是毛公傳詩時本作疐也鄭箋云疐讀為不敢嚏欬之嚏若本來有口
旁鄭何須破字乎是鄭氏箋詩時猶作疐也自鄭有道我之解後儒喜其纖巧近
俗多从其說然陸本作疐是唐時經文尚未盡改其徑改為嚏不知始於何時矣
余謂傳義得之毛訓疐為跲疐當爲竹利反與狼跋篇疐尾之疐同是礙而不行
之義此言徒思之不能行之也誅除篡賊原非婦人事也下章願言則懷毛云懷
傷也蓋言思及此則傷心也二語皆自道其思非謂州吁思我鄭以俗人道我釋
之穿鑿之見耳又崔靈恩梁人集注所載毛傳疐跲作疐㰦崔云㰦今俗人云欠欠
㰦㰦是也人體倦則欠意倦則㰦音丘據反玉篇云㰦欠張口也余謂人多思之
極輒至困倦崔義亦優矣

擊鼓

擊鼓篇契濶本訓勤苦(毛鄭同)言死生勤苦相與共之也下章濶兮訓苶(隸作乖)濶洵(呼縣反毛云遠也釋文云韓詩作夐夐亦遠也)兮訓疏遠此濶字與下洵同義而與上契濶義異言苶濶而不能相活疏遠而不得信(伸同)其意也上章言皆曰相約如此下章言不遂所約爲可歎也今吕契濶爲隔遠已屬臆說矣又吕闊兮承契闊洵(讀荀訓信从鄭氏解)兮承偕老彊加分配殊不成文義東萊釋此二章悉遵毛傳最得之

洵字從毛義宜音呼縣反或謂與下信字不協當音洵訓信不知此二音古本相通本說文絢字諧旬聲旬字音眩諧勻省聲旬或作眴亦諧旬聲皆是也洵與信古一本協耳陸德明謂古人韻緩不煩改字近世銷凡夫音說文之讀若與諧聲多有甚遠於今者正可偕以攷古音斯皆至論

凱風

詩人美刺多代爲其人之言故有佀刺而實美佀美而實刺者不獨三百篇也後
世騷賦及樂府猶然凱風美孝子止述其自責之詞夫自責而不怨親母感其意
而不嫁正孝之實也美之者道其實而已矣若謂七子自作是暴揚其親之過何
得云孝況人子自責惟有涕泣引咎豈暇弄文墨誇詞藻邪
凱風首二章皆興也集傳分首章爲比次章爲興太鑿矣劉瑾曰有應奄應釋之
豈詩本旨兮小雅谷風青蠅亦爽
睍睆黄鳥載好其音傳云睍睆好皃是興其色也故箋疏曰睍睆喻孝子顔皃之
和以好音喻孝子詞氣之順而引論語色難内則下氣怡聲證之說詩如此方可
令人興觀羣怨集傳以睍睆爲聲闕其一義矣嚴坦叔王雪山駁之良是
晥本作睆从日匑玉篇云明星也字三見詩而皆从目凱風睍睆黄鳥傳云好皃

杕杜有睆其實傳云實皃大東睆彼牽牛傳云明星皃各隨文釋之故不同與皆皃也非聲也禮記華而睆釋文云睆明也意亦同詩傳玉篇獨取大東傳語此殆睆之本義乎左旁从日或以此其睆字乃睅之重文說文云大目也从目旱聲或从完户版反非此三詩之睆

雄雉

雄雉首二章之興毛鄭釋之皆以喻宣公媱說婦人之態後儒以其取義鄙淺故易其說嘆案雉不遠飛崇不過丈修不過三丈故築墻者以高一丈長三丈為一雉曾子固指為行役之喻既非其倫又雉飛甚疾凌起而橫刺數步即竄入林艸間陸農師謂雉飛若矢一往而墮是也朱子訓泄泄為飛之緩而以舒緩自得反興行役之苦亦非善於體物者也 源 謂雄雉及匏有苦葉同是刺淫之詩而皆以

雉為興一曰雄雉一曰求牡明箸其雌雄分喻君與夫人語若相應作者之意未必不如毛鄭解也又詩人託興鳥獸惟此詩言雄雉南山言雄狐皆以刺淫外此無媿目為雄者九足證雄雉是指斥宣公之詞

匏有苦葉

匏有苦葉首章以匏興濟興禮之不可缺又以濟之深淺喻禮各有宜次章以濟興雉興夫人之犯禮取興於物者凡三而八語之中一言匏再言雉五言濟錯舉以便文耳與之語語為刺淫託興非於假象之中又容主相形也朱子謂呂匏興濟又以濟興雉啖後以雉比淫亂之人古人文義平直未必作此謬巧

濟盈不濡軌古注軌从車凡音犯朱傳軌从車九䡄美反取協韻也案禮記少儀祭左右軌范注引周禮大馭祭兩軹祭軌云軌與軹於車同謂轊頭孔疏申之謂

注以軌當大馭之軹以范當大馭之軓軹是轂末軌是軾前但軹亦可名軌矣其
箋有若蒹詩疏則引中庸及匠人注以證軌為車轍之名又引說文及攷工記注
以證軹亦名轊不名軌而謂少儀軌字乃軹字之誤然則軹之名軌是鄭意而孔
不從也名物疏引羅中行語謂軾前轂末二處皆水可濡孔仲達不知軹亦名軌
乃謂少儀字誤朱子不知軌為軹遂以車轍釋之轍迹特車行之見於地者豈可
濡乎羅葢以詩字是軌非軌且是轂末之軌非車轍之軌也 源謂孔義優而韻遠
朱韻協而義蔽羅則義韻俱通似矣但孔氏詩疏辨據精博則軹之亦可名軌恐
鄭之臆說耳況軹之名軌孔自明知之而特駁其誤羅以為不知尤非也軾前之
解本於毛傳不比紛更
以飛雌而求走牡大怪事也宣公之與夷姜人倫大惡故詩引為喻其託興非泛

嘫矣古注本不謬歐陽氏乃謂雌雄牝牡飛走之通偁而引雄狐牝鷄證之殊失

詩意

谷風

德音莫違此二德音謂夫婦閒晤語之言也日月集傳旣以德音爲

莊公之聲譽矣至于谷風則解之爲美譽曰不可以色衰而弃其德音之善是又

以爲婦人之聲譽矣夫女子之名不出於梱焉用聲譽乎槩德音屢見詩或指名

譽或指號令或指語言各有攸當嚴緝辨之甚詳

葑菲二菜孔仲達合詩尔雅坊記注及方言艸木疏之言而總斷之云葑也須也

取毛傳及孫炎尔雅注蕪菁也取陸疏及方言蔓菁也取坊記注葑蓯也取孫炎尔雅注郭璞云葑蓯而取蕵蕪蕘也取方言

芥也取陸疏及方言七者一物也菲也芴也取毛詩及爾雅葸菜也取陸疏郭氏注尔雅以為別艸土瓜也取郭注此

非蘐姑之土瓜宿菜也取陸疏五者一物也其狀似葍而非葍也故鄭箋云葍類孔語亦明
劃矣但合之今世終不能確指為何菜豈非古今物産有不同與以本艸攷之葑
猶可識而菲則難稽矣葑本艸名蕪菁又名九英菘又名諸葛菜入别録上品與
蘆菔同條而非蘆菔隱居已辨之矣王伯厚補注急就章亦云蕪菁根葉及子是菘類與蘆菔全别李氏綱目云
蕪菁菘屬也根長而白味辛苦而短莖粗葉大而厚闊夏開黄花四出如芥子亦
如芥子而紫赤色蘆菔根葉華子都别非一類也蕪菁六月種者根大而葉蠹八
月種者葉美而根小惟七月初種者根葉俱良擬賣者純種九英九英根大而味
短削淨為葅甚佳今燕京人以瓶醃藏之謂之閉甕菜案如李言則俗呼大根菜
者乃是物矣自北土來者根甚大南方植之根漸小憶幼時見園圃中植此菜根
大才似葛苣後有自燕攜歸者其大數倍於幼所見盖地氣不同如此菲不載本

艸不知今為何菜陸疏言其莖粗葉厚而景純釋蒬菜云生下溼地似蘩菁華紫
赤色則與葑始同類而小別故風人並舉之與
爾雅有荼其三見詩誰謂荼苦采荼薪樗墓荼如飴爾雅之荼苦菜也有女如荼
予所捋荼爾雅之蔈(音標)荂(音呼)荼也以薅荼蓼爾雅之蒤委葉也凡三艸矣谷風朱
傳釋荼為苦菜又繼之曰蓼屬詳見良耜(俗作耜)是誤合兩荼為一物竟不思苦菜
與委葉皆名為荼名同而物異爾雅有明文也夫苦菜之名見於爾雅月令及周
書時則訓詩之詠之者九不一而足而內則用為濡豚之包儀禮用為羊羹之芼
則養親薦賓亦資其味豈可充以穢艸乎朱子之為此說者止因良耜詩荼蓼
並言又閩人偁粹荼為可證耳夫荼為陸穢蓼為水穢此委葉之荼也若苦菜即
此荼則與蓼一物而分水陸其形色性味亦必相類今攷之傳記所言乃大不

嘆苦菜生於寒秋經冬歷春得夏乃成（此易通卦驗玄圖語今桐君録亦云冬不枯）蓼則春生而秋（今俗）萎一異也苦菜以四月秀（見月令及時訓韓保昇亦云春華夏實至秋復生華而不實）蓼則華於秋二異也苦菜葉似苦苣斷之有白汁（見易通卦驗乎圖顏氏家訓及唐本注皆引之本艸綱目亦云莖中空而脆折之有白汁）蓼葉狹小無白汁三異也苦菜華黃似野菊（見本艸衍義）蓼華成穗而吞色紅白亦有黃白者名木蓼嘆不似菊也四異也苦菜味苦蓼味辛五異也苦菜一華結子一叢形如同蒿子蓼子大如胡麻夾累而纖尖（俗作扁皆見本艸綱目）六異也然則二艸之相去遠矣何得溷為一物況有爾雅正典不信而取證於百千載後蠻方之土語不亦迂乎

苦菜苣屬也合璧事類云苣有數種色白者為白苣色紫者為紫苣味苦者為苦苣苦菜即苦苣也家栽者謂之苦苣野生者謂之苦蕒宋洪邁續筆云苦蕒俗名苦苣然則實一物也苣說文作藘云菜也似蘇者彊魚切玉篇云藘苦蕒菜也廣

卌二

韻云蕒菒蟹切吳人呼苦蒙皆是物也又案本艸本經名荼別録名游冬廣雅同嘉
祐本艸名苦苣李氏綱目名苦蕒云野苣類析之則味甘滑反勝於家植者
其甘如薺薺俱禮切泚千禮切二字同韻而異母薺從母泚清母也傳集傳薺音
泚䫉誤匐匐救之匐本蒲北切集傳蒲卜切北入職韻卜入屋韻截然兩音而朱
子一之亦誤今吳人土語呼北為卜豈俗人傳寫之誤邪
薺毛鄭皆無訓釋呂記引本艸云薺味甘人取其葉作菹及羹羹今作亦佳案此即
爾雅之䔮才何切薺實也郭注云薺子味甘邢疏亦引本艸語即呂記所引及谷風詩證
之東萊之解蓋本此繁露云薺以冬美晉夏矦湛齊卞伯玉皆有薺賦指此艸也
爾雅又云菥蓂音覓大薺又云蕇音典葶藶即月令靡艸二種皆薺類而味不及
案薺艸陶貞白名醫別録列於上品入菜部陶云薺類甚多此是今人所食者葉

作菹蓄亦佳詩誰謂荼苦其甘如薺是也李時珍本艸綱目注云薺有大小數種

小薺莖扁味美其最細小者名沙薺也大薺科葉皆大而味不及其莖勁有毛者

名菥蓂大薺味不佳竝以冬至後生苗二三月起莖五六寸開細白華結莢如小

萍而有三角莢內細子如葶藶子其子名蒫四月收之師曠云歲欲甘甘艸先生

指此釋家取其莖作挑燈杖可辟蚊蛾謂之護生艸尒雅又有苨音禰菧音氐苨注云

薺苨何氏古義以釋此詩之薺誤矣薺苨根似人蓡俗參楷葉似桔梗俗呼為甜桔

梗二艸原一類而甘苦殊也神農本經合桔梗薺苨為一物陶氏别録始分之陶

又云魏文帝言薺苨亂人蓡即此

詩記土風而邶谷風言涇渭鄭謂絶去所經見蓋秦人女嫁為邶人婦也禮惟大

夫不越境逆女而士昏禮有異邦贈送之文則士庶人得外娶矣疏申箋意甚明

或謂涇濁渭清世幷聞知不必咏其所見義亦通但不如箋疏之明當

谷風第五章三言育鄭作兩解箌育訓幼稚育鞠既育訓長老字同而義反又幷

在一章後儒所以易其說也嘆古世字少一字而兩用容有之耳集傳訓育為生

則既生既育義複矣生謂財業育謂長老古注本分二義集傳止云既遂其生則

經文既育不已贅乎

史游急就篇云老菁蘘荷冬日藏師古注云秋種葍菁至冬則老而成就又收蘘

荷蘘汝羊反一名蓴苴莖葉似薑根香脆可為菹蓄藏之以禦冬也宗懍荆楚歳

苴李時珍曰有二種白者入藥赤者堪啗

時記云醃藏蘘荷以備冬儲又以治蟲毒案詩言旨畜始斯類矣蓄五六許六反作

稸稸稸廣韻云冬冬菜也

式微　旄丘

二詩皆黎臣作也㢟式微勸其君歸旄丘責衛伯之不救指各不同者意狄人破黎之後必自奔而不守黎侯若能自振則遺民猶有存也歸而生聚之教誨之尚可復興此式微勸歸之意乎然此時狄雖去而國已破且日懼狄之再至也必得賢方伯資以車甲遣之返國爲之戍守如齊桓之於邢衛方可轉危爲安此旄丘之詩所以望衛之深而責之至也始則勉其君繼則望其鄰而終算之以亦可閔矣夫子録此二詩示後世以自彊之道卹鄰之誼也厥後百餘年晉人數赤狄潞氏辠言其奪黎氏之地因滅潞而立黎侯是黎未嘗亡也豈黎君流寓日久雖登衛援而仍能自歸其國與則式微之作不為無力矣。

旄丘

旄丘末章惟毛傳之解萬不可易毛曰流離之鳥少好長醜喻衛臣不知救患卹

卌四

鄰苟安旦夕始雖愉樂終必褎微徙有褎然尊盛之服（飾）而德不能稱其說如此余
因思衛不救黎而狄患終及衛非獨天道好還也衛宣之時君荒臣情百度廢弛
其勢必趨於敗亡黎臣見微知箸故以流離喻之夫子録其詩示戒深矣鄭謂衛
臣初許迎復黎侯既而背之似流離之始美終惡所見已私不如毛也至王氏解流
離瑣尾為黎人羇旅之狀尤無義疑況流離之為鳥名經傳歷有明證安石以臆
見易之可乎
褎如充耳毛傳訓褎為盛服充耳為盛飾言大夫服飾雖盛而不能稱也鄭箋忽
有耳聾多笑之說言諸臣顏色褎然如塞耳無聞知釋文因訓褎為笑皃毛說乎
正而奄奇鄭說纖巧而可喜宜宋儒之从鄭也今案褎字从衣原訓為盛服漢武
帝策賢良云子大夫褎然為舉首見董仲舒傳服虔注云褎喚盛服皃正祖此詩義其

云多笑者康成之妄說耳充耳卽瑱施於冕服故為盛飾又詩言充耳不一而足淇澳箸都人士皆有之竝無取聾義者淇奥篇以充耳為美此詩以充耳為刺盛飾均也而稱不稱分焉美惡不嫌同詞君子偕老篇玉之瑱也卽此充耳擧盛飾以見其不稱與此詩義亦同

褎似救切从衣采聲袌也唐風羔裘豹褎是也偕為盛飾皃又偕為枝長皆余救切旄丘褎如充耳毛云盛飾生民實種實褎毛云長也均非褎字本訓故音亦異焉今衣袌之褎俗作褏袖而褎之為袌反屬叔聞矣又案說文采卽穗之或體云禾成秀也人之所收从爪禾徐醉切肰則旄丘之褎从衣取義生民之褎从采取義雖假借實有因也

簡兮

卅五

簡兮簡兮毛訓大鄭訓擇而擇義較優朱傳簡易不恭之説本於横渠亂未當也簡兮簡兮方將萬舞言簡擇衆工充萬舞之數語本明順若云不恭不恭方將萬舞成何語邪況朱子以此詩為碩人之自言也不恭之態出於他人評論猶可若自言其然則是明知而故為之又誇之以為美斯乃庸妄之人耳烏足為賢大全録輔廣之説云既自以為簡易又自以為碩人便見其不恭是又分簡易不恭而二之破壞其師説矣又云當明顯之處公然為此而不以為辱亦不恭之意此尤屬兒童之見舞必在實祭時自當為衆目所覩安得擇一暗室中而舞邪古人十三舞勺成童舞象入學必習舞凡舞人皆國子也舞何足為辱而以人見兮孔疏云諸侯四佾此公羊傳之説舞者為四列此碩人居前列上頭者所以教國子弟也語甚明當集傳易其説而畀日中句同訓之曰當明顯之處已屬含糊矣輔氏從而發

明其指九令人齒令也

簡兮首章如毛說則為舞者三方四方山川之舞也日中教國子之舞也公庭宗廟之舞也鄭以方將為方且鼓四方一舞說小異而俱通惟萬舞本兼干羽傳義得之鄭襄公羊之誤㜸指爲干舞東萊駮之允當

泉水

毖假泉水毖乃泌之借也說文引詩作泌得之文選魏都賦泉毖湧而自浪注呂延濟曰毖泌也李善曰毖與泌同二臣通毖泌為一義正本於說文之引詩但說文泌字注云俠流也李注引之云水駛（字亦作駛也疏吏切）疾流也與今本不同案說文俠訓俜俜訓使俱不切水流義俠字殆駛字之誤吏夾字形相近馬易艸書又易溷人因而致誤耳李注所引當得其正近世銷凡夫以為俠當作浹或作浹此必未

見李注戾辟也辟反也陝隘也豈若駿疾之明當乎又駿流亦見内典此釋經者
采用說文語耳
皆章諸姬集傳旣以為姬婦矣次章諸姑伯姊又云即諸姬然則姑即姪姊即娣
乎何背後之自相戾也
泲禰干言皆指所嫁之國至衛所經之地出宿歃飲恪化餞同是懸擬之詞毛鄭之
解本兮正也王氏以泲禰為衛地干言為所適國地特見下文女子有行言出嫁
事還車言邁言歸寧事欲令語意相接耳但出宿歃餞語本一例彊分為兩釋不
已鑿乎況次章皆言歸寧下四語又言歸寧之意正因有行以來遠父母兄弟日久故
思歸衛與姑姊相見文義未嘗不順也又曹氏引灤地里記東郡臨邑縣有泲廟
謂東郡是衛地以證王氏之說華谷甚信之此非也泲水經流豫兗二州之境所

歷國多矣何必臨邑沛廟方得名沛哉況禮既飲餞即行舍於郊是謂出宿大國之郊去國都不過十里宣公時尚都朝歌為今河南衛輝府淇縣邃臨邑縣今屬山東濟南府相去甚遠非出宿之地

還歸於衛釋文云還音旋此字例同音處不重出蓋詩中還字皆應讀旋釋文不及盡加音及故獨注之於此集傳此詩並無分說而以後還字亦無音反疏矣俗人不知遂槩讀如字

不瑕有害瑕字毛訓遠言至衛亦非遠而有害也王肅述之以為不遠禮義稍迂鄭訓過言非有過差也張氏釋之以為不大有害則遠過二義俱可通而文義亦明順集傳訓為何則當云不何有害經文為不詞矣又詩中瑕字及遐字集傳槩訓為何以為古音相近可以通用考其所本蓋因表記引隰桑詩遐不謂矣鄭注以何釋遐故襄

卌七

用之併及瑕字耳然同是康成之說也於箋詩則斁弃之如土苴於注記則遵奉之如玉律誠不解其何意

爾雅釋水歸異出同流肥鄭注引泉水毛傳釋之詩我思肥泉毛云所出同所歸異為肥是也劉熙釋名推其故以為同出時所浸潤少所歸各枝楸而多似肥者也惟犍為舍人反是曰水異出流行合同曰肥如此則正文歸字成虚設殆不喫而酈道元水經注以衛之肥泉實異出同歸疑舍人之言為是云泉水有二源皆出朝歌城北右水南流東詘左水東流南詘合為馬溝水又東與美溝水合又東南注於淇水為肥泉是為異出同歸也其援據似不謬矣然余謂川谷流變古今多有不同河濟經流尚非禹績之故道況其小者乎酈所據者元魏時之肥泉耳未必邶風之舊也舍人之言旣不合尒雅文義而毛鄭諸家之解又有師授不可

盡以為非且天下之水異源者甚多濟水瀍水皆二源沁水潁水皆二源何不盡得肥名也至自分而合則凡水皆然不足為異肥泉若異出同歸亦適得水之常耳爾雅何特别而識之乎

北門

室人交徧讁我鄭箋云在室之人更迭徧來讁我是室人者汎指家中人父母兄弟皆是也朱傳以為室人奄以自安亦未徧有所指大全録范氏之言引周南婦人能閔君子以相比況則此詩室人嫥曰相其婦矣案列子周穆王篇記鄭人蕉鹿事以室人與夫對偁則謂婦為室人古已有之但詩言交徧則鄭解為勝

王事敦我毛云敦厚也則應如字鄭云猶投擲也擲本作擿則應都回切釋文甚明朱傳从鄭解矣復云叶都回反豈欲正讀如字乎

卌八

北風

邶之有北風猶魏之有碩鼠也避虐與避貪人情皆然不待賢者而後能也程子謂北風詩乃君子見幾而作夫北風雨雪害將及身當此而去亦不得爲見幾矣又敘以此詩爲刺虐而辨説非之以爲衛君淫亂亡國不聞威虐之事集傳又以烏狐爲不祥之物則通義駁之允矣

靜女

詩人説靜女之德皆與宣姜相反城隅高峻之節也彤管法度之器也歸荑有始有終之義也是謂貞靜而有德宣姜以伋妻而受公要是無節矣譖殺伋壽與盜同謀是陷君於不法矣始播醜於新臺終貽羞於中冓是無始無終矣故詩極稱女德而敘反言夫人無德敘所言者作詩之意非詩之詞也横渠東萊皆從敘説

集傳獨祖歐陽本義指為淫奔期會之詩夫淫女而以靜名之可乎哉
靜女詩彤管毛傳以為女史記事所執而宋儒疑之李氏言鍼有管樂器亦有管
古未有筆不稱管也解頤新語大謂筆始於蔡古以刀為筆不用毫毛安得有管
此皆謬說夫筆之來古矣尔雅云不律之謂筆曲禮云史載筆莊子云宋元君將
畫圖衆史舔筆和墨舔俗作舐太公陰謀載武王筆銘云毫毛茂茂此皆三代文典也
已箸有筆名可謂古無筆乎可謂古筆但用刀不用毫毛乎筆不始於蔡明矣又
董仲舒答牛亨問曰蒙恬所造即秦筆耳以枯木為管鹿毛為柱羊毛為被所謂
蒼毫非兎毫竹管也又問彤管何也荅曰彤者赤漆耳史官載筆故以彤管用赤
心記事也夫有筆之理與書俱生昇尚書中候云龜負圖周公援筆寫之其來尚
矣案董仲舒荅牛亨問蓬短書名也王充論衡云二尺四寸聖人文語灋事未見于經謂之尺籍短書張華博物

記崔豹古今注皆載其語仲舒去古未遠所聞必有據又武帝時毛詩未行而仲
舒之論彤管與詁訓傳相合不足爲確據乎至謂恬造蔡筆非今筆而古今注又
言秦吞六國滅前代之美故蒙恬得偁於時此皆篤論也集傳曰彤管未詳何物
殆惑於後儒之説又黍董謂兔毫竹管非蔡筆而韓愈毛穎傳有吐生管城之語
文人謾戲非經攷據不足置辨也

毛詩稽古編卷第四

鄘變風

柏舟

實維我特毛曰特爲匹朱子謂特乃孤特之義而得爲匹者古人多反語故小雅新特亦用此詩毛義釋之嘆毛傳以新特為外昏鄭申之爲特來壻傍之女與匹義反矣案我特韓詩作我直云相當直也見釋文兩家字異而義同意毛傳詩時字亦作直乎不然則師授如此也不得爲小雅新特例矣

牆有茨

茨者以茅葦蓋屋也薋者艸多皃薺者蒺蔾也牆茨楚茨皆應作薺今詩及爾雅

五十

皆作茨俗也惟説文引詩作墻有薺玉藻注引詩作楚薺得字形之正離騷王逸注引詩作楚楚者薋亦俗也漢書師古注謂采薺薺字體禮經或作薋又作茨則此三字古本通用案蒺藜有二種子有三角刺人者杜蒺藜也子大如脂麻狀如羊腎者白蒺藜也出同州沙苑牧馬處杜蒺藜布地蔓生或生墻上有小黄華詩墻茨楚茨指此

君子偕老

副笄六珈孔疏引追師注云副之言覆所以覆首盖副覆音同也詩釋文副芳富切説文富方副反二字皆入宥韻今讀如赴乃俗音也玉篇引周禮作髱云或作副匹宥匹盲二切廣韻敷救切皆奩赴讀黄公紹韻會收副富二字於七遇誤矣正韻亦仍其誤黄又謂説文富福務切今徐氏韻補埜不㗇又案説文副判也芳逼切籀

作疈生民釋文引字林云匹亦反然則副本入聲生民拆副乃本訓也覆首義當以䯱爲正

錢坫案說文無䯱不得以玉篇為是

副笄傳云笄衡笄也衡笄本周禮天官追師文傳引其成語耳非合衡笄為一物也衡垂於當耳笄横於頭上彼注云王后之衡笄皆以玉爲之惟祭服有衡垂於副之兩旁當耳其下以紞縣瑱笄卷髮者是衡與笄本二物也孔疏引之乃云惟祭服有衡笄垂於副之兩旁云云於衡下增一笄字而不引笄卷髮之文是以釋衡者釋笄矣呂記朱傳皆仍其誤而嚴緝尤失之曰笄者婦人之首飾惟后夫人之副其笄謂之衡笄是竟以衡為笄名又曰毛以衡笄為一物鄭注追師以衡笄為二物疏溷毛鄭為一說不知毛公連引衡笄所以見笄之為玉非合二物為一也鄭注追師既引衡笄為二物而箋詩副笄仍不易傳亦知毛意與己不異也疏之

五一

誤在引釋衡文而不引釋筓文耳嚴誤認毛意而謂與鄭異說其誤更甚於孔矣

又案大雅追琢其章疏引追師注衡下垂筓字安知此疏非傳寫者之誤乎

象服翟衣毛傳已象骨及羽爲衣服之飾而孔疏不从以爲象骨飾服經傳無文

又衣服隨身卷舒非可羽飾蓋右鄭也（鄭謂象服即翟衣象鳥羽而畫之也）啖古籍椒匕制度不見

於經傳者多矣安知象飾之服毛非有據乎至以羽飾衣春秋時尚有之楚王祭

復陶翠被杜注謂秦所遺羽衣及以翠羽飾被（見左傳昭十三年）不聞其礙於卷舒也又

案說文釋褘爲畫衣褕爲翟羽飾衣陸璣師謂周禮二翟曰翟而褘衣變翟曰衣

當是褘衣畫雉褕闕二翟皆羽飾以證說文其語良是

鬒髮如雲毛訓鬒爲黑髮服虔左傳注訓美髮說文訓稠髮玉篇訓同說文皆婷

指髮言也朱傳竟訓爲黑因此詩與髮連文不可重言髮耳然物之黑者甚多可

盡目爲䫸乎又案䫸本作㐱䫸乃重文

晳晢二字音形及義訓俱別晳从白析旁木聲音析人色白也詩揚且之晳毛傳訓白晳左傳澤門之晳與黔對聖門曾點楚公子黑肱鄭公孫㬎皆字子晳各與名反是也俱取白晳之義晢从日折旁手聲音折又音制明也字又作晣晣又與㫜悊通用詩明星晣晣毛云猶煌煌庭燎晣晣毛云明也易明辨晢孔疏釋為智書明作㫜孔傳訓照了是也俱取明智之義故書明作晢史記作明作智潒書作明作悊云悊知也近世陳第古音略因鄘風晳字與揥帝字協遂音晳為制又引易明辨晢為旁證誤矣此詩偁宣姜美色故言其眉上揚廣而色白晳與明智義何涉哉鄘風之晳大有之晢㦰㗊兩字焉可同也㗊其誤實始於集傳集傳叶韻率祖吴棫韻補吴音晳為征例反而引易明辨晢證之並不引此詩也朱子不辨晳晢是

晳晢二字當分明書之

兩字而涸用征例反為㫺音陳遂襲其誤耳吾友楊子令叒知此失直欲改㫺為㫺以就韻此亦不嫈明智之偁可施於性行不可施於顔面也源謂古無入聲（今北土猶如此）夫未有四聲之别若轉㫺作厺聲則當讀息例反與揥帝自協何必改字乎

是紲袢也毛云當暑袢延之服孔氏申之以為褻衣而以絺為裏者所以紲厺袢延蘩褻之氣也紲絆音薛煩然則二字皆俗用以意推之紲當是渫（徐去也私列切）之俗袢當是煩之俗耳王安石見說文袢字博慢反與絆同音遂妄為之說曰暑服而加紲袢所以斂飭也假以紲乃羈紲袢乃縵絆縶必是纏絡於暑服之外者暑服不知說文袢訓無色竝不與絆同義紲又作褻亦非羈紲義安得彊為傳會乎又槃袢字叔重讀若普詩釋文附袁反其博慢反乃徐鉉音非古也朱子過信安石故音半而叶煩夫煩是本音何叶哉

桑中

朱子以桑中詩爲淫者自作與東萊爭論不啻千餘言識者多是呂通義已載其說矣至小敘所云政散民流而不可止語偶與樂記同非謂桑中卽桑間也朱子因此語冢全引樂記文以證此詩之卽桑間殊不知樂記旣言鄭衛又言桑間濮上明屬兩事若桑濮卽桑中則桑中乃衛詩之一篇言鄭衛而桑濮在其中矣何煩並言之邪樂記又言亂世之音怨以怒而係之鄭衛言亡國之音哀以思而係之桑間濮上是此二音之倫節與作此二音之時世迥不相同也朱子引樂記以爲證而全不辨其文義豈後儒耳目竟可塗哉案樂記注謂桑間卽濮上地名其音乃紂所作周禮大司樂禁其淫聲過聲凶聲漫聲注云淫聲若鄭衛凶聲亡國之聲若桑間濮上疏亦解桑濮爲紂樂則桑濮之非衛詩歷有明證矣

五三

通典謂鄘國古或作庸本庸姓之國即孟庸之所自出㠯鄘國姓庸不知何知據
古未有㠯姓名其國者殹非也荀曹滕皆古姓而春秋時荀曹滕國則皆姬姓未
嘗㠯姓爲國名也當時必自有庸姓偶與鄘國同名耳若孟庸果庸國女不應見
鄘風衛風言庶姜鄭風言孟姜不及姬姓女陳風言淑姬言齊姜宋子不及嬀姓
女古人男女辨姓雖託之詩歌亦不苟也通典又云衛州新鄉縣西南三十二里
有鄘城即鄘國斯言或然衛州今衛輝府縣在府西南五十里

鶉之奔奔

埤雅釋鶉之奔奔詩云我㠯爲兄兄女兄也曰兄者婦刺宣姜之詞我以爲君君
女君也曰君者妾刺宣姜之詞比解鬩優敍云刺宣姜不云刺頑毛以兄爲君之
兄不如陸之合敍矣

爾雅鷯鶉郭璞以為鵪屬案鵪亦名鷃亦名鴽即鴽也爾雅云鴽牟母者是此二鳥雖相侣而非一類鴽是田鼠所化春化鴽秋復化為田鼠（見夏小正及月令）故夏有冬奄鶉自卵生或從蛙化生（見列子及本艸）或從海魚化生（見本艸引交州記）故四時嘗有之郭以鶉為鵪屬非即鵪也又晉童謠鶉之賁賁與詩語雖同然假鶉乃南方七宿合成朱鳥之形與鄘詩之鶉異

定之方中

椅梓楸檟（亦作樌）說文解為一木蓋大類而小別也今案爾雅楸小葉曰榎大而皵（音鵲）楸（老而皮粗皵者為楸）小而皵榎（小而皮粗皵者為榎）此楸榎之別也陸璣疏楸之疏理白色而生子者為梓梓實桐皮曰椅此椅梓之別也故毛傳以椅為梓屬實二木矣唉爾雅椅梓郭璞以為即楸合之陸語則椅梓其又楸屬乎齊民要術（賈思勰著）以白色有角

者為梓名函楸又名子楸黃色無子者為椅楸又名荆黃楸是又以子之有無為

楸梓之别

梓似桐而葉小華紫百木之王也陶隱居言梓有三種蓋指椅及楸併梓而三焉

理夵者為楸文美者為椅而檟即楸之小者外又有鼠梓亦名虎梓艸木疏名為

苦楸枝葉木理皆如楸小雅北山有楰毛云鼠梓是也郭璞尔雅注云楰楸屬玉

篇云楰鼠梓似山楸而黑與毛同

漆元作桼象形如水滴而下其从水者乃漆沮之漆水名也今通用漆

望楚與堂景山與京毛云景山大山鄭云望楚丘而觀其旁邑及其丘山皆以景

為大義朱傳訓景為測景與望字相對竊未喻上章作宫室故測京以正其方位

揆之以日景也此章追本欲遷之初升 升高望遠觀其形勢未及作宫室也測景

何為況此句言山與京是測之於山乎抑測之于京乎下句降字正與上升字應
則此兩句皆升虛事也八尺之臬須即其地而樹之不應身在漕虛之上而遥測
楚丘之山與京也文義尤難通矣.

匪直也人言文公愛民務農如此非直庸庸之人也故下文美其悳而因及馬耳
朱傳曰匪獨人之操心誠實而淵深也其畜馬已至三千之衆則是君悳之美止
以匪直二字帶言之而愽修言多馬颿失輕重之權

古者國馬足以行軍公馬足以爯今偕稱賸見楚語國馬君之家馬牧之閑廄公馬田
賸所出椒在民閑國馬邦國六閑為馬一千二百九十六公馬大國千乘為馬四
千衛詩騋牝三千此國馬也左傳閔二年文公元年革車三十乘季年乃三百乘此
公馬也國馬三千已踰六閑之數故毛傳釋詩分騋與牝為二明壯馬亦在其中

若㭉指牝馬則牡馬又在三千之外比於天子之十有二閑馬三千四百五十六匹或反過
之箋疏申傳意信而有徵矣集傳曰馬七尺而牝者已有三千之衆豈誤以騋牝
為公馬乎嗟三百乘僅得馬千二百仍不合三千之數胡弗之思也又案文公國
馬已過侯國之常而公馬尚未半大國之賦多寡之相懸若此之甚者則有故矣
左傳言革車三百乘非為馬言也特借以識田疇之墾闢與戶口之殷蕃耳古者
兵車出於田賦司馬法百井為成每成出車一乘三百乘則三萬井當得民二十
四萬戶田二千七百萬畝包氏之說與此辨之魯頌衛之殷富可知又公元年止三十乘在位
二十五年冢十倍於其初足徵其賢矣況畜牧之事貴在校人耳游牝騰駒有法
可以速致蕃庶至於招流栰辟艸萊行之當有次第非人君宵旰憂勤躬親勞來
且積有歲年豈易奏績乎宜乎難易之不同也嚴緝謂三百乘計馬一千二百匹

合六閑之數是合國馬公馬為一也謬甚矣嚴又謂䡍車不用牝馬今併牝馬數之故為三千亦不然書費誓云馬牛其風左傳云城濮之役晉中軍風於中澤僖二十八年風謂牝牡相誘也魯晉皆當戰時而言風是軍中有牝馬也不以駕䡍車將焉用之若輜車則駕牛矣又列女傳趙津女言湯伐夏左驂牝驪右驂牝龍遂放桀武王伐商左驂牝騏右驂牝黄遂克紂此又䡍車駕牝之明證

蝃蝀

蝃蝀在東䗖虹也螮隮于西螮虹也䗖虹截雨螮虹行雨屢驗皆然雖兒童婦女皆知之也鄭箋云螮有升氣於西方終其螮則雨氣應自然蓋漢世晴雨之候與今奄異矣朱傳獨曰方雨虹見則終螮而止張敬夫亦曰蝃蝀則雨止奄東西之分驗之久矣夫自漢至今幾二千年天氣如故也宋之末造於今未五百年乃獨

五六

相反誠為難信

相鼠

鼠乃貪惡之物故詩已喻無禮儀之人言鼠則儀有皮人而無儀則亦如鼠非以皮喻儀也箋疏甚明後儒多誤解惟嚴緝得之

今人多以儀為儀容不知古之言儀其義廣矣觀左傳衛北宮文子語可見詩亦屢言儀云人而無儀又云其儀一兮樂且有儀抑抑威儀敬慎威儀皆非儀指儀容也毛傳云無禮儀者謂為闇昧之行反而觀之則所謂儀可知矣

人而無止毛云止所止息也鄭云止容止也毛訓優矣人所止息自有定則無之則淫僻之行無所不為故可刺也豈儀在容止閒哉

干旄

九旗干首皆注旌建旄而鄘之干旄敘言臣子好善則卿大夫所建也故毛以為旟鄭以為旟與物皆目卿大夫言（周禮司常孤卿建旃大夫建物）毛謂平居則建旃出軍則建旟（大司馬百官載旟注百官卿大夫也此言出軍所建司常州里建旟則平居所建）次章干旟與首章干旄末章干旌乃一人所建也三章皆言在浚是嫥論一人事蓋衞臣食邑於浚當國之郊而下邑曰都城即都之城一地而異其文耳鄭謂干旄兼指旟物旟則卿物則大夫也又以干旟為州里所建而云州長之屬侯國之州長士也其屬則兼乎士以下所指非一人豈以敘言臣子多好善故廣言之與嫌於在浚之文則有礙矣夫嫥美一人總批於此成文於彼以況御馬治民此善喻也但簡兮篇以美碩人之德其說尤長干旄篇以當賢者善道之言則迂矣鄭指干旄言較平正

亦可概其餘毛説為允惟素絲良馬則鄭義長

五七

素絲祝之鄭云祝當作屬此改祝為屬非以屬訓祝也然劉熙釋名云祝屬也則祝亦可訓屬朱傳釋此字始祖劉

載馳

衛詩三十九篇惟許夫人之載馳乃其自作今諷其詞清婉而深至誠女子之能言者也中三章婞責許人不能救衛無以慰（俗慰）己之心首尾則及歸唁之意立言可謂有體矣盖父母殁（俗殁）不得歸寧婦人之禮也救患恤災亦鄰國之誼也宋與許皆衛昏姻之國戴公之廬漕宋公與有力焉許曾不出一旅以助之而徒責夫人以婦道雖知其力不及嗟能無憎於心乎故首章言大夫告難見欲歸之故也二三章再言視爾不臧正責其不救衛也四章以采蝱療疾為喻言當救之義也許不能救則衛必求救於它國故欲歸唁而問之末章控于大邦是也苦語真情出

之楚楚千載下猶若親見之

載馳歸唁夫人意中事也義不得歸唁亦夫人意中事也故曰馳驅曰驅馬皆意中欲其如此而言之也曰既不我嘉曰許人尤之又意中料其必如此而言之也其實夫人未嘗出大夫未嘗追如泉水詩之飲餞出宿皆想當然耳非眞有是事也敘云夫人閔衛之亡傷許之小力不能救欲歸唁其兄又義不得詩意則如此朱傳取詩中所言皆指為實事謂歸唁是已行而未至而涉丘行野則歸途自述其情吾不知夫人將出時告之於許君乎抑不告乎許之臣民知之乎抑不知之乎如知之則應阻之于未出之先不應追之於既出之後如不知則以小君之尊適千里之遠焉有倉皇就道舉輈莫覺之理且此時許君安在乃坐視夫人之出默無一言直待其行至半途始遣大夫跋踄往追之乎孟子曰說詩者不以詞害

意觀此詩而益信

蝱爾雅說文皆作莔今藥艸貝母也陸氏詩疏郭氏尒雅注言其物色各不同陸云葉如栝樓而細郭云白華葉似韭蘇頌圖經論之以為此有數種今貝母葉隨苗出似蕎麥七月開華碧緑色與陸疏相類郭注云云今罕俗罕見之槩唐本注言葉似大蒜正與郭注似韭同則此種唐世猶有之矣

衛 變風

淇澳

瞻彼淇奧釋文引艸木疏云奧水名孔疏亦謂陸璣云淇奧二水名而以毛云隈奧為誤今陸疏竝無此文意今本脫落矣槩愽物記以為有澳水流入於淇而水經注疑之且辨此水即詩泉源之水余因思泉源即泉水詩所謂亦流于淇者也

兩水相入必有隈曲之處卑乃隈曲之偁詩人指泉水入淇之處爲淇澳後人因

詩之言遂名泉水為澳水張（博物記）陸（艸木疏）二家之記始有因也但陸據此而反以

毛傳穽隈爲誤則孔氏非之允當

綠竹猗猗綠為王芻竹為篇（匹善切）竹（爾雅作篇蓄韓詩及說文皆作篇茿）詩雅注疏皆同乃二艸也

惟陸疏以為一艸言其莖葉似竹青綠色高數尺孔疏駁其非引小雅采綠證之

謂綠與竹定是別艸得之矣自集傳解為綠色之竹後儒不敢有異議而前說俱

廢夫武帝斬淇園之竹冦恂伐竹淇川濩史誠有之漢唐以前諸儒豈皆未見濩

書者哉又水經注亦引濩武寇恂故事而辨之曰今通望淇川竝無此物惟王芻

篇竹（注作編竹）不異毛與此善長得於目驗當不誤矣

柴篇蓄吳普本艸名篇辨又名扁蓄節間有粉多生道旁方士呼為粉節艸道旁

艸入本經下品李氏綱目云菉似落帚而不織弱莖引蔓促節三月開細紅花結
細子

綠即本艸之藎艸入本經下品說文謂之菮艸可目染黃漢書諸矦盭綬晉灼云
盭艸佀艾可染黃因以名綬皆謂此盭本作綟與菮同郎計反小雅采綠與采藍
竝偁以其皆染艸也陶氏別錄云藎艸生青衣川谷九月十月采可以染作金色顔思古注急就篇亦云唐本艸注云菉似竹而細薄莖亦圓小煑以染黃色極鮮好俗名菉
蓐艸

尒雅骨謂之切象謂之磋玉謂之琢石謂之磨毛公之傳詩亦類是切磋琢磨四
字各為治器之名非有淺深也紫陽釋之以為磋精於切磨密於琢殆彊經文以
就己說

詩言瑟者三一見衞風兩見大雅集傳於旱麓二瑟皆易傳箋自以縝密茂密釋之獨淇奥瑟兮猶遵毛傳矜莊之訓然戴記引詩復改訓為嚴密於是三瑟字皆得密義矣字訓須有徵據瑟訓密始於程正叔殆臆說也

傳云僩寬大也韓詩云僩美皃說文云僩武皃三解各異集傳曰嚴毅章句曰武毅皆从說文案荀子云陋者俄且僩也僩與陋反正是寬大之義毛為荀弟子字訓有本矣唐楊倞其亮切注引方言晉魏間謂猛為僩證之非荀意也又案今本方言僩作撊二字殆相通左傳昭十八年撊然授兵登陴注忿皃武猛忿三義相近但詩美武公之德奚取於武猛當从寬大義為長

會弁如星鄭云弁縫之中飾之以玉皪皪而處狀似星也不云皪皪似星而云皪皪而處則經言如星特象其布置之疏落非取象於星光也朱傳以為如星之明

六十

則稍異莊公雖大國之君安得餙亓者皆夜光之璧哉又釋文云皪本又作礫案皪訓白礫訓小石皆非明義

綠竹如簀毛云簀積也韓詩綠蕣如簀簀積也薛君云綠蕣盛如積也簀𧶘字異訓積則同平子東京賦芳艸如積正用斯語伊川解為容比如簀而朱傳从之晦翁甚愛韓詩義此獨弃而不用豈惡其同毛與

考槃

考槃箋云誓不忘君之惡誠害於理而小敘以為刺莊公則不誤也朱子非之云詩未有見弃於君之意不知君不弃賢者何為而隱孔子曰吾於考槃見遯世之士而無悶於世（見孔叢子）遯世無悶豈有道時所為哉是乃邦有道而貧且賤者君子方以為恥焉得錄其詩

考槃在澗釋文云澗韓詩作干云墝埆之處文選注引韓詩曰地下而黄曰干二
注雖不同嘆韓詩有内傳有故有說有章句容有兩釋也董氏謂在阿韓詩作在
干是首次二章皆作在干也詩無此體
碩人之軸毛云軸進也釋文正義皆讀軸為迪以合進義然毛不破字始未必然
也毛之傳詩本於師授豈容臆度哉上章薖字本艸也而毛訓寬大於義尤遠必
欲為之說當破薖為過字乎源謂軸以持輪車得之始可以進毛之訓進或以此
蘇氏釋軸為盤桓不行此與毛義正相反真臆說也況進是進德之義以美碩人
較優

碩人

蝤蠐非蠐螬也蝤蠐一名蝎尔雅蝤蠐蝎是也一名蛣蝠一名桑蠹爾雅蝎蛣蝠

及蝎桑蠹是也身長足短生腐木中穿木如錐至春雨後化為天牛蠹螬一名蟦

蠹爾雅蟦蠹螬是也生糞土中以背行身短足長如足大指从夏入秋又化為蟬

郭氏注爾雅已分為二物陶貞白與蘇恭以為一蟲誤也陳藏器拾遺辨之當矣

盼从目分聲匹莧切目白黑分也眄从目丏聲莫甸切目偏合也一曰邪視也盻

从目兮聲胡計切恨視皃三字音形義俱各别今人多譌之碩人詩美目盼兮盼

字从目从分說文玉篇引詩及石經皆同今本俱誤作盻監本注疏亦誤此不可

不急正也案廣韻盼字收(俗收)入霽諫兩韻一五計切訓恨視一匹莧切訓美目則

誤之來久矣正韻於霽韻既收盻字訓恨視於諫韻又兼收盼盻二字而訓盼為

顧爲視是誤以眄為盼也又以詩美目及孟子盻盻證盻字是誤合盼盻於一盻

也三字之溷譌於斯極矣

施罛濊濊說文作施罟㬼㬼尒雅魚罟謂之罛則罛罟本一義也濊濊毛云施之水中韓詩云流皃釋文引說文云凝流也與韓詩義相反近世楊用修云水平則流凝引唐詩江平不肎流水溲灘急流二語證之可謂辨矣然今本說文云礙流不云凝流也案詩濊濊本連施罛為句是言罛非言水礙流得之釋文又引馬融云濊大魚网目大豁豁也則慱指罛言朱傳云罛入水聲本傳語而增入聲義

氓

一

里巷猥事足為勸戒者文人墨士往往歌述為詩以示後世如陌上桑雉朝飛秋胡妻焦仲卿妻木蘭詩之類皆非其人自作也特代為其人之言且國風美刺諸篇大率如此集傳概指為其人自作波迤是理也大全載輔廣之言謂谷風與氓二詩其文詞敘次雖工文之士不能及然其行一賢一否信兮乎有言者不必有悳

也噫癡人﨑不可説𡪢廣之謂矣

耽耳大𠂰也湛本宅減反浸也皆非樂義其訓樂者當作媅説文云樂也又作酖説文云樂酒也又作妉尒雅云樂也漢五行記偕用沈云荒沈于酒此四字皆不見詩詩獨偕耽湛兩字為樂義但樂同而美惡不同鹿鳴之湛君臣之樂也常棣之湛兄弟之樂也賓之初筵之湛祭而受福之樂也雖樂無傷也氓詩之耽在男女抑詩之湛在歙酒則皆為刺然獨氓詩之耽鄭釋為非禮之樂者盖女而耽士尤失其正異于諸湛矣常棣韓詩云湛樂之甚也兄弟之樂何妨於甚乎又耽字从耳冘音淫聲古讀如沈今丁南反俗或作躭非是

氓詩言總角之宴則婦遇氓時尚幼也又言老使我怨則氓弃婦時婦已老矣必非三年便弃也其言三歳食貧及三歳為婦正目初為大婦時耳意氓本窶人賴

此婦車遷之賄與夙興夜寐之勤勞三歲之後漸致豐裕及老而弃之故怨之深也然風俗惡薄如此豈獨氓之罪歟

信誓旦旦毛云信誓旦旦然不解旦旦之義故鄭以懇切款誠述之案旦旦說文作悬悬郎怛之或體注云憯也此與鄭義正同廣韻云悬傷也亦是憯意詩旦旦義當以此為正玉篇云悬忎也爽也則因尒雅而為之說然尒雅云晏晏旦旦悔爽忎也是推釋詩人言此之意非旦旦正訓也又朱傳訓旦旦為明蓋即有如皦日之義本與毛鄭不同韻會反謂此是毛義失之矣

竹竿

泉水竹竿皆衛女思歸詩也而有異焉泉水思歸而已竹竿之思歸由于不見荅也故二詩取興皆以淇泉二水而意不同婦人之適異國猶小水之入大川

也毖彼泉水亦流於淇嫁者之常也若在左在右兩不相入豈其常乎故以為不
見荅之喻也至釣者意在得魚猶嫁者意在得禮舟楫得水而後行猶男女得禮
而相配首尾二畀又為不見荅之反喻此皆傳義非後儒之穿鑿也今槩指為睽
體徒以詞而已矣

佩玉之儺毛云儺行有節度說文云儺行有節也因引此詩嚴緝取錢氏柔緩之
訓而解為與身婀儺真屬謬說

芄蘭

宋沈括言芄蘭葉來枝閒如解結錐故以為興韘亦當佀葉但不復見耳近世本
艸綱目祖其說言芄蘭實櫼尖(俗化)如椎葉後曲如張弓指彄據此則韘是決非沓
矣但詩人託興本喻人君當柔順溫良信任大臣豈嫥為觿韘二物取象乎況首

章言芄不言荚也毛鄭義優況說纖巧甚矣案芄蘭陸疏名蘿摩本州名白環藤
斫合子其實名雀瓢三月生苗蔓延葉長而銳根及莖葉斷之皆有白乳六七月
有華紫白色實長二三寸中有白絨可作褥輕煖又陶隱居言其葉生啗煑食俱
可與枸杞同功諺云去家千里勿食蘿摩枸杞以其補精彊陰也
童子佩韘毛以韘為決鄭以韘為沓說文訓韘與毛意同朱傳兩存其毛鄭之說
陳氏禮書非毛許而是鄭馮氏名物疏非鄭而是毛許案䠶禮右巨指箸決以鉤
弦食指中指無名指箸沓以放弦決用棘及骨及象為之亦名玦亦名拾沓用朱
韋為之亦名極大䠶禮云朱極三是也三者中三指各一也極取其中於指沓取
其沓於指也韘之為決為沓禮皆無明文而毛說較古又有許說相輔當得其真
許云韘䠶決也所以鉤弦以象骨韋系箸於右巨指从韋枼聲或从弓作弽

敘以芄蘭為刺惠公而朱子不信夫惠公譖殺二兄違距王命其狼抗不遜可知敘云驕而無禮正相合也且即位時方十五六歲宜有童子之佩又何疑乎嘆則為此詩者殆左公子洩右公子職之徒與

河廣

嚴華谷謂河廣詩作於衛未遷時是不嘆衛未遷時宋桓公尚在敘不應稱襄公母矣況襄公未立尚可至衛安知母子終不相見詩猶可無作也嚴特以渡河為疑耳然孔疏謂假有渡者之詞非言渡河嚮宋義盡(俗作儘)通也至朱傳先云衛在河北宋在河南矣後又云襄公即位夫人思之豈未知襄公時衛已在河南耶

伯兮

箋謂伯兮詩指桓五年衛陳蔡三國從王伐鄭事朱子以為無明文可攷不知詩

中為王前驅自伯之東二語即其確證孔疏謂三國會兵京師始從王前驅而東
行伐鄭鄭在京師之東非在衛東也其言甚明
說文殳以杸殊人也禮殳目積竹八觚長丈二尺建於兵車旅賁以先驅徐鍇謂
積竹者削去白取其青合之取其有力是殳用竹也案殳之圍大處至二尺四寸
小處亦不減五寸不能純用竹青意必以木為心而傅積竹於外故攷工記廬人
為殳廬人實攻木之工矣崔豹古今注云棨戟乃殳之遺象用木以黍油韜之此
據後世之制而言雖非古殳必相彷髴也又案殳本作杸通作殳或云杸殳古今
字
毛傳云諼艸令人忘憂孔疏申其意以為諼非艸名引爾雅釋訓及孫氏注證之
嘫據傳文義明是以諼為艸名釋訓萲諼忘也郭注云義見伯兮考槃詩又明是

六五

伯兮字作蕿者槃字作諼矣若非艸名則釋諼足矣何必兼釋蕿乎又說文引詩
作藼艸云令人忘憂艸也或作蘐或作萱韓詩亦作萱艸薛君云萱艸忘憂也則
以諼為艸名先儒之說皆然孔安得獨為異乎至朱傳以合歡當之蓋襲鄭樵之
誤本艸合歡在木部非艸也嵇叔夜養生論合歡蠲忿萱艸忘憂通義辨之甚當

有狐

有狐綏綏毛傳以綏綏為匹行皃朱傳以為獨行求匹皃字訓相反取興則同槩
朱傳此解特見齊南山鄭箋求匹之訓因移以釋衛詩耳噗南山之綏綏毛義實
勝鄭矣又案綏綏元作夊夊說文云行遲皃夊夊也玉篇云行遲皃詩雄狐夊夊
今作綏
有狐首章朱傳云在梁則可以裳矣次章曰在厲則可以帶矣卒章曰濟乎

錢坫案梁石絕水也厲即砅又作濿履石渡水也梁厲同物正不必取尒疋義為証也

水則可以般矣初不解其意既而思之始知因次章厲帶二字生情也爾雅云由帶以上為厲故朱傳訓厲不遵毛傳直訓為深水可涉處在厲既為方涉則在側當是既涉故直云濟乎水而上章在梁為水沫涉時不言可知矣且厲爲由帶以上是方涉時可以束帶故未涉而可以裳既涉而可以般亦家隨文彊配之殊不知尒雅由帶以上特以記水淺深耳非謂因涉而束帶也況經云在側何由見其既濟乎而尒雅又云以衣涉水曰厲則在厲獨不可衣乎

有狐次章毛云厲深可厲之旁毛蓋舉水以見岸也厲本涉水之名非岸名也然厲必深水其旁之岸亦名曰厲王氏曰岸近危曰厲此善得毛意深水之旁岸近乎危矣

木瓜

木瓜之圓而小味酸濇者為木桃其大而黃蔕閒無重蔕埤雅謂之皐云是脫華處處俗呼為味其著華處乃臍也者為木李木桃又名櫨子鼠公炮炙論謂之和圓子木李又名榠莫零切櫨陶隱居云山陰多木瓜人以為良果又有榠櫨大而黃又有櫨子小而濇禮記云櫨梨鑽之古亦以比為果鄭玄不識以為梨之不臧者是已木桃下于木瓜木李又下于木桃二者之外又有榲烏沒切桲蒲沒切生於北地蓋榠櫨之類與林檎相似而異物三者皆與木瓜同類但木瓜得木之正氣故貴之又有山櫨者味似櫨子故亦名櫨唐本艸謂之茭瓜子宋圖經外類謂之棠毬子卽尔雅之朹音求槃音計梅也雖有櫨名而類自別

毛詩稽古篇卷第五

王 變風

黍離

集傳曰黍苗似蘆高丈餘穗黑色實圓重案此乃今之蘆菓辨詳總話非黍也陶貞白已有黍苗似蘆粒亦大之語晦菴殆祖其說乎今北土自有黍其苗似茅高可二尺餘一莖數穗穗椒散實細而長黃色性黏用以釀酒俗亦呼黍子此乃黍矣黍之不黏者為稷顏師古急就篇注言黍似粢而黏粢即稷也黍稷莖葉穗粒皆同而性有黏疏之異俗通呼黍子

稷粢穄子例切一穀而三名音之轉也又日中星鳥可種稷禮記疏引考靈曜一歲所膈先

六七

鈙按案今宋足禮記凡粢稷字皆从米者非也

故月令謂之首種稟乃粱類非稷也爾雅粢稷注云今江東呼稟爲粢疏云據此

則粢稷稟是一物而本艸稷米在下品别有稟米在中品又似二物先儒甚疑焉

案此乃郭之誤也陶隱居曰凡粱米皆是稟類此得之又案粢本作䆅或作粢下

从禾俗从米作粢且用爲盛盛之䆅大𧭴粢乃餈之重文音茨説文云稻餅也廣

韻云飯餅也俗以九日食餈餻即此

行邁靡靡字釋文奄音反據文義當讀上聲玉篇㸏迷彼反㸏㸏猶遲遲也今

作靡案此詩毛傳靡靡訓遲遲義同當亦音同

君子于役

敘以君子于役爲寮友相思之作朱子非之改爲室家念其君子大夫行役不歸

室家固當繫念豈寮友之情必應置之膜外邪至于行役過多自是王者之失何必

以無所為譏周之盛也有四牡皇華之詩以勞使臣今者王者不念而褒友念之其得失居可知矣又謂君子陽陽亦肯篇婦人作傳會至此殆以經學為兒戲

羊牛下来集傳曰日夕則羊先歸而牛次之此祖埤雅之説也埤雅云羊畏露早歸故先於牛然集傳次章經文作牛羊與注疏異當是傳寫之譌

君子陽陽

王風君子陽陽中谷有蓷兔爰三詩敘皆云閔周今觀其詞所云仳離啜泣百羅百憂其為可閔奄疑至相招祿仕陽陽自得似難與彼二詩同論而槩已為閔周敘詩者其知本乎箸人隱居下位則當國者皆小人内之徒足以病民外之必至於招敵政荒民楙納侮與戎皆由此作見幾之士作詩以紀之詞雖樂情實悲矣敘云閔周旨哉

右招我由房毛云房中之樂孔氏申之以為天子路寢如明堂有五室壁左右房
小寢則有之燕天子小寢皆係于路寢此房中之樂當於路寢之下小寢之內作
之張氏易謂房非房中之房是顧命之東房西房蓋作之於路寢也又謂儀禮房
中弦歌周南召南不合樂此詩云執簧執翿則樂舞既備不應作於房中其意以
孔說為非矣今案鄭荅張逸以為顧命之東西房乃鎬京宮室尚仍諸侯之制故
有之則張謂房在路寢而引顧命非確證也至房中之樂弦歌周南召南之詩而
不用鐘磬之節見燕禮記注燕但指后夫人侍御於君子女史諷誦之耳若燕饗
時樂工奏之則不燕矣鄉飲酒禮云乃合樂周南召南注云合樂謂歌樂與衆聲
俱作疏云謂堂上有歌瑟堂下有鐘磬合奏此詩燕禮云遂歌鄉樂周南召南疏
云鄉飲云合樂此歌鄉樂亦與衆聲俱作疏又云既名房中之樂用鐘鼓奏之者

諸侯卿大夫之燕饗亦得用之故用鐘鼓婦人用之乃不用鐘鼓又周禮磬師教
燕樂縵樂之鐘磬注云燕樂房中之樂所謂陰聲也二者皆教其鐘磬則張謂凡
奏二南併不合樂亦誤矣安在執簧執翿非房中樂哉

陶本作桃再成丘也禹貢陶丘是也又窰也緜詩陶復陶穴是也君子陶陶和樂
皃當作遥騶介陶陶驅馳皃當音遥此兩陶陶集傳皆無音反俗儒遂誤讀如字

揚之水

詩以揚之水名篇者三毛鄭皆訓激揚宋儒易以悠揚之解一急一緩義相背馳
案小雅爾雅揚翕舉也說文揚飛舉也皆與激揚義近禹貢揚州之得名亦因水
性激揚今江淮二水激揚乎悠揚乎此明驗也又悠揚二字不見古書史惟後代
詞曲中頗用之豈可據以釋經哉至假其之子本指鄉里之處者鄭箋云集傳謂戍

六九

人自目其室家殆未必然也欲挈妻子以从軍又以不得而怨恐非人情

揚之水集傳譏平王之忘親逆禮當矣至謂周制凡有討伐皆用諸侯之師王師

止衛王室不以出征此未知出何典也攷之周禮大合軍以救無辜伐有辜及戰

巡陳眡視事而賞罰（罰俗）有功則獻愷不功則奉（奉俗）主車此大司馬之職也宜於社

造於祖立軍社大祝之事也抱天時與大師同車大史之事也瓢同律以聽軍聲

大師之事也正治其徒役輂輦鄉師之事也合卒伍簡兵器旗師縣師之事也皆

言出征時也又偏兩卒伍之名蒐苗獮狩之法其為制度甚詳若徒使安居飽食

安用此紛紛者為周世紀載闊略其用兵之事誠難悉知至成王踐奄伐東夷穆

王征犬戎共王滅密宣王伐魯皆王師親征之明證見於書敘與外傳可信也周

公之東征宣王之南征北伐則又見於詩者也誰謂天子之六師不用以征伐乎

果如集傳所云王室有難則徵兵自衛侯國有故則儀貴其自相救援畿內不出
一旅以勤之非徒啻㠯服諸侯之心抑亦自弱其兵矣揚水之怨其上因出師不
以義耳假令為復讐討賊之舉民將荷戈赴敵亂後誰敢怨哉小雅之六月采芑
大雅之江漢常並率師者皆王臣也執兵者皆王旅也彼不怨而此怨何為也

中谷有蓷

毛傳云蓷鵻也尔雅云萑蓷萑鵻皆音追萑與萑異萑从艸隹音追聲益母艸也萑从艸萑音貫淆聲音凡亂五患切也俗淆作萑與益母之萑溷不可不辨益母艸又名茺音充蔚陸疏郭注皆言其方莖白華咲益母華有紫白二種李時珍謂白華者即尔雅之萑蓷紫華者即尔雅之蘈吐回切牛頹也蘈蓷音同是一艸但華色異耳又陳藏器拾遺有鏨音暫菜莖菜性味與益母同而白華亦即尔雅之蓷矣

七十

暵其乾矣毛傳云暵菸皃央居切陸艸生谷中傷於水鄭箋云鵻之傷於水始則溼
中則脩久則乾孔疏云水之浸艸先溼後乾今詩立文先乾後溼喻君子於己有
厚薄從其甚而本之也呂記朱傳祖伊川之說皆訓熯為燥以為艸待侌潤而生
暵則乾矣次則修長者亦暵之久次則生於溼者亦暵之與注疏正相反案注疏
解似近笑暵字說文元作灘注云水濡而乾也詩曰灘其乾矣其暵字注云乾也、
引易莫暵乎離並不引此詩可見灘時經文本作灘字毛鄭義與說文合皆訓灘
非訓暵也徐邈音灘則晉世已作暵字孔仲達作正義時經文則暵而注義則灘
須剖析其異同乃竟奄一語置辯徒將暵菸二字依回牽合後儒不究其故因別
為之解耳又案灘俗以隹作灘它安反用為水灘之義假借也菸音於鬱也矮也
矮於為切病也

兔爰

集傳謂作兔爰詩者猶及見西周之盛故云我生之初天下尚無事朱子不信敘其為此言宜也案敘以此為桓王詩其曰王師傷敗指繻葛之戰也繻葛之戰在桓王十三年距西周六十四年平王在位五十一年距宣王之崩七十五年幽王在位十一年幽王雖屬周不得云盛時如朱子之言則作詩者必生於宣王時又能追意其盛意俗作憶已非童幼無知計其作詩時應八九十歲尚從征役無是理也東萊遵用敘說而詩記録其語殆未之思與

訛俗字也本作吪从口化聲動也詩尚寐無訛或寢或訛是也又化也詩四國是訛式訛爾心書平秩南訛是也譌从言為聲譌言也詩民之譌言是也是吪訛義同而分雅俗譌則别為一字今詩槩作訛乃傳寫之誤正韻併吪訛譌為一字謬

七一

甚矣

葛藟

葛藟詩箋疏本謂葛藟得河潤而生長興己不受王恩葛藟之不如宋胡氏旦反其說以為葛藟宜生丘陵不宜生水畔已喻己之失所又引他詩咏葛藟語為葛性喜燥惡溼之證然所引諸詩惟旄丘誠屬高阜耳若樛木條枚棠楚止言其附木而生不言所附之木必在山不近水也至葛覃篇言中谷谷者尒雅以為水注谿之名其近水更甚於河汻俗作滸詩言萋萋莫莫反足為葛性好水之一證又此詩亦言緜緜緜緜不絕安見其生不得地哉

謂它人父言王無父恩也謂它人母言王無母恩也元后作民父母況九族之親乎名雖父母情則它人親親之道微矣所以為刺也集傳謂流民失所彊求親附

於人謂之父母於文佀順於義實疏

采葛

詩言采多矣或言采之地則以地取義也洙鄉新田之類是也或言采之時則以時取義也蘩之春日薇之剛止柔止之類是也或言采之事則以事取義也不盈頃筐不盈一匊之類是也采葛之詩言采之外無他詞焉則義在葛蕭艾三艸矣故傳云葛為絺綌蕭共祭祀艾已療疾又云采葛事小傳文至簡紘獨詳焉良以興義攸存不容略耳箋申其意以首章為小事使出次章為大事使出末章為急事使出亦非穿鑿之見也東萊非之太過

大車

毳衣如菼詩以艸色比衣也傳云菼鵻也又以鳥色比艸毳衣如璊詩以玉色比

衣也說文云禾之赤苗謂之虋玉色如之盖虋璊同音也又以禾色比玉皆轉相況譬以明之此古人體物之妙也案鄭謂騅色青正義引爾雅郭注云在青白之間則淺青矣毛云璊赬也沈括筆談云璊色在黄朱之間則淺赤矣又案尔雅再入謂之赬注以為淺赤又諸侯赤芾而斯干傳謂諸侯黄朱是黄朱乃赤也據此二文則赤淺於朱赬又淺於赤然細分則異槩舉則通說文云赬赤色也亦以赬赤為一矣

大車詩毳衣毛鄭皆釋為毳冕之服大夫出封五命（此毛說疏云出使封畿之外即加命為五）或子男入為大夫（此鄭說）皆得服毳冕但毳冕之服子男以覲聘天子及助祭非服以聽訟又說文引詩菼作𦃇（炎音同）云帛騅色璊作𣯼（𣯼音同）云以毳為罽（居例反亦作𦇧）故埤雅據此為說謂毳衣別是一服非毳冕李彭山馮嗣宗亦謂毳冕之服以絲為之毳衣

以毛布為之名同實異此似之而實不嫳也毛布者褐也左傳云褐之父益子云褐夫老子云被褐皆以為賤服大夫安得服之又據說文瑞字之訓則瑞即毛布矣既謂毳衣為毛布之衣而又曰如毛布有此文義乎則毳衣之為毳冕服不可易也毛謂服毳冕以聽訟當本於師說或古制尒耳康成好以禮釋詩而不易此傳必有見也且大夫爵命之數言其車服而可知作詩者應借以指目其人縱非服以聽訟於義自通矣

丘中有麻

說文畱劉字有鐂字徐鍇以為鐂即劉當是也通作留周大夫采地因氏焉子國子嗟以父子而世賢皆箸名於東周不知誰之裔且受邑在何王之世也羅泌宋人以為堯吾子考監明之後是不嫳留乃東周畿內邑緱氏縣有劉聚者是堯之後

七三

在夏世已有劉累其來舊矣不以周邑氏也厥後八十餘年而劉邑復為　王季子采地是為劉康公亶子麿之遺放逐併失其爵邑乎

留子賢而放逐周人思之指丘中麻麥以見惠政猶存因望其來而復立於舊故敘云國人思之明是舉國之公心詩人代述之耳鄭以丘中為劉子隱居之地來為獨來見己則是朋友相思之作其美之或出於私好未足以見劉子之賢毛義較正大矣

采葛懼讒也丘中有麻思賢也集傳因大車一篇廁其間遂槩指為淫詩果何據乎懼讒者不知主名則亦已矣獨惜子國子麿賢而被放已為生不逢辰忝而遭滓在人風詩顯其姓氏不意二千載後復橫被淫僻之名反不如采葛詩人姓氏湮沒之愈也二留有知應攢眉於九原矣

鄭變風

鄭詩譜引國語史伯之言曰鄢蔽補丹依疇歷華皆君之土也又曰右洛左濟前華後河疏引韋昭注云華華國今國語疇作𣍧音和田也兩華字及韋注華國皆作莘疇𣍧音義俱近或屬通用史記注引亦作𣍧至華莘音義各別因字形相似遂致互異兩書必有一誤矣案史記鄭世家注虞翻司馬禎引國語皆作歷華與詩譜同水經注引華君之土也以證華城謂史記桼拔魏華陽即此又云司馬彪注江謂華陽亭名嵇叔夜傳廣陵散於此虞三國人酈元魏人司馬唐人所見國語皆作華則詩譜不誤矣又案宋庠國語補音歷華壺音反獨㯋前莘字音所巾反玉海引詩譜及水經注皆作華引國語前華後河作莘意國語兩華字宋世尚一華一莘後則俱變為莘其誤固有漸乎𢘅之前華前莘猶屬兩可歷華之是華非莘斷無可疑也又案歷華在八邑內

按案說文田部有𣍧云和田也从田桼桼亦聲鄭有𣍧地名即此

七四

又云皆君之土則鄭邑也胥華與濟洛㭍列則鄭境所距非鄭地也兩華定是兩地韋注所云華國本指胥華之華水經注引歷華而係以韋注是誤合兩華為一疏矣又案玉海引郡縣記故華城在汴州陳留縣東北三十五里古華國以證國語之胥華後河一統記開封府鄭州有華城云即十邑併虢鄶為十邑中之華此皆後人之傳會

朱子辨説謂孔子鄭聲淫一語可斷盡鄭風二十一篇此誤矣夫孔子言鄭聲淫耳曷嘗言鄭詩淫乎聲者樂音也非詩詞也淫者過也非㛰指男女之欲也古之言淫多矣於星言淫於雨言淫於水言淫於刑言淫於遊觀田獵言淫皆言過其常度耳樂之五音十二律長短高下皆有節焉鄭聲靡曼幻眇無中正和平之致使聞之者導欲增悲沈溺而忘返故曰淫也朱子目鄭聲為鄭風以淫過之淫為

男女淫欲之淫遂舉鄭風二十一篇盡目為淫奔者所作秊免者惟緇衣大叔于田清人羔裘女曰雞鳴五篇而已其餘雖思君子如風雨刺學校如子衿亦排衆論而指為淫女之詞夫孔子刪詩以垂世立訓何反廣收淫詞艷語傳示來學乎陶靖節閑情賦昭明嘆為白璧微瑕故不入文選豈孔子之見反在昭明下哉

朱子於鄭詩既悉判為淫詞矣然以為未甚也必斷為淫者所自言又以為未甚也必斷為女說男之言輔廣劉瑾之徒和之如出一口後學沉於其說以為春秋時真有此等女子自道其淫樂之情毫無羞愧竟不知作詩者本來面目矣今取山有扶蘇遵大路褰裳諸篇以朱子之解解之其淫陋鄙媟雖近世吏市隸作井頑童所唱掛枝詞打棗歌不是過焉吾不知何物女子昇如此顏甲如此口角肆為淫縱之詞而聖人反有取焉著之於經俾後儒誦習也噫則詩其誨淫之書哉

七五

緇衣

呂記朱傳皆以緇衣篇為周人作非也周人作之當入王風矣好賢自屬周人鄭人述而為此詩耳改衣授粲盛稱王躬禮遇之隆寵任之至以見惡足以堪此與淇奥詩充耳重較意正相同又案鄭衛二武皆賢諸侯一相幽無救於亾一相平無補於弱不知當年相業何在記載闊略蔑由稽考論世者不無恨焉

將仲子

左丘明好惡與聖人同其傳春秋持論最為平恕如隱元年鄭伯克段傳云譏失教也詞簡而義確矣將仲子詩敘亦言莊公不勝其母以害其弟小不忍以致大亂意與左氏合欲定莊公辠者當以傳敘之言為正公穀二傳謂春秋甚鄭伯大鄭伯之惡宋人喜為苛論取二傳之記文致鍛鍊以為莊公有意養成弟惡陷之

於死夫公穀二子未嘗見國史段實出奔誤以為殺段特據傳聞以為懸斷耳豈能定當日之情事哉今觀兩叔于田詩段所居止在飲酒田獵馳馬暴虎直一獃豎子耳莊公機險百倍於段心固未嘗忌之祇以母所鍾愛遠嫌避譏不加抑制詩所云豈父母豈凡弟豈人之多言是也致段弗克令終莊公不得無辜焉若以為有意殺弟未必然也嚴氏詩緝言將仲子首敘必經聖人之筆故意與左氏合良不謬矣集傳從鄭樵之說以此詩為淫詞又謂兩叔于田無刺莊公意殆淺之乎言詩也至引或說言國君賢弟不得出居閭巷俗巷疑叔于田夫男女相說之詞夫止因一巷字而誤讀其全篇得無以文害詞與

叔于田

兩叔于田玩其詞皆美大叔而敘云刺莊公噫此詩之不可無敘也段之美飲酒

耳摶獸耳躭御足力耳美之乃以譏之也嘆段之以此為能莊公之過也左氏所

謂譏失教也微敘則詩之意將以詞害矣

叔段善歙工服馬而得仁並美好之名猶僞宣姜為邦媛皇父為孔聖云尔是君

子微文之刺非小人虛譽之詞嚴華谷謂京城私黨諛說之僞為美仁猶河朔之

人謂安史為聖過矣鄭師一出京人皆叛段何嘗有私黨哉

大叔于田

火烈具舉毛鄭訓烈為列謂列人持火焚宵田用吕覽也爾雅釋天宵田為獠是

也集傳祖陳氏之說訓烈為熾盛謂以火田也釋天又云火田為狩周禮亦云蒐

田用火弊是也二說俱可通但經云具舉具揚則列人持火近之又末章云火烈

具阜烈為熾盛阜又為盛不應詞複如此

清人

清人詩重英重喬解者不一說英云絲纏喬云縣羽孔疏之說也英以朱羽為矛飾矛上句曰喬以縣英者朱傳之說也案重英毛傳云矛有英飾箋申之云各有畫飾是毛鄭意直謂施采畫於矛矜（巨中反又作穫稵）耳非謂以它物為飾也故孔氏絲纏之說見閟宮篇而此詩不及彼疏亦不質言之而但為疑詞是絲纏本無的據也至重喬之為縣羽始通箋意而已孔不以為然也傳云重喬累荷也孔申之云喬高也（釋詁文）五兵建於車上二矛最高而復有等級（酋矛常有四尺夷矛三尋八尺曰尋倍尋曰常）謂之重高傳解重高為纍荷者荷揭也謂二矛刃有高下重絫而相負揭此解當矣朱羽之說始於王氏之謀用鄭箋而朱傳因之喫鄭箋云喬矛矜（矛柄）近上及室（矛之銎孔）題（識也）所以縣毛羽此訓喬也非訓英也又孔疏辨之云經傳不言矛有毛羽鄭以

時事言之猶今之鷲毛稍然則縣羽乃漢制未必周制也集傳以朱羽解英以縣英解喬是合英喬為一事而以漢制為周制矣至矛上句曰喬古無此字訓也近世馮嗣宗京復云蓋緣尔雅木上句曰喬之語類推而知之噫釋木之文可借以釋器乎源謂重英重喬均當以毛傳為正箋云畫飾疏云重高俱善述毛意者也兵車六建二矛最出其上人舉目即見之故指以為言首章言其采畫之色次章言其負揭之形耳

駟介陶陶毛云陶陶馳驅皃董氏釋為樂而自適集傳从之夫駟馬被甲久不得歸何自適之有哉果樂而自適不當潰椒矣又陶字如毛訓當徒報反如董釋當音遙皆不與本音同集傳無音而有叶不知欲从何讀

羔裘

陳古刺今詩之常也辨說之譏羔裘敘過矣且云敘以變風不宜有美故言刺夫
淇奔緇衣車鄰駟鐵諸篇皆變風敘何嘗不言美乎至釋為美其大夫之詞而欲
以子皮子產當之不知詩止於陳靈鄭二子之公詩世已五六十年矣襄二十九
年魯為季札歌鄭羔裘詩久編入周樂是年子皮始當國子產之為政又在其後
魯何由先有其詩也昭十六年鄭六卿餞韓宣子子產賦鄭之羔裘不應取人譽
已之詩歌以誇客也朱子說詩毋乃未論其世乎近世偽為申公詩說者以此詩
為子皮既卒子產思之而追賦傳（傅會）謂至此、知有集傳而已矣
鄭羔裘三章每章次句毛鄭皆指大夫不言裘故以三英為三德程子改訓為英
飾與上二章不類矣集傳槩以裘釋之於首章云直順也侯美也毛順而美既言
如濡又言順美不已複乎於次章云豹甚武而有力則又舍裘而美豹矣亦自覺

七八

其适也繼之曰服其所飾之衷者如之是仍指其人耳何必多此詰詘乎嚴緝从

古注得之

遵大路

鄭之遵大路猶衛之考槃也二篇皆有賢名二莊不能繼其美哲人知幾引身而

去不有君子其能國乎厥後州吁簒公子五争二國之敝若出一轍矣察康公棄

其賢臣穆公之業墜焉觀晨風權輿二詩知秦之不復東征也

𩰪我䰩兮䰩字毛訓弃音雔鄭訓惡音醜說文作斀云弃也从文𠷎聲市流切音

義皆同毛集傳市由切又云與醜同姝少畫一

女曰鷄鳴

女曰鷄鳴刺不說悳也首二章十弋鳬雁女則宜之以為羮實之用皆陳古說德

事也歐陽氏以勸生解之夫勸生者小民之細行耳以此為賢將白圭猗頓輩皆
可升堂入室乎況夫婦相樂而不及嘉賓則何關說德夙寤晨興止自謀口腹
之需斯乃飲食之人與留色者相去奄幾併不得謂之勤生惡得謂之賢始信古
注之義長也惟二三章五子字箋疏皆指賓客與首章無殊為未當今案子字應
是女目士之言與子宜之女為士宜之也與子偕老是飲酒言則所樂之賓與士
相親愛老而不斁也若末章則集傳當矣
襍佩以贈之傳云珩璜琚瑀衝牙之類佩玉瓊琚傳云佩有琚瑀所以納閒孔疏
引說文列女傳玉藻注玉府注合諸說以推詳佩制大約珩上橫兩璜下垂衝牙
在兩璜中央衝突前後琚瑀則納於衆玉與珩之閒玉藻疏所言亦略相同而不
及琚瑀皆未若賈公彥玉府疏言之詳也玉府注云詩傳曰佩玉有蔥衡衡即珩也大戴

七九

禮保傅篇佗雙衡漢書顔思古注奐秦魏略及三禮圖韻會皆从之下有雙璜衡牙衡牙即蠙玭同衡牙蠙步因反玭珠以納其間
疏云詩傳謂韓詩衡橫也謂葱玉為橫梁下以組縣於衡之兩頭兩組之末皆有
半璧曰璜半璧曰璜乃逸禮記文見周禮大宗伯注故曰雙璜又以一組縣於衡之中央於末箸衡牙
使前後觸璜故曰衡牙案毛詩傳別有琚瑀其琚瑀所置當於縣衡牙組之中央
又以二組穿琚瑀之内角衺係衡之兩頭組末係於璜蠙蚌也珠出於蚌故曰蠙
珠納其間者組繩有五皆穿珠於其間故曰以納其間賈疏之言佩制較明於孔
矣朱子集傳錢氏詩詁皆祖其說而朱傳之言琚瑀稍異朱謂珩上橫下垂三組
貫串蠙珠旁兩組下係璜而琚在中間中一組下係衡牙而瑀在中間又以珠貫
上係珩兩端下係於兩璜中則交貫於瑀錢謂雙璜上係於珩又有組以左右交
牽之兩組相交之處以物居其間交納而拘捍之故謂之琚賈誼新書云佩玉捍珠以納其間錢語本

或以大珠或雜用瑀石蓋朱以琚瑀皆為佩名琚在旁組之中瑀在中組之中
錢以琚為佩名瑀乃石之可為琚者非佩名也又惟中組之中有琚瑀旁組之中
不别係玉二說各異黃氏韻會内存之不言其孰是源謂中組有琚瑀縛為拘捍
兩衰組之用不應旁組亦置之故賈疏元言琚瑀所置在衡牙組中央不言兩
璜之組中有係玉又毛傳云琚佩玉名孔疏引說文云琚佩玉名今本說文云瓊琚詩曰報之以瓊琚與疏所引之不同
瑀石次玉也玉篇廣韻瑀注皆與說文同然則瑀是美石名非佩玉名不得與琚
各為佩中之一物詩詁之說良是
又案大戴禮保傅篇云玭珠以納其閒琚瑀以雜之盧辨注云總曰玭珠而夾者
曰琚白者曰瑀或曰瑀美玉琚石次玉三禮圖宋聶崇義云蒼珠為瑀朱傳云王長博
而方曰琚大珠曰瑀說琚瑀各不同案毛許近古當以詩傳及說文為正

八十

佩說文云大帶佩也从人从凡从巾佩必有巾巾謂之飾徐云會意也俗别作珮

字家吕从人者為服用之佩从玉者名其器非是嗛佩字已見玉篇云本作佩或

从玉則誤之來久矣

有女同車　山有扶蘇　蘀兮　狡童　褰裳　揚之水

鄭詩二十一篇其六篇皆為忽而作計忽兩為君其始以桓十一年五月立是年

九月奔衛其繼以桓十五年六月歸至十七年冬遇弒肯後在位不及三載事至

微矣而國人閔之刺之卷卷無已者豈非以其世子當立而不克令終故獨加憐

惜與案忽六詩孔氏以有女同車褰裳二篇為作於肯立時以山有扶蘇蘀兮狡

童揚之水四篇為作於後立時今合之鄭事殆不謬也忽之立而即出奔也因宋

人之執祭仲也釁起於外也使結齊昏有大援或時有賢方伯起而正之則鄭突

不能恃宋以竊國矣故有女之刺辭昏襄裳之思見正皆汲汲於外援也忽之歸而復見弒也因惡高渠彌而不能去也禍生於内也使忽能去姦用賢斷制威福權臣不得檀命與忠臣良士并圖國政則臣下之逆節無自萌矣故山有扶蘇諸篇刺其遠君子近小人主弱臣嫥孤立壹附之事所憂在内也蘀兮則肯立二詩其作於忽之既奔後立四詩其作于忽之未弒乎既奔故多婉憯之情未弒故多憂危之語詩人忠愛之思千載猶如見矣

有女同車

舜凡卉也而屢見於經詩顔如舜華喻其色也月令仲夏木槿榮紀其時也尔雅别二名曰椵音叚曰櫬音其華有赤白单葉千葉之殊或云白曰椵赤曰櫬也種之異者名扶桑言華有光豔照日如東海扶桑樹也又名佛桑音轉也亦有赤白黄

八

三種赤者尤貴名朱槿稽含艸木狀云朱槿一名赤槿其華深紅色大如蜀葵

山有扶蘇

扶蘇橋松皆木也宜於山荷華游龍皆艸也宜於隰反喻昭公用人賢不肖易位高下失宜山隰之不如也傳義本平正明簡康成不用其說分首章之興爲用臣之失所鑿矣後儒爭出新說以勝之總不如傳義之當也原鄭易傳之意正爲扶蘇小木不應喻君子荷華嘉植不應喻小人耳殊不知詩人託興正不如此拘也王雎鷙鳥而興后妃狼貪獸而興周公雉耿介之鳥而興衛君及夫人兔絲良藥麥嘉穀而興淫亂之事豈人於倫未可以律古詩

子都子充指君子狂且狡童指小人鄭說是也毛以狂狡目昭公失之矣詩以用舍失當對言正敘所謂所美非美也何得竝刺昭公哉但首章子都狂且鄭以美

好醜惡為君子小人之喻次章子充訓忠良狡童訓有皃無實則正言之兩章一
喻一正文義甚殊亦未盡善今案甫篇洵美且都都與美别訓為閑習於禮傳云都雅
閑也箋云此篇都字義亦當同嘆則子都乃閑習禮法之君子狂且乃愚妄無知
之小人亦是正言而非喻語與次章一例也又充爲充實是眞實之義狡為狡獪
是變詐之義二者正相反君子小人之别也然鄭以狡為狡好故訓為有皃無實
與子充誠偽相對義亦通矣孫疏申箋云此狡狡好之狡狡童篇疏亦訓狡為狡
好齊還篇箋云昌狡好皃釋文云狡本又作狡陳月出篇佼人釋文亦云蓋佼狡
姣三字古通為美好義亦作妖白華箋妖大之人釋文云妖本又作姣
山有橋松鄭讀為槁松釋爲枯槁之義明是破字嘆不云當作槁豈鄭所見本元
作槁與

游龍傳云紅艸也陸元恪以為即馬蓼據陶隱居别録則紅與馬蓼兩艸也云馬蓼止生溼地莖辡俗作斑葉大有墨點方士呼墨記艸亦有兩三種其最大者名蘢薣即水葒也又云葒生水旁如馬蓼而甚長大五月采實詩傳猶龍郭璞云即蘢古也蘇頌圖經以陶為是案水葒華淺紅成穗子如酸棗仁而小炊鬻初尒切熬也俗作煼亦作炒可食亦蓼屬蜀本艸言蓼有七種水葒又在七種之外乎

蘀兮

叔兮伯兮倡予和女傳以為君責臣之詞言倡者當是予和者當是女也箋以為羣臣相謂之詞言女倡矣則我將和之也如箋意則倡字當略斷和女三字連讀然傳義勝矣鄭之君臣不相倡和應羣倡和之常理以正之也康成之意徒曰叔伯乃兄弟之偁當是羣臣自相謂耳案左傳魯隱公謂公子彄為叔父見五年

鄭厲公謂原繁為伯父（莊十四年）晉景公謂荀林父為伯氏（宣十五年）安在叔伯之稱君不可施於臣乎

狡童

晦翁意主排叙故曲護鄭忽（語見辨說）不知詩之刺忽非惡而刺之乃愍而刺之也憂之至不能餐不能息忠愛惓惓甚矣何嘗疾之如讎（讎亦辨說語）乎至狡童之稱箕子嘗以目紂亦不自鄭風始

維子之故使我不能餐朱傳釋之曰子雖見絶未至於使我不能餐以雖代維又横增入未至字正與詩意相反

朱子為鄭風傳滿紙皆淫媟之談耳狡童褰裳二篇摹畫蕩婦口角丸鄙褻無度此正士所不忍出諸口不知大儒何以形諸筆也每展卷至此輒欲掩目

八三

褰裳

鄭主芣騩宋庠國語補音曰芣騩並音浮隗山名在密縣騩又音愧而食溱洧溱洧鄭之名川也三月上巳士女祓除于此又勝地也毛傳止云水名箋疏亦未詳其源委今案溱說文作潧云潧水出鄭國詩曰潧與洧其溱水出桂陽非鄭水又云洧水出潁川陽城山東北入潁潧地理記洧水亦同水經云潧水出鄭縣西北平地注云鄶水出鄶城北西鷄路塢下東南流逕賈復城西又左合淡水又南左會承雲山水又東南歷下田川逕鄶城西謂之柳泉水史記所云會溱洧即此又南縣流奔壑崩注丈餘其水積下成潭廣四十餘步淵深難測又南注於洧詩溱與洧是也世謂之鄶水水經又云洧水出河南密縣西南馬領山又東過其縣南又東過鄭縣南又東南過長社北又東過新汲縣東北又東北過茅城邑東北又東過習陽城西折入於潁水經言洧水

發源與說文溱記異酈注謂陽城山乃馬嶺之統名殆其然與斯二水者洧大而溱小洧又逕鄭城中由西北入而出其城南左傳襄元年晉伐鄭入其郛敗其徒兵於洧上昭十九年鄭大水龍鬭于時門之外洧淵皆鄭南之洧也其成十七年晉以諸侯伐鄭自戲童至於曲洧則新汲縣之洧也杜注云今新汲縣治曲洧城臨洧水至溱洧合流桑經以為在鄭縣酈注非之以為在密縣南辨證良不謬然溱洧之篇言士女祓除不應遠離都會而並舉二水者意以洧水中已兼有溱水一統記云溱水至新鄭縣與洧水合此桑經同

朱子辨說於丰揚之水出其東門三篇皆云叙誤而不言其誤之故於褰裳則以為叙之失本於子太叔韓宣子之語而不著其何以失於野有蔓艸則引東萊語當之嘆東萊止譏後叙不譏首叙也蓋此數篇者心欲非之而不得其詞矣至辨

益

風雨以為詩詞輕佻狎昵辨子衿以為詞意儇薄夫詩之音節似此二篇者多矣可盡目為淫奔乎至揚之水欲指為淫詞而詩之文義難通也則訓兄弟為昏姻此尤可笑豈作詩者乃不昏不嫁嫥事野合者哉至辨溱洧㠯為鄭俗淫亂是風聲氣習流傳已久不為兵革不息男女相弃而嘆茲持據漢地理記鄭山居谷汲男女亟聚會之文耳夫敘不可信班固之書何㠯必可信乎敘以淫風大行歸於亂離之故使為民上者知教養不可一日缺斯誠有裨治道之言縱令其事未確猶當信之況師傳有自乎華谷云鄭衛多淫詩衛由上之化鄭由時之亂也漢書以為風土之習使然則教化為虛言而二南之義誣矣噫此篤論也

丰

傳云丰豐滿也篆作丯說文艸盛丯丯也从生上下達豐滿正盛意耳逢蚌等字

皆从此其契耕等字則从丯耒讀如介與岸異

東門之墠

墠平易陂峻難登行上之臯易攀室中之藏難覬以興昏姻之際得禮則易不得禮則難毛義本無不通也鄭以為女欲奔男之詞遂為朱傳之濫觴矣

風雨

傳以瀟瀟為暴疾則甚於淒淒矣云膠膠猶喈喈則奄所加焉世之亂也日甚一日君子行己之道祇得其常而已以世亂而稍貶非君子也以世亂而加峻是有心於矯俗夫非君子也故敘云不改其度焉魏盧欽之稱徐邈曰往者毛孝先崔季珪等用事貴清素之士於時皆變易車服以求名而徐公不改其常故人以為通比來天下奢靡轉相倣效而徐公雅尚自若不與俗同故前日之通乃今日之

八五

介也是世人無常而徐公有常也意兹所謂不改其度者與

子衿

青青子衿毛傳云青衿青領也衿字石經作衿釋文云衿本又作襟厳緝謂衿襟二字音義倶同非也案爾雅衣眥謂之襟注云交領也又衿謂之袸音䩦注云小帶也說文止有衿字注云交衽也然則衿衿襟三字各一義詩當以襟字為正衿衿特通用耳顔氏家訓云古者衺領下連於衿故謂之衿不知詩字多通用不必彊為之說也說文又有紟字云衣系也籀文作衿則衿字亦可作紟衿

嗣音當以毛義為正云嗣習也古者教以詩樂誦之歌之弦之舞之孔疏引王制四術四教文王世子春誦夏弦證之當矣此詩本刺學校廢當責其學業之不習若徒以音問為言則朋友相思之常語耳非叙意也

揚之水

彼童揚之水其一人一時之作乎忽有兄弟而不可據同心者僅二人耳而讒間又入之此所以終於孤危也維予與女無信人言慮之深言之苦矣不畀我言不畀我食則逆女者已售其欺雖有忠臣良士奈忽何

出其東門

荼傳云英荼箋云茅荼語異而物同其取義又異傳取其白箋取其輕也朱子以茅華輕白可愛喻女色之美說又異於毛鄭而實本漢書注漢郊祀記歌云顔如荼注應劭云荼野菅白華也言奇麗白如荼也師古云言美女顔皃如茅荼之柔也集傳本此嘆古人託喻義各有歸正不必援假釋此其毛鄭二說則孔氏右鄭得之

匪我思存毛曰存為抒救則思應如字續鄭以為思所存則思應讀為厶聲毛義
在抒鄭義在思也下章匪我思且釋文云且音徂尔雅云存也舊子徐反合之上
章則音徂者毛義子徐切者鄭義也陸不分毛鄭而别後反為舊未知舊指誰家

野有蔓艸

敘云思遇時殆謂處敵而思治云尔零露漙兮望澤之喻也有美一人目君之偁
也玩傳文亦奄男女慕悅之意東萊疑後敘是講師所益其信嘆乎左傳鄭子太
叔之於銷孟襄二十七年子齹昨何切之於韓宣子昭十一年皆賦此詩未必盡斷章矣

溱洧

溱洧士女秉蘭集傳以為上巳祓除祖韓詩注也毛傳無明文嘆云渙渙春水盛
也今本無水二字春則亦以為春時矣鄭云仲春冰釋水渙渙然又云男女感春氣並出

託采芬香之艸而為淫佚之行言仲春則非上巳言託采香艸則非祓除矣竊謂鄭俗雖淫不應無故士女駢集韓詩之說為長

古香艸名後人借以名他卉相沿既久遂執今卉以實古名此不可不辨也古人甚重蘭左傳言其有國香孔子以為王者之香離騷詠之尤多而兩見於詩國風鄭溱洧陳澤陂之蕑毛公皆以為蘭是也神農本艸列於上品謂之水香陶氏別録名蘭澤艸出都梁山又名都梁香須女子種之又名女蘭女子小兒喜佩之又名孩兒蘜俗借菊本艸綱目以為即今省頭艸云唐瑤經驗方曰夏月置髮中令髮不膩之力切黏也攷其說良是然今之省頭艸氣不甚佳人亦莫珍而古人頗重之如彼此物性有變更耳非古今人好尚之殊亦非別艸也宋寇宗奭衍義元朱震亨補遺皆以今之蘭華其葉如麥門冬者當古之蘭艸失之矣呂氏讀詩記曰蘭即

八七

今之蘭誤亦同

蘭艸與澤蘭同類而小別倶生水旁紫莖素枝赤節綠葉其莖圓節長葉對生者為蘭艸莖微方節短葉有芒者為澤蘭炮炙論（劉宋雷數著）云大澤蘭卽蘭艸也小澤蘭卽澤蘭也嫩時竝可佩八九月有華赤白色成穗又有生山中者名山蘭與二蘭而三焉其曰蕙者今之苓蘦（或誤作零陵）香是也後人以葉長似茅華黃綠色或一莖一華或一莖數華者彊名為蘭蕙葢誤始於黃山谷然朱晦菴離騷辨證陳敏遯齋閑覽熊大古冀越集陳止齋盜蘭說方虛谷訂蘭說皆已辨之矣

傳曰勺藥香艸疏引陸璣云今藥艸勺藥無香氣非是也朱審今何艸東萊謂香不必在柯葉故以藥艸之勺藥當之朱傳嚴緝皆从其說然古人以芳艸為佩亦以贈遺往來取其柯葉之香華不與焉葢佩欲其久柯葉之香雖萎不歇華則否

矣況上巳祓除時安得有勺藥華乎集傳以為三月開華始據閩中風土非所以解鄭詩也又王砅音厲素問注引月令靁始發聲下有勺藥榮是仲春第五候亟亦非今勺藥豈與鄭勺藥一艸乎

宋董氏因韓詩離艸之解遂疑勺藥為江蘺雖屬臆見然江離香艸見離騷亦蘭之類也別録云蘼尔雅說文竝作蘪蕪一名江離芎藭苗也陶云葉似蛇床而香騷人取以為譬則士女相贈容或有之案本艸注言未結根者為蘼蕪既結根者為芎藭大葉似芹者為江離細葉似蛇床者為蘼蕪是三艸同類而稍別也又案勺藥之名兩見山海經北山經云繡山艸多芍藥芎藭中山經云洞庭之山艸多葌蘪蕪芍藥芎藭夫芎藭蘼蕪本江離之類而與勺藥竝產於兩山意芍藥之即為江離果不謬乎

毛詩稽古編卷第六

齊變風

齊詩譜言懿王亨哀公變風始作孔疏申之謂公羊傳及世家但言周亨哀公不言何王惟徐廣以爲夷王然哀公亨後立弟胡公胡公於夷王時被弑其立必非夷王時夷王之前有共王孝王奄失悳受譖亨人定是暗主本紀偁懿王之立王室遂衰明是懿王受譖矣且言懿王時詩人作刺或指雞鳴而言胡公歷懿孝而夷一君當三王謚法保民耆艾曰胡知胡公歷年久矣益明亨哀公非夷王也孔此言當矣案汲冢紀年夷王三年王致諸侯亨齊哀公於鼎徐廣應本此爲說然紀年之書非先儒所取信也又案書顧命齊侯吕伋逆子釗左傳楚子言吕伋事

八九

康王（昭十二年）則齊丁公伋與周康王同時也康王後歷昭穆其至懿凡五王丁公後歷乙公癸公及哀僖四君較其世次以哀值懿猶爲疏也不應更後矣又史記三代年表亦以哀公當共王世胡公當懿王世此皆證據之顯然者不僅如孔所云也鄭譜應不誤又案禮記疏亦出孔手而檀弓比及五世疏言夷王當哀公（亨）與詩疏異意假有舊文因而未改耶

雞鳴

雞鳴次章集傳曰此再告末章曰此三告可謂不參活句矣一告不起待再告再告不起待三告夫人誠賢矣君之怠惰不已甚乎夫詩人陳古刺今設爲此警戒之詞耳首章舉君夫人可以起之時（傳云雞鳴而夫人作朝盈而君作）次章舉君夫人可以朝之時（傳云東方明則夫人纚笄而朝朝已昌盛則君視朝玉藻云君日出而視朝）以爲立言之次第非真有兩度語末章

又自言警戒之故與上二章亦一時之言非兩度促之不記至蟲飛時又促之也
古人飛走之物皆可名蟲大戴禮易本命篇備偁羽蟲毛蟲介蟲鱗蟲倮蟲是也蟲
亦可名鳥夏小正丹鳥白鳥指螢與蚊蚋是也雞鳴之蟲飛桑柔之飛蟲孔疏皆
以為羽蟲信有理矣羽蟲晨飛其鳧雁之屬乎羣臣早朝者或且翺翔而弋之君
與夫人豈能貪同夢也合鄭齊兩雞鳴觀之可定古人夙興之節

還

還篇之肩七月之豜二字形異而音義同嘆齊傳云獸三歲曰肩豳傳曰豕三歲
曰豜則似微有别矣夏官注先鄭引豳詩亦作獻肩於公而云四歲曰肩與詩傳
異故後鄭不從其云一歲曰豵三歲曰特則合於騶虞伐檀七月毛義焉

箸

箸叙云刺時東方之日叙云刺衰東方未明叙云刺無節皆不斥言所刺之君孫毓以為自哀至襄其間八世未審刺何公孔疏以此三詩在還詩後定是刺哀公且言子夏作叙時當知齊君號謚何得闕其所刺此特舉上以明下耳　源謂孫説良是也孔子删詩去作詩時世近者百餘年詩止於陳靈公靈公之弑在宣十年壬戌至哀十一年丁巳孔子反魯删詩凡百十五年子夏作叙又在其後遠乃六七百年如商頌則千年矣典文放失必多美刺所指固無容悉知叙者存其信闕其疑故時君號謚或箸或略不獨齊三詩嘆矣如以為舉上明下則魏風七篇檜風七篇叙皆不言何君豈亦有上篇可明乎補傳言聖人叙詩必次其世於史魏檜久亡無史故無由知而史公亦不能立世家信夫

充耳瑱也君以玉臣以石為之詩瓊華瓊英瓊瑩是也縣瑱以紞都感切織雜絲線為之君五色臣三色即今絛絕詩素青黄是也此鄭義也毛以素為象瑱青黄為玉瑱瓊華等為佩外又有

纊者所以縛瑱而屬於紞以黃綿為之邃書黈天口切纊充耳黈黃綿也箸詩弗及

馬集傳曰充耳以纊縣瑱所謂紞也是誤以紞為充耳又誤以纊為紞矣

東方之日

日月君臣之象也東方明盛之時也援古刺今之詞耳此傳義鄭以東方為明而未

融取義大迂

東方未明

未明未晞皆言早也末章云不夙則莫則有時失之晚矣詩互文以相備也故敘

云刺無節蓋太早太晚兼有之不然與雞鳴之警遲燎之問何殊而以為刺哉

不能辰夜傳云辰時也疏云不能時節此夜之漏刻也柳木柔脆不可為藩狌夫

無守不能察漏敘謂挈壺氏不能掌其職正指此朱傳改辰為晨云晨夜之辨甚

明而不能知誤邪抑有意邪

絜奩之法孔疏據周禮注謂每氣分為二箭周歲二十四氣為四十八箭率七日彊半而易一箭焉此灋法也其定刻孔氏謂浮箭奩內以出刻為度賈氏謂漏水奩內以浸刻為度周禮疏云箭各百刻水浸一刻則為一刻也陳氏謂浮浸不同大槩則一信㗖矣案唐制銅烏引水而下注浮箭而上登則孔氏浮箭之說亦據唐制而言

南山

冠緌雙止說文云緌繫冠纓也內則注云緌纓之飾也疏云結纓頷下以固冠結之餘者散而下垂謂之緌集傳訓為冠上飾襲禮註而未明

盧令

其人美且鬈毛云鬈好皃鄭破字為權云勇壯也疏申鄭意謂好與美是一故易

之殊不知美是美惡首章傳甚明好是儀容與美異義何嘗一乎此詩敘云陳古以風故三章皆以美德為主而仁則又有其政也鬈則又有其容也偲則又有其才也容皃與才㧞雖非美仁之比嘆詩人頌君往往及之終南之顏如渥丹駟鐵之舍㧞則獲皆是矣集傳訓鬈為須髮好訓偲為多須而引左傳于思宣二年語為證則兩章意複出矣況鬈義本說文耳說文云鬈髮好皃不云須也左傳杜注云于思多鬢皃賈逵注見釋文正義云白頭皃皆不云須也且合于思二字為義非偏釋一思字也又案說文云偲彊力也引此詩與毛傳稍異而義通

敝笱

敝笱詩敘謂惡魯桓微弱是也朱傳以為刺莊公失之矣案女子之歸有三于歸也歸寧也大歸也舍是世言歸者文姜如齊始於桓末年耳時僖公已卒不得言

歸寧又非見出不得云大歸則詩言齊子歸止定指于歸而言㕮于歸時文姜淫行未著也末年如齊桓郎斃於彭生之手詩何得責其防閑而以為刺哉盖嘗攷之矣魯桓弒君自立惟恐諸侯討己急結昏於齊以固其位故不由媒介自會齊侯以成昏文姜又僖公愛女於其嫁也親自送之驩則嫁時急從之盛與文姜之驕逸難制可知桓既恃齊以自安勢不得不邑內養成驕婦之惡已非一朝特於晚季發之耳㕮則苟之敝也不敝於彭生乘公之日而敝于子翬逆女之年矣詩人揆見禍本故不於如齊刺之而於歸魯刺之旨深哉集傳以歸為歸齊既失攷證義味亦短

嚴緝謂鰥與魴鱮又名鱅負又名鰱負同偁非甚大之魚衛人所釣偶得其連車者耳事見孔叢子正義斯語良㕮然案本艸鰥魚體侶鯮而腹平頭似鯇而口大頰似鮎音黏乎切魴敢芟似本艸引之

而色黄鱗似鱒才損切而稍細大者三四十斤又性果敢善呑啗故又名鰄魚鰄音感

又名鮨音陷奐鰄者敢也鮨者啗也則定非㮔笱所能制也

載驅

齊子豈弟鄭箋豈弟作闓闛音開亦訓為開明本洪範稽疑之文卜兆有五曰古又作悌貫達以今

又較之定為圛合尒雅釋言之義云愷悌發也郭注引此詩不妄也況此詩四章發夕開明文義相協

翺翔游數篇法當尒矣字義相協又發夕毛云自夕發至旦謂乘夜而行也解甚明易朱傳

訓夕為宿䂓未安

猗嗟

猗嗟言揚者三首章抑若揚兮此一揚顙之別名也毛訓廣揚猶易云廣顙尒抑

若者美之之詞也毛云抑美色是也首章美目揚兮言目揚倶美毛云好目揚眉

箸揚之為眉也末章清揚婉兮清指目揚指眉毛云婉好眉目總上清揚言也此二揚皆眉也案鄘風疏云目為清眉為揚因謂目之上下皆曰清眉之上下皆曰揚此詩三揚一為額二為眉額即眉上故得揚偁三揚實一義矣集傳首揚字連抑為義次揚字訓為目之動惟末章訓為眉之美一字而彊分三義焉

尒雅釋訓云猗嗟名兮目上為名毛公釋詩亦同葢古義相傳如此案名亦作䫤玉篇云䫤莫丁切眉目間也詩猗嗟䫤兮然則今詩名字乃是䫤字之通用與名字本訓不相涉矣朱子覣其鶩俗改訓為威儀技藝之可名皆案詩及尒疋俱作名此乃玉篇之俗字反云名是䫤之通用非是

魏

十五國之魏鄭譜以為與周同姓者因左傳襄二十九年晉叔齊語云虞虢焦滑霍揚韓魏皆姬姓故知之其為何人之後則莫得而詳也大全載劉瑾語曰先儒以魏所封為文王子

畢公高之後此真瞽説矣富氏歷數文昭十六國僖二十四年左傳文有畢無魏也史記魏世家言武王封畢公高於畢後絶封為庶人或在中國或在夷狄不言封魏也畢在長安城西北見左傳杜注魏在河東截然兩國也成康時畢公以三公為東方伯又受保釐之命書顧命康王之誥畢命諸篇紀其事皆稱畢公則不改封於魏可知也其苗裔畢萬仕晉獻公以為車右與伐魏而滅之因食采焉後分晉為家七國之魏事又見左傳閔元年及史記也此二書與尚書皆非僻書也壒曾未寓目乎乃妄以七國之魏為十五國之魏不思後儒撫掌乎又謂先儒言之不知是何等先儒而不學至此修大全者又録其語於書可謂無識矣近世俗下書有魯詩世學者言畢公始封為畢伯成王進為魏侯又言晉滅魏畢萬降晉為大夫復封於魏此特邨學究因壒語而傳會其謬妄本不足辨聊紀於此以見大全之詒誤後學不淺也

周詹桓伯曰我自夏以后稷魏駘芮岐畢吾西土也昭九年左傳文則夏世已有魏國其來舊矣鄭譜云周以封同姓豈滅假而封此如成王之於唐叔與

孔疏謂魏風七篇前五篇刺儉後二篇刺貪其事相反故鄭於左方中分為二君此未必然也吝嗇之人從徙好利無猒安知儉不中禮者必不貪字況陟岵叙云國數侵削役於大國十畝之閒叙云國削小民無所容此二篇未嘗刺儉也魏之世次奄限其為一君詩與二君詩正未可懸定耳

葛屨

摻摻女手毛云摻摻猶纖纖說文摻作攕所咸切釋文同邈思廉切惟徐則讀如衫纖說文息廉切釋文同則讀如銛二字音稍别今人槩讀銛音惟嚴緝辨之

好人傳云好女手之人故般之是女子整治之也左辟女至門之儀也象揥亦女

飾也集傳以好人為大人因謂象揥是賢者之飾旣未必有據象揥兩見詩一為宣姜之飾一為縫裳女之飾皆指婦人耳鄘風傳云揥所以摘髮疏申之云以象骨搔首因以為飾嚴緝以為若今之篦未知然否案西京雜記言武帝宮中搔頭皆用玉後世詩詞亦有玉搔頭之語搔頭正摘髮之義豈揥之遺制與揥字又作揥廣韻云揥枚整髮釵也集傳謂大人佩揥是丈夫而釵矣

汾沮洳

言采其藚毛傳藚水舄（音舄）也孔疏引郭璞尒雅注又引陸璣艸木疏不為道辨亦疏忽矣案尒雅藚牛脣（唇）郭注云毛詩傳曰水舄也如藚（續）斷寸寸有節拔之可復不用陸璣澤舄之說尒雅別有蕍舄郭注云今澤舄益明以陸疏為非也孔疏兼存郭陸之言呂記朱傳亦因之惟嚴緝引瞽氏語辨之甚悉以為藚非澤舄其說當

矣

園有桃

朱子辨說於園有桃敘獨取其國小而迫日以侵削二語其餘皆以為非是謂魏之侵削寖因國小不由於無德教也信如斯言則德教之有無無關於國之興亡而小國不必自彊大國不妨自恣矣豈可為訓乎然集傳云詩人憂其國小而無政夫無政正無德教之謂也譏敘而仍襲其意敘者有知恐未必心服也又辨伐檀非刺貪碩鼠非刺君然非貪鄙在位君子何至甘心困窮非君好重斂有司何敢貪殘不顧持論如此豈為知本哉

詩言棘多矣除楚茨青蠅二棘外餘皆小棗也唉惟魏園有棘毛有傳棗介雅樲酸棗郭注云樹小實酢即此棗矣神農經列於上品亦名山棗出滑臺者佳故以

示其縣馬

陟岵

多艸木岵無艸木峐(同屺)此尒雅文也毛傳反之疏以為傳寫之誤案王肅述毛者

也其注屺岵夫偁尒雅(見釋文)又釋名說文玉篇廣韻釋屺岵皆與尒雅同則誤在

毛傳無疑又案毳耳之崔嵬與岨反此詩屺岵朱子俱用毛說始姑仍傳文之舊

耳非真見傳是而尒雅非也劉瓛乃謂尒雅後出故不用此非朱意毛傳得自河

間獻王獻王景帝子事武帝而孝文之世尔雅已置博士(見孟子題詞)終軍辨豹文鼠(鼮)

亦在武帝時尔雅何嘗後出邪

十畝之間

敘云言其國削小民無所依辨說譏其無理以為國小則民隨之喫孔疏已有說

九六

矣云古者侵其地則虜其民此得地狹民稠者以民有畏寇而内入故也斯言良
是晉取陽樊而出其民狄滅衛而男女渡河者七百人民皆不隨平地非獨魏然
矣
魏國蓋之河北縣也今平陸縣屬平陽府解州水經注言其城南西三面皆拒河僅二十餘里
北厺首山十餘里處河山之間土地迫隘故著十畝之詩槩鄙語殆非詩意魏之
褊小由逼近彊鄰屢見侵奪以致日蹙耳非地勢使然也若魏君能廣其惠敎
開拓其疆宇則踰河越山皆得而有之豈以此為限哉
伐檀
伐檀首三句毛鄭以河清興明君詩意當如此河㠯濁顯而此詩三章皆言其清
取義必在是若指隱居之地則言河足矣何必取濁水而加以清名董氏曰河雖

濁而在河之干者則清不如詩言河干止謂寘檀至此至言清且漣則統舉河水不嫥指河干也詩咏河多矣並無言其清者獨此詩三言之豈無意乎

集傳釋伐檀詩判為𨈆體謂用力伐檀本為車以行陸今河水清漣無所用雖欲自食其力而不可得此語吾所不解也不素餐者謂不為其事則不食且非謂為其事而仍不食也明知車無所用何苦伐木為之既欲自食其力不應作此拙計以為興體猶曰託言耳以為𨈆體是乃實事矣天下有此愚而不情之君子哉至不稼不穡四句以刺貪言本甚明縺强釋為美君子詞費而意晦

鄭箋云貉子曰貆義本爾雅說文云貆貉之類兩說不同而雅義較古矣又劉楨詩義問云貉子曰貊貊形狀與貉異案貉貊本一字本作貉今作貊音陌北方豸種也其訓獸名者本作貈今俗用貉安得分為兩獸名劉說非也近世李時珍本艸反謂尒雅貈子貆貆乃貊之

九七

謪此誤信劉說矣況伐檀箋引尒雅語正釋詩貆字安得謪哉李又謂貆與貛同今狗貛也彼見埤雅言貛貉同穴而說文以貆爲貉類故爲此說耳殊不知貛乃野豕亦見說文貆胡官切貛貉呼官切兩字音形各别豈一獸乎貛即尒雅之貒（音湍注云豚也一名貛）耳非貆也又案貆釋文云音桓徐郭音暄尒雅釋文音丸

胡取禾三百億兮億本作意滿也又十萬之名也百億千億萬億皆同此字字从啻从心啻字从言从中㑊也意加人爲億安也三字皆於力切今億啻二字皆作億此隸楷之變

唐變風

大全載劉瑾語謂君子欲絶丕公於晉故不備（偁）晉而偁唐晉詩名唐見武公滅宗國之皐（皐）魏風首晉又見獻公滅同姓之惡噫瑾所謂君子者何人邪吳季子觀樂

時詩未經删定也然已先歌魏後歌唐則晉之僭唐唐之繼魏非仲尼筆也以一字寓襃貶春秋教也非詩教也即使唐繼魏晉僭唐果定自仲尼之筆亦未必如璗所謂況魯樂工所歌已介邪又唐之名昉於帝堯而為晉之本號未嘗劣於晉也仲尼欲絶晉公何獨靳一晉名而於唐則無所惜邪蟋蟀敘論僭唐之故謂其有堯之遺風詳見下傳吳季子聞歌唐亦嘆其思深憂遠有陶唐之遺民二語不謀而合可見古義不誣也是僭晉為唐乃所以美之璗反以為刺何其悖邪至於魏風七篇唐風十二篇其為晉獻之詩僅無衣已下四篇耳安得兩風之次第名僭嫥為二公而定邪所見如此殆不及兒童也脩大全者徧載其說無識甚矣

蟋蟀

蟋蟀刺僖公敘説必有本朱子譏為以謚得之殆淺文耳敘云及時指每章四句

句云以禮自娛樂指後四句與經文正相合朱子謂其相及(反)吾所不解也敘人(又)言

此晉也而謂之唐本其風俗憂深思遠儉而用禮有堯之遺風此統舉唐風而言

不專目一時(詩)與刺傳(僖)全無涉特附見蟋蟀敘畢(明)文句顯然非難知也朱子漫不加

察合刺僖為一事而譏之讀書亦太鹵莽矣且其詞曰風俗之變嘗由儉入奢而

變之漸必由上及下今謂君之儉反甚於初而民之俗猶知用禮亂無是理據斯

語則俗之既奢者必不能復儉矣愚未敢信也古人國奢示儉國儉示禮奢儉何

常惟上之化耳唐民儉而用禮堯之遺風也僖公始為非禮之儉然俗染未深故

猶知用禮且以規切其上事理正合如此又何疑焉

淕傳毅舞賦云哀蟋蟀之局促古詩云蟋蟀傷局促局促之義正與敘儉不中禮

同哀之傷之即敘所謂閔之也傅毅明帝時人古詩亦名雜詩玉臺新咏以為枚

乘作乘景帝時人文選十九首昭明列於蘇李前則亦以爲西京人作也此時毛學未行而詩説已如此敍義有本矣朱傳以爲民俗勤儉夫勤儉美德也何云局促哉

職思其居傳云職主也十月之交篇云職競由人左傳鄭子駟引逸詩云職競作羅襄八年晉范宣子責戎云言語屚俗偕漏洩則職汝之由襄十四年職皆訓主主者言主當如此非實字也職思其居謂主思其所居之事義在居不在職也語本渾成集傳既訓職爲主復云顧念其職之所居則又以爲職任之義自相戾矣歐陽氏解職思其外云不廢其職事而更思其外亦以職爲實字故句法多破碎大全輔氏云職思其居謂所居之職也其外謂所職之外也其憂謂思之極而至於憂也此述朱而愈失之夫經云思其憂不云思而憂也思其憂者思其可憂之事憂即其

所思也思而憂憂又在思外矣文義不曾徑庭況上思其居思其外語本一例若亦改其為而豈成文理乎誤不儓在職矣

尒雅云瞿瞿休休儉也蓋儉是有節制而休休為恬静之義良士之心恬静而不罥浮所以為儉也毛傳云休休樂道之心樂道則無欲亦儉意也與瞿瞿蹶蹶皆形容良士之心耳輔廣以休休為瞿瞿蹶蹶之效誤矣

山有樞

隰有榆朱傳曰榆白枌也此襲說文而誤也尒雅釋木云榆白枌孫炎云榆之白者名枌東門之枌毛傳云枌白榆也解正相合釋木此文當以榆白為句枌為句耳說文用釋木成語而不加分析故貽悞於集傳然集傳於此詩曰榆白枌也於東門之枌曰枌白榆也枌既白於榆榆安得又白於枌乎蓋亦弗之思矣嚴緝

辨此甚當但謂是陸璣之誤則艸木疏奄此語蓋誤記許為陸手

山有栲疏引俗諺云櫄樗栲漆相似如一案栲山樗也樗臭櫄也櫄乃杶之或體

書作杶㭬貢杶榦栝栢是也左傳作橁襄十八年平陰之役孟莊子斬雝門之橁

以為公琴是也俗書為椿（椿本别一木即莊子所云八千歲為春秋者又名櫄今俗誤寫櫄為椿假而不歸久矣椿式閏切）椿樗

栲三木同類而微分本艸綱目云椿皮細肌實而赤嫩葉香甘可茹樗皮肌粗虛

而白其葉臭栲生山中亦虛大爪之如腐朽陸元恪亦云山樗與下田樗無異葉

似差狹耳喫陸人謂山樗不名栲栲葉如櫟可為車輻或謂之栲櫟此特據方俗

語耳栲之為山樗尒雅毛傳說文皆同不誤也又案說文栲作柷云从木丂（苦刀切）

聲苦浩切陸疏云許慎栲讀為糗則徐鉉此切非許意矣詩栲字協杻陸語應不

謬

百

揚之水

唐風揚之水謂涑水涑音粟也水經注云涑水自左邑城西注水流急濯輕津無緩故詩人以為急揚之水水側狹突過申生處觀此益信揚水是激揚非悠揚矣左邑即曲沃也秦改名焉

說文無皓字而玉篇有之與皓皞同字皆為白色義唐風白石皓皓釋文胡老切玉篇廣韻音亦同廣韻又云四顥今作皓是與顥又同字韻會以皓為古老切不知何本

廣尺深尺為𡿨廣二尋深二仞為巜𡿨即畎字巜即澮字書濬畎澮距川言深𡿨巜之水為巜也揚之水白石粼粼从巜不从巛說文粼水生厓石間粼粼也从巜粦聲玉篇廣韻皆同今詩本惟呂記嚴緝作粼嚴辨之甚悉餘皆从巛監本注

疏亦誤

茮俗作椒聊

茮聊毛傳但言兩手曰匊不言升匊之大小宋董氏引崔集註謂匊大於升云古升上徑一寸下徑六分深八分陳氏呂氏亦言二升曰匊案周禮攷工記陶人疏引小爾雅云匊二升二匊為豆豆四升今小尒雅云兩手謂之匊宋咸注云匊半升與攷工疏所引不同陳呂之說應夲於此又攷工㮚人疏云㮚米算法方一尺深一尺六寸二分容一石縱橫十截破之一方有十六寸二分容一升百六十二寸容一斗千六百二十寸容一石據此容一升之量立方一寸積方分者千十得萬六得六千為一萬六千分平方一寸積方分者百二則倍之得二百分律呂新書云合龠爲合兩龠也積一千六百二十分十合為升二十龠也積一萬六千二百分正合十六寸二分容一升

百一

之數所言相符當不謬也若據董引集注之言以立方之法計之則容升之數僅得積方五百二十二分有奇不能及一龠多寡相懸殆不啻矣又案近世算術以長尺廣尺深二尺五寸為古斛法是每石積方二千五百寸每斗積方二百五十寸每升積方二十五寸也方寸者二十五為方分者二萬五千較賈疏所引臬米算法每升多八千二百分此雖云古斛法特視今稍古耳若三代嘉量之制則賈疏近之

綢繆

毛以三星為參宿舉昏姻之正期以刺時鄭以為心宿歷舉其失時以為刺蓋毛以季穐至孟春為昏期之正鄭則嫥以仲春為昏期也毛義不易矣近儒李氏是毛非鄭辨據典確三星斷定指參華谷从毛得之呂記主鄭而兼毛朱傳則獨主鄭矣又此詩本

刺昏姻失時而朱傳反以為既得昏姻夫婦相語尤非詩意如此良人何明是欲見而不得見無可奈何之詞也安在其喜而自慶乎朱子之為此解者殆因緘人攤攎歌用此詩今夕何夕句為嘉美之談耳殊不知引詩斷章不必如今孔疏辨之理自長矣

心大辰也雖似連珠而微句

心三星正似連珠雖稍曲然不可謂之鼎立鼎足而立者如織女胃星之形是似之耳綢繆詩大全録劉瑾之言曰心宿之象三星鼎立始猶瞽者之道黑白也

鄭之野有蔓艸唐之綢繆皆言邂逅而兩傳釋之義各不同鄭傳云不期而會唐傳云解說之皃意當日經文必有不同矣鄭釋文云逅本亦作遘唐釋文云邂本亦作解逅本亦作覯此字形互異略可見者也案說文不期而會是邂逅本訓鄭詩正當此義矣唐詩見此邂逅指昏姻言昏姻之禮必相約而後成豈可言不期

百二

而會室毛公之别為釋也傳解説釋文音蟹悦其義則箋疏俱無發明竊以上下章傳義推之良人為美室粲者為三女皆矢〔夫〕目婦之偁則此章義應相類解緩而和悦豈指枘畣之狀與釋文又載韓詩云邂覯不固之皃雖與毛義殊亦足證此邂逅與鄭詩别矣

綢繆杕杜羔裘此三詩敘皆不言刺何君疏以其在茮聊鴇羽之間槩判為昭公時殆不然也鴇羽敘云刺時竝不云刺昭公又言昭公之後大亂五世明是亂極始作鴇羽非昭公詩則綢繆諸篇可知矣昭公之立左傳雖云晉始亂（見桓二年）然昭在位僅七年始潘父弒之亂斯甚耳昭公時未至大亂致民間昏姻失時父母弃養也成師乃昭公親叔父昭公以曲沃封之不得為薄其宗族也昭之後歷孝鄂哀小子緍五君而後併於曲沃綢繆以下四詩當作於最後一二君之世此時晉

歔己久容有昏姻失時父母鼻養者而曲沃已在晉君五服之外則所謂同父同姓自目其君之近屬而言義無不通也疏誤解叙意矣

杕杜

獨行睘睘睘睘字以目袁聲說文云目驚視也引此詩今詩皆作睘(瞏)俗人傳寫妄減其筆畫耳又毛云睘睘無所依也無依之人多傷徨驚顧與說文語雖異義實相通矣

饕行之人胡不比焉人無兄弟胡不佽焉兩胡不非望詞乃設詞也言他人設不輔助我正見其不如同父也東萊釋此詩謂它人如可恃則行路之人胡不來相親比凡人無兄弟者胡不外求佽助逸齋解此意亦與呂同鼂允當矣若甫言它人不如忽又望其相助不害於文義乎鄭以為求助於異姓之臣朱以為求助為

行路之人意異而誤同惟毛無傳意應如呂

羔裘

傳云居居懷惡不相親比之皃究究猶居居是二語一意也疏引尒雅李廵孫炎注以居居爲不狎習之惡究究爲窮極人之惡因衍其意曰懷惡而不與民相親是不狎習也用民力而不憂其困是窮極人也說究究與傳異而義實勝箭招詩云彩民之力而無厭飽之心斯與窮極人者異矣

鴇羽

鴇羽叙云昭公之後大亂五世鄭箋以昭公孝侯鄂侯哀侯小子侯爲五世此非也叙旣云昭公之後自不應併數昭矣朱子初說不數昭而數緡國得之緡在位二十八年視肯數君獨久其時豈得無亂又滅緡之後曲沃武公始繼晉而作無

衣之詩不容言晉歇者反闕縟而不數也

鴇音保从鳥𠂤聲𠂤博抱切相次也从匕从十俗本寫从七十者誤

黍稷與粱秫苗葉相似而穗與粒不同黍與稷粱與秫穗粒各相似而性之黏疏不同稷之黏者為黍一莖數穗而楸𣎳其粒巻粱之黏者為秫一莖一穗而堅壯其粒圜稷粱以為飯黍秫以為酒猶秔與稉稬俗作糯也又古以臬為穀之總名自漢以後始以名粱之細粒而短芒者今北土皆食之呼為小米

無衣

敘云美晉武公也疏云其臣之意美之耳蓋武公本無可美美之者特其臣之意此孔氏之善讀序也朱子弗究斯指謂是敘者以為美从而譏之亦已固矣至豈曰云云猶之乎豈敢愛之豈無他人云尔此詩人句調之常也俾天子為子猶勝

百四

於爾汝亦詩人偁謂之常也況此乃大夫見請命之事因而咏述之非節以此詩上之天子求其錫命也謂其倨慢棄禮亟乃兒童之見與

有杕之杜

武公以莊十六年命為晉侯至十七年卒其兼有宗國僅一年耳有杕之杜其卽繼無衣而作乎蓋公以不義得國賢者恥立其朝譬猶特生之杜人畢託足雖內致其誠外盡其禮猶覥不足枉君子之駕況不求乎故云噬肯適我望君子之來而惟覥其不來也中心好之曷飲食之求賢之道當如是矣

葛生

葛生篇嚴坦叔定為悼亡之詩而以次章之塋域及末二章之于歸于室證之此一非也蘞蔓于域傳雖以為塋域然與上章之于野及葛蒙之棘楚一例語耳不必

目其夫所葬也于居于室猶大車篇之同穴不必死後方可言也况次章之于域

固為死亡之證而三章之錦衾獨非生存之證乎

采苓

采苓三章皆兩言人之為言為字釋文有平去兩讀而以本或作偽為非案為言毛無傳鄭云為人為善言以稱薦之據此文義為人當去音為善言當平音經文為字平去二音得通也宜釋文兩讀也孔疏申毛鄭俱从定本作偽義於經文雖可通嗟非鄭意也竊謂經文為言與舍旃一譽一毀相對成文則讀于偽反義優矣疏云王肅諸本皆作為言但未知王作何解耳

采苓刺獻公逸齋補傳以驪姬譖申生事證之謂工讒者始以甘言投之譬則苓苓味美也繼以苦言動之譬則苦苦味惡也終則甘苦竝進譬則葑葑味上芙而

百五

下惡也驪姬始請申生居曲沃此甘言也繼夜半而泣言申生將行彊于君此苦
言也又請君老而授之政乃具釋君此甘苦並進也案獻公信讒之失莫大於殺
申生一事用以實此詩頗優於理其說三興義亦曲而中

毛詩稽古編卷第七

秦變風

車鄰

車鄰序云秦仲始大駟鐵敘云襄公始命始大國始大始命命為諸侯也是秦仲尚未為諸侯而得備寺人之官者疏謂附庸雖未爵命自君其國猶若諸侯故得有之似矣然非直此也王朝公卿大夫士禮記謂之內諸矦孟子亦云大夫視伯秦仲為襄王大夫自當備次國之制非復附庸之舊其有車馬侍御禮樂無疑也況詩以刱見故美之則肯此雖君其國未必有寺人矣疏語殆未盡然又朱子辨說以車鄰非秦仲詩劉瑾从而和之謂大夫不得有寺人此詩疑作于襄公之後

百六

何見之陋也

閽寺守門古制也欲見國君者俾之傳告不過使令賤役耳車鄰疏引燕禮及左傳為證見傳命是其常職然則寺人之令非以為刺也嚴緝謂三代侍御僕從罔非正人今桼用寺人為失夫侍御僕從豈給使令賤役者邪楊用脩因其語遂極論之又牽合繆公學箸人事以為後世刑餘為周召法律為詩書皆始于此故聖人録車鄰以冠桼風議論雖美然非詩人本指

寺人之令毛云寺人内小臣也疏申之云寺人是在内細小之臣非謂寺人即是内小臣之官也蓋周禮天官所屬内小臣與寺人各一官故辨之耳此詩朱傳襲用毛傳語大全亦引孔疏注於下而節其語曰寺人是在内細小之臣即今内小臣之官也吁謬矣哉且非謂寺人四字是引疏而反其意也又横改是字為今字

夫孔氏所謂今豈非唐虞唐書百官志並無內小臣之官也先儒之語經其裁
便致不通可欲俗作哂已

駟驖

公之媢子毛鄭釋之謂能以道媢于上下使君臣和合疏申之謂如卷阿吉士媢
于天子媢于庶人又如文王四友有疏附皆能和合他人使相親愛不僾已能愛
人而已其曰子者王肅以為卿大夫之偁也案斯言得之集傳訓為所親愛之人
蓋邑叅廷未必有大賢如孔疏所偁耳然襄公復世讎興祖業始列於諸侯亦羸
之雋也其臣雖不及疏附吉士之賢與豈必無一二智略之士可以宣道德意和
輯衆心者與之圖議國事哉至嚴緝以便嬖當之其謬尤甚以嬖臣從獵而箸之
於詩是刺也非美也況詩篇媢字多為美偁惟書言側媢乃以側為媢故孔傳釋

百七

為謟諛之人惡其側非惡其媚也嚴氏此解不惟昧於詩理且闇於字義矣

載獫猲驕載始也始試習之也後儒謂以輶車載犬其說始於文選張銑注五臣

多謬誤不足信也犬馬皆畜犬本以能丕見卷何反用馬力載之▲兮集傳又用韓

愈畫記為據後世事既難以證古嚴氏詩緝引補傳語謂歇驕非犬名以車載犬

所以歇其驕逸尔雅改歇驕从犬以合毛氏耳此尤謬妄尒雅釋詩書字音義同

而形異者甚多獨此二字因毛而改兮其釋詩亦間與毛異義何此二字必欲合

毛乎況歇其驕逸亦不成文理

小戎

戎世為秦患而襄公時周有驪山之禍戎患尤劇小戎敘所謂為戎方彊征伐不

休是也幽王亡於襄公之七年秦救周有功十二年伐戎至岐而卒此數年中皆

征伐之時矣襄公奉天子命乘國人好義之鋭心終身不能平戎方張之寇信難以力碎也子文公始敗戎收周餘民而有之至七世孫穆公用内史廖計取其謀臣由余益國十二遂覇西戎自此戎弱而秦彊矣然襄公以義興師民心樂戰故子孫得收其成功耳　小戎一詩實秦業興盛之本

介雅釋畜有二馵一郰俗作上皆白惟馵一左足白馵孔氏詩疏引郭注云馬都郰上皆白為惟馵後左足白者直名馵今郭注無此二句蓋傳寫逸之　小戎詩駕我騏馵毛云左足白曰馵則郭所謂直名馵者也案馵从馬二其足之戍切埤雅云以𨇨俗作躁故二絆其足易震卦為馵足是也又𩣡馬一歲也从馬一絆其足讀如弦徐云戶關切又馽絆馬也从馬囗音圍囗同也象囗匝之形其足讀如輒徐云陟立切左傳成二年韓厥執馽今左傳作縶杜注馬[illegible]此三字義皆為絆馬而稍不同音形大别說文辨之甚明絆也縶卽馽之重文

百八

弓有韔有閉皆見小戎閉以竹為之韔以韋為之閉狀如弓約於弓裏既約之則又納之韔中韔字亦作鬯鄭風抑鬯弓忌是也又名櫜見彤弓時邁二詩又名韣見月令又名鞬又名嵌右屬櫜鞬伏弢嘔血皆見左傳僖二十四年一哀二年一弢亦作韜毛云閉紲也攷工記弓人注引詩作竹䩦緄縢儀禮士喪禮既夕禮二注引之作柲又云柲枇古文作柴噭則䩦閉柲柴四字文異而義同縢釋文云直登切案縢字說文玉篇廣韻皆徒登切與藤同音如釋文切則宜讀如澂俗作澄呂記从之

載寢載興箋云閔君子寢興之勞集傳云思之深而起居不寧鄭指君子言朱指念君子者言義皆可通以上二章例之則箋義勝矣

蒹葭

不迄當作下迄

雜戎狄之壖也周秦皆畀焉公劉曰下諸君變戎狄而爲周襄公以下諸君復變周而爲戎狄一用禮一不用禮之故也自襄公不用周禮以成風俗秦遂終於爲秦不迄漢唐宋究不能復文武之舊襄公實為皐首矣此時周之遺民猶及見西京文物驟覩襄公之棄禮故異而刺之久則胥化而為秦安之如故矣夫子録蒹葭詩箸千古世道升降之大關也但周之用禮詳見豳風二雅周頌諸詩秦之弃禮僅蒹葭一篇及之人全篇託興諸意深遠必得敘而始明此讀詩所以貴論世而論世之不可無敘也朱子不信敘說故終不得此詩之解

終南

有條有梅傳云條槄音叨也尔雅槄山榎音賈注云今之山楸是一木而異名也楸榎本一木但楸葉大榎葉小略異耳故生於山者名亦互通也陸疏謂山楸亦如下

百九

曰楸其釋北山有楰又謂楰爲山楸之異者然則楸榢楰三者亦同類而稍别與傳又云梅柟也柟字俗作楠木生南方似豫章其樹直上童童如幢蓋高十餘丈大者數十圍氣甚芬芳爲梁棟器物皆佳良材也此非似杏實酢之梅有辨見總詁

黻衣繡裳集傳用孔氏書傳釋之曰黻之狀亞兩已相戾案已字誤吾友楊令叒旭云當作弓不成字無音可讀非戊己之己斯言當矣又案亞古弗字因謂之黻見漢書韋賢傳師古注又見顧野王玉篇則此字上下兩畫當中斷文作亞今本直作亞夫亞字亦誤

黄鳥

臨其穴惴惴其慄俗言秦人哀此三良爲之悼慄也箋語甚明朱傳謂觀臨穴惴慄之言是康公生納之於壙皐有所歸亂未必然史記秦本紀正義引應劭語云

穆公與羣臣飲酒酣公曰生共此樂死共此哀於是奄息仲行鍼虎許諾及公薨皆從死竊意此三人者定是嬖諾不苟俠烈輕生之士何至臨穴惴慄待人迫而納之壙耶但康公不特爲禁止任其自殺則亦不能無辠要之康公與三良迫于君父之亂命不能㠯義淩从違雖有辠當从末減若穆公要人㠯死乃昏君虐主之所爲應爲首惡也左傳文六年及詩敘嫥辠穆公信爲正論班固敘傳偁田橫義過黃鳥劉惪謂黃鳥詩辠穆公要人從死亦得之

晨風

穆公雖不爲盟主嬖置晉救荆霸鹵戎亦嬴之儁也而得士力爲多如百里奚蹇叔公子縶公孫枝之徒謀臣濟濟然傳謂賢人歸之駛疾如晨風之入北林信有之矣康公嗣立秦業遂衰終春秋見擯於中國士會之歸也繞朝謂之曰子毋謂

秦無人（見文十三年左傳）可見康公棄賢有人而不用也卒為晉所紿詒笑於諸侯非自
肌之乎敘云忘穆公之業棄其賢臣非無稽之談也朱子以為婦人思夫之詩夫
君子之倆豈獨妻可目其夫哉
駁駁音同而形異義亦異秦風隰有六駮尒雅駮如馬倨牙食虎豹字从交豳風
皇駁其馬尒雅駵白駁字从爻㒳字並見說文駁注同雅駁注云馬色不純亦與
駵白相雜義同易乾為駁馬王廙云駁馬能食虎豹取其至健則秦之駮也（此毛傳義也）
宋衷云天有五行之色故為駁馬則秦豳二字得通秦梓榆（此陸疏義）青白駁犖豳駁
馬赤白皆襍色也易疏獨取王義則字當从駁

無衣

無衣詩敘以為刺其君好戰朱子以為民自述其好戰兩意相反夫樂生惡死人

之常情在為君者務廣土地不恤民命則好戰或有之耳謂民自好戰豈其情哉

秦俗雖勇悍要自商君變法之後利於首虜之獲始以好戰成風當春秋世未必

然也其時兵與晉遇殆九敗而一勝耳秦民果勇乎或作悠悠乎樂鬭乎不樂鬭乎

此實事之可攷者也朱子又詆小序以為與詩情不協夫不論世何自知詩情哉

與子同澤鄭箋以澤為褻衣釋文與正義皆引說文云絝也劉熙釋名以為裁足

覆胸背又名鄙襢又名羞襢則非絝矣劉許皆邃人未知孰是又絝訓脛衣今之

襪也古上衣下裳裳用今之絝不

無衣篇集傳極稱雍州土厚水深其民厚重質直周用之易以為仁義秦用之易

以成富強後世建國者宜定都焉噫此趙宋一代之習見非萬世之通論也藝祖

嘗欲都關中而不果後漸致削弱故宋世謀國者長以為憾率交口偁羨關中推

百十一

為寰區神皋殊不知古帝王之興各因利乘便相度時宜以建立都邑豈容執一乎況此特論其形勢耳非論其土俗也若民性貞淫厚薄未嘗盡由地氣堯舜之仁義不下于文武元之彊毓不減於秦皆非以雝興也俗有淳澆力有彊弱惟上所化耳如必恃地氣為之則禮樂刑政反在可後矣

渭陽

敘云康公念母孔疏申之以為秦姬生存時欲使文公返國康公見舅得反憶母宿心故念之斯言善於論世矣秦穆初心本欲置重耳惑於公子縶之謀故先置夷吾以㒺利於晉事詳見晉書然二公子之仁不仁秦人共知之穆姬卷卷於宗國縶之謀非姬之願也況夷吾反國之後背弃姊言又背施閉糴以召鄰釁及身執於秦姬復叛爭以釋之姬見夷吾之不仁必益思重耳之仁登臺履薪之時康公與

焉母之宿心知之深矣今重耳反國得如母願而母顧弗及見回憶往事自應愴
嘆故詩本送舅之詞而敘云念母旨哉孔氏申之深中當年情事
宋廣漢張氏謂渭陽念母康公之良心然不能自充於令狐之役怨欲害之也呂
記朱傳皆録其語然而誤矣令狐之役非脩怨也非貪利也爲納雍也祭之納雍
晉逆之也初逆之後拒之晉則無信非秦之辠矣源又謂康公此舉正其念母之
心爲之母之欲置文公以其仁也雍之好善而卷文公愛之而宦諸秦誠立之必
能繼文之烈晉又曰無長君而逆之安得不納納雍者是穆公置重耳之初心非
公子縶置夷吾之譎計也康公以爲是足以慰母於地下矣故于其入也猶監於
呂郤之難而多與之徒衛其慮之也周矣豈料晉之變計哉故余謂令狐之役益
見康公念母之心且此舉若成則秦晉和好當復如初不至有河曲之師矣

權輿

箋云屋具也渠渠猶勤勤禮食大具其意勤勤然疏云屋具釋言文案今本尔雅屋作握邢昺云李本作握屋握幄三字必有一是而屋具與箋合當以為正矣始則大具今則無餘文義相應斯解為允集傳祖王肅以屋為屋宇用脩議之良是或云夏屋即食俎猶閟宮詩云大房也亦可通但箋義出尔雅較有本

陳　變風

詩譜謂大姬好巫覡歌舞民俗化之地里記亦言大姬婦人尊貴好祭祀用巫故俗好巫鬼其説略同皆言陳俗之不美自大姬始也竊怪文王后妃之德化及南國夫人大夫妻與濩濆之游女大姬親孫女獨不率教乃從事淫巫開陳地數百年僻習況傅偁胡公不淫見（昭八年）左傳斯亦足表正其封内民顧不從君而從夫人皆

理之難曉者朱子喜闢漢儒然此説獨信用之

陳風十詩朱子惟取株林一篇餘皆辨以爲非其本屬有據而疑爲無據者宛丘衡門墓門三詩也首篇出自采風之官所指時世定有實據安有以謚號彊配而欺後代之理幽公之遊蕩僖公之愿而不思自立他典闕之猶賴存於詩序可資後儒之見聞何忍棄之陳佗之惡見於左傳隱七年及桓五年墓門之刺固其所宜尤非無證也其具本非淫蕩之詩而判爲淫詩者東門之池防有鵲巢二詩也昏蔽之君忠言不入庶幾賢妃與之共處閨房燕笑之語或可漸化其心此忠君愛國者不得已之思也衛之靜女齊之鷄鳴小雅之車舝皆此意朱子目爲男女聚會之作淺之乎言詩矣同一憂也君信讒而憂者正也男女有私而憂或間之非其正矣朱子舍正而取衺與夫子一言以蔽之指無乃不相類與其本是刺淫之詩而指

為淫人之自述者東門之枌東門之楊月出澤陂四詩也天下雖至無恥之人發其淫私之事則赧然面赤没無將自己淫污之行編為詩歌以誇示人者卽後世玉臺香奩之詠及近今淫詞豔曲皆是文人墨士寓興而為之未有淫者之自述也朱子何弗思乎況東門之枌云不績其麻市（芇隸作市）也婆娑言其弃女工而不事疾之之甚也澤陂云寤寐無為涕泗滂沱言其憂無它事惟知戀色而已鄙之之甚也譏刺之意已顯然於言中豈淫者之自道邪

宛丘 II

毛公之傳詩李巡孫炎之注尒雅皆以宛丘為四方高中央下獨郭璞反之謂中央隆高曰宛丘因爾雅宛中宛丘上文有水潦所止泥丘下文有丘上有丘宛丘若以為中央下則與泥丘相似而與丘上有丘不合矣又案水經注云宛丘在陳

城南道東王隱云漸欲平今不知所在矣據此則宛丘之形難以目驗而知宜先儒之各執一説也又宛丘歲久遂為平地乃丘之小者故尔雅言天下有名丘五其三在河南其而郭氏以為宛營諸丘碌碌未足當之益信鄜語之不謬矣玉海詩地里攷載輿地廣記（歐陽忞著）謂宛丘地形正符丘上有丘之語元魏時已失丘所在忞何由見之殆屬附會（忞著廣地記當宋徽宗時）

東門之枌

穀旦于差音釵訓擇箋謂擇善地而遊下文南方原氏女家是也今以為差擇善旦不若箋之當会晴未可預期豈容人擇邪

衡門

泌之洋洋可以樂饑傳云泌泉水也洋洋廣大也樂饑可以樂道忘饑廣大正目

百十四

泉水言耳益波流壯闊至宗嗼也寂寞然可以樂道忘飢與上衡門雖陋而可游

息兩喻本一意孔氏申毛乃以泉水涓流漸至廣大喻人君進德亦積小成大則

樂飢語意迂回況首章二畀文義參差殆非傳恉又樂飢鄭本作㾑同療飢義更明

提

東門之池

可與晤歌毛訓晤為遇鄭訓為對孔氏通之謂釋言云遇偶也則遇亦對偶之義是

毛鄭義本相同也朱傳釋為解悟之意亦通但對字雖平實而趣味較永矣況以

詩語觀之可與二字內已昇有解悟意不必援出

嚴刻本此條在後

可以漚菅集傳云菅葉似茅而滑澤莖有白粉此用陸疏語然陸云根下五寸中

有粉白不云莖有白粉案說文云莖枝柱也枝生於莖故曰枝柱根木株也徐曰

入土曰根在土上曰株然則根與莖別矣况莖下五寸乎
郭氏注爾雅以菅爲茅屬陸氏草木疏以菅爲似茅則菅茅乃各一草觀小雅白
華詩茅菅並言又以菅喻申后茅喻褒姒其說良是陳風可以漚菅孔疏旣引郭
陸之說又引白華箋已漚名菅之語而繼之曰未漚但名茅是誤合茅菅爲一又
不悟其與郭陸意異疏矣夫已漚名菅對未漚名野菅言耳豈茅之謂哉然白華
次章箋云白雲下露養彼可以爲菅之茅則合茅菅爲一實自鄭始

東門之楊

此詩與鄭之丰皆親迎而不至者也集傳以爲始有私約旣而不從夫衣錦褧衣
度人嫁服也昏以爲期親迎之候也詩有明證何云私約哉

墓門

陳佗之惡師傅猶楚商臣之有潘崇乎崇教商臣弑君卒享其富貴佗以逆誅師傅必不獨免崇特秂者其蒙惡聲於後世則均

歌以訊之釋文云訊又作誶音信徐息悴切案徐音與上萃協良是陳第古音攷引王逸離騷注引詩誶予不顧及雨無正詩瘁訊協韵證之益信而有徵矣

防有鵲巢

誰侜予美侜與譸義同故尔雅云侜張誑也本釋耆譸張為幻而毛公郎用以釋此詩又說文云侜有廱蔽也譸訓也則侜為正譸乃借矣濮一之謂侜从舟有裝載增加之意見大全穿鑿杜撰最為可笑舟壽皆聲也侜取舟之載譸之壽又焉取乎

貝母名蝱葒艸名游龍梓榆名駁駮馬綬艸名旨鷊皆見詩蕨名鼈蓷名鵻亦見詩

傳此植物而以禽蟲得名者也案鷊尒雅作虉說文作鷏

月出

月出詩窈糾懮愛受夭紹皆舒遲之態指佼人言言其行步舒遲有此姿致也集傳以狀思者之情殆未然況三語皆兩字聯綿共為一義窈糾分作兩訓尤屬臆說

株林

首章上二句胡為乎是問詞下二句匪字是諱詞各二句為一意適株林即是從夏南非以株林目其母夏南目其子也疏云婦人夫死從子故主夏南言之是已朱傳曰君胡為乎株林乎曰從夏南耳然則匪適株林也時以從夏南故耳夫夏南夲在株林旣從夏南矣尚以為非適株林乎文義殊有礙

澤陂

陳鄭二風言蕑毛然訓為蘭鄭箋秉蕑从毛而蒲蕑則从韓詩破蕑為蓮疏申其故以為荷者其莖蓮者其實菡萏者其華三章連咏一物不應次章別據佗物又蘭為陸艸不産澤中似矣但蘭雖陸艸亦生水旁何妨於澤假咏之至三章同物徒取文義完整耳古人手筆不必以此法拘也當以傳義為正

檜　變風

羔裘

敘云大夫以道去其君也凡去君之禮待放於郊得玦乃去此詩應作於待放未絶之時故每章皆言豈不爾思可見古去國之臣不忍忘君如此春秋而下斯風邈矣集傳遵敘卻遺去國義

狐裘以朝鄭以為黄衣狐裘是也古狐裘有三一錦衣狐白裘夫子之朝君臣同

服之若檜君服曰朝是僭也失不儉好潔一狐青裘大夫士之服非君服也且人

功粗惡好潔者没不服之一黄衣狐裘息民之祭服之即此詩狐裘也故箋云以

朝服燕以祭服朝祭謂息民之祭孔申鄭義甚明蘇氏改訓狐白謬矣

素冠

纍冠毛以為練冠鄭以為祥冠呂記从毛朱傳从鄭孔申鄭易傳之意凡三而不

當名纍一也刺不能三年當先思其遠不當思其近二也不能三季當謂三年將

終少日月耳若全不見練冠是朞即釋服違禮之甚斂不應止云刺不能三年故

王肅孫毓皆以箋為長三也源謂夷厲之世去文武未遠禮教猶存喪禮況所尤

重時人習於禮法見有三年中略少日月者即異而刺之以為不能三年孔語良

是也後此二三百年當春秋世尚有禫而不忘哀如孟獻子者齊哀[衰]而問疾如蟜

百十七

固之於季武子者而魯人朝祥莫歌則子路笑之成人聞子羔為宰則為兄衰即
宰我短喪之問亦億言之耳非實行之也安得西周時即有易三年為期者乎朱
子从鄭得之矣但次章素衣仍襲毛傳素冠則素衣之語名物疏辨之允當

隰有萇楚

知訓為匹惟見於萇楚詩匹謂妃匹也詩本刺君淫恣又首章之知與二三章之
家室當一義耳尒雅釋詁知匹語殆專為此詩注腳故康成用之宋人目其驚俗
仍作知識解

匪風

匪風首章毛傳與薛王吉上昌邑王書同義吉治韓詩者而義同毛定非一家之
私說矣朱子最愛韓茲獨以其同毛而易之

周道周之治道也傳箋義同朱子見敘言思周道故改作道路解

鄭譜謂夷厲時檜之變風始作匪風篇其作於厲王世乎周自文武以來嫥呂優柔寬簡為治此周道也厲變為嚴急監謗專利民焦嘆不安生矣羣小順其意更舊章制法則見制刺於板蕩諸詩六月敘言小雅盡廢正指是詩也而國語亦云厲始革興典則政煩而民擾可知故匪風詩人思得一西仕於周者告以周之舊政令使以亨魚之法為治民之道也毛傳云亨魚煩則碎治民煩則擾知亨魚則知治民矣老子亦云治大國若亨小鮮意正相同胭聃為柱下史得窺周室藏書述所聞以立言斯言正周道乎毛公師承最遠傳語亦有自來矣又案書言帝悳寬簡易言至悳易簡自古治術率由斯道不獨周也詩寓其說於亨魚詞近而意遠矣嘆惟毛公窺見此指而箋疏俱無發明至宋儒談詩略於興義亨魚之說遂莫過

而問焉

曹　變風

蜉蝣

蜉蝣興也三章各止首句言蜉蝣耳今以為比體通篇皆指蜉蝣言遂謂憂蜉蝣之不能久存欲其於我歸處夫蜉蝣一蟲耳可共處乎況與人何親而憂念之至此乎雖是託言亦礙理

蜉蝣掘閱鄭云掘地解閱謂其始生也昔孔疏作解鮮閱云掘地而出形容鮮閱也又云定本作解閱謂開解而容閱蓋鮮解字形相類必有一誤或二義俱通故並存之也埤雅云掘土使開閱也亦依定本案本艸綱目云蜣蜋蜉蝣腹育天牛皆蠐螬蠹蝎所化蠐螬生糞土中而蜉蝣掘地而出其蠐螬所化與又埤雅引管子曰

掘閱得玉今管子並無此語惟山權數篇云北郭有掘閱而得龜者房玄齡注云
掘穿也穿地至泉曰閱掘求勿切閱求月切豈掘閱得玉別見它書而近本逸之
乎
三代時棉種未入中國凡所謂布皆麻也吉凶俱用之止以精粗為辨而吉服則
染以玄黃之色惟深衣不染又與大祥同用十五升之布但鍛濯灰治之純（音準 緣也）
之以采則與祥服異焉詩麻衣如雪謂深衣也如雪者鍛濯灰治之功也諸侯大
夫士庶人皆服焉諸侯朝夕深衣故曹風以咏昭公首章言其衣裳之整飾次
章言其衣裳之衆多（毛云采采 衆多也）卒章言其朝夕變易衣服以見其奢也朱傳釋
此二句即指蜉蝣言夫蜉蝣而曰衣裳是目其羽翼耳首句言羽言翼次句復言
衣裳不已複乎泛以衣裳偕言猶可也確指為麻衣愈不得以蜉蝣當之矣況蜉

蝣黄黑色此尒雅郭注而集傳遵用之者也黄黝色而云如𩂈可乎

候人

祋說文云殳也从殳示聲或說城郭市里高縣羊皮有不當入而欲入者暫下以驚牛馬曰祋故从示詩曰何戈與祋詩祋與戈並何定是殳而叔重引之文連羊皮不知證殳乎證羊皮乎又說文杸軍中士所持殳也音殳毛晃箸韻增疑詩祋字乃杸之誤觀說文引詩則東漢時已作祋矣又杸帯不協韻毛說非也

祋案祋韓詩作綴綴者表所以表行列也樂記所謂鄭表綴即是毛許之說似異而實同

升氣曰隮周禮眡祲掌十煇九曰隮是也詩兩言朝隮蝃蝀之朝隮虹也為將雨之徵候人之朝隮雲也為小雨之驗木華海賦薈蔚雲霧正用曹詩語張子厚解朝隮為登山伐木誤矣至薈蔚正指朝隮婉孌正指季女文義相應也朱子分薈蔚為艸木朝隮為雲氣亦未當

季幼女弱二字各一義此毛義小人柄國病害生民彊力者猶堪自存幼弱者必至

大困詩言斯飢所以獨及季女也帝堯嘉孺子哀婦人見南華天道篇正此意矣

鳲鳩

援古刺今詩之常體不獨鳲鳩然也晦翁以爲是美非刺徒以詞而已況末章云

胡不萬年益思之而不得見若曰天胡不假之年使至今存也思古之意顯然

下泉

慶讓之典不行則諸侯無所畏忌芹公僾刺下民失所正以此下泉詩所以思明

王賢伯也朱子譏叙以爲此天下大勢非芹公之辠夫使曹有賢君下民得所何

必遠思王伯之正己乎

洌从水清也冽从仌寒也冽彼下泉毛訓洌爲寒則當以二點爲是記嚴緝皆从三

百廿

黜非是孔訓亦云字从冰冰即从字說文云仌凍也象水凝之形冰水堅也魚陵
切臣鉉曰今作筆陵切以為冰凍之冰蔂與陵切者今作凝說文以為俗字
浸彼苞稂鄭破稂為涼云涼艸蕭蓍之屬涼艸不見尔雅不知康成何據孔申其
故以為稂乃禾中別艸浸則俱浸不應舍禾而言稂此得之而未盡也下泉浸物
本喻雷政困民蕭以祭蓍以筮皆艸之可貴者故黜其傷稂為害苗之艸鉏而去
之惟黜不盡何反以見傷為慮乎鄭意或出此涼為艸名無它典可證康成當別
有據耳
稂莠皆能害苗而亦有用於人莠可入藥其莖治目疾名光明艸韋昭國語魯語注
云莠似稷而無實又韋曜即昭問答曰莠今狗尾艸尔雅翼引此語今目驗此艸誠似稷而
不實矣稂有米可以療飢又名狼尾艸爾雅孟云玉篇作蓋亡庚反狼尾及稂童粱皆此艸，

也本艸云生澤地似茀作穗又云莖葉穗粒並如粟實有毛穗色紫黄有毛荒年
亦可采食說文以稂為禾粟之不成者艸木疏亦以禾秀而不成為稂皆非是羅
願介雅翼辨之當矣又稊稗亦能敵苗而皆可食一斗可得米三升稗黄白色莖
葉穗粒竝如黍稷有二陸二種稊苗似稗而穗如粟紫黑色陶隱居謂之烏禾云
荒年可代糧而殺蟲尔雅云稊苵音迭提是也

毛詩稽古編卷第八

豳變風

七月

七月篇所紀人事物候較遲於月令毛傳以豳土晚寒釋之後儒推明其說各有不同孫毓以為豳土寒多雖晚猶寒陸德明釋文以為晚節而氣寒陸義較優矣至鄭合張逸以為晚溫亦晚寒孔疏取其說以述毛因指舉趾藏冰之類為溫晚之驗隕蘀入室之類為寒晚之驗宋嚴粲駁之謂溫晚寒當並鄭言寒晚非是此國得之而猶未盡也源謂地氣寒溫之異分南北不分東西南方近日則溫北方遠日則寒若南北相同則雖東西縣絕總為日道所必經溫寒無異也故層冰

飛霽多在極北之地至鹵城諸國如于闐身毒大秦皆和煦饒物産豳乃溼拘也

邑詳公劉篇在中國西不在北也不應寒溫頓殊況月令作於秦相不韋當據秦風土

箸書秦豳皆雍地也藉田較閱二事亦見於周禮及周語周亦雍地也咸陽豳鎬總

在二三百里内耳溫寒尤不應相異今案傳箋所指晚寒有三條于耜舉趾在正

二月與月令季冬脩耒相孟春耕帝籍異期一也七月鳴鵙與月令五月鵙始鳴

不同二也纘武即大閱之禮不以仲冬而以二之日三也孔疏所指晚寒有六

條月令仲春倉庚鳴此在蠶月夏三月一也月令季秋艸木黃落此云十月隕蘀二

也月令季秋令民入室此以改歲仲冬三也月令季秋嘗稻此云十月穫稻四也月

令仲秋嘗麻此云九月叔苴五也月令季冬取冰此云三之日納于凌陰六也九

者非人事即物候耳論人事則一在夏商之間一在周秦之際相去千四五百年

制度之變更土俗之沿革難以一律論矣論物候則鳥之鳴木之落非一鳴而遽止一落而輒盡者也紀其始則早詠其繼則遲何必悉同至五穀之種類各有早晚天子嘗新薦廟當在初出之時豈得與民間收穫同期季秋入室季冬脩耒耜言出令之始耳踰月而民畢从令理或然也孟春始耕仲春則無不耕舉趾言其耕耳非必原其始也季冬取冰卽是二之日鑿冰藏之或遲一月不足異也大閱纘武子丑兩月皆可行周家既有天下或稍變先公之制未可知也總之豳風月令二書所主各不同月令所主在布政教必舉其初而言豳風所主在紀風俗多舉其盛而言自不能無先後之異非必地氣然也毛公晚寒之説不必過泥

周禮籥章仲春擊土鼓吹豳詩以迎暑仲秋迎寒氣亦如之凡國祈年於田祖吹豳雅擊土鼓以樂田畯國祭蜡吹豳頌以息老物鄭氏箋詩三分七月篇以當之

興篇章注小殊女心傷悲乃民風故指為豳風伦酒養老人君之美政故指穫稻春酒為豳雅置酒稱慶功成之事故指朋酒斯饗萬壽無疆為豳頌雖屬臆度之見揆於義無礙也朱子非之以為風中不得有雅頌是壞六義之體不知節南山云家父作誦誦頌字本通用崧高亦云吉甫作誦又云其風肆好假皆雅也而得蒙風頌之名則豳風何害為雅頌哉至朱子別取三説以為皆通愚觀之未見其可也一説謂楚茨諸篇為豳雅噫嘻諸篇為豳頌夫楚茨諸篇乃幽王刺詩噫嘻諸篇乃祈年報社稷等樂章此古叙之説張程蘇呂諸儒皆遵用之竝無異解至朱子廢叙始易以它説耳不得據也已臆見以為故實遂取雅頌諸篇彊別之以豳也一説取王安石謂豳自有雅頌今皆亡逸夫豳侯國耳方自奮戎狄閒安得有雅頌假令有之則詩有三雅四頌矣季札觀樂時詩未火也亦未經刪也魯人何不併歌之

一說謂七月全篇隨事而變其音節可為風可為雅可為頌夫風雅頌詩篇之名非樂調之名也豈因音節而變哉如因音節而變則豳風豳雅豳頌必待奏樂而後分國史編詩不應預類以四詩之目矣況風也而吹之可雅可頌獨不為壞六義乎嗟則茲三說者殆奄一通也又黃東發述王雪山之說謂豳詩者篇章以鼓鐘琴瑟四器之聲合籥也豳雅者笙師吹竽笙塤籥簫篪篴管舂牘應雅十二器以雅器之聲合籥也豳雅頌者眡瞭播鼗擊頌磬笙磬凡四器以頌器之聲合籥也皆全用七月詩特以器和聲不同耳案此說尤荒謬[妄]攷之周禮全不相合豳詩豳雅豳頌皆籥[章]所掌不應與笙師眡瞭分吹之也籥章之文止云擊土鼓吹豳籥耳竝無鼓鐘琴瑟四器王豈因甫田詩琴瑟擊鼓而傅會之邪甫田御田祖乃始耕之祭吹豳詩以迎寒暑非始耕也且甫田亦不言鐘也又此四器何以但可

歌風不可歌雅頌也況樂器安得有風雅頌之別哉假徒見笙師有雅眡瞭有頌
磬故妄生此說耳殊不知笙師之雅即樂記所謂訊疾以雅而注中狀如漆筩中
有椎者也與風雅之雅名偶相同義不相涉又笙師所掌十一器非十二器也笙
竽箎等八者則吹之牘應雅三者則舂之舂者築之於地以為聲乃奏樂之名豈樂
器之名乎又此三者以奏祴夏經有明文與豳雅無預也至頌乃磬石名音容字亦
作鏞非三頌之頌又鞉及頌笙兩磬止三器非四器也眡瞭之職亦不云奏豳頌
也且笙師十一器眡瞭三器各止一器蒙雅頌之名安得槩彼諸器悉為雅頌哉
菰謬如此不知黃氏何以取之

觱本作觱說文羌人所吹角屠觱以驚馬也𤇾古文誖或曰籀文今觱渻俗偺作省

觱說文引此詩作一之日滭冹冹分勿切其引采菽詩作滭冹檻泉

下泉大東兩詩孔疏皆引七月二之日栗冽以證冽字當从冫不當从水則此詩
古本原作栗冽唐初猶然矣今本烈字豈衛包所改乎烈从火與傳寒義反冽字
得之
同我婦子饁彼南畝同本謂婦子同來也集傳曰老者率婦子而餉之迂矣經文
竝不言老者何得強安蛇足乎況孟子云頒白不負戴王制云斑白不提挈此先
王之禮也饁餉之勞不應及老者觀甫田大田載芟諸詩亦止言婦子言婦士可
見矣又漢書食貨記引此詩師古注云其婦子同以食來饋之與古注正同朱子
甚愛顏說此復别為之解何也
詩之田畯田官也周禮之田畯田神也即后稷也鄭氏籥章注曰饁彼南畝為豳雅
豈合田畯至喜與樂田畯為一事邪康成注禮在未箋詩之前此時殆未明詩義

女心傷悲殆及公子同歸集傳以為公子娶於國中其許嫁之女預以將及公子同歸而遠其父母為悲然以歸為于歸則歸者止是女何云及公子同歸乎文義不協矣況古國君不臣其妻之父母多娶於隣邦宋三世內娶春秋傳僖二十五年公羊以為譏可證也卽以周事言之大姜有逢音龐氏女也語見周大任摯國女也大姒莘國女也其先世可倒推安得豳國大家連姻公室乎傳云春女怨秋士悲感其物化也豳公子躬率其民同時出同時歸也此解為正矣

鵙雖惡聲之鳥嘜能應候而鳴故少皞氏以名官夏小正月令周書此用以紀時而詩爾雅亦載其名但本艸不著形狀後人無以別識說者紛紛不能定為今之何鳥近世李氏綱目據尔雅郭注鵙似鶷胡達切鶡牛轄切鶡鶡服虔以為白脰鳥李時珍以為反舌而大之語合之尔雅鶬鶊醜其飛也翪音宗郭云竦翅上下說文作翪注云斂足也之文以為今世有若

鳥者當是李云若鳥大如鳩黑色以四月鳴其鳴曰若若又名姑惡人多惡之俗傳婦被姑虐死所化此與尹伯奇化鵙之說相類故以為一鳥不知信否也又案鵙字亦作鶪其異名曰伯勞曰伯鷯曰百鷯曰博勞以夏至鳴冬至止好單棲血昏金鳴則蛇結其聲鵙鵙飛則竦㩳上下合此數者是乃鵙矣然物產之古有而今無者不少正難求之於目驗也

拈案鵙字本作鶪今詩尔疋皆作鵙者非是

四月莠葽人鄭疑葽為王萯房九切孔疏已不以為然采轉粹中詩說據尔雅葽繞棘菀語又參以劉向苦葽之說以為即今藥中小艸名物疏非之謂不榮而實曰秀小艸有華不得云秀如秀是吐華則葽繞華是三月開不以四月其說如此源謂曹說得之秀字原象禾實下𠂢吐華非本訓也況此章以成物之始紀將寒之漸其言秀者專取成實之義小艸以三月華正當以四月成實又何疑乎不榮而實

曰秀傑而實者亦可通名曰秀如黍稷言方華亦言實秀荼有華如野蘜而月令
言苦菜秀皆是也尒雅華榮秀英四字分别異名所謂對文則别襍文則通耳可
過軏哉案說文蕒艸也詩曰四月秀蕒劉向說此味苦苦蕒也劉許皆漢人已訓
此詩蕒為苦蕒其來古矣今藥中小艸味極苦濇醫家以甘草煮之方可用又有
蕒繞之偁曹說信為有本

貉作貈

貉本作貈左豸右舟今經傳皆作貉惟尒雅作貈貉本莫白切北方豸種也今用
以代貈不可復正貈又作貈狢貘

貉狐貍是三種獸名見尒雅說文諸書一之日于貉取彼狐貍為公子裘謂取此
三獸皮為裘耳集傳乃云貉狐貍也于貉猶言于相謂往取狐貍也竟以貉為狐
貍之總名而合二句所指為一事失之矣推其故殆因讀毛傳而失其句讀音逗也

毛傳云于貉謂取狐貍皮也傳語簡賅讀者多誤傳于貉二字當讀逗音謂皮取二字當句于往也經言往不言取故傳補言取傳狐貍二字當讀逗音皮也二字當句經言狐貍不言皮故傳補言皮皆以補為釋也且狐貍言皮則貉之為皮可知義又互相備也康成善會毛義故不更解但分別用裘之不同箋云于貉往搏貉以自為裘狐貍以共尊者是也仲達誤讀謂取狐貍皮為一句故其申毛詞多牽合紊不失經意耳朱子因誤讀傳併誤釋經矣不獨集傳也呂記狐貉解為狐貍之居因彊合北狄貉字為一義陸氏埤雅以于貉為周禮祭表貉之事皆誤讀毛傳者也

夫傳釋經者也猶誤讀之況經乎

言私其豵獻豜于公毛云豕一歲曰豵三歲曰豜鄭云豕生三曰豵爾雅文豜字無訓疏申箋意謂豵既易傳則豜亦非三歲之偁尔雅麀與麕絶有力麉說文作麗古賢切

鄭當以豝爲麀麕之有力者案經別言公私正以一物而分大小見豳民愛君之
誼且與周禮大獸公之小禽私之語相合意周公既咏其事於詩卽倣此義以定
仲冬大閱之法耳故毛傳引假文爲證而先鄭之注大司馬職亦引此詩義不可
易也先鄭惟四歲曰肩小異于毛然非大義所關也康成注禮箋詩俱易其解左
矣又小爾雅云豕之大者謂之豣小者謂之豵說文云豵生六月豚一曰一歲
（豵）豚尚叢聚也豣三歲豕肩相及者皆與毛義同
莎鷄非樗鷄也莎鷄生艸閒樗鷄生樗樹上尒雅翰天鷄此莎鷄也郭注以爲人
曰樗鷄誤矣崔豹古今注又呂莎鷄與斯螽蟋蟀爲一物而三名亦誤集傳从崔
說
傳云欝棣屬薁蘡薁也蘡薁亦名燕薁本艸云俗名野葡萄唐本注謂之山葡萄

云蔓生與葡萄相似而小亦有莖大如椀者冬月惟凋葉藤汁甘子味甘酸宋圖經云蘡薁子生江東實似葡萄細而味酸案孔疏引劉楨毛詩義問言鬱樹高五六尺實大如李薁是鬱類而小別又言晉華林園有車下李三百十四株薁李一株車下李即鬱薁李即薁艸木疏釋鬱與薁李皆以為實大如李張揖亦謂薁為山李夫似李而以株計則薁乃木生而本草以為蔓生子又有大小之異本艸亂誤常棣詩別有辨又案郭璞言葡萄似蘡薁可作酒見文選上林賦李善注陶隱居言葡萄即是此間蘡薁唐宋本艸始本此為說而蘇頌圖經以為木高五六尺則小異惟言子小則同

陸疏以唐棣為薁李誠誤然以薁李為實大如李不誤也其釋豳風之鬱薁則釋鬱而不釋薁良以薁即唐棣不必再釋也其釋葛藟以為藟似燕薁延蔓生意陸

所謂蘡薁非即薁李也不然唐棣木生蘡薁蔓生不相類矣玉篇以蘡薁為艸而名木葉如梨者為栯廣韻以蘡薁為藤而名栯李為栯亦分蘡薁薁李為二與陸同也郭陶二家及唐宋本艸以薁為葡萄皆因陸疏謂似蘡薁而誤不知蘡薁薁李陸分為二植也案栯即薁字通作奥郁又有作椰者廣韻以為俗字

古有五菜韭䪥俗作薤葵蔥藿是也而葵為之主其見于詩者陳風之荍荊葵也今名錦葵小雅之芹楚葵也魯頌之茆鳧葵也然此特借名葵耳惟七月詩烹葵及菽嫥名為葵乃正為葵菜但傳箋正義俱無訓釋陸氏埤雅以紫莖白莖葵當之嚴緝宗其說呂記則以為尒雅之終葵繁露所指各不同今攷之埤雅之說允矣案紫莖白莖葵本艸亦嫥名葵入本經上品古人種為常食有紫莖白莖二種以白莖為勝大葉小華華紫黄色其最小者名鴨脚葵子輕虛如榆筴仁四時皆可種

經年收采有冬葵春葵秋葵之名王楨農書曰葵陽艸也其菜易生備四時之饌
本豐而耐旱味甘而無毒蔬茹之要品也今人不復食之亦無種者（己上見本艸綱目）觀
此可見古人食葵以斯種為正齊民所烹定指此菜後世如宋玉璲曹植七啟王
維詩所謂露葵皆是物也齊民要術言種葵注云掐（若洽切爪刺也）必待露解收必待
霜降葵以露名豈以此乎又其性滑故名滑菜至終葵緐露亦名落葵亦名承露
亦名天葵亦名臙脂菜隱居云子紫色女人以漬粉傅面謂之胡臙脂蜀本艸云
葉圜厚如杏葉子如五味子生青熟黑綱目云葉肥厚輭滑作蔬和肉皆宜八九月
間細紫華纍纍結實熟則汁如臙脂女人飾面點脣染布物皆用之觀此諸說今
俗所稱紫草乃斯種矣特葵之一類亂未得專葵菜之名若夫莃之為荊葵尔雅
之葍戎葵（今名蜀葵）本艸之黃蜀葵（今名秋葵）皆遊除之玩也不為菜又如尔雅之莃兔葵

本艸之房葵素問之龍葵（王砅注引月令）廣雅以地膚為地葵與鳧葵楚葵之類或為葵之一種或假葵以為名耳其戎葵又名吳葵（見別録）鳧葵又名水葵（見楚詞注及兎葵又名天葵（見圖經）名偁襍廁不可悉辨矣

菽者衆豆之總名也廣雅云大豆菽也小豆荅也㕭實通為菽矣其角曰莢葉曰藿莖曰萁詩所言菽皆大豆也大豆有黑白黃褐青（䕲斑俗作）數種今用作敊（或作豉）醬（俗作醬）腐油者是而黑者更可入藥神農經列于上品皆夏種秋収其小豆則有荅豆白豆緑豆豋（力刀切亦作蹽）豆穭（力與切）豆諸種豋豆亦名鹿豆爾雅蔨（巨員切）鹿藿其實莥（女九切）是也俗呼野緑豆其胡豆則有豌（於凡切玉篇云豌豆夏收）豆蠶豆而廣雅亦以豍胡（江雙音雙切）為胡豆別録中品有藊豆（今沿籬豆又名娥眉豆廣韻作藊云藊布玄切籬上豆也又北典切）酉陽襍俎有挾劍豆（俗名刀豆）本艸拾遺有黎豆（又名豆虎豆）而黎豆者實爾雅之欇（音涉）虎櫐云玉

篇云欇豆名虎櫐是也

米之疏者曰秔黏者曰稬奴亂切俗作穤又作糯又誤讀奴播切稻則其總名今人皆以為喫喫非古也說文云稻稌也沛國謂稻曰稬又曰秔稻屬然則稌稻稬俱目黏者而疏者直名秔也觀七月詩十月穫稻為此春酒則益信矣非儗此也豐年詩為酒為醴獨言黍稌月令命大酋亦言秫稻黍乃稷之黏者秫乃粱之黏者而畀稌稻俱為釀用尤足為明證杜少陵詩煙霜淒野日秔稻飄天風秔稻與煙霜對定是二物可見謂稬為稻唐世猶然也宋張舜民言本艸專名稬為稻桀緐鞹釋略無言其可為酒者而以為疑不知稻之為稬不儗見本艸也至用為酒詩禮已言之本艸偶弗及耳凡穀之黏者皆可以釀北土多用黍秫今世猶然釋本艸者各據其方俗故不及稻後之釋者徃徃藍本舊注未遑增入非謂稻不可為酒也又何疑乎

百卌

九月叔苴傳云叔拾也說文叔从又尗聲南人謂收芋為叔今借為伯叔字忘其本訓矣說文又云尗豆也象尗豆生之形徐曰豆性引蔓故从丨有兩歧非上下之上故曰象豆生形小象根也今作菽後人所加

采荼薪樗樗字本應作樗樗惡木敕書切樗丑化切亦木名以皮裹松脂可為燭非惡木也今諸皆誤樗為樗因別作樺字以代樗樺亦作檴華莊子華冠縰屣是也沿習已久不可復正

九月築場圃圃字釋文有補布二音集傳从博故切以與稼協案稼字諧家聲家字古讀如姑稼則轉為㚏矣然四聲之學始於元魏古未之有補布二音皆可協

稼

𡫳俗作寔又作塞向墐戶治都邑之屋也亟其乘屋治野廬之屋也治都邑之屋在入此

室處之肯治野廬之屋在入䏂宫功之後皆豫爲之備也

朋酒斯饗毛傳以爲鄉正飲酒之禮鄭箋以爲國君大飲烝之禮説雖不同然總是國家大典歲歲舉行安與鑿冰獻羔之禮同咏於詩也横渠解爲民饗君而諸儒從之誤矣古人飲燕食饗皆有常制未聞庻人而用饗也禮大夫無故不殺羊則庻人雖有故亦不得殺羊也公劉酌其羣臣䏂豕而已豳民反用羊乎非度也兕觥罰爵尤非民所以敬君也况斯饗也民自以意爲之乎抑國家本有此制乎如民自爲之是艸野之人無故攜奋挈榼就君而勸之飲豳俗雖古樸未必相狎至此如本有此制則是豳公歲歲索民之酒食也亦非體矣

鴟鴞

周公居東卽是東征辟卽致辟孔氏書傳本無誤也毛公詩傳雖無明文㗖訓旣

取我子二語則云寧亡二子不可毁我周室蓋亦以鴟鴞詩為作於誅管蔡之後也鄭氏誤以金縢居東為避居故解鴟鴞詩種種害義朱傳從毛盡掃鄭謬當矣乃後之述朱者因其晚年與蔡仲默書遂舍集傳而别為之説何其悖也居東辨詳見尚書金縢

鴟鴞鸋音寧鴂毛傳不言何鳥觀二章傳云手病口病故能免乎大鳥之難則不以鴟鴞為惡鳥矣韓詩謂鴟鴞之愛養其子適以病之不託於大樹茂林而託於葦蔄此與荀子所言蒙鳩事相合蒙鳩亦名巧婦即小毖篇桃蟲也故趙岐注孟子以鴟鴞為小鳥陸疏釋鴟鴞亦以為巧婦説皆同惟王叔師楚辭注云鴟鴞鸋鴂貪鳥也則與巧婦别鳥矣尔雅鴟鴞鸋鴂郭注云鴟類始祖王説而陸氏埤雅力證其是今用之

予手拮据毛云拮据撠釋文云京劇反本作戟挶音匊也予口卒瘏毛云手病口病卒瘏兼手口則拮据亦然經二語互相備也韓詩云口足為事曰拮据意亦與毛同說文云据撠挶也拮手口共有所作也因引此詩始兼取毛韓之義

東山

傳云蠋桑蟲也說文以蠋為葵中蠶羅願云蠋葵中蠶亦食於藿似蠶而不食桑詩云桑野者葵藿之下亦桑野之地也案尒雅蠋烏蚅注疏皆不言桑蟲又此詩疏申毛云在桑野故知桑蟲是毛第順經解之非確見此蟲之食桑也其為葵蟲信矣又蠋說文作蜀云从虫上目象蜀頭形中象其身蜎蜎今皆作蠋殆以别於郡名乎毛晃曰蜀本从虫而又加虫焉俗也

東山詩兩言烝在嚴緝辨之以為烝有進退久三義退非所以喻獨宿進可言蠋皆應作烝

不可言瓜久義為長此得之矣程子訓烝為升卽進義也朱傳以為發語聲不知
何本又案黃氏韻會備引詩書以釋烝字獨不及久義詩烝在桑野烝在桌薪烝
也無戎烝烝然罩罩箋疏皆訓為久何可遺也其烝之浮浮為火氣上升乃烝之本義
皇王烝哉烝訓君天生烝民烝訓衆烝烝皇皇烝訓旱韻會皆及之其升進之烝
與冬祭之烝雖及之然不引詩烝衎烈祖禴祀烝嘗為證
東山次章是行者之思三章是居者之望古注如此既各合敘意又兩章各一意曲
盡人情不嫌重複程呂諸儒皆遵用斯義今竝指行者思家言趣味短矣我征
聿至言我之行者當遂至也瓜苦在桌薪喻君子留滯於外也自我不見于今三
年言久不見君子也感陰雨以興歎因洒掃以待其來又指瓜苦為喻而自言不
見之久寫室家望歸之情婉而至矣今既以為行者之語遂謂三年不見是不見

瓜若思致織巧不似古人文義

蠨蛸釋文云蠨說文作蟰音夙今說文蠨穌音蘇彫切蠨本从虫肅聲陸氏所云乃叔重之舊音矣案玉篇作蟰先公切則此字音形之改其來已久

本艸綱目論螢有三種一種能飛有光乃茅根所化呂氏月令腐艸為螢是也一種卷如蠶尾後有光無翼乃竹根所化亦名蠲明堂月令腐艸為蠲是也亦名宵行一種水螢居水中李氏此言殆未必然螢之化也先有光而後生翼其如蠶者是初化時耳陶隱居言初時如蛹音勇腹下有光數日變而能飛此說得之又螢从艸化亦得溼㷜之氣而生或艸或水隨近棲託故是一種安得分而三之至宵行之名是因朱傳而傳會案宵行非蟲名楊用修辨之甚確詳見通義

毛韓兩家師授各異然毛傳之意有得韓而始明者如東山詩鸛鳴于垤是也毛

云垤蟻冢將陰雨則穴處先知之鸛好水長鳴而喜此但言蟻之知雨及鸛之好水至鳴之必於垤初不言其故箋疏亦無明解朱傳求其說而不得遂謂蟻知雨而出垤鸛就食之家鳴于其上此誤矣艸木疏言鸛食魚埤雅言鸛甘帶蛇也竝不云好食蟻朱子此言始格物猶未至與案韓詩薛君章句曰鸛水鳥巢居知風穴居知雨天將雨而蟻出壟土鸛鳥見之長鳴而喜見文選張華雜詩注蓋鸛鳥本不知將雨見垤而知之故喜而鳴耳傳意始曉然矣

說文無鸛字而雚工喚切字注引詩雚鳴于垤故後儒皆以鸛雚為一字毛氏韻增黃氏韻會直謂雚已从隹而又加鳥乃俗人之誤嘆說文云雚小爵也陸氏艸木疏云鸛佀鴻而大合此二說雚鸛大小異形定非一鳥以鸛旁之鳥為俗所加非篤論也字兼鳥隹二旁如鷹鵻雝鶴等皆是見總詁何獨疑于鸛乎東山釋文云鸛

本又作萑不云字又作萑葢亦不以為一字矣

破斧

豳風七篇七月鴟鴞狼跋三詩朱子無譏焉東山詩敘以為周大夫作朱子曰為周公自作此稍異矣嘅於義俱通無関得失也伐柯九罭二詩敘以為刺𪏭廷不知公言公不宜居東王當早迎公歸朱子則以東人喜得見公而欲留之二説乃相反較而論之敘義似勝也公在𪏭則澤及四海公在外則恵不能及一方東人留公于東何為乎況公之居東因王疑未釋也王疑一日未釋則公之身一日不安何足為公喜王疑釋而公西歸王室之㤙也天下之㤙也亦東人之㤙也不以為喜而顧欲留之斯乃兒女子之見非有識者之言矣夫子豈録其詩乎至破斧篇美周公而惡四國敘説原無不通傳以四國為管蔡商奄有尚書多士篇可證朱

百卌四

子不從而改為軍士所作以畣肯篇不知何所攷據又訓四國為四方之國而譏敘為無理夫四國作敵而詩人惡之何謂無理哉

毛云隋（沱妥二音）銎（曲容切）曰斧方銎曰斨嘫則二者皆斧耳蠶人用以取桑非兵器也

毛又云鑿屬曰錡木屬曰銶孔氏未能審厥狀而釋文以銶為獨頭斧則二者亦斧類而制稍別非兵器也集傳謂為征伐所用殆未必然此詩每章首二句毛鄭本以為興毛以斧斨切於民用喻國家之有禮義四國破之鈹之是其辠也鄭以喻成王周公不如毛義之正大

朱子既以破斧詩為軍士畣周公矣又從而為之說曰當日披堅執銳之人皆能以周公之心為心而不自為一身一家之計蓋亦莫非聖人之徒也夫叔為此說者特己之臆見耳乃遂據為故實而發茲歎羨之言一周公倡於上衆軍士和於

下殆若目見之其自信亦篤矣哉

伐柯　九罭

二詩皆刺王不知周公此毛説鄭謂刺羣臣非也王肅孫毓皆是毛而因告王以迎公之道詞指略相同伐柯首章言迎之當得其人次章言迎公當厚其禮九罭篇首尾皆言衮衣欲王以上公之位處公即上篇以禮迎公之意也中二篇則以鴻不宜於渚陸喻東土下國非所以居公亦見王之迎公當早也毛鄭孫王諸家説雖小殊而大指不外此不獨見周公之悳為人所説服亦見作詩者惟恐王之不用周公又恐王之待公未盡其道憂國之情好賢之意纏綿懇惻具見於詩故足為訓也朱傳悉埽斯義於伐柯不過曰首章比見公之難次章比見公之易而已於九罭不過曰喜得見公惟恐其歸而已夫東人以見公為喜而欲留之乃一人之私情何關朝廷

百卌五

理敵之故哉不但令讀書者絕無觀感且使古人作詩之苦心無由自白於後世

矣

狼跋

詩以狼為興但取其跋胡疐尾為進退兩難之喻初不計其物之善惡也伊川以豺狼惡獸非所以喻聖人故變其說以為狼以貪欲而陷于機阱公以無欲而舒泰自如意甚美矣然以狼喻聖固為擬非其倫反狼之惡以見聖之美是又以聖與狼較善惡也亦非所以尊聖

公孫碩膚集傳以為詩人之意謂公之被毀非四國之所為乃公自讓其大美耳不使讒邪得加乎忠聖也或譏其傷巧又自解曰作詩之體當如此如昭公為季氏所逐春秋郤書公孫於齊如其自出噫過矣春秋書諸侯失國皆以自出為

文並無書某人出其某君某者先儒釋其指謂譏其君之自取以示警也見春秋襄十四年杜注爲晷諱惟書孫不書甯耳周公之遭謗豈亦自取乎若如朱子之言非敬公乃譏公也又案公孫謂致政非謂遭謗也公攝政也年致太平一旦復辟告老故云孫此大美奚舄几几則又言其留相成王之事

几几傳云絇皃絇字亦作約扇見玉篇絇是舄頭飾几几即其狀皃初又未及安重意詩但舉公之舨飾以見公之留相成王而悳稱其舨居位無慚意自可想見舉足安重特其一耑耳毛以此以爲公之美意反陋矣王氏謂几乃人所凭以安故几几當訓安安石闢多傅會此尤鄙淺可笑

毛詩稽古編卷第九

小雅

鹿鳴之什

朱子曰鹿鳴三篇為上下通用之樂劉瑾申之以為攷儀禮上下通用止小雅二南不歌大雅可見大雅獨為天子之樂斯言謬矣鄭譜云用於樂國君曰小雅天子以大雅然而饗或上取燕或下就所謂上取者如左傳謂文王為兩君相見之樂禮記言賓入大門而奏肆夏又言兩君相見升歌清廟下管象傳記既有明文又經孔疏引證瑾獨未見乎儀禮闕逸甚多所存諸侯之禮止鄉飲燕禮鄉射大射諸篇稍及奏樂之制何可執以相槩也

鹿鳴

鹿鳴敘云燕羣臣嘉賓也此言作詩之本意也與四牡之勞使臣皇華之遣使一例也若夫升歌合樂之類則就詩之用於樂而言非作詩之本意也朱子見儀禮學記之文而改訓之曰此燕饗通用之樂歌乃言樂非言詩矣況升歌合樂必三詩連奏朱子於四牡皇華二詩何不併以燕饗通用釋之而仍从敘乎近世鄒忠胤辨之以為是燕非饗說見通義當矣但作鹿鳴者娉爲燕歌鹿鳴者則不僅燕燕饗通用亦非誤然非所以釋詩耳

傳云苹萍也鄭以水艸非鹿所食故訓為藾蕭宋羅願謂鹿豕亦就水旁求食會萍容有之不必易傳近儒趙宦光亦言嘗畜麋鹿性嗜水艸然經明言野萍箋義長矣入孔氏申箋疏引艸木疏云苹葉青白色莖似箸而輕脃朱傳則曰青色白莖

如箸止倒置白色兩字而物色已不同抑它有據邪

嘉賓毛鄭專指羣臣朱傳兼指諸矦之使葢本於鄉飲酒燕禮注之說也殊不知孔疏已有辨矣又四牡皇華等篇皆言已國羣臣鹿鳴不應獨異畢竟古注為優後儒釋經所云新說往往是先儒吐弃之餘即如鹿鳴篇周行訓為至道悳音孔昭訓為嘉賓之明悳康成注禮時已作此解後箋詩方改訓周行為周之列位悳音為先王德教當時舍彼而取此必有見矣

蒿之類甚多惟青蒿得專蒿名尔雅云蒿菣（菣去刃切）詩亦云食野之蒿皆直云蒿耳不若蘩莪蔞蔚之屬必以它名相別也本艸綱目云諸蒿皆白此蒿獨青始以此異與又云二月生苗莖葉俱深青七八月有黃花甚細結實如梟米本經名艸蒿又名方潰列於下品

四牡

敘云有功而見知則說矣朱子譏其語疏而義鄙夫見知而說人情自當如此何云疏鄙哉且敘言見知則說不言必待知而後說也視土芥寇讎之論尚為蘊藉矣

王事靡盬呂氏引董氏曰說文煮海為鹽煑池為盬盬苦而易敗故傳以不堅訓之（大全亦載董語誤以為呂氏曰）案今說文鹽字注云鹹也古者宿沙初作煑海鹽盬字注云何東鹽池袤五十一里廣七里周一百一十六里竝無董氏所云況池鹽乃風結成不用煑煑池語尤為妄說又案毛傳釋盬字鴇羽云不攻緻四牡云不堅固鴇羽疏以為鹽蠱字異義同引昭元年左傳文證蠱是蟲之害器敗穀者故為不攻牢不堅緻之義此說近之

傳訓騑騑為行不止皃嘽嘽爲喘息皃駸駸為驟皃皆取疲苦之義故又云馬勞

則喘息葢以馬之勞見使臣之勞也朱子見采芑嘽嘽毛

訓盛皃遂合假兩傳以訓此詩曰嘽嘽衆盛之皃與勞

使彼皆出軍義各有當訓解亦殊始知古人釋經用意精密也又案嘽字原从口

窃說文云嘽喘息也則喘息乃本訓矣

傳云鵻夫不也尔雅云隹其鳺鴀郭注今鵓鳩葢夫鳺鵓不鴀鳩各音韻同而字

形異也呂記引郭注云今鵓鳩集傳亦云今鵓鳩嚴華谷論鵻有十四名而鵓鳩

鵓鳩兩名並列大抵鵓鵓二形相似始有誤鵓為鵓繼則鵓鵓分為二僞謬以傳

謬是可攷也案尔雅注疏廣雅方言陸氏艸木疏諸書皆奪鵓鳩之名鵓字不見

說文而玉篇有之云步忽切鵓鶉鳥不言是鳩名也惟埤雅辨鵓鳩非鳴鳩亦不

百廿九

言與祝鳩一鳥則鶻鳩之名殆始於宋世

皇皇者華

詩之次第雖間有倒置者然鹿鳴四牡皇皇者華三詩所謂工歌鹿鳴之三也見儀禮左傳諸書又見六月敘其先後不可易矣李氏以為先遣後勞皇華當在四牡前眞謬説

每懷靡及傳云每雖懷和也鄭王各述毛意而説不同王云雖內懷中和之道猶自以無所及鄭所據毛傳無每雖二字又據春秋外傳懷私為每懷語因破毛傳和字為私云每人懷其私相稽留則於事將無所及孔疏並載其説而不辨其孰是今案魯語穆子曰懷和為每懷韋昭注引後鄭司農云和當作私則是魯語原文本作和其作私者亦因鄭説耳惟晉語姜氏引此詩戒重耳順身縱欲又引西

方書及鄭詩之言懷皆為私義要是斷章立説未必此詩本訓也懷私𤔔非毛指

又末章傳云雖有中和當自謂無所及此正首章每雖懷和之辭解王肅即用以述

毛於義允當孫毓詩評亦謂毛傳上下自相申成得之矣鄭既破和為私又彊解

中和為忠信以章合周義皆曲説也

周爰咨諏釋文諏子須切説文及玉篇皆同亦見編云今禮部十九侯諏字將侯

切嗺則釋文之音古矣駒濡驅諏天然協韻朱傳四字皆二反似不安

春秋内外傳説皇華詩有五善六德之説咨諏度謀詢為五善内傳本文自明注

亦無異義至外傳之六德章昭注於五善之外取周以備數與毛公詩傳不合孔

氏申之言周者彼賢之質不應數為使臣之德故傳云自謂無所及於事則成六

德無所及是謙虛謹慎之義當以之為一也　源　謂毛義誠勝但孔疏之言猶未盡

百卌

也外傳之六德本文亦自明矣云懷和為每懷咨事為諏咨事為謀咨義為度咨
親為詢忠信為周君況使臣以大禮重之以六德據此文義則所謂六德即上六
語是矣忠信為周言咨於忠信之人即内傳之訪問於善為咨耳周咨一義章分
為兩悳是其誤也懷和為每懷在五善之外雖有中和自謂奄及傳以備六德之
一與外傳正相符義不可易矣且穆叔以懷和為一悳而康成破和為私懷私可
謂悳乎又謂傳中和是釋周義而指為六德之一誤又與常等孔疏雖曲為回護
不能掩其失也

常棣　伐木

常棣之於兄弟伐木之於朋友故舊皆燕也然常棣無飲禮伐木兼食禮或曰文
王詩當殷世不得以周家禮文律之理或然

常棣伐木兩詩所言朋友兄弟名偁相溷竊嘗辨之伐木之父舅兄弟卽常棣之朋友而常棣之兄弟非伐木之兄弟也當以九族內外爲斷常棣之兄弟九族以內也伐木之諸父及同姓兄弟九族以外也九族在五服之中止有偁兄弟不可偁朋友九族之外無服禮記大傳所謂六世親屬絕竭矣者也斯可謂之朋友矣九族內歌常棣以燕之九族外與異姓俱歌伐木以燕之兩詩所用應尔常棣六章傳云九族會曰和箋云九族從己上至高祖下至玄孫之親也明謂常棣之兄弟在九族內矣

兄弟相暴覆而榮顯朋友相切正而和平二語實二倫要道而常棣伐木兩詩止竊其指於興中此先儒言興所以不厭深求也朱傳釋興體往往用數助語衍之使其句涂相似不復論其義輒別有辨見總詁於此兩詩將先儒華鄂相暴嚶鳴切直諸

語築删削不用後之學者何自窺詩人微指乎其釋常棣曰常棣之華則其鄂然而外見者豈不韡韡乎凡今之人則豈有如兄弟者乎以為兩豈字兩則字兩乎字相呼應是乃興體矣然經文本無此六字朱子始增入耳豈周公作詩時尚無當於六義必待二千載後之集傳方成興體耶誣矣又六字中兩則字尤屬横入不顧文義今讀之不甚通殆是點金成鐵也至伐木篇則以伐木興鳥鳴又以鳥鳴興求友殊滋葛藤

常棣

常棣之華鄂不韡韡毛鄭皆以興兄弟而毛取衆多為義鄭取相承覆為義稍不同鄭義勝矣多而不睦安用多乎孔氏申之曰華下有鄂鄂下有柎華鄂相承覆而光明猶兄弟相和順而榮顯如此說詩方可以興

豳風之鬱車下李也薁薁李也小雅之常棣常華白棣樹也三者各一木孔疏謂
薁是鬱類而小別又引晉宮（官）閣銘證之則鬱薁各一木矣陸疏謂鬱實大如李而
邑赤棣實如櫻桃而正白有赤白二種史記相如傳註徐廣引郭璞語謂鬱即車下李棣
實似櫻桃則鬱棣各一木矣陸疏又謂郁李實大如李常棣實如李而小則薁棣
各一木矣後世說者多誤掌禹錫修嘉祐本艸於郁李條下引陸氏常棣疏而妄
益之曰一名薁李是合薁棣為一木也李氏綱目既襲其誤又以鬱車下李常棣
為郁李之別名是合三木為一其誤逾甚陸元恪以常棣為郁李固失之至釋鬱
棣兩木未嘗誤也
鬱薁棣三木相類而結實異鬱薁大如李棣小如櫻桃薁李是薁非常棣先儒釋
常棣並無言其名薁李者本艸綱目既以薁為野葡萄又言常棣為薁李誤矣然則

百卌二

陶隱居所謂子赤色可啗韓保昇所謂子如櫻桃甘酸而少澀蜀宗奭所謂子如御李子紅熟堪啗者定是常棣但不得謂之薁李耳又漢書相如傳師古注言棣今之山櫻桃急就篇注言常棣子熟時正赤色可啗俗呼小櫻桃隴西人謂之棣子所言名狀正與本艸諸注合

常棣常本如字俗閒乃有讀棠者宋兒編辨其誤當矣今案此誤大抵唐世已然李商隱詩云棠棣黄華發近世有艸俗呼棣棠華色黄春末開李詩定指此意當時常字亦有棠音故顛倒俗呼以合雅華倆目併改常下从本耳又漢杜鄴傳引詩作棠棣師古注亦同李善注謝宣遠詩及曹子建親親表兩引詩皆作棠棣傳寫之誤不知始自何年要皆因音誤故字誤也

鄂不韡韡鄭讀不為柎訓鄂足今皆以王肅讀入聲案說文不甫久切然箋云古

聲不柎同則甫久切其後矣古詩日出東南隅行不與敷夫協韻亦作柎音也又甫鳩切陶靖節詶劉柴桑詩不與周秋疇游韻協是也孫愐唐韻始有分勿切讀與弗同內典不也作此音矣近世竝讀逋骨切葢始於溫公指掌圖以杯字發聲而孫炎示兒編陳正敏遯齋閒覽皆祖其說黃公紹韻會遂收入二沃韻於是不字有甫鳩甫久分勿逋骨四切而柎音雖最古反驚俗矣鄭夾漈云不本鄂不之不音趺因音偕為可不之不音否因義偕為不可之不音弗斯言良是楊用修丹鉛總録論鄂不之義引華不注山餘不谿證之尤為詳確說載通義楊又辨韡字从𠌶不从蕚此語亦當槩𠌶音吁說文云艸木𠌶也从𠂹亏聲𠌶象艸木蕚下𠂹形俗偕遷垂字誤棣無𠌶字遂从蕚作韡

原隰裒矣兄弟求矣鄭箋从呂原隰相聚喻兄弟相求義旣迂緩朱傳謂積尸原野

百卌三

惟兄弟相求解裒為積尸亦屬丕斷二說俱未安伊川云此章敘兄弟相類之事
當叔生患難之可畏則思兄弟之助方困窮離散羣聚郊野時則求兄弟相依侍時
此說得之
況也永嘆毛云況茲也則此語正與抑詩茲之永歎同朱傳以況為發語詞又欲
破字為怳左矣出車詩況瘁仍从毛訓茲又況从水旁三點說文云寒水也有从
冫仌旁二點者玉篇廣韻以為俗字得之宋郭忠恕佩觿集始別況从冫況況為三字
云況發語之端況寒水也況形況此乃妄說古止有一況字訓寒水餘義俱僭正
韻襲佩觿之謬
外禦其務釋文云務如字尔雅云侮也讀者又音侮此从左傳及外傳之文據陸
語則務字不必改字亦不必改音矣朱傳則从內外傳

歃酒之飫毛云飫私也尔雅義同箋疏申之以為飫禮在路寢内不在公䜭故為私良是矣說文引此作餫云燕食也飫立而燕坐二禮本異許以飫為燕始因詩本燕兄弟而說飫故通名之與今作㱃飫解則始於蘇氏案㱃飫字本作飶飶飽也乙庚切从勹毁聲俗因飫義與燕連而燕歃音相似遂譌燕飫為歃飫左傳飫賜杜解飫為饜唐韻亦云飫飽也㱃也後儒相承竟以飫代飶而飫則亡其義飶則併亡其字矣

和樂且孺毛云孺屬也同尔雅 王與親戚燕則尚毛鄭云屬者以昭穆相次敘二義不同合之方盡屬意後儒以孺子慕親牽合為親慕義殊費力

伐木

敘云自天子至於庶人未有不須友以成者此妙泛論其理耳若詩所言則皆天子

百卌

之事也肥羜天子之燓禮也天子饗享太牢故知燓禮用羊八簋天子之食禮也

燓惟歛酒無飯食簋盛黍稷故知是若諸侯燓牲以狗不用羊豕

飡公食大夫禮六簋故知天子八簋諸父諸舅之倆天子所施於同姓異姓之臣

也父舅兄弟而以為朋友者天子之下交不過百辟卿士周之布在列位者非王

懿親郎王姻鄗舍父舅兄弟而外無可為友矣至臣庶之取友則不僾是

伐木首章一興而取義凡三聞伐木而驚鳴喻朋友相切直一義也既鳴而遷喻

友自勉厲得升高位二義也在處高位木者鳴求在深谷者喻君子居高位不忘故友

三義也毛傳取興本優鄭易傳不為興止因二三章皆𧰼伐木為端耳殊不知舉

伐木可兼鳥鳴古多省文也李氏以四牡詩將毋儕之良有見

許許傳云柿皃說文作所所云伐木聲朱傳鮮為衆人共力之聲引淮南子舉大

木者呼邪許證之似矣嗼以遂語證周詩恐未足據信況小毛公亦遂人何必舍

毛而取淮南子

兄弟無遠箋云兄弟父之黨母之黨疏引尒雅釋親之文謂妻黨亦可言兄弟箋疏之意皆以兄弟兼同異姓也朱傳云先諸舅而後兄弟者尊卑之等其意偏指異姓為兄弟矣上章言父舅則同異姓之尊者皆可為朋友此章言兄弟則朋友之同儕者何得獨遺同姓乎

伐木篇毛傳分為六章章六句呂記朱傳从劉氏說分為三章章十二句劉氏以三伐木為章首故分為三章其說良然然此不自劉氏始也案傳箋下疏語綜釋一章例置每章之末此詩若从毛當六句一疏分為六條今乃總十二句為一疏作三次申述又小敍下疏指伐木許許釃酒有藇為二章上二句伐木于阪釃酒有衍為卒章上二句又指諸父諸舅為二章兄弟無遠為卒章是此詩三章章十

二句孔疏已如此不始於劉氏也但孔疏釋詩嫥遵毛鄭何此詩分章忽有異同
又不明言其故劉欲改毛公章句當援孔疏為說而竟以己意斷之朱呂亦止云
从劉偁若未見孔疏此者皆不可解

天保

說文云上高也時掌切下底也戶雅切此上下皆指其位當讀上聲其訓為上之
下之者則讀去聲玉篇廣韻上字訓高者音去聲韻會以為俗讀訓登升者音上聲與說
文異下字音義與說文同天保叙下報上也君能下下以成其政此一上三下惟
中間下字當去聲耳釋文云下下俱戶嫁反殊非是
何福不除傳云除開也箋云開出以予之故釋文治慮反讀去聲其讀平聲者訓
為去舊即除官之除也集傳改除訓而不改其音疏矣況福祿之來但欲其增新

何取其太舊新舊積累不尤為福之大乎開出義較長

戩穀傳云戩福也本尔雅釋詁文集傳取聞人滋之說謂戩與翦同而訓為盡呂記嚴緝皆从此解案聞人氏之說止因說文戩字引頌實始翦商為證故合戩翦為一耳然說文戩字注云滅也轉滅義為盡義迂矣况福義本可通何必求新

于公先王毛訓公為事謂四時之祭祀事先王也案周之追王雖止太王王季然后稷以下亦統偁先王如書丞成偁后稷為先王周禮太宗伯六享皆偁先王外傳不窋偁先王又數后稷至文為十五王皆是此詩言先王足兼諸盤已上矣傳義不必易

民之質矣日用飲食質成也平也民事盡平則為居王者惟有日用飲食相燕樂而已易需卦九五需于酒食與此義同虞之無為周之垂拱所以為至治也程子

百卌六

訓質為實而集傳因之以為民皆質實無偽日用飲食而已夫百姓日用而不知
易大傳之所譏也詩反以歸美於君上邪
羣黎百姓箋云黎衆也本釋詁文集傳改訓衆而以黎言黔首證之然訓衆者本作
黧黎訓履粘或借為衆義耳況用秦言以解周詩何如竟遵周公之尒雅哉
如月之恒毛鄭訓為月上弦此古義也釋文云恒字亦作緪同古鄧反沈古恒反
則此恒原與訓常之恒音義各別嚴緝謂恒無弦義止有常久之義解為常盈而
不虧夫古無盈而不虧之月乃以偁願其君乎案恒本作亙常也从心从舟在二
之間胡登切天保恒訓弦古恒切生民恒訓徧古鄧切其皆偕乎然説文又云古
文恒从月在作外因引詩如月之恒則恒字原以月取義上弦未必非本訓也俗作
恒誤

采薇

正雅篇次皆周公所定其先後之敘自有取義不以作詩時世為斷也如小雅文王詩九篇天保以上治內采薇以下治外義名有當非苟而已常棣詩雖作於成王時既在治內之列則不得不先又詩譜推其故以為周公閔管蔡被誅若在成王詩中則彰明其辠故推而上之託於文王親兄弟之義王肅亦以為然於奐罷敘下傳特著其說二子所見良不妄也朱子因常棣一篇是周公作遂謂以後諸詩皆非文王事左矣采薇詩敘言文王之時西有昆夷之患北有玁狁之難以天子之命命將帥遣戍役故歌采薇以遣之晦翁力詆其說以為非文王詩殊不知敘之昆夷即詩之西戎緜詩之混夷孟子之昆夷也史記言文王伐犬戎書大傳言西伯伐犬戎顏師古注漢書以犬夷畎戎昆夷為一帝王世紀亦言文王時

百卌七

有混夷此伐西戎為文王事歷歷有據者也獫狁不見他典獨見於逸周書敘言其言曰文王立西拒昆夷北備獫狁謀武以昭威懷作武儆斯非伐獫狁之一證與逸周書七十一篇見劉歆七略及班書藝文目其克殷篇史記亦采用之且文字古質非偽託之書也然則采薇之為文王詩無可疑矣

歲亦陽止毛鄭皆指夏十月而解陽字不同毛以為歷盡有陽之月（自十一月復至九月剝）方至十月鄭引爾雅十月為陽之文是鄭以歲陽專據十月而毛則否矣鄭說長也又歲陽即首章歲莫周正建子也以證小傳詩無周正為謬說矣

小人所腓箋云腓當作芘蓋破字也集傳云腓猶芘也竟為字訓誤矣案腓字三見詩此詩腓字及生民篇牛羊腓字之毛皆訓辟四月篇百卉具腓毛訓訓病鄭於彼兩詩皆从毛獨此詩破字孔疏推其意以為君子所依依戎車也小人所腓

亦當騑戎車不得有避患義故易之夫以辟爲避患王之述毛然耳其實毛意未
必如此毛當謂此戎車者君子所依而乘小人所避而弗敢乘何嘗非避戎車乎
騤騑亦作蓜音肥又房未切班固幽通賦安愔愔而不能文選注曹大家訓蓜爲
避漢書注鄧展亦訓避義正與毛傳合朱傳从鄭不如从毛之當也至引程子隨
動之說朱子已覺其誤欲删之而未及（語見大全及本義）咲呂記嚴緝皆用此解不知騑
乃躁動之物非隨動之物也易咸艮兩卦注疏皆取躁動之義程傳則於咸訓躁
動於艮訓隨動在一經中已自相矛盾矣

出車

爾雅邑外謂之郊郊外謂之牧郊牧異地咲統言之皆可名郊出車詩首章言牧次
章言郊鄭箋云牧地在遠郊是郊即牧也疏引司馬法云王國百里爲遠郊又引白

百卌八

虎通云近郊五十里遠郊百里可見遠郊者即牧地周禮載師職以牧田任遠郊
之地斯其證矣㒸則近郊但可名郊遠郊可名牧又可名郊箋疏合兩章郊牧爲
一非無據也集傳曰郊在牧内又曰前軍已至牧後軍猶在郊朱子不信尔雅此
卻泥之太過
彼旟旐斯集傳引曲禮及楊氏之言以爲旟即朱鳥旐即玄武因以下章之旂
爲青龍此誤矣曲禮曰前朱鳥而後玄武左青龍而右白虎是軍陳之法非旗
幟之名也與周禮司常所言各一事其前後左右又與大司馬文義不相通曲
禮言君以軍行之法大司馬治兵亦寓出軍之制大司馬職云諸侯載旂軍
吏載旗百官載旟郊野載旐今以曲禮之前後左右合之則交龍爲旂即左青
龍矣載之者國君也君若主兵則當居中若從王出征則從者未必一國亦應分

刜左右不應嫥為左翼也熊虎為旗即右白虎矣軍吏實載之軍吏是諸軍帥所將乃卿遂之正卒其偏為右翼於義何取且鳥隼之旟為在前之朱鳥而百官者乃卿大夫以其屬衛王何以當為前驅龜蛇之旐為在後之玄武而郊野者乃州長以下所將羨卒何以當為後勁此皆難彊為之説矣鄭氏注禮以敝法言之良有見也至以為旗名本崔靈恩之説已經孔氏禮疏駁正楊畫未[illegible]見耶

南仲之名見出車常武二詩出車詩傳云文王之屬未詳其譜系也羅泌路史言禹後有南氏二臣均勢爭權而國分南仲即其後泌語本周書史記解其以為禹後則見史記夏本紀贊贊云禹後有男氏索隱云系本男作南是也斯語信矣泌子苹謂盤庚子生而手把南字號南赤龍孫仲為紂將據此則仲乃殷後非夏後不知出何典殆妄也

毛傳云方朔方近獫狁之國又云朔方北方也疏申之以為北方大名皆言朔方堯典宅朔方尔雅朔北方也皆其廣號傳與疏皆不指朔方是何地朱傳始以靈夏等州當之宋靈夏今寧夏衛北方為朔北郡似矣然漢自偕詩語以名郡耳豈可援漢郡以釋周詩哉人靈夏為陝之極邊去長安十餘里裔之末造邠岐近地皆淪於戎狄南仲雖良將豈能於一年中窮兵直至北地連平二冦乎朔方之為靈夏吾未敢信也漢置朔方郡在武帝時賈鄭孫王諸儒豈不知其事而不用以釋詩良有見矣

昔我往矣喓喓艸蟲兩章箋義最婉曲詳盡首章自朔方出平二冦後還朔方總敘往返始末後章更敘南仲在西方諸侯歸附之情令千載後讀此詩者如目覩當年用兵方畧此先儒釋經所以能論世也今以首章為既歸在塗之語後章為

室家思望之情夫豈不懷歸畏此簡書欲歸而未得歸之詞也既身在歸塗則還
家有期何必復作此語邪至玁狁南仲薄伐西戎其詞奮張非室家思望之言則
東萊辨之允矣
卉字釋文許貴切則去聲音諱說文許偉切則上聲音虺玉篇廣韻皆兼此兩讀

杕杜

首章日月陽止卽采薇之歲亦陽止謂遣戍年之歲莫也次章卉木萋止卽出車
之卉木萋萋謂遣戍明年之春暮也三詩一遣二勞語意相應出師之之初告以
歲莫卽歸至期而望之情也此陽止之時女心所以傷也嘆連平寇未獲遽歸踰
期至春莫則卉木萋矣勞還兩詩皆實指歸時之景色也故首章云征夫遑止懮
言可以歸耳次章言征夫歸止則實欲歸矣前雖望之明知其未歸後則知其將

百五十

歸而望之益切也一傷一悲情同而事異矣次章傳云室家踰時則思正謂踰曰
歸之時耳孔疏申之以萋止為時未黄落在歲莫之前此於文義未順恐非毛意
古人行役未有不念父母者汝墳鴇羽陟岵北山諸詩皆是或自念之或室家代
念之惟四牡杕杜則上之人揆其情而念之所以為正雅也孔疏以為婦目夫之
偁迂矣

正小雅二十二篇其為文王詩者九（鹿鳴至杕杜）武王詩者四（魚麗南陔白華華黍）周公成王詩
者九（南有嘉魚至菁菁者莪）正大雅十八篇其為文王詩者八（文王至靈臺）武王詩者二（下武文王有聲）
周公成王詩者八（生民至卷阿）武王為周家開刱之主而詩篇獨少者良以周之王業
悉定於文王之世惟翦伐紂一事以待武王又𦒱（俗作耄）期受命諸務日不暇給故
詳文而略武卑不獨詩嘆也書述先悳必文武竝偁至康誥酒誥無逸蔡仲之命

諸篇則盛傳文悳而不及武可見周室閉代首王斷應屬文後之學者欲彰其事毀之小心反諱其造周之大業豈善於論世者哉

魚麗

王伯厚（名應麟 宋末人）困學紀聞引葉氏語謂濫世文章無引詩敘者魏黄初四年銘云曹風刺遠君子近小人蓋毛詩敘至此始行寀葉語非是司馬相如難蜀父老云王事未有不始於憂勤而終於逸樂此魚麗敘也班固東京賦云悳廣所被此濫廣敘及鼓鍾毛傳也一當武帝時一當明帝時皆用敘語可謂非濫世邪

魚麗詩前三章先儒以旨多旨三字絶句下且多且旨且有各二字為句（釋文云異此讀）則非因上旨多旨三字言酒下多旨有三字言物下三章疊此三字不得復言酒也集傳於酒字斷句句法較渾成但旨多多旨旨有六字皆眔酒言下三章文義未

順陳櫟言多旨有三字上言酒而下言物者見物與酒稱語見大全不知此篇言萬物盛多酒成於人力雖多有限物僅與之稱安在盛多乎源謂有酒斷句多旨有三字仍可說魚三章各末句結上三句耳酒既旨多旨魚又多旨有中俱用且字關兩意下二意遂承魚而言句瀍與文義皆無礙也

盍說食療本艸有黃顙魚即魚麗詩之鱨也亦名黃鱨魚又名黃頰魚無鱗而色黃羣游作聲軋軋故又名鉠軋音尖鴨又名黃軋毛傳云鱨揚也孔疏釋之以為魚有二名豈非此魚有力解飛取義於輕揚乎埤雅陸元恪以為名黃揚正以黃色而性揚也本艸李注以陸為譌失之矣

鯊魚有二一吹沙小魚也又名鮀徒何切大者長四五寸居沙溝中吹沙而游嘘音匝沙而食味美俗呼阿浪魚一鮫魚背皮粗錯如真珠辦斑俗作有鹿沙虎沙鋸沙諸

種出東南近海郡亦名沙魚魚麗之鯊吹沙也尔雅云鯊鮀是也毛傳亦云鱧魚本艸名蠡魚亦名鮦音同音重又魚入本經上品而陶隱居言其有小毒無益不宜食意物性古今不同也尔雅鱧注以為鮦又云鰹音里大鮦小者鮵音奪埤雅以為郎此魚矣今俗呼鱧魚非珍品也魚麗詩鱧與魴並偁豈亦視為美味邪

尔雅鰋鮎孫炎以為一魚毛公詩傳亦以鰋為鮎說文鮎讀訓鰋又云鰋鮀也鮀鮎也而鮎即鰋之重文皆以鰋鮎為一惟郭璞分為二云鰋今鰋額白魚鮎別名鯷詩釋文引郭注作鮧音啼又在私反釋文引之且云目驗毛解與世不協馭古今名異意蓋右郭矣埤雅既引郭注又溷二注為一彊郭目从孫而不明斷其是非將焉適从乎詩詁及韵會皆勦襲陸疏且言鮎腹平箸地宜得鰋名亦非郭氏鰋額本義本艸綱目別鮧魚之名曰鯷魚曰鰋魚曰鮎魚注云古曰鰋今曰鮎北人曰鰋南人曰鮎

是鰋鮎直為一魚矣然則郭注尔雅分鯉鱣鱧鮀為四魚說皆勝先儒惟鰋鮎之分為二則非也又案别録有鱯魚胡化切鮠音危魚人魚陶隱居以為皆鮎之屬

六笙詩

六笙詩集傳以為有聲無詞說本劉原父呂記嚴緝俱不从可偁卓識後儒辨證最多而近世郝仲輿敬之論尤為詳確𢍜載長孺通義中矣源又謂作詩者多取詩中一二字或總括其大義以立篇名若有聲無詞則南陔由庚等名何自來乎魯鼓薛鼓有譜而無詞則儀冠之以國號不更立别名矣朱子取以為證非其類也況聲者樂也詞者詩也無詞則非詩矣縱有譜當入樂經或附見禮記不當輿雅篇竝列矣乃毛公本置六詩於什外朱子反收之于什中又推白華為次什之首何自相矛盾也夫什者篇之總也無詞則無字句無篇章何由數之為什乎

毛詩稽古編卷第十

南有嘉魚之什上　正小雅

小雅次什之首至宋儒而兩更不數六亡詩而以南有嘉魚為什首者毛公之舊也蘇潁濱嫌其非孔子之舊仍數六詩於什中而更以南陔為什首朱子又據儀禮奏樂之次升南陔於鹿鳴什末抑魚麗於華黍詩下更以白華為什首夫子由之更什祖六月敘及康成之說於詩之篇第元無改也至朱子之據儀禮則不能無議焉鄉飲酒禮笙入樂南陔白華華黍乃間歌魚麗笙由庚歌南有嘉魚笙崇丘歌南山有臺笙由儀燕禮亦然此儀禮奏樂之次也夫先樂南陔三詩所謂笙入三終也次間歌魚麗笙由庚等六詩所謂間歌三終也南陔在笙入之列則不

百五三

得不先魚麗在間歌之列則不得不後各以類相从其此奏樂之次豈編詩之次乎若必執此以定詩之先後則間歌之後尚有合樂三終所奏者關雎之三鵲巢之王三也亦當遂置二南於小雅後又鵲巢之三𦳝艸蟲而取采蘋今此二詩視之為倒置矣何不依合樂之次正之乎朱子既憑儀禮之文定詩篇之先後矣又謂六月詩敘魚麗句本在華黍下而鄭氏遂置於南陔之上夫鄭氏未遂之詩敘遠在千餘年前朱子何自見之哉嚴坦叔詩緝一依毛傳之舊仍以南有嘉魚為次什之首洵為有見

魚麗南有嘉魚南山有臺三詩朱傳皆釋為燕饗通用之樂特見儀禮鄉飲酒及燕皆間歌此三詩因據以立說耳不知古人之用樂與作詩之本意不必相謀宋馬端臨文獻通攷　小敘所謂萬物盛多能備禮者作魚麗之本意也樂與賢者作南論之甚詳

有嘉魚之本意也樂得賢者作南山有臺之本意也旣有此三詩後乃取爲間歌之樂章非媵爲間歌而作此三詩也敘自釋詩不釋樂有何誤哉朱子媵以燕饗釋三詩故于魚麗云極道其美且多以見主人禮意之懃於嘉魚云道達主人樂賓之意夫對客而自誇其饌何鄙也對客而自偁君子是何禮也至南山有臺篇玩其詞意殊與燕歓不類凡詩爲燕飲作者必言酒食樂舞之事及爲勸侑之詞如燕羣臣則云鼓瑟吹笙云我有旨酒矣燕兄弟則云儐爾籩豆飲酒之飫矣燕朋友則云釃酒有藇云有肥牡有肥羜云陳饋八簋矣燕諸侯則云厭厭夜飲矣今有臺篇所偁南山北山之所有旣非饌客之需而頌美君子又絕無勸侑之意若鹿鳴之式燕以敖常棣之和樂且孺與伐木湛露之歓比滑矣不醉無歸者也安在其爲燕饗之詩也

百五四

南有嘉魚

敘云太平君子至誠樂與賢者共之也至誠當斷句惟至誠則能致賢之來又能任賢之久詩直言與賢敘更推其與賢之心非必於詩詞有娉指也康成釋烝然為久如以合敘至誠之意固矣且君子至誠與賢其心始終如一豈僂於賢之未來遲之而已哉（遲直冀反箋云久如遲之也遲之者謂至誠也）集傳以烝然為發語聲尤屬臆說王肅述毛云烝衆也得之矣呂記从王義

南有嘉魚嘉非魚名也猶下章樛木之樛甘瓠之甘云爾東發日抄黃（震）曰嘉魚非指丙穴之魚丙穴魚歓乳泉而美未必原名嘉魚自詩傳引此以釋詩世遂名其魚為嘉魚黃言嘉魚不指丙穴是也言嘉魚因集傳得名非也以丙穴魚釋詩埤雅之說而集傳襲之耳嘉魚出於丙穴見左太冲蜀都賦其名之來已久豈因集

傳而得之乎蓋丙穴之嘉魚直是後世好事者采用詩語為名耳毛云江漢之間
魚所產也箋疏亦止云南方水中有善魚皆不以嘉為魚名也孔仲達唐時人時
丙穴已有嘉魚之名而不引以為證者豈非以後世事不可以證古詩乎足見先
儒釋經之慎矣
纍之綏之兩之字來思又思兩思字皆助詞故纍與綏協來與又協皆不用句尾
為韻式燕又思箋疏以為燕而又燕得之矣朱傳既從古注復載或説以思為思
念祇贅耳
少皞氏以祝鳩名司徒祝鳩乃孝順謹慤之鳥故掌教之官有取焉翩翩者鵻兩
見小雅四牡以況使臣南有嘉魚以喻賢者彼勞使臣義取於慤謹此美賢者意
主於媷壹皆興設教之指同上以此立教下以此成德無異趣也集傳以嘉魚末

百五五

章之興為全不取義通義駁之良是

詩以又字協韻凡四見小雅南有嘉魚及小宛各有其一賓之初筵有其二嘉魚

式燕又思天命不又集傳皆音亦室人入又則怡由二音弥（俗作矧）斁多又則亦異

二音近世陳第古音攷以為俱無的據且言又卽右也右手也詩右字有以意兩

音四又字皆當音意燕又與來協來音利不又與富協富音係入又與時協時音

是多又與識協識職吏切其說似矣嗟古人韻緩凡與右又同韻者所協字多在

支紙寘韻內如仇協逵母協杞協止爽協試之類不勝屈指又古不分四聲支

紙寘質可通為一讀而職勿緝亦與質通用多識古注原讀如字不必音職吏切

燕又之來入又之時亦不必作去讀也來字古陵之反時用今音本自協耳至富

字古方二反我行其野協異瞻卬協剌召旻協時閟宮協熾併小宛凡五見所

協皆同

南山有臺

傳以臺為夫須尔雅亦然郭注云可為禦雨笠艸木疏云莎艸可為蓑笠郭陸俱誤別有辨見無羊故都人士偁臺笠矣字或从艸作薹殆後人所益都人士釋文云臺尔雅作薹嘆今夲尔雅仍作臺與詩同也玉篇及廣韻即唐韻又有薹字毛氏增韻黄氏韻會皆載之云笠也皆承郭陸之誤而以當時詩之臺笠字於是臺薹臺一字而分為三矣又案尔雅薃音浩侯莎其實媞音隄夏小正緹縞傳云緹縞者莎隨也緹者其實也即此艸蓋與夫須一艸尔雅翼以為其根即藥中之香附子又名雀頭香江表傳魏文帝遣使者於吳求雀頭香即此夲艸綱目云莎葉如老韭五六月抽莖三稜中空莖端復出數葉開青花成穗如黍中有細子其根有須須下結子一二枚轉相延生此近時要藥也而

百五六

陶氏不識諸注亦略可見古今藥物畀廢不同如此

萊傳云艸也陸疏以為艸名其葉可食而孔氏取之當矣案萊亦名藜本艸綱目云即灰藋音掉之紅心者（灰藋葉心有白粉如灰故名藜心則紅粉案灰藋今俗呼灰莧）莖葉稍大河朔人名落藜南人名胭脂菜亦曰鶴頂草婹（嫩）（俗）時可食老則莖可為秋（杖）原憲藜杖應門即是物也韻府以為落帚者誤

樂只只字古訓是今訓哉樛木篇兩義俱通前已辨之矣至南山有臺之樂只正小敘所謂樂得賢也如以為樂哉君子則君子自指王者樂即邦家之基萬壽無期云云耳非樂得賢之樂也以為樂是君子則君子正謂賢者樂乃王者樂之下文盛偁其傚正所謂太平之基也與敘意最合則只字訓是為長

易始卦以杞包瓜公一杞也而釋者各異張曰大木馬曰杞（枸）鄭曰杞柳凡三焉

見易釋文此三木皆載於詩而小雅之南山有杞在彼杞棘嚴坦叔以為山木王伯厚以為杞梓見困學紀聞則大木也左傳楚聲子以杞梓比卿木襄二十三年孔叢子載子思之言以杞梓比干城之將又偁其連抱是必木之高大而材者艸木疏云其樹如樗理白而滑可為函樗非材木也而謂杞如之殆僅取其形似乎

南山有枸傳云枸枳枸孔疏引宋玉賦枳枸來巢以證毛說嚴緝譏之以為風賦枳枸來巢字作句李善注橘踰淮為枳句曲也音溝非毛義也案嚴說非是陸元恪艸木疏已引此語證枸矣云古語云枳枸來巢言其味甘故飛鳥慕而巢之孔惟謂枸木多枝而曲所以來巢稍不同耳要之枳枸之為木其枝則曲其實則甘二者俱足致鳥陸孔兩疏各取一義均可通也句枸古字本通用李善注文選不知引毛傳及陸疏為證訓枳枸為木名而妄以枳為橘變之枳句為屈曲之句是

李之謬也况孔李俱唐人而孔先於李安得據李而非孔哉

枳枸雖南產而咏於周詩其在禮（枸禮記作椇）則婦人以為摯（見曲禮）人居燕食以為庶羞（見內則）是北土亦珍其味也豈以其甘美如飴（見陸疏）故遠致之邪字又作椅椒本艸列其名曰蜜樻檄曰蜜屈律曰木蜜曰木珊瑚曰木餳曰雞距子曰雞爪子其木名又曰白石木曰金鉤木曰枅栱曰交加木或言其味或似其形也靁公炮炙論云弊箄（卑俾閉三音）淡鹵如酒霑交注云交加枝即蜜樻檄也蓋此木能薄酒矣又山海經有甘華（海外北經平丘東經蹉丘大荒南經蓋猶山西經有沃國皆有此木）郭注云赤枝幹黃華楊慎補注以為即枳枸

梓椅楸檟四木同類而小別故秦風之條得兼楸檟之名小雅之梗得兼楸梓之名梗名鼠梓（尔雅毛傳仝）又名虎梓（見郭注）又名苦楸（見陸疏）是也郭以為楸屬陸又以為

山楸之異者嗼則條為山楸楰又條之異者與又案此詩五章而臺萊桑楊杞李
栲杻枸楰取與於木者凡十焉皆以為賢者之喻也埤雅縷而析之每物各竪一
義持説甚優然鄭箋云山有艸木以成其高大喻人君有賢臣以自尊顯義亦平正

蓼蕭

古人言四海多據指荒裔之國故蓼蕭敘澤及四海鄭箋以為國在九州之外而
引尒雅所言四海及虞書外薄四海釋之然鄭箋之言又與禮記明堂位周禮職
方及尔雅釋地之文互異箋云九夷八狄七戎六蠻謂之四海案九夷八蠻六戎
五狄此禮記明堂位之文也爾雅有二文上文同鄭箋下文同明堂位今無下文而無
九夷邢昺述先儒云上文是殷制下文是周制理或然與四夷八蠻七閩九貉五
戎六狄周禮述方氏之所掌也逸周書同注云周所服之國數也鄭荅趙商以為四夷

總言四方夷狄九貉即九夷在東方八蠻在南方閩其別也戎狄之數或五或六兩文異此鄭據尔雅下文相較為説也尔雅下文惟李巡本有之鄭與李同時人當見此文矣然鄭於蓼蕭箋則取上文其注職方氏及布憲則取下文益亦未有定見周禮賈疏謂詩敘與尔雅及禮異是傳寫之譌豈未見上文與

戎狄之數或五或六康成兩存禮雅之文不辨其孰是孔疏載其論趙商語以為無國數可明故不敘定然八蠻六戎五狄國名李巡注尔雅已備列之李注今見禮記王制疏疏云九夷一玄菟二樂浪三高驪四蒲飾五鳧臾六索家七東屠八倭人九天鄙八蠻一天竺二咳（咊）首三僬僥四跂（距之切）踵五穿胷六儋耳七狗軹八旁舂（隸作脊）六戎一僥夷二戎夷三老白四耆羌五鼻息六天剛五狄一月支二穢貊三匈奴四單于五白屋惟九夷據東夷傳文餘得本李注（源）案瀾博如鄭又與

李同時李所知鄭安有未悉而云無國數不叙定者豈以李所指諸國名不見經傳正文無足據信邪闕疑之道當如是也又案周書王會解記成周之會四夷來獻者凡六十國既與明堂職方異又載伊尹為四方令東夷十南蠻六西戎九北狄十二亦與尒雅上文不同書史殘闕傳文異詞戎狄五六之數信難以聽定也又案盧辨大戴禮注謂職方所言周所服四海種落之數明堂位所言﨟明堂來者國數尒雅所言夏所服與殷之夷國似矣嗾以戎論之﨟明堂者六而隸職方者五是朝者之數浮於服也夫聲教所被皆可言服朝則僃臣奉貢自比諸侯之列矣豈猶未得謂之服乎此説之難通者盧又譏鄭引尒雅其數不同終使學者疑其所聞是未識康成闕疑之意矣

周之王業雖成於文武然興禮樂致太平實在周公輔成王時嘗讀戴記明堂位

百五九

周書王會解二篇想見當時華夷一統之盛蓼蕭澤及四海孔疏引越崇（裳）來朝事以為此詩之作當在周公攝政之六年良有然也合明堂王會二文以讀此詩覺成周一會儼然未散

蓼蕭首章燕笑語兮三章孔燕豈弟一詩兩燕義當畫一鄭氏於首章云與之燕而笑語孔氏申之為燕歡三章則訓燕為安前後異解矣源謂以孔燕為甚燕歡則不詞以燕笑（語）為安樂而笑語文義無礙也則兩燕俱訓安為當嚴緝解孔燕為盛燕然孔本訓甚轉甚為盛恐費力

雅之蓼蕭采芑韓奕頌之載見皆言鞗革蓼蕭傳云鞗轡也革轡首也沖沖飾皃案鞗革轡也以絲曰轡以革曰鞗鞗之有餘而垂者曰革爾雅轡首謂之革郭云轡靶勒是也說文靶必駕切轡革也革末以金飾之狀如鳥蠋名曰金厄韓奕所言是也

此詩之沖沖載見之鶬則金飾之皃狀

和鸞雝雝集傳云在鑣曰鸞劉瑾疑其與駟鐵傳異謂鑣字誤當作衡此非也駟鐵箋云置鸞於鑣異於乘車此詩傳云在鑣曰鸞彼取箋文此仍傳語耳況和鸞所在先儒本無定解駟鐵疏云鄭注夏官大馭及經解玉藻皆曰鸞在衡和在軾蓋依韓詩內傳及大戴禮保傅篇文也然蓼蕭傳在軾曰和在鑣曰鸞箋不易之烈祖箋又云鸞在鑣蓋和鸞所在經無明文且殷周或異故鄭為兩解據此則在衡在鑣俱通也又左傳揚鸞和鈴(桓二年)杜注鸞在鑣和在衡孔疏云攷工記輪崇車廣衡長參如一則衡所容惟兩服馬詩每言八鸞當謂馬有二鸞鸞若在衡衡惟兩馬安得置八鸞以此知鸞必在鑣鸞在鑣則和必在衡據此則在鑣之說長也宋羅願謂詩言四牡八鸞鑣馬銜也馬口兩旁各置一鸞四馬應八鸞矣始祖

百六十

此疏至杜謂和在衡與毛鄭異孔亦不辨意以經無明文未可臆決乎然羅願又謂四牡八鸞見采芑𣌭氏韓奕烈祖諸詩乃王臣及侯國之車若天子車名鸞路豈反置鸞於馬定當在衡斯語亦有理蓼蕭之章鞗和鸞鄭以為說天子車飾是正指鸞路也鸞當在衡矣且言車飾不言馬飾則非在鑣疏謂不易傳者以駟鐵已明此從可知鄭意或然

湛露

厭厭夜飲傳云厭厭安也疏云安閒之夜𠇍雖作懕懕云安也郭注云安詳之容說文引此詩作懕懕亦云安也然則詩字當以懕懕為正其義則一安足以蔽之朱傳云安也足也久也久訓出蘇氏始緣安而附益至厭足之猒當作猒說文云猒飽也从甘从肰詩厭字本為懕之僭不得又兼猒義案厭字於輒切說文訓笮

舍猒字不用而曰厭當其義再誤也因

迫也阻厄切俗作壓厭已从厂呼旱切俗又加土誤也小學不講譌舛遂至此又棨韓詩

詩之俗厭而轉以猒義釋懕是緣俗誤而人加誤也小學不講譌舛遂至此又棨

韓詩厭厭作愔愔薛君云和說皃與安義殊而亦相近

湛露篇鄭分下三章以豐艸喻同姓杞棘喻庶姓桐梓喻二王之後似屬穿鑿唉

謂同姓則夜飲異姓則否以見古人一燕飲亦寓親疏厚薄之等其說不可廢也

在宗載考傳云夜飲必於宗室宗室二字箋疏俱無申述案采蘋傳云宗室大

宗之廟也是即毛公之自注矣又禮記昏義教於宗室注云宗子之家蓋亦指廟

言唉此皆大夫士之禮故有宗子若湛露之在宗乃天子之燕禮則宗室者直謂

宗廟之寢室耳尔雅室有東西廂曰廟無東西廂有室曰寢是廟寢俱可名室

燕則是寢非廟矣鳧鷖詩旣燕於宗與此在宗義正同但彼為賓尸在廟門外之

西室此為燕同姓在廟後之寢室與之同在廟中則可同謂之宗也毛又釋夜飲為私燕私燕即楚次之燕私也孔疏云然備言燕私惟與諸父兄弟共之異姓不得與故箋疏以在宗載考為燕同姓諸侯夜飲之禮同姓則成之異姓則止矣楚茨又云樂具入奏謂由廟而入寢也廟在前寢在後故言入入寢即在宗也朱傳以宗為路寢之屬則是王之燕寢小寢非廟中寢室矣亂不得之為宗

杞棘皆堅彊之木故以興顯允君子顯允明信也桐椅是柔𣪊之木故以興豈弟君子豈弟樂易也詩意較然康成徒取同類異類為說箋以杞與棘異類喻異姓諸侯桐與椅同類而異名喻二王之後惟同姓則一類故廣舉豐艸遂無暇及此義

彤弓

彤弓詩經文明言饗而集傳反言燕雖饗畢之後容有燕然畢竟饗為主旦且釋經

者不應故與經違也又此詩專主賜弓饗亦因賜而設耳故敘云錫有功不云饗也今先言燕而後及賜已失經意矣況經不言燕乎

受言藏之謂諸侯受天子之賜而藏之家也左傳襄八年晉范宣子來聘公享之季武子賦彤弓宣子曰城濮之役我先君文公獻功於衡雍受彤弓於襄王以為子孫藏匃也先君守官之嗣也敢不承命宣子言受言藏若為此詩下注腳矣毛傳鄭箋及王肅述毛意皆指諸侯言無異說也王安石以為王受工獻而藏以待賜鑿矣迂矣東萊踵此以立論謂藏之王府不妄與人後世視府藏為己私至以盜庫兵賜弄臣與此異矣持論雖佳亂非詩恉朱傳从之嚴緝仍用古注

右之疇之毛鄭異解毛以右為勸有功疇為報功雖緊上章饗字而言然不指酒也鄭以右為賓受獻爵奠於薦右疇為獻酢之後主復疇賓義亦可通但不如毛之

百六二

渾然

菁菁者莪

朱子釋子衿菁菁者莪二詩皆不从小敘而自立新說及伦白鹿洞賦中有曰廣青衿之疑問人曰樂菁莪之長育門人請其故畣曰舊說亦不可廢可見朱子傳詩之意祇為從來遵敘者株守太過不能廣開心眼玩索經文領其毅旨故悉掃舊詁別開生面為學詩者示一變通之法以救後學之滯俾與古注相輔而行原不謂集傳一出便可盡廢諸家之義也其中或矯枉過直不無稍偏朱子固自知之應不辠後儒之指摘耳今人奉集傳為繩尺束注疏而不觀此末學之陋也非朱子之本懷也

菁莪首章箋云既見君子官爵之而得見也案此語未盡然官爵之者在成材之

後耳此詩主君子長育人材而天下喜樂之至於成材而授官乃其餘意觀敘語
可見源謂肯三章皆以莪之長喻材之育則此三既見因教誨之而得見也所見
之[illegible]君子在鄉則鄉老鄉大夫諸職在國則大司成大司樂正諸職如遇視學養
老則併得見天子矣末章以舟之載物喻君之用人則此一既見因官爵之而得
見也所見之君子直應謂王者而司馬有辨論之權或當兼目之
既見君子樂且有儀箋云心既喜樂又以儀禮見接是樂主見者言其儀主君子
言也歐陽氏本義全指君子嚴華谷非之謂以樂且有儀指君子則既見二字無
所歸詩中既見君子二十有二見於九詩汝墳風雨唐楊之水阜螽出車蓼蕭菁菁者莪頍弁隰桑其接句皆
述喜之之情謂見君子者喜非所見者喜也斯言得之矣源謂樂字即下章喜字
休字歐陽以屬君子實為無理鄭以有儀指君子亦是見者自喜之辭無妨文義

但一句分屬兩人終未渾成且以儀為相接之儀趣味亦短嚴緝云見善教之化
成是有儀主賢才言得之矣惜語未暢明詩記載呂氏之言曰長育人材之道固
多術矣而莫先於禮儀禮者内外兼養非心過行無所以从入此人材所以成也故
曰菁菁者莪廢則無禮儀旨哉斯言嚴説應本此案古人言儀竝非儀容皃之謂
儀義宜三字本相通如鳲鳩箋訓儀為義烝民釋文儀作義傳訓宜文王詩宜鑒
于殷戴記引之作儀鑒皆是説文云儀度也度謂法度合于法度則謂之宜詩言
禮儀猶言禮義云爾故育材者必以之此詩首章有儀與六月敍之禮儀語意本
相應可見詩言育材以禮儀為要術呂氏得其指矣詩記録呂説於敍下而首章
正解復用歐陽語不知何説為是
汎汎楊舟載沉載浮箋云沉物亦載浮物亦載喻人君用人文亦用武亦用孔疏

謂載字與載飛載止載震載夙同類當訓為則鄭以載解義非 中之載余謂疏
語太拘詩中載字取任載之義者多矣謂之載矣受言載之載是常服之類何必媾訓為則邪至集
傳以為舟之則 沉則浮喻人之未見君子而心無所定於義尤疏未見而思見繫
念最篤何云無定況經文初無未見君子語也又舟之浮者常也沉則不復浮矣
如以為無定則是浮而又沉沉而又浮也舟之在水豈有是乎

毛詩稽古編卷第十一

南有嘉魚之什下 變小雅

六月

六月北伐鄭箋以為遣吉甫信矣至毛傳以為親征竝無明文也王肅孔晁述毛指始有親征之説徒據首二章傳文為詞耳首章傳云日月為當〔常〕次章傳云出征以佐其天子大常王所建而出行征伐成已為天子之大功此王孔二家所據為親征之證也不知毛傳原不言佐已其云佐其為天子指吉甫言義亦明順至王建大常雖周官有明文見司常及大司馬嘆玩傳語未嘗謂建此以行也傳云棲棲簡閱皃飭正也日月為常服戎服也夫簡閱者將出師先選練其士衆車馬如周禮大

司馬四時蒐田教民生佐進追之法是也平時簡閱王猶親隸莅俗佐之況命將出征乎大常之建只應在此時耳二章傳又云必先教戰然後用師可見首二章毛皆指簡閱言章末兩出征則明簡閱之故何嘗以為親出哉故末章傳云使文武之臣征伐與夲友之臣處内傳義顯然矣肅見斯語與已矛盾傻為之說曰王出鎬京而還使吉甫追逐乃至大原則尤可笑躬率六師業已就道乃未見敵而先歸中興賢主何舉動輕率如此乎又槩簡閱近在京師自當躬親其事征伐在千里之外擇人而任之秉辨可以無出此事勢之常無足怪也孔欲證成王說以為得毛指乃云不得載常簡閱遣將獨行此吾所未解

六月棲棲劉飙中㚇以六月爲建巳之月呂記从之朱傳以為建未之月此本不足置辨但周世民間紀物候或用夏正至朝廷大政令必以周正紀月出師征伐

國家大事焉有舍周正而用夏正者哉詩小傳謂詩無周正非也必如豳風之七月小雅之四月方可定其夏正耳小明之二月未嘗建卯十月之交之十月未嘗建亥也各有辨見本篇

于字有三訓於也往也曰也詩异有之今算識曰義然六月篇兩王于出征若不訓于為曰文義終不可通鄭箋得其解矣孔疏謂詩中于字傳止有於往兩訓故不用曰義述毛殊不知傳文簡略安知非偶遺之邪案於曰二義皆見尒雅釋詁其曰義郭注引此詩釋之又說文于字注云於也象氣之舒从丂从一夫亏象氣之舒曰从口从一亦象口氣之出見說文古人製此二字意原相同矣又案亏於同義詩多用亏而於字亦間出於本古文烏字也古文烏作[illegible]又渻作扵隸變作於偕為於乎字轉其義而不改其音也又為亏義則音義俱轉矣於字見詩者靜

百六六

女著權輿蜉蝣九罭白駒下武板清廟九詩九十七字皆亏義尖居切至伐木靈
臺與雝賁二頌則釋文有兩音兕音烏之義長也其餘皆歎詞矣又於為歎詞元
象烏烏之鳴斯假借而不離本義者故它與(典)作烏亦作嗚
共武之服釋文云共鄭如字王徐音恭王徐之音述毛者也孔疏用鄭說述毛亦
讀如字恭字之義無聞焉朱傳云共與供同未知王徐亦此義否也觀巧言之匪
其止共小明之靖共爾位召旻之昏椓靡共皆訓為供昇之供則意當同矣嚴緝
既音共為恭又引鄭箋云共典也箋本謂嚴者與翼者共典兵事共典猶同典耳
非以典釋共也裁割先儒之言而不顧其文義將誰欺乎又案箋分嚴翼為兩人
云羣帥之中有威嚴者有恭敬者共典兵事言文武之人備此義亦勝嚴者能率厲
士氣敬者能撫緝衆心或以武節著或以文德濅人各有能在用才者兼收之耳

吉甫文武僃長所以為元帥也孔以鄭述毛不為無見
六月詩所言地名凡五焦穫也鎬也方也涇陽也太原也毛鄭槩無注釋惟焦穫
則疏引爾雅耳鄭訓涇陽為涇水之北涇水北非一地初不以秦漢之涇陽縣當
之也鎬方無可攷直以為北方地名而已惟太原之名見禹貢及左傳彰彰有據
而注疏並無一語及之良以六月之太原非禹貢左傳之太原也朱傳始以今大
原府曲陽縣釋之案出車詩南仲既平獫狁即伐西戎則二寇定相接壤獫狁自
是西北之戎其適也亦應向西北而去吉甫安得及（反）東行遂之至今山西之陽曲
哉通義駁其誤允矣或又謂太原即唐原州今平涼府固原州及涇州地後魏始置其命名或
取詩大原源謂此近之矣而亦無確據後魏去周宣千餘載即使因詩取名亦屬
臆見況未必然也毛鄭去古不遠大原果屬高平漢高平即後魏原州後魏猶有傳聞漢世

豈反不知而不取以證詩乎案雝州之地多以原得名見於詩書者禹貢曰原隰厎績公劉曰度其隰原又曰于胥斯原又曰復降在原又曰瞻彼溥原皇矣曰度其鮮原綿曰周原膴膴吉日曰瞻彼中原皆雝地也六月之大原其諸原之類與定在雝州北境但必欲確指為何地則穿鑿之見耳

毛傳云焦穫周地接於獫狁者斯言殆未然也焦穫又名瓠口在今涇陽縣北今涇陽縣即漢池陽縣也在西安府城北七十里而咸陽縣亦在府城西五十里縣城東二十五里為古鎬京焦穫云之僅數十里耳何得便與獫狁為鄰西周畿內方八百里而獫狁乃在都城數十里外直是肘腋之際周世戎狄雖多錯處中國亦不應密邇如此況吉甫逐之尚行千里而獫狁巢穴反近在百里內尤未可信尓雅釋地周有焦護與穫同郭注今扶風池陽縣瓠中是也然則郭所謂瓠中乃釋

焦穫非偏釋護也尒雅以焦護為十藪之一則焦護乃一地非兩地也集傳釋焦穫忽分而二之云焦未詳所在穫郭璞以為瓠中知引尒雅注矣又不玩其文義何邪

出車傳謂方即朔方觀六月詩則益知詩之朔方非滏朔方郡矣詩云侵鎬及方至於涇陽言玁狁之來由鎬而方而涇陽也是朔方之地在涇陽與鎬之間矣方之於周京當北鎬為近劉向云千里之鎬猶以為遠鎬去京師千里方復較近焉則不及千里矣豈可以滏朔方郡當之邪

以詩之文勢合之今之地理涇陽其即焦穫乎焦穫固近京邑玁狁犯周當至是而止詩數玁狁之惡故先言焦穫見其縱縱兵深入迫處内地繼又追本其始自遠而來故言鎬與方紀其内侵所經也言涇陽紀其内侵所極也以其初至故曰

至以其久居而不去故曰整居初至則汎言涇水之陽久居則實指其地名立詞

之當也涇水經流千六百里水北非一地焦穫亦在其北耳總之焦穫涇陽皆舉

近而言鎬與方皆舉遠而言箋云鎬也方也皆北方地名王肅以鎬為鎬京王基駁之語見孔疏玁狁之來由遠而

近詩人據目前所見自應先舉其後近後舉其由遠而近之路也孔疏云鎬方雖

在焦穫之下不必先焦穫仍侵朔方當亦同此意

薄伐玁狁至于大原傳云言逐出之而已疏申其意以為宣王恩威兵强不必與

戰此語固然然猶未盡也大抵東西南三夷皆有城郭室廬知慕德義易訓服故

可招致而臣屬之北狄逐水艸轉徙無常居性桀驁好殺不可德綏威懾楊子雲

所謂中國之堅敵也善謀國者但固其疆圉令不我犯足矣故采芑詩曰蠻荆來

威江漢詩曰于疆于理至于南海常武詩曰徐方既來徐方既同或致其䞉貢或

正其封域如臂使指其彼三詩並不言諸國之來侵也意所云背叛者止是不偺貢職自偁雄於一方又甚則齊犯鄰境耳而宣王輒舉兵入其地彼亦惶懼引辠稽首闕廷若六月詩則異是述玁狁入寇情形縱兵蹂躪亘千餘里京畿重地半為戎馬之場彼三詩寧有是乎至吉甫出征儦儦驅之遠遁不若蠻荆淮徐諸國望風懷附也彼三詩名（多）偁詡國威此一詩及（反）張皇敵勢豈易於彼而恡於此邪當年事勢實應爾爾後世東南荒服漸內屬為郡縣惟北狄偪疆沙漠長與中國抗衡古今事略相同讀宣王征伐四詩可得其槩矣

飲御諸友疏云進其酒在家諸同心之友與之飲以盡其歡然則諸友乃吉甫之友非王之友也吕氏引范氏之言曰王以羣臣為友東萊又申之曰酒誥大史友内史友君固以臣為友也持論雖美然非詩意矣集傳以為吉甫私燕尤失之詩

百六九

正以王燕吉甫必進其好友與之共歡使得盡歡又於常牲之外燕禮牲用狗加以珍膳見寵異功臣之特㫗耳至若吉甫召會親友燕飲於私家乃其常事且何關於國政而著之雅篇哉

采芑

宣王能新美天下之士然後用之傳語故詩人以采芑新田爲喻菜之肥美由于耕治之方新士之勇武由於教養之有素也集傳以爲因賦起興是采菜民田寔有其事矣豈三代節制之師乎通義有辨集傳又曰芑苦菜此襲用艸木疏而誤也疏云芑似苦菜今脫去似字豈欲涵荼芑爲一物乎又金路有鉤草路無之經云鉤膺則此路車是金路非戎路又鐃與鐲皆名鉦而鐲直角切以節鼓非靜之義傳云鉦以靜之則此鉦非鐲是鐃正義辨之皆歷有明據而集傳不从未審其何故

芑陸疏以為侶苦菜䕷宗嘉祐本艸謂芑為白苣王禎農書謂之石苣食療本艸云白苣似萵苣葉有白毛李氏綱目云葉色白折之有白汁正二月下種三四月閒華黃色如苦蕒結子亦同八月十月可再種故諺曰生菜不離園蓋白苣苦苣萵苣併宜生食不宜亨通可曰生菜而白苣稍美得竱其偁也然則荼是苦苣見辨邶谷風芑是白苣同類而小别耳元恪以為相似信矣朱傳不察溷為一菜

王國六軍用車千乘采芑其車三千則十八軍矣非出師之常故鄭以為羨卒盡起孔疏以為出六遂及公邑後世王氏以為用侯國之兵蓋古者天子用兵先取於六鄉鄉不足取六遂遂不足取公卿采邑及諸侯邦國皆本有此制非臆說也朱子譏其以文害詞以詞害意故集傳云此極其盛而言未必實有此數夫詩人矜詡之談容或過甚然此詩其車三千一語而三及之不憚重複始是紀實之詞

非虛張之說也況萬乘之國出車三千何足為異晉霸國耳昭十三年治兵邾南
甲車四千乘見左傳薳啟疆所言長轂九百見左傳昭五年尚不在其中合而計之幾及五
千乘矣宣王成周盛天子三千之車詎足為多而過疑之
說文以隹字為雖之或體云雖祝鳩也从鳥隹聲或从隹一徐云思允切尒雅翼
據其說以為詩之翩翩者雖皆隼也棻雖乃謹愨孝順之鳥故詩言將父將母以
之為興而嘉魚篇以喻賢人左傳謂之祝鳩少皞氏以名司徒主教民亦取其孝
也隼為鷙鳥也易解卦公用䠶隼以象誖悖俗作逆之人九家易言其性疾害詎可合為
一哉況說文雖諧佳聲明與隼異讀人訓為祝鳩則定非鷙鳥其以隼為或體當
必有誤徐氏思允切殆彊以隼音加之耳又棻雖隼皆見尒雅曰佳其鳺鴀注今
鵓鳩也雖也曰鷹隼醜其飛也翬注鼓翅翬翬然疾此隼也陸璣之釋詩也翩雖

鴥隼亦各為之疏皆以為兩禽矣

隼一鳥也說文以為祝鳩陸璣詩疏云即春化布穀者則又以為鳲鳩羅願尔雅翼疑為鴀符悲切音皮鵖音及云今俗名鵄鵖則又是鵖鳩尔雅云鵖鳩鵴鵖一鳥而兼三鳩果安所折衷乎吾即以詩易尔雅之言斷之而已詩秦風鴥彼晨風小雅采芑沔水兩言鴥彼飛隼咏鶉咏隼皆言鴥鴥者近疾皃正尔雅其飛也翚之謂可見鷹鶉與隼同是鷙鳥易以比小人亦以其貪殘善摶擊也其與鳩殊類明矣

爾雅釋詁蠢作也動也釋訓蠢不遜也說文蠢蟲動也玉篇云動也作也廣韻云出也動也咲則動其夲義而偕為不遜也與書蠢茲有苗鉞茲蠢今蠢皃蠢詩蠢尔蠻荆禮記蠢之為言蠢也先儒釋之皆不離動義字又涵惷敵也左傳今王室實惷惷焉昭二十四年今夲春惷作惷是也惷惷音同義亦相近無妨通用耳采芑集傳

百七一

云蠢動而無知皃無知義古未之有語本伊川而蔡氏亦祖此以釋書是誤以惷書容（丑江二切）愚義爲蠢義矣因惷（隸作惷蠢本作蠢）隸文相近致此誤也詒誤也詒誤至輙以蠢爲無知之偁目反忘其動義矣

元老壯猶易所以偁丈人吉也後世銷營平馬伏波皆以老將立功非其證與朱傳曰方叔雖老而謀則壯一似壯猶非老將所能短於義矣況傳引曲禮云五官之長（謂三公爲二伯者）出於諸侯曰天子之老則元老之偁自以方叔官爵言不以其齒也

車攻

宗廟齊豪（尔雅作毫）戎事齊力田獵齊足尔雅此文釋吉日詩也毛公用之入車攻傳而以尚純尚彊尚疾推明厥指蓋吉日云既差我馬差釋也車攻云我馬既同

同齊也擇之使齊二義相因矣然兩詩皆紀田獵宜竱以齊足取義而篇中言四牡四黃乃齊力齊豪之事齊足反不及焉徹獨此兩詩也凡詩曰四牡乘牡曰乘駟皆齊力也曰四黃乘乘黃（黃騂也）曰駟驪（純黑色）曰駟鐵（黑色）曰駟騵（赤馬白腹）曰駟騏（青黑色）曰駟駱（白馬黑鬣）曰乘鴇（驪白雜毛）曰乘騧（青驪色）皆齊豪也獨齊足不言駟乘又周禮校人職大祭祀朝覲會同毛馬而頒之凡軍事物馬而頒之毛馬即齊豪也物馬即齊力也亦無足之事豈齊足非周制與棨詩載馬名最多類皆以毛色為定其以力舉者止有駒牡兩偁並無以疾足得名者爾雅釋畜所列諸馬亦以毛色辨名惟云絕有力駥（如駚切）則以彊力得名耳若夫騉（音昆）蹄騉駼盜驪宜乘褭（奴了切）驂之屬皆彊力疾足之馬名然非常之駿不在恒畜之列也竊意古人之名馬止據毛色而力與足不與焉雖有齊者亦無由別其名而配以駟乘之文矣

宜其不箸於詩也其師田之馬力與是既齊而色復齊則詩人特表異之以見畜
牧蕃息之四黄六月之騆驪柔芑之四騏秦之騆鐵鄭之乘黄乘鴇大明之騆騵
及此詩之騆黄皆是要非天子諸侯不能具也若夫渭陽之乘黄以贈人裳裳者
華之四駱以保禄位駜之乘黄乘駽以在公則齊豪而已不必兼力與足矣
車攻二三章言行狩言于苗猶未田獵也孔疏以為先致其意吕記以為有司先
為戒具是也宣王適東都以會諸侯為主會同之後因而田獵以娱賓客耳三章
集傳云至東都而選徒以獵五章又云既會而田獵一似有兩次獵者語意殊未

明劃

甫艸傳云甫大也箋云甫田之艸鄭有圃田故釋文云甫鄭音補朱傳从鄭吕
記嚴緝則否嚴謂下章獵於敖地不應又言圃田也啖案圃田澤在今開封府中

牟縣西北七里敖山在今開封府鄭州河陰縣西北二十里計二地相去僅百餘里各舉一名以互見其所在義亦可通也又案甫艸韓詩作圃艸見後漢書馬融傳融廣成頌曰詩咏圃艸章懷注引釋詩（東有圃艸云云）康成先受韓詩又馬之弟子故直據此文以鮮之非破字也又周語藪有圃艸注訓圃為大云茂大之艸則圃田二字古本通用又圃田水經注作甫田其水為甫水尤足為證

孔疏謂宣王時未有鄭國圃田在東都畿內故宣王得往田馬此語殆不然王制說封建之法名山大澤不以朌（音班賦也）周禮九州藪澤皆掌於職方正使有鄭圃田不得在其封內且非直此也諸侯境內天子自應得田春秋僖二十八年天王狩于河陽河陽晉地也時文公方霸而襄王以襄周弱主猶狩于其國中况宣王正當全盛乎又左傳文十年楚子與諸侯田曰於宋之孟諸宋不以為嫌也霸主尚爾

何況天子孔氏之言不稽於典矣然集傳从之

夏獮曰苗車攻言夏獮也行狩乃獮之總名故毛傳行狩不言冬而於苗言夏又云芟艸為防或舍其中正仲夏教茇舍之淼也東萊詩記从之集傳以苗為狩獮之通名殆不然毛說

赤芾金舄傳云金舄達屨也案尒雅云複尊者曰達屨謂之金舄而金約也宋咸注云禮緅屨青約赤舄黑約詳注意則金舄當是赤舄之特異者注言緅屨赤舄皆與約異色正見金之為達屨以其色與約同約者舄頭飾也古人重之以為成人之飾（玉藻童子不屨約）金舄之色直達於約所以殊其制而獨得達之名也傳文達屨義亦應爾孔疏申之以為金舄即赤舄舄有三等白舄緅舄在赤舄之下其尊未達赤舄之尊莫過屨之最上達者故曰達屨此殆臆說耳孔子負（名附箸小尒雅）宣聖九

此當是小雅非尒雅也小雅今作小尒雅

代孫其書最古其說又甚優而仲達不用未知何意

車攻第五章鄭以為諸侯從王田罷賜躲餘獲之事蓋獵田獵所獲貪王擇取三十其餘頒賜臣下然必習躲澤宮令中者取之賤勇力貴禮讓也事在田獵之後而文在田獵之先者所謂承上章諸侯來會而言令其事相次故躲夫即指諸侯又謂田無躲禮惟既獵乃有班餘獲躲其說如此蓋詩人敘事嘗有先後倒置者如駟鐵之二三章定之方中之首二章出車之四五章皆取文便也後儒釋此詩惟求事順遂解没技拾以下三章皆為田獵之事而班餘之躲闕如矣七章所謂大庖乃是王所擇取之三十禽與士大夫無與也朱傳於七章方及澤宮習躲之典不已贅乎況躲中之後方可獲禽詩助我舉柴在舍矢如破之肯就令兩章通指田獵事之前後終未順也案弟五章又義定是專言躲禮諸侯為躲而集故直目

為射夫沒拾弓矢皆射耳故言之特詳田獵雖不廢射嗾所主不在此竟以射夫
目諸侯非名矣助我舉柴亦因班餘時聚諸禽以待射故有積禽若方獵時其所
殺獲尚布椒原野中未可言積也王者之田殺不盡物豈如後世所詩風毛雨血
禽相鎮壓獸相枕藉者哉舉柴當在澤宮明矣
尔雅釋訓云徒御不驚輦者也舉全句而釋之其婷為車攻詩可知傳云徒輦
也義亦同矣輦載任器見周禮詩所咏正指此但文義未顯故子夏之徒時箸之
於爾雅俾後之讀詩者不至誤解為徒行耳無如後人之誤自若也

吉日

吉日篇漆沮之從宋李樗引尚書孔疏漆沮在涇水之東一名洛水即職方雍州
之浸以解之呂記朱傳皆祖其說則此漆沮在馮翊即禹貢之漆沮也近世馮氏

名物疏謂地近隽穫其山多獸水多魚漁獵宜於此地理或有然馮又謂惟漆水
又名洛不得併以沮為洛今録其略曰洛水出陝西慶陽府環縣經延安府甘泉
縣鄜州宜君縣子午嶺至中部縣入西安府界經耀州及同官縣至富平縣合沮
歷蒲城同州至朝邑縣東南入渭此洛水即漆也沮水出自延安府宜君縣至子午谷合
子午水歷中部縣東南流入西安府界至富平縣合漆水此馮翊之漆沮也去鎬
京三百餘里若出扶風漆縣者與馮翊之漆為涇渭所隔豈能飛渡而合為一水
邪其扶風漆水出自鳳翔府麟遊縣西普潤廢縣故漢漆縣也流經岐山北大樂
水自西北注之與杜水合齊詩所謂自杜漆沮者也其沮之所出孔仲達云未聞
近韓邦奇云出鞏昌府階州負弩谷東南入渭此扶風之漆沮也緜詩漆沮指此馮謂漆沮有二而此漆
沮是馮翊之水信矣至謂漆沮不得俱名洛則猶可有未盡焉禹貢導水又東過

百七五

漆沮孔傳云漆沮二水名亦曰洛水出馮翊北疏引水經云沮水出北地直路縣東入洛水（今水經同）又云鄭渠在太上皇陵東南濯水入馬俗謂之漆水又謂之漆沮其水東流注於洛水（今此文見注而稍不同又濯作濁漆作染）漢書引禹貢此文顏師古注亦云漆沮即馮翊之洛水此皆統名漆沮為洛而馮氏所識也以今攷之漆沮洛乃各一水水名漆沮俱入洛洛又入渭三水源異而委同耳案漢地里記北地郡歸德縣注洛水出北蠻夷中漆歸德今慶陽府合水縣隋置洛源縣於其東北（後併入合水）蓋指洛水之初入塞為源以名縣也又山海經云白於之山洛水出其陽東流以注於渭樂史寰宇記以烏白於山一名女郎山在合水縣北三十里亦謂洛出合水縣與隋洛源意同皆言洛之源也又案地里記馮翊襄（懷同）德縣注禹貢北條荆山在南下有彊梁原洛水東南入渭周禮職方氏注亦言洛出懷德此與禹貢傳

疏及師古注意同皆言洛之委也洛之委與漆沮合則已兼有二水在其中馮謂沮不得併名洛過矣雍録言洛水入塞後經鄜坊同三州乃入渭漆在沮東洛又在漆沮東漆至華原而西合沮華原今渚入耀州寰宇記言漆沮合于此併入富平之石川河漆沮又東南至同州白水縣乃合乎洛而南流合渭在韓邑縣西南三十二里有漢懷德故城三水雖分至白水縣涸為一流故孔安國班固皆指懷德入渭之水為洛水而曰洛即漆沮斯語得之瞻彼洛矣指此洛王氏以為東都水非是雍州有二漆沮在馮翊者

雍州有二漆沮在馮翊者入渭之下流禹貢之漆沮既從疏以為扶風水誤也又東過流沮是也在扶風者入渭之上流緜詩之自土沮漆潛頌之猗與漆沮是也潛傳云漆沮岐周之二水矣惟吉日之漆沮宋蘇子由李迂仲併指為洛則馮翊之水也近世馮宗祖其說謂馮翊之漆沮地近隽獲多産負獸宜為澳獵之地信矣然扶風

之漆沮正濳篇所云多魚者也其水經流岐下而岐陽之地寔周家較獵之場楚

椒舉言成王有岐陽之蒐語見昭四年左傳世傳石鼓文十篇紀宣王田獵之事

地亦在岐陽其文次篇言澳於汧水云汧也沔沔王皁之云汧水名末篇言獻於吳岳云吳巫人麟鄭樸云

吳岳吳即汧水出扶風汧縣吳岳即汧水所自出皆與扶風之漆沮相近又文之體製

頗與車攻吉日相似所述物產有麇豕麀鹿雉兔鰋同鮑鯉鱮鄭樵云卑連切鯿鄭樵云音白

鱝之類其多歟多魚不下於隽䕶矣又其地郎周禮之弦蒲尒雅之楊陓音紆周禮

職方氏雍州之澤藪曰弦蒲注云弦蒲在汧疏云吳山在汧西有弦蒲之藪尒雅秦

有楊陓注云在扶風汧縣西楊陓與隽䕶各居十藪之一吉日之漆沮安在非扶

風水乎

漆沮之从天子之所毛傳云从漆沮驅禽而致天子之所孔疏云以獵有期所故

驅禽从之也葢古者戰不出頃田不出防不逐奔走此三語亦見車攻傳故諸侯田獵之禮必使虞人驅禽而至入於防中然後射之未嘗登歷山險蒐求狐兔不輕萬乘之重更見三驅之仁其義良深矣騶虞傳云虞人翼五豝以待射駟驖詩云奉時辰牡周禮大司馬職云設驅逆之車皆是禮也此禮廢而後世人主盤於遊畋始有歷丘墳涉蓬蒿口敝於叱咤手倦於鞭策者美下章悉率左右以燕天子即上章之意傳云驅禽之左右以安待天子箋云順其左右之宜以安待王之射射禽必自其左故云順其宜也集傳云視獸之所在而从之惟漆沮之旁為盛宜為天子田獵之所是徒以利獸為樂古制蔑如矣又謂悉率左右是從王者率同事之人夫在王左右者獨非從王之人乎誰率之而誰所率者乎文義殊不可通

悉率左右傳云驅禽之左右箋申之曰率循也悉驅禽順其左右之宜箋語釋經

文闕順而申傳義猶紆傳字下更須補出循義方可通耳玩傳語竟似訓率爲驅而傳之字應觧爲往文義始明㷂以釋經不如箋之優箋殆易傳孔以爲申傳殆未必㷂矣又案文選注李善引此傳云驅禽於王之左右句法較完成然玩孔疏則王二字乃李所益也

毛詩稽古編卷第十二

鴻雁之什 變小雅

鴻雁

二雅皆士大夫作也朱傳謂鴻雁是流民作訓之子爲流民自相謂恐非是之子侯伯卿士爲王巡行勞来者也歐陽以爲臣義亦同使爰及矜人恩澤及此可憐之人也哀此鰥寡哀此孤獨者而收恤之也皆之子劬勞之事古義本如此漢蕭望之曰爰及憐人哀此鰥寡上惠下也望之治齊詩鰥亦同毛鄭矣集傳曰劬勞者皆鰥寡可憐之人則爰及哀此四字爲虛設矣況此流民豈必皆偏畜者哉

鴻與雁同類而異禽毛傳云大曰鴻小曰雁是已博物記又有三同三異之說三

異者色有蒼白羣有多寡飛有高下也則不止大小爲矣或謂凡雁類其大小小 異
陶隱居云蒼白見本艸綱目亦各不同案鄭風雁與鳧並言爾雅亦以鳧為雁醜九罭箋言
鴻大鳥不宜與鳧鷖之屬飛而遵渚艸木疏亦云鴻鵠羽毛光澤純白似鶴而大
則鴻之大非雁比矣陸疏又云有小鴻大小如鳧白色今人直謂鴻則鴻自有二
種雁之白者亦鴻也陶隱居云又有野鵞大於雁似人家蒼鵞謂之駕鵞案駕音
戈說文作鴚鵞也合而論之小而蒼者雁也小而白者小鴻也大而白者鴻也大
也大而蒼者鴚鵞也爾雅云鵱音六鷜力于反鵞注云今之野鵞則鵱鷜又鴚鵞之别
名

雁鴈二字俱見說文雁字入隹部云鳥也鴈字入鳥部云鵝也又云雁讀若鴈並
非重文則二字異禽亦異字矣玉篇廣韻皆以雁爲鴻鴈字而别出鴈字為鴈之

重文其雁字則依説文訓鳥未嘗合雁鴈為一也徐鉉以雁爲知時鳥大夫以為
摯昏摯昏禮用之故从人而謂雁字从人从厂義無所取當从雁省聲則雁鴈不
同字明矣韻會云鴈或作雁始以為一字後人習而不察二字久通用非古也又
據徐説鴻雁字當從佳作雁與玉篇廣韻異今玩説文則徐説為長雁雖與鶩相
類不應徑釋為鵝鳥乃統名可以目雁矣詩雁字皆當从佳其从鳥者誤也又案
爾雅及禮記俱號鵝爲舒雁莊子山木篇記主人亨鴈事是鴈乃畜禽定指鵝也
意謂鵝爲鴈古人本有此偁名觀説文雁字注則益信矣近世魏挍六書精藴釋
雁字謂⿰鳥戠似雁而德不嗌故以偽亂真之贋取其義理或有然
矜人貧窮之人也鰥寡無告之人也此流民中之冣苦者而無告又甚於貧窮矜
人則賑餼之爰及之謂也鰥寡則收恤之哀此之謂也此勞来安集之加厚者而

收恤尤厚於賑饑下章百堵皆作則凡流民均及之而矜人鰥寡亦在其中勞來
安集當有此三者之差矣侯伯卿士爲王行撫綏之政委曲周詳如此故三章皆
以劬勞爲言
鴻雁詩三言劬勞皆謂侯伯卿士也鄭獨以次章劬勞屬流民言與首尾兩劬勞
異誤矣案雖則劬勞其究安宅指使臣言文義甚協于垣作堵皆使臣經理之安
得不勞及民各得所則爲上者亦身享太平之樂豈不一勞永逸乎集傳三劬勞
皆指流民言義雖畫一然以之子爲侯伯卿士毛義斷不可易
百堵皆作傳云一丈爲板五板爲堵鄭箋引公羊傳以破之云五板爲堵五堵爲
雉雉長三丈則板六尺案毛鄭所云五板參五板也鄭所云五堵接五堵也參言
其高接言其長板高二尺參之則一堵之墻高一丈鄭以爲六尺而堵雉之長亦

以而異公羊後於毛未足深信然雉長三丈語鄭又據左傳都城百雉為説於義較優詳見孔疏

維彼愚人謂我宣驕箋云謂我役作衆人為驕奢役作指上于垣百垣也義似通而實迂作堵本以安民雖愚人沒不謂之驕耳呂記載王氏之説云謂我劬勞者以我于征于垣為劬勞也謂我宣驕者以我矜憐撫掩為宣驕也此解得之蓋此驕字與驕子之驕義同矜憐撫掩有類於姑息則疑為驕巷伯詩驕人謂王聽信其言所驕縱之人也故亦以驕與勞對言史記田蚡曰此吾驕灌夫辠用驕字亦同此二詩義

庭燎

勤政美德也然精過用則不繼氣大盛則易衰故鋭始者或鮮終矣庭燎敘云美

宣王因以箴之美其勤箴其過於勤也箋釋箴義謂不正雞人之官而自問早晚爲宣王之過覸非敘者之恉又美而因箴特善中小失耳齊詩未明倒衣則直為刺者彼詩末章云不夙則莫是早晚無常昧興寢之節乃暗主所為與勤政者異矣

庭燎問夜是形容勤政之心如此不必真有是問也注疏以未央為夜半疏云未央是王問夜時非對王之時未艾為雞鳴之肯鄉晨為辨色時亦是設為漸次如此非真有三度問也假令未央時庭燎已設諸侯已至王直應釵而視朝矣何得未艾時又問鄉晨時又問耶

夜未央毛訓央為旦鄭訓為未渠央原未見其確為夜半也夜半之說始於王肅之述毛而孔氏申明之耳然以事理論之夜半而諸侯至終屬大早宋儒據說文

訓央為中則是夜尚未中又在夜半之前其早彌甚釋文引說文云央久也已也又引王逸楚詞注云央盡也盡與已義同廣雅云央盡也又曰央極已也諸解俱不相遠源謂此詩央字當从盡義夜未盡而朝者來於情理為近且與傳箋意不相違宜可用也又案今說文云央中央也从大在门（古熒切古文作同或从土作坰）之内一曰久也竝無已也二字豈韻譜逸之與嚴緝引說文則與今同

夜未艾毛訓艾為久取耆艾意鄭云芟未曰艾音乂孔右鄭然毛義勝矣王安石訓為盡李迂仲引左傳（昭元年）國未艾注證之案今杜注云艾絶也竝不云盡不知李所據何注況久義已可通何必更新

庭燎二三章傳云晣晣明也煇光也然則晣晣有煇與首章之光本同義耳王氏以意析之曰光者燎盛也晣晣則其衰也煇則其光散矣斯穿鑿之見也集傳因

其說遂訓晣晣為小明煇為火氣天欲明而烟光相雜又謂吳才老說煇字有功此特見上文夜鄉晨下文言觀其旂故別為煇字立解又併晣義而易之然字訓須有本豈可臆斷乎案說文晣訓明煇訓光玉篇亦同廣韻晣煇並訓光皆與毛傳合矣

未央未艾義本不甚相遠也而孔仲達過析之光煇晣晣字訓未嘗有異也而王介甫彊分之彼謂作詩者立言當有漸耳然亦不可太拘

煇字以軍得聲讀如薰旂字从斤得聲讀如芹皆古音也音則得音叶則得叶可也集傳一音一叶何也

庭燎詩或引姜后脫簪事為證而嚴坦叔非之以為此詩乃銳意求治之初脫簪乃末年怠政之事非同時也此誤矣孔疏謂宣王美詩多是三十年前事箴規之

篇當在三十年後王德漸衰容美刺並作也又謂大雅六篇小雅六月至鴻雁及斯干無羊七篇皆王德盛時作其事多在初年自庭燎盡我行其野是王德衰時作當在三十九年前後況庭燎敘原謂美而因箴則正王德將衰美惡兼有之時也脫簪之諫容或當此際且安知不因姜后一言復勵精圖治故有未央之問詩人慮其不能持久故寓箴於美乎

沔水

周語三十二年宣王伐魯立孝公諸侯從是而不睦不睦則朝宗之典鈠矣宣王廢長立少仲山甫諫而不聽終致魯人弑立魯之釁宣王為之也何以服諸侯乎宜有不覲者矣沔水詩其作於三十二年之後乎

載飛載揚載叙載行箋疏皆指諸侯妄相侵伐一踰一正也呂記嚴緝以起行指

念敵之人謂念之甚而起居不寧也案鄭行與飛揚詞氣相應箋疏為長

晉公子賦河水韋昭注國語以為河當作沔晉語杜預注左傳以為是逸詩僖二十三年

源謂杜注得之河沔字形雖相似不應內外傳兩書同誤

鶴鳴

鶴鳴詩純是託興一章之中設喻者四焉而不及正意此與蔡之蒹葭陳之衡門體製相似非古注則其指茫無可測識矣毛鄭以為誨宣王用賢說必有本朱子弃而不用自立新解分為四意而文義各不相蒙夫古人作詩皆有為而發語意定有嫥指安得一詩而分四意乎其云誠不可掩理無定在乃平居談理之言非因事納誨之語也至首章為錯既解爲惜而知其善次章攻玉又則引程子之言證明其義則前後復自相背戾程子之言謂君子受小人橫逆之加則可脩省以成

其德如砺之攻玉也憎而知其善謂不以私怨而蔽人之賢如古之舉不弃讎者耳兩義迥別矣又程語雖爲篤論嫌以斷章則可非此詩正解也詩以他山之石喻異國沈滯之賢見王者取人當旁求遠攬揚及側微取譬之意在它山不在石也嚴緝既遵古注又附程語於後獨不思詩以石喻賢者程以石喻小人義正相反愛其詞之美而忘其義之乖疏矣

鶴鳴誨宣王取賢毛義允矣但箋疏述之語多冗複今約舉其說曰賢者身隱而名著與鶴鳴之遠聞無異也可不求而劉諸巔乎但賢人不貪名利性好隱居猶魚負之在淵不似小負之在渚（此毛義鄭稍異）故求之甚難也誠置之高位而不使小人集處其間如彼園之上檀而下蘀則人皆樂觀於其巔矣然賢人不擇地而產其生長它邦沈滯未舉者皆有治國之才猶石之可以爲錯焉得當招致之爲我用

也求賢之道不忽於側微不間於遠邇則無遺賢矣

詩以它山喻異國非以玉石相對為一美一惡之喻也如興意在玉石則凡石皆可用它山之文不為虛設乎又說文訓錯（說文作厝）為礪石則錯之為用愽矣治玉特其一端耳首章傳謂錯可琢玉蓋因下章獨言攻玉故不更及它義也若詩取為錯之意當不僅在此

艸木疏謂穀皮可為布為紙葉又堪茹本艸亦用以入藥其益於人多矣傳以為惡木殆因上章之蘀而連及之舉要之詩人取興偶因一時寄托物之美惡元無定也又案穀亦名楮亦名構亦名穀桑種有雌雄者皮斑可為冠華成長穗如柳可食不結實雌者皮白結實如楊梅

祈父

祈父詩毛鄭皆以姜戎之戰為證然未定此詩之作在戰敗之前與後也嚴緝斷為未敗時作謂詩中靡所止居有母尸饔皆非敗後語此信矣至謂宣王料民太原人不足用乃令祈父出禁衛以從軍作者呼祈父而責之所以刺宣王也則誤甚國語言宣王既喪南國之師（韋注云敗于姜戎時所亡）乃料民於大原是料民乃在千畝敗績之後因喪師而料民非料民以出師也山甫諫曰無故而料民天之所惡若為行軍而料民豈得言無故哉

祈父詩王之爪牙凡為王之宿衛者皆可偁吕記引董氏語取夏官屬司右虎賁旅賁所掌當之良是鄭箋釋爪牙嫥取司右所掌勇力之士孔疏泥其說又見司右司勇力之士周禮不言守衛而守衛者乃是虎賁氏所掌虎士遂曲為之解謂司右與虎賁氏連官俱率屬衛王故司士正朝儀路門之右言虎士不言其官路門

之左言大右即司右不言其屬互文以相明也此以論周禮設官之意則甚善以釋
詩爪牙之義則稍拘矣疏又謂此勇力之士選右當於其中若車右出征是其常
職今見使從軍則不為車右使之為步卒故恨也此語殆不然所謂選右者特選
為王五路及屬車之右耳若六軍之車右則甸賦所出甲士三人右已在其中豈
必取足於衛士哉且此勇力之士以備卓右之選非必人人皆右也安得以踰卒
為恨哉總之此輩職在衛王不在從軍衛王則為右與踰卒皆其本分從軍則乘
車與徒步俱非所甘心疏語殊非詩恉又衛士專主衛王故稱王之爪牙集傳泛主衛
指六軍之士大全錄朱善語以申之皆非是善謂六軍以衛王室不出征討此褻
揚之水集傳之說也有辨見王風
靡所止居靡所底止皆自道其苦所謂轉予于恤也有母不得奉養使之自主饔

飧尤是憂恤之甚者三章末句語意本無異嚴緝解尸饔句云我母在當爲主饔以養之汝乃不知是不聰也與上句文義未順

洒食是議婦人之事故尸饔不言父而言母也嚴緝曰言有母則無父矣不已鑿乎況詩之作不媷主一二人而言安得宣王爪牙之士皆無父也朱善泥嚴説遂謂孤子從征見祈父之不仁此尤可笑幼而無父曰孤謂三十以下者三十有室不名孤矣見曲禮鄭注詩詞中未有以見其幼也且古有親老無昆弟不從征役之令不聞以無父而免之也

白駒

鶴鳴誨王求賢白駒刺王不用賢始不能求繼不能留王德之衰有漸矣拒直諫聽讒言君子見幾當有拂衣而去者幽王之世尹氏虢石父及皇父等七子小人

接迹於鞹雖幽王之闇亦由宣王之棄賢有以致之伊訓曰敷求哲人俾輔於爾嗣古聖人樹人豈僂為一世計哉

白駒詩是賢既去願望其來之詞非來而欲留之也縶之維之以永今朝設言其来則當如此也所謂伊人亐焉逍遥又言今此賢人于何游息乎箋云杳不知其所適思之甚也焉訓何於虔反後儒讀為如字語直而氣短矣釋文云焉於虔切又如字箋疏俱不用後言

第三章四句一韻天然相協但思字複見然詩恒有之無礙也朱子隔句協韻已屬多事又讀來為云俱反與駒字協尤不可解𦍞句韻自有三五句協之何必次句先協次句韻應協回六句何反舍之而協首句是隔句協韻之法先自亂之矣

賢人君子人間之景星慶雲身所游歷自光遠而有耀如玉之暉山珠之潤岸矣

白駒賢人徒為丘園之賁詩人惜之故望其来思也集傳載或説音賁為奔訓為来之疾云本之於王氏案釋文云賁徐音奔此又王氏之所本也元朗言毛鄭全用易為釋豈欲以徐音破之乎然曹憲隋人注廣雅謂賁飾義亦當音奔則徐邈此音未必不同毛鄭解也疾来義雖可通不如賁飾優矣

爾公爾矦逸豫無期傳疏謂責其不来言惟公矦乃得逸豫耳爾豈公耶爾豈侯耶何為逸豫無反期耶此解自平正詩緝云爾若為公矦則将勤勞國事無有逸豫之期蓋羨其退居之樂也亦得之楊用脩言宋人經義已作自此解華谷蓋有所本矣集傳曰若肯来則以爾為公以爾為矦而逸豫無期恐礙於義作詩者何人乃能以公矦爵人乎果能之何不留賢者使勿去也詩記以此二句為責在位之人則一章四爾字不能畫一亦未當

末章言白駒一入空谷不復返矣嘆我猶設生芻以待之誠愛其人之德美如玉也今其人固不可見寧獨無音問之可傳乎萬物各惜於此而有遠我之心也望之至也箋疏解生芻二語頗迂拙集傳近之矣但語焉而未詳故更為述之

黃鳥

黃鳥我行其野皆弃婦之詞也室家相弃由王失教而嘆所以為刺也朱傳祖范氏黃鳥王氏我行其野之說俱以民適異國繹之因篇中此邦之人復我邦家是身在宅邦語耳然古者士庶人得越國而娶此二詩之婦人當是自異邦來嫁者古注自通不必易也宣王季年雖多秕政沒不至如幽厲之甚鴻雁矜人甫有安宅何不還踵而流離失所乃尒魏之民猶有樂郊可適西京之世反不若乎

孫炎示兒編以此詩黃鳥為今之黃雀此妄說也彼謂七八月間不應有倉庚耳

不知此鳥至冬始蟄秋日鶯聲山中嘗聞之何得云無況季夏初秋粱黍自可成熟今北土皆然月令嘗黍在仲夏嘗穀在孟秋矣（穀鄭氏以為黍稷其仲夏所嘗蔡氏以為蟬鳴黍以仲夏孰）黄雀古通名雀字亦作爵晉語雀入于海為蛤月令爵入大水為蛤指斯禽也竝無以黄鳥名之者孫又吕祭風黄鳥亦是黄雀尤誤左傳言三良殉葬在文六年詩夏時人觀物起興此時安得有黄雀乎

黄鳥無集于穀穀字从木木名也莫我肎穀穀字从禾百穀之種名也又善也皆以㱿得聲㱿若角切然則穀善之穀本借百穀之穀不偺穀木之穀也穀穀各一字埤雅乃謂惡木名穀猶甘艸名大苦誤矣

我行其野

樗遂蓄傳以為託興箋以為記時傳義是也集傳指為賦體而衍其義曰我行其

穀木字
穀善字

中依惡木吕自蔽於是思昏姻之故而就爾居夫野中豈無嘉樹何為必依惡木本為昏姻而往託何云依惡木而始思之文義如此誠令人難曉吕記云惡木尚可芘而爾不我畜則樗之不如何等明順嚴緝亦同此意

言采其蓫箋云蓫牛蘈釋文徒雷反 疏云釋艸無文案尒雅有蓫薚音湯馬尾又有蕢吐回反牛蘈即益母艸之紫華者詳見王風 一同經字一合箋文然兩處郭註所說莖葉名狀俱與陸疏之牛蘈不符則詩雅所言定各一艸宜孔氏以為釋艸無文也邢昺引此詩及箋語證尒雅之牛蘈謬甚矣又詩釋文蓫敕六反尒雅釋文蓫它六反字音亦不同

蓫釋文云本又作蓄陸疏云今人謂之羊蹄案羊蹄本艸入本經下品一名東方宿一名連蟲陸一名牛舌菜一名鬼目 洪邁續筆以為即尒雅之符鬼目然郭註所言莖葉及子與本艸羊蹄異非一艸

一名蓄一名禿菜子名金喬麦獨無牛蘈之稱惟鄭箋及陸疏謂之牛蘈陶隱居云今人呼禿菜即蓄音之譌理或然與又李氏綱目云羊蹄以根名牛舌以菜形名禿菜以治禿瘡名也鄭樵指為爾雅之菲及蕵者誤矣李又說其名狀云近水濕地極多葉長尺餘似牛舌之形入夏起臺開花結子華葉一色夏至即枯秋深復生莖葉陵冬不死根長近尺赤黄色

遂雖惡菜㗖陸元恪言其可為茹滑而美曹子建著之於七啟亦㠯為佳味七啟云方蔌精稗霜蓄露葵李善注引詩采遂而云遂與蓄同張銑注云蓄菜與葵宜於霜露之時意蓄味本不佳得霜而始美與本草言其陵冬不死正霜蓄之義矣

又案蓄當作蓫蓫遂字異而音義同見爾雅亦見唐韻

尒雅有二蓄葉細而華赤者蓄蔓(渠營切)茅也葉大而華白復香者蓄當(音富)也此詩

采葍箋以為葍陸疏亦同然陸又云其艸有兩種葉細而莖赤有臭氣是葍當之葉復有細大之分矣傳以葍為惡菜殆指細葉者成不以富亦衹以異論語引此朱子用毛鄭義解之及釋詩則更立新説言實不以彼之富而猒已之貧亦衹以新之異於故且責人而不失忠厚之意也意雖美然大巧矣又詩本作成論語引之作誠耳集傳釋詩成字仍用論語誠義亦屬疏忽

斯干

斯干之為宣王詩見劉子政昌陸疏非小叙一家之説也而朱子終以爲疑新宫之名見儀禮燕禮左傳昭二十五年鄭杜兩注及詩之箋疏見由儀敍下皆以為逸篇而朱子引李氏説以爲即斯干詩於先儒所信則疑之於先儒所闕則實之意在立異而

已
斯干考室孫王述毛止言宮室鄭氏兼寢廟言後儒䂓雜記之文謂廟成則釁寢
成則考敘言考室不得兼廟皆以鄭爲非然孔疏已有辨矣言考之取義甚廣國
富民安居室安樂皆是考義猶無羊云考牧非獨據一釁食而已故無羊疏云牛
羊復先王之數牧事有成是謂考牧然則考室考牧與雜記考義自別竝非釁飲
落成之説也經典考字多訓成宮廟既成謂之考室牧事有成謂之考牧云尔曲
禮曰君子將營宮室宗廟為先詩人美宣王豈反畧其重者後儒䂓雜記之義卻
違曲禮之文矣又劉向長陵疏亦寢廟並言與鄭説相符也嚴緝泥考義為落成因
謂無羊考牧是作牧養之牢而落成之夫落成者成室而飲酒於其中也嚴將謂
宣王君臣羣聚圈牢中而飲酒邪又引陳氏語訓考牧牧字爲牧養之牢謬妄尤

甚牧字从攴普牧切小擊也从牛會意養牛人也通用為守養義而牧地亦可名牧若偺
以名牢則經傳無其文也又解首章爾羊來思爾牛來思為來歸于牢謂兩言來
所以見牢之成是於經外強生枝節矣作詩之意在牧人稱職牛羊蕃息以歸美
於宣王耳豈區區頌一牢乎況來思果為歸牢則下章兩言爾牧來思矣牧人亦
牢居邪下文即繼以荷簑荷笠以薪以蒸矣亦牢中事邪
斯干首章傳箋言以為興體澗水毛云干澗也喻王德流行南山喻國用富足竹苞松
茂喻人民眾多而佼好兄弟相好亦指民閒骨肉相親愛言如此故能立宗廟修
宮寢也今則釋為賦體徑指宮室言源謂以詞則今說為是以義則古注為優宣
主承敝何得遽興土功必先布德修政使國富民安然後及營繕之事故詩人發
此興為全篇引端耳況棟宇堂室之盛四五章始極言之首即以竹苞松茂為形

容其美非立言之次第

無相猶矣鄭改猶爲瘉義勝于毛毛訓猶爲道言無相責以道也瘉乃詬病義與

好反一勸一戒相對取義較明劃矣猶瘉古音本同觀正月詩瘉與後口字協可

見又瘉與鍮愉婾偷皆以俞得聲而諸字則皆託侯切渝羭揄榆亦以俞得聲而

袁由反益信瘉猶同音鄭改字非無因也集傳訓猶爲謀謂相圖謀義稍迂與毛

等或說改作尤亦取義與好反音與猶同耳但古尤字音怡不音猶載馳詩無我

尤尤與思之協四月詩莫知其尤尤與梅協梅音迷也易賁剥大畜蹇睽旅六小

象皆有尤字與疑喜之載等字協載音菑也猶尤竝不同音破字均而鄭為當矣

斯干寢廟竝營康成之說長矣但取二三四五章經文分配兩意鬩非詩指箋謂

似續妣祖是立廟築室百堵以下是成寢攸芋章則總言之而攸躋復言廟攸寧

復言寢也然細玩詩語何嘗有此乎營建宮室乃繼述大事則似續亦可指寢也
鳧鷖詩云來燕來處楚茨詩云笑語卒獲則居處笑語亦可指廟也拾級登階詎
非躋乎不必為祭祀也薦馨受福獨非寧乎不定是燕息也安得一一分配哉至
破已〔佀〕為已午之已釋西南其戶為天子燕寢之戶比于大夫一房之室戶則較偏
於西比於宗廟路寢之四戶則不獨有其南尤為穿鑿之見不如傳義之平正矣
如跂斯翼翼指人之兩臂也毛云如人之跂竦翼耳孔疏云如人企足竦臂翼然
嚴緝云翼如論語翼如之翼取喻本極明徑歐陽訓翼為敬禮有以企足為敬者
乎迂矣
如矢斯棘如鳥斯革毛韓兩家字異而義同毛云棘稜廉也韓詩棘作朸旅即切
云隅也是文釋韓之隅即毛之稜廉孔申毛意云指矢鏃之角為棘蓋古有此名是

已毛又云革翼也韓詩革作䩞說文云古翮切云翅也見釋文說文注同韓之翅即毛之翼兩家之訓相同可見其義有本也鄭訓棘為戟謂人之挾弓矢戟其肘訓革為毛希革露謂此時必張其羽翼固已迂矣歐陽又以臆為解曰棘急也革變也夫以急為如矢行急而直猶可通也以變為鳥驚變而竦顧其迂不更甚乎

翬雉五色成章飛則尤為絢爛斯干以比宮室固象其勢亦取其文也箋云此章四如皆謂廉隅之正形貌之顯又云翬鳥之奇異者顯與奇異定指翬之五色而言疏申之云翼言其體飛象其勢恐鄭意不盡於此集傳以為華采而軒翔度燕得之

噲噲其正噦噦其冥毛以正為長冥為幼鄭以正為晝冥為夜詩備述室之寬明無暇及人之長幼疏申鄭易傳之意允矣傳語簡質而王崔二家述毛各異正當

擇善而从不必弃毛取鄭釋文云長王丁丈反崔直良反幼王如字本或作窈崔音杳按正長本釋詁文冥幼本釋言文釋言冥幼或作冥窈孫炎某氏皆訓為深闇之義孔疏以深闇之義雖安而與正長不協故據王述毛源謂正長冥幼俱用崔音為毛義亦可通也孔必讀長為上聲者特泥於爾雅之文耳爾雅正長與冥伯者艾竝列斷不得讀為平聲然毛傳字訓自有師傳不皆本爾雅雅自為長幼之長傳自為長短之長字形偶同不妨音義各別也長言其堂廡之顯亘窈言其宎寱之邃深意正相當矣

爾雅有二莞一薜方寐切鼠莞郭注云亦莞屬纖細似龍須可以為席一莞苻蘺其上蒚音翮某氏曰本艸云白蒲一名苻蘺楚謂之莞蒲郭氏曰西方人呼蒲為莞蒲今江東謂之苻蘺西方亦名蒲中莖為蒚用之為席是二莞別艸矣斯干上莞鄭

云小蒲之席孔引爾雅苻蘺及郭注莞蒲語證之言莞與蒲一草而有大小釋文
謂莞草叢生水中莖圓江南以為席形似小蒲而實非意與鄭異據箋疏此莞乃
苻蘺據釋文此莞乃鼠莞箋疏之說長矣鼠莞乃莞類不得嫥莞名苻蘺有莞蒲
白蒲之名原與蒲一草故鄭以為小蒲而集傳亦訓莞為蒲席善會鄭意有莞蒲
之謂苻蘺即燈心艸誤甚彼特見釋文叢生形圜語耳不知釋文所言乃鼠莞非
苻蘺也燈心草宋開寶始載入本艸亦言其可織席及蓑然非鼠莞也鄭樸謂鼠
莞是龍芻但神農經本名龍須郭注不應言似龍須矣李時珍綱目以為別錄有龍
常艸似龍須即鼠莞又山海中經賈超之山多龍脩注云龍須也似莞而細皆與
爾雅注合又案莞有胡官古完二反字亦作萖廣韻曰似藺而圓
載衣之裳毛以為下之飾取習為卑下之義鄭以為晝日衣取當主外事王肅申

毛云天下無生而貴者欲為君父當先知為臣子斯義勝矣集傳曰裳服之盛也以裳為盛豈目絺繡言與歟古人衣必與裳俱雖褻私亦然不獨冕服也之子無裳則以為憂矣惟童子不裳以便趨事耳有裳何遽為服之盛乎

楊傳云緆也韓詩作禓見釋文說文亦作禓楊禓皆他計反音替古音考以為音啻誤也說文从衣啻聲諧聲取其韻同非讀若啻也啻施智切與翅同音又案禓廣雅作褅注天帝切

無羊

無羊傳云簑所以禦雨笠所以禦暑蓋簑專為雨設笠主於禦暑而遇雨亦用之故良相傳云笠所以禦雨暑則兼言之矣又都人士傳云臺所以禦雨笠所以禦暑是臺指簑言與笠二物也康成謂以臺皮為笠陸疏謂臺皮堅細滑緻可為簦

笠南山多有孔疏亦言臺笠是一物皆與毛異恐不然羅願爾雅翼辨之當矣其
略云臺但可為衣不可為笠不應合臺笠為一物也齊語首載茅蒲身衣襏襫韋
昭注云茅蒲簦笠也茅或作萌竹萌之皮所以為笠則笠不用臺可知又云襏襫
蓑薜音避衣也則襏襫以莎艸為之今人作笠亦多編箬皮及箬葉其臺為衣編之
若甲𦂇𦂇下來則莎但為衣不為笠棨羅說良是臺是艸名而笠字从竹不从艸
則古人為笠用竹萌不用臺明矣自鄭氏合臺笠為一物後人因别作簦字而訓
為笠誤以生誤也惟傳義精確不可易又案蓑說文作衰从衣象形又作𧞤古文
也後俗為等衰字用而蓑笠復加草作蓑非古也又案蓑字玉篇有素和素回二
切廣韻云蓑艸名可為雨衣素回音與衰近艸可為衣則莎也豈蓑字元讀如衰
因以莎艸為之故轉讀如莎乎蓑从艸俗有从竹者誤

三十維物傳云異毛色者三十也疏申之云謂青蒼黃白黑毛色別異者各三十也五色各三十合之則百五十物矣上文黃牛㸲脣之㹀特黃色三十中之一物且而其數已及九十牧事之盛可知矣

衆維魚矣衆謂衆多言魚之多也鄭解衆為人衆云人衆相與捕魚迂矣傳曰陰陽和則魚衆多竝不以為人衆也疏謂由魚多故捕者衆彊通兩家之説耳魚麗詩美萬物盛多獨舉魚為言此亦言多魚為豐年之夢義正相符集傳曰衆謂人也人不如魚之多夢人乃是魚則為豐年此尤不可解人如魚特人滿耳於年何與乎又人乃是魚一語猶劉子言微禹吾其魚乎云爾劉子語見左傳昭元年此當為洪水之祥何反為豐年之兆

旐旟各是一物箋云夢旐與旟傳云旐旟所以聚衆是也上專言魚下並言旐旟

語意異而句法同古人不妨有此吉日之伯禱一事也而兩言旣無羊之旐旟二物也而止一言維各從文便耳衆維魚猶云衆哉魚旐維旟猶云旐與旟而維字不必過泥也朱子必欲齊以一律故人少魚多旐少旟多之説出焉

無羊朱傳云旐郊野所建旟州里所建此錯舉周官司常大司馬二職之文而各取其一不知何意案周禮春官司常夏官大司馬所頒旗物各異蓋司常所頒仲冬大閲之禮大司馬所頒仲秋治兵之禮彼注云秋辨旗物冬簡軍實以出軍之旗則如秋以尊卑之常則如冬大閲備軍禮而旌旗不如出軍之時空辟寔也賈疏申其義以為大閲是教戰非寔出軍之法故謂之空治兵是出軍法故寄出軍之旗於彼是冬之空當避秋實出軍之法也二職旗物之互異其故如此今以旐旟二者言之司常云州里建旟縣鄙建旐注州里縣鄙鄉遂之官互約言之疏謂

鄉之下次州又次鄙又次族皆建旟又次閭又次比皆建旐遂之下次縣又次鄙又次酇皆建旐又次里又次鄰皆建旟也此賈公彥周禮注之説也詩干旄孔疏則云族建旐酇建旟爲異餘同賈孔皆申互約之説大司馬云郊野載旐百官載旟注郊謂鄉遂之州長縣正以下也野謂公邑大夫載旐者以其將羨卒也百官鄉大夫也載旟者以其屬衛王也疏謂鄉遂之正卒屬軍吏其羨卒使州長以下不爲軍吏者將之公邑亦然其天地四時之鄉大夫屬各六十有選當行者合此觀之是司馬之郊已兼司常之州里縣鄙而野與百官又在其外二職文義本不相倫豈得各取其一以相配乎朱子之引周禮誤矣集傳又謂旐統人少旟統人多其説本於張子厚然統人多少之故非源所知也以司常所領而言則五職建旐五職建旟所統鄉遂之民數略相等也以大司馬所領而言則六官之屬豈能多於六鄉六遂及四等公邑之羨卒乎若就

朱子所錯舉之文而較論之則建旟之州里止當建旐之郊之半而野猶未與焉是旐統人多而旟至少也今乃反之何其不稽於典乎

毛詩稽古編卷第十三

節南山之什變小雅

節南山

求車之家父非作誦之家父正義辨之明且核矣朱子猶疑其人之同異祇欲證此詩之作非幽王時意主於駁小敘耳獨不思東遷後雅已降為風哉劉瑾附和其說謂隱三年尹氏卒即此詩之師尹求車之家父與之同時此尤可笑隱三年左傳本作君氏卒君氏隱公母聲子也其言尹氏者公穀二傳之文耳左氏親見國史所書又魯事必無誤二傳之言得於傳聞舛謬最多其釋春秋此文謂平王崩隱公奔喪尹氏為主故書其卒夫隱公如周不見春秋經經但書武氏子來求

聘耳聘禮尚缺致其來求焉肯奔喪二傳之不足信明矣豈可執以為據哉況如
謹意必謂西周時不得有尹氏而凡言尹氏必是一人然後可也則常武詩云王
謂尹氏常武亦東遷後作邪春秋昭二十三年書尹氏立王子朝距隱三年二百
二載矣亦可合為一人邪何弗之思也璞又謂喪亂卒斬鞠凶大戾等語皆亂亡
以後之詞不知古注本以喪亂為疾疫卒斬為諸侯自相殘滅訟訟大戾為民俗
之未善未嘗謂王室亂亡也後儒自誤解耳反執此以疑經乎況古人稍見亡徵
即極口言之徃徃如此祖伊曰天既訖我殷命微子曰殷遂喪箕子曰天毒降災
荒殷邦此時紂未亡也又況幽王時不儀政敝而已饑饉寇盜癘疫流亡戎狄侵
陵諸侯背叛蓋亦多有觀周語言幽王九年王室始騷與大雅瞻卬召旻二詩所
云及小雅漸漸之石以下三詩敘可見必以爲東遷後作不已固乎

節南山近世趙凡夫以節字為巀之譌（巀子結切）此有理也巀㠔作卪卪又譌作節耳說文巀字注云陬隅高山之卪也與毛傳高峻義原不相背釋文云節在切反又如字又音巀凡三音其如字乃巀之音也後儒㜏讀為巀音詩詁遂以池陽巀嶭（五葛反）山當之誤矣漢池陽縣為今涇陽縣在西安府北五十里而巀嶭山又在縣北七十里古鎬京在今咸陽縣西南咸陽縣在今西安府西北五十里詩言南山明是鎬京之南安得遠指池陽北之巀嶭山也耶黃公紹信其說而録之於韻會何弗攷也又禮記引此詩朱子章句訓為巀嶭高大亦誤巀斷也與高大何關況節音截非訓截也

憂心如惔釋文云惔說文作炎才廉切孔疏亦云今案說文引詩作憂心炎炎不作如炎其惔字注引詩憂心如惔與今詩正同又注云惔憂也如甘切炎小爇也

直廉切二字音義各異憂心炎炎似别是一詩但孔陸二家所引同不應俱誤豈古本説文元作如炎而炎炎乃韻譜之譌乎

有實其猗朱傳先述傳箋後載或説以為皆不甚通或説出藕氏以實為艸木猗為長茂呂記嚴緝皆从之劉瑾又以我落其實淇奧詩綠竹猗猗為實字猗字之證殊不知猗訓為長可言艸木之枝葉不可言艸木之實若竟以艸木為山之實則文義又未安左傳我落其實而取其材實對材言定是果實之義（杜注亦云吹落山木之實）非泛指艸木劉所引非其證矣宜朱子以為不甚通也案實字毛鄭皆訓滿猗字皆訓長鄭訓旁毛謂南山高峻而有滿之使平均者因艸木之長茂與大師尊盛而有益之使平均者以用衆士之智能鄭謂山既高峻又有艸木平滿其旁猗之畎谷使之齊均與尹氏既尊顯亦當以政教養育民庶使之齊均與蘇説俱未明順

吾寧从古

節南山詩兩言不弔昦俗昊天傳訓弔為至箋又轉至為譱言不善乎昦天也後儒據成七季襄十七秊左傳引此詩改為愍恤之義啖玩左氏兩傳善義自通其訓為愍恤者杜注之説耳未必丘明本意也

弗躬弗親弗問弗仕古注目幽王得之教王躬親機務問察民情欲其自為政也自為政則尹氏不得專恣矣下章不自為政王肅以為政不由王出意正相應蘇氏謂訊尹氏付政姻婭誤矣詩刺王委任尹氏方嫉尹之擅權反教以躬親問察哉

勿罔君子箋破勿為末言不問察之則民將末略欺罔其上比傳義為徑捷小尔雅勿末二字同訓為無是勿與末義本相通也

昦天不傭傭訓均毛傳與爾雅同釋文云敕龍反詩雅同説文云傭均直也余封

切案玉篇傭恥恭切均也直也又音庸債也然則傛為債義故轉音庸耳徐鉉以
庸音施於均直訓非是宜以釋文為正
尔雅云訩訟也說文訩作詾云說也渚作訩毛傳訓訟與尔雅同集傳訓為敵不
知何本
俾民心闋傳云闋息也案說文闋事也已閉門也事已閉門其息之時乎更借之則
為止為盡為終為曲終皆不離息義莊子瞻彼闋者虛室生白釋文引司馬彪云
闋空也蓋指室之牖始反借閑門義

正月

傳云癙痒病也尒雅同舍人云癙癵切專瘇痒皆憂懣同懣之病孫炎云癙者畏之
病癙字不見說文要之與痒俱諧聲非取鼠羊為義也宋劉彝曰鼠病而憂在於

穴内人所不知始是臆説

民之無辜四句申言上無禄也毛以為無罪而役於圜土罰為臣僕鄭以為王刑殺不辜并及其家之賤者説雖不同總是言王之濫刑非言國亡而身為臣虜也

念我無禄指己身言于何从禄指天下言于何从禄即無禄意非言國亡之後从它人受禄也瞻烏爰止方謂別歸明君然亦預計之詞耳詩人語意本有層次集傳曰無辜之民俱被囚虜未知復从何人而受禄如視烏飛不知止於誰之屋也六句一意複甚矣况謂被虜為受禄可乎

中林宜有大木而維見薪蒸喻朝廷宜有賢者而但見小人韓詩外傳亦云言朝廷皆小人也蓋毛韓同解矣朱傳以興分明可見之意與刺時意何關

召彼故老訊之占夢言侮慢元老妄信徵祥也昇曰予聖誰知烏之雌雄言君臣

皆自聖賢愚無別也意分兩層此毛鄭之説後儒莫有易之者惟集傳曰譌言如此而王莫止之及詢之故老訊之占夢又皆自以為聖人亦誰能別其言之是非乎不知自以為聖者是何人指王乎指故老與占夢乎故老本言召何得改為詢乎既自謂聖人正當自負知言何以言之是非反不能別乎文似順義實乖矣

胡為虺蜴釋文云蜴星歷反字又作蜥詩緝辨之謂蜥音析蜴音亦陸氏誤以蜴為蜥也信矣嘆説文引詩亦云胡為虺蜥是古本多有作蜥者意釋文經本原作蜥當云蜥星歷反字又作蜴後人傳寫據今本為正遂互易蜥蜴兩字以致音與字違嚴氏反訊陸誤殆未之思也

箋疏以虺蜴見人而走喻民聞王命而逃朱傳以虺蜴為肆毒害人之喻義相反而皆通王氏以虺喻害人以蜴喻邑人一語而分二意鑿矣

蠑螈蜥蜴蝘蜓守宮爾雅以為一物蠑螈説文作榮蚖云榮蚖蛇醫以注鳴者又云在艸曰蜥蜴在壁曰蝘蜓本艸又有石龍子亦得守宮蜥蜴之名陶隱居辨之以為有四種蛇醫一也龍子二也蜥蜴三也蝘蜓四也崔豹古今注謂蝘蜓守宮龍子為一物其長細者名蜥蜴短大者名蠑螈蛇醫蘇恭唐本艸注以龍子蜥蜴為一物蝘蜓蠑螈為一物蘇頌圖經以在艸澤者為蠑螈蜥蜴在屋壁者為蝘蜓守宮諸説紛紛皆未得其真今參以毛傳陸疏之説則蜥蜴即石龍子其在水者名蠑螈又名蛇醫蝘蜓即守宮在屋壁間者形皆相類而小異故爾雅合四名為一物也分之則蝘蜓守宮為一物蠑螈蜥蜴為一物石龍子又名蜥蜴守宮者又為一物也其為種凡三矣説文之榮蚖水蜥蜴也正月詩虺蜴指此在艸者則兼乎水陸焉

毛傳云蜴蠑螈也陸疏云虺蜴一名蠑螈水蜴也今本無水字玩文義又合之孔疏知古本定作水蜴後人傳寫誤脫耳之或謂之蛇醫如蜥蜴青緑色大如指形狀可惡孔疏引之以為如陸意蜥蜴與螈形狀相類水陸異名耳嘆則此詩虺蜴乃一物之名加虺於蜴所以別於常蜥蜴也宋董氏頗疑其非今案本艸鱗部有石龍子李時珍釋之以為生山石間者曰石龍即蜥蜴也生艸澤間者曰蛇醫又名蛇師蛇舅母水蜥蜴蠑螈俗亦呼豬婆蛇蛇有傷則銜艸以敷之又能入水與魚合故得諸名據此則木艸之水蜥蜴即陸疏之水蜴詩之虺蜴矣能入水故名水蜴能治蛇傷故為虺蜴虺蜴之得名與蛇醫同蛇虺一物也尔雅名蛇牀為虺牀矣又案說文蜥字不引此詩而於虺字引之又謂虺以注鳴與繹榮蚖同蓋亦以虺蜴為一物矣陸疏殆不誤董氏疑之非是

說文云坡者曰坂一曰澤障一曰山脅正月箋以阪田為崎嶇墝埆之處其山脅之謂乎㗁尔雅十土可食者三而阪與原隰並别焉阪之不如原隰者止以坡陀不平耳詩名為田則猶是可食之土也故特苗得生之

執我仇仇亦不我力爾雅釋訓仇仇敖敖傲也注云皆傲慢賢者毛鄭釋詩亦同蓋古義相傳如此集傳曰執我堅固如仇讎㗁夫詩言仇仇何嘗言如仇乎古人用重語多離其本訓此篇之佌佌愈愈蔌蔌皆是况執留之固亦是矣意何至以仇讎比之

集傳載或說疑正月詩是東遷後作以㷀㷀宗周褒姒烕之二語為據通義辨之謂西周亡後不即東遷引左傳攜王奸命見昭二十六年語及汲冢紀年虢公翰立王子余臣事證之而以此詩為作於東西周之交案犬戎入周在幽王十一年庚午至

明年辛未平王始徙都洛邑則謂西周初亡未即東遷信有嘆矣但以此詩之作在西周既亡而未東遷之時亂未必嘆也夫煢煢宗周褒姒滅之何害為西周未亡時語邪國語幽王三年三川震伯陽父料周之亡不過十年又鄭桓公為周司徒謀逃死之所史伯引檿弧之謠龍漦之讖決周之必弊其期不及三稔然則周之必亡而亡周之必為褒姒當時有識之士固已明知之且明言之矣安在褒姒滅周之語獨不可著之於詩乎況篇中所云具曰予聖及旨酒嘉肴有屋有穀等語顯是荒君斂政奢縱淫佚燕雀處堂之態若犬戎一斂玉石俱焚此輩已血化青燐身膏白刃尚得以富貴驕人哉

九章三載字惟爾載釋文才再反因此載指車中所載之物故異其音耳既載之載不過輿覆載字同義朱傳亦音才再反誤矣下章不輸爾載與上爾載同朱傳

無音而有叶亦屬疏忽

輔字雖从車旁然製字之義與車無涉說文云人頰車也左傳輔車相依僖二年注云輔頰車牙車也其从車旁始取義於牙車矣故字亦从面作酺見易咸卦釋文云輔虞作酺則頰車乃輔字本義惟正月詩乃弃爾輔婢以車言毛鄭皆無明辨孔疏釋之云為車不言作輔則輔是解脱之物如今人縛杖於輻以防輔車蓋偕近事揣度而為此說也攷工記言作車之制甚詳獨不及輔尔雅釋器亦無文後人無由確指為何物矣韻會云車兩旁木曰輔此特據孔疏語為故實也正韻曰車輔夾車兩旁木又頰顴也形如輔車故曰輔車及反以車木為本義而偕為頰車誤矣

昏姻孔云傳訓云為旋案云即古雲字也說文曰雲古文渻雨作云又作[illegible]象雲

回轉之形後人加雨作雲耳其以去云為言義乃借也趙凡夫謂經典云字本皆言字言字艸書似云因而致誤此未必然埤雅曰雲氣周旋盤薄故曰旋此足暢毛指矣左傳鄭游吉引此詩而曰晉不隣矣其誰云之襄二十九年以云為歸附亦取旋義

說文有椓字無椓字玉篇二字並收書劓刵椓黥詩椓之丁丁天夭是椓昏椓靡共俱从木韻會以說文椓字注訓椓又引詩天夭是椓誤矣

君子宜居人上其高明廣大之氣象雖貧賤仍自若也小人宜居人下其猥鄙瑣陋之情態雖富貴亦不改也正月末章仳仳蔌蔌語可謂善於體物

十月之交

鄭氏謂十月之交雨無正小旻小宛四篇皆刺厲王詩其第在菁莪後六月前毛公遂置於正月篇下併改詩敘刺厲為刺幽其說甚謬蘓氏駁之逸齊又據經文

證其五妄允矣源 亦謂厲幽均無道而其實有殊厲乃虢君幽惟昏主虢君重歛煩刑而政由己出臣民尚知悚懼不敢自擅故厲王之世楚子熊渠畏伐去其三子王號則流彘以前威福未去也昏君荒沈酒色置政事於罔聞致姦凶之輩弄權植黨蔽主虐民甚且視君上如弁髦十月之交之皇父是也皇父就封於尚挈其百僚以行躬廷為之一空目中不知有天子使在厲王時其敢然乎厲王之虐能攝遠裔之彊藩反不能制畿内之卿士乎況皇父作都徹民牆萊民田肆惡無忌真蠹國之渠病民之首流彘之役民當并食其肉不特皇父一身而已大子靖尚幾不免皇父之家豈能獨全就令有存者宣王中興自當順民所欲不復録用其後乃征徐之舉首命皇父為卿士以六師之重委之辠人之子弟使與忠貞之名穆公同秉兵柄不幾拂民心陊隳俗士氣乎由是言之則作都之皇父定是征徐

者之後人仕於幽王之世而不克紹其前烈一如吉甫之後有師尹申伯之後有申侯云尔而趣馬之蹶為韓奕蹶父之後可知矣仲逵為鄭氏左袒力證十月之交為厲王詩至引中候擿雒貳之文以助其說中候曰昌受符厲倡嬖期十之世權在相又曰剡者配姫以放賢山崩水潰納小人家伯罔主異載震謂文至厲適十世剡豔古今字豔妻家伯與詩事同山崩水潰即此詩川沸山崩也噫緯書之言其可信哉宣王元舅是申伯則厲王后自應姜姓何得姓剡川沸山崩即三川震岐山崩之事不必舍周語而信緯書也又孫毓詩評疑襃姒生於龍妖不應有七子之親殊不知襃人育之又進之於王則襃人之族即其親黨矣安知七子不因襃而進乎

十月之交朔月辛卯日有食之孔疏謂邃世通儒未有以歷攷此辛卯日食者吾

友顧英白偉云虞劆推十月辛卯朔在幽王六年乙丑歲大衍歷以為然以授時歷推之是歲十月辛卯朔泛交十四日五千七百九分入食限源案唐書日食議言藩世大儒皆以日食非常闕而不論黃初以來始課日食疏密至張子信而益詳宜乎辛卯日食藩世無攷也仲達生於唐初不見大衍歷議故不以虞劆之言為謬耳要之歷家推算之法至後世而愈精故藩以冉日食之差以日計唐以時計宋先元以刻計今以分計英白博極羣書尤精於天文歷象而攷據詳慎悉本經史觀所著司天考可見其言信而有徵矣又孔疏言王基謂此交會在共和之前而較之無其術以孔之右鄭欲證此詩為刺厲而不能以王基之說為然則在幽世無疑

朔月辛卯朔月猶月朔也今本集傳作朔日當是傳寫之誤案禮記玉藻凡月朔

皆偁朔月論語亦以月吉為吉月古人多倒語無足異也魏鶴山箸正朔考謂十月之
交乃是夏之十一月也為周正朔之月故曰朔月以證周之不改時月此眞無稽
之論況交乃日月之交會非兩月之交也併誤解交義矣補傳又謂詩於夏正皆
言月於周正皆言日此夏正故言朔月斯尤爲妄説詩以日紀月惟豳風七月篇
耳以日陽月陰取義非以夏正爲別也夏之三月於周爲夏而非春如夏正必言
月則載陽之月乃夏之春何以亦言日乎又如四月篇之秋日若以周正言則午
未申三月也其冬日則酉戌亥三月也申月以前安得百卉具腓亥月以前安得
飄風發發乎
辛卯日食歴推當在六年川震山崩據國語在三年史記本紀在二季震電未知
在何年要非必一年事也詩因日食之異而侈併數从前災變言之耳朱傳將震

雷川沸山崩俱指為十月事不知何據原其意特欲以非時而靁電證十月之建求耳啖古太平之世靁不驚人電不眩目幽世之震電必有過常者當時以為異而時人以熠熠表之異在過常不在非時也況川沸山崩豈必在十月方為變哉百川沸騰山冢崒崩正周語幽王三年三川震岐山崩之事也孔氏以為沸騰者沸出相乘陵是水盛漫溢與震異又彼言三川震是歲即竭亦非沸騰又百川與三川不同詩所言自是厲王時事斯膠滯之見已地震則水溢勢所必然何得謂沸騰非震震時則沸騰震後則又竭正在一歲中耳何害為一事三川韋昭注云涇渭汭也嫥舉其大百川兼目其小大水泛溢小水豈得安流詩與國語文異而事則同也疏彊分之固甚已近歲地震井水或躍起丈餘因震而沸此足為一證

尒雅山頂冢崒者厜才規反鄭箋作崔㕒五規反鄭箋作嵬正釋詩山冢崒崩之文言山頂之巉

岾案尒疋崒者厓巖鄭箋兩引皆作崔嵬疑古本尒疋自作崔嵬也又崒或作卒見漸漸之石維其卒矣箋

巖有崩落者也鄭箋依此為說疏申之曰徐邈以崒子恤反則當訓為盡不應天下山頂盡崩故鄭依尒雅訓崔嵬據此則子息反非尒雅義也爾雅釋文云崒子恤反詩釋文云崒舊徂恤反宜依尒雅子恤反是陸以子恤反當崔嵬之義與孔異而孔得之

蹶維趣馬周禮趣馬下士鄭箋誤以為中士孔疏辨之甚明顔師古漢書注朱子詩集皆襲鄭之誤

小雅言豔妻猶大雅言哲婦色豔而性哲各舉其一以目之耳傳云豔妻褒姒美色曰豔是也孔謂天子之后不當以色名之而以鄭厲后姓剡之說為是迂矣美色之偁既非所加於王后獨可偁妻偁婦乎

抑此皇父鄭云抑之言噫釋文云抑徐音噫瞻卬篇懿厥哲婦鄭云懿有所傷痛

之聲孔氏申之以為懿噫音義同又楚語懿戒韋昭讀懿為抑蔡邕石經論語意
與之與孟蜀始改意為抑是抑懿噫意四字古音本同故往往通用
曰予不戕釋文云戕王作臧臧善也孫毓評以鄭為改字案此詩毛無傳王述毛
作臧孫又以戕為鄭改則古經乃臧字矣孔疏用鄭述毛而不存王說殊為疏漏
黽勉密勿俾莫文莫皆自勉之意黽勉從事韓詩作密勿語異而義同也晉欒肇
論語駮云燕齊謂勉彊為文莫今語猶然方言云侔莫彊也燕北之外郊凡言努
力謂之侔莫𦱊四者音相似義亦通矣方言又有薄努勔釗勖茲之偁亦為勉義
從王事而不敢告勞臣子之分也所惡者讒口耳劉子政封事曰君子獨處守正
不撓衆枉勉彊以從王事則反見憎毒讒愬因引此詩向引詩作密勿從事當是韓詩意正與箋
疏同朱傳訓從事為從皇父之役誤矣皇父之徒正劉向所謂衆枉耳豈從其役

哉求媚於權門而不得因為此怨詞成何品行而夫子録其詩乎下章我獨居憂

又云皇父病之所見亦小矣

噂沓背憎傳云沓猶沓沓冞説文云沓語多沓沓从水从曰徐鉉云語多沓沓若

水之流故从水會意此足暘毛指矣又冞板詩泄泄孟子以為猶沓沓亦取雜沓

競進之意小人争先獻媚每有此醜態與下文無禮無義非先王之道意正相合

若以為怠緩悦從則反其意矣又釋文云噂説文作僔云聚也今説文噂僔二字皆

引此詩噂註云聚語也傳注如釋文所引

雨無正

詩篇以意取名者雨無正巷伯常武酌賚般凡六而雨無正之名尤難解叙云雨

無正刺幽王也雨自上下者也衆多如雨而非所以為政也箋疏發明其義以為

王之教令甚多而事皆苛虐非所以為政之道意始曉然序語簡質詞旨艱澀古
文類多有此朱子譏其尤無義理不已過乎又永叔謂此詩七章無衆多非政之
義與敘絶異所當闕疑源謂敘此詩者解命題之意原作詩之由如是而已所云
衆多非政乃謂詩由此而作非必詩中語悉不離乎此也首章言刑罰不當蓋亦
無政之義下遂及人心之離忠言之蔽仕進之危又極其敝而言之何嘗非衆多
無政意乎且便敘果出漢儒乎何難依傍經文為明白易曉之語而故艱晦其詞
開後世以疑竭乎觀此敘愈信其來之古

雨無正首章古注謂天本浩浩廣大王不能繼長其德毛云駿長也致天降此饑饉滅
國之災而旻天又疾王以刑罰威恐天下其災更有甚者將及王身王不慮之圖
之舍毛云除也彼有辠而伏辠者不加刑戮其無罪之人反牽連相引而徧得罪皆刺王

之詞也集傳用蘇氏之説全以天變言謂天不大其惠而降此災如何不圖慮而
為此乎彼有辠而饑饉既伏辜矣此無辠而死亡則如之何源謂詩人刺𢿱不得
慱為怨天之語刺詩之作原以諷切當世俾聞之者因之省悟耳語語怨天豈欲
天之省悟耶况荒主𢿱臣得諉其責矣此章上五句箋疏稍為煩碎其解弗慮弗
圖以下不可易也嚴緝从古義得之
箋訓降喪饑饉斬伐四國為三義喪也饑饉也斬伐也朱傳總之於饑饉之後羣
臣離散其不去者作詩以責去者又謂正大夫離居是因饑饉而散此必無之理
也離居者自為遠禍計耳見機高蹈在下僚則可非大臣所當為故詩人譏之豈
因饑而去乎身為王臣家有采邑尚不能糊其口今散去將於何地乞食乎
首章釋文云旻天本有作昦昊俗天者非也疏云上有昦天明此亦昦天定本作昦

天俗本作旻天非也疏陸意異而孔得之作旻天者因小旻首句而誤耳埤雅云幽王時始曰昦天疾威繼曰旻天疾威亦據孔立說今注疏集傳經文皆作旻惟石經作昦

朱子因周宗既滅一語疑雨無正為東遷後詩劉瑾又附和之謂正大夫離居及僉遷於王都之語似是東遷之際羣臣懼禍離居不隨王遷夫使幽王尚在不應言宗周既滅去而挽之當曰還曰歸不應言遷于王都以證此詩是東遷後作似矣而實非也大康雖失位夏未亡也而五子曰乃底滅亡紂雖無道殷未亡也而祖伊曰既訖殷命古雖昏虐之朝其諱言亦不若後代之甚即如伯陽父史伯論周之亡皆直言無隱此亦幽王之時也何嘗以不祥語而不出諸口乎況宗周者以周室為天下所宗也幽王昏敝諸侯不朝天下無復有宗周者謂之既滅亦宜

至王肅述毛以為先王之法有可宗之道幽王弃之故曰既滅取義亦優是既滅語不必待東遷後方可言也又離居出居正與十月末章我友自逸意相合大抵幽王時見機之士多有去國遠害者鄭桓公王室懿親官居司徒尚寄孥虢鄶為逃死之計其屬疏而在下者可知也去而復來因當曰還曰歸而言遷亦無不可因一字而疑之不幾以文害義乎至謂東遷之際羣臣懼禍不隨王遷此尤必無之事西京宮室為禾黍矣犬戎復出没其間羣臣不歸東都將安歸乎羣臣非王戚即世族也從王有禍從犬戎反無禍乎左傳襄十一年周伯輿之大夫瑕禽曰昔平王東遷吾七姓從王則從遷者亦不少矣又曰若蓽門圭竇其能來東底乎則當日人情但有欲從王而力不能逮者必無能從而不欲者也晉宋之南遷也中朝舊臣類皆跋涉千里求舊主而事之古今人情豈甚相遠乎又篇中語有斷不可

通於東遷後者首章之若此無罪淪胥以鋪次章之庶曰式臧覆出為惡是也平雖庸暗之君不至若幽之無道況立國之初人心未固何敢淫刑以逞且肆行惡政哉

周宗宗周見於經傳不一在西周則指鎬京在東周則指王城為天下所宗故曰周宗宗尊也朱傳解宗為族姓而謂將有易姓之變殆是臆說

聽言則畣(答俗)與桑柔篇聽言則對其義一也鄭箋以此為可聽用之人言彼為道聽之言又以畣為距違以對為應畣語同而解異鑿矣當以傳為正

聽言則畣譖言則退毛傳云以言進退人也疏申其意曰王好信淺近受用讒佞若有道聽非法之言則當(應)畣而受之若有譖毀之言則用其言而辠退之蓋責王也朱傳以為責臣云王有問而欲聽其言則畣之而已不敢盡言譖言及己則退

而離居責其懟然於王也如朱說則聽言是己之言譖言是人之言兩言字不應異解畣字內亦無不盡言之意王信譖言雖欲不復亦不可得何謂懟然此於義皆難通也呂記用其說嚴緝稍易之然總不如古注之當

五章毛傳以哀哉不能言為哀賢人不得言以咢以能言為可以世所謂能言夫曰世所謂則僾見許於俗人浸非賢者箋疏申之謂賢者之中有此巧拙二種恐失毛指古未有以巧言為善者虞書與令色孔壬並偁周書亦與便辟側媚類舉小雅巧言篇亦云如簧是顏而孔子尤惡之屢見於詞豈有反用為美偁者哉表記詞欲巧未必是聖人語七十子之徒得之於傳聞耳仲達引以為證誤矣至左傳昭八年晉叔向引不能言證小人之言僭而無徵引能言證君子之言信而有徵此特斷章耳杜注謂叔向時詩義如此亦未必然蘇氏云言之忠者世所謂不

能言也常可人意者佞人之言也此世之所謂能言也得之矣

小旻

潝潝訿訿朱傳用蘇說以相和相詆解之葢因潝是合義訿是毀義依倣而為此說也詩義殆不然毛傳云潝潝然患其上訿訿然思不偁其上爾雅云翕翕訿訿不供職也夫人臣之職當竭力以效用於上而精白無私以當上心今不惟不為上用而反為上患不惟不能偁上意而又故與上違以思為不偁故謂之不供職也雅與傳始相發明孔疏以專權爭勢為患上背公營私為不偁良唉

國雖靡止民雖靡膴毛訓靡止為小靡膴無訓王肅述毛訓為少鄭訓止為禮膴為法小與少禮與法兩家字訓義各相配孔疏申毛既以靡止為小矣及訓靡膴又取箋義朱傳以民雖不多訓靡膴用王說矣則以靡止為小可也乃以國論不

定釋之義互相參差矣又案釋文云靡膴韓詩作靡腜猶無幾何嘆則王以為少

葢本韓詩

毛傳釋小旻卒章用不敬小人則亦昆始之意本於荀子狎虎篇華谷非之謂此篇諸章止言不能聽謀並無毀小人之說荀子引詩是斷章取義毛乃荀之弟子故祖其師說非詩之正恉也斯言似之而實非詳玩經文前五章皆刺時之語末一章獨為自警之詞葢先言小人謀議不臧譏王誤聽因又自言當明哲保身未可攖小人之怒文義正相合何必全篇皆言聽謀乎荀毛師弟同堂其詩說應得之而受非若異世徒據成書也苟果斷章毛豈不知而用為正解乎

小宛

小宛刺幽王解者紛紛朱傳盡埽諸說定為兄弟相戒之詩合之詩義甚為相似

獨天命不又一語終屬難通朱傳曰各敬慎爾之威儀天命已去將不復來不可

不懼也惟天子受命於天耳大夫戒其兄弟可妄偁天命乎下復云時王以酒敗

德臣下化之故首以為戒仍不能脫刺時義矣

岷之鳩小宛之鳴鳩如爾雅之鴰鳩鶻鵃也傳亦云鶻鵰釋文云鵰陟交反字林

作鵃是鵰鵃形異而音同矣亦作嘲鳥鶲鳴曰嚙夜鳴曰喉禽經林鳥鶲嚙水鳥

夜喉是也鳴鳩好鶲鳴矣月令之鳴鳩莊子之鷽鳩左傳之鶻鳩司事皆此鳥陸

元格以為班鳩非是埤雅及爾雅疏辨之甚明呂記朱傳皆誤

以小鳥不能戾天興小人之道不能成高明之功者毛氏之說也以小鳥尚思戾

天興王不能自彊鳴鳩之不如者歐陽氏之說也二說雖相反而取義實同然案

鳴鳩即莊子之鷽鳩所謂决起而飛搶榆枋時期不至而控於地者乃斯鳥矣為焉

能戾天乎則毛傳之義爲允又案許叔重謂鳴鳩奮迅其羽直刺上飛數十丈入
雲中許讀詩而未究其指故有此誤耳本艸言鳴鳩在深林閒飛翔不遠當得其
真又與莊子及毛傳合不謬矣名物疏辨之亦同鄙意
集傳釋小宛三章以庻民采菽興善道人皆可行蜾蠃負子畀不似者可教而似
因以式穀終采菽意似之終負子意此亦彊爲分配語耳采菽之興何自獨别爲
善道乎況似之者正似其善道何得分爲兩義
式穀似之詩詁以似爲似續之似言王不能治民則將爲能治者繼而有之案詩
中似字多與嗣通此解良得之又此章以上四句興此二句文義各相承采爲采
菽負爲負螟蛉則似之亦當爲似爾子謂嗣有汝之萬民耳鄭云似蒲盧之得子
始末然

螟蛉尺蠖與蠋皆不能穴木惟在樹上食菜尺蠖似蠋而小行則首尾相就詘而
後伸螟蛉又似尺蠖而青小至夏俱羽化為蛾
蜾蠃雖名土蜂然爾雅云蜾蠃蒲盧又云土蠭則二蟲也蜾蠃又名細要蠭又名
蠮螉又入神農經下品土蠭則見陶氏别録郭景純曰大蠭在地中作房者曰土蠭
此也其細要蠭則陶隱居言其雖號土蠭不就土中作窟但運摙土作房者也
尔雅蜾蠃蒲盧注云卽細腰蠭也俗呼為蠮螉詩毛傳及釋文之說亦同是一蟲
而四名也宋彭乘著墨客揮犀謂其類有三銜泥營巢於屋間者為蜾蠃穴地為巢者
為蠮螉巢於書卷及筆管者名蒲盧蜾蠃蒲盧捕桑蠖及小蜘蛛之類蠮螉惟捕
蠨蛸與蟋蟀彭蓋誤以地中之土蠭為蠮螉也至巢於書卷筆管及屋壁者故是
一蟲耳蜾蠃蒲盧尔雅毛傳說文皆以為一物必㞢誤也

我日斯邁而月斯征鄭云我我王也葢戒王宜與羣臣勤勞於政事日有所從月有所行靡止息也歐陽及王氏皆訓爲日月之行甚速與論語日月逝矣同義則我字爲贅矣

哀我塡寡宜岸宜獄言哀歟之世政以賄成窮盡寡財之人無辜被繫在上反謂之宜故可哀也歐陽氏謂因窮寡而爭訟云宜者言其勢不得不喫夫至民窮寡雖由上之失道然君子樂道安貧自應處之泰然何致爭訟哉惟無知小民窮以致濫容或有之耳歐陽以此爲宜亂非詩人之指

小弁

小弁詩朱子注孟子純用敘義及爲辨説則又疑宜臼詩與傳作皆無據豈因趙政注及王充論衡皆指爲伯奇事故褒回無定見邪然二雅所咏必有關於王朝

得失吉甫父子私家之事未必入雅

弁般槃盤字異而音義同皆借用為樂意弁彼鸒斯以烏之樂與己之憂也集傳

曰弁飛拊翼貌未知何本

小弁四章箋云柳木茂盛則多蟬淵深而旁生萑葦言大者之旁無所不容也韓

詩外傳引此亦云言大者無所不容毛韓異家而同義矣夫以王者之大不能容

一太子使之如舟流之靡屆曾柳淵之不如詩人以此託興直是觸目傷心放子

孤臣情事應爾朱子論興體多主全不取義之說故於此俱畧而弗求遂令讀詩

者漠無觀感

析薪扡矣說文扡从木也聲音多玉篇亦然釋文扡从手也聲音侈音隨形異其

義則同集傳字从說文音从釋文失之矣黄氏韻會辨此甚明而正韻仍集襲朱傳

之誤近日俗下書有字彙者辨詩杝字从木不从手彼未見古注疏也又槩杝字
亦作拸俗作扡

巧言

小雅多呼天之語如昊天不傭昊天不惠昊天不平浩浩昊天如何昊天昊天已威昊天大憮之類天字皆稍斷當云昊天乎蓋呼而訴之也古注本如此今皆以為歸辠於天則非刺時也乃刺天矣颫無是理

巧言首章兩憮字上憮毛訓大下憮無傳鄭兩憮皆訓敖兩憮必欲畫一則鄭義勝矣昊天大幠疏申毛云王甚虐大不成文義矣朱傳从毛訓大其釋已威大幠云昊天之威已甚矣昊天之威甚大矣二句意兩分不應下句又蒙威字

尔雅云慎誠也詩慎字毛鄭多用此訓宋儒以其不入俗悉改之槩慎爾優游阪

慎其相猶可釋為謹慎至巧言兩予慎非誠義莫通矣朱傳改訓為審可謂巧於諧俗淡於避古

巧言呂記憮伲憮僭作譖與諸本異案憮字本尒雅注郭引此詩譖字與僭同音亦作不信解則兩字之从心从巾从人从言皆可通也但譖字不應讀側陰切耳又昦天大憮注疏本伲大釋文云大音泰本或作泰今呂記朱傳嚴緝皆作泰

譖始既涵譖字本訓數音朔鄭訓不信涵字毛訓容鄭訓同釋文云僭毛側蔭反鄭子念反涵毛音含鄭音咸皆音隨訓異不可溷也近世僭字皆作不信解而仍讀側蔭切義从鄭而音从毛亂誤呂朱皆有此失惟嚴緝無音得之

聖人莫之毛以莫為謀朱傳以从王氏訓定案莫之訓定者當音貊大雅求民之莫莫與㷋獲協韻貊其德音左傳昭二十八年樂記引詩貊皆作莫兩釋文莫皆亡白反

又尔雅釋詁嘆莫同字亦與貊同訓為定則莫貊同音可知此詩莫字協作協度豈同役莫乎釋文云莫或作漠或又作謨是毛之訓謀乃詩之本旨漠謨二字尔雅皆訓謀矣

往來行言心焉数之箋疏義長矣心焉数之與出自口矣正相反君子之言必再三思惟心知其善然後出之故往來俱可通行小人之言但取口給不必由衷故敢為大言以欺世知乎此可以得聽言之準則矣歐陽以行言為道路之言而宋儒皆从之朱傳又以碩言為善言此於心数及自口二語俱少義趣不如古注之優又碩本訓大轉為善義甚費力

既敍且尰尰說文作㾓云从疒童聲籀文从尣作尰玉篇同又云或作尰案尣說文云尳布火切蹇也曲脛也烏光切从大象偏曲之形今監本从九作尰非是又案尰

拈案烏光切三字乃日拆臣以唐韻加入反語雜于說文本文中非是

亦作瘇瘞賈誼傳天下之勢方病大瘇

何人斯

蘇與暴箋云皆畿內國名疏謂蘇即河內溫縣本於左傳杜注也成十一季而暴則未聞今案春秋文公八年公子遂會雒戎盟於暴杜注云鄭地范甯穀梁注夫同幽王時鄭尚未遷暴未為鄭有且與雒戎盟於此則地必近洛意暴亦東都畿內國與又案世本暴辛公作塤蘇成公作箎譙周古史攷暴辛公善塤蘇成公善箎孔疏皆斥其謬當矣然蘇暴二公之謚因此得傳於詩敘不為無補

否難知也釋文云否方九切一云鄭符鄙反案箋云反又不入見我則我與汝情不通女與於譖我與否復難知也方九切當讀否之義符鄙切當情不通之義矣細玩箋文讀為符鄙切者得之集傳曰尔之心我不得而知則否字成贅

俾我祇也毛以祇（祈支反）為病則上章盱病是蘇公自謂鄭以祇（止支反）為安則上章

盱病指何人而言鄭説優矣盱祇皆冣見我上言一來見我於汝何病下言一來

見我於我得安也又卷耳之吁此詩及都人士之盱毛皆訓病朱傳吁訓憂歎盱

訓望各隨文釋之不知詩之義雖盡以文拘也又引易及字林三都賦證望義然

易之盱豫古注無訓望者至呂忱左思二人皆後於毛疑毛而信呂左可乎

壎周禮尔雅皆作塤孔疏以為古今字異案説文壎从土熏聲則壎字較古矣又

毛傳土曰壎疏以為漢書律歷記文此二人各述所聞耳班書後出毛不得襲其

語

為鬼為蜮蜮釋文或域雨聲音域者短狐也韻會獨取或音謂即顔師古所云魅

蜮案文選東京賦注李善引漢舊儀（東漢人衛宏箸）云魊鬼也魊與蜮古字通皆顓頊三

子一居弱水為魍魎蜮鬼師古所云魅蜮正指此嘆瀣書人主之大蜮東方朔以
比董偃宋劉攽謂短狐淫氣所生朔以指偃正當不必遷就魅魊洵為篤論源亦
謂短狐潛居水中人不得見故詩人與鬼並言若是魅魊則亦鬼爾詩並言之不
已複乎黄說殆未然也又案文選魊鬼之魊亦音域
有靦面目傳云靦姡（活括二音）也釋文云姡面醜也說文亦同疏引說文云姡面醜也
與今本異未知孰是案箋云姡然有面目疏云靦姡皆面見人之貌孫雅炎尒雅
注云靦人面姡然人皴語范蠡曰余雖靦然而人面哉韋昭注云靦面目之皃說
文亦以靦為面見廣雅又訓姡為靦皆不及醜義況經云有靦面目視人罔極但
言其與人相見無窮極耳並無可醜之意也今本說文必有誤當以疏引為正
有靦面目視人罔極言有面目則非鬼魊也與人相視方無窮極豈能終身不見

我盍以收全篇之意也案此詩八章言詞頗複要其指歸不過責其來見而已前四章不入我門不入唁我不見其身其為飄風皆怪其不來見也五六章兩言壹者之來望其來見也此鄭說七章要之以詛亦欲與之相見面釋其疑也末章又言除是鬼蜮則不可見女靦然而人面終有相見之期今之不來見何為乎彼反側子抱愧於心所極難者見面耳必欲與之相見彼將無地自容正所以窮極其情也而絶之之意不言可知矣

巷伯

周禮内小臣奄人而備上士是奄官之長故箋疏以巷伯當之伯長也寺人無爵且屬於内小臣則奄人之卑者故不以當伯長之備宋之説詩者謂寺人即巷伯已失據矣朱傳又謂寺人即内小臣則誤尤甚夫内小臣與寺人竝列於周禮天

官屬下明是二職豈未之見乎

巷伯詩是本為寺人又被讒譖而作朱傳以為遭讒被宮故作此詩徒見次章毛傳引顏叔子魯男子事漢書史遷贊比之小雅巷伯之倫因有是說耳今案毛傳以經文哆兮侈之為言是有因而益大之義必因小嫌構而成辠作詩之人當自謂避嫌之不審故引二人之事顏叔子納隣之釐婦雖覩燭繼薪嘆人不可戶說是避嫌之不審也必若魯男子閉門不納則避之審矣疏以為止證避嫌寺人奄者所嫌必不因男女是明以遭讒為旣宮之後也又末章毛傳云寺人而曰孟子者辠已定矣而將踐刑作此詩也設遭讒而被宮則踐刑之時尚未為奄安得自偁寺人邪以此傳之言合之前傳則知毛公意中未必如朱子之說矣至班掾比史遷於巷伯止以同是閹者又皆有傷悼之詞故取以相方非謂兩人皆遭讒而被宮也況子長之腐刑出於帝意並非因譖而然此兩者

皆非所據矣集傳於篇末引楊氏之語以為說不同而亦有理殆亦不安於前說
乎
首章萋斐正言貝錦次章哆侈正言南箕一是形容其文彩一是形容其引張大集
傳訓萋斐為小文貝哆侈為敍張貝謂由小文而成貝錦之大文由徽張而成南
箕之大張以喩緣飾小過致成大辠說雖巧恐非詩意也夫貝錦出於人工其文
固積小以成大南箕縣象於天有一定之形何得云由小至大乎案朱子之為此解
者殆因鄭箋箕星踵狹舌廣語謂踵狹星徽張舌廣是大張而成箕也遂并萋斐
二字亦依此立說耳殊不知傳訓哆為大侈為有所因故鄭以箕星踵狹舌廣是
舌因踵而益大由明傳義則哆侈句已兼踵舌義矣安得分哆侈為踵狹成箕為
舌廣邪至於萋斐傳訓為文章相錯明就已成之錦言與有因益大之意義絕不

相蒙小文之解尤為穿鑿

坫案說文誃下云由鉹也从金多声一曰䒤冏昦讀若擿一曰若詩曰侈兮云侈今本言下譌作詩曰哆兮侈兮陳氏又強改為誃兮哆兮轉展相誤殊非攷古之道

哆兮侈兮詩記載董氏逌語謂崔集注作侈兮哆兮說文作誃兮哆兮詳其文義葢謂誃字聲音讀如擿又詩如詩之侈非謂詩作誃也董誤解說文義矣

緝緝翩翩釋文云緝說文作咠咠今說文引詩云咠咠幡幡不獨咠字異而幡幡亦與下章相易其以咠為聶語又與毛傳口舌聲義別其三家詩乎

毛詩稽古編卷第十四

谷風之什變小雅

谷風

維風及頹傳云頹風之焚輪者風薄相扶而上喻朋友相扶而成風薄指頹風相扶指谷風也頹風力薄不能上升賴谷風扶之而上以喻友之相成如此孔疏解此甚明嚴氏譏其以猋釋頹誤矣傳語簡貴豈可以粗心讀之哉

猋从下而上頹从上而下是李巡孫炎之説而郭璞因之耳據爾雅正文未見其必嗘也扶揺謂之猋即南華之扶揺信从下而上矣焚輪謂之頹焚取象於火火乃炎上之物安得自上而下乎注尓雅者止因頹是下墜之名故為此解然以字

義取之頹从秃貴聲秃皃又暴風也隤从𨸏貴聲下墜也說文玉篇諸書並同俗通作頹是二頹本各一字不得援下墜之隤釋暴風之頹矣毛傳風薄相扶薄當為迫義谷風頹風皆欲上升相迫則其升愈速喻朋友相規切則德業益進也疏以風薄指頹風相扶指谷風特通毛鄭兩家之說毛意未必然也陸農師曰風之銳而上者為猋風之旋旋而上者為頹莊子曰摶扶搖羊角而上者九萬里扶搖即猋是也羊角即頹是也今羊角旋轉而上如燚飈焚輪之象也案莊子釋文引司馬彪云風上行謂之扶搖風曲上行若羊角㗱謂之羊角陸義應本此合之爾雅則上行如焚旋轉如輪名義允協可證景純之誤

蓼莪

莪蒿蔚分之各一艸合之皆蒿屬詳辨總詁蓼莪詩意主於分言則各一艸矣在爾雅

莪則莪蘿也蒿則蒿菣去刃切也蔚則蔚牡菣也埤雅莪俄而蒿直蔚粗而莪細形
稍異矣然初無美惡之分朱傳云莪美菜蒿賤艸未知何據嚴緝據爾雅蘩之醜
秋為蒿及假注疏蘩蕭莪蔚之類始生氣味各異其名不同至秋老成則皆蒿之
語以為莪始生香美可食至秋高大則粗惡不可食喻子初生猶是美材至於長
大乃是無用之惡子其取義優矣但次章伊蔚終屬難通不如古注之當
視莪為蒿猶云看朱成碧也憂思之極精神憒亂之所致也箋疏此解較為平正
東萊謂莪蒿不能報天地之生育猶人子不能報父母之劬勞說本歐陽亦可通
但匪伊二字為虛設耳

大東

毛以首章為興故述傳者言以待客之禮喻天子施恩之旱歐蘇釋此謂先王之

世矦國富足呂記嚴緝皆从之此賦而非興矣集傳亦云興而絶無發明惟直録詩語而於上四句中間各加一則字豈所謂全不取義者乎噗蓋有飧時有七各一事砥言平矢言直各一義今乃曰有飧則有七如砥則如矢是何理哉飧乜恩施之旱也砥矢貢賦賞罰之均直也所履所視當[redacted]總目此而言鄭箋分飧七為所履砥矢為所視迂矣首章為全篇綱領下章所譏皆反此為義而五章以下取譬不一則嫥剥曠官良以周之盛時布德行政雖出於王亦由在位多賢克舉厥職也幽王之時皇父七子尹氏號石父輩接迹於朝皆巧佞之徒貪殘之子殫民之財竭民之力所謂君子者如此而在下之小人又何所視乎詩人所以顧之而潸然也

小東大東箋云小大言賦斂之多少也小亦於東大亦於東言其政偏此解甚自

然蘇呂皆从之今以為東方小大之國失之矣

濩假穫薪毛訓穫為艾則字宜从禾鄭云檴落木名則字宜从木檴落爾雅釋木文陸氏艸木疏云今椰榆也其葉如榆从鄭說也竊謂優於毛矣

鄭箋破經字為後儒所譏唉如舟人之子熊羆是裘改舟為周裘為求則非無見也舟與周裘與求不僅音同形亦相似況古衣裘字元作求象形其从衣後人所加耳此詩傳寫之時昧者一槩加之其致誤良有由也箋云周人之子周世臣之子孫退在賤官使搏熊羆在冥氏穴氏之職疏引裳華鈠弃賢者之類絕功臣之世二證之正相合

尔雅釋訓皋皋琄琄鞙同刺素食也夫以瑞玉為佩傳云璲瑞也則君官者也而不以其才之長故曰素食箋疏用雅意釋詩本無誤後儒易之未見其勝也

大東詩五六七章取興星瀁詞意反覆鄭以喻王翦官司虛列而無實用正與首章君子所履相首尾古之君子法先王之道賦役平均今之在位者反之故為曠職也韓詩外傳以南箕北斗喻有位而無其事意正相同今皆解為望天恤己不見恤而怨之之詞其説始於歐陽不如古義之正矣

報章傳云報反成章疏申之云織之用緯一來一去是報反成章織女有西無東不見倒反是無成也義盡（儘俗）通矣集傳改為報我之章未見其勝且人何惠於星而望其報我邪

服雖从肉匊𡅅製字之義會意在車（説文服字注云車右騎所以自旋）其以車得名者亦有二四馬外二為驂内二為服一也詩兩服上襄兩服齊首是也兩較謂之牝服二也詩不以服箱是也箱以容物在兩較之内故服箱相屬成文矣丘氏謂服箱猶駕車

而朱傳从之殊不如毛義之當

啟明長庚毛傳韓詩廣雅皆以為一星毛傳云日旦出則明星為啟明日旣入則明星為長庚韓詩云大白晨出東方為啟明昏見西方為長庚（史記索隱引此語）廣雅云大白謂之長庚曹憲注謂晨見東方為啟明昏見西方為長庚三家之說相符不可易矣自孔疏為兩歧之解而後儒異說紛紛其最無理者則鄭樵分為金水二星而謂金在日西故東見水在日東故西見之說也夫金水各有晨昏度行晨度則在日西行昏度則在日東耳如鄭言則金星有晨度無昏度水星有昏度無晨度矣豈不謬哉集傳皆指為金星與毛傳合最得之又案說文启从戶从口開也啟从攴启聲敎也明星義取於開依字當作启

畢有掩兔之畢傳取焉有祭器之畢箋取焉疏兼存二說又引孫毓語謂祭器之

畢取象於畢星而掩兔之畢又取象於祭器而施网焉葢右鄭也今世則專宗毛

說

維北有斗朱傳兼南斗北斗兩說葢因孔疏有箕斗並在南方箕南而斗北之語

也緊南北與箕皆以初秋昏見於南方逌是箕西而斗東耳其為南北之分雖有

之啖夾皈矣況上章言東西原以在人之東西言則此章維南維北自當與之同

意何偏以二星相較而分南北乎　源謂以北斗當之為允

四月

四月篇當敺而行役之詩也韓詩止以為歎行役嚴緝讖其未盡詩意當矣毛傳

質略不明王肅述其意以為四月行役六月未得歸闋一時之祭故云我先祖獨

非人乎王何忍不恤我使我不得脩子道孔疏非之以為　敘不言征役傳亦無此

其以匪人屬先祖宜也鄭氏知解昊天為呼天不知解先祖為呼祖豈天不可詈
而祖獨可詈乎又此特依鄭義為遇敵自傷當少易其說耳若以為行役思祭之
詩則王肅之解自安不必更新也
腓字三見詩采薇生民二詩傳訓為避四月詩傳訓為病今案三詩之腓義訓既
殊字形亦異訓避之腓與萉通歬於采薇詳之矣其訓病之腓則本作痱文選謝瞻
九日詩注李善云韓詩曰百卉昇腓薛君曰腓變也謂變而黄也毛萇曰痱病也今
本作腓字非也據李言則毛詩作痱不作腓唐世寫詩者誤以韓字入毛詩後遂
相沿莫知改正耳又案腓萉痱三字皆可訓為避但論其本義則腓是足肚萉是
枲實痱是病說文云風病各不同詩三腓皆借用也
爾雅釋詁廢大也四月詩廢為殘賊毛傳云廢忕也音誓以大為忕當是後人傳寫

增入心匇繹文怢本又作大此是王肅義疏亦云㝎本㾓訓爲大與鄭本不同則怢爲大之誤信矣又箋云言在位者貪殘為民之害無自知其行之過者言大於惡貫怢訓摜慣俗習箋語並無摜習意其言大於惡則正是大為殘賊也是康成箋詩時死據傳中大字為說耳鄭之述毛本同孔陸皆以為異殊不可解

北山

華谷辨詩有三杞以小雅之四牡杕杜四月北山此四詩之杞皆枸杞然惟四牡四月毛訓枸檵杕杜北山無傳杕杜箋云杞非常菜北山箋云杞非可食之物則以此二杞為枸杞未必毛鄭意陸疏謂枸杞春生可作羹茹安得云非常菜不可食乎

北山詩旅力方剛毛鄭旅訓衆書秦誓旅力旣愆孔傳亦訓衆李氏疑此兩旅力

但指作詩者及良士是一人之力不得云衆力故改訓為陳引左傳庭實旅百杜注及後漢傳毅傳注為證訓旅力爲陳力於義亦通嚴緝云祭誓夏氏解云衆力如目力耳力手足力也或説旅爲陳嘅陳力方剛則不詞矣案華谷斯言得之集傳云旅與膂同蔡沈書傳宗其説殆非是膂乃膂骨人之背膂非用力之處以力屬膂取義既疏又古膂作吕象形篆文始作膂从肉从旅旅本五百人之名从於音偃从从从倮也故爲衆膂旅通用古未之有惟黄公紹謂膂通旅人之一身以膂骨為主故曰膂力此特因朱蔡而附會非典也

北山詩連用十二或字各兩或意自相反皆二或燕與瘁反也次二或息與行反也又次二或逸與勞反也又次二或舒遲與促遽反也又次二或湛樂與畏咎反也終二或閒暇與冗煩反也其叫號之義毛訓呼召孔申之為徵發呼召故釋文

號字讀去聲協平聲夫徵發呼召正勿勞之事不聞之所以爲逸也今號字讀平
聲言溪居安逸不聞叫呼之聲義亦可通
鞅掌毛云失容鄭云促遽語異而指同也具釋鞅爲負荷掌爲奉持正促遽之實
促遽必失容鄭乃以申毛耳孔云意異殆未然
議事易而任事難議事者立身事外任事者置身事内此出入風議與靡事不爲
所以一暇而一勤也又箋云風猶放也則應如字而釋文風音諷與鄭意異如鄭
意風乃風逸之風與上出入爲類如陸意風乃風刺之風與下議爲類風刺義較
優矣

無將大車

無將大車敘以爲大夫悔將小人此與荀子大略篇引詩合又韓詩外傳引此詩

以證所椒非其人亦同敍義可見古義相傳如此非一家之說也集傳以爲行役勞苦之詞亂非是朱子說詩每執詩詞爲準此篇詩詞何嘗有行役意乎大車牛車也以任重非行役所乘也況是輿非轀也

不出于熲集傳曰熲與耿同小明也在憂中耿耿儆不能出也案說文耿耳箸頰也从耳烓（口迥反）省聲熲火光也从火頃聲玉篇熲火光也或作耿竝無小明之訓錢氏詩詁始叛爲此解朱子用以釋栢舟彼耿耿重文爲皃狀之詞猶可通施於此詩則當云不出于小明成何語乎鄭箋云使人蔽闇不得出於光明之道此與冥冥正相應義本優不必易也

小明

詩名小明鄭以爲幽王日小其明而歐陽氏非之謂大雅有明明在下小雅有明

明上天故名篇者加大小於明上以記別也蘇氏亦謂小旻小明所以別於大雅之召旻大明小宛小弁亦嘫其在大雅者必是孔子删之故無聞耳案此說非是觀書金縢言公為詩名之曰鴟鴞左傳言許穆夫人賦載馳秦人賦黄鳥國語言衛武公作懿戒可見作詩時篇名已定康成云（關雎敘箋）三百十一篇並是作者自為名斯言信矣大雅之大明作於周之初年安得預知幽王之世有作小明者而加大以記別哉且詩篇重名固甚多矣雅之杕杜黄鳥谷風甫田名皆與國風同而白華之名兩見於小雅國風之柏舟無衣則亦兩見羔裘揚之水則三見何獨不為記別也嘫則小之為義縱未必如箋疏所云至若歐蘇二家以為別於大雅萬無此理矣又案小旻小明鄭皆有訓釋以小明所刺比於上二篇為小故取名於小此與曰小其明名之說倶迂曲難从小宛小弁鄭無發明疏推其指以為鳴鳩鸒

斯皆小鳥幽王才智窄小似鳴鳩之不能高飛鷽斯小鳥而甚樂歎宜臼之不如
意較平正可用

小明首二三章皆記節候首章云二月　初吉載離寒暑次章云日月方除三章云
日月方奧又此兩章皆云歲聿云莫述毛者皆以二月爲始行之時昔我往矣即
指始行方除方奧即是二月鄭以二月爲始行與毛同而釋方除方奧爲四月釋
昔我往矣爲初到艽野則與毛異也合總兩家之義而較論之毛訓除爲除陳生
新二月仲春非新舊代禪之時唐風日月其除自指歲莫不指二月又二月天氣
方寒不得言燠述毛者未必得毛指矣不如鄭讀除爲余引爾雅四月爲余除余
字異音同且與下章方奧相應也孔疏曰洪範曰燠曰寒寒爲冬則燠爲夏得之
矣唉鄭謂二月始行四月到艽野則未當凡詩中昔我往矣皆言始出時非旣到

時訓徂為到不太迂乎源謂詩二月周二月也建丑之月也尔雅余月夏四月也

建巳之月也小明大夫當是巳月始行至丑月尚未得歸而作詩耳二月初吉正

指未得歸而作詩之時也方除方䆷追憶其始行之時也載離寒暑總計其自始

行至不得歸之時也時已由暑迄寒矣暑即方除方䆷寒即二月初吉也歲聿云

莫與蟋蟀歲聿云莫同彼疏以為九月聿訓遂遂者自始向未之詞歲莫在十月九月實未莫故曰遂莫言自此而向莫也

是巳九月暑退而寒來亦追憶之詞也二月為建丑之月故首句云明明上天尔

雅冬為上天而丑月於夏時為冬作詩者指所見之天以起興首既以上天起興

因述所至之地紀所值之時而總記其離家之日以起下文憂思之意首章次第

如此二三章又追數始行之期見離家之久不過即首章意曲暢之耳然則首章

我征徂西至於艽野自言西征而至艽野不言始行也二月初吉載離寒暑是當

二月朔而追計其已歷寒暑不言二月始行也鄭云二月朔始行誤矣二三章皆我徂矣是言始行鄭又誤以為徂至艽野後儒多取毛而舍鄭嘆但知鄭訓我徂之誤不知其二月始行之誤故皆以方除方奔為二月而不顧義之難通也或執詩無周正語謂二月是卯月夫以夏正言之必丑月方歲暮聿莫為歲莫月當建子水壯北坼之時安得有蕭可采菽可穫哉

鼓鐘

毛鄭釋鼓鐘篇皆以為幽王作樂於淮上歐陽疑史無幽王東巡事逸齋辨之以為史與經異猶當舍史而信經若史之所鋑奪存於經豈得反疑經而信史詩緝亦言古事固有不見史而因經以見者詩郎史也斯皆篤論胡一桂謂成王時徐夷淮夷已不為周臣宣王遣將征之亦不自往初無幽王至淮徐之事豈得作樂

於淮上吁謬矣幽王十一年中巡歷游季之事胡氏能一一數之如後代實錄叙居注乎不然何由保其不一至淮徐也又淮夷徐夷之在周特叛服不常非終不為臣也成王時淮夷徐戎竝興伯禽伐而平之矣（見書費誓及史記魯世家又通鑑外紀云成王二年周公定奄及淮夷）未嘗不臣周也常武詩宣王親征未嘗不自從也召公征淮南則疆理至於南海王自征淮北則徐方來庭詩有明文胡未見乎

鼓鐘咏淮水首言湯湯繼言湝湝又繼言三洲毛傳云湝湝猶湯湯三洲淮上地名初不分水之盛衰先後也且此三章止刺奏樂之失所耳非刺其流連忘返也蘇氏曰湯湯水盛也湝湝水流也三洲水落而洲見也言幽王之久於淮上也與毛意異集傳解湝湝與三洲皆祖毛說又引蘇語以繼之殊少畫一矣又蘇說雖新巧可喜然繹三洲則於義難通尔雅云水中可居者曰洲可居之地必有人民

室廬若水落而後見直是出漫水中沮洳之場耳非可居之地也何得謂之洲乎
懷允不忘懷至也用禮樂得其宜至信而不可忘與次章不回三章不猶皆指淑
人君子言箋疏本無誤也集傳用王氏說以為思古之君子不能忘則是作詩者
自謂與下二章文義不倫矣況思者止是懷耳經文允字不已贅乎又案懷之為
義最多思也和也安也止也至也來也皆見於詩傳箋各隨文釋之宋儒必欲槩以
思之一義故往往不得詩旨

鄭樸據儀禮作樂之次以解鼓鐘之卒章謂凡奏樂有四節首節升歌三終比歌
以瑟次節笙入三終輔笙以磬三節間歌三終歌笙相禪所謂鼓瑟鼓琴笙磬同
音者也已上皆奏雅四節合樂三終歌二南所謂以雅以南者也吁鄭之附會一
至此乎真詩禮中彝文手矣彼所據者鄉飲酒禮燕禮二篇文耳升歌笙入間歌

合樂四節惟此二篇為詳其見於鄉射大射者則已略此乃鄉國禮也非王禮也又詩三百篇皆可歌也其見儀禮而入樂者二南各三小雅共十二及新宮肆夏陔勺等數詩外餘不槩見至文王清廟振羽九夏湛露彤弓諸詩所用稍見於周禮禮記左傳而儀禮弗載焉蓋昇於此篇而今不可攷矣鄭欲執此二篇之文盡周家奏樂之制可乎哉鼓鐘所引天子作樂之事也其為籥聘燕饗雖未可知與必非鄉飲酒與侯國之燕也其所用之樂節與詩章未必與鄉國同也區區以二篇之文傳會而為之說陋矣其言笙磬雅南俱不合古義辨見下條

笙磬同音孔疏申毛以笙磬為一器其申鄭以笙與磬為二器案傳訓笙磬為東方之樂明是阼階之笙磬見大射禮則笙乃磬名信為一器矣至箋之分為二器未見其然也箋不解笙磬意必同毛其釋同音云謂堂上堂下八音克諧亦與傳四縣

皆同語意相合孔特見箋言八音故分笙磬為二使與鍾及琴瑟備金石絲匏四音以當八音之半耳嗛未必是鄭意

以雅以南以籥不僭雅者先王之雅樂南者四方之南樂籥者羽舞之籥樂傳義允矣鄭以雅為萬舞與籥分文武異於毛不可从宋蘇氏復自為説謂雅是二雅南是二南舛謬尤甚大雅小雅詩六義之一也非樂名也樂以雅名則風雅頌皆得奏之不僅二雅矣至二南之南猶十五國之國也目其地而言也當時所采詩或得於南國周召不足以盡之故不言國而言南耳尚不得與二雅並列於六義況渢樂名乎文王世子之胥鼓南鄭氏釋為南夷之樂左傳之南籥襄二十九年杜氏以為文王之樂俱不云二南也又案雅南之義三家詩説皆與毛同文選東都賦注劉淵林引韓詩内傳云王者舞六代之樂舞四夷之樂大德廣之所及六代皆雅樂

也四夷則南樂在其中也愿廣語毛傳亦云也又後漢陳禪傳引詩云以雅以南韎任朱離注引韓詩薛君云南夷之樂曰南四夷之樂惟南可以和於雅以其人聲音及籥不僭差也又云毛詩無韎任朱離之文蓋見齊魯詩郎注語觀之薛君南義既同毛而齊魯之詩復備列於四夷樂名可見南為南夷古義皆然矣又有辨詳總詁

集傳僭叶七心反案釋文僭有七念子念楚林三反其楚林反沈重音也與琴音二字韻本同不必用叶

楚茨

楚茨信南山甫田大田瞻彼洛矣裳裳者華桑扈鴛鴦魚藻采菽都人士黍苗瓠葉凡十一篇敍皆以為思古詩其可指名者楚茨四篇思成王魚藻思武王黍苗思宣王也此三王者一開一守一成一中興皆周家令辟尤詩人所不能忘情者

矣其詩敘偁古王不知何屬要以三王而外有道之主僅有康王詩人所指當不外此帷黍苗則兼思其臣都人士𩔳菉又思及其民

楚茨以下十篇朱子辨説謂其和平詳雅無風刺之意如出一手當是正雅錯脱在此敘以為傷今思古不應十篇相屬無一語見衰世之意似矣嗞詩人寓意深遠固有不可泥其詞者釆薇出車杕杜多嗟怨之詞行露摽梅野有死麕少和平之語列於正風正雅可謂刺詩乎安在楚茨十篇不可為刺也又人當衰亂之時道太平之樂必言之娓娓不休班張之賤喜述西京之盛時元白之時多咏開元之勝事皆此意也楚茨諸篇所言祭典之肅雝政之詳錫命之有章禮文之必謹報功恤賢之旱仁民愛物之思詞煩而不殺感歎無聊之情已躍然言外矣當日思古非一人作詩亦非一手十詩者特一辯班俗尔乃訝其多乎

朱子又云楚茨詩精深宏博何得爲變雅斯言誤矣風雅之正變分於時之治亂不分於詞之工拙也風之七月雅之六月斯干諸詩其精深宏博不減於楚茨何以皆列於變詩且三百篇皆經也不論正變爲經一也安得粗淺倹陋之詩而以爲經哉

釆齊肆夏先鄭注周禮劉悳文穎注漢書皆以爲逸詩惟玉藻趨以釆齊康成注云齊當爲楚薺之薺蓋謂齊音當讀如茨耳孔疏云音同耳其義則異非謂釆薺即楚茨詩也大全載劉瑾語曰先儒以楚茨即釆齊豈誤讀康成注乎何闇於文義至此

詩緝言詩有二棘吹彼棘心園有棘是酸棗楚茨以棘配茨青蠅以棘爲樊必非酸棗當是尔雅之茦刺案茦刺注云艸刺鍼也方言云凡艸木刺人北燕朝鮮之間謂之茦自關而西謂之刺江湘之間謂之棘合此二文茦刺信有棘名矣又方

言注云楚詞曰曾枝剡棘亦通語耳橘頌意本謂橘枝有刺若棘而景純引之正
見凡艸木有刺者皆可名棘也則二詩之棘當泛指艸木刺人者
神保是饗毛云保安也鄭云安而饗其祭祀未嘗合神保二字爲鬼神偁號也朱
傳既從毛訓保爲安又云神保蓋尸之嘉號則又非毛義劉瑾申之曰祖考之神
降而安於尸之身故因以號尸夫尸以象神耳神豈真降其身邪朱傳又引楚詞
靈保證之謂是以巫降神之偁朱子又曰靈保神巫也神降而託於巫身則巫而
心則神今詩中不說巫當便是尸案此誤尤甚尸至尊將祭始卜而得之巫賤役
有常職豈可合為一乎周禮有司巫乃羣巫之長也其秩中士而已不敢與祝史
比肩況詩乎又案楚詞思靈保兮賢姱王逸注云靈巫也姱好皃思得賢好之巫
與神相保樂也則靈保二字古人原不用為巫號

毛訓肆爲陳將爲齊音劑謂旣殺而縣肉於架分齊其所當用此未孰時也鄭讀肆爲剔言剔其骨體於俎將以奉而進之此旣孰時也義各相屬不可互易朱傳肆从毛將从鄭於事爲不次矣

爲俎孔碩鄭解爲以獻之俎東萊非之以爲是薦孰之俎因燔肉炙肝不可言孔碩也嘫鄭以碩爲肥碩亦通要俎之爲用多端有薦腥之俎薦爓余廉切之俎又有昕其靳二音俎所以載心舌而燔炙皆从獻之物故名从獻之俎鄭解肆將爲肆骨體而進之則薦孰之俎已具上章此章之俎謂之从獻與燔炙合爲一事亦有理也

我孔熯矣毛以熯爲敬與爾雅同此古義也呂記从說文訓乾此乃爇字常訓與詩意遠矣集傳訓竭蓋欲彊通乾義於詩也夫敬而不愆於禮文義甚順何必以筋力旣竭見盡禮之難哉嚴氏引王風熯其乾矣左傳外彊中乾語以證竭義尤

費力

疏匡之匡箋訓為筐筥筐乃匡之或體鄭非改字也匡本訓飯器从匚音方受物之器㞷

音皇聲今作匡隸省也

楚茨所咏皆天子祭禮也儀禮廢缺天子諸矦祭禮無存焉故箋疏引特牲少牢

士大夫禮推類以明之如燔炙受嘏利成之類是也其天子祭禮載周禮戴記而

亦見於此詩者則如剥亨祭祊鼓鐘送尸之類是也朱子據少牢嘏詞遂判此詩

為公卿力農奉祭之詩不知少牢禮乃矦國大夫所行非天子公卿之禮也又謂

天子詩不應列小雅夫小雅諸篇何一非天子詩哉

鼓鐘送尸鼓鼙鐘二器也疏云鳴鐘鼓以送尸而已周禮鐘師掌金奏以鐘鼓奏

九夏肆夏其一也尸出入奏之雖鐘鼓偕作仍以鐘爲主故謂之金奏而掌以鐘

師此王禮也集傳以爲公卿奉祭而復又鐘師文以釋遊尸自相違戾名物疏駮之允當

信南山

信南山甫田大田三詩皆詠曾孫傳箋指成王因信南山敘有幽王不能脩成王之業語也東萊非之謂曾孫之名周之後王皆可偁然周之後王可當詩人追思者孰有如成王哉文武開剏時登功多於文治禮樂制度尚有未遑周公攝政之六年制禮作樂頒度量於天下始號大平疆理之法祭祀之典大率皆成王時所定康王以後生享其成而已故正雅及周頌文武而下止有成王詩餘後王弗及焉則思古者惟思成王固其宜也

我疆我理傳云疆畫經界也理分地理也正義申之云正經界之疆分土地之宜

又云分地理者分别地所宜之理若孝經注云高田宜黍稷下田宜稻麥是也棨理字如此解方與疆義有辨左傳云先王疆理天下物土之宜而布其利成二年杜氏注云布植之物各以土宜與此傳疏同義緜詩疆理孔疏之解亦相符宋王氏以疆為大界理為溝塗劉氏以疆為夫畛塗道路理為遂溝洫澮川彼徒取與南東其畮文義相接耳然非古義也若論字訓則攷工記有水屬理孫之語劉氏較勝焉

毛詩稽古編卷第十五

甫田之什 變小雅

甫田

朱子譏小敘謂甫田敘用自古有年生説大田敘用寡婦之利生説瞻彼洛矣敘以命服爲賞善六師爲罰惡裳裳者華敘用似之二字生説桑扈敘用彼交匪傲生説總謂其傳會詩語以欺後世也然小敘之文不與詩類者多矣彼果欲傳會何不每篇用一語以生説哉且敘語不類詩者朱子既以詩無此意置而弗用其類於詩者又有生説之疑亦大苛矣

楚茨信南山甫田三詩敘皆以爲思古不獨甫田然也甫田敘思古古字偶與詩

自古有年同耳朱子譏之以爲叙㛐以此立説斯亦深文之論矣案小叙之古指成王時也詩之古與今適南畝對則指成王以肯疏以信南山推之謂此古亦禹理或然矣叙之古乃詩之今非詩之古豈用以生説乎

甫田詩毛鄭異解後儒又于毛鄭外立説紛紛雖亦短長互見要不及古注之優如今適南畝以爲王之觀稼穡其左右以爲饋饁之物者子由之説也烝我髦士以爲進髦士而勞之雨農夫之慶以爲賴農夫之福而豐年者紫陽之説也文義俱可通但詩人立言當有次第首章言大古豐年之美成王農政之詳次章又備言述報祈之禮至三章始及省耕勸農之事耳今適南畝即解爲王之親行則曾孫來止一章不已複乎適畝不指王則烝髦亦非勸勞矣賴農夫之福而有年歸美于下誠爲旱意嘆一人有慶兆民賴之古有是言矣不聞兆民有慶一人賴之

也惟攘取饋物見上下之相親摹寫情事雖稍嫌其纖曲而較之王述毛鄭傳易之解差為自然源謂首章傳義不可易矣餘三章則鄭近之其攘嘗二語始從近義可從首章鄭易傳義而孔疏是之然鄭惟說十千合一成公田之數似勝耳毛云十千言多也王肅孫毓皆從之其以甫為大夫以取陳為賒貰世賒二音以介為舍皆彊立異也甫父雖同義然以大夫為田名則大迂不如傳謂天下田即大田之義也齊甫田雅甫艸傳皆訓大大實甫之恆訓矣補助固有常與但盛世家給人足民或無藉於賒貰不如傳言尊者食新卑者食陳別其老壯示孝養之道也七月詩農夫亦指少壯言老者不任耕作之勞故專目壯者為農夫耳至以介為廬舍字訓無本尤屬臆說不如王肅述毛以介為大止為定言治道所大功所定止蓋太平年豐治功所以美大而成定也生民傳亦云介大止定王義本此

韓詩外傳及漢書食貨記論井田之法皆以為八家各受私田百畝公田十畝是
為八百八十畝餘二十畝為廬舍何休之注公羊范甯之解穀梁趙岐之注孟子
宋均之說樂緯皆以為然而甫田孔疏據孟子之言以規其失謂二十畝為廬舍
則家別私有百二畝半何得言八家皆私百畝家取公田十畝各自治之安得為
同養公田又謂郊外用助法是九之中稅一國中用貢法是十一之中稅一內外
通率為什一故謂之徹班固取孟子為說而失其本指諸儒皆襲其謬鄭氏近人
注並無此說俗以鄭意同於諸儒又失鄭指 源案孔氏此言非篤論也公田百畝
私田百畝孟子舉其大數耳野外之廬以便田事七月亟其乘屋信南山中田有
廬及此詩鄭箋解攸介為廬舍皆指此也非公田二十畝將焉給之同養者說公
田百畝統言之耳 分治共治俱可言同不必八家聚於一處也況共治則推諉易

生分治斯隋勦可阪若論立法之無弊則分治善矣至於郊外國中通率為什一於義尤疏九而稅一十一而稅一多寡相縣既非王者無偏之政又國外百里為郊郊以內所謂國中而用貢者也其地僅方百里者四耳王畿千里為方百里者百而什一而稅一者才居百之四其餘皆九而稅一通率之安得為什一乎禮記正義亦孔氏所定也其釋王制公田藉而不稅仍約孟子樂緯之言以為八家共治八百八十畝己外二十畝為井竈廬舍意與漢記同蓋亦不能守其一說矣

甫田四章所言祭典凡五社也方也蜡夫之慶則蜡與臘也御田祖則始耕之祭也社祭土神必與稷偕方祭五官之神蜡祭百物臘祭先祖五祀始耕祭田祖社方在仲秋蜡臘在孟冬皆報祭始耕之祭以孟春吉亥行之則獨為祈祭此章先言報後言祈合兩年之事相為首尾其由信南山之由雨霎而及霢霂與生民以

與祠歲之義乎
琴瑟擊鼓以御田祖毛云田祖先嗇也槩田祖一神而名不同周禮大司徒謂之
田主籥章謂之田祖禮記郊特牲謂之先嗇皆指祈（神）農也籥章又有田畯非此詩之田畯
即郊特牲之司嗇皆指后稷也則田祖田畯乃二神矣至七月甫田諸詩之田畯
毛云田大夫鄭云今之嗇夫噫嘻頌及爾雅謂之農夫此田官也非神也王安石
曰生而為田畯死而為田祖謬矣古今以來為田官者多矣安得死便祭之乎且
田祖是神農於田神為最尊安得田大夫即其胄身乎
朱子疑楚茨四篇為豳雅因甫田次章擊鼓以御田祖語與籥章文合也然此四
詩言祭多矣曰先祖曰皇祖曰社曰方何嘗專樂田祖哉所述樂器名有鼓鐘琴
瑟之類不言土鼓也況與公卿奉祭之說又自相戾矣

以穀我士女毛以穀為善鄭以穀為養鄭義允矣穀士女文承稷黍下養義較相屬焉又上章烝我髦士善我已昇不必複出也集傳兼二義而主於養得之

曾孫來止鄭云出觀農事其為耕耘耨穫時未可定也集傳以為來饁耘者則確指耘時矣豈據下文禾易長畝語耶夫易而治理長而竟畝信為耘所致然易長之下復言善有成善而大有乃秀實義不又似穫時乎

如茨如梁毛云梁車梁也孔氏申之引孟子之輿梁謂梁能容車度則必高廣故以比禾積劉瓛釋朱傳以為即小戎之梁輈豈別有據耶然梁為車上句衡其高廣能幾何舍其容車者而取喻於車上之一物非詩人夸美之指矣

大田

古人樹穀必先相地之宜而擇其種每歲命田官講求之以命於民故隨土之高

下肥瘠皆可以埶殖而地無遺利大田詩首言既種正其事也箋引月令季冬民
出五種證之疏又引月令孟春善相土地所宜五穀所殖及周禮司稼辨種稑艸
人物地相宜之文可見古人農政之詳密矣後世不講農政稼穡之事任民自為
之彼老農雖精於其業然見聞不越鄉里豈能徧歷天下訪求百穀之種而埶之
乎周官職方氏言荊揚二州宜稻要止約略其大槩耳其間地固有高阜者自應
雜埶他穀也近日江南之民止恃稻以為食一值旱熯高鄉輒告饑此宜有變通
之法也源謂今北土所謂小米黍子即古之黍稷粱秫也當各取其種試其與南
土相宜者凡山原遠水之地則埶之以為常其下田仍以埶稻則墝埆可化為菑
畬而水旱皆無患矣是在士大夫及豪富有力者倡率之以為民先耳
曾孫是若傳云成王於是止力役以順民事不奪其時於義允矣蘇氏改為順王

所欲殊𣡽意味然諸家多从其說

方皁堅好皆指穀實言不若生民詩歷道苗稼生成之次第故彼連用十字而此

儯以四蓋生民之條茂已具於甫章庭碩中矣又堅好即生民之堅好也至生民

之方毛以爲極畝鄭以爲齊等此詩之方毛無傳鄭以爲生房謂孚甲始生而未

合時也彼生時統言其苗此成時㨗言其實所以異乎然則此詩之方皁正與彼

詩實發實秀相當耳發管而秀出則有孚甲而實猶未堅所謂皁也毛云實未堅曰皁故

兩詩皆以堅好繼之

田祖有神秉畀炎火毛云炎火盛陽也孔氏申之以爲四者盛陽氣嬴則生消之

則付於所生之本蓋明君爲政蟲蝗不生詩人歸功於田祖之神言若爲我驅除

之云爾後人緣此立焚蝗之法謂之詮言於斷章則可若用爲正解則秉畀者乃人

也非田祖也與詩語矣矣集傳以爲古之遺法如此殆不其然

詩中祁祁凡六見采蘩訓舒遲七月出車玄鳥皆訓衆多韓奕訓徐靚大田訓徐

諸訓惟衆多稍遠餘皆不離舒徐之義嚴緝辨之詳矣槩霡霂言其小祁祁言其

徐小雨必徐徐則入土滲而能生穀董江都所謂大平之世雨不破塊者是也然

北方所執多黍稷粱秫故宜此耳若荊揚惟恃稻爲食夏月插蒔非翻盆大雨則

甿夫束手信乎土俗各殊難以一槩論也

此有不斂穧疏云定本集注穧作積董氏曰崔靈恩集注不斂穧亦音穧是同一

集注也孔以爲穧作積董以爲穧作穧矣集注一書唐尚存宋已無之董所見不

如孔之真也

來方禋祀謂曾孫之來禋祀四方之神此箋疏之義後儒莫有易之者獨董氏自

立說謂隨所來之方而禋祀之誤矣案曲禮謂天子祭四方歲徧即月令四時迎氣之禮此一時各祭一方也周禮大司馬秋獮致禽以祀祊乃仲秋而報成萬物注引詩以社以方證之此四方一時俱祭也若隨所至之方而祭之則與二祭皆不合殊無此理

田家饟饁乃其常事非以夸示觀者集傳云農夫相告曰曾孫來矣於是與其婦子饁彼穫者嘗則曾孫不來與農竟終日不食耶且穫者即農夫也相告者何獨不穫而饁也皆所未解其以為饁穫豈以下文方祀乃仲秋事乎較之甫田之饁耘差有據矣

集傳以山有樞爲畣蟋蟀以破斧爲畣東山以大田爲畣甫田以裳裳者華爲畣瞻彼洛矣以鴛鴦爲畣桑扈以采菽爲畣魚藻以既醉爲畣行葦以假樂爲畣鳧

鷖何周室君臣上下唱酬之盛也至楚茨等十篇朱子以為如出一手則甫田已下六詩乃一人所作又分爲一贈一畣是自相矛盾矣

瞻彼洛矣

周禮職方氏雒州其浸渭洛注云洛出懷德（詳見吉日）此洛水即禹貢之漆沮而瞻彼洛矣之洛也詩人託興多取目驗爲言幽王變雅作於西京當指雒州之浸以叙興矣故毛云宗周浸溉水鄭亦以水之灌溉為明王恩澤之喻也王氏以為東都之洛非是

韐本作㭘左从巿（音弗韍乃其或體）韍與韐皆祭服而異制矣者大夫以上服韍士無韍而有韐制如榼鞈四角其色韎（見說文）謂之韎韐其非祭則通服韠然則韠者士及大夫以上所同韎韐者士所獨也以配爵弁見於士冠禮故韎韐有奭鄭訓為諸侯

世子未爵命之服王氏據周禮兵事韋弁服及左傳韎韋跗注之文而改訓為戎服恐不然案周禮司服凡兵事韋弁服鄭云以韎韋為弁又以為衣裳不言以韎韋為韠也左傳跗注或作不注不讀為幅注訓為屬謂幅有屬者杜氏訓為戎服若袴而屬於跗皆非韠也安得以衣弁用韎韋而牽合韎韐為一事哉又爵弁韋弁陳氏禮書疑為一物元無確據況爵色微黑而韎色淺赤兵事之韋弁必非韎韐所配之爵弁禮書臆度之見不足信也然則韎韐之偁惟士得縛之耳豈槩為戎服之名哉

鞞琫有珌毛云鞞容刀鞞也琫上飾珌下飾公劉篇鞞琫容刀毛云下曰鞞上曰琫疏申毛以為鞞是刀鞘之名琫是鞘之上飾下不言飾指鞞之體上則有飾可名疏引公劉傳琫上飾鞞下飾與彼文異當是偶誤名物疏譏毛說自相矛盾孔不得已而為之詞又引

釋名下末之飾曰琕琕卽鞞字鞞正是下飾今案之殆不然也小爾雅云刀之削
謂之室室謂之鞞韜同琫珌鞞之飾也說文曰鞞刀室也廣雅云鞞鞘折製二音刀削也
義皆同疏竝無以鞞為下飾者況鞞為下飾則珌又為何物耶瞻彼洛矣傳以琫
珌對言故言上飾下飾公劉則以鞞琫對言故傳旨故傳言上下而不言飾鞞非飾
也而琫在其上則鞞為下矣古文簡質詞不逢意未嘗相矛盾也孔氏申之善逢
毛意亦非彊為之詞也釋名下末之說殆誤解公劉傳意耳反據以規毛可乎又
此詩釋文云鞞字或作琕馮欲合鞞琕為一字蓋據此也然說文無琕字玉篇有
之以為卽玭字云蒲蠲蒲賔二切書作蠙是琕與玭同不與鞞同也又案杜注左
傳以鞞為上飾鞛為下飾而玉篇同其誤先儒已譏之矣小爾雅宋咸注以珌為
上飾琫為下飾玉篇廣韻亦以珌為上飾互有異同俱不足信當以此詩傳疏為正

裳裳者華

觀巧言何人斯巷伯角弓諸詩幽王之世讒諂盈庭矣勲賢之裔因此失其祿位有裳裳者華之刺焉前三章皆援古以規今也勲賢之家子孫相繼而崇顯上之固有譽有慶下之亦駟馬乘車猶華之裳裳而光美焉惟讒諂不行故如此今則不然慶譽轉為憂患乘駟降為徒步矣故末章盛偁先人之悳左宜右有子孫當世享其祿不應見絶也敍所云讒諂者其號石父暴辛公之流與

裳裳者華裳即常字信矣然董氏謂此華即常棣則謬甚詩云芸其黄矣又云或黄或白書傳竝無言常棣華黄者集傳既从毛訓裳裳為堂堂復引董氏語何弗深攷與嚴緝訓裳裳為如衣裳之穠㒵亦牽合而悖理且引説文訓何彼穠矣為衣㒵以自證又甚不倫衣㒵自訓穠不訓裳也且衣裳各有㒵薄何得偏為㒵哉

裳裳者華之首章與蓼蕭相似語同而情異矣彼為躬逢此為追意也說詩者所以貴論世不可以詞害也集傳以蓼蕭為天子燕諸侯以裳裳者華為天子美諸侯殆徒以其詞也夫

傳云似嗣也言先人有是才德子孫宜嗣其禄位以似為嗣詩之慎訓耳集傳曰有之於内是以形之於外者無不似其所有夫維其有之正象上宜與有耳左之右之可云在内乎且所謂形之於外者又何所指乎

桑扈

禮文法度王者所以辨名定分範圍一世不可一日無也故君臣上下守此勿失則尊卑得安其位親疏得遂其情長幼得明其叙家邦鄉國内外大小皆得循其分而洽其歡政令於是乎成風俗於是乎美中國以寧四夷以服天祐之萬邦賴

之此非徒一人之樂而天下之樂也樂莫大焉故曰樂胥胥皆也毛云不然鶩然之
桑扈猶有文章可觀人反不如乎三章之戢難君上之有禮文者也末章之思柔
匪敖臣下之有禮人文者也幽王之朝動無禮文則放恣驕僻無所不為将何以示
執物保福禄乎孫毓述毛樂胥之言疏見孔足徧閱議聊為衍暢其說鄭以胥為有
才智之名迂矣近以為語詞尤無義趣
萬福來求猶云自求多福古人固多倒語也嚴緝得之集傳曰無事於求福福及
求之纖甚矣

鴛鴦

鴛鴦詩四章以賓義為興此又一興體也交萬物有道不傷在鴛鴦之畢羅自奉
飱有節不止於乘馬之摧秣攣一以槩其餘故傳以為興而箋優廣其義要之祭

奐獸而後田漁齊三舉而恒日減亦僅道其路耳明王惠愛樽節之政固不易受

僎數矣

鴛鴦在梁戢其左翼疏云斂其左翼以右翼掩之舉其雄者而言耳案尔雅鳥翼右掩左雄左掩右雌疏說本此集傳引張子語曰禽鳥竝棲一正一倒戢其左翼以相依於内舒其右翼以防患於外左不用而右便故也果尔則尔雅之言妄矣張豈得於目驗耶然古今物性多有變遷目驗之事正難以釋古經也

乘馬在廄秉字毛龢傳王徐繩證反云四馬也鄭讀如字云王所乘之馬疏申其意以為王所乘是天子之馬而不常與桌無事則摧摧芻也有事則秣秣桌也正見其節用二說較論之鄭義為長

頍弁

朱子辨說譏頍弁敍曰敍見詩危亟無日便謂孤危將亡不知古人勸人燕樂多為此言如逝者其耋他人是保之類且漢魏樂府猶如此如少壯幾何人生幾何是也斯言似矣然執此語而欲斷頍弁爲燕樂非刺時非確證也車鄰山有樞原非燕樂之詩以蟋蟀為歲晚燕飲而山有樞答之者朱子之說也以己說證己說何自信之堅與樂府之短歌行來日大難等篇乃文人寓興之筆非真歌以侑酒亦非席間相贈答也若柏梁連句之時鄴下公燕之作應吉甫華林之咏顔延年曲水之篇則無此語矣案詩中燕樂語有即其實而道之者飲酒之飫飲此湑矣不醉無歸是也有願其然而言之者此詩之既見君子庶幾說懌樂此今夕君子維宴是也美刺不嫌同詞必論其世方知其意必知其意方可讀其詞此所以不可無叙也

毛以皮弁在首興王者之在上而鄭不以為興蓋天子燕同姓則皮弁服故舉以發端言王服是皮弁夫何為乎宜以燕也而矣弗為鄭解優矣夫皮弁燕服也酒肴燕具也凡兄弟當與燕之人也兄弟與王休戚相關如蔦蘿之託於松柏皆欲王之明不欲王之暗故未見則恐其危亡而憂既見則冀其開悟而樂其思與王燕歡而諫正之者意在此尔然則此章上六句當各二句自為偶豈伊異人特叙下句於上無所帰也集傳之繹此乃云有頍者弁實為伊何乎爾酒既旨尔肴既嘉則豈伊異人乎乃兄弟而非他也玩其文勢以實維伊何帰頍弁豈伊異人帰酒肴各增一乎字使其句法相應同呼起兄弟匪他斯殊於義矣服弁者王也有酒有肴者又王也何得歸之兄弟乎又集傳本以此三章為賦而比輔廣劉瑾改為賦而興又比因伊何與豈伊兩相應是興體也此未必朱意嘆集傳二乎實詒之

誤

蔦與蔦倶都了反說文玉篇皆同正韻泥了反不知何本今吳下上語尚存古音

而學子反失之蔦廣韻作樢

爾雅以女蘿兔絲為一物頍弁又以兔絲松蘿為一物兔絲之別名又曰唐又曰

蒙曰玉女蓋一艸而六名也艸木疏辨松蘿非兔絲後世埤雅爾雅翼名物疏諸

書率宗之而為說其言甚明快矣然艸木之異物而同名者多有況古今異語方

俗殊稱可勝詰乎女蘿松蘿之名可施於兔絲亦可施於他艸不必執此以槩彼

也陸以目驗而疑之過矣李善注古詩十九首於兔絲附女蘿既引陸疏之言又

謂古今方俗名艸不同斯語得之

實維何期箋云何期猶伊何也期詞也故釋文期音基朱傳从鄭解而期無音販

殊為疏也

車舝

古者娶婦之家三日不舉樂朱傳以車舝為燕樂其新昏殆未講於斯禮乎呂記遵敍得之

左傳叔孫昭子賦車轄（昭公二十五年）以舝為轄意二字其通用乎案舝轄竝見說文舝入舛部云車軸端鍵也兩穿相背从舛萬省聲萬古文偰字轄入車部云車聲也从車害聲一曰轄鍵也然則舝止為鍵轄既為車聲又兼舝義字亦作轄見節南山箋

今人以閒關千里為涉歷長塗之偁閒關字本此詩也案毛傳閒關設舝也朱傳以為設舝聲聲之義其取於轄乎與之車欲行必設舝既行必有聲矣宋董氏曰

車鍵而行則有聲故古人以間關為聲又為驅馳本諸此斯語良然
車舝首章與三章詞指畧相同匪饑匪渴忘其饑渴也式歓式食忘其酒肴之不美也惟好友可以燮喜而今之燮喜不必好友也惟有悳之人可以歌舞而今之歌舞不必有悳皆設為得季女而喜極之詞
示兒編論景行行止云鄭箋以景行為明行晦菴以景行為大路愽攷經傳景訓大訓明竝無訓慕者自明皇孝經敘有景行先哲之語後人因之為景慕之説不知當以景訓明行訓踐謂明踐先聖之道也孫此語當矣案孝經敘疏亦訓景為明但謂法則此明行哲王文義重複又須補出法則之義敘語未為完善疏之釋敘必欲與詩義合耳不如孫氏隨文解之較明暘也又案説文景光也玉篇景炛景也皆無慕意廣韻云景大也明也像也光也烱也像義與倣傚相近或可轉為

慕今之廣韻即唐韻也孝經注成於天寶二載孫愐唐韻成於天寶十載二書之
出同時㒵唐世景字有倣傚之訓邪殆非也源謂古人采用經文多歇後語如友
于詒厥之類皆是孝經敍正暗用行止意耳行止者則而行之箋云謂則效古先哲
王也又案毛傳云景大也疏申為遠大之行與箋小異而大同
以慍我心韓詩作以愠我心愠恚也孔疏言孫毓載毛傳作慍怨也王肅述毛亦
云新昏指褒姒大夫不遇賢女徒見褒姒讒巧嫉妒故其心怨恨釋文毛傳亦作
慍怨也而曰本或作慍安者是馬融義馬昭張融論之詳矣案今傳云慍安也箋
云慍除我心之憂疏云憂除則心安非異於傳肅言非傳恉合孔陸之言觀之可
見馬融以肯述毛者皆主慍怨鄭為馬弟子始以安義釋毛然孫王及釋文皆作
慍怨是唐以前猶安怨兩義並行也孔奉敕為詩疏原以毛鄭為主不得不伸鄭

而詘王由是安義獨行而慼怨之解後儒莫聞聞亦莫信矣源謂慼字說文本有兩訓一曰安也一曰恚怒也恚怒與怨近矣凱風傳慼訓安此傳訓怨字同而義異毛自得之師傳豈拘一律乎況怨義與韓詩慍義相合安知毛傳詩時經文不作慍乎詩本因褒姒而思賢女通篇極言賢女之可思末仍以惡褒姒結之篇法宜然孫王之説優矣

青蠅

詩三章皆以蠅興讒人初無兩體也集傳分首章為比下二章為興劉瓛釋之謂首青蠅對君子下章以對讒人故比興不同案斯乃晦菴剏立之例詩人之比興元不如此辨詳總詁詩言君子無聽則讒人之構敵可知言讒人罔極則君子之不宜聽可知意固互相備也興者興其意乎抑徒興其詞乎

賓之初筵

此詩首三章毛以為燕射鄭以為大射後儒說詩者或从毛或从鄭或首章从鄭次章从毛（此崔集注之說呂記从之）皆攷據禮文以為言獨朱傳則在不毛不鄭之間襍取大射燕射之禮源不知其何所折衷也其釋首章有不可解者六焉次章依鄭解以為言祭則此章是將祭而擇士宜為大射矣而集傳所引多燕射禮此不可解者一也大射射皮侯燕射射獸侯集傳引天子熊侯諸侯麋侯大夫士布侯乃獸侯也燕射之侯也將射繫左綱又鄉射禮而燕射如之者也遷樂之事亦燕射之同於鄉射者也則宜以此章為燕射矣然首引大射宿縣之文此不可解者二也樂人宿縣大射之文也厥明將射遷樂於下鄉射之事也既禮文各異宜分別下語為鄉射矣乃仍蒙大射之文不顧後人指摘乎此不可解者三也劉瑾以為參約

二禮之文夫參約之者必其文雖異其義原不相妨則可耳大射之不改縣孔疏論之甚明乃彊盆遷樂文於大射下可乎此不可解者四也孔疏引燕射鄉射禮所以申毛意也引大射禮所以申鄭意也㕛諸侯大射無改縣之事故言天子宮縣階肯妨射伍須改縣以避之諸侯與臣行禮略不備軒縣不足妨射不須改蓋敘引此詩為刺幽王則所言當為天子之大射矣朱傳既不遵敘而以為武公悔過詩則此章乃諸侯之大射也諸侯大射不改縣禮文可攷也集傳顯與立異又不自明其故可乎此不可解者五也詩既為悔過而非刺王則所言皆諸侯禮矣集傳之釋大侯既歷陳天子諸侯大夫士之異復獨舉天子之侯箸其制度物色而諸侯反不及焉此不可解者六也凡此六者上不能服先儒之心下無以塞後學之議不敢以說出於朱子而默不置辨也其以韓詩而譏小敘通議辨之允當

茲不復贅

各奏尔能以下鄭所指祭末之禮有三各奏爾能子孫獻尸之禮也手仇入又賓

長兄弟及佐食加爵之禮也酌彼康爵弟子舉觶之禮也朱傳用其獻尸加爵二

意而康爵二語亦總於加爵中

賓載手仇鄭箋仇讀為斞案斞从斗臾聲挹也臾亦音拘从臼从大目邪也眀九

遇切左右視也从兩目今俗本斞字左俱作臾乖本召公名又加一畫誤矣斞又

作鄭

酌彼康爵以奏爾時毛注康為安鄭訓康為虛而毛義為允朱傳既从毛矣又引

或說讀康為抗引禮記明堂位崇坫康圭證之以為即坫上之爵不知禮注謂為

高坫亢所受圭奠之於上也是亢者猶言舉耳禮疏云亢舉也非圭之名也彼上有崇坫

語故義可通若移以釋此詩則當云酌彼攀爵成何語乎又鄭氏注記讀康為亢乃破字也同一破字見於箋詩者輒痛譏之見於它注者反遷就詩語以合之誠不知何意

俾出童羖箋云羖羊之性牝牡有角羖羊黑羊也吳羊白夏羊黑爾雅夏羊牡羭牝羖是牝羊黑者名羖說文夏羊牡曰羖是黑羊牡者名羖箋又以羖為牝牡之通名三說各異案郭璞爾雅注謂夏羊為黑羖䍽音歷又云今人便以牂羖為白黑羊名然則黑羊牝牡皆名羖也觀箋語可見漢世已然不始於晉又案吳羊之牂猶夏羊之羖也爾雅云羊牡羒音墳牝牂苕之華傳亦云牂牡羊而說文玉篇皆以牂為牡羊則吳羊之牝牡溷偁信如郭所云矣毛據漢初之偁釋牂故與爾雅同鄭據漢末之偁釋羖故與爾雅異

毛詩稽古編卷第十六

魚藻之什 變小雅

魚藻

有頒其首傳云頒大首皃釋文云頒扶云切說文同案說文頒大頭也从頁分聲則此詩頒字乃其本音本義惟寡字从頒頒訓分賦要之訓分而讀布還切自有攽字嫥之它典特假用頒爾徐氏韻補徑讀頒為布還切而不存舊音疏矣玉篇符云切又音班廣韻亦有三二反

采菽

首章之菽牛俎之芼也次章之芹加豆之菹也皆所以待諸侯之禮以此為興乃

卑體之不離正意者

玄衮及黼玄衮惟上公方可服黼則自公以下至於毳冕之子男絺冕之孤卿皆得服之故詩言及則五等諸侯皆在其中矣東萊祖子由之說以為溥指上公不如箋疏之義為允

觱沸檻泉爾雅說文皆作濫泉詩檻字乃借也說文濫从水監聲引此詩徐云盧瞰反詩釋文檻銜覽下斬二反从檻字本音然則檻泉之檻但借濫義不借濫音也爾雅濫泉釋文無音反邢疏云濫檻音義同兩字音本不同不知邢欲以何讀案玉篇濫作灠盧瞰反云涌泉也張揖廣雅濫泉之濫與詩釋文檻字同音般敬順列子釋文濫字亦咸上聲是濫字二音俱通邢殆欲从檻讀也又案爾雅釋水有四泉其三見詩一濫泉正出正出涌出也注引公羊傳昭公五年直出釋之此詩檻

泉是也一沃泉縣出縣出下出也注云从上溜下曹風洌彼下泉是也一氿泉穴

出穴出反仄出也注云从旁出也大東有洌氿泉是也惟一見一否爲瀸（音纖）詩所未

及

柞字五見二雅釋文皆子洛反惟采菽維柞之枝有兩音云子洛反又音昨說文

用昨音嘆當以子洛爲正矣朱傳車舝才洛反綿篇子洛反兩存其音韻會止存

昨音未當

平平左右亦是率從鄭以左右爲連屬之國集傳以爲諸侯之臣夫諸侯能辨治

小國使之循順所以為有功也若躬於天子其臣從之乃其常事何足偁美哉又

左傳晉魏絳引此詩以規悼公（襄十一年）亦取遠人服從之義

優游之優本从彳（丑亦反）此詩優哉游哉及白駒慎爾優游是也今惟監本注疏作

㥢餘本俱作優矣二字義亦相通玉篇云㥢優游也廣韻同又云通作優案佩觿集辨此二字以㥢為㥢游優為倡優誠是矣然說文無㥢字其優字則訓饒又訓倡己兼二全義㥢游與饒意近併㥢於優亦可也今世文典不別用㥢字矣又案說文優从人憂聲憂和之行也从夊𢝊聲引詩布政憂憂𢝊愁也从心从頁徐鉉曰𢝊見於顏面故从頁㥢游義亦近和豈後世以憂代𢝊用因加彳旁於憂以相別繼又因㥢優形涸遂并㥢於優與其信南山之優渥說文引詩作瀀

角弓

騂騂角弓釋文云騂說文作弲火全切案說文弲角弓也洛陽名弩曰弲烏全反並不引此詩又案說文　觲角低仰(卬)便也从羊(羊)牛角詩曰觲觲角弓息營切是觲自作觲不作弲也陸豈因說文名角弓為弲而誤引與不然則唐本說文與今有

異也

孔疏謂角弓乃别是弓名如今北狄所用於古亦應有之若弓人合六材以成弓角弓儀居六材之一不得以名弓斯言當矣集傳曰角弓以角飾弓也殊非是飾者以為矣(美)觀壯旣有弓之後耳六材鈠一則不成弓角乃弓之體何云飾邪尔雅云以金者謂之銑以蜃者謂之珧(音姚)以玉者謂之珪注云周(用)金蚌玉飾弓兩頭因取其類以為名噭則弓之飾當以是三者不聞用角也又案說文弧木弓也弴(都昆)切畫弓也弭角弓也爾雅無緣者謂之弭郭以為今之角弓則角弓之别是弓名信矣但角弓見詩惟(雅)及說文必古有此器孔謂今北狄所用豈唐世華人已不用乎

老馬反為駒不顧其後傳云已老矣而孩童慢之箋義亦同皆取侮老之意言王

侮慢老人不念後日年老人亦將侮己也朱傳曰謂人貪恥爵位而不知其不勝任於義亦通案杜少陵詩老馬為駒總不虛是自嘲其健嗞雖老年亦如少壯時蓋亦有不量力之意朱子之解其因杜而引伸之與㗖少陵用事特斷章耳若詩之正解則箋疏義長呂記从古甚當

如食宜饇如酌孔取教王以敬老之道也箋云食老者宜令之飽歛老者當度其所勝多少鄭此語以釋詩雖驚俗㗖善悉老人之情態矣老人氣衰不能忍飢亦不能多醉曲體其情斯為敬也為人子者尤不可不讀此箋

猱毛以為猨屬陸疏云獮猴也說文作夒云貪獸也一曰母猴又云猴夒也廣雅云猱狙（狙親去聲）獮猴也史記索隱漢書注引之意皆與陸同樂記注亦釋獶（俗誤作獿猱同）為獮猴案猨性靜猴性躁樂記獶雜子女正言侏儒倡優戲弄之態必不取喻於

静者矣以猱為猴當是也猨猴二獸形狀相類故毛以為猨屬孔申傳云猱乃猨之輩屬非即猨得之矣尔雅郭注云猱亦獼猴之類又云猱似獼猴而黄則猱與猴别獸與陸意異漢書相如傳顔注云猱乃高反又音柔即今所謂戎亦作狨皮可為鞍褥者唐世以狨皮為鞍褥貴賤通用宋大宗始禁士庶不得乘狨毛煗生見槃夢得石林燕語即此獸也戎音柔聲之轉耳今狨音戎非獼猴也如淳注引廣雅顔以為非案狨色黄赤故名金線狨顔語正與郭合埤雅因其訛遂以狨猱為一獸而與猴各釋殆不然也嚴緝云猱即王孫此與元恪疏同當以為正王孫猴之别名也亦名胡孫漢王延壽有王孫賦唐杜甫有覘胡孫詩皆指獼猴又案猱字樂記作獶史記相如傳作蝚當以説文夒字為正説文云从頁已止久其手足徐鉉曰已止皆象形

雨雪瀌瀌見晛曰消箋疏以雪喻小人日能消雪喻王能誅小人劉向以災異疏引

詩亦同此義蘇氏訓為消釋親族之怨因敘有九族相怨語也然讒邪搆䦨則親
睦自敦怨恨之消釋意足諫之矣呂記嚴緝皆祖蘇說不如集傳从古注之得也

菀柳

古人釋經不輕信其所疑故左傳引詩我之懷矣自貽伊戚及何以恤我我其收
之杜注皆以為逸詩而說雄雉小明維天之命三詩者亦不用以為證蓋詩語多
有相同見存者尚然既即逸者可知矣朱子據戰國策上天甚神無自瘵也之語欲
改菀柳詩甚蹈為甚神殊非闕疑之道

居以凶矜呂記嚴緝皆解為幽王所以自居與式居婁驕之居同而引書惟厥攸
居語證之以為古人論治亂每言夫居見君心之所關重也意甚美矣然此詩本
旨正未必然鄭云王必罪我居我於凶危之地雖淺而實得之解古人語正不必

過求深也

都人士

朱子辨說云都人士敘蓋用緇衣之誤是不然敘縱非子夏作然其來古矣緇衣公孫尼子作也尼子者七十子之徒與大毛公俱六國時人毛公傳詩敘尼子作緇衣孰先孰後未可知也何知非緇衣用敘而必為敘用緇衣乎古人文字互相仍襲者甚多易詩書皆聖經亦往往有之敘所謂古者長民衣服不貳從容有常以齊其民則民德歸一數語當是先正遺言敘詩者與尼子各述所聞著之於書耳又敘意是舉古之節儉駮今之奢侈朱傳謂亂離之後人不復見昔日之盛美而歎息之義不相同若較論之則敘義長也觀詩篇所述並非紛華綺靡之事狐裘充耳垂帶卷髮皆平常之服飾也臺笠緇撮尤儉朴之至也春秋之世亂離更

有加矣園弁裘服瓊玉笄珈之儀容載於國風及左氏傳者尚燦然可觀豈西京
之世反不得見乎況舉古之節儉以駁今之奢淫方是聖人立訓之意所以為經
也若如集傳之説則直是蕭后之述煬帝宮女之説玄宗耳何關於世教而夫子
録之哉
古之所謂有悳者必攷其實故備人之美往往舉容服言行而言四者俱有迹而
可信也表記曰君子服其服則文以君子之容有其容則文以君子之詞遂其詞
則實以君子之悳又曰君子恥服其服而無其容恥有其容而無其詞恥有其詞
而無其德恥有其悳而無其行悳藏於心行見於事故悳必驗之於事也孝經論
先王之法孟子論堯桀之異亦以服言行為言雖不及容而服足兼之矣都人士
首章狐裘黄黄服也其容不改容也出言有章言也行歸於周行也與表記正相

合然容般言可飾於外行不可矯於一時也故行尤重焉集傳行讀如字同訓鎬京誤矣佩人之美顧畧其所重乎左傳襄十四年君子引此詩以證楚子囊之忠杜注忠信為周意正與毛傳合毛云周忠信也況以周為忠信乃詩書之常訓何足為異而必欲易之

彼都人士箋疏以士為庶民嚴緝辨其誤而謂士與女對舉是貴賤之通稱當矣源謂士之稱信可通於貴賤但此詩所謂士大率至貴者言耳民望之目充耳秀帶之飾非士大夫不能當之惟臺笠緇撮實爲賤服然郊特牲言蜡祭時諸侯使者艸笠而至注引此詩臺笠貢禽於大羅氏所以尊野服諸侯使者必士大夫也玉藻云始冠緇布冠自諸侯下達冠而敝之是未敝之時貴賤皆緇布也然則臺笠緇撮一則因事而服之一則初冠而服之雖非貴者之常服要亦有時而服焉何必定

指為庶民況此詩中三章皆士女對舉女偁君子女則大家女也女獨舉其貴則不應士偏指其賤鄭以士為民者徒見敍民意歸壹之文耳不知古人言民亦通上下偁之不嫥指庶民也且詩所述言行服飾之美正叙所云衣服不貳從容有常者即以五章皆指長民者何不可哉

綢直如髮傳云密直如髮也箋云其情性密緻操行正直如髮之本末無隆殺也葢内密而外正人始終不渝見女德之盛耳後儒貪取髮字立說故求巧而反拙朱傳訓為髮之美既於如字難通嚴緝用解頤新語說謂此女之髻密而且直如其本髮不爲假髢以為高髻此亦未必喫緊此篇除首章而外下四章皆以女對士言若如毛義則二三章皆言性行四五章皆言容飾若从鄭說則綢直咏其性行尹吉偁其氏族卷髮美其儀容三章之意各有指末章垂帶髮之意而咏歎之

不與上三章一例也朱傳反謂以四章五章推之當言髮之美殊不知尹吉一章間于其中何獨不倫邪況四章五章士言垂帶與女言卷髮同也此章之士何不亦言垂帶而言臺笠緇撮邪

彼君子女謂之尹吉毛訓尹為正孔疏申之以為正直而嘉善蓋以性行言也鄭以謂之二字是指成事而言故易傳讀吉為姞其乙切云尹氏姞氏周室昏姻之舊姓也人見都人之女咸謂之尹氏姞氏之女言有禮法其說亦通但尹是氏姞是姓兩家女子一偁其氏一偁其姓文義不倫且古者偁婦人必有所繫以別之或繫姓於謚莊姜定姒之類是也或繫姓於國韓姞秦姬之類是也或繫姓於字孟姜季姬之類是也或繫姓於氏則有舉其父母家之氏者狐姬孔姞之類是也有舉其夫家之氏者夏姬欒祁之類是也周之盛時必有姞姓之女嫁于尹氏而以賢

箸聞者當時舉婦人之賢輒云尹姞故詩言謂之明是本有是人而指目之詞猶曰彼大家女子有號為某人者云尒尹乃少皡氏之後己姓若竝述兩姓之女則當云己吉矣

謂之尹吉畢竟傳義為丞二章綢直三章尹吉皆言性行之美也士悳之美詳於首章女德之美詳於二三章美是人者固宜詳於悳矣康成之易傳祇因謂之三字不安耳嗾尹正吉善是美德謂之云者言人偁其美德如此於文義何礙況幽王時尹為大師蹶為趣馬二氏正當盛時其女子之都雅嫺麗豈必不如曩昔而顧云不見哉

我心苑結苑夲作薀說文云从艸溫聲於粉切引左傳薀利生孽積也又滯也詘也俗作薀易作緼此詩苑結及禮運大積焉而不苑皆作苑詩釋文於粉切徐音鬱

又於阮反禮釋文於粉切檜素冠藴結釋文亦紆粉反當以此反為正矣又荀子作宛曰富有天下而無宛財

匪伊垂之帶則有餘匪伊卷之髮則有旟箋云帶于禮自當有餘髮于禮自當有旟可見一衣帶之微一笄總之末皆有禮法存焉而古王制禮之嚴都人守禮之恪俱隱然於言外詩人思古之意如此所以有關於人心世教也蘇氏曰古之為容者以其自然而非強之是惡知禮意然猶有不致飾之義焉朱傳曰自然閑美不假修飾則直為禮體之佳句矣

采綠

小叙云刺怨曠也盖謂刺時之多怨曠耳征役過時王政之失故復申言之云幽王之時多怨曠者也則刺怨曠者正刺幽王也鄭氏不會叙意釋之曰譏其不但

憂思而已欲從君子於外非禮也此誤矣𩐎弓綸繩特託為此語以形容其必至之情豈真謂欲從行哉況刺詩之作必有關於王政之盛衰民風之矣美惡故聖人録之以為後世之永鑑乃區區與一里巷婦人較論得失何陋也朱子辨說謂此怨曠者自作非人刺之駁叙與遵叙異而誤解叙意則同人又謂非有刺於上則害義尤甚征役頻興室家睽隔民生愁困誰實使然上之失道不言可知矣猶云非刺則是君之於民竟可秦越視也而元后父母不及反為妄語矣乎

藍箋云染艸也案其種有五菘藍堪染青蓼藍堪染碧惟馬藍可作澱三者華實相同而葉小異蓼藍葉如蓼菘藍葉如白菘馬藍葉如苦蕒其華夹子如蓼則一也蓼藍歲可三刈故月令仲夏有禁馬藍見尔雅郭氏謂之大葉冬藍小雅采藍不知何藍也又有吳藍木藍與諸藍不同而皆堪作澱

五日為期六日不詹傳云婦人五日一御疏申其意以為舉近以見遠五日為御
之期至六日而不至猶以為恨況日月長遠乎此解優矣鄭以五日一御是諸侯
之制庶人棄此禮故改訓為五月之日六月之日殊不知作詩者借禮為言端耳
豈實指采藍婦乎朱傳曰五日爲期去明皆之約也遠行而約以五日歸亟無此理
傳云詹至也爾雅釋詁同案詹訓多言至乃借也然義出雅傳亦云古矣不誤也
朱傳曰詹與瞻同則吾未敢信瞻借詹雖史記有之周本紀然至義自通不必改訓
況詩中瞻字甚多何采藍閟宮二篇獨去目旁哉
韔弓綸繩箋疏以為婦人因夫不歸悔當時不與之俱往此必無之事而或有之
情也作詩者揆其情而言之耳後儒以妨於義改訓為追想君子在家之事說可
通而諷較短少陵新婚別曰誓欲隨君去形勢反蒼黃蓋本此箋疏義斯譱於偷

意者與

黍苗

周家十臣惟太公之後有桓公召公之後有穆公皆克紹先烈周公雖元勲其子孫不及也噫穆公之乃心王室忠貞勞勩尤非桓公所得比驟諫厲公又脫宣王於難而以子代之及王立後為之平淮夷城謝邑上能宣布王悳下能懸安衆心穆公先朝舊臣年高望重盡悴國事不敢告勞真無忝厥祖矣故當時詠其事而奕世之後猶歌思不忘有黍苗之篇也皇父作都於向萊民之田徹民之屋雖由幽王之闇然使得大臣如穆公者董其役則任輦車牛必有其制告成歸處必有其期何至大為民患哉此黍苗篇不獨刺王又刺其大臣也叙云主不能膏潤天下卿士不能行召伯之職詩指良然

我任我輦我車我牛毛鄭分為四事云有負任者有輓輦者有將車者有牽傍去聲

牛者駕車之牛在轅中此將車者事所謂我車也其扗轅外者須人扗首前牽之扗

旁傍之所謂我牛也集傳易我牛之訓曰牛所以駕大車也豈以我車為駕馬乎

案鄭氏牽傍之說本於周禮牛人及臯隸之文詩疏引之有明徵矣焉用更新乎

原隰既平疏言五土有十等獨原隰最利於人案尒雅有十土其可食者三隰也

下溼平也大野原也廣平陸也高平臯也大陸陵也大臯阿也大陵七者非沮洳萊沛即險陗磽确

非樹蓺之地原也可食者阪也陂者隰也下者三者高下不同皆可種而食原隰之名凡

再見而可食不可食異焉公羊傳何休注云原宜粟隰宜麥此可食者也孔謂原

隰最利於人亦指斯土

原隰阪皆可食而原隰尤利人先王疆理所獨詳也故周禮夏官之屬設邍古原字从

灬从备从录自尔雅變爲原而原泉字加水旁為源師以辨其名而詩人咏之尤多然尔雅有兩原隰其一
可食其一不可食竝見於詩異實而同名不可不辨也案詩有兼言原隰者曰于
彼原隰曰原隰裒矣曰畇畇原隰曰原隰旣平曰度其隰原有獨言原者曰脊令
在原曰至于太原曰瞻彼中原曰中原有菽曰周原膴膴曰度其鮮原曰于胥斯
原曰復降在原曰瞻彼溥原有獨言隰者曰隰有苓曰隰則有泮曰隰有荷華隰
有游龍曰隰有榆隰有杻隰有栗又曰隰有桌隰有楊曰隰有六駮隰有樹檖曰
隰有杞桋曰徂隰徂畛曰隰有萇楚隰桑有阿者各三今以尔雅兩原隰合而論
之曾孫之所田召伯之所平公劉之所度其為可食之原隰無疑至皇華喻使臣
常棣喻兄弟則用以託興不過廣平下隰之通名也小宛之中原有菽可采緜詩
之周原膴荼如飴文王之遷程公劉之遷豳將欲建國立都墾田蓺穀其所營度

相視必非墝塉（俗瘠）之塲邠唐秦三風及小雅二詩各箸隰之所産榆杻楊駮及夷楝（山厄切即楝中爲車輞）倶材木也桑可飼蠶大苦荼枸檵杞可入藥檖梟有實可噉亦嘉植也而載芟之隰畛則千耦聚而耘焉此六原十三隰定是可食之土至於常棣之原禽鳥所巢六月之原戎馬所馳吉日之原麀獵所向必非稼穡之地衛隰以有泮（鄭讀爲畔）偁中必瀦水鄭之荷花游龍水艸也檜之羊桃（即萇楚）蔓艸也而隰生焉則亦沮洳澤障而已

隰桑

隰桑之思君子猶丘中有麻之思留子也留子隱居而能廣農桑之利君子在野而能箸蔭庇之功周雖衰尚多賢矣惜幽莊兩王皆弃而不用也此西周之所以東而東周之不復西也雖然隰桑詩音節略與風雨同彼編入國風朱子定以爲

淫詞矣

詩中遐字集傳多訓爲何宗表記鄭注也表記引隰桑遐不謂矣遐作瑕鄭曰瑕之言胡胡謂猶告也此解明順故朱子用以釋此詩併及他詩遐瑕二字噗鄭先注記後箋詩箋詩時徃徃改其肯說所見必有進不應徒執其舊解也呂記釋此以爲欲進其忠告於君子此又用左傳杜注也左傳鄭伯享趙孟子産賦隰桑趙孟曰武請受其卒章襄二十八年杜注云並欲子産之見規誨東萊之說本於此矣然玩詩語及鄭箋並無規誨意惟箋末引論語愛之能勿勞乎忠言能勿誨乎二語疏申其意謂彼以中心善之不能無誨此則中心藏之心不能忘其義略同故引以爲驗杜見忠誨與謂相近故有規誨之說不知鄭本訓謂爲勤汲（伎）不以誨證謂也元凱雖左癖而疏於詩矣鄭引論語旣貽誤於杜杜注左傳又貽誤於呂千餘年

未有能辨其故者源又謂孔疏申箋亦未得箋意也鄭訓謂爲勤勤與勞同義釋詁勞謂皆訓勤論語言愛之則必勞來之孔安國論語注人有所愛則必勞來之鄭應用孔說詩言愛之則必勤思之語意相符故鄭引之以證不謂非證不忘也意在忘勞不在忠誨也

中心藏之鄭玄王肅皆訓藏爲善鄭說見箋王說見表記疏然詩釋文云藏王才郎反則肅不訓善與禮記異意詩釋文所謂王或非肅手蓋古止有臧字後人始加艸故漢書藏皆作臧當時詩字必作臧故訓爲善也然臧字兼藏義亦可訓匿觀孝經引此詩注云愛君之念恒藏心中晉孫秀舉此詩以畣潘岳亦作藏匿解可知故表記皇氏疏亦訓包藏

白華

敍以此詩爲周人作正如小弁詩是太子傅作耳朱傳指爲申后自作不知何據後世長門賦明君詞皆出文人手何嘗自作乎

滮池北流傳云滮流皃箋云豐鎬之閒水北流說文作滤云水流皃皆不以滮池為水名水經注云滮池水出鎬池西而北流入於鎬（注鎬字皆作鄗）則實有滮池之水矣案豐在西鎬在東滮池在鎬西正豐鎬之閒也後人因箋語遂取水之在豐鎬閒而北流者名之以滮池云爾凡後世地名與經語合者率皆此類水經注又云毛詩曰滮流皃而世傳以爲水名蓋亦同鄭意

鵚（鶖俗）似鶴而清濁不同所謂秃鵚也亦名扶老善與人鬬脯脩食之益人氣力丕及奔馬近世本艸綱目據景煥閒談及環氏吳紀謂海鳥爰居即此禽誤矣秃鵚咏於詩又人所嘗見臧文仲聞人也何至不識而祀之乎

鴛鴦戢翼取陰陽相下義義本尔雅又與易男下女意相合此箋疏之解信而有徵者也朱子宗横渠之說以不失其常釋之

緜蠻

辨説譏緜蠻敘近世郝仲輿敬駮其誤至詳確矣(説見通義)又謂集傳釋此詩皆為鳥言不成文義尤為篤論案詩之託為鳥言者必如鴟鴞篇則可彼云徹土云捋荼云予羽云予尾以為鳥自謂宜也此詩之教誨車載豈鳥之所望於人哉

毛傳云緜蠻小鳥皃韓詩薛君章句云緜蠻文皃語雖小異其為皃而非聲則同朱傳以為鳥聲本於劉執中彝始臆説也案黄鳥倉庚一禽也其見於詩曰睍睆曰熠燿目其色也曰交交曰緜蠻指其形也其以聲音著者惟葛覃出車兩詩俱曰喈喈耳七月云有鳴不言如何鳴也凱風云好音不知如何好也意喈喈而外更無可擬似矣

未事而教之事至而誨之鄭因經教誨異文故為此分釋耳其實教誨一義也叙

云飲食教載則言教而誨在其中矣

瓠葉

瓠葉後敘言幽王弃禮故有牲牢饔餼而不肎用華谷非之以為觀賓之初筵幽王乃宴飲之過故此詩極陳簡儉之意似矣然頍弁詩言王有旨酒嘉肴不以宴其親族則與此敘意正相合也況賓之初筵刺其沉湎淫泆非刺其奢也蓋幽王所與宴飲皆匪人狎客耳至於嘉賓懿戚因其所疏而不欲近也其宴飲之時惟有載號載呶亂我籩豆而已至於一獻百拜之儀又其所畏而不欲行也賓筵詩刺其越禮瓠葉詩刺其廢禮惟越禮則廢禮愈甚牲牢饔餼所以行禮也宜其不肎用矣後敘之言詎為過乎

瓠壺同類而微別瓠形長壺體圜也豳風斷壺落其寔也小雅瓠葉亨其葉也一

爲農夫之食一為庶人之菜其用等耳孔疏引七月以證瓠葉云彼雖蠶體與此
爲類明亦農夫之菜
瓠葉篇言庶人飲酒事耳然可以觀禮焉爲酒本以燕賓先與父兄室人酌而嘗
之親親也用瓠葅儉也賓至加以兔羞備獻酢醻之儀物儉而禮重也敬賓也箋
謂禮不下庶人庶人依士禮立賓主為酌名夫飲酒所以行禮庶人能行酒禮故
偁君子彼辭而伐德者小人而已矣案古者敎民必以德行道藝故庶人皆知禮
有士行詩所言乃紀其實也成周風俗之美於此可見

漸漸之石

漸漸之石敍云戎狄叛之荆舒不至乃命將師東征莕之華叙云幽王之時西戎
東夷交侵中國師旅竝起因之以饑饉何艸不黄敍云四夷交侵中國背叛用兵

不息三敘所言乃一時之事而不見於史此可補其闕矣春秋之世處處皆有戎狄滅衛伐邢病燕公羊傳謂中國不絕若綫僖四年賴齊晉之霸稍穰除之幽王時正其蠢動之初與然周之一代實與戎狄相終始自古公避狄以來王季伐西落鬼戎又伐余無之戎始呼之戎翳徒之戎文王伐翟伐昆夷伐獫狁成王再伐淮夷穆王伐犬戎伐徐戎懿王之世西戎侵鎬翟人侵岐又敗於犬戎孝王伐西戎夷王伐大原之戎至厲王之末而獫狁蠻荊徐夷淮戎皆叛宣王中興四出征伐僅克底定然其末年竟有千畝之敗繼以幽王之昏暗逮驪山禍作而周轍遂東矣蓋三代以前戎狄錯處中華故為患最劇孔安國書傳云黎始皇逐出之孔去秦未百年傳聞應不謬王肅謂自紂時戎狄始錯處中國則未必然案禹貢淮夷嵎夷島夷萊夷西戎之類皆在九州境内后稷子不窋竄徙戎狄郎豳地也此皆

虞夏之世中華之有戎狄其來遠矣大抵開闢以來風氣古朴溪山險水王者聲靈未能徧及戎狄嘯處其間如今楚粤箐峒中有蠻獠耳秉諸夏之式微時出爲寇王者興則討平之如采薇出車及宣王諸詩所咏是也無王者則狼噬豕突無所顧忌中國生受其敝而漸漸之石苕之華何艸不黄之詩作矣又槩周秦皆興於雒其被戎患亦略同秦大丘大雒之族浸於西戎秦仲復爲戎所殺子莊公破戎孫世父伐戎被獲襄公又伐之自周轍東而雒之戎患祭獨當之矣三詩敍所指其周秦興滅之關紐乎然同一戎也周以之興亦以之亡而秦復以之興興亡之故不在戎矣

漸漸之石三章毛傳本不言興鄭王孫三家述毛皆以興釋之將戎狄荆舒分配詩詞説各不同鄭以上二章上二句爲戎狄叛上二章次二句卒章上四句爲荆舒不至每章下二句爲東征王孫以每章上四句爲戎狄叛下二

句為荆舒不至東征總六句而言多友雖穿鑿俱非毛恉況經止言東征敘本用兵之由故並舉戎狄與荆舒耳必欲分裂經文配此二役不太牽合乎詩止言道塗之險艱跋涉之勞苦直是賦體非興也宋諸儒之說得之

有豕白蹢烝涉波矣毛傳云將久雨則豕進涉水波蓋曰此為將雨之徵也橫渠以此為久雨之驗而以離畢為再雨之徵謂豕性負塗雖有白蹢而不見因久雨多潦濯其塗而見白是雨止未久也乃月離於畢雨徵又見此苦雨之甚也嚴緝推論之甚明暢是張意本與毛殊朱傳以豕月為將雨之驗既从毛矣復載張語而不辨其異同不已疏乎又張說太巧不若毛之平豕雖負塗然謂潦水濯之方見白蹢則穿鑿之見也

顧英白云月入畢中則多雨舊以陰陽為說非也夫街在畢之陰七政中道也焉

得謂離其陰則水乎畢宿在天街之陽月入之即雨焉得謂離其陽則旱乎余驗
之皆然有若之不知則未敢信也又嘗爲余言月之離畢未有不在其陰者但必
相傳箸方雨遠之則否矣此英白得之目驗然則離陰離陽必非孔子之言乃後
儒妄託也史記則傳載有若事獨删去此語子長世掌天官當知其誤耳
月離于畢大全錄朱子之言曰畢是漉魚叉网漉音鹿滲也魚則其水淋漓而下若雨
然畢星名義取此今畢星上有一柄下開兩叉形亦類畢故月入之即雨噫此沒
非朱子語記之者妄耳畢之爲器有二見小雅月令國語諸書而毛氏以爲所以
掩兔者此田獵之畢也見特牲饋食禮而鄭氏以爲助載鼎實者此祭器之畢也
並不云用以取魚且又网之名甚不典其似畢不見書史朱子居閩豈言其土俗
乎采季閩越捕魚之器何可以證古經其誤一也畢星好雨自是陰陽之氣相爲

感召洪範鄭註謂雨木也爲金妃畢乃西宮之宿从其妃之所好理或有然乃謂
又因水下淋漓若雨故夫天星象之豈未有又因時天上霖畢宿邪即有之而不好
雨邪其誤二也先王制器尚象仰觀俯察畢器本象星以爲形亦因星而得名孫
毓之詩評郭璞之爾雅注其說皆然不可易也孫炎謂以网名畢郭璞謂以畢名网孔疏是郭今反謂畢
星名義取諸負网其誤三也三誤本易知但後世學者見其說出于朱子遂不敢
致疑故辨之如此

苕之華

詩有苕之華爾雅有苕陵苕神農本經中品有紫葳郭景純見本艸紫葳亦名陵
苕故援以注爾雅而毛傳以苕華爲陵苕名又相合故孔疏又援爾雅以釋詩三
書所云當爲一艸無疑矣其皃狀則爾雅有黄華白華之釋鄭箋有紫赤而蕃之

偁陸疏有似王芻而華赤葉青之説其别名曰蘡音標曰芨見尔雅芨華陵時瞿陵見本艸鼠尾見陸疏其以為瞿麥者則張揖與陶隱居之誤也顯慶中蘇恭脩唐本艸始以紫葳為陵霄後之注本艸者率沿其説然未有引以釋詩之苕華者而朱傳始用之今驗之有不相類者三焉孔疏通尔雅及鄭箋陸疏之説謂苕華有黄紫白紫今陵霄花面赤背黄無紫白色者不類一也陸疏言陵苕可染皁沐髮即與本艸經所言亦同今陵霄花葉俱無染皁之用不類二也陸疏言苕華好生下溼本艸經亦言生下溼水中故陳風旨苕生於邛丘則陸疏别釋為苕饒今陵霄别宜於燥土不類三也二物色性皆殊明是别艸矣又陶氏别録注引博物記云鄭晦行太行山北得紫葳艸必當奇异今陵霄乃凡卉耳何足為奇異哉案箋疏言苕華紫赤則芸黄為衰落之色若陵霄色黄則芸黄乃言其盛華之盛不可

喻時之衰也故朱傳別取附物而生雖榮不久爲說夫華之榮謝各有常候非因特生而久附物而速也況詩人身當危亂則已集於枯何榮之有而僅云不久乎取喻殊失實矣物名未覈則經意亦殽學所以重多識

蘇頌圖經疑陵時爲鼠尾艸因苕華陸疏有鼠尾之名也案鼠尾亦名陵翹亦名烏艸即爾雅之葝鼠尾也郭注言其可以染皁別録言其生乎澤中蜀圖經言下溼地有之而陶隱居陳藏器亦言其可以染皁此與陸疏之說苕華俱相合而鼠尾名又同當是也惟韓保昇言有赤白二種爲稍異然較之陵霄猶爲近之

牂羊墳首言無是道也三星在罶言不可久也人可以食鮮可以飽治日少而亂日多也傳語明白簡當矣後儒之說徒紛紛耳

心之爲明堂猶房之爲天駟營室之爲天廟取象於人事爲星之別名耳董氏逌

曰心出在明堂者正也至將浸而望於奧窔中其能久乎語見呂記此謬矣心即明堂又出在明堂乎且天星晝夜一周其行疾速畾微小所容無幾不能久留星光故云不久豈必謂將浸時乎

何艸不黄

何艸不玄箋云玄赤黑色艸牙蘖者將生必玄蓋謂明年之春猶未歸也劉瑾直以為黑腐之色與鄭異朱傳云既黄而玄則从劉也嘆艸之朽腐黑而已豈復兼赤乎案玄與黑不同周禮鍾氏注以爲緅緇之閒是也燕名玄鳥正以其羽色夏以建寅之月為正故尚玄亦取艸木牙蘖之色以艸玄爲初春鄭說信而有徵矣

國家圖書館藏鈔本毛詩稽古編

〔清〕陳啓源 撰

2

中華書局

毛詩稽古編卷第十七

大雅

文王之什上 正大雅

文王

文王受命作周歐陽據敘語以駁鄭氏稱王之說謂敘言受命作周不言受命稱王也信矣但詩書言文王受命皆言受天命也天命之豈僅命爲諸侯乎緯書赤雀丹書之語雖不可信然改元布號諒應有之必非仍守侯服也即以此詩觀之於文王則曰其命維新於殷則曰天命靡常明謂天以命殷者改命文王矣雖不顯言稱王而其實已不可掩也向讀[illegible]成書已有辨今因歐陽語復論之

文王受命之年先儒論之各異以爲受命九年而崩者孔安國劉歆班固賈逵馬融王肅韋昭皇甫謐之說也以爲受命七年而崩者伏生司馬遷之說也案登成謐曆天命九年逸周書文傳解文王受命之九年召太子發以是證之則九年之說信矣康成不見古文尚書又不信逸書故以七年爲斷

孔疏謂文王受命之五年勞還師勞訖被囚其年得釋即以歲莫伐耆六年始偁王此言殆非也受命改元縱未偁王其形已露況三分有二儼然勁敵紂豈得囚之旣囚豈得復釋揆之情事當不尔矣又左傳（襄三十一年）衛北宮文子云紂囚文王七年諸侯皆從之囚紂於是乎懼而歸之斯語定不謬孔謂其年得釋與七年之期互異尤未可信也至六年偁王本於康成乾鑿度注原屬臆說史遷周本紀皇甫謐世紀皆言受命元年即偁王矣

文王篇言文王受命作周故首章即言受命之事首二句言未受命之先德已著見于天末二句言旣受命之後事天治人皆能奉若天道中四句正言受命之事而仍以悳之顯命之時相配而言蓋作周之本在於受天之命受命之本在於與天合悳詩美文王悳乃第一義矣集傳以首二句爲文王旣沒而其神在上昭明于天以末二句爲其神在天升降於帝之左右是以子孫蒙其福澤而有天下舍人而徵鬼義短矣案呂記引朱子初說本與古注合後忽易之不知何見

亹亹字見於易詩禮記爾雅爾雅云亹亹勉也易疏繫詞又矦果注亦同詩傳文王記注禮器皆用此解則勉義非無徵矣叅徐鉉以說文無亹字欲改詩亹亹文王亹字从女从尾董逌從而和之又引崔集注作娓娓文王爲據皆謬說也經典字不載說文者多矣可勝改乎崔集注宋世已無其書不知董氏何由見也宋庠國語補音謂經

典相傳皆作亹字改之鶩俗當矣董又引說文云娓勉也案今說文云娓順也竝
無勉訓又娓字許慎本讀若媚其無匪切乃徐音也玉篇有亡利眉鄙二切而又
音尾廣韻有尾媚美三音其字義玉篇云美也廣韻云美也順也然則娓與亹義
本懸隔其音尾猶有所本其訓勉董之妄耳
陳錫哉周朱傳解為上帝敷錫於周非也陳錫謂文王能敷施恩惠豈指上帝乎
左傳兩引此詩皆釋之曰能施國語一引此詩即泉之曰布利音與毛鄭合矣哉
字毛訓載鄭訓始其訓爲語詞者李氏之謬也集傳用其說而復代以于字哉與
于本不相倫可通用乎至載始兩訓毛鄭雖殊然載亦可訓始其曰載行周道王
肅述毛意耳安知毛訓載不即為始而鄭訓始非以申毛也左傳國語引此皆作
載左傳羊舌職云文王所以造周不是過也宣十五年造周正是始義國語芮良夫云

載周以至於今載周與至今首尾之詞也與造周同義韋昭注云載成周道載成者始成之也惟杜預左傳注曰載行周道預事晉武帝肅實帝之外王父宜乎襲用其語矣

本文百世不顯亦世言君世為君臣亦世爲臣也所世皆顯悳之士不扗譏世卿之例矣又春秋時周召毛凡蘇祭諸族皆周初名公卿後宣十年左傳疏云鄭駮異義引尚書世選尔勞又引詩刺幽王絕功臣之世然則興滅繼絕王者之當譏世卿之文於義何居此篤論也可見世卿自是先王舊典不始於東周也譏世卿乃公羊子之說非春秋本恉

思皇多士皇訓美者呂記引顏氏之說也毛云皇大也於緝熙敬止緝訓續熙訓廣者歐陽氏之說也毛云緝熙光明也假哉天命假訓大者蘇氏之說也毛云假固也此說之異於

先儒而有理者也

有商孫子臣有商之孫子也言天命之如此二語意本協此箋義也今云即有商之孫子觀之旣不接上義下語又複出矣

殷士膚敏祼將于京毛云殷士殷矦也疏謂即前商之孫子當矣士者男子之通偁五等諸侯及公卿大夫皆可得此名上文凡周之士思皇多士濟濟多士即其明證集傳曰諸矦之大夫入天子之國曰某士則殷士者商子孫之臣屬其說本漢書師古注朱子自言最愛顏說玆其一斑然釋士字何其拘也二王之後來助祭有振鷺之詩微子來見祖廟有有客之詩二頌所美何嘗指其臣屬耶且肯章云商之孫子矦于周服此服黼冔而祼將正矦服之事奈何以臣屬當之

王之藎臣傳云藎進也箋云王之進用臣當念女祖爲之法夫多士周楨文王進

臣之事也詩之文義前後相應古注允矣今解爲忠藎之臣與大迂藎本梁州之名詩人以其音同故脩爲進義毛公得於師授當不誤也由進而復轉爲忠不已遠乎今忠藎二字習爲常語忘其本訓

永言配命集傳曰命天理也天理即德耳言脩德配不旣複乎　源謂此篇凡人言命當通爲一義正詩敘受命作周之命也其命維新帝命不時假哉天命上帝旣命言命之歸于周也一言靡常兩言不易言命之所以去商而歸周也文王與天合德故能受之成王能述脩文王之德則亦能配之配命者謂配合上帝眷命之意配命之實不外聿脩配命之效自致多福四語意相聯貫毛傳但云配天命而行不云何者爲命正以此詩屢言命其義本同不須復解也

聿遹皆訓述毛義也亦雅義也見釋言德即爾祖之德故云述而脩之句義自相接

成矣今以為發語詞未知何本

駿命不易釋文云易毛以豉反言甚難也鄭音亦言不可改易也然此詩毛不爲傳孔疏申毛則仍用述鄭說甚難之解其出於王肅孫毓與案大學引此詩鄭注云天之大命持之誠不易也彼釋文云易以豉反注同則康成初說原以為難易之易箋詩時改之耳

宣昭義問毛訓義爲善鄭訓為禮義之義釋文云義毛音儀鄭如字蓋音隨訓異也朱傳則訓從毛音從鄭

天無聲臭難可倣效欲順之者當法文王此正見文王德合於天也與首章義相應矣朱傳解於昭陟降皆以爲其神在天則已非合德之意至末章傳又言文王與天同德終首章之義何前後之不相顧也

大明

大明緜二篇集傳皆以為周公作之以戒成王不知何本攜其意殆因文王篇而連及之耳夫文王詩之為周公作儀見於呂覽呂覽之言出於戰國策士非傳信之書録其說以存疑可也文王篇尚未確指為周公作況此二篇乎詩叙傳目子夏之徒師授歷歷朱子猶不之信反信不韋門客無稽之談乎

大明叙云文王有明悳故天復命武王也夫文武皆有明悳皆受天命叙於文言德於武言命互文尔前篇專言文王此篇由文而及武欲言文則追本於王季太任欲言武則追本於太姒詞雖汎及意有嫥歸猶思齊亦言任姒而總以頌美文王立言當有賓主也叙獨言文武得詩之恉矣朱子辨說曰此詩言王季太任文王太姒武王皆有明德而天命之非必如叙說不已過乎詩書但言天命文武不

言命王季也況任姒婦人亦受天命乎周南詩敍僅美后妃之德化朱子猶大譏之以爲禮樂刑政悉出婦人之手及自為辨說則謂周家妃后以婦人而受天命是何言乎嗤次章集傳云將言文王之聖而追本其從來四章又云將言武王伐紂之事又推其本而言皆歸重文武仍襲敍意至總注則如辨說所云雖强欲駁敍與不能全廢其說矣

明明在下章毛傳自文王鄭兼指文武為一篇之總括鄭說勝矣近皆以為汎論其理則不然敍言有明德正指首句明明言耳若泛論明明不得解為明德當兼美惡為義與敍不合況詩中凡言明明皆為美偁茲何得獨異又敍言文王有明德與天命武王意亙相備是顯以詩之明明爲文武之明德矣以為泛然論理尤不合也案詩主美周而百章為全詩發端先言周之得天見周所以興繼言天之

并殷愈見周所以興此總言之下七章方詳述之耳若首章徒泛論其理末章又言殷而不言周與全詩絶不相蒙殊無此篇法

天位殷適傳云紂居天位而殷之正適也疏引鄭氏書敘注微子為紂同母庶凡事釋之夫同母而分適庶竊非通論且事出呂覽不見正經何足深信鄭據之以釋書敘孔又據之以釋詩過矣微子庶而長故爲元子紂少而適故爲正適名稱自合何必同母乎

摯仲氏任自彼殷商來嫁于周箋云摯國中女曰大任從殷商之畿内嫁于周疏申之云殷商爲有天下之大號而云自彼以商對周故知自其畿内此語得之集傳以爲商之諸侯皆謂之殷商不必定在畿内此未必然也就商時言則周亦商之諸侯不得獨名摯爲商而與周分彼此也自成王時追述而言則摯亦周耳非

商也文義難通不如畿内之說當案周語云摯疇之國由太任注云二國奚仲仲
虺之後夫仲虺雖國於薛既相湯致王爲開代勲臣其子孫當别有食采於王畿
如周之周召二公者則摯爲畿内國信矣又唐書世系表云祖己七世孫徙國於
摯祖己者仲虺之後此語非是季歷娶婦時尚未爲世子乃古公初年也計古公
壯位爲武丁末久祖己事武丁其子當與古公同時此時太任已生於摯安得其
七代孫方國于摯乎宋洪邁言唐書世系表皆㝡用各家譜牒故多謬誤良然矣
曰嬪于京朱子以爲疊言以釋上句之意又引書釐降二女於嬀汭嬪于虞證之
此本鄭箋然非詩恉也上句來嫁于周詞甚明白何必重言以釋之哉況堯典孔
傳本謂舜能以義理下二女之心使行婦道於虞正與書傳同意優於鄭矣
文定厥祥毛以文爲大姒有文德而祥爲善鄭以文爲納幣之禮祥爲卜吉意各

別矣孔疏申毛旣言大姒文德又言文王以禮定其卜吉之善祥則文字作兩解殊少畫一而以卜吉爲善祥亦非毛訓祥為善之意也竊謂昏乃嘉禮毛云善者猶云嘉禮耳太姒賢故文王聞而求之是當時嘉禮因太姒文德而定毛意當如此

岐周郿今鳳翔府岐山縣在府城東五十里莘國址今西安府同州郃陽縣南二十里有古莘城二國皆在渭水之北所謂親迎于渭者當是循渭而行非渡渭也造舟爲梁不知過何水傳箋無明文嚴緝以爲渡渭非是

造舟為梁造字慥艸皁三音俱可讀本作艁說文云造古文从舟方言云艁舟謂之浮梁玉篇云天子船曰艁廣雅云以舟為橋曰艁此其證矣槩傳天子造舟諸侯維舟大夫方舟士特舟本爾雅文也彼注李巡曰比其舟而渡曰造舟孫炎曰

造舟比舟也然則比舟乃造字本義餘訓皆僭尔觀古文从舟可見左傳造舟於
河昭元年孔疏曰造為至義言舟相至而竝比也造本為比舟何必由至義以通之
迂矣集傳云造作也作舟於河比之而加版夫訓造為作是詩僅言作舟耳作舟
止成舟如何便成梁邪徼集傳補出比義詩竟為不全語邪
纘女維莘纘太任之女事者維在于莘也長子維行莘之長女維行大任之德也
大任之配王季維德之行大姒之配文王亦維德之行故曰纘也兩行字義本同
今以為女子有行之行非是
保右命尔箋云安而助之又遂命之疏申之云身體康彊國家無虞安之也多生
賢輔年壽九齡助之也文王之受丹書已云降德滅殷發誅紂及渡孟津白魚入
舟是又遂命之也剖析甚明集傳於此二字不甚分别其義意丹書白魚之事非

所欲言乎然經文字義須一一有歸也源竊爲之說曰文王爲西伯已三分有二

及武王伐紂諸侯八百國不期而會孟津是又遂命之也民心卽天命故以當之

庶不入纖緯之說耳

武王告神之詞已偁周王發矣至牧野臨敵反曰維予侯興此本其初而言也言

此以侯而興卽知彼以王而亡興亡之際故抑揚其詞且使後人知鑒矣又周雖

偁王而於商仍爲侯如東周王室未嘗與吳楚通使聘問之詞仍當正其君臣之

偁耳彼自偁王於國中天子弗與深較殷周兩代事當相類古俗渾朴難盡以後

世律也陳氏據侯興語證文之不偁王過矣嚴緝載朱子之言曰予侯猶言我后

商人偁之也義亦通

會朝清明毛傳云不崇朝而天下清明鄭易傳解清明為昧爽孔疏是之然毛義

正大矣至嚴緝以清明爲雨止則傳會殊甚彼引尚書孔傳雨止畢陳又六韜武王至河雨甚靁疾太公率衆先涉北兩文為證且言師以雨敗者多矣故以清明爲得天助太公先涉故以尚父鷹揚發之皆謬說也六韜之書後人贋作其可為據乎孔安國之言本於周語伶州鳩州鳩言陳未畢而雨為天地神人協和之應故孔傳引之證休命之意是孔以得雨爲天助而嚴以雨止爲天助也用其説而反其義可乎

緜

緜詩自土沮漆是扶風之漆沮名物疏語已詳於吉日篇矣馮又云不窋徙居戎翟之閒在今慶陽府公劉遷豳在今西安府邠州淳化縣西百二十里三水縣漢縣也元廢明復置界當涇水之西及太正自豳遷岐踰梁山始至岐山北漆沮合流之處梁

次章追數遷居情事文義未嘗不順且相度既定卽繼以築室耕田事相接續次章之義自應與下諸章聯貫成文也又古公本自豳而來則雖在岐亦可蒙豳公之號不必過泥若泥豳公爲未去豳之偁則民之初生傳釋民爲周人獨不可證其爲周原之民乎此章之誤始於鄭而成於孔後儒相習莫覺其非得馮義方見毛傳之真面目故備論之以俟後之博識者

瓞爲瓜紹而小於先歲之瓜穫爲嚳之胄而後世益微不能如嚳之爲天子故詩以爲喻箋云緜緜然若將無長大之時是也緜緜亦微細之意嚳是瓜穫至紺是瓞大王肇基王迹則非瓞矣詩欲美大王之盛而先言其先世之衰故言瓜瓞以爲式微之喻也後世文人用瓜瓞爲故實者婷以祝子孫蕃衍宗祀延長與卜世卜年同意殆誤認詩恉

復穴皆土室復則累土為之穴則鑿地爲之其形皆似窑竈箋云復者復於土上鑿地曰穴皆如陶然是也朱傳云陶窑竈也復重窑也是直居於窑内矣烈無此理況陶復既各為一物為古公所居下又贅陶穴二字不成句法案復字本作𡨦説文云地室也引此詩朱子重窑之訓不知何本又案古者窟居隨地而造平地則累土為復言於地上重複為之也高地則鑿土為穴復穴皆開其上以取明

堇荼如飴堇字訓為堇荁者音謹訓爲烏頭者音靳朱傳从孔疏以堇爲烏頭而仍用釋文之謹音疏矣

堇荼如飴孔疏云内則堇荁枌榆則堇是美菜非苦荼之類釋艸云芨音急堇艸郭曰即烏頭也則堇者其烏頭乎若堇荁之堇雖非周原亦自甘矣嚴緝非之謂烏頭乃毒物肥美之地能使艸木美惡皆猥大豈能變毒爲美此堇定為堇荁之堇

山在今西安府乾州城西北五里當豳之西南孔仲達緜詩疏云漆沮在豳地二水東流亦過周地非也若漆沮在豳則公劉于豳斯館已有宮室大王何爲陶復陶穴哉正以大王初至扶風之地故未有家室耳源嘗互復詩詞合之毛傳知馮語良是也今以緜詩首章爲太王居豳事者始於康成耳毛傳本無是說也傳於首章即述大王避狄去豳遷岐之事而繼之曰陶其土而復之陶其壤而穴之則明以復穴係之岐下爲古公初到之居矣又曰未有寢廟亦未敘有室家蓋因五章傳俾立室家作廟翼翼並言此章止言室家而不言廟故補其未及是明以此章未有與五章俾立遥相首尾彼既在岐此不應獨在豳矣又三章傳曰周原漆沮之間合周原與漆沮爲一是明以首章之居爲居傳訓土漆沮即居此周原矣夫遷岐之始艸萊甫闢復穴而居理或有之公劉居豳至太王已經十世安得尚無家室

不獨于豳斯館見公劉篇而已再攷七月篇所稱塞向墐户入此室處入執宮功亟其乘屋躋彼公堂諸語皆有室家之證也至于蠶績衣裳稱觥獻兕朕陰春酒諸禮儀文物燦然畢具豈穴居人所能辨耶則首章所言其為初到岐周未遑築室時事無疑也首章先言岐土之荒涼下章方言太王相度經營之次第立言之敘當如此也康成誤認傳意故於首章之述遷豳則解之曰為二章發不知二章傳安得預發之首章没非毛指孔又過執箋說曲為解釋謂在豳實有宮室因欲美太王扗岐新立故云扗豳未有以為立文之勢夫詞氣抑揚詩人容或有之但不應太過其實況同一岐土始榛蕪而後輪奐方見太王𢎥造之美何得以豳相較乃成文勢乎然箋疏之致誤其故有二一則見次章方說遷岐首章定是未遷時一則見傳訓古公為豳公遂謂因在豳而稱之也獨不思首章先言岐下風土

案嚴說良是毛傳云堇菜也鄭箋云菜雖苦者甘如飴若是烏頭則當云艸不當
云菜且其味辛亦不苦也孔氏釋毛鄭意矣又荼雖名苦菜艸木疏言其得霜則
甛甜俗脃脆俗而美故禮羊之芼豚之包皆用之本非惡菜也又尔雅齧苦堇注今堇
葵也葉似柳子似米汋食之滑本艸堇汁味甘公食大夫禮鉶芼皆有滑注滑堇
荁之屬士虞禮鉶芼同苦若薇皆有滑夏葵冬荁注以苦爲荼荁爲堇屬合此諸
說觀之二物正是同類苦荼苦堇同以苦得名然堇味甘矣荼亦甛脃堇則禮用
以為滑荼則禮用以為芼安得謂非類乎孔誤矣大抵二菜元非苦物但未必如
飴耳周地獨如飴所以美也若甚苦之物雖膏壤豈能變為甘哉又案士虞禮注
既訓苦為荼荁為堇屬即引詩堇荼如飴證之是康成注禮明以此詩之堇為苦
堇矣孔雖申鄭而不得其意

孔以蓳爲烏頭朱傳又从之故堇荁之堇無復詮釋今案堇荁一類也内則注云
荁堇屬冬用堇夏用荁釋文云荁似堇而葉大是已又案若堇兩見本艸艸部及
菜部皆收之唐本艸水堇言其苗也入菜部本經石龍芮言其子也入艸部中品
陶隱居云生石上其葉芮芮哭短小故名說文言其根如薺葉如柳烝食之甘後
漢馬融傳注言其華紫葉可食唐本艸注亦云此菜野生非人種葉似蕺（蕺側入切即魚腥艸菜似苔其狀三角一邊紅一邊青）
華紫色李氏綱目云此旱芹也又有一種黄華者有毒殺人
謂之毛芹
慰止左右定民居也疆理宣畝授民田也各分四義孔疏云乃安隱其居乃定止
其處乃處之於左乃處之於右乃為之疆埸乃分其地理乃教之時耕（箋云時耕曰宣乃）
治其田畝分疏明且確矣然又云疆理是一宣畝亦同但作者以乃間之而成句

耳夫時耕與治田誠一事也疆是分其經界理是辨其土宜截然兩義何可合而
一乎此泥箋語太過矣又此詩疆字監本注疏不从土釋文作強云亦作彊固君
良反今俗本此詩皆增上作疆矣案疆本作畺說文云界也从畕三其界畫也疆
乃或體又作彊壃畺又案畕比田也从二田音與畺同

鼛皋通用周禮地官鼓人掌鼛鼓攷工記韗人為皋鼓總一鼓也章氏攷索謂皋
者緩也故以節役事良然

毛傳以皋門應門為天子之制鄭箋云諸侯亦有皋應毛說當矣諸侯無皋應朱
子辨之是也孔疏欲證鄭說引襄十七年左傳宋人偁皋門之晳謂諸侯有皋門
亦有應門誤矣宋築者謳言澤門不言皋門也據杜注澤門是宋東城南門非外
鞹門也毛云王之郭門曰皋門孔云郭門者宫之外郭之門案彼釋文言澤門本或作皋門者誤孔所據當

此本矣然則以為皋門者豈服賈諸家之説邪

傳云冢土大社也案祭法王為羣姓立社曰泰社疏云在庫門之内右正此大社矣朱子謂大王初立岐周之社及王通立周社於天下且以漢初令民立漢社稷證之（語見大全）誤矣大社之尊正以惟天子得立耳安得天下盡立乎諸侯有國社矣社大夫以下又有置社安得又立大社乎皋應二門為天子之制則諸侯不得立何大社反通於天下乎況漢事亦未可證周也

肆不殄厥愠亦不隕厥問傳云肆故今也今指文王言緜詩為文王而作而推本於大王應以文王為今也故承上章立社言大王立社有用衆之意故今文王亦絶恚怒敵人之心也朱傳肆字从毛解又以不殄為大王事則今義贅矣又故為因上之詞即非新故之故矣尒雅肆故今與毛傳同則亦釋詩也郭注乃云肆既

為故又為今義相反而兼通殊非詩雅之恉

柞棫拔矣尔雅云棫白桵音緌郭注以為小木叢生有刺實如耳璫紫赤可食陸疏據三蒼說以為棫即柞其材理全白無赤心者為白桵孔疏並存兩說不能辨其孰是朱傳本从郭注而大全引東陽許氏語申之則純襲陸疏之言與朱意正相反而引呂為證舛矣案白桵本艸用其核為藥名蕤儒佳切校入本經上品陶隱居云大如烏豆有文理如胡桃核蜀韓保昇云葉似枸杞而狹長華白子附莖生紫赤色大如五味子多細刺宋蘇頌云木高五六尺莖間有刺此三家注所紀物色形相皆與郭氏同朱子獨取其說良有見矣至陸疏之棫亦載本艸言欅有二種一種不結實者名棫是也然非此詩之棫

柞棫拔矣柞棫斯拔拔字从手匆蒲貝反疏云拔然生柯葉也拔本蒲八反訓擢

柯葉生正拔擢之狀音雖殊義實相因耳韻會拔字四見獨于泰韻作柭从木旁

注云體韻續降豈非後人傳寫妄易偏旁而禮韻併收之邪於泰韻注云又見隊

韻於隊韻注云又見曷黠韻則四韻共一字假三韻皆為拔何此韻獨為柭乎

混夷駾矣維其喙矣毛云喙困也孔疏云喙之為困未詳案晉語靡笄之役郤獻

子傷曰余病喙韋昭注云喙短氣皃郤以喙爲病病豈非困乎短氣亦困之狀此

足證毛義矣仲達何未憶及邪又方言云喙倦也郭注云今江東呼極爲㱩因

引外傳郤語又曰瘃極也注亦云江東呼極為瘃喙則喙㱩瘃三字通用矣又廣

雅瘃困同訓極廣韻瘃字亦引此詩云困極也亦作喙亦作㱩

孔疏未詳困義而後儒多訓喙爲息其說又不無得失焉呂氏大臨云喙張喙而息

也奔趨者其狀如此呂記嚴緝皆引之是以喙爲口喙又從口喙轉出息義迂矣

案方言云餽音咽切息也自關而西秦晉之間或曰喙或曰餽周正關西之
地㝉其謂息爲喙矣廣雅亦云喙息也朱傳直訓喙爲息葢本諸此又說文引此
詩云混夷駾矣犬夷呬矣呬與喙同訓息葢信此喙字直是息義不必從口喙作
轉也然總不如毛義之當

虞芮質厥成傳云質成也成平也疏云質成平釋詁文三字義同言二國詣文王
而得成其和平也案成乃鄰國結好之偁左傳求成請成行成董成皆此義質厥
成猶云成其成尒正指相讓而退言始爭而今讓是乃成矣從此歸周者四十餘
國文之王業乃大故繼之曰蹶厥生蹶生與初生相首尾周家王業之生大王始
之而漸興文王動之而益大正見文王之興本由大王與敘義合後儒解成字生
字異說紛紛俱非詩恉

棫樸

棫樸薪槱是俊乂盈朝之喻烝徒舟楫是策力畢効之喻敘所謂能官人也朱子論興體最輕於此二興止以數助字畢之不究其義宜其以敘爲誤矣至次章之峩璋三章之六師正舉戎祀兩大事見賢才之用乃漫解爲天下歸之夫天下之歸豈僅助祭之髦士從征之武夫已哉其作人之化能使汚俗一新（箋謂作人者變化紂之惡俗）綱紀之施能使四方咸理則又言其政教之美見官人之效耳朱傳總歸於文王之德夫文德雖盛亂助理之人亦不可少況能官人不益見其德盛乎

棫樸次章王肅述毛以爲不言祭孔疏難以傳解璋而不言瓚則不以爲祭殊不知傳云半珪曰璋璋瓚之璋獨非半圭乎傳文質略偶不及瓚耳安見其必非祭也肅謂其璋瓚不名璋疏引王基語駁之矣而仍用肅說以述毛不知何意

追琢其章金玉其相皆言文王之聖德正所謂勉勉也綱紀四方又言其政教之
美及於天下耳集傳云追之琢之所以美其文金之玉之所以美其質勉勉我王
所以綱紀乎四方或問所美之人爲誰朱子曰追琢金玉所以卑我王之勉勉也
據此則其相其章當與綱紀四方矣上二語各四字分爲兩截亂破碎不成文義
追琢其章金玉其相二語皆比也集傳以此章爲卑失之矣章周王之章也相周
王之質也追琢者其文比其修飾也金玉者其質比其精純也一喻一正相爲形
況有客篇追琢其旅白駒篇金玉爾音同一句法且綱爲网之綱紀爲絲之紀以
喻我王之爲政於四方亦比也假象於器物而去其如似之㑹詩中比體類此者
多有如我心匪石我心匪席价人維藩太師維垣諸詩皆是集傳槩以賦目之矣
但朱子釋詩多于興中分立比體獨此詩本比也而又以爲興殊不可解

旱麓

首章毛傳純用周語爲說謂陰陽和山藪殖故君子得以干禄易樂本不以上二句為興也鄭易之曰林木茂盛者得山之潤澤也喻周民豐樂由其君之德敎始以為興體矣疏申其意謂詩美君德當以養民為主不應惟論艸木周語遺其興意毛傳亦於作意未盡故箋申而備之源謂此詩之恉周語及毛傳盡之矣陰陽和山藪殖乃紀實事非取喻也山藪民所取材也物産蕃庻財用富足正所以養民安得謂惟論艸木乎旱麓詩即與酒二物以明萬物之盛多此詩即榛楛二木以明資用之饒裕舉一以見百其義同也古人引詩雖多斷章然如單穆公所云乃正解也呂紀以榛楛喻君子以榛楛得旱麓而滋茂喻君子𧰼先祖而受福亦以此章為興而興義則殊盖箋疏以君子目大王王季而呂記用丘氏說以斥文王

故取俾亦別也

詩三言瑟瑟兮僩兮傳云矜莊皃瑟彼柞棫傳云衆皃瑟彼玉瓚毛無傳而箋云潔鮮皃案此瑟釋文云又作璱説文引詩亦作璱云从玉瑟聲玉英華相帶如瑟弦也則與彼二瑟本異字矣

鳶飛戾天魚躍于淵鄭氏中庸注云聖人之德至于天則鳶飛戾天至於地則魚躍於淵是其明著於天地也此解本與傳義不遠及箋詩則以鳶飛喻惡人遠去魚躍喻民喜得所義短矣疏申鄭義以為變惡為善乃作人之義殊不知道破飛潛萬物得所作人氣象如此尤為廣大也

民所燎矣釋文云燎説文作尞云祡祭天也案尞隸變也字本作尞説文云从火从昚昚古文慎字祭天所以慎也又尞與燎別説文燎放火也从火尞聲此詩燎

字鄭箋訓熂燎則是放火之燎非柴祭之尞陸氏引説文非箋義

毛詩稽古編卷第十八

文王之什　正大雅

思齊

思齊文王所以聖也敘語首章正言所以聖故媍美大任之德能上慕先姑之所行下爲子婦之所績耳集傳以聖母賢妃並言失輕重之權矣周南敘言后妃而不言文王朱子猶大譏之及釋此詩乃直謂文王聖德本於内助何邪及孫炎示皃編欲讀思齊之齊爲見賢思齊之齊言太姒思齊于太任又思媚于周姜是此章媍美太姒而謂文王聖德全由婦力也謬益甚矣

思齊次章鄭義徑徑勝毛以宗公爲大臣與晉語胥臣引詩合勝毛宗神之訓以

寡妻為寡有與康誥寡兄義合勝毛適妻之訓以御為治與大誥御事義合勝毛迓迎之訓宗公與御孔疏右鄭言之備矣至寡妻之義竝加申述未置抑揚源謂寡為寡有兩見尚書孔傳康誥寡兄康王之誥寡命皆以寡為美偁此箋云寡有之妻言賢也正與二書相符較之適妻惟一之解當出其上矣若蘇氏以為猶言寡小君爾為謬說寡小君者對異國之謙詞耳詩方頌美文王之聖反代謙其妃后為寡德邪

鄭取雝雝在宮三章并為二章章各六句以在宮為養老於辟雝在廟為祭於宗廟不顯四句承在宮不聞四句承在廟各取二亦字一肆字文義相對古之人二句總結上二事於經文極明整但判在宮為辟雝終屬武斷故後儒不从其說惟無斁訓為無擇　源竊有取焉言古人口無擇言身無擇行以身化臣下令此士皆

有名譽成俊髦也疏謂此經本有作擇者不為破字較優矣又斁斁二字俱訓為猒一篇中字異而義同 似屬未安若从鄭則無此嫌

雝雝在宮三章毛鄭異解近儒皆宗毛而小變其說不顯亦臨無斁亦保毛云以顯臨之保安無猒也今則以為雖幽隱而若或臨之雖無猒斁常有所守肆我疾不殄烈假不瑕毛以為大疾害之人不絕之而自絕功業廣大豈不長遠今則以為大難雖不殄絕光明自無玷缺此其不同也 源謂戎疾二句兩說俱可通其不顯二語則毛義為優孔申毛義以此二語承上雝肅言雝雝肅肅此顯德也然此顯德豈獨在宮廟乎亦以臨於民上矣既以顯德臨民民無猒者亦皆安之上句言君臨下下句言民化上意自相成也案大雅周頌多言不顯皆反訓爲顯惟抑詩無曰不顯連莫予云覯成文明是正言不顯與特言不顯者自別不可以例此

詩也至于雖無斁斁亦常有守則尤礙于文義不斁正是能守耳反云雖不斁亦有守哉

思齊之三四五章文義相承故兩用肆字肆故今也故者因上生下之詞也亦臨亦保言君民感孚之妙故繼以惡人殄絕生業遠大皆以治功言亦式亦入言文王性與天合故繼以成人小子脩德敏行皆以學術言章斷而意接兩故今不虛設矣

古之人謂古昔聖君非指文王也毛鄭意同王肅云文王性與古合是言古人正僭以美文王耳於義盡[儘]俗通李氏以為指文王非是詩言古多矣自古有年古訓是式自古在昔振古如茲未嘗以近世為古也東萊引典謨稽古為證亦不然以典謨稽古目堯舜禹臯陶亦後儒之臆說孔氏書不作是解矣

古之人無斁傳云古之人無猒于有名譽之俊士釋文以爲此王肅語是斁字毛無傳也疏亦言斁字經本有作擇者然則作斁而訓厭乃王肅述毛如此毛無傳安知不同鄭爲擇乎唐世詩學有毛韓二家而疏云作擇不言是韓詩則當指毛本言矣竊意古本毛詩元有擇斁兩文鄭王述毛各據一字立解後儒傳寫誤謙王語入傳遂以王說當毛義而目鄭爲易傳彖擇字尚存它本故不疑鄭改經耳陸既知傳文是肅語又云毛音亦訓猒始習而不察也又孔疏不言作𢱧者是何詩而董逌言韓詩作無擇此特因疏語而臆度其然未必有它據不足信也

皇矣

首二章傳箋本指文王後儒以爲大王之事殆非也玩經語與大王事不合者有三大王居位當商祖甲之世時商未有秕政也何云其政不獲乎一也大王避狄

遷岐勢甬微弱後雖寖以彊盛為王業之基然終身為諸侯未嘗受天之命何得云受命旣固乎二也先言文王而後追溯其肯代故三章云帝作邦作對自太伯王季蓋謂天之興周邦而生明君也自太伯王季之時而已然矣若由太王順敘之則當云至何云自乎三也後儒以為大王事者徒以二章言刊除之事惟遷岐之始當有之又三四章述王季之德首二章當言大王耳殊不知生聚漸繁則艸萊亦漸闢文王地廣民衆倍加于大王事（皆）又遷程遷豐連作兩都皆剪榛蕪而為廬舍轉荒翳而成膏腴者也豈能無事于刊除邪至三章述王季以自字發端為追溯之詞愈證首二章之言文王也況次章云帝遷明悳七章云予懷明德兩明德前後相應自應屬文王矣又漢書郊祀志載匡衡奏議云乃眷西顧此維予宅言天以文王之都為居也衡治齊詩者而為此言則首二章之美文王非毛鄭一

家之說矣

其政不獲指二國言則爰究爰度亦應指四國言句法本同也程子以究度爲天意四語文義不倫矣且究度是天意則下語上帝不複出乎

爰究爰度傳云究謀度居也此維與宅傳云宅居也葢古宅度二字通用皆待洛反而訓居傳義允矣鄭訓度爲謀非古義又禮記引詩宅是鎬京王充論衡引詩此維與宅石經堯典宅嵎夷宅皆作度公劉詩度其隰原度其夕陽二度字疏述毛意亦引皇矣傳訓爲居又小尔雅云里度居也義並相合

上帝耆之毛訓耆爲惡鄭訓耆爲老鄭謂天須假暇音此二國養之至老取義亦優但以下語合之則毛說爲允憎惡義同憎其以淫虐之人用大位行大政正惡之之實也集傳用或說改憎爲增訓式廓爲規模皆臆剏之解難據信惟訓耆爲致

本並頌毛傳較為有理但解者之爲所欲致者文義全不與經合而者之之字無歸箸不如毛說之當

此維與宅鄭云見文王之德而與之居言天意常在文王所此與匡衡奏議見本篇首條意同皆以為天居之下章帝遷即此義遷而就文王與之居也後世皆作是解定有本矣始則顧之旣而宅之語意相應且天無首目而言顧天無形體而言宅其為假託之詞人同古注妙得經意不可易也程子曰便其居西土以王天下鄭潒仲曰可與居天子位集傳曰以此岐周與大王為居宅三說小異而以與宅為人居之則均殊不知周自后稷以來世居西土不必至文王時大始與之且周之興以脩德不以宅岐誇宅岐為天與尤非詩恉至詩言與宅不言何所宅正連上西顧為文謂宅西也若言居天子位是經文乃不完之語必須鄭氏代補尤屬謬見

見皇矣次章首八句言刊除林木以作室治田作屛脩平啟闢攘剔皆刊除之事毛鄭正統為一義竝不言瓢為不材而去之瓢爲美材而畱之也盖作詩者欲形容生聚之蕃非講論樹蓺之法意有所主耳埤雅論刊除次第謂始之所去惟木之枯斃者（菑翳）既而民益衆復闢地以容之則併去其茂者（灌）又次及其材者（栵檉椐）終則及其材之美而宜蠶者（檿柘）此義優矣朱傳祖程子之說以作屛爲拔去啟闢為芟除是去其不材也以脩平為疏密得宜攘剔為去其煩冗使得成長是留其美材也持說甚美然非詩之正恉且未聞灌栵之材于檉椐也名物疏辨之甚當

玆述其意而廣之

菑翳灌栵檉椐檿柘八者除菑翳灌非木名餘五者皆嘉植也芝栭（即栵）蔆椇人君燕食之庶羞見禮記內則及鄭注栭材可為車轅見陸疏河柳（尔雅檉河柳）入藥一年

三秀寇氏衍義謂之三春柳天將雨先起氣以應之艸木疏謂之雨師又大寒不
凋有松柏之性靈壽木椐即似竹有節長八九尺圍三四寸自然合杖不須削理見
漢書師古注而艸木疏亦言其節中腫似扶老可為馬鞭及杖檿柘宜蠶取其絲
以絃琴瑟清響異常材又中弓榦五者皆有用于人而與槁落弊翳叢生灌之木
同在刊除之列者詩特偕此以見民之樂就有德歸懷日聚嚮時園圃林麓漸變
為民居耳周之興也轉榛棘為室廬其衰也化宮廟為禾黍興衰氣象徵于艸木
而可知詩人言在此意在彼不可徒泥其詞也若从伊川之解則儀老圃之事耳
豈所以美文王哉
其權其椐傳云椐㮕也此尔雅文說文亦同郭注謂子如細棗陸疏謂葉如榆皆
以為木名也程子曰行生曰椐而朱傳从之不知何本程朱之為此解者定以椐

字木旁从列有行列之義且經文灌栵同句欲取叢生行生相配成文耳不知字訓須有本非可意為之說也栵字（釋文例列兩音）元諧列聲何嘗會行列意乎又古人文體亦不似後世之枸豈必兩相配以求精工乎

㮚種頗多其小者有二實如橡子者名榛㮚見邶鄘曹風及大雅之旱麓如指頭者名茅㮚即尔雅之栭㮚注以為樹似槲樕而庳小子如細栗者也亦名栵㮚見大雅皇矣篇釋文云江淮之間呼小㮚為栭㮚廣韻云栵細栗今江東呼為栭㮚楚呼為茅㮚是矣又艸木疏釋亲（即榛字）㮚云又有茅㮚其實更小而木與㮚不殊但春生夏華秋實冬枯為異耳此亦指栵也然則茅㮚之偁舊矣筆談及埤雅謂當為茅㮚茅字乃芧字之誤未知果否芧乃櫟實今之橡斗櫟栗似之　源嘗泊江瀕登岸野步見山側有小㮚其葉（如榆）其樹（如槲樕而庳小）正如陸疏郭注所云時已深秋

矣實如榛栗而差小衆食之味亦同殆是椈也

帝遷明德謂天意去殷而即周徙就文王之德與上章西顧與宅相應串夷載路

謂周家習行此常道至文王則益大天意就徙之以此毛訓路為大當作是解王

肅述毛以載路為居大位文義未安至程子訓載路為滿路後儒仍其說謂民之

歸周者滿路而不絶夫以載為滿古無此字訓也且上言帝遷不言民歸字義句

義俱乖舛而難通矣案此章民之歸周皆於刊除見之若乃習行常道克當帝心

又言民歸之本語義相承各有所主也集傳从鄭以串夷為患夷云即混夷而滿

路之解則从程

尔雅釋詁妃媲也天立厥配毛傳同毛不破字作傳時經文配字當从女旁矣故

箋疏皆解為賢妃而以大姒當之尔雅某氏注亦引此詩云天立厥妃則益信矣

歐程解為配天而呂記嚴緝从之義雖可通然非詩指朱傳則从鄭而目為大姜
尔雅釋詁省善也帝省其山之省正合斯義故鄭用其語柞棫斯拔松柏斯兑正所
以善其山也鄭又謂和其風雨使樹木茂盛非徒養其民人是也後儒以訓善驚
俗仍為省視解然下二語難通遂多牽合矣又禮記大傳大夫士有大事省於其
君鄭注省亦訓善景純釋尔雅不引此二文為證反云未詳其義疏矣
兑本卦名說其本義也說文兑从儿㕣聲㕣古兖字八音仁徐曰㕣非聲當从口从八象氣之分㪔字兩見詩緜傳云
成蹊也皇矣傳云易直也行道故言成蹊松柏故言其材幹滑易而調直各隨文
釋之耳集傳兩兑皆訓通行道而言通即成蹊意也以松柏為通迂矣因解之曰
此言山林之間道路通又云水拔道通竟忘此詩斯兑連松柏為句矣
帝作邦作對傳云對配也箋云作配謂生明君也案文王篇克配上帝意正同君

以臣為配故曰匹曰仇天以君為配故曰對曰配配者相須之義天須君以代治民君須臣以共治民民失所則無以為配矣此古人字灋之妙也今以對為當未見其勝

左傳引皇矣之四章作維此文王詩疏及左傳疏皆謂師有異讀後人不敢追改今王肅注及韓詩亦作文王是異讀之驗以源意論之當以作文王者為正此經毛無傳王述毛者也而注為文王則毛本作文王可知左傳引詩作文王復云近文德矣申言九德為文王之德則傳文汲無誤又合之韓詩而三焉王季之當作文王豈不信然哉況王此大邦非文王不足當之鄭以追王為說殊費回護

明類二字程朱俱不用古注程以明為知之類為踐之蓋轉肖似為踐履與明分知行兩義也解類字稍紆回矣朱以察是非分善惡二義相配夫察事之是非分

人之善惡一明字足盡之何必增立類名哉若聖人明無不燭則察是非分善惡特明中之條目尚未能盡明義安得分配類義乎不如左傳以照臨四方言明具為義廣大也至類訓為善尔雅文也勤施無私乃人君之善道義出左傳是詩說之最古者故鄭箋既云類善又引左傳實之也案詩凡言類多為善訓如永錫尔類毛云善也而秉義類鄭云善也皆是箋義不妄矣又嚴緝謂明類是一意長君是一意順比是一義彼徒求文義整齊耳然古人文體正不必如此

毛引左傳擇善而从曰比疏申其意言服杜注皆不得解當謂擇善而从以此比方文王案服云比方損益古今之宜而从之杜云比方善事使相从是服杜釋比義重於擇孔釋比義偏於从併可通但克比之比與下比字文同而義殊上比擇善而从惟取能比未定所比何善也下言比文是媲美其文德不主於比意各有指矣

孔欲彊克比義與下比合不已固乎又比與文毛皆依左為解則此兩字當分為
二德孔謂克郎比文尤非毛指
比于文王箋云王季之德比于文王盛德以聖人為匹世有偁子而美其似父者
安有偁父而美其似子者即斯已傎矣朱傳訓比于為至于呂記用李氏説謂後
世亦繼其德比于文王於義皆安但左傳釋此文為九德之一不應指後人言又
文為一德與八德同例則此文字乃美德之涉偁不㜸指謚號所謂文王非西伯
昌之文王也劉炫云可比于上代文德之王見左傳疏較爲優矣毛用左傳經緯天地
語以釋此文意當與炫同箋疏之申毛規未合其意
其德靡悔言盛德如此無可悔之舉動也德字總上九德言左傳云九德不愆作
事無悔乃此詩之正解薄德之人動輒有悔悔在事不在德也自亦悔之不徒人

悔之也此詩毛不為傳意應同左鄭謂德比文王人無以不應此而悔之者孔據公劉傳述毛謂文王之德不為人悔而王季比之集傳謂其德無遺悔皆以悔指德言與左有毫釐之差

無然畔援傳云無是畔道無是援取箋云畔援猶跋扈釋文引韓詩云畔援武强也鄭義殆本于韓漢書敘傳云項氏畔換黜我巴漢師古曰畔換彊恣之皃猶言跋扈也皇矣篇曰無然畔換顏又本鄭義也朱傳祖毛得之正叔訓為冀此敢屬臆説

誕先登于岸岸字毛訓高位鄭訓獄訟皆迂程王兩家取涉川濟難之義庚近之集傳云岸道之極至處此内典到彼岸之義也晦庵蓋陰襲其意然詩為用兵發端非講學也未叙奉為定解

毛以阮共旅為周地名而徂為往鄭以阮徂共為三國名而徂旅為徂國之旅毛以阮共為密人所侵而文王遏之鄭以阮徂共為密人之黨而文王侵之兩家之說種種差殊然毛之師傳甚遠鄭說又本魯詩非出臆見而皇甫謐攷據甚精亦用鄭說皆非無稽之談也先儒之說有當並存之不必斷其孰是者此類耳案孟子引徂旅作徂莒以旅為地名者良是莒非春秋莒子之莒孟子疏誤旅莒音相近容得相通故異文與朱傳以為密師殆未必然

以阮為國名密人侵之文王因以伐密者其說本於汲冢紀年紀年云帝辛三十二年密人侵阮西伯帥師伐密三十二年密人降於周師遂遷于程宋儒用此說詩而諱其所自出

尔雅按遏皆訓止以按徂旅釋文云按安旦反本又作遏安葛反是此詩按遏二

字㑁可用義亦相通但按字竝無遏音也韻會始收按字入七曷韻注云捺也引
白帖傳按據上夔爲證啖史記注並不音按爲遏非其證矣朱傳按亦音遏豈宋
世有此俗音乎
以篤于周祜注疏呂記嚴緝及石經皆同呂記引孟子亦有于字惟集傳本無之
未知文公削之與抑後人傳寫而誤脱與
解經不可過求深如我陵我阿我泉我池箋云每言我者據後得而有之而言意
如此足矣宋楊中立時曰聖人一視同仁視人猶己不已鑿乎又無矢無飲言敵
人豈避不敘我當耳楊以爲戒緝曰士之詞夫陳師飲泉出兵之常事何得禁之
哉
度其鮮原毛云小山別大山曰鮮 此釋山文也（注云不相連） 鄭云鮮善也此釋詁文也

尔雅釋文二鮮皆息淺反則上聲為正矣詩釋文云鮮息淺反又音仙二音並存

以在肯者為正則亦宜讀上聲案鮮原見周書和寤解云王乃出圖商至于鮮原及汲冢紀年

云帝辛五十二年周始伐殷次于鮮原直言是地名孔晁以為近岐周之地孔疏亦以為去舊都不

遠通鑑外紀云鮮原在岐之陽不出百里郎程邑周書文王在程作程寤程典謂此也人案周之程

邑在漢為安陵前漢地里記云安陵闞駰以為本周之程邑即今西安府咸陽縣

不長夏以革叕毛鄭及宋程張呂嚴諸儒各立一說源獨取毛義毛云不大聲以

見於色革變也不以長大有所更傳以夏為大孔氏取孫王二家之說述之謂不大其

音聲以見於顔色而加人不以年長大有所變更於幼時言其天性自然少長若

一此義優矣康成謂是乃中人以上所能不足以美文王故別為立說不知疾言

遽色賢者不免惟聖人德性中和學養純粹方可信其無至于天性自然少長若

一斯能葆其天真者也不失赤子之心者也鄭何淺視之哉後儒立說紛紛莫能相尚何不返而求之傳也

詢尔仇方毛云仇匹也疏申之云詢謀於女匹己之臣以問其伐人之方和同女之兄弟君臣既合親戚和同乃從伐崇此解甚當謂臣為仇匹者猶兔罝之好仇假樂之羣匹也自鄭用怨耦曰仇之詞而後儒遂以崇侯譖西伯事實之則文王此舉乃為脩怨而動是忿兵也非義兵也何以為聖人哉又以此章文義論之仇方兄弟皆共事之人也鉤援臨衝皆攻敵之具也同其詢謀備其器械然後以之伐人詩語本有倫次若以詢仇為征伐則方言伐人忽及親親之義既言親親又說用兵之事語襍亂而無章矣又後漢伏湛治齊詩者也言文王征伐詢之同姓謀於羣臣引此詩以證之意正與毛同尤足徵傳義之當

以爾臨衝釋文云臨韓詩作隆案古臨隆字同音古音攷引證甚詳然今北人土語獨呼臨為隆則不傷古音為嘆

崇墉言言崇墉仡仡傳以言言仡仡為高大箋以為將壞皃意正相反案左傳僖十九年宋子魚言文王伐崇三旬不降後伐之因壘而降則文王之於崇乃降服之非破滅之也固無事壞其城矣傳義得之又案說文仡作圪云牆高皃引此詩正與傳合

是類是禡疏引周禮肆師注云禡祭造軍法者其神蓋蚩尤或曰黃帝蓋者疑詞或曰者存異說也朱傳曰謂祭黃帝及蚩尤合兩說為一以為並祭二神又鑿然言之殊失先儒之恉大全引漢書高帝祭黃帝蚩尤於沛庭以為證夫漢興之初諸事草創豈必據古禮哉使古禮如是康成不當為疑詞矣

禡貉貃三字文異而義同師祭也周禮作貉亦作貃餘書皆作禡有三音詩爾雅王制周禮諸釋文及說文皆讀爲罵肆師釋文又音貃王制釋文又音百肆師注云讀如十百之百甸祝疏引杜子春云讀爲百尔所思之百取多獲禽牲應十得百之義皆从百音也應劭漢書注傳敘曰禡者馬也馬者兵之首故祭其先神此誤矣馬祭謂之伯吉日之旣伯是也疏云伯者長也馬之祖始故謂之伯旣伯旣禱是馬祭祭天駟是類是禡是師祭祭黃帝蚩尤尔雅有明文可涵爲一乎韻會於禡字注引吉日詩是涵伯禡爲一祭殆因應而誤也正韻遂讀伯爲禡增入去聲禡韻中誤愈甚矣又祟類說文作禷云从示類聲尔雅同玉篇云或作䝘禱或省作禮籀文作䰂是致是附傳云致其社稷羣神附其先祖爲之立後致附輿類禡連文亦當言祭傳義允矣且古人繼絕抒亾之道卽行於弔伐時賴傳語得見之源湥有取焉尔

案崇國見春秋宣元年晉趙穿帥師侵崇曰秦急崇必救之是崇乃秦之與國當在雍地與故崇相去不遠豈非文王克崇復徙封於此故東周之世其國尚存乎不獨崇也春秋時黎侯失國奔衛後狄相酆舒復奪其地見詩邶風及左傳黎在殷畿内乃文王七年五伐中之國名也誅其君而存其祀亦崇之類矣

詩書皆言天命文王不言天命大王王季也皇矣集傳言首二章天命大王三四章天命王季誤矣夫受天命者縱非赤雀丹書之謂與必三分有二大畏小懷駸駸乎有一統之勢方足當之大王王季有是乎朱子以首二章為大王之事遂以受命既固為天命文王因併謂天命王季不知天命二字非諸侯所敢當也禮不云乎惟天子受命於天

靈臺

靈臺篇先言靈德及於民次言靈德及於物終言靈德見於樂意凡三層唉合樂於辟雝正以驗民物之和也箋云文王立靈臺而知民之歸附作靈囿靈沼而知鳥獸之得其所以為音聲之道與政通故合樂以詳之此足盡一篇之大指矣朱呂以為述民樂說本孟子唉臺池鳥獸樂與民同鐘鼓管籥聞而色喜是孟子納牖之誨斷章以立言耳豈詩之正指哉靈臺以望氛祥辟雝以造俊秀乃國家大政教所係非娛樂之地也

不日成之毛云不日有成也鄭申毛云不設期日而成之也趙岐孟子注云不與之相期日限自來成之也國語韋昭注云不程課以時日也諸家語異而意同集傳以不日為不終日訊不然工作自有次第非可雜然而施力也雖多人豈能不終日而成臺乎又靈臺之靈本指文王之德言毛云神之精明者偁靈鄭云文王

化行似神之精明說苑云積愛為仁積仁為靈是也蘇氏靈訓善亦通朱子謂如
神靈所為是時特从不日取義而已
嚴緝識毛傳靈道行於囿沼之語以為鹿之馴鳥之潔皆性之常豈必靈
道之行嚴語非是鹿與魚鳥至微之物亦各適其天性正見萬物得所文王德化
之無不徧也詩人舉小以該大徃徃有之毛以為靈道之行能會詩意於言外矣
奈何反以為譏乎案虞舜簫韶旣奏而致儀舞之祥文王民物含和而有鼓鍾之
樂一以樂而播其和一以和而被之樂其為德化之所感則一也
毛傳云濯濯娛游也翯翯肥澤也釋文引字林云鳥白肥澤曰翯說文云翯翯鳥
白肥澤皃疏申毛云娛樂游戲亦由肥澤故也二者互相足朱傳迻肥澤以訓濯
濯而翯翯獨取潔白義其用疏意畀然遂書相如傳注文穎曰濯濯肥也師古引鹿

麀濯濯證之朱傳實本此

於論鼓鐘於樂辟廱釋文云於音烏鄭如字案鄭云於得其倫理乎鼓與鐘也於喜樂乎諸臣之在辟廱者詳此文義二於字宜音烏釋文乃謂鄭如字而不言烏音是誰説疏述毛云於是思念（毛云倫思也）鼓鐘使人和諧於是作樂在此辟廱宮中則如字乃毛義而釋文反以屬鄭併不解其故又據箋疏則樂字毛如字鄭音洛釋文亦無音反

於論鼓鐘箋云論之言倫也於得其倫理乎鼓與鐘也案古論字本與倫通王制云凡制五刑必即天論彼注云與天意合疏云謂就天之倫理釋文云論者倫理也皆以論為倫義與此箋同矣呂記引樂記證之曰論倫無患樂之情也鄭以論為倫義本諸此殆非是樂記論字乃論説之論論倫者論其倫也安得論即倫乎

於論之論是樂記倫字非樂記論字也嚴緝引書無相奪倫及樂記論倫無患以兩倫字證詩論字得之

矇瞍奏公傳云有眸子而無見曰矇無眸子曰瞍韓詩薛君曰無眸子曰矇眸子具而無見曰瞍與毛正相反春官瞽矇鄭司農注韋昭國語註顧野王玉篇皆與毛同釋文引字林云瞍目有眸無珠子也說文云矇童矇也一曰不明也瞍無目也孔疏云矇矇然無所見故知有眸子而無見矇有眸子故知瞍當無然則二字亦不甚相異說詩者以意為分别耳

下武

下武維周傳云武繼也箋云下猶後也後人能繼先祖者維周家最大此字訓相迂而文義則無弊矣後儒各立新說呂訓下為繼述為武功下訓為繼比後義更

迂又下篇繼伐方言武功不應兩篇同意朱改下武為文武則尤未安不獨破經
字也全詩之義皆偁美武王而此章言其能配三后故先以三后發端末句方及
武王哲王即三后謂大王王季文王也下武正述三后之美言周家相繼而益盛
世有明哲之王今三后雖沒而精氣猶在天武王能配行其道也四語本有倫次
若首句即竝舉文武通章文義俱襍亂矣嚴緝以下武為不上[尚]武尤無理周樂名
武頌篇亦名武受命則曰武功伐紂則曰我武何嘗諱言武哉
世德作求箋云求終也義本尔雅案此求字元作逑玉篇云逑終也亦作求則此
詩求字乃通用耳字可通而義不可改也後儒不知遂別為之說
孝思維則毛云則其先人也夫則其先人所謂繼述之孝也義優矣集傳用李氏
之說解為民之法則不獨義短且與下土之式語意複出

昭茲來許毛云許進也疏申之云禮法既許而後得進故以許為進此殆臆說毛
意未必然案後漢書注東平王引詩云昭哉來御慎其祖父御本有進義意來御
者詩之原文與

昭茲來許與下篇遹追來孝釋文云來王如字鄭音賚孔疏述毛从鄭音賚訓勤
未知王述毛作何解也後儒皆讀如字而說各殊來許之來陳氏解為有自來而
以許為助詞呂嚴倶用之朱子解來為後世而許為所兩說朱較長來孝之來朱
呂云遹追先人之意而來致其孝此本禮器鄭注也嚴緝祖曹氏說云致其方來之
孝來者嗣續無乏之意曹說近之惜未得王肅義較其短長也與之許若訓進則勤
行進善於義明順遹追來孝如後儒之解則遹追應讀斷不若述追王季勤孝之
行經語渾成也

文王有聲

築城伊淢方十里之城也鄭箋以為大於諸侯小於天子疏申其說謂鄭言城制有兩解公之城方九里侯伯方七里子男方五里天子之城方十二里者此周官典命注據典命國家以命數為節之文而推之也天子之城方九里大國方七里次國方五里小國方三里者此攷工記匠人注據匠人營國方九里之文而推之也以匠人典命俱是正文故兩存之豐城十里過於九而不及十二故曰大於諸矦小於天子正用典命注為說矣源案周書作雒解言周公作大邑成周於土中城方千六百二十丈計方里為方三百步每步六尺方里為方百八十丈雒城方千六百二十丈正合天子方九里之制又左傳鄭祭仲言大都城百雉三國之一雉長三丈百雉得三百丈三之得九百丈為方千五百步又與鄭次國城方五里

之制相符以此二文證之則匠人注說爲長

方十里爲成成閒有溝名淢築城伊淢舉淢以見成也成方十里豐城亦方十里

與成相偶故曰匹右注本明朱傳殊洄

王公伊濯毛訓濯爲大郎釋詁文也言文王之事益大耳後儒由滌濯之義轉訓

爲明箸不已迂乎

豐在豐水西鎬在豐水東相去止二十五里武王雖徙鎬仍不離豐水旁耳故豐

水東注豐水有芑皆是在鎬京目豐水而言朱傳載或說解豐水有芑章謂豐水

生物蕃茂武王豈不欲有事於此但欲貽謀子孫故不得不遷獨不思豐水是二

京所共乎

鄭謂以文王以下八篇爲文王詩下武二篇爲武王詩是言此十篇爲二王而作

兹不云作於二王時也朱子不詳察諸文而漫譏之過矣又謂正雅皆成王周公
以後之詩亦非確論棫樸靈臺下武三詩俱王不俱謚旱麓併不俱王疏以為或
生時及未俱王時作其說亦通何必槩指為渉後作乎又周家一代禮樂皆周公
所定正雅諸篇即樂章也今云作於成王周公以後則是周公杜時正雅尚未備
也所定之樂當歌何詩乎且周公之後不聞更有制禮樂者雅頌諸篇之為金奏
為工歌又何人所定乎

毛詩稽古編卷第十九

生民之什上 正大雅

生民

姜嫄為帝嚳元妃見家語世本大戴禮史記諸書定為可信然揆之事理實有難通誠如張融所駁矣說載孔疏且非直此也姜嫄果帝嚳元妃則弃乃嫡子自應繼嚳而立何得先立下妃子摯又立次妃子堯而終不及弃乎宜呂記朱傳皆舍毛而从鄭也

巨跡之説近於誕因嚴緝是毛非鄭以為別子異端云后稷生乎巨跡緯書妄説詳見史孔疏遷好奇見周本紀疏引之皆不足據似矣然武迹敏拇之文見於釋訓尔雅正典亦有是

說也況使后稷之生果係人道交接有父有母則周家不應特立姜嫄之廟別奏
先妣之樂而生民閟宮二詩亦何為獨美稷之母不及其父乎天地之大奇詭變
幻難盡以理槩耳
爾雅釋訓履帝武敏武迹也敏拇也尒雅釋詩多舉全句不應此獨截去歆字則
敏字絕句歆字屬下句讀其來甚古不自朱傳始也又毛訓歆為饗則上下兩屬
皆通屬上句為致敬而神饗屬下句為神饗而介福也鄭先訓介為左右而繼之
云心體歆歆然其左右所止住如有人道之感則明以歆字屬下句與尒雅同惟
儀禮喪服注引此詩於歆字絕句周禮賈疏引此亦然意鄭先注禮未逢詩義後
箋詩方改其句讀與至賈疏所引則襲鄭之禮注耳
生民詩自次章至八章凡言誕者八誕皆訓大歎美之詞也次章誕彌大其生之

易也三章三誕置大其神異之驗也四章誕實匍匐大其幼而岐嶷也五章誕后稷之穡大其敎稼之功也六章誕降大其得嘉種以祭也七章誕我祀大其將祭之事也文義皆明順朱子疑其不甚通過矣古人文字簡貴豈如後世之平直而衍暢哉至以為發語詞尢不敢信發語為用此多詞乎公劉篇每章冠以篤字與此詩之誕同耳豈亦發語詞乎

先生如逹逹字乃偺也本當作羍从羊大聲或省作羍它末切

稷之見弃毛鄭以為欲顯其奇異史記以為疑其不祥後儒皆从史記嗁孔氏已有辨矣說見正義源亦謂一弃不已而至再至三定是欲驗其靈異不然業已弃之勿問其存亾可矣又不然當牛羊腓字時即育之如邵子之於子文可矣事見左傳宣四年何必自隘巷而平林而寒冰屢遷之不憚煩乎蘇明允不信即乳之說謂稷之見

弃由不坼副無菑害之故而引鄭伯寤生事證之其謬尤甚夫不坼副無菑害與大任之少溲騐搜一音小便也而生文王不加病者見晉語正相同不以為慶而反以為怪乎莊公之寐寤而生致驚其母疑之非其倫矣夫不坼副無菑害謂之不祥則必坼副菑害方謂之祥也䂨無此人情

采薇詩小人所腓鄭破腓為芘前已辨之矣生民詩牛羊腓字之鄭亦从毛訓避不用己說而朱傳反襲其破字之訓此不可解也胡一桂申其意曰牛羊見稷以足腓遮芘之如有愛之之意此尤為謬說經止一腓字耳旣為足肚又為芘一字安得兩訓邪況牛羊之足肚豈能芘護嬰兒邪

傳文質略然實簡而盡如鳥覆翼之傳云大鳥來一翼覆之一翼藉之上補出翼字下補出藉字經意曉然矣覆翼兩字詩本互文相備故傳卽以補為釋也蘇氏

曰覆蓋也則漏翼義又曰翼藉也則藉非翼字本訓古人造語之妙信非後人可及

厥聲載路路大也[毛鄭同]此時聲音已大不復如呱呱時也陳氏解爲滿路陋矣[載無滿訓辨見皇矣]以路為大字訓之常何用求新乎覃訏言長大也后稷稍已長大去初生被弃時遠矣豈猶平林隘巷中而聲音得達於路邪

種之黄茂傳云黄嘉穀也茂美也言穀種之嘉[疏以黍稷色黄當此穀]又言其美盛二字各一義蘇氏曰黄茂嘉穀也併二義而一之襲傳語而失其恉

釋詁苞蕪豐茂也四字同義而其三皆見生民之五章故箋用其意但豐言艸茂苞言苗所指各殊

毛以實苞為本而鄭以為茂毛以實種為雍種而鄭以為生不雜鄭優矣朱傳謂方苞指漬種時而種為布種始不然朱又云種甲坼而可為種也豈朱[未]甲坼時不

可為種乎

方苞種褎發秀堅好穎栗十字乃禾生之次第孔疏以方苞爲春生時種褎爲夏長時發秀以下為秋成時當矣啖不如嚴緝以方苞種褎為禾之始生而苗發秀為禾之中而秀堅好穎栗為禾之成而實尤為明碓也又此十字方種堅好皆與大田詩同而鄭氏釋方種字兩詩異義嚴推其故謂大田方皁與堅好文連是成孰時故以方為孚甲始生此方苞在種褎前是苗初生時故以方為齊等大田種戒是未耕以前故以種為擇其種此詩前言種之黄茂則種已擇矣繼言種褎在方苞之後故以種為生不雜此最詳盡可補孔疏之不及 源案兩詩方字之異信如嚴說至大田既種箋云相地之宜而擇其種是擇其與土性相宜不僂欲其不襍也此詩實種箋以為苗生之不襍是止言不襍於稂莠不兼地宜之意則二種

字所指各姝匪直時有先後而已

有邰家室毛以邰為姜嫄之國孔疏申之謂邰是稷之母家當自有君而以封稷者或滅或遷皆未可知嘆傳又言之矣云堯見天因邰而生稷故封於邰則以邰封稷自是特出堯意但邰君未必有辠不應奪其土地則從封之說長也宋羅泌國名記以為大王復取有駘氏曰大姜是駘猶在不以封稷稷封之駘在武功姜姓之駘在琅玡棻大姜之為有駘氏女見列女傳而史記正義亦引之以證大姜之賢見周本紀嘆孔疏不用其說者豈非以其與毛相左邪不儗是也周語伶州鳩言武王伐殷歲在天黿即玄枵齊分野我皇妣大姜之姪伯陵之後逄音龐公之所馮音憑神是大姜乃有逄氏女非有邰氏女也左傳昭二十年晏子言有逄伯陵居爽鳩氏之墟以及大公居之是大姜之國雖在琅琊而非有邰也意有逄即邰之徙封或舉

其舊號而曰有邰如宋之偁商晉之偁唐楚之偁荊與然無可攷也孔氏不用列
女傳良以此
秬秠黍類也穈芑粱類也孔疏引爾雅郭璞注釋穈為赤粱粟芑為白粱粟郭說
必有本也宋沈括筆談及蘇頌圖經皆以為赤黍白黍此誤也彼徒見詩穈字與
說文穈字字畫相近又見陶隱居別録有丹黍米疆以爾雅赤苗之虋當之故有
是說也不知說文穈字下从黍麻為切詩穈字爾雅說文皆作虋莫奔切音形俱
别截然兩字穈字从黍訓為穄稷也玉篇云穄穈似黍不黏與从禾之穈何涉哉
至于丹黍赤粱色偶相同元是二穀何可合為一也穈芑之訓當以郭為正矣又
案有赤黍名稴胡兼反見玉篇陶氏丹黍米其是物乎又秠即秬類是異黍之二
米者羅願以為即來牟亦屬臆說

是任是負鄭云任猶抱也疏云以任負異文負在背故任為抱源案古妊字通作
任鄭豈以抱之於懷猶婦人之懷妊故訓為抱與然我任我輦箋云有負任者則
又合任負為一所謂對文則異散文則通也王氏訓為肩任未知何本
后稷郊祀毛以為堯所特命鄭以為二王之後宋儒皆非之然論詩之文義六章
以歸肇祀末章后稷肇祀兩肇祀相應而中間皆言祭祀則定指一祭而言不得
分七章所言為后稷主祭末章首二句所言為人祭后稷也又李氏譏毛特命之
說而以魯郊為比謂成王伯禽皆非禮豈堯與稷亦然殊不知所謂禮者勑自天
子耳況聖德如堯可以議禮制度稷之播穀又功及萬世錫以異數非私恩也何
得以常禮律之董氏譏鄭二王之說以為后稷於舜不得為二王後夫舜繼堯堯
繼嚳嚳之子孫在堯舜時正猶周之杞宋耳詎非二王後邪況肇祀者始祀也若

以為祀其先則稷居九官之列為天子公卿尚不得祭宗廟必待就國而始祭乎理又難通矣故傳以肇祀為始歸郊祀不可易也但以毛鄭二說較之則毛為尤勝鄭破肇為兆不如依字訓始一也稷既改封就國於毋家則高辛氏之後必更有為嗣者修其先代禮物郃不得亦為二王後二也前五章言后稷功美帝堯特賜正是報功之典（傳云堯國后稷於郃命使事天以顯順神天命）若因二王後而得郊則非歸功后稷之意三也此郊祀竱指祈穀不及至日之郊或因后稷功在播穀故特賜此祭若二王後則兼行至日之郊矣四也然則鄭氏二王後之說止可用之於首章之禋祀不可用之於六七八章之肇祀矣

或舂或揄　揄音由非本音也揄自音俞訓引耳抒臼（抒取出也謂抒米以出臼）之義字當作抌又作[illegible]又作舀舀又音以沼反周禮舂人注儀禮有司徹注皆作抌說文作舀从

爪臼而抌䏝乃其或體

傳以蹂為蹂黍簸易傳以爲潤濕之取舀揄簸蹂及釋烝之次第也孫毓是鄭但論字義則毛為當呂記朱傳皆从毛又釋左从米潰米也與解釋字異釋左从釆釆辨别也音亦同辨

傳釋載謀載惟引周禮肆師隸卜三語嘗之日隸卜來歲之芟獮之日隸卜來歲之戒社之日隸卜來歲之稼卽繼之曰所以興來而繼從也蓋已預透以興嗣歲之義又繼之曰穀孰而謀陳祭而卜矣此足隸卜之意非載謀載惟正解喫謀惟意卽在其中言當穀孰時已謀度祭祀之禮感秋成而思報也及陳祭時又預卜來歲之善否因祭而祈年也后稷之功莫大於播穀后稷之祭莫大於祈穀故此章雖言祀事而終之以興嗣之文可見謀惟祀事正為興嗣而然傳預透末句義於此所以釋謀惟本意不嫥分析

二字字訓也若分析謀惟字訓則箋語明確矣（云詠謀其日思念具禮）
郊之位在國門外須祭軷而行蕭萩燔烈皆為軷祭也自此而從郊祈穀於上帝
以興嗣歲正言從郊之意也此指將祭時下章豆登香升斯為正祭時矣二章文
義相敘後儒指后稷諸侯不得郊祀故以取蕭為祭先取萩為祭軷燔烈總上兩
祭於三句文義則通矣但祭先本出孝思祭軷自為行遠與祈年之典絶不相蒙
章末興嗣語不已贅乎況軷之所祭即七祀中行神乃祭之小者詩主美大后稷
肇祀之禮不應舉其小祭且與祀先大典並侢尤為不類
嚴緝辨豆登登字曰登升之登無丿（匹蔑匹密二切）豆登之登有丿棻豆登字作𢍏从二
手持肉廾豆上也隸作登从手持肉在豆上又者手也夕者肉也登升字从癶从
豆癶本作㲋（音撥从正从少少音撻从反止蹈也）足剌癶也剌癶難也豆為登車之物象形王謂之

秉石非俎豆之豆無音可讀二字之辨如此嚴僅以有丿無丿别之疏矣

生民詩八章架構至為精密首章推原后稷生於姜源是一篇之綱領末二句載生載育時維后稷則已為下七章立案次章言后稷之生不坼不副無菑無害此載生之事也三四章言稷之始而見弃繼而見收以及稍長有知識好種殖此載育之事也五六七八章言其為稷官而教稼封有邰而肇祀烝民乃粒上帝居歆為周室開基之大祖所謂時維后稷也又此七章文義皆首尾相銜連環而下章法尤妙次章旣美其生之易矣復言不寧不康以起下章誕寘之意三章旣歷言誕寘顯稷之神異矣而章末呱泣一語又與下章覃訏載路相接今以此二句屬上章乃朱傳所改非古義四章言其幼而岐嶷有異常人因及樹藝衆穀無不美盛已見若有神助故下章即以有相之道承之五章美其敎稼之功末句復言功成受封為下三章之

綂昌六七八章皆受封主祭之事而六章先言天與嘉穀使供祭祀因以肇祀結之七章即承肇祀而問其如何方詳言祭事嘆尚就將祭時言末章始言正祭時而七章末語以興嗣歲見此祭為祈穀上帝正起下章豆登居歆意也其章法之貫穿如蛛絲馬迹蟬聯不斷可謂極其工矣且非直此也起句言厥初由今而泝之初也結句言迄今由初而推之今也一起一結遥相呼應無一筆疏漏編偺此最有格律之作學為長篇詩者宜孰玩之

行葦

行葦雖成王詩然所言皆先王事惟曾孫始目成王耳首章箋以為先王之愛物五章箋以為先王將養老行躲禮七章箋以為成王承先王之法益敘云周家忠厚是言累世積德非美一王也先王之法箋謂指文武其愛物行躲之事當別指

先世有道之君矣棨吳棫春秋言公劉慈仁行不履生艸運車以避葭葦又班彪北征賦云慕公劉之盛德及行葦之不傷又後漢寇榮傳云昔文王葬枯骨公劉敦行葦世稱其仁皆以行葦勿踐為公劉事邈世古書史猶多當必有據豈三家詩說乎康成雖不言何王意或相合矣

行葦後敘東萊疑為講師附益容或有之朱子譏其隨文生義無復倫理亂不然仁及艸木愛物也內睦九族親親也尊事黃耇敬老也總為王者忠厚之道何謂無倫理哉又謂說此詩者不知比興之體音韻之節此特以毛鄭二家指行葦勿踐為忠厚之實事不以為興而或肆之筵四句故言毛公分章謂之故言自為一章不以凡字上叶爾字御字下叶斝字耳殊不知詩即行葦一物見王者愛物之仁於義自通何必判為興體又此篇毛分首章為六句次章四句三章六句後四章章四句

文義乖悖（説見呂記）必欲易之以就韻則或肆之筵四句分屬兩章在本章既遺割裂在前後章復成贅肬（疣俗）矣三百篇中同韻而異章同章而異韻者不僂此詩能悉更定之乎況漢世古音尚存所箸樂府辭賦用韻多合詩易後儒往往據之爲證古音如吳棫韻補亦然朱子方祖其説以叶詩反謂漢人不知音韻是何言乎又因曾孫二字疑此詩爲祭畢而燕亂朱必然曾孫雖是主祭之偁然非祭時亦可偁也貍首（見禮記䠶義）詩言䠶不言祭亦云曾孫矦氏矣蒯聵自偁曾孫以告三祖（見左傳哀二年）乃是戰時非祭時

詩之興體無定有以少興多者（此體最多）有以多興少者（凱風首章小雅谷風末章之類）有全用興者（蒹葭衡門鶴鳴之類）古人作詩豈若後世有常格乎即以朱傳之例言之以少興多者不勝詘指至於四牡之四五章以三句興二句小宛之三章以四句興二句皆以多興

少也獨行葦首章譏毛傳以四句興二句不成文理譏鄭箋有興而無所興為誤恐難以服先儒之心也況行葦首四句毛鄭未嘗以為興乎葦是叢生之物（周禮謂之叢物）故毛鄭釋敦為聚皃朱傳以敦聚為句萌之時已非本義又其取興則以勿踐履興莫遠具爾以苞體泥泥興肆筵授几尤為不倫敦聚如朱解則勿踐履時葦未成形（方體）生葉（泥泥）也至肆筵授几即莫遠具爾之實事耳兩義豈能相配乎

苞艸名也可為粗履又本也茂也其見詩者如苞栩苞櫟苞杞之類皆訓為叢生則通作枹生民之實苞行葦之方苞鄭皆訓茂此爾雅釋詁文也朱傳訓為甲而未坼不知何本

方苞方體方者方來而不已方將苞茂方將成體其葉又泥泥然美好故不忍傷

之此正方長不折之意所以為仁也鄭箋以為終為人用故愛之是直利之耳所見小矣

𣫧遠具爾鄭以尔為揖而進之葢燕禮有尔卿尔大夫之文也爾字毛無傳故疏以箋義述之謂無論遠近皆揖之使進

嘉肴脾臄疏云燔炙是正饌以脾臄為加助則經文是加肴矣又云箋以脾臄為加故謂之嘉是嘉爲美之嘉又云定本集注經皆作嘉是當時經文或加或嘉本各不同也未知誰得其正惜毛不為傳無由定之宋董氏言舊本皆作加肴定本作嘉唐改从定本此特因疏語而揣度其然玩箋文則遂世經本已有作嘉者矣孔氏申箋云正饌之外所加善爵則脾與臄合兩義而兼存之尤未盡善

宋是不當有為字

敦弓兩章鄭以為大射王肅述毛以為燕射孔疏是鄭呂記是王案此兩章前後

皆言飲酒之事𦍑言飲酒是燕族人敘所謂內睦九族也後言飲酒是養老敘所謂外尊事黃耇也燕族人則旅酬之後歌以為樂養老則先期行射禮擇士以為賓此燕射大射之別一在燕末一在先期而兩章言射在燕族之後養老之前則二說俱可通也但此射為燕射則當承燕族取義與下章養老各一體王既以為燕射而又以為養老之燕射則失經文先後之次孔氏譏之宜矣東萊不從後敘謂此詩前後所言飲酒為一事無睦族尊老之別故以王說為嘐嘐此詩首敘本言忠厚而忠厚元非一端後敘別言三義以當之亦非誤也必如呂意則全詩皆燕同姓語耳首敘之義亂未盡於此

敦弓既堅釋文云敦音彫徐又都雷反此兩讀俱非敦字本音傳訓敦弓為畫弓說文弴字亦訓畫弓是敦本弴字詩借用敦依字仍當作弴耳說文云弴都昆切

則此詩敦字亦應如本音矣都昆切雖出徐鉉然𦎧本从𦏧以𦏧得聲𦏧字从亯
亯俗从芊讀如純此叔重舊注也純𦎧敦𦎧聲韻皆同則敦弓之敦斷定以如字為
古音矣陸音徐反倂舍此而它讀者𥠆玉篇𦎧字有丁么丁昆二切釋文彫音殆
本諸此人𥠆有客篇敦琢其旅敦為彫刻與此彫飾意略同棫樸篇追琢其章與
有客之敦琢追敦二字又形異而義同而棫樸追字都靁反有客敦字郎尔雅玉
謂之雕雕字然則此詩釋文之彫音其取於有客之敦而徐之都靁反又轉取於
棫樸之追乎以音从義展轉相通非無因也但本音自合正不必舍而它求耳
敘賓以賢毛云賓客次第皆賢復引孔子矍相之䠶證之是論其素行之賢也鄭
謂名中為賢較切於䠶然毛說賓為正大況素行賢則䠶亦必多中矣
四鍭如樹意在美其中耳集傳曰言其貫革而堅正也貫革豈禮䠶所重乎

敍賓以不侮東萊獨取晦庵不以中病不中之說源終嫌其巧箋云不侮敬也其
人敬於禮則多中此卽射義内正外直之意宜可用也今集傳先訓不侮爲敬後
及不以多中陵人之說則朱子之所折衷有在矣
酌以大斗釋文云斗字又作枓都口反徐音主小雅維北有斗釋文亦兩音而音
主者沈重也據徐沈音是斗與主韻元同韻不必用叶也集傳叶之贅矣近世陳
第古音攷音主爲祖音斗爲堵亦謬主祖堵今亦同韻不獨古也何必改音況主
斗同音不僅韻同何反分爲兩音乎案說文十升曰斗當口切枓勺也之庾切此
詩大斗爲酌酒之器則依字當作枓又案易豐卦日中見斗與蔀字主字協彼釋
文云見斗孟作見主蓋以同音故通用也說文枓字亦諧斗聲則斗枓二字古音
爲主無疑正韻四語韻中收此兩字皆音主得之

以祈黃耇王氏解爲乞言良是下章引翼介福則善言之益也敘云養老乞言以成其福祿正指此耳毛訓祈爲報鄭訓祈爲告得未若王義長嚴緝從之

尒雅云台背耇老壽也則黃耇台背特老人之通偁耳大全載輔廣之言謂台背則老更甚於黃耇不知出何典毛傳云台背大老也不言黃耇次之也方言云秦晉之郊陳楚之會曰耇鮐二者省文而合為一偁其非兩義可知釋名云九十曰鮐背或曰黃耇亦以二者為同實而異偁竝不如廣所云也

台背箋云台之言台也大老則背有鮐文疏引尒雅舍人注以為背似鮐魚案鮐音臺又音台史記貨殖傳鮐鮆徂禮切千斤漢書同文選吳都賦王鮪鯸音侯鮐指此魚也宋羅願尒雅翼以為即今之河豚魚又按文選劉逵注云鯸鮐狀如科斗大者長尺餘腹下白背上青黑有黃文性有毒雖小獺及大魚不敢啗之烝煑食之肥

美據此則羅語良是

行葦末二章是養老之事故以引以翼毛鄭以為成王之事黄耇吕嚴以為黄耇之輔成王義皆可通矣朱傳指此為頌禱之詞則黄耇者特稱願之虚言尔無所指目也引翼之者誰又誰所引翼者乎

旣醉

公尸嘉告公者君也天子祭宗廟以卿為尸卿出封則為侯伯侯伯入仕王朝則為卿皆有君道故稱公尸以為周先公之尸者非是成王時七廟為先公者三其四皆王也豈大王以下無嘏詞乎雖曰舉尊以槩卑然文義偏枯矣况周先公未追王者自得蒙王號享王祭武成大告稱后稷為先王周禮大宗伯六享所稱先王則偏指后稷以下也何獨於尸而以公名之朱傳又引秦稱皇帝而男女稱公

子公主相儷則愈礙非其倫祭不師古全無禮文法度豈成周比哉至天子女下嫁三公主之故有公主之偁非目天子為公也且至今猶然不獨秦也此證尤屬疏漏

其告維何箋云公尸所以善言告之是何故乎蓋此維何與下三維何語氣稍異故鄭特加訓釋是問其告之故非問其告之詞也祭餕既美助祭者又有威儀克當神明之意正當以告之故也集傳以為尸告之如此又謂自此至終篇皆尸告之詞亂非是詩僅八章而五章皆嘏詞反居其大半乎又古嘏詞當有成文箸於禮經非臨時臆撰也觀少牢禮載大夫嘏詞則天子亦應有之矣成周詩人全謀禮經成語目為己詩尤無是理也況此五章又文體與少牢嘏詞不類

君子有孝子與威儀孔時連文故毛鄭以君子為羣臣然首二章君子皆曰明成王

不應此獨異也朱呂以孝子爲主人之嗣子則與下三章祚胤孫子詞意重複惟嚴緝云威儀甚得其宜由成王有孝子之行孝子之行無有匱竭能化天下皆爲孝斯得之但威儀上承朋友嚴語尚未分明當云羣臣之威儀甚得其宜由君子有孝行以先之則上承朋友既明劃而下啟不匱又有情矣

孝子不匱永錫爾類毛云匱竭類善也疏申之謂以孝道轉相教化無有匱竭則天長賜王以善道也周語釋類義云不忝前哲之謂夫克肖前人何善如之與毛義相成矣世德相承實天意使然故云永錫也鄭訓類爲族類謂孝行無匱竭長以與女之族類又據左傳引此詩證考叔純孝施及莊公爲說不知左氏引詩以證施及當取不匱義非取錫類也況此與下章同言永錫皆謂天與之耳鄭以尔類爲人與祚胤爲天與義不畫一矣

室家之壼（壼俗）謂善道施於室家而廣及天下毛訓壼為廣與周語合必是古義相傳如此也鄭以壼為梱謂室家先梱致相親以化天下使相親則意大迂曲不如毛氏訓廣合之周語廣裕民人之解為順矣近有以室家指民閭言者更為明捷又與毛傳周語不相違可采也至朱傳深遠嚴肅之說亂礙於理深居九重王者之常事何勞臣子致祝邪況聞聲倆觧趙高所以愚二世也而詩人亦以此倆願於王是成周賢公卿與敵秦宦豎所見乃略同吾未敢信

鳧鷖

鈙言守成又言持盈守成持盈正所以守成也盈易溢溢則成者毀矣持之使勿溢云尔無有後艱傳云言不敢多祈也斯持之之道與

朱傳以鳧鷖為賓尸之樂殆非也繹者祭名也祭祀樂章宜歌頌豈歌雅哉繹祭

之樂歌自有緣衣矣焉用鳧鷖乎朱子之為此說者徒據公尸來燕語耳然詩詞與樂章不相應者多有此詩雖吼繹非必奏之於繹祭時也鵲巢詩豈國君娶婦之樂采蘩詩豈夫人助祭之樂乎又以假樂為公尸畣賓一似尸賓時王與公尸即席唱酬者尤令人難信

鳧鷖五章公尸毛傳皆指宗廟言鄭箋分之為五以首章在涇為祭宗廟之尸次章在沙為祭四方萬物之尸三章在渚為祭天地之尸四章在潀為祭山川社稷之尸末章在亹為祭七祀之尸曲為分配孔叔議其臆說信矣然或謂天地山川社稷之有尸乃漢儒之說不足信此大不然也案周禮大司樂大祭祀尸出入奏肆夏大祝大祭祀隋許規切釁逆牲逆尸小祝大祭祀逆迎尸沃尸盥凡言大祭祀者兼天神地祇人鬼而言也而國語亦言晉祀夏郊董伯為尸是郊祀天地有尸

矣周禮士師祀五帝則沃尸若祭勝國之社稷則為之尸是祭五帝與祭社稷皆有尸矣禮記曾子問天子既殯五祀之祭尸三飯不侑酳不酢又月令注引逸禮中霤禮云凡祭五祀於廟用特牲有主有尸皆設祭於奧是祭五祀有尸矣絲衣篇繹祭高子以為靈星之尸是祭星辰有尸矣此皆見於經傳安得謂遷儒之說乎況漢世近古其傳聞必有據石渠論白虎通所言石渠論曰周公祭天大公為尸白虎通云周公祭泰山召公為尸正義引之既醉未可疑其妄也

鳧鷖五章陸佃以前四章分配神祇祖考而末章總之較勝於箋矣來成言禮也來為言考也傳云旱為孝子則考可知天神在上故言來下地祇在下故言來崇此與敘甚合

福祿來為毛云旱為孝子也鄭云為猶助也助之正以為之鄭申毛意耳為訓助

故釋文云于僞切又云協句如字朱傳助爲無音叶豈欲讀如字邪

假樂

假樂假字音暇訓嘉詩禮記爾雅三釋文皆同朱傳據中庸左傳改爲嘉不知假本訓嘉不必破字也案假字有遐賈嫁暇格五音其言暇者凡五見詩及注此詩假樂與周頌假以溢我假哉皇考三假字傳皆訓嘉商頌昭假遲遲箋訓暇又皇矣箋引書五年須假亦爲暇義此五假字釋文皆音暇而假之一音實兼嘉暇兩義也又案朱傳假作嘉非音嘉也近世俗本集傳直云音嘉誤矣以楊用修之博雅亦據其音爲正別假字於轉注古音（楊所箸書名）六麻韻中甚矣俗本之誤人也

大明篇保佑命爾假樂篇保右命之一指武王一指成王文同義亦同也鄭箋於大明云安而助之又遂命之於假樂則以爲成王官人必羣臣保右而舉之乃後

命用何忽異其説也石本訓助轉爲薦舉之義不已迂乎舉而後用官人之常何
足偁羨乎此詩毛無明解案中庸引此鄭氏注云佐安也石助也孔氏述之云天
乃佐安石助命之爲天子又申重復之當以此解爲正集傳亦主禮疏
不愆不忘率由舊章古注本指成王蘇氏以爲子孫遵成王之法亂不然朱傳則
併下二章皆言子孫矣詩本嘉成王何及詳於子孫而略於成王也又穆皇以下
既祝子孫則與首章所指各别文義亦不相蒙大全載劉瑾語乃謂下三章皆申
首章而一一分配之迷朱而失其指矣
無怨無惡鄭云天下皆仰樂之無有怨惡歐陽云其臨下無有怨惡於人意大同
而小異皆謂不爲人所怨惡也此説得之其以爲無私怨惡於人者誤矣不獨横
增一私字也有私惡必有私好止言無私怨惡文義及成遺漏矣集傳兼載兩説

而反寘鄭義於後

燹及朋友以族人之恩及之也禮有於食族燹燕乃其常羣臣有功則燹非其常也故云燕及以美王恩意之隆也此箋說　朱傳訓燕為安而曰人君能綱紀四方臣下賴之以安文義亦通但與下不解於位不相顧矣不解兼指君臣言也君臣皆勞民始得安何得臣獨逸乎東萊云上逸則下勞矣上勞則下逸矣不解於位民所由休息也朱傳旣云臣賴君以安而又引呂語不自相抵牾邪

邶風伊余來塈大雅兩民之攸塈凡三塈傳箋皆訓息假樂疏據尔雅呬息其民注引詩民之攸塈以為塈與呬古今字良是也案呬說文作齂云臥息也从鼻隶声音弟然則詩作塈乃借也說文塈作㮣云仰塗也从土旣聲其冀切書塗塈茨梓材當此義矣詩借為息故釋文云虛器切音亦不同　至慇者乃古愛字玉篇以當此

塈恐不然又正韻釋塈字引詩來塈偯塈从仰塗取義訓爲依附説亦可通但不知何所本其摽梅塈字毛訓取與三詩同音而異義

毛詩稽古編卷第二十

生民之什中　正大雅

公劉

大雅自公劉至召旻正變雅十有六篇敘皆得作者主名召康公穆公凡伯衛武公芮伯仍叔尹吉甫凡伯共八人召康公三詩皆正雅也其變雅則召穆公三詩二刺厲王一美宣王也衛武公芮伯各一詩皆刺厲王也仍叔一詩尹吉甫四詩皆美宣王也兩凡伯共三詩一刺厲王一刺幽王也抑為武公作桑柔為芮良夫作別見春秋内外傳崧高烝民則吉甫自箸名氏餘皆賴敘以明其說必有所受矣朱子不信小敘故除武公芮伯吉甫四詩外皆為疑詞卷阿詩則又參以紀年之說

刻本多一條

不窋末年夏后政衰去稷不務不窋失官奔戎翟之閒皆周語文也其曰公劉雖在戎翟能脩后稷之業者特因周語及詩兩文而想其當然也周語言不窋事而不及公劉詩言公劉事而不及不窋遷又以公劉為不窋孫中閒止隔鞠陶一世不容他徙遂意其當在戎翟閒也周語又言竄狄之後不敢怠業以至於奕世載德不忝前人則公劉當與焉而詩亦言公劉𠂤民之事遂意其能脩后稷之業也其曰務耕種行地宜卽詩所云陟則在巘復降在原逝彼百泉迺陟南岡相其陰陽觀其流泉及既順迺宣徹田為糧也其曰自漆沮渡渭取材用卽詩所謂涉渭為亂取厲取鍛也其曰行者有資居者有畜積卽詩所謂迺積迺倉迺裹餱糧于橐于囊也其曰民賴其慶百姓懷之多徙而保歸焉卽詩所謂既庶既繁而無永歎爰衆爰有也其不言公劉遷豳而言子慶節立國於豳者史遷未見毛傳不知

爰方啟行即遷豳之事故詩中雖有于豳斯館豳居允荒之語猶未以爲定都於此當載籍散軼公劉事無他典可稽止據詩詞敷演而爲之説毛傳尚未行故不及取而箸之於書後儒反援本紀之文以非毛傳不亦惑乎惟周語言不窋犇翟公劉不應更杜部與毛傳相矛盾故綿篇孔疏以爲不窋已竄豳猶尚往來邰國未即定居於豳至公劉而盡以邰民徙居焉是定居於豳自公劉始此足通兩書之異而未盡也仲達斯言猶拘於周本紀所箸世次及康成豳譜謂公劉與大康同時之説耳本紀以周十五世當夏殷二代千二百年之久先儒已規其謬孔疏云計每世在位八十許年子猶將老始生以理推之實難據信史記索隱正義辨之意亦同豳譜之言又與周語不合辨見下條倶未可信則公劉之與不窋相去不知幾世没非祖孫也源謂不窋失官犇翟因夏之衰韋昭以大康之歒當之應不誤迨少康中興纂禹之續愛民重農不窋子孫自

當還於舊都脩先人之職則有邰疆土應如故竹書紀年云少康三年復田稷沈約注云后稷之後不窋失官至是而復復其官必併復其國矣至公劉再遭夏亂是桀時說見下條始去有邰定都於豳耳故不窋之竄公劉之遷皆避夏亂皆自邰出事略相同而時世不必相接後儒不信毛傳皆因過信史記以兩君為祖孫世次相近之故故時論之以俟識者擇焉

公劉遷豳毛傳止云遭夏人之亂未定何王之世也鄭譜指為大康時孔疏疑之謂據韋昭國語注不窋與大康同時公劉乃不窋孫不應共世當矣但謂不窋失官在大康始衰之時公劉見逐在少康未立之前此特遷就其說曲為鄭譜回護耳夫大康之後又歷仲康帝相兩主始滅於寒浞則少康未興以前豈得越兩王而名為大康時耶譜之言仍不合也案子長作周本紀拘於天子晉十五王及衛

匙僕十五世之說皆見周語晉言后稷靖民十五王而文始平之僕言后稷勤周十五世而興當是賢君有十五耳非世數盡于此也所記

世次最為疏扁公劉之為后稷曾孫未可信也婁敬說高祖言周自后稷封邰積

悳累善十餘世公劉避桀居豳漢初去古不遠敬所聞當有據矣夫十餘世則非

曾孫避桀則非與大康同時此足證本紀及豳譜之失敬語今見史記子長錄之

於傳而不改本紀之誤何弗思乎

公劉之言篤猶生民之言誕也傳云篤厚也敘所謂厚於民是也首章言去邰之

事次章言度地之勤三章言建立都邑四章言燕勞羣臣五六章言築室授田利

民富國之事而六以篤字冠之則皆厚於民之道也公劉之厚非一端而避夏遷

豳尤為厚之至公劉食足兵彊雖遭迫逐猶可固守乃浚意去之無所恪惜寧勞

其身不忍鬭其民篇首言其可居而弗居可安而弗安有疆埸有倉積而刑有以

脫民於鋒刃寧莫加於此矣大王之避狄遷岐殆其家法乎然二君雖當奔竄之餘而相度從容經理周密絕非流離播遷倉皇失措者比蓋其弃國之初胸中先有成畫去小利就大謀度可為而後動非徒姑息為仁退避為義者也厚德之中有大略存焉見於綿公劉兩詩矣

于橐于囊諸家釋橐囊各異約之有四說焉毛傳曰小曰橐大曰囊玉篇解亦同孔疏申毛引左傳銷脂食靈輒寘食與肉於橐及公羊傳陳乞盛公子陽生於囊以橐僂容物證其小囊可容人證其大此一說也文選干寶晉紀論引此詩呂向注云大曰橐小曰囊與毛傳反此又一說也釋文引說文云無底曰囊有底曰橐孫奕示兒編亦引之今水說文云囊橐也橐囊也與二書所引不同此又一說也唐韻云橐無底囊徐鍇云無底曰橐漢書師古注云無底曰橐有底曰囊刑法記反趙克國二注皆同宋董氏及朱傳

因之此與釋文反又一說也四說各異而毛傳最古矣又孔疏引趙肩陳乞一事似為確證然史記平原君傳云若錐之處囊中漢書揚雄傳云士或自盛以橐又云范雎扶服入橐則囊未始不以盛物橐未嘗不可容人也意二物本大同小別可以互偁人各以意名之故說各不同乎

干戈戚揚箋云戈句孑戟也疏無發明案攷工記冶氏戈廣二寸內倍之胡三之援四之注云戈今句孑戟也或謂之雞鳴或謂之擁頸內謂胡以內接柲者也長四寸胡六寸援八寸鄭司農云援直刃也胡其孑戈句兵也主於胡也疏云戈與戟別而鄭云戈今句孑戟戈戟共為一者據漢注而言雞鳴以胡似雞鳴也擁頸以胡曲故也以其有胡孑故為句兵又禮記文王世子注云戈句孑戟也疏云如戟有孑刃因引冶氏文而繼之云以其句曲有孑戟又曲禮疏云戈句孑刃也

如戟而横安刃但頭不向上而鉤也直刃長八寸横刃長四寸接柄處長四寸並

廣三寸用以句害人據此諸說是戈戟皆句兵但小枝向上為戟平之為戈微有

不同故戈亦蒙戟名而以句孑别之句孑者以其横安刃不向上而鉤也且其字

篆體作戈本象戈形說文謂之平頭戟云戈从弋一横之象形是已又莊四年左

傳楚武王授師孑焉杜引方言云孑者戟也疏云方言戟楚謂之孑郭注云取名

於句孑也戟有上刺之刃又有下句之刃故以句孑為名是戈戟之用俱杜句孑

大類而小别也方言又云凡戟而無刃秦晉之間謂之孑吳揚之間謂之戈東齊

秦晉之間謂其大者曰曼胡其曲者謂之句孑曼胡郭注云句孑曼胡即今之鷄

鳴句孑戟也失戟而無刃殆即所謂横安刃不向上者正指戈而言然則孑者本

以名戈而楚獨以名戟杜特據楚語釋孑耳故冶氏疏引左傳注云孑句孑非杜注當

是服賈
諸家語不言是乾與杜異也

爰方啟行毛鄭皆釋為方開道路而行蓋時遭迫逐道路必有阻難故整其師旅設其兵器以方開之也齊語管仲曰君得此士也三萬人以方行天下二方字字法相同集傳曰方猶始也文義亦通但與上二語少情

毛傳謂公劉遷豳從者十有八國本指諸侯也曹氏以為民之從遷而引為旣庶旣繁之證誤矣諸侯之從不過同避夏敵耳非同適豳也豳地能容十八國乎

而無永歎傳云民無永歎猶文王之無悔也此特釋長歎之為悔耳民不以遷為悔猶文王之作事無所可悔也仲達謂民不恨公劉猶文王之德不為人恨遂用此義以述皇矣詩傳殆未必得毛指

鞞琫容刀朱傳旣从正義飾容刀為容飾之刀又引或說謂容刀如容臭言鞞琫

之中容此刀此誤解詩併誤解內則也案內則疏引庾氏燕語云以臭物可以脩飾形容故謂之容臭也與詩疏容刀同義

詩多言原隰皆泛指廣平下溼之地且獨公劉篇度其隰原鄭氏著之於豳譜云杜禹貢雍州岐山之北原隰之野孔疏申之云禹貢雍州荊岐既旅原隰底績是岐山原隰屬雍州也公劉居豳度其原隰以治田是豳居原隰之野孔氏書疏又云原隰豳地從此致功西至豬野鄭必以詩云度其隰原即此原隰是也據此當為地名況禹貢原隰底績上有荊岐終南惇物鳥鼠皆山名下有豬野是澤名而原隰與之竝列定非地形高下之通偁鄭氏既引書以作豳譜孔氏復合詩書二文以證其為一則公劉篇度其隰原自應訓為地名然鄭氏箋此詩云度其隰與原田之多少則仍是廣平下濕之通偁耳孔氏亦隨文釋之末雖引豳譜而不為

置辨恐屬疏忽
取厲取鍛鍛者治鐵之名非石名亦非鐵名也毛傳云鍛石鄭嫌以鍛為石名故
申之云鍛石所以為鍛質孔疏云質椹也鍛金之時須山石為椹質是鍛雖非石
名然取石以供鍛用則毛之訓為石仍是道其實也朱傳訓為鐵鐵未有名鍛者
豈以為鍛成之鐵乎鍛成之鐵已為人有不比山閒頑石可取之無禁也又釋文
云鍛本又作碫說文云碫厲石也豈厲與碫乃一石乎又今說文碫作碬徐音乎
加切與釋文異别有辨詳附録
芮鞫俗之即傳云芮水涯也箋云芮之言内也然則芮乃水内涯名非水名也字
當作汭周禮職方氏雍州其川涇汭鄭氏注引詩芮鞫證之及箋詩則不用前說
孔疏以為注禮時未詳詩意良是也蘇氏反取其禮注通義駁之當矣又案職方

賈疏亦辨其故謂詩上言夾其皇澗溯其過澗故以芮鞫爲外内周公制禮時以
汭爲水名汭即皇澗名爲汭耳賈以汭爲皇澗之别名殆是臆説不如孔疏之當
又鞫訓水外字當作坭鞫字乃借也職方鄭注引詩作坭潒書地里記引詩作阮
師古曰韓詩作阮褰坭泦阮三字不見説文而見玉篇皆居六切注云水外曰坭
阮古岸也泦水文也廣韻泦訓同玉篇坭阮二字皆兼曲岸水外之義則芮鞫鞫
字當以坭爲正而阮次之餘皆借也

洞酌

公劉卷阿洞酌三詩皆召康公戒成王而意各有所指公劉戒以㝈民事也洞酌
戒以脩德行道也卷阿戒以求賢用士也鄭氏釋洞酌用左傳昭忠信之説正合
叙意潦水可薦神明所謂皇天親饗也豈弟爲民父母所謂有德有道也成王它

日命君陳曰至治馨香感於神明黍稷非馨明德惟馨蓋深有得於此詩之義矣
蘇子由以爲行潦至薄挹而注之可以餴饎見物皆可用喻君子之於人才彊教
悦安未嘗有所弃猶父母之無弃子與叙意全不相蒙況民之父母民之攸歸民
之攸塈民字槩指士庶言何得㛹目賢才又求賢用吉士是下篇立言本指不當
此詩豫及之也
可以餴饎言行潦可供餴饎之用耳朱傳釋餴義謂烝米一孰而以水沃之乃再
爨一似用行潦專爲再爨也豈一烝時不須水乎又毛云餴餾也正義引尔雅孫
炎注云烝之曰餴匀之曰餾郭璞注云餐音修飯曰饙饙孰曰餾而申之云爨米謂
之饙饙必餾而孰之故言饙餾然則一烝之後匀之便孰何用更沃水乎又餴字
義說文云一烝米玉篇云半烝飯廣韻亦云一烝竝無再烝之說又案餴本作饙

或作饋

泂酌詩集傳引表記彊教悅安大學民好民惡之語不過證豈弟父母之義非有兩層意也大全載輔廣之言以彊教悅安爲成民之才民好民惡為體民之心又云既有以成其才又有以體其心則是豈弟父母成二義矣世有彊教悅安當與民心好惡相違者乎

卷阿

卷阿詩十章凡十言君子而其六則言豈弟箋疏皆目大臣即敘所謂賢也敘所謂吉士則經文之藹藹吉人藹藹吉士也能信任大臣處之尊位則求（衆）賢滿朝矣嚴坦叔推演其說以為成周雖多吉士不可無大賢以為之統盟時周公有明農之請召公亟周公歸政之後成王任用非人故勸王虛心詘己求豈弟之賢而任

之斯語良是也朱子辨説謂賢與吉士不得分為兩等同一豈弟君子洞酌目成王不應此篇遽為賢人似矣但首章云來游來歌七章云維君子使媚于天子來是自外而至之詞非所以偁王媚于天子不得云王使媚之均礙於文義又召公意在勸王用賢何得二三四章徒為頌禱之諛詞不一及本指乎朱傳以為極壽考福禄之盛以廣王心而歆動之五章之後乃告以致此之由兹特彊為之詞耳詩意未必然

人主用賢始則虛心詘體以致其來終則寵賚錫予以褒其功而賢者既用上則能成就君德下則能表正民俗中則能使庶僚竭力以致太平其義皆具於卷阿詩矣首章取興卷阿末章偁述車馬正用賢始終之道也二三四章三言俾爾謂君德成也五六章兩言四方謂民俗正也七八章兩言藹藹謂庶僚竭力也九章

言鳳鳴之和桐生之盛謂致太平也此用賢之效也首尾二章論人君用賢之道
而中八章皆盛稱其效以為勸篇法章法最為完整
卷阿集傳云召康公從成王游歌於卷阿之上因王之歌而作此詩以為戒其說
本竹書紀年紀年云成王三十三年王游於卷阿召康公從是也卷阿是大陵之
通稱卷是卷曲義非地名也詩以為興不言王游於此也且紀年言王游不言王
歌也言王歌見紀年注則在十八年非歌於游卷阿時也歌見後紀年因詩而附會
集傳又因紀年而增益之耳紀年之書先儒不用以釋經故朱子雖祖其說而不
著其所自出
首章飄風自南釋文飄作票云本亦作飄　其匪風飄兮飄風發發釋文皆云飄本
又作票㮰票方昭切本作㶾說文云火飛也从火𡿺與䙴同意䙴七然切㶾之或體从㚒囟聲升高

也大飛必上升故云同意今嫢字惟見周禮宅典皆作票隸省也周禮艸人輕嫢用犬注嫢輕
脆者疏云嫢脆聲相近故知嫢即脆也又漢書霍去病傳票姚校尉票騎將軍
師古注以為勁疾之皃五行記谷永言成帝崇聚輕票無誼之人合諸說觀之票
乃輕速之偁蓋从火飛取義也毛訓飄風為回風疏引爾雅回風曰飄李巡注云
回風旋風也凡風之回旋者必輕揚而迅速詩飄票文雖異義則相通矣
伴奐毛訓為廣大有文章音判渙鄭訓為自縱弛之意音畔换孔疏辨之矣茀祿
茀字毛訓小音弗鄭訓福音廢釋文引徐沈二家語亦甚明呂記朱傳皆从鄭訓
用毛音不已疏乎又伴奐如鄭解則與優游意複不如毛以伴為廣大奐為文章
之當且本於孔子之言孔晁引之云奐乎其有文章伴乎其無津涯見正義尤為有據但王肅述毛云周道
廣大而有文章故君子得以樂易而來游優游而休息獨以伴奐指正而分游與

優游爾休指君子割截經語不成文義又下二章首二句皆指王不應此獨異又此三章言爾者凡十三皆指王不應此二爾字獨異斷非毛指也當從諸鄭箋而為之解曰廣大而有文章哉爾王可得游娛矣從容而自得哉爾王可得休息矣廣大有文章言其規模制度弘遠而明備故天下底定而王得安享太平所謂爾游也優游爾休又承爾游而申成之文義蟬聯語平而意貫矣

馮翼孝德分為四義皆指賢人之德言馮翼是施用之名孝德是成行之偁孔疏之解甚當呂記謂馮翼目成王言王當有所馮依有所輔翼必得有孝有德者然後可則四有字文義參差殆非詩指

鳳凰于飛箋云時鳳凰至因以為喻孔疏引書君奭鳴鳥不聞證之當矣案周語內史過曰周之興也鸑鷟(音岳浞)鳴於岐山韋昭注云鸑鷟鳳凰之別名也詩云鳳

凰鳴矣于彼高岡其岐山之舊乎此又一證也又周書王會解云西申以鳳鳥方

揚以凰鳥解所言正指成王時王城既成大會諸侯及四夷之事此尤足為證而

孔不之引豈偶未及耶至竹書紀年云成王十八年鳳凰見遂有事於河洮約注

云鳳凰翔庭王援琴而歌作神鳳操此集傳所謂游歌也紀年非正典宜不為所據信矣棨

神鳳操曰鳳凰翔兮于紫庭余何德兮以感靈賴先王兮德澤臻于胥樂兮民以

寧詞調卑弱非三代人手筆其為偽作無疑

呂記云亦集爰止言聚萃也亦傅于天言布椒也此二義取興國優萃聚喻入佐

翰廷與媚于天子相應布椒喻出隸蒞俗民社與媚于庶人相應

藹藹毛云濟濟鄭云奉職盡力意皆出爾雅疏念（合）二義言之云美容又盡力夫美

容盡力所以為吉士也蘇氏改訓為衆多則下王多複出矣又釋文云藹說文作

藹案說文藹从言葛聲臣盡力之美亦與釋訓同又此字近世有上去二讀正韻
解泰二韻皆收之非古也釋文藹於害反說文玉篇皆同止有此一音無讀上聲
者入皆入言部示兒編云藹字釋文與禮部韻竝音去聲意宋世已有上聲之誤
故孫特置辨與
維君子使集傳以君子目王自知與下句文義難通也因引六月篇王于出征以
佐天子相例不知彼詩于本訓曰出征以佐天子正王命吉甫語也故王與天子
文連無礙於義非此詩之比
尒雅釋訓篇解詩不專釋字義直舉作詩大指以爲言如藹藹萋萋臣盡力也雝
雝喈喈民協服也惟藹藹是正釋耳詩萋萋自說梧桐之盛雝雝喈喈自說鳳凰
之鳴而釋訓以臣民當之是推明全句意非解其字也毛鄭儕祖是說惟與與不

俾有異以鳳凰梧桐為太平之實驗而致此瑞則由王之用賢此毛義也以鳳凰喻賢士梧桐喻明王此鄭義也較論之鄭義差長

君子之車既庶且多君子之馬既閑且馳言賢者車馬之盛見王寵賚之隆也若君子目王不過王有此車馬耳與優賢意何關

矢詩即首章之矢音也遂歌即首章之來歌也來歌矢音承上豈弟君子言矢詩遂歌承上兩君子言皆謂賢者矢之而為歌也但首章來歌以矢其音是賢者自歌之末章矢詩而遂為歌是樂工歌之為異耳 末章傳云不多多也明王使公卿獻詩遂為工師之歌傳泛言公卿是即詩之君子而敍所謂賢也箋以矢詩為名公自言孔疏因謂公劉泂酌卷阿即所矢之詩而此二語為三篇總結似矣然矢詩遂歌與來歌矢音首尾文義相應甚明箋疏之述傳殆未合詩意

生民之詩下變大雅

民勞

民勞敘下箋云厲王成王七世孫也疏引世本及周本紀明其世次以為共王生懿王及孝王孝王生夷王誤矣案本紀孝王乃共王弟夷王乃懿王子也世本即史記所據亦應與本紀同疏又引左傳觙虔注言召穆公是康公十六世孫康公與成王同時穆公與厲王竝生世數不同者生子有早晚壽命有短長也此語固然而猶未盡案召康公最稱多壽論衡言其百八十歲必有據也計其生存時當及見七八世孫成又冲主特與其雲仍同輩耳世數差殊又何足怪

汔可小康毛云汔危也鄭云汔幾也疏申毛云汔之下云小康明是由危即安故以汔為危又申鄭云汔之為危無正訓又勞民須安不當更云危故以汔為幾源

謂孔氏失毛鄭意矣毛云危即近義易曰其殆庶幾殆與危義皆可通於近但毛

語未明故鄭云幾正申毛危意非易傳也又尔雅釋詁嚌音聿幾烖殆危也鐖音祈汔

也幾鐖危汔轉互相通毛危鄭幾同歸近義耳豈有異乎又案汔尔雅說文皆作

汔从水乞聲乞即古氣字㴗作乞僭為乞與請乞義但尔雅釋文汔音盇詩釋文

及說文皆許訖反音各不同說文云水涸也或曰泣下與詩雅義又不同廣雅汔

許乞反盡也音同許陸而訓釋又異當以毛鄭為正

無縱詭隨毛訓為詭人之善隨人之惡朱傳訓為不顧是非而妄隨人雖小異而

實同歸也後漢書陳忠傳引此詩章懷注云詭譎委隨之人朱說當本此

憯不畏明說文引之憯作朁云曾也从日兟子林反从二先先側林反首笄聲臣鉉等以今朁

字即朁字之偽入說文別有憯字云痛也則憯朁是兩字詩中憯字多訓曾當以不

箸心旁為正惟雨無正憯憯日瘁當从心耳後人傳寫合兩義於一字久矣

柔遠能邇見書亦見詩鄭注書則曰能恣也箋詩則曰能猶伽也伽字唐初已不

載字書音義算攷釋文偕用廣雅如字訓廣雅云如若也均也釋之正義用書注恣意釋之

然鄭箋自有解矣箋云安遠方之國順伽其近者則伽義當與順相同又釋文云

能毛如字鄭奴代反據徐反能與耐同伽當訓忍訓任徐邈晉人去鄭未遠宜得

伽字之解矣但毛傳能字無訓孔述毛全用鄭順意不知徐云毛如字當作何義

也案尚書孔傳云言當安遠乃能安近孔訓柔為安疏引王肅云能安遠者乃能安近

二說相反而釋能字則同徐意或如之

板

板蕩首章上帝皆謂王者板詩二四五六章蕩詩次章及桑柔首章天字亦斥王

毛鄭之說有自來矣三家義雖無攷然韓詩外傳以上帝板板下民卒癉為君返道而民愁則上帝亦指君爾雅釋詁云天帝皇王君也正謂此諸詩耳後儒易其說最是拘墟之見又天之牖民下文皆言王者之事尤難徑屬上天李氏解為順天理以牖其民迂矣朱傳曰天之開民其易如此以明上之化下其易亦然亦迂

靡聖管管毛以管管為無所依繫必有本也訓為小見者蓋因管字而傅會之曹氏之陋說也詩緝引之誤矣案管本作悹廣韻云古滿切詩傳悹悹無所依又音貫然則此詩管字乃悹之借也與管見義何預

尒雅釋訓云憲憲泄泄制法則也小人逢迎其主徨徨剏立新法以助其虐厲王時紛更舊典必多周語太子晉也厲始革典斯其證也首章靡聖管管六章無自立辟正此意孟子解泄泄云言則非先王之道以先王為非故敢於自立法也與

釋訓意脗合朱傳以泄泄為怠緩悅從亂非孟子沓沓之義沓沓者襍沓競進之

皃（解見小雅十月之交）故以棄禮義非先王實其說夫弃禮義非先王豈止於怠緩悅從哉

桼說文泄泄作呭呭云多言宮皃沓沓云語多沓沓義正相符矣又多言與制法則

似異而實同人主紛更舊典羣小必爭先獻媚各進其說說文解字義故止云多

言尒雅釋詩義則推其多言之故

詩云言泄泄泄泄其羽傳曰雉飛而鼓翼也桼者泄泄兮傳云多人皃無然泄泄

傳云猶沓沓也三泄泄所指異而義則同鳥之鼓翼為求雌也人之衆多息蠭莫

也臣之雜沓爭獻媟也總為競進趨先之態朱傳皆反其義

天之方蹶蹶俱衛反動也朱傳既解為動矣人云顛覆之意訓顛覆則蹶當居目

反今兼兩義不知讀何音

辭之輯矣辭之懌矣鄭以辭爲王者之政敎葢上文戒羣臣毋助王爲虐因言國之安危繫於出令如此不得輕變先王法也其說本當而嚴緝非之謂戒以僚友之言論宜相協和誤矣夫言論貴其是豈必其同乎以下數章觀之當時灌灌者止一老夫耳其囂囂者讒讒者夸毗者皆隨聲附和唯諾恐後者也尚慮其不相合哉嚴又譏鄭以爲上下文皆責僚友中忽言王者出令詞意不倫則不獨失詩意併失鄭意鄭原云此戒語時之大臣矣政敎雖出於王者而輯之懌之臣亦與有責焉故告戒之與上下文正一意安得謂不倫乎

聽我囂囂毛云囂囂猶警警也疏引尒雅警警傲也申之謂傲憫其言而不聽也囂字音五刀反訓爲自得不肯受言之皃以自得訓囂囂雖本孟子趙注然轉爲不肎受言迂矣

傳云夸毗以體柔人也義同尔雅先儒皆遵用之朱傳獨曰夸大也毗附也小人之於人不以大言夸之即以諛言毗之夫夸毗與蘧篨戚施一類乃見成偁自非可分析取義也此解不已鑿乎況毗本作𣬈从囟比聲人臍也轉訓益訓厚訓輔並無作阿附解者案夸毗玉篇廣韻皆作舿舭舭字集韻亦作䑀舭與毗字本訓不相蒙

尔雅蘧篨口柔也戚施面柔也夸毗體柔也此三者曲盡小人狐媚之態而皆見詩令合之它典則周書巧言令色便辟語異而義同巧言即口柔令色即面柔便辟即體柔論語亦言巧言令色足恭注云足恭便辟皃書傳亦云便辟足恭孔仲達釋夸毗云便辟其足前却為恭今經生解足恭異此誤也則足恭也便辟也夸毗也三名而一實也孟子述曾子子路之言所謂未同而言者其口柔乎脅肩諂笑者其面柔乎脅

肩者其體柔手取人與立身皆當戒此三者聖賢之垂訓古今同符如此又案籧
篨廣韻作蕖蒢戚施說文作䵶䵺廣韻及玉篇佽規覷晉語以二者爲疾名說文
以籧篨爲粗竹席䵶䵺爲詹諸取象於廢疾與器物其賤惡之偁與夸毗亦必有
所象今不得其說矣

喪亂蔑資毛以蔑爲無資爲財義本通也集傳曰資與咨同嗟歎聲不獨改字文
義亦乖

民之多辟無自立辟立辟者立法也自立法必廢祖宗之法所謂國將亡必多制
也成王之賢也由舊章厲王之虣也自立辟可識興亾之故矣李氏謂民多邪辟
王不宜又爲邪辟朱呂皆从之此非詩恉左傳宣四年孔子引此詩譏洩冶處邪
僻之世不可自立法意正與古注同不然洩冶諫君可言邪僻乎

又此兩辟字毛鄭上訓邪僻下訓法故釋文上匹亦反下婢亦反下章大師毛鄭
以為三公故釋文音泰呂記立辟从李氏訓邪僻大師从王氏訓大衆而音反仍
襲釋文之舊殊少簡檢點
以大宗為同姓世適宗之子為王之適子者鄭康成之説也以大宗爲巨室宗子爲
同姓者王安石之説也晉士蔿對獻公僖五年左傳引此詩而云君其脩德而固宗子
何城如之宗子暗指申生正適子之謂鄭説有本矣李樗从王説反引左傳證之
何弗思與
及尔出王毛訓王為往王之訓往獨見此耳説詩者頗以為疑近世説文長箋言
徃迬徃誑等字皆从𡳾詩出王本作𡳾石經因凡字从𡳾者俱渻𡳾為王併出𡳾
字亦渻作王斯言良是也案説文𡳾从㞢之隸作圭土上㞢本象艸出而偕訓往𡳾

以㞢取義訓艸木妄生則亦可借訓往傳義有徵矣又趙謂此字是石經所改則孟蜀以前經文尚作㞢也故㞢乎光切王雨芳切異音而釋文無音反是唐本之為㞢字可知也後儒不察妄為往音以就之陋矣夫王字止有平去兩讀安得有上聲乎

毛詩稽古編卷第二十一

蕩之什上變大雅

蕩

蕩敘云厲王時天下蕩蕩無綱紀文章故作此詩爾雅云版版盪盪僻也箋云蕩蕩法度廢壞之皃蓋上帝本指厲王譏其壞法度而在民上爲人君也此詩蕩蕩與堯舜之蕩蕩無名洪範之王道蕩蕩取義各别矣歐陽氏訓爲廣大殊失詩恉蘇氏因此謂小敘蕩蕩與詩之蕩蕩不合夫敘詩者豈能逆料後之誤解乎槩説文平坦義當作惕狂放義當作愓亦作惕滌除義當作盪廣大義當作潒蕩本水名與此四義俱無涉今惕愓潒三字不用以一蕩字揔其義而閒亦作盪此俗之

譌也古今文必有别矣即如詩魯道有蕩此惕字也書以蕩陵德論語其蔽也蕩
今之狂也蕩及詩蕩蕩上帝此像字也法度廢壞正放義矣書洪水蕩蕩孔傳訓
滌除此盪字也論語君子坦蕩蕩及堯之蕩蕩當作潒潒訓水潒瀁近廣遠義矣
書王道蕩蕩孔訓開闢則亦廣遠義當作潒也遷世去古未遠所見經本較真又
師授有自故訓釋得其當後儒徒據俗本妄肆紛更及譏先儒爲誤豈非經學之
一阨哉
又案經典中語同而美惡異義者甚多如同一欽欽晨風以爲憂鼓鐘以爲樂同
一翩翩四牡以興使臣南有嘉魚以興賢者巷伯以刺讒人同一藐藐抑篇以爲
不相入崧高以爲美皃瞻卬以爲大皃豈弟君子至美之偁也而齊人譏文姜亦
用之繾綣從公昭二十五年左傳語忠愛之誼也而召公惡詭隨則謹之此類難勝詘指蓋

自有經以來字體屢變經文亦屢易衛包所改之經已非漢隸之舊況古文大篆乎較之刪定之原文不啻內典之遭翻譯矣又加以傳寫之踳誤俗學之沿譌歟二千年古經面目幾不可復問嘫字形雖易而字義猶可攷此漢唐注疏所以為功不小也後儒所據者俗本所識者俗字驟見先儒訓釋大有逕庭遂駭之疑之因而掊擊之悉易以臆解郢書燕説其謬可勝言哉

曾是掊克毛訓掊為自伐克為好勝蓋定本掊作倍倍是兼倍於人故為自伐毛殆據倍字釋之耳箋不易傳意漢世經本皆作倍也釋文云掊聚斂也案說文訓掊為把乃入水取鹽之名史記武本紀掊視得鼎注以掊為手把土皆是剥取之義陸云聚斂當是也然此止釋掊義耳王氏曰掊斂好勝之人掊訓从陸克訓从毛此得之朱傳解經為聚斂之臣亂遺克義漢書敘傳師古注引此詩而釋之曰

掊克好聚斂克害人也豈謂以聚斂行其克害乎朱子最喜顏監殆祖其說但克害之事多端寧僅聚斂顏注云云或分為二義亦未可知

蕩詩兩義字皆訓直（宜）而秉義類言汝所秉用之人空（宜）善也箋訓類為善不義從式言沈湎之行不宜从而法式之也案古義儀宜三字通用宜鑒於殷禮記引之宜作儀如食宜饇釋文宜本作儀其儀一兮箋訓儀為義我儀圖之釋文儀作義傳訓宜此詩兩義之為宜毛鄭不誤矣後人亦知義訓宜不知此兩義及爰民之儀直當宜字用也義儀宜古皆音俄音同故用之不甚別異

流言以對毛傳云對遂也夫彊禦衆怨之人宜黜遂也不根之流言宜遏絕也而使之得遂是王用人聽言之不審也用人不審則寇攘進矣聽言不審則詛祝興矣孔申傳云為流言以遂其惡事毛意未必爾鄭以對為答義短於毛

詛者盟之細也詛用牲而祝無之祝又詛之細也古重盟詛之禮蓋其風始於苗民而後王因箸為令周禮春官之屬有詛祝（惟此祝如字讀）秋官之屬有司盟詛民之不信者其獄訟則使之詛盟皆掌之以官而朝廷之上亦自行之巧言詩君子屢盟是王與臣下盟也蘇公欲詛何人是大臣互相詛也此皆君臣相疑乖戾不和所致厲王之世羣小接迹流言交構君臣之間不能相信至與神質鬼以釋其疑宜其多詛祝矣東遷而降斯風尤甚如鄭詛䠶潁考叔者晉詛無畜羣公子魯作三軍則詛之陽虎斂魯則詛其君及國人秦伐楚則亦詛之於神事不勝枚指後世民情愈澆鬼神不足約束之於是上不立此法下亦莫重其事矣集傳以詛祝爲怨謗即周公所謂小人怨汝詈汝晏子所謂夫婦皆詛者也與箋疏異文義亦通但厲王行監謗之令國人以目而已敢厥口詛祝乎

傳云炰烋猶彭亨也韓愈石鼎聯句詩豕腹脹彭亨蓋用其語然鄭之述毛云炰
烋氣矜自健之皃與韓愈鼎腹意異韓雖用毛語而失其指矣棠易釋文大有卦引
干寶注云彭亨驕滿皃玉篇廣韻彭亨作憉悙注云自彊也意皆同鄭
如蜩如螗傳云蜩蟬也螗蝘也陸疏云宋衛謂之蜩海岱之間謂之蟬蟬通語也
螗蟬之大而黑色者一名蝘虭然則蜩為總名螗乃諸蜩中之一種郭之注尔雅
同此義又與毛傳合當是也孔疏據尔雅舍人注謂方語不同三輔以西為蜩梁
宋以東為蜩為蝘是蜩螗一物而異名與郭義殊殆不然尔雅所列蜩之種凡七
而總名之曰蜩螗之名居七者之一耳何關方語乎又尔雅云蜩蜋蜩螗蜩首一
蜩總諸蜩也蜋蜩與螗蜩七蜩中之二也孔疏引之云蜩蜋蜩螗截去一蜩字意
舍人句讀然乎不如郭之當矣孔舍郭而取舍人既失之邢昺述郭者也載舍人

語於雅疏而不知其與郭異其疏忽尤甚也

内奰于中國傳云不醉而怒曰奰說文引傳語奰作𡙡云壯大也从三大（音閭本作亓與）（大小字別）三目二目為𥄕（居倦切目圍也）三目為奰平益大也秘切然則今作奰渚文也又魏都賦姦回内贔劉淵林引此詩證之奰作贔孔疏引西京賦巨靈奰贔（音戲）語以證此詩彼奰亦作贔也奰贔其一字乎說文有𡙡字無贔字贔殆𡙡之破體後遂分為兩字乎

鬼方之名見易既未濟卦及詩蕩之篇易釋文云鬼遠也詩傳云鬼方遠方也孔疏云未知何方然則國之所在不可攷矣後儒見易言高宗伐鬼方商頌亦言高宗伐荆楚疑為一事遂謂鬼方即荆楚（宋黄震之說）或又謂今貴州夲盧施鬼國地即古鬼方皆臆說也高宗在位五十九年所伐豈必一國乎世本謂黄帝娶於鬼方

氏大戴禮帝繫篇謂陸終娶鬼方氏與不知其何地匡衡言湯化異俗而懷鬼方則殷時鬼方本服從於中國武丁時復畔故伐之耳孔疏以爲鬼方殷之諸侯故施于紂世良然案干寶易注云鬼方北方國見李鼎祚集解文選注引世本注云鬼方於漢則先零戎見玉海先零西羌也皆不言是南裔則以爲荊楚者非是

蕩以紂比厲王則厲之惡如紂矣然而不亡者以時無文武耳商之季天爲民生文武民之秀非商之秀也不然安知武康不爲宣王哉芮良夫云天下有上之君厥德不遠罔有代德時爲王之患其爲國人語見周書芮良夫解噫代德者必如文王乃可穆公假陳其言殆深爲厲王危乎雖然訖周之世無文王而周以亡上天立君之局至此乃變後世之興亡惟力是視而已

抑

抑之篇其作於共和之世乎自共和元年迄平王十四年為歲八十有五而衛武公蒙楚語言武公九十五猶箴儆于國計其歲當百歲左右也厲王末流彘時武公尚在童年共和時則方少壯抑詩應作於此際矣孔仲達謂武公時為諸侯庶子為國君無職事於王朝不應作詩刺王必是後來追刺蘇氏主其說而源以為未然詩發於性情主文譎諫無出位之嫌匹庶尚可為之況侯國公子武公好學老而彌篤少壯時必德性過人彼目擊厲王之虐而發憂危之語固其宜也其後用以自警至耄不忘入相於周必日諷誦為大師之官因取而列於大雅矣叙云刺王亦以自警漢侯苞治韓詩者也苞著韓詩翼要十卷亦云衛武公刺王室亦以自戒行年九十有五猶使人日誦是詩而不離于側毛韓義同也造篇誦古偁是作詩國語言武公耄年作懿戒猶左傳言召穆公作常棣一誦已少年詩一誦古人詩皆

可言作也呂記嚴緝以為庚子時作當矣但呂記併疑楚語為非則誤耳又此詩本作以刺王兼以自警非為自警而作也朱子辨說以敘之刺王為失而自警為得其引侯苞語亦削其刺王室之說夫武公自警特侯國詩何得編于推哉或疑詩中言示之事言提其耳誨尔諄諄聽用我謀告爾舊止皆身在王朝進諫不納方有是語武公侯國公子未備王官不應作此言噫此法正難以論詩也詩人言我不必自我也其言爾不指尔為誰也有美而似刺者有刺而似美者有美刺是人慇勞是人而代為是人之言者故言之無辠聞之足戒也所云提示誨告豈必真有是乎意中所欲輒形為詞詩人之常耳況召穆公芮良夫嘗諫王提示誨告未始無人寧必躬為之方可箸於詩乎

靡哲不愚謂王政虣虐賢者佯愚以免禍不為容皃毛鄭之說當有本也觀韓詩

外傳引箕子佯狂事而證以此詩異家而同說可見矣朱傳以此詩非刺時故别
立新解謂哲人而無威儀則無哲而不愚夫既無威儀何名哲人乎甫哲之忽愚
之言語自相矯敵豈成文義乎或謂此哲人乃自以爲哲猶後言哲婦傾城不知
婦人無非無儀故無貴於哲若哲夫則成城矣豈可證此詩況詳玩經文竝無自
以爲哲之意
無競維人言莫彊於得賢人也訓四方而化其俗是得賢之效正見其所以彊也
古注本明白正當後儒皆遵用之集傳盡人道之解頗爲迂濶案左傳哀二十六
年子貢言衛輒内無獻之親外無成之卿而引此詩因繼之曰若得其人四方以
爲主而國於何有此詩說之家古者箋疏之解不謬矣
無言不讎毛以讎爲用則應平聲鄭以讎爲售則應去聲故釋文有市由市隷作

又二反案古讎售二字通用漢書曰酒讎數倍又曰收不讎如淳及師古注皆讀為售是也又案表記引此詩鄭注以讎為畣韓詩讎作酬蓺文類聚引此詩作詶亦是畣義畣與報二語正相敵較為優矣呂記朱傳嚴緝皆从之

子孫繩繩尔雅作憴憴云戒也鄭箋本此以釋抑詩螽斯毛傳云繩繩戒慎也意亦同益字訓古矣況謹飭自持是保世之道故兩詩以言子孫取義亦長蘇氏以為不絕兒殊短於味

相在爾室尚不愧于屋漏鄭指祭末陽厭之禮尸謖之後改設饌西北隅殆不謬也古人以祀為大事伊尹言桀慢神武王言紂昏弃肆祀皆以祭典不虔為亡國之大辠厲王無道助祭者無嚴敬之心衞公刺詩應及之矣又下文言神之格思明是祭時語中庸引之以證齊明承祭之說其引屋漏亦與烈祖篇連文可見詩本言祭也朱

傳純以慎獨立解 夫戒慎恐懼聖賢主敬之學自合如此非因畏鬼而然也何必援神明以自繩束邪

彼童而角鄭以喻皇后預政始狃於厲倡嬖郑配姬之緯書也誠謬矣然後儒以為譬理之必無與投桃報李相反亦非詩意 源 謂厲王用事之臣必有無知而自用者將壞敗王室故經文曰彼是實有指目之俑傳云童羊之無角者也而角自角也夫無角而自謂有角猶無能而自謂有能詩人設喻之意應爾

實虹小子傳云虹潰也本釋言文彼釋文云虹訌同此古字通用與虹霓之虹無涉也曹氏解爲蝃蝀而嚴緝从之殊可欤

詩人倆目其君尊之則曰天曰上帝親之則曰爾汝曰小子難以常禮拘也又民勞以下諸篇雖刺厲王實兼戒用事之臣則抑篇實虹小子於乎小子或指臣言

亦可周書芮良夫解云㒰執政小子是當時有此偁謂矣嚴緝以為召公自偁非

是

告之話言說文引之目為傳語豈指左傳襄二年文乎然傳本引詩何不徑以為

詩語也若文六年傳則曰著之話言文稍異非許所引矣案傳云話古之善言也

說文作䛡云合會善言也古言多善須合會之二意互相足矣又案䛡籀文作譮

玉篇作譮云古文䛡集韻亦云作譮今經典俱作話又話本戶快反讀如壞正韻

收入禡韻讀如華岳之華蓋就俗音

㝱夢二字義別詩惟正月視天夢夢抑篇視爾夢夢當作夢莫紅切餘字俱當作㝱

莫鳳切案說文云㝱寐而有覺也从宀从爿从夢引周禮六㝱之文又云夢不明也

从夕瞢省聲是㝱者㝱寐之義夢者昏暗之義今經典相承通作夢其誤久矣又

案廣雅寱想也今人以夢作寱失之矣佩觿集宋郭忠恕箸云衛夢之字是爲隸消其逸駕有如此者皆言寱之為夢非古也

桑柔

周書芮良夫解其言與桑柔詩徨徨相合意芮伯先作解以戒厲王及執政小子戒之不從又作詩以刺之乎詩所謂告尔憂恤誨尔敍爵誦言如醉正目作解言也解云爾執政小子不圖善偷生苟安爵以賄成夫偷生苟安則不知憂恤矣爵以賄成則不能敍爵矣亦既告之誨之無柰其如醉何故復箸之於詩冀其聞而改悟忠臣憂國卷卷不已類如此又厲王朝召穆公芮伯凡伯二三賢臣外餘皆貪佞小人嫥利監謗之事先意逢迎者正不僅榮公衛巫輩也故解責其導王不若嫥利作威惟以貪諛爲事不勤德以備難又責其飾言事王面相誣蒙賢智箝

口小人鼓舌而詩亦刺言信用小人如所云維彼愚人覆狂以喜維彼忍心是顧是復不一詞而足其刺羣臣亦不外貪佞二意如朋友已譖貪人敗類征以中垢及善背善詈用力為寇諸語皆與周書所戒相符合詩與解觀之流氛之由居可知矣

箋云芮伯字良夫疏據左傳引芮良夫詩及周書有芮良夫篇證之然據周書則良夫乃芮伯名非字也周書芮伯曰予小臣良夫自偁當以名不以字矣

經傳多言劉如無盡劉遏劉咸劉虔劉大抵皆訓殺惟桑柔篇捋采其劉毛云爆爍音剝落而希而尔雅釋訓毗劉暴樂音同上之文亦正釋此詩蓋古義如此故雅傳同也又詩言捋采止取其葉百於樹之根榦無損何得云殺乎王氏訓此劉為殺舛矣況捋采其殺不成語亦自覺不通也又轉為盡義何其迂也集傳訓為殘殘

即稀疏意益含用爆爍之解而又不肯顯襲其詞

民靡有黎傳云黎齊也孔申之謂民既被兵或存或亡無齊一平安者此解本通鄭易傳訓為不齊過矣王安石訓為黑言黎民猶言黔首說本杜撰而施於此詩尤謬不僅民靡有黑不成語也華谷譏之如此詩本言民遭禍敵少得生存耳豈謂民皆白首乎嚴緝訓黎為衆庶亦得之但詩本極言民生凋敝不應止言不衆則傳義尤允

天步國步步皆訓行天步艱難謂天行此艱難於申后也國步斯頻謂國家行此困急於民之道也傳云頻急也國步蔑資謂國家行政輕蔑民之資用毛鄭義本如此程子以天步為時運陳氏以國步為國運今遂習為常語但訓步為運實屬牽合

傳云濯所以救熱也禮所以救亂也箋云手持熱物之用濯猶治國之道當用賢

者疏謂惟賢人能行禮箋正申足傳意此仲達通兩家之異其實義別也今因用
賢之解與上敘爵語相接成故皆从鄭然傳義實優匪直與衛北宮語合也（見左傳疏）
之（亦引）周家一代嫥恃禮為治春秋賢卿大夫往往以禮之有無決國之存亡與人
之休咎則以濯喻禮傳得詩指矣又毛公為荀卿弟子荀卿之書謂隆禮為儒術
之先務故毛之釋詩亦多言禮（如鄭東門之墠唐蟋蟀豳破斧伐柯諸傳皆是）此詩以禮救亂亦其師說
然也
好是稼穡四語毛傳既異解而後儒釋之復人各一說呂記兼用李歐二氏之說
謂好是稼穡民力不可輕也惟有功於民者使之代耕而食稼穡當以為寶必以
祿養賢才意實本於王肅之申毛而嚴緝衍之尤為明確嚴以好稼言重農代食
言任賢維寶言詔祿不可輕維好言擇人不可濫此青出於藍矣朱傳用蘇氏之

説謂君子欲進而不能進則維退而務農以代禄食雖勞而無患䛐非詩恉

畀贅卒荒傳訓贅為屬蓋贅肬贅壻皆係屬義然與荒虚義不相協故鄭氏申之以為見繫屬於兵役也朱傳由屬義轉為危義䛐太迂遠夫有所繫屬何言危乎

以旅力為膂力於北山篇已辨其誤矣至桑柔篇靡有旅力以念穹蒼亦作膂力解文義尤不可通詩本責在廷諸臣莫肯同心協力憂念天變耳念之當納誨於王修舉政事以挽回天意定須大小羣僚合力為之訓旅為衆正合詩意何反釋為膂邪且靡有者是當念而不肯非欲念而不能也今謂危困之極無力以念天禍尤不可解念天禍焉用拳勇乎况正因危困故須憂念反云危困而不能憂念乎

寧為荼毒孔疏以荼為苦菜毒為螫蟲殆未然也荼為禮食所用豈螫蟲之比哉

荼蓼之荼乃穢艸薅之欲其速朽詩或指之

征以中垢傳云中垢言闇冥也孔申之謂垢者土處中而有垢土故以中垢為闇

冥是合兩字方成闇冥之意集傳分訓中為隱闇垢為污穢則由蘇氏語而衍之

也至嚴緝云中垢内污也以閨門之事污蠛君子如王鳳之誣王商尤為妄說中

垢與式穀相對言君子小人性行之不同如此耳豈如嚴所云哉君子光明正直

無事不可對人言小人反之蠅營狗苟無所不至其所行作甚且不可告妻子此

傳所謂闇冥也知小人之闇冥則良人之式穀必然光明正直知光明之為善道

則闇冥之不善可知詩二語意又互相備

聽言則對誦言如醉聽言道聽之言誦言誦詩書之言也聞淺近之言則應答聞

正言則眠臥如醉左傳杜注亦云昏亂之君不好典誦之言亡識之人徃徃如此此非箋疏一家之說

也韓詩外傳述郭公出亡御者責其不聽諫則怒御者偁其大賢則以為然而引此詩證之正與箋疏同意近解迂回大甚

桑柔詩末二章三言民俗之敗皆歸咎於執政之人上欺達則民心罔中矣上尚力而不尚德則民行邪僻矣上為寇盜之行則民心不能安定矣此詩刺王而兼及輔（朝）臣故篇末縷陳之也王肅述毛皆主民言殆非毛意當以箋為正

雲漢

宣王遭旱之年箋疏不能定其早晚以雲漢敘推之殆初年事乎敘云宣王承厲王之烈是去前王未遠也又云內有撥亂之意是撥亂方有其意未見諸政事也又云天下喜於王化復行是前此王化尚未及行也其在初即位時可知矣皇甫謐以為宣王元年不藉千畝天下大旱二年不雨至六年乃雨孔疏疑其無據然

合之於敘非謬也又經言饑饉薦臻與六年乃雨說亦相符劉道原通鑑外紀全祖士安之説諒有見矣竹書紀年以為二十五年大旱禱之而雨此不可信又敘厲王之烈箋云烈餘也尒雅本有此訓故鄭用之後儒以烈為虐不如訓餘之自然

左傳謂天災有幣無牲僖二十五年而雲漢詩云靡愛斯牲祭法鄭注亦云祭水旱用少牢與左傳異周禮大司徒賈疏及禮記祭法詩雲漢篇孔皆推明其故而説各不同賈疏謂禱祈無牲災滅之後有牲孔氏之説則不然其禮疏以為初遇水旱先須脩德不當用牲若水旱歷時禱而不止則當用牲其詩疏則引祭法注見又引春官大祝六祈注造類禬禜皆用牲故說用幣而已知天災祈禱皆用牲較論三說詩疏長矣

蘊隆蟲蟲傳云蘊蘊而暑隆隆而雷蟲蟲而熱疏云蘊乎常之熱而隆隆又甚熱故暑熱異文蘊隆經本
單舉而傳為重文古義當尒矣王氏蘊積隆盛之解真臆説釋文云蘊本又作煴紆文切説文鬱烟也正義云温字定本作蘊則古本經文蘊煴温三字襍見也煴與温亦訓
為蘊積邪

斁剫从攴音亦解也又猒也其音妒者本作殬剫从歺音斁敗也通作斁詩惟雲漢
篇耗斁下土訓敗音妒餘俱音亦但斁殬俱諧睪聲睪羊益切音與妒遠殬之得
聲意古人韻緩或可相通乎

子由釋雲漢詩有可取者三釋寧丁我躬云與其耗斁下土寧使我身當之無使
人被其患釋寧俾我遯云苟我不當天心寧使我遯去以避賢者無以我若此庚
民釋黽勉畏去云棄位以避憂患非人主之義故黽勉不敢去以求濟難也皆勝

古注

靡有孑遺毛云孑然遺失也疏云孑然孤獨之貌無有孑然得遺漏者孟子趙注云無有孑然遺脫不遭旱災者皆以為孑然小爾雅云孑餘也訓靡有餘遺元明直朱子因說文無右臂之解遂釋之曰無復有半身之遺者正使留得半身尚可以為民哉

先祖于摧傳云摧至也與釋詁義同疏用孫說申毛以于摧為于何所至言民皆餓死先祖之神將無所歸也轉至為歸義太迂源謂至者猶云來格耳言酷旱如此天將使我民無有遺留先祖之神何不助我邑此旱災而來格乎毛意或如此康成改摧爲嗺固非是蘇氏摧落之解亦屬臆說

鄭破摧為嗺云嗺嗟也先祖之神于嗟乎告困之詞 如箋義則經文于字當讀為

吁釋文無音反非陸之疏卽傳寫之脫扁也

滌滌山川傳以滌滌爲旱氣蓋皃狀語無關滌之本訓也朱傳用王說謂山川如滌除此依文穿鑿耳說文引此作蔋蔋（徒歷切）與滌除何預哉又樂記狄成滌濫疏引詩踧踧周道證狄滌滌山川證滌云皆物之形狀但彼注以狄滌爲往來疾皃義稍殊

我心憚暑憚字毛訓勞則丁佐反鄭訓畏則徒旦反疏及釋文辨之甚明朱傳兼取勞畏二義不知當何讀又丁佐反者字本作癉說文云勞病也从疒（女戹切）單聲嘆則大東憚人小明憚我此詩憚暑皆借也勞畏二義異音并異字安得兼一字乎

云如何里悠悠我里二里字一訓病一訓憂兩意皆通爾雅痗病也悝憂也里乃

瘇悝之偕耳鄭解雲漢之里為憂而嚴緝譏其破字誤矣朱傳从鄭訓里為憂得之但引李布傳無俚為無聊賴以為義同則未當有聊賴則不憂悳則無聊賴俚正是聊賴之義與里訓憂相反安得同

昭假無贏昭假二字王申毛以為昭其至誠於天下朱傳以為精誠昭假於天義皆可通而王較優矣詩言昭假者五㷍民昭假於下噫嘻既昭假尔泮水昭假烈祖長發昭假遲遲及此詩是也惟㷍民泮水二昭假經文一言于下一言烈祖所指自明不容異解其三昭假古注多以及民取義近解率用感天為說其噫嘻詩朱子初說雖訓為格上帝而集傳則易之惟雲漢長發皆以為昭假于天案昭假遲遲疏用箋義述毛以假為寬暇說近迂獨其注記孔子閒居謂湯之明道下至于民與遲遲意較順詳見總詁似勝於集傳也至昭假無贏則王義尤得之上章靡人不周

言羣臣恤民之事此又欲其終始不倦故勸以昭布至誠施惠于下無或少有雷

羸以民命瀕危當賑救之無弃其成功也此於前後文義最為通貫矣

毛詩稽古編卷第二十二

蕩之什下變大雅

崧高

崧高傳竝舉甫申齊許四國以為姜氏四伯之後鄭箋因之以甫申為甫侯申伯當矣至以甫卽訓夏贖刑之甫侯則呂記譏之謂二人定皆宣王時賢諸侯而鄭氏遠取穆王時人爲非是然以古況今文義之常以同姓名賢配申伯而爲言正見稱美之至箋義不謬也至康成注記時未悉詩義故以甫爲山甫及箋詩則改之仲達辨之甚明而嚴緝反取其舊說斯舛矣王伯厚困學記聞駁之允當

王命召伯定申伯之宅王肅曰召公為司空主繕治孔疏引之以爲獨使召伯營

謝之故肅所謂召公娉指穆公也時穆公適爲司空耳集傳引或說曰大封之禮召公之世職是謂康公以來世世為司空也殆非肅意别有辨見韓奕篇

王命傳御遷其私人傳云御治事之臣也鄭以為冢宰雖未必然然既王命之定是王臣非申伯之家臣也朱傳以為家臣之長不知何據人引漢明帝賜東平國傳手詔以爲古制如此亂周制未必同漢也申伯當是有土之君入相王室如衛武公虢文公之類周家王后皆侯國女申伯是王舅若非舊為國君安得與王室聯姻其成謝也猶下篇之城齊乃遷國非始封也（孔疏以為申伯舊國已絕今改而大之恐未然）申伯身在王朝其家室仍在申遷其私人者自申而遷於謝耳申伯眷戀闕庭未遽返國而家室在塗宜有將導統率之者又新邑人民未習申伯威德其家室先到豈能賓至如歸亦須王臣銜命而往以鎮服之此豈家臣可勝其任哉迨後申伯遄行

則家室已獲寧居故徑從郿入謝不復過其故都矣六章謝于誠歸是也案一統
記今南陽府南陽縣無附郭為古申國今汝寧府信陽州在南陽府城北二百七十
里州境內有古謝城是申與謝兩地相去亦不甚遠申伯私人當自今南陽府至
信陽州耳

崧高第六章云申伯信邁又云謝于誠歸又云式遄其行一似始疑其不果行今
方信其行者鄭箋以為申伯不欲離王室王氏以為王之數留兩意正相反較而
論之則鄭說長也此篇屢言王命又言王纘之事又言王錫王遣王餞不一而足
玩其詞氣殆是王促之使行非留之也古諸侯在其國則南面而為君入王翰則
北面而為臣又當勤勞於職非若後世重內而輕外也況申伯以卿士進為牧伯
箋云申伯周之卿士入南國是式箋云改大
其邑使為侯伯疏引左傳調侯伯是為州牧 新膺重寄自應飭謙引避宣王倚毗

念切亦宜敦迫再三反謂申伯欲行而宣王固留情事豈應爾爾
王餞于郿郿在鎬西非適謝之路故箋云北就王命于岐周以郿在岐之東也嚴
緝乃謂豐有文王廟故至豐策命申伯誤矣豐鎬相去止二十五里豐亦在郿之
東與鎬等耳何得道郿而入謝哉
申伯番番傳云番番勇武皃曹氏改釋為耆艾之狀而嚴氏宗之非也彼謂此番
番與秦誓番番良士同而書言旅力既愆則番番不得為勇武之偁耳殊不知番
番語其平昔既愆語其目前在秦誓詞意原無礙也爾雅釋訓云番番矯矯勇也
與傳義同此解不可易矣又番音波若作耆艾解則當音皤（俗作婆）與皤同班固辟
廱詩皤皤國老是也嚴仍音波音與義左矣嚴本又作畨注云畨書作番音義同
尤謬妄此詩諸本無作畨者不知嚴所見何本也且字書亦無畨字俗人誤減其

筆畫寫番爲番則有之元不成字也案番本音煩獸迹从釆从田象形假借爲波
音耳又案釆音辨別也若去上一則米字矣豈容溷乎
雅詩四言嘽嘽毛公解之各異四牡傳云喘息皃采芑傳云衆也崧高傳云喜樂
也常武傳云盛也蓋四牡勞使臣故言其行役之勞采芑常武美出師故言其軍
容之壯崧高記就封之事故言其內喜樂而外安舒合於入國不馳之禮以見申
伯之賢義各有當也今槩訓為衆盛而先儒釋經之敍皆不可得見矣
周邦咸喜鄭以周為徧言徧邦之人相喜而慶也蘇氏以為指王臣之使申者然
王臣在申當云周人不得云周邦況王臣素與申伯并事久知其賢何至申而方
喜又申有賢君不必周人代為之喜皆情事之難通者也嚴緝謂普天莫非王土
矣國皆可偁周邦此南方諸國得良收而喜也其說似矣然周邦既爲通名則何

由見為南方諸國且肯言南國南邦南土皆別而名之矣何此忽統名以周也詩中周字不訓為國名者豈獨是詩宋儒之解不已固乎

烝民

烝民詩雖因贈行而作然意不專在贈行也經八章其言出祖言徂齊末二章始及之耳首章言山甫之生次章言山甫之德三章言山甫之職四五六章備言山甫之德可以事上率下保身出政能稱厥職而先王之知人善任以致中興不言可知矣蓋與崧高詩同是贈行而體製既殊意義亦別申伯之職以藩翰爲重故首章即及之而通篇述就封始末甚詳山甫之職兼總内外城齊之役其暫耳故篇末方言之優卷卷望其遄歸二詩恉趣各有在也崧高敍云建國親民烝民敍云任賢使能允矣

有物有則箋疏謂物者象也五性象五行則者法也六情法六氣是物乃性則乃

情也孟子釋此詩曰有物必有則猶云有性必有情正言性善情亦善義相符矣

呂記取楊氏之說以物為形則為性朱傳同之其義較優而實本孟子注疏趙注

云有物則有所法則人法天也孫奭云所謂物者即自人之四肢五臟六腑九竅

達之于君臣父子夫婦兄弟朋友也所謂則者即仁之於父子義之於君臣禮之

於夫婦兄弟信之於朋友也仁義禮信皆天命之性此趙注人法天之意乎但兄

弟以恩合宜與父子同言仁孫疏專屬之於禮未為允當楊氏之言詳見呂記斯責出

於藍矣

書舜典出納朕命詩烝民出納王命言出納雖同而職則異龍為納言之官其

職掌如後世封駮之任而已山甫式百僚保王躬賦政四方是百僚之長佐王出

政者也故傳以喉舌為冢宰疏亦引周官大宰之贊聽治及歲終詔王廢置為出納之實事

我儀圖之朱傳以儀為度言圖度之於本句則理順矣然非字義也案說文儀度也乃法度之度非揆度之度也法度之度徒故反揆度之度待各反音義各别安得誤涵為一又移其誤於他字乎又案毛訓儀為宜 釋文儀作義云毛如字 文義本通但孔疏述之太迂 源謂毛義當云德輕易舉也而莫能舉我亦宜自謀舉之乃舉之者維仲山甫耳信乎山甫之德深遠而莫助也如此則數句文理皆順而儀愛 愛義見下 條二字訓解正不必更新矣

愛莫助之毛云愛隱也疏云釋言文案釋言愛作薆蓋愛薆古通用此詩之字形雖愛而義則薆也毛學由師授故得其眞 源謂尊經傳義可攷證經文者此類是

也

韓奕

首章以爲比宣王言王能平大亂命諸侯有倬然顯明之道是道乃宣王之治道

也故以倬然美之近解以道爲路謂韓侯由此路而入朝受命眞屬戲論

鞗革金厄毛云厄烏蠋鄭云以金爲小鐶往往纒搤於革切之孔疏申二家之說謂

金厄者以金接纏之端如厄蟲然餘以不言如厄故易傳據疏語則毛鄭之解金

厄元是一物但取義異耳然古人制器尚象多即以所似之物名之如畢以星得

名爵以鳥得名皆是即此章於袞袞乃龍首也赤舄舄乃鵲字也金厄既似厄蟲

亦可名厄何必言如

炰鼈鮮魚疏云炰毛燒肉也炙燔也服虔通俗文曰燰煮曰炙炰與炙別而此及

六月炮鼈音皆作炰則炮與炰皆爊煮之也案韓奕釋文炮薄交切徐云甫久反

六月釋文無音反殆傳寫之脫扁也毛燒之義不可施於鼈兩詩炮字併作炰音

為當又案炰廣韻云烰謂之炰注音不玉篇云炰火燒也廣韻云炰炙煮也字今作

炰烰音皮又音碑

維筍及蒲鄭云蒲深蒲也疏引周禮醢人深蒲注謂蒲蒻音弱入水深始生水中者

是案說文作湲云湲蒲蒻之類也从艸深聲則深蒲自是蒲之名

蒲可為席亦可為菹故書有蒲菹周禮醢人加豆有深蒲筍菹其見於詩者澤陂

負藻之蒲皆卑也惟韓奕筍蒲則為蔌焉案本艸香蒲入本經上品吳譜本艸謂

之醮石宋圖經云春初生嫩葉時取其中心入地白蒻大如匕柄者生噉之甘脆

又以醋浸如食筍大美周禮蒲菹是也今人罕有食者至夏抽梗於叢葉中華抱

梗端如武士奉杵狀俗名蒲槌亦曰蒲蕚華華中藥屑細若金粉謂之蒲黄亦本
經上品藥也韓奕傳云蒲蒻箋云深蒲正指大如匕柄者
韓侯顧之毛傳曰曲顧道義也孔疏云君子不妄顧視而言顧之則於禮當顧謂
升車授綏之際當曲顧以道引其妻之禮義於是之時當有曲顧也傳義既有本
而仲達發明之尤明確矣古人步言視聽無敢越禮正目而視猶云上則傲下則
憂傾則姦必予之以節焉况可無故回首顧視乎詩人寄興説詞雖不必悉拘於
禮文然國君於親迎之際瞻顧無常乃失容之大者豈反咏之以爲美乎遡世近
古先王禮教猶存諸儒皆七十子之徒淵源有自故毛傳雖簡質而推詳顧之二
字不憚詞費定是師傳如此可見古人行禮無一節敢忽又見古經立言無一字
或苟真有補於世教人心者也魏晉以還放達成風瞻顧小節尤莫知自束於禮

忝先儒之說緜之功令學詩者尚得闡明其義至宋儒盡弃古注徃徃穆所習見以釋古經直謂韓侯無故而回顧而古人瞻顧不苟之義置之不講今世經生遂無由得聞嗚呼禮教之壞不獨庸俗人致之矣楊用脩論此詩言若非禮而妄顧則是覘籢裝之昇薄窺倚御之冶容雖似戲談實為正論

有熊有羆有貓有虎各以類分句熊羆者熊類也貓者虎類也熊羆皆蟄獸熊如豕罴色羆大於熊色黃白又有小而色黃赤者謂之魋三種皆見爾雅一類也虎白為甝音含罴為虪式竹切似虎淺毛謂之虦音潺貓非捕鼠之貓也周書世俘解武王狩禽虎二十二貓二郎此貓虎矣其似虦貓而食虎豹者謂之狻音酸猊即今獅子三者皆見爾雅亦一類也爾雅又云熊虎醜蓋其猛又相同也故古者畫熊虎於旗教戰則師都建之出軍則軍吏載之

韓姞燕譽言既安之又有顯譽二字各一義也𩔖義引貍首詩則燕則譽正與此
詩義同蘇氏曰譽樂也殆欲破譽為豫槩服虔注左傳訓譽為游又引孟子一游
一譽（見昭元年孔疏）譽豫似可通用㕛元凱已不用其說矣
溥彼韓城燕師所完鄭箋訓燕為安云古平安時衆民所築完也則燕師二字為
不詞矣王肅孫毓皆以燕為燕國得之至水經注載肅語謂今涿郡方城縣有韓
矦城王符潛夫論亦言宣王時有韓矦國近燕近儒有據此立說謂此詩之韓扗
今順天府固安縣非西安府之韓城縣殆未必然也為此說者因燕遠於韓不得
用其師貊是東夷與今韓城陽隔遠不應以貊錫韓耳然命燕城韓東燕萊引春秋事
例之洵為允當且非直此也周公作洛四方民大和會五服咸至無間遠邇山甫
城齊自鎬而徂與燕之㕘韓路亦相等至以貊為東夷鄭氏注周禮貉隸世言之

耳魯頌淮夷蠻貊莫不率从本謂淮夷行如蠻貊非謂蠻貊亦般魯傳義不謬也孟子言貊五穀不生此北方氣寒之證說文亦以貊為北方豸種此詩其追其貊又與奄受北國文連其為北垂荒裔無疑矣貊俗字本作貉此詩追貊書華夏蠻貊石經皆作貊注疏作貊而諸本因之

呂記朱傳以燕為燕國其說當矣然所謂燕師者直是燕國之民而召公子孫受封於燕者率之以城韓耳朱傳謂韓初封時召公為司空王命以其衆為築此城此言非也燕雖召公之國召公未嘗至燕也召公自食采於畿內若召公率之則所用之衆乃王師也王師而謂之燕師天子而蒙侯國之號可乎況召公為司空不見經典朱子之為此說者特因崧高疏載王肅語謂召公為司空主繕治遂意召氏當世居此職耳不知宣王時城謝則使召穆公城齊則使樊仲山甫穆公一身尚未必常居司空之職況其先世乎又案召康公歷事文武成康四王封韓大

約在成王時也周書顧命列諸臣位次召公當為冢宰而司空則屬毛公詳見孔氏書傳
左傳又云聃季為司空則成康之世為司空者已有兩人明著於經傳而召公不
與焉安得謂召氏世居此職邪又周家六卿竝無世職者成王時蘇公為司寇康
叔亦為之穆王命君牙為司徒而幽王時番為之鄭桓公亦為之謂司空獨世屬
召氏豈其然乎聃季為司空見定四年
豹有赤白二種皆羆文羆有黄〻二種、〻韓奕詩所獻則各指其一也王海云山海
經畬山多夵豹中山東胡有黄羆成王時東胡獻此歟

江漢

崧高烝民韓奕江漢四詩皆尹吉甫作申伯韓侯偁爵仲山甫偁字召穆公偁名
詩以寓舉而已非有義例也然穆公獨偁名者殆以别於召公召祖而言之與

淮夷來鋪傳云鋪病也疏云鋪病釋詁文彼鋪作痡音義同蓋此詩文鋪而義痡
亦猶民雯蔓之類此經字之賴傳以正者也詩中字似此者多矣
秬鬯一卣毛鄭異說記秬鬯必和鬱不和鬱不名鬯此毛說也和鬱名鬱鬯未和鬯
名秬鬯此鄭說也孔氏右鄭然鄭之為此說者止因周禮鬯人鬱人分為二職而
鬱人掌鬱鬯明是鬯人所掌尚未和鬱故分而二之耳殊不知周禮二職對舉則
秬鬯鬱鬯誠有已和未和之分若盡舉經傳中秬鬯概以未和鬱解之則又非也
鬯之為義取芬芳條暢元因鬱艸而得名耳說文鬯字注云以秬釀鬱艸芬芳攸
服以降神也此可證矣使止是秬黍之酒則與常酒等耳何獨取名於鬯竊意鬯
之名本因鬱艸而秬黍之酒實為和鬯而釀則當其未和鬱時亦槩以秬鬯名之
後遂別名已和者為鬱鬯故周禮分而為二要之對舉則別散文則通也鄭氏執

周禮之文以釋詩固已又孔氏申毛旣引禮緯秬鬯之艸及中候鬯艸生郊之文
證鬱金艸亦可名鬯艸矣後言古今書傳香艸無稱鬯者何自相背矣哉案秬鬯
之稱見於詩書左傳者不一而足皆稱秬鬯竝無稱鬱鬯者豈非言鬯則鬱在其
中乎又案此鬱金乃鬱金華出鬱林郡漢鬱林郡今廣西貴州潯柳邕賓諸州一
統紀惟載柳州羅城縣出鬱金香卽此也與藥中鬱金根名同物異鬱金根無香
出蜀中鬱今通作鬱說文鬱从林鬱省聲木叢生也與鬱異字
周禮鬱人注謂鬱艸若蘭以其俱是香艸故取以相方耳若鬱金之種類又各不
同朱穆鬱金賦云歲朱明之首月步南園以迴眺覽艸木之紛葩美斯花之英妙
是華以四月也傅玄賦云葉萋萋而翠青英蘊蘊而金黄是華色正黄也楊孚南
州異物記云鬱金出罽賓色正黄與芙蓉花裹嫩蓮相似可以香酒此與傳賦合

至唐書言太宗時伽毗國獻鬱金葉似麥門冬九月開華狀似芙蓉其色紫碧香聞數十步華而不實本艸綱目引此本艸云其華十二葉為百艸之英二月三月有華狀如紅藍埤雅引此兩書言花之色候各異以朱傳二賦較之又不同其種類當不一矣不知古人所用何種也又案罽賓伽毗皆遠夷鬱林在古世亦屬荒服鬱金非常有之物而古人每祭必用未審以何耶合豈三代時中華本産斯卉而後世無之天時地氣有變遷歟

告于文人謂告于召氏先祖有文德者也集傳以為文王非是上圭瓚秬鬯正賜之為告文人之用也若是文王王何不自告之而以賜虎哉又下言于周受命是就文王廟命之此時方告文王耳詩人敘事自有次第也

錫山土田傳云諸侯有大功德賜之名山土田附庸經無附庸而傳云云者當是

引成語連及之耳且傳自述周制如此非言賜召公也孔疏申之曰土田即是附庸瑕非毛恉

于周受命鄭以周為岐周蓋岐下有周原周之名實昉于此故詩言周所以別于豐鎬也嚴緝以周為豐殊無謂彼謂文王作豐當有其廟耳殊不知岐乃王迹所基周之別廟多存焉豈獨無文王廟乎況召公采邑亦在岐陽上文錫山土田正岐地也就彼錫命於理尤允

常武

常武叙云召穆公美宣王也有常德以立武事因以為戒然旨哉斯言可以論世已宣王懲艾前愆厲精圖治焱然中興信偁令主但英明過甚而學養未純雖銳於始必倦於終穆公早得之幾先矣宣王少長於穆公家其資性之純駮公所素

知故方勤政之初已切鮮終之慮以常武名篇而因矣以為戒洵老臣納誨之深
心也厥後皋戲立而諸侯貳千畝敗而戎患興蓋事不立實由德之不常此詩殆
有先見當時國史深識穆公作詩本恉而箸之於敘誠有本之言也人案小雅宣
王詩十四篇美刺兼之大雅宣王詩六篇有美無刺然小雅兼美刺而終之以美
善善長也大雅媍於美而終之以戒示人以要其實也夫子之編二雅厥旨微矣
南仲大祖大師皇父毛鄭異解孔疏引孫毓之言以鄭說為長當矣但謂命將本
祖禮而援陳勝舉兵偁項燕事比之亂非確證勝之偁燕假其名也非以為祖而追
本之也孫既悞而孔亦不覺胥失之案封申伯則遠舉四岳錫召虎則追溯康公
命皇父則先述南祖仲皆本其祖德以為榮而韓奕篇亦言先祖受命烝民篇亦
言纘戎祖考數詩立言之體大畧相同

王奮厥武如震如怒釋文曰此兩如字一本作而案如而二字古本通用震怒又非譬況語經文當以而字為正鄭箋云王奮揚其威武而雷震其聲而勃怒其色明是而字之解孔疏申之為如亂非鄭意

鋪敦淮濆毛無傳述毛者以鋪為陳敦為厚謂布陳敦厚之陳於淮濆鄭謂敦為屯言陳屯其兵於淮上鄭破字固不可从述毛者亦費力王氏以為旱集其陳而後儒皆宗之嘆鋪字未醒案釋文云鋪韓詩作敷云大也敷韓詩云迫也大迫淮濆與濯征徐國文義相類當是也又後漢書馮緄傳引此詩亦作敷敦注云敦布也布兵敦迫淮水之涯典引注引此作鋪敦云敦猶迫也鋪敷雖異而敦迫則同勝鄭王之説矣

江漢淮夷來鋪鋪字毛訓病則與痡字通常武鋪敦淮濆鋪字徐音孚韓詩作敷

訓大意經文兩鋪字古本容或異文矣嚴緝欲合為一亂非是

如飛如翰毛云疾如飛鷙如翰二字各一義疾言其神速摯言其精悍也故疏云

摯是鷙鳥若鷹鸇之類申傳意甚明朱傳統訓為疾恐遺如翰義

常武詩記淮北用兵之事先及淮濆繼征徐國蓋此時叛者非一國矣疏謂淮浦

之國惟非淮夷殆未然禹貢徐州淮夷所言之淮夷與魯接壤皆在淮北也況江

漢疏言淮南北皆有夷何常武疏又言淮浦所伐非夷乎意此時淮北之國徐為

大宣王討叛先治其小者故黨既椒然後以兵臨徐孤立無援故不待痛而服此

用兵之次第也鄭箋以為既服淮浦又大征徐國得之

瞻卬

懿厥哲婦釋文云懿於其反鄭箋云懿有所傷痛之聲孔疏云懿與噫字雖異音

義同痛傷褒姒斂國政也古詩義本如此案書金縢信噫公命我弗敢言彼釋文云噫馬本作懿然則懿噫通用古字之常耳宋李樗引漢書師古注解之曰言幽王以褒姒為美此彊古經以就今字也朱傳因之且訓為懿美之哲婦則是詩人美之幷非幽王美之矣夫以梟為鴟何異焉況楚語懿戒韋讀懿為抑則從之詩懿厥哲婦鄭讀懿為噫獨不可從乎又抑亦讀為噫十月之交抑此皇父是也幽王時皇父斂政於外褒姒斂政於内二詩皆噫之傷禍本也然皇父七子皆恃豔妻以為羿援則褒姒尤屬戎首矣

時維婦寺毛云寺近也言幽王維婦人是近也歐陽訓寺為寺人義雖通然詩止言婦人斂國無一語及閹豎不應此獨竝備之又歐陽僾曰舉類而言耳朱傳則曰幽王嬖褒姒任閹人以致斂直謂此詩兼刺婦寺矣豈因召旻文箋而為之說與

下篇別
有辨

介狄毛無傳王述之以介為大道狄為遠慮鄭以為被甲之夷狄孔疏是鄭得之矣案小雅漸漸之石苕之華何艸不黃三詩敍皆言四夷交侵下篇亦言曰蹙國百里此介狄之明證也幽王不此之懼而反讎視忠臣可勝嘆哉集傳本以鄭又引或說以介狄為女戎而以歸[illegible][illegible]之朱屬穿鑿

召旻

閽寺之禍始見於齊之貂宋之戾至秦之高而甚焉三代以前未嘗有也幽王時敝政小人詩有尹氏有皇父七子國語有虢石父皆非寺人即史伯所云讒慝暗昧頑童窮固侏儒戚施妖試奄措亦非寺人也其寺人儻有遭讒被刑無可控訴而作巷伯詩以鳴其不平者其它閹官未必怙寵弄權可知蓋周官法度精密此

時未盡亾又勦舊之族世掌國鈞此輩止併洒掃給使令未敢預政也召旻篇昏椓靡共毛傳昏字無訓椓訓夭椓未嘗以為閽人鄭箋始以昏為閽官即周禮閽人之官閽通椓為毀陰孔疏證成其說言傳意亦與箋合愚以為未必然也鄭生桓靈之世目覩諸常侍之惡故激而為此解耳然以論世則疏矣朱子不用其說良為有見但瞻卬篇又以仩閹人為說則失之

靖訓為謀本於釋詁夷之為滅則亘川七實靖夷我邦言此昏椓回遹之人實謀滅我王之國也語本簡捷後儒以靖夷為治平謂王所使治平我邦者非其人迂矣

召旻之五章上四句言君子之病下三句言小人之盛也毛傳得之維昔之富不如時維今之疚不如茲疏申傳云明王富賢人今世則病之解甚明徑彼疏斯粺

傳云彼宜食疏今反食精粺亦簡當又與胡不自𣅀文義聯貫後儒之解俱不及

又箋云米之率糲洛帶反今作糲音厲十粺九鑿八侍御七是糲米一石得米九斗爲粺也

說文云粺毀也毀許委切毀米一斛舂爲八斗也與箋異箋得之矣別有辨見附錄生民篇

說文作𣅀云从竝白白音自與黑白字別聲廢一偏下也又作𣅀从白白音越與日月字異又作替从

兟所臻切从二兟兟先乃先後之先非首笄之先二先為兟子林反今作替者非是案替字見玉篇入夫部

从扶扶蒲旱切竝行也徐應指此玉篇別有替替字而云今作替則替雖俗字其

來久矣

池之竭矣不云自頻傳云頻厓也案說文頻作瀕云水厓人所賓附頻蹙不前而

止从頁从涉然則頻字本義元為水厓後人借為頻數之頻而別作濱字以當水

厓之義耳釋文引張揖字詁以為頻是古濱字箋破頻為濱疏以傳為古字通用

皆非是

周召分陝而治爰有二南之詩二公皆周之元臣也召康公之後又有穆公翼戴宣王周文公之後無聞焉故幽王之世黍苗篇思穆公召旻篇思康公分見二雅康輔叔業穆公中興祖孫濟美俱為王室倚賴相望於二三百年之中宜乎思召者甚於思周矣雖然詩始於周召而風之終以豳雅之終以召以二公為風雅之始終夫子敘詩其有微指乎

毛詩稽古編卷第二十三

頌

周頌

周頌三十一篇。專之與敘合者清廟我將時邁思文振鷺豐年有瞽潛有客閔予小子訪洛敬之小毖酌般凡一十五篇。其迥與敘別者天作昊天有成命執競臣工噫嘻雝載芟良耜絲衣凡九篇天作以為祀大王而不思經文兼頌文王昊天有成命及執競以為康昭以後詩而不思周頌俱周公所定臣工噫嘻以為戒農官而不思頌篇皆用於祭祀雝詩以為武王祭文王非禘大祖而不思文王廟中不應斥言昌後辨詳通義載芟良耜徒譏敘誤不能定其何用而不思祭社稷豈獨無

樂章絲衣以為祭而飲酒不能詳其何祭而不思絲衣士服繹祭之明證敘說本
不必易此皆失之顯然者至於維天之命維清烈文載見武桓賚凡七篇則朱傳
與敘杜離合之間尤有當辨者維天之命及維清皆以為祭文本與敘不遠而獨
削其告太平奏象舞之說夫上推天命下及曾孫明是功成治定歸美祖考之詞
此因太平而祭非常祭也至象箾之舞是文王之樂見於左傳敘語實有明徵奈
何必欲弃之烈文載見皆助祭之詩亦與敘合而不用其初即政及始見之意夫
諸侯助祭常事耳惟隸所之始見廟臨諸侯詩人樂見新王風采故述而為歌敘
豈可廢乎其武桓賚三詩之說與敘不異矣然據左傳楚子之言以武為大武之
首章賚為大武之三章桓為大武之六章則甚非也通義辨此甚詳左傳以耆定爾功為
武之卒章並不以武為大武之首章也周頌篇止一章無疊章者傳指末句為卒

章意以一句爲一章舁且耆定爾功為卒章則此句之後不得更有述頌矣朱子反目為首章方欲偕左以證成其說而顯與之違何以取信于人耶其三其六杜注本以篇言之不言章也朱子何弗察也

清廟之什

清廟

康成據書傳周公攝政五年營成周合之召洛二誥書敘知洛邑之成亦在五年而六年朝諸侯與明堂位所言為一事東萊非之而據洛誥周公誕保文武受命惟七年之語以為成洛邑在七年不在五年又謂洛誥王在新邑烝祭歲文王騂牛一武王騂牛一與清廟祀文王為一事源案孔氏書傳毛氏詩傳皆以作洛為七年事則清廟祀文王在七年理固有之也但洛誥所謂受命七年乃摠計周公

二

居攝之年所謂烝祭乃爲封魯而祭非為成洛而祭又兼祭文武非竱祭文王東
萊引以為據恐與敘未必合
駿奔走在廟傳以駿為長箋以駿為大箋義同周書武成傳合可从也顯承無斁
傳指文王箋指祭者傳義爲優

維天之命

敘云維天之命大平告文王也傳引孟仲子美周之禮鄭亦以為周公將欲制作
先祭告文王後孫毓从其說然合之經文斯言良是經云我其收之又云曾孫篤
之收之者所以承先篤之者所以傳後也非禮樂孰當之哉周家為治全恃禮樂
周公制禮作樂是輔相成王一大事業故降至春秋日尋兵革猶聘問燕好以禮
相維而天王亦賴以全其守府之尊者二三百年其重可知矣但周公制作必有

所因文王爲受命開基之祖居位國久意五十年中規摹制度犂然備矣今紀載闕略無由考其詳然稍箸於經傳者如禴祀烝嘗靈臺辟廱皆見於文王正雅書康誥言用刑立政言任人必以文王爲法至晉韓起見周禮於魯則文之易象在焉吳季札觀周樂於魯則知文之南籥舞焉又詩言文王之典書言文王之謨孔子亦言文王之文信乎文王之時制作已備也持未布之天下耳周公旣致太平更取而斟酌釐定之爲一代大法明堂位所謂六年頒度量是也此詩正作於斯時所云收聚文王之悳惠順文王之意指制禮作樂於義爲允

假以溢我及假樂假字皆訓嘉音暇毛鄭所同其溢字毛訓愼鄭訓盈溢盈溢之訓今世通用其訓愼則見釋詁一云溢愼一云溢愼靜愼則必靜義亦相通也含人云行之愼郭氏以爲義見詩正指此頌矣孔疏云文王有嘉美之道以戒愼我

三

子孫義本諸此王崔申毛作順字解見釋文又慎本或作順 蓋讀本不同然合之爾雅則慎

字爲正也又假說文作誐誐音娥云嘉善也與毛鄭字異而義同

維清

勺與象皆舞曲也勺舞見禮記之内則及儀禮之燕禮象舞見禮記之文王世子明堂位祭統内則仲尼燕居諸篇鄭氏注内則以勺爲文舞象爲武舞疏引熊氏語證之蓋勺即頌之酌象即頌之武也其維清敘云奏象舞獨見於左傳襄二十九年不在六經之列與大武之象異大武之象象武王之伐維清之象象文王之伐此雖經典未有明文而先儒相傳如此當有本也呂記于維清敘下引劉氏語以象爲文舞即左傳之象箾歌維清以奏之勺爲武舞即大武歌大武以奏之夫以象爲象箾雖與鄭異然猶與周禮樂師賈疏合也至酌武明有二頌乃合之爲

一舞可乎

維清篇惟鄭氏釋之最明而後儒莫用者因祭天枚伐之說出於緯書耳中候我應云枚伐弱勢注云伐紂之枚黨以弱其勢若崇侯之屬我應云伐崇謶告注云謶己姓且告天主爲崇也既以祭天非文王事勢必以肇禋屬之成王迄用有成維周之禎正指文王之典而中隔肇禋一語文義不續故朱子疑經有闕文則何如仍以肇禋屬文王文順而義貫也源謂祭天枚伐雖緯書之說然文王之伐崇類祭見皇矣詩此可證也類祭之爲祭上帝見書舜典泰誓及禮記王制諸書此又可信也合二者觀之則以肇禋爲文王始祭天非無稽之談也又周世武功惟文王最多文王武功以伐崇為大故文王有聲篇言繼伐獨舉伐崇為言皇矣篇之是類又正指伐崇之事則肇禋雖言祭實美文王征伐之功以經證經枚伐之言非謬矣

四

烈文

朱子辨說譏烈文叙以為詩中又見卽政意然清廟叙言成洛邑朝諸侯詩中亦無此意而集傳取之同一叙也是彼而非此何也

烈文辟公錫茲祉福毛以為文王錫諸侯鄭以為天錫文王歐陽以為文武錫我君臣於義皆通集傳爲諸侯助祭更我獲福是諸侯錫我夫祭而受福不歸功於祖考而以爲臣下之力邪槩用修駮之當矣嚴緝又謂辟公夾輔以克與周祚是錫我以福斯亦為妄說王棣政之始諭誥諸侯自當侷揚天命原本祖德以為立言之端乃徒歸美臣下感其翊戴之私恩盡俗儈道之不置何其陋也

烈文篇皆告諸侯語首四語告以文王之德次二語告以武王之德也箋謂辟爲卿士公爲諸侯殆不然卿士日在王朝豈與外諸侯並敕之乎毛義勝矣毛又以

封靡為大累崇為立言逮王克紂時諸侯無大累於汝郛者仍立之為君嘗論其世知斯語誠然也殷末亡三州之侯黨惡于紂紂誅應概從翦滅但其中或出脅從不皆助紂為虐大累于民武王仍封立之俾得自新洵曠蕩之恩也此時亦在助祭之列矣若黨惡之甚者則弔伐加焉孟子云滅國五十周書世俘解云武王征四方凡憝國九十有九謂此也周書又云凡服國六百五十有二則所謂無大累而得封立者也足證此詩傳箋以崇為增其爵土亂非是進爵益地所以賞有功也僅無大累而已遽膺此賞可乎王氏以封靡為嫥利傷財字義雖通但詩指亂不爾

天作

天作詩彼作矣彼徂矣二彼字皆假萬民也彼作言民之先在岐者作室以居彼

徂言民之後至岐者望岐而往也蘓氏以假作指大王彼徂指文王誤矣岐有夷之行岐謂岐周之君正目大王文王言耳蘓又謂岐周之人世載其夷易之道尤謬

彼徂矣岐有夷之行朱子據韓詩改徂為岨又於岐字絕句持之甚堅然徂之爲岨是从沈括之誤引岐字絕句又呂师心之剏說皆與韓詩無涉也韓惟矣字作者不同於毛耳其訓徂爲往行為道岐字屬下句讀並無異於毛案後漢南蠻傳引詩云彼徂者岐有夷之行注引薛君章句云徂往也夷易也行道也彼百姓歸文王者皆曰岐有易道可歸往矣易道謂仁義之道易行故岐道阻險而人不難朱子徒覩其岐道阻險一語改徂為岨竟不思徂之為往薛君自有正訓其云阻險者反明夷行之義非釋徂義也且括之誤引朱子所明知而必欲从之信後儒

之謬説疑古經之正文誠不識其何意

朱子以天作爲祭大王詩故首尾俱以岐山立説因以岐山之道路平易釋有夷之行斯竔矣夫有夷之行謂平易之道也康成引易乾易坤簡當之韓詩章句亦以爲仁義之道故曰子孫保之言世世守此道耳今以爲道路平易豈欲子孫保守此道路乎

昊天有成命

鄭氏論祭天地有郊丘之異固不可盡信至昊天有成命爲郊祀天地詩小敘所言不誣也朱子據歐陽時世論判此篇爲祀成王之詩通義辨之允當案以成王爲王誦之謚漢以來元有此疑（賈誼新書引叔向言以成王爲武王子）故韋昭國語注以辨之不意先儒吐弃之説復見采取於歐朱二公也至宥密二字外傳訓宥爲寬密爲盜鄭

六

箋申其意云寬仁所以止苛刻安靜所以息䟽敭甚為正當朱傳改訓宥為宏深近世楊用脩非之良有見也案宥字說文本訓寬其見於經典者易曰宥辠書云流宥宥過周禮及王制皆云三宥盡取寬義而南華亦有在宥篇（彼釋文云寬也）蓋宥字義止一寬盡之更無它訓朱子因寬而轉為宏又因宏而轉為深全是遷就經文以入己說耳況寬仁安靜乃是帝王御世大德與書臨下以簡御衆而寬同義一二字足氷法千古所以為經也宏深靜密取義不已迂乎輔廣演為四義尤屬寱（俗作囈）語

毛傳釋畀天有成命純用外傳叔向語鄭箋亦因其解獨熙廣純固則破廣為光固為故蓋因外傳訓字皆同爾雅廣充固故必以音近而誤故改之也然外傳又云廣厚其心以固和之人云終於固和而毛氏引之亦作廣固不應數處同誤況

以固和之終於固和若固爲故則二語不詞矣鄭之破字殆非也案韋昭注國語
既克（廣）用鄭說固和則否豈非以固字本無誤乎源又謂既之訓廣詩書多有之乃
字義之常也亦不必更改

我將

我將兩右皆訓助諸家所同也朱傳釋爲右手之右云右尊也此好新之過也於
維天其右之云天降而在牛羊之右天與牛羊敘尊卑乎眞屬戲論於既右饗之
云文王降而在此之右不知此字何所指文義難通矣案右字本訓助其作佑者
徐鉉以爲後人妄加也此詩釋文云右本又作佑
右手字本作又象形其右字則爲助義詩左右流之保佑命爾保右命之維天其
右之既右饗之日右敘有周既右烈考亦右文母諸右字皆助也古經右助字皆

七

如此它典多沾俗作添旁作佑當是衛包所改詩右字偶未改耳朱傳于周頌右字皆訓右手之右又轉為尊義殊費迂回胡其不講于小學也

祭天用特牲而我將明堂享帝之詩反無言牛羊孔疏以為配者用太牢故得有羊又言夏官羊人釁積供羊牲積是積柴嘆在釁下則是槱燎非祭天故有羊牲以見此詩維羊乃為配享而設非享帝所用也辨之亦詳確矣華谷用詩故之說亦引羊人文證祭天有羊牲不如孔義之當

時邁

莫不震疊傳云疊懼也疏云釋詁文彼疊作慴音義同案說文慴懼也讀若疊是疊慴二字同音可通用也徐鉉疊徒協切慴之涉切分爲兩音詩雅釋文亦嘆古今異音如此孔所據乃古音又爾雅郭注云慴卽懾也然說文慴懾各一字而音

同

明昭有周式敘在位韓詩外傳引之者凡四皆以為任賢稱職之證與毛鄭義相符矣集傳以在位為諸侯以式敘爲慶讓之典較切巡狩時事

䚷競

䚷競𣞤競二競義不同也無競猶不顯反詞也集傳云武王持其自彊之心故其功烈之盛天下莫得而競則不競𠄘乃争競之競非自彊之競矣又天下之競非武王之競矣豈不毫釐千里

吕叔玉周禮注以時邁䚷競思文爲三夏先鄭引之而康成不從韋昭杜預注内外傳與吕說小異而大同皆以肆夏昭夏納夏當此三詩不如康成所見卓矣朱子取吕韋二注語載之集傳意在與鄭箋立異也然旣尊吕說則䚷競乃昭夏周

八

公制周禮時已嘗爲樂章令鍾師奏之矣乃又謂成康爲二王之謚而執競是昭王以後詩夫周公所定樂章安得預歌昭王詩哉前後語句相戾矣劉壥謂時邁思文信爲時夏納夏而執競之爲昭夏則否蓋不敢斥言其非而又難于强飾故作此騎牆語方起泰曰三夏、、也非詩篇亦有聲有辭者故觀左傳文王言工歌鹿鳴亦言歌惟肆夏云金奏此可知夏之非詩矣昔人嘗以時邁執競思文當三夏誤甚江慎修先生已駁之金殿撰榜箋亦駁之

思文

貽我來牟鄭引僞大誓赤烏以穀來語證之後儒以爲妄說而不用謂貽是稷以貽民非天以貽后似矣然說文云來周所受瑞麥來麰也天所來也漢書劉向引此詩作釐麰云釐麰麥也始自天降皆言天賜之不言稷播種之也向又言后王君臣以和致和而獲天助意與鄭同又此詩及臣工篇皆特舉來麰不旁及餘穀與它詩泛偁嘉種語意自殊則赤烏銜穀之祥當時容或有之不得以涉於符瑞

而槩斥言其誣也又此詩上四句言后稷粒食斯民復其常性下四句言天以后稷養民之功賜武王以嘉祥便有天下兩意相承也若如後儒之説謂后稷貽民以來牟之種徧養下民則仍是立我烝民之意謂陳其君臣父子之常道於國中則仍是莫匪尒極之意詞旨不冗複哉況后稷播種其爲嘉穀多矣何獨取來牟一物鄭重言之也又案來牟大麥也是一穀之名呂覽説文及劉向封事其説皆同韓詩貽我嘉麰薛君云麰大麥也文選注班固典引曰玄秬黄麰亦以為一物矣惟廣雅分爲大小二麥來小麥牟大麥朱傳嚴緝从之非是

時邁思文皆言時夏箋云樂歌之大者偁夏又云夏之屬有九章昭國語注亦云樂章大者曰夏是偁樂爲夏古有此名也集傳釋夏爲中國且謂肆夏納夏因時夏語得名然則執競不言夏何以名昭夏乎

九

臣工之什

臣工

臣工敘云諸侯助祭遣於廟也朱子非之而改為戒農官之詩夫戒農官何與于祭祀而編之於頌乎況合之經文未見其然也經先戒臣工後戒保介勸農之詞獨詳於保介耳其戒臣工全不及農事也又臣工者有位之通偁保介者鄭箋詩及注月令皆以為車右高誘呂覽注以為副倶不云農官也朱子欲證成戒農官之說特取高誘注而益之曰農官之副凡官有長必有貳何由知此副定屬農官乎且農官之正安在乃獨戒其副乎

維暮之春疏謂是周之季春而夏之孟春一引月令及農書證耕事當在建寅之月不當遲至夏之季春一引王制及明堂位證諸侯藉祭同在夏之孟月助祭而

遺應以孟春援據甚詳確後儒多易之左矣至朱子初說言商周改正朔但爲歲首其犧祭猶用夏正夫朝祭大事不用本朝正朔則所改之正將施於何用乎夾烏所銜惟來牟一穀周以爲受命之瑞故獨箸之於思文而臣工詩又特偁之下又言帝命言上帝正見其爲天賜也若謂后稷播植之則當如生民閟宮二詩廣舉諸穀以美大其功矣

命我衆人朱傳曰衆人徒甸也案周世甸徒有二禮記祭義五十不爲甸徒是指四郊之甸所出長轂一乘之甲士步卒從君搜狩者也周禮天官甸師徒三百人亦名甸徒用以耕耨王藉國語所云庚人終晦者是以臣工詩不言獵亦不言耕耨朱傳所謂甸徒不知何指述朱者何竝無申釋也

管子曰農有一耜一銚音姚一鎌音廉一耨一推一銍然後成農而銚耨銍三器皆見

臣工詩銚即詩之錢也用以耕耨或作鎒俗作耨即詩之鎛也用以耘銍詩亦名
銍用以穫今備錄之爾雅斛謂之疀郭云皆古鍬鍤字斛說文从斗作斛引爾雅
亦作斛土雕切疀說文云斛也楚洽切徐曰鍬鍫銚斛鏉皆同一字案鍬七遙反
郴疏音秋詩釋文云銚七遙反何士遙反沈音遙方言又有斛郭湯料切云鏵音華鍫聲轉也
說文作茉云鍏郭音臿楚洽切畚音裡郭音駭案說文梩乃諸名世本云耒作
兩刃臿也韋臿俗作臿桌梩梠之或體云臿也
銚以上為名甚多實與錢一器矣爾雅斪音衢斸丁錄切謂之定多佞切李巡云鉏鋤俗別
名郭璞云鉏屬詩疏引釋名云鎛鉏頭也鎛迫地去艸也廣雅云定謂之耨呂氏
春秋云耨六寸以閒稼高誘以為耘苗之器是也世本亦以爲耒作之攷工記段
氏為鎛器然則鎛也斪斸也定也耨也鉏也一器也爾雅又云所謂之鍺張畧切郭
云钁也又說文以钁為大鉏此又鎛之同類而稍別者與銍釋文正義皆引釋名

說文解之劉云穫末鐵也許云穫禾短鐮又小尒雅戳穎謂之銍亦言穫也獨此
器無異名傳云錢銚鎒鎛銍穫也銚與鎒廣其名穫言其用矣又案錢本田器名
即淺切後世借爲貨泉字讀如全它書史皆然惟此詩錢字猶存本音本訓

噫嘻

噫嘻篇昭假鄭引堯典光被四表格於上下釋之言能成王業其德著且至也朱
傳引書格汝衆庻則脫去昭義矣
旣昭假爾爾字毛鄭俱未有所指孔述毛云王之政教光明至于天下德旣光明
顯著如此以如此二字代爾字句法較穩嚴緝引錢氏云爾語詞正祖孔意朱子
初說以爾指上帝集傳以爾指田官俱未妥
駿發爾私朱傳云溝洫同貢法無公田故皆謂之私此言殆非是井田有公田故

在民者以私别之耳鄉遂之田既無君民之分豈得偏名之以私哉毛傳云上欲富其民而讓于下欲民大發其私田孔疏申之以為大田雨我公田遂及我私是民意之先公也此云駿發爾私言不及公是王意之讓下也此見盛世君民相愛之情傳疏義優矣又朱子以溝洫法論此詩者說本鄭箋耳鄭因詩三十里十千耦適合一川萬夫之数當是每三十里分為一部設一主田吏即此詩農夫也故引地官遂人文證成其說但溥指鄉遂貢法矣然疏謂萬夫乃四縣之田六遂三十縣為七部猶餘二縣蓋與公邑釆地并為部何者遂人云川上有路以達於畿鄭云至畿則中有都鄙遂人盡主其地是都鄙與遂同制此法故知其共為都也據此則鄭所謂一川萬夫應無鄉遂都鄙言并田八家之衆亦在其內矣朱子溥用溝洫為說祖鄭而未究厥指

康成之説巧合詩語㗸論此詩本指不如傳義之平正也傳云終三十里言各極其望也王申之云三十里天地合所之而三十則天下徧蹠亦謂人目所望極於三十每各極望則徧及天下萬爲盈數故舉十千非謂三十里内有十千人也不拘拘以夫田之數相配最得之

振鷺

振鷺在彼無惡在此無斁朱傳以鄭箋解之義本勝又載陳氏説以爲彼不以我草其命而惡我我不以彼墜其命而猒彼誤矣此詩我客兼指二王後周革商命未嘗革夏命也墜命者桀紂也非東樓與微子也況彼墜其命是爲可傷有何可猒猒之非人情在惡簿小人或有然尒乃以無之自多乎又無惡斁而有譽同指客句法本相應若惡屬客斁屬我則與有譽文義不貫矣

十二

豐年

敍云秋冬報也不言報何神箋謂烝嘗禘敍春冬詩祖妣文也後儒各自立說王氏以爲祭上帝蘓氏以為秋祭四方冬祭八蜡集傳以為田祖先農方社之屬曹氏又謂大享明堂四方八蜡天地百神無所不報諸說紛紛皆無確證案宗廟之祭以屢孝思非報田功鄭云烝嘗未可信也報祭上帝謂大享明堂耳歲止一祭不容分用秋冬兩時況明堂樂章已有我將何又歌豐年田祖之祭在孟春吉亥不在秋冬又是祈祭非報祭至秋報社稷當歌良耜不應又以此詩為樂章此皆失之顯然者王曹與集傳之說俱未必然也蘓氏以為方蜡或近之其饗農致天地百物則總於八蜡中矣

豐年敍朱子辨說譏其誤及為集傳仍用其說蓋細思之知其不可易也朱克升

疏義謂集傳初本作穀始登而薦於宗廟濮一之胡一桂輔廣俱宗此說改本作報賽田事趙氏以此說為是而以初本為正殊不知穀登而薦者即月令嘗新薦廟之事也稷菽麻麥皆有薦何無詩乎且此詩稌黍竝言將以薦黍乎薦稻即稌乎二穀又不應同薦矣晦翁已悟其非而改克升尚欲為是非善述朱者也劉瑾疑朱子既語敘誤猶用其說是後來所改有未盡豈未見初說邪

亦服爾耕亦有高廩二亦字鄭皆訓為大義本釋詁但彼亦作奕孔疏以為音義同古字容有然矣源又謂亦者旁及之詞噫嘻之服耕與上駿發意同豐年之高廩即上黍稌所藏皆非旁及之事惟訓大為允當也鄭意應爾而疏無發明故辨之

有瞽

敘云始作樂而合乎祖也丝敘云奏大武也酌敘云告成大武也此三頌疏以為
一時之事今以酌箋觀之殆不然箋云周公居攝六年制禮作樂歸政成王乃後
祭於廟而奏之其始成告之而已據此則告成當在居攝之六年酌是也合樂奏
丝當在成王即政之初有聲及武是也疏失箋意矣又武頌奏大武而已有聲箋
曰合者大合諸樂而奏之是所奏不止於大武也維清疏云大合諸樂乃為此舞
則文王之南籥當亦奏於此時又春官大司樂以六舞大合樂注謂徧於六代之
樂而此箋亦言大合諸樂則敘所云始作樂是始作大武所云合乎祖是以大武
而與諸樂合奏之云爾疏謂箋止說周之樂器當獨奏大丝合樂者合諸樂器非
合異代之樂此未必鄭意諸器畢備特作樂之常何云大合諸樂也況經所言惟
縣鼓是周制耳餘器則虞書商頌已有之豈𨔼為周樂設哉

有瞽釋文云無目眹俗眹曰瞽眹直謹切案說文眹目精也从目灷聲勝賸皆从眹聲疑古以眹為眹許所謂古其古文乎眹亦作眗後漢盧植傳注云無目眗曰瞽是也又案靈臺傳以有眸子為矇而有瞽箋釋瞽為矇則瞽非無眹者矣說文瞽字注亦云但有眹俱與此釋文異靈臺疏又以瞽為矇瞍之總名 此皆以意分別不可執也廣雅云瞽矇瞍盲也殆通偁耳

潛

爾雅釋器云糝音糝又霜甚反說文作罧所今切字林山沁切謂之涔潛同又音岑 毛之傳詩本之小爾雅廣獸云槮槮也積柴水中而魚舍焉李巡孫炎郭璞注爾雅皆本之是潛之為取魚器也古矣王介甫謂積柴取魚疑於盡物不可為訓故改釋潛為取之深夫取之深而有多魚殆幾於竭澤獨不為盡物乎案古人補魚之昇見於詩者曰罶曰梁

曰笱曰罛曰竹竿曰九罭曰罩曰汕曰綸曰網曰罶併此詩之潛凡為名十有二其中如梁之堰水是為絕流罭之網目亦同於數罟不僕積柴為盡物矣又案潛之為魚具見唐陸龜蒙詩字作篸音槮云錯薪水中則正積柴之謂也其詩云斬木置水中枝蓧互相蔽寒魚遂家此自以為生計春水忽融冶盡取無遺奮所託成禍機臨川一凝睇陸此詩諷人以知幾也然取者不太忍乎余讀之惻然興斷罟之思矣別詳附錄

潛篇朱傳引月令季冬天子嘗魚先薦寢廟及季春薦鮪之文輔廣辨之曰今月令弟有季冬至寢廟之文而已季春薦鮪乃叙説也吁異矣季春薦鮪之文載在月令三尺豎子皆見之廣獨不見邪偷大全者又筆其語於書可嗤也

鰷鱨鰋鯉箋云鰷白鰷也孔疏無申述案爾雅鮂音囚黑鰦音茲注云即白鰷江東呼

為鮰者是也韻會云亦作鯈直由切鮋音由莊子鯈魚出遊食之鮋鮁荀子鯈浮陽之

魚淮南子鯈魚望之可見即之不可得皆此魚也埤雅云鮁狹而長似鱨而白江

淮之間謂之鰲音餐亦作鰲羅願言此魚好游故濠梁有魚樂之喻理或有然本艸謂

之鰲魚同鰲注云長數寸狀如柳葉今俗呼鰲鯈與鱨皆凡魚也而鰲味尤不減詩

徒取多魚故不辨其美惡與

雝

雝敘禘大祖召記述之良是惟以皇考為武王烈考為文王則易古注召謂此詩推

得禘之由而頌皇考為獨詳武王初有天下宜當之又列考配文母而言宜為文

王耳源謂造用之功文為最盛故雅頌推本王業但詳文而畧武又列考文母子

母竝稱無嫌古注本通也朱傳不用敘義辨說謂詩不及譽稷則非禘大祖若言禘於文王則與敘文不協其以

五

為祭文王則同於箋惟謂武王祭之則異然朱子初説實不如此嚴緝云古注以
皇考為文王烈考為武王朱氏从之既以烈考為武浚非武王主祭矣但朱子言
禘素不主鄭學初說祭文王未審以為何祭也
宋李樗謂周穆王名滿而有王孫滿襄王名鄭而有衛侯鄭魯武公名敖而有公
孫敖證雝詩祀文王不諱昌之義此非確證也周人以諱事神生時無諱也廟既
毀亦無諱也衛侯鄭與襄王同時不得有諱此正與衛襄公名惡而大夫有齊惡
事同穀梁傳所謂君子不奪人名不奪人親之所名是也昭七年王孫滿當定王時
穆王已在三昭三穆之外公孫敖當僖公時武公已在二昭二穆之外親盡廟毀
不得有諱禮記所謂既卒哭宰夫執木鐸以狥於宮曰舍故而諱新是也檀弓若周
公定禮樂在居攝之六年與此二義俱無當何得取以為證乎然而雝詩不諱昌

何也曰疏言之矣詩是四海歌頌之聲本非廟中之事故其詞不為廟諱及采得之後即為經典詩書不諱故無嫌耳孔語或近之然則奏為樂章必更有釐定矣蓋信古人詩樂分為二致也

載見

條革有鶬鄭云鶬金飾皃疏以為即韓奕之金厄是也朱傳取列祖箋聲和語釋之殊未當彼言八鸞故以鶬鶬為聲耳轡首之金有幾而亦和鳴哉況車上設鈴本取其聲革末飾金止以為飾詩人偁美義各有歸定乎訓解之不同也何得移彼釋此

以孝以享以介眉壽疏謂三言以者皆以諸侯為此良是也又謂孝享介壽通為一事則未盡案三者雖皆指祭言而義亦微別孝者內盡其心也所謂合萬國之

歡心也享者外備其物也所謂三牲魚腊四海九州之美味也介眉壽者祭畢而
受嘏也所謂小大稽首便君壽考也此三者皆賴諸侯之助
綏以多福安諸侯以多福也俾緝熙於純嘏便斷續廣大其純嘏也李氏之解本
於鄭箋孔疏而緝熙義較優總欲諸侯亦享其福耳朱子初說以爲均福於諸侯
意本相同後復變其說與烈文篇錫茲祉福同解未見其勝

有客

亦白其馬傳以爲亦周箋以爲亦武庚傳得之矣先代之後亦得如王朝自乘所
尚所以尊大之也若駁武庚以美微子則非客所樂聞詩人忠厚之指當不其然
且字有四音子餘切者其本音也說文訓薦又七也切此二音人所習聞又音徂
鄭風匪我思且釋文云存也士曰既且釋文云徂也又七敘切音取韓奕籩豆有

且鄭云多兇頌有萋有且毛云敬慎皃而韓奕有且則無葅取兩音正韻且字音
慈庾切而引頌萋且當之誤矣慈庾切應讀如聚與取各一音不知何本
敦琢其旅箋謂以治玉比擇人蓋雕琢皆治玉之名本於爾雅非鄭氏臆說也嚴
緝據棫樸毛傳謂雕琢分別金玉雕本治金之名其言治玉是鄭意非毛詩意誤矣
棫樸詩追琢與金玉連文毛始即經文而分釋之耳非雕字定訓也此詩敦琢自
當以爾雅為正案雕追敦字異義同
薄言追之左右綏之追送也已發上道王使追遂而餞送之左右之臣又與燕歡
安樂之觀韓奕詩韓侯出宿而顯甫從餞可見古禮如此朱傳曰追之者也去而
復還之夫不留之於未行而追之於已去從返僕僕重勤嘉賓恐古人無此待客
之禮又訓左右為無方說本蘊氏賓禮掌於行人郊勞贈賄皆有常儀饗食燕易牢

十七

皆有定制非可意爲厚薄也安而留之豈得無方乎

既有淫威降福孔夸傳云淫大威則鄭申大則之義謂用殷正朔行其禮樂如天子也朱傳雖不訓威爲則而意與毛鄭同至呂記嚴緝俱載什方張氏語以淫威爲誅武庚事此最爲謬說周家忠厚待人其命微子也但述成湯以聖德受命勉其踐脩詞氣和平如骨肉相告語並無猜防之意豈於其來朝無故舉殷亡之禍以傷其心哉後世智畧之事僞揚朝廷威德以懾遠更判賊則有之矣不聞忠厚之朝施此於象賢之裔也

武

嗣武受之毛訓武爲迹謂嗣文王之迹而受之鄭以爲嗣子武王文義俱通但雅頌偁先王皆以王配謚而言其單舉謚惟江漢文武受命閟宮至于文武而已彼

二王竝舉容或淆文此媷自武王不同彼例且嗣子之偁雖對文王言亦非所施
於既没之後當以傳義為正
耆定爾功疏謂宣十二年左傳引此詩云耆昧也誤矣耆昧者謂於鑠王師遵養
時晦而釋之耳乃隨武子之言也楚子引耆定尔功亦在宣十二年然並不訓耆
昧豈誤合二文為一乎

閔予小子之什

閔予小子

以武王崩周公卽攝政七年歸政之後成王廟見而作閔予小子訪落敬之小毖
四詩者此毛公之意而王肅述之也以成王年十三免武王喪將卽政而朝廟作
閔予小子訪落敬之三詩自言不堪任事周公始居攝其小毖一詩則作於歸正

十六

之後者此鄭氏之說也今觀之鄭氏之誤有三焉成王免喪年僅十三自難躬親
萬幾周公大聖人又其親叔父也豈不知君德淺深必待其自言不能方始居攝
乎誤一也頌雖非成王自作然必意嚮果如此詩人乃述而歌之觀三詩所言皆
敬天法祖勤學好問之事十三歲童子意嚮如此可謂天姿過人矣何至惑於流
言疑忌周公積年不悟誤二也又四詩小敘首曰朝於廟次曰謀于廟又次曰進戒
又次曰求助蓋因廟而謀因謀而進戒因聞戒而求助四敘語意相聯貫而皆係
嗣王定是一時之事鄭分肯三詩在居攝前後一詩在歸政後相去七年誤三也
則王義允矣宗儒好貶鄭學而閔予小子三詩獨从其免喪朝廟之說者蓋謂周
公居攝止行冢宰事嗣王見廟臨羣臣當在新立時不應遲至七年後耳不知周
公之攝政縱未必踐阼負扆南嚮朝諸侯然謂僅行冢宰事未必然也當是時出

則征伐四方入則制禮作樂以至建親藩營洛邑事事皆出公手此豈尋常之職
乎其訓於王則曰沖人曰孺子曰小子豈臣子對君之稱乎非常之舉非聖人不
能行故堯舜禪讓湯武征誅尹之放公之攝皆曠古一見之事姦人託之以爲利
儒生諱之以爲誣其不知聖人一而已源謂成王初免喪時非不祀先接下但公方
居攝政非己出不必有咨問之言及歸政之後親理庶務自當從容延訪以盡下
情博采羣言以裨治道四詩正作於此時耳
閔予小子四詩朱子旣謂免喪時作矣及釋幷蜂桃蟲又以爲指管蔡事輔廣述
朱亦以訪落篇多難爲指管蔡則是成王之疑周公以至悟而迎公皆在未免喪
時矣嘗攷之書金縢殆不然也周公居東二年辠人斯得二年以前武王崩管叔
方在畝也聞之而流言言達於周而王疑王疑而公出不知幾閱月也二年之後
十九

得罪人而王不悟因作詩詒王王見詩而猶不悟始有風雷之警又不知幾閱月也居喪二十七月（此王肅之說）除居東二年前後僅三月耳豈能歷此多故哉況成王衰經之中不應般弁服也宅憂諒陰不應出郊也公亦在衰經中不應迎以袞衣繡裳也皆理之難通者然則四詩之作在七年歸政後無疑也若成王初免喪疑公方甚安得有懲毖後之言乎

孔疏引曲禮云天子在喪曰予小子以證閔予小子三詩是初免喪時作非也案予小子告天下之恒偁也召誥洛誥及周官載成王之言皆有此偁作洛在攝政之七年（孔氏書傳毛氏詩傳說同）除喪已久至作周官在四征弗庭之後則卽政又久矣又康王命畢公穆王命君牙亦自偁予小子畢命作於十二年王在位久矣君牙之作未詳何年未必初立時也江漢詩亦云無曰予小子紀年謂伐淮夷在宣王六年

雖未必果爾要非初卽位事矣此皆見於詩書歷歷可據者曲禮之言殆未可泥

訪落

逴實也此詩書常訓也陟降逴止言文王上事天下治人皆以亶道也紹庭上下言繼文王之亶道施於上下也兩詩偶言庭意相符合矣朱傳以逴為庭戶之庭陟降逴止既以見羹見牆釋之矣至訪落之紹逴二語則云紹其上下於逴陟降於家夫鬼神陟降於逴本屬虛想非實有其事也將何以紹之況紹逴二字亦不詞矣又朱子解陟降逴止本用漢書注說因謂顏監精史學而不牿於媍經之陋故獨得詩之本指源謂斯言不能然經義弘深媍精於是者尚詆其陋反謂淺獵者得之乎經學之鹵莽必自斯言始矣

艾歷也歷數也釋詁文也鄭訓觧未有艾轉歷而為數不如王氏訓歷之為徑也

集傳謂如夜未艾之艾則艾爲盡矣又云予不能及及與盡與義當何適從乎又此篇集傳本順文釋經須語語相綴方得文義蟬連中間脫去維予小子一語殊屬跡忽

敬之

疏謂周頌諸篇皆當時實有其事詩人見之而述爲歌則作者主名不可攷矣閔予小子四篇當是一人手筆敬之篇述成王君臣相告語之言皆旁人代為之詞耳朱傳曰成王受羣臣之戒而述其言又曰乃自為荅之之詞是真以此四詩爲成王作矣

陟降厥士士事也天之事也二氣之運行萬物之化育皆天之升降其事也朱傳曰陟降於吾之所為則與日監在茲意複矣

小毖

莫予荓蜂自求辛螫荓蜂亦作甹夆訓爲𢶍一作掣同尺制反曳毛鄭之解與尔雅同其來古矣訓爲使蜂者王氏之謬說也彼之新經字說皆此類耳不意朱呂大儒乃爲所惑且安石之爲此說者徒見下句言螫耳然辛螫並言豈辛者蜂之味邪又辛螫韓詩作辛赦云赦事也見釋文可見經字元多借用非有師授不能得其真徒據今本而妄爲穿鑿失之遠矣

桃蟲飛鳥之喻泛言事理如此當議於微詩名小毖以此非有所指也疏用王肅述毛言將來患難當慎其小非悔不誅管蔡詩意良然鄭謂成王悔不早誅管蔡以致畔亂此誤矣管蔡乃成王叔父流言僅口語小辠豈得輒加刑戮况此時已挾殷畔矣以爲畔於居東後者亦鄭之臆說向讀金縢書已辨之

廿一

鷦巧而危故得巧雀巧匠巧女巧婦女匠襪匠之名而荀子說蒙鳩有苕折卵破

之喻卽桃蟲也小於黃雀取茅秀爲巢大如雞子所須不過一枚爾雅曰桃蟲鷦

其雌鴱音艾是也先儒以為鴟鴞鷯鴂亦此鳥矣小毖箋合鷦與題肩及鴞三者爲

一鳥其以爲鴞者卽鷯鴂之說至曰鷦之所爲鳥題肩則證拚飛義也然疏云事

不知所出矣案陸璣謂桃蟲之雛化而爲鵰隽責易林亦言桃蟲生鵰鵰與題肩

皆鷙鳥意與鄭同其說當有本

載芟

朱子辨說謂載芟良相二詩未見有所祈報之意夫春祈秋報總爲農事故歷言

耕作之勤收穫之盛以告神明而一則願其將來一則述其已往祈報之意自在

不言中矣豈能句櫛字比務與題意相配如後世詩人較工拙於毫芒者哉

載芟敍云春籍田而祈社稷也疏引祭法釋之以此社是泰社其禮記祭法疏引載芟敍則以此詩所祈是王社兩疏皆出孔氏而說互異較論之詩疏義長矣詩疏云祭法王為羣姓立社曰泰社王自為立社曰王社此為百姓祈祭當主於泰社其稷與社共祭亦當謂泰社社稷祭法疏云泰社在庫門之內右王社所在書傳無文崔氏云王社在籍田王所自祭以備齊盛今从其說詩頌春籍田而祈社稷是也源謂詩為主為民祈祭誠如疏言況詩言主伯亞旅婦媚士依自說民間父子家室籍田終畝惟甸徒三百人乃庶人之役於官者不應有此偁也則籍田與祈社當各為一事月令孟春躬籍帝籍仲春命民社偁在春時而社為泰社無疑矣至郊特牲疏謂社為五土總神稷是原隰之神有社必有稷稷壇在社壇西或云在其北據此則王社在籍田亦應有稷詩疏以社稷共祭定是泰社又似王社不必有稷說亦自

廿二

相矛盾也至崔氏之說通義引穀梁傳語云天子親耕故自立社證其非無本信矣至蕪氏引以釋此詩敘則未必然耳又案周禮大司徒設其社稷之壝而樹之田主注云田主田神后土田正之所依也詩人謂之田祖疏云句龍爲后土配社弃爲田正配稷此田主在當藉田中依樹水木爲之田主爲神農祭尊可以及卑故使后土田正依之同壇共位也賈氏以田主在藉田中蓋亦本崔氏之說

載芟篇俶載以下方及播穀以上則方闢其土也華谷謂首言芟柞地尚有草木當是新墾之田理容有之故千耦其耘既耕而耘也是去艸木根株緜緜其麃既苗而耘也是厺苗間艸不獨箋疏之解甚明卽經文前言其耘承芟柞之文後言其麃承傑苗之文二耘之不同一覽而較如也朱子初說千耦其耘本从箋義集傳改釋爲厺苗間艸未審何意劉瑾宋朱亦指其誤

十千維耦謂萬人相與爲耦當得五千耦也千耦其耘謂爲耦者千當得二千人

也二文有辨孔疏云

有嗿其饁傳云嗿衆皃釋文敕感切説文嗿聲也它感切音義俱不同李氏曰嗿

者衆人飲食之聲殆合毛許二義而爲之説然經文嗿字本指饁言則是方饋時

耳何遽有歆食聲乎不若毛氏韻增釋爲衆聲不言飲食足通毛許之異而經義

亦合

載芟之婦士即七月之婦子也皆謂行饁之人婦女幼弱不任耕耘則使之行饁

故彼詩婦子繼以饁彼之文此詩婦士上承嗿饁之語傳云士子弟也義允矣李

氏以婦士爲夫婦䂓非詩恉

有飶其香有椒其馨古注目酒醴言玩文義亦當然集傳云飶芬香也未詳何物

廿三

是不欲以酒醴當之也案說文云飶食之香也與詩注異朱子其因此而致疑與

振古如茲毛云振自也鄭云振亦古也鄭義雖本尒雅然不如毛之當矣集傳訓振爲極不知何本況極言語亦未順

良耜

其饟伊黍箋謂豐年之時賤者猶食黍而彭氏以爲無珍味意相反夫豈食珍者邪彭始食肉糜之見也大全偏錄其語

荼蓼並見爾雅荼者荼委葉也某郭皆引此詩蓼者薔虞蓼也孔疏云王肅皆以爲穢本作薉蕪也田中雜草也艸而荼爲陸穢蓼爲水穢當矣但未詳荼之性狀爾雅荼委葉郭注引詩而外亦不箸其形今案古今注云荼蓼也紫色者荼也青色者蓼也其味辛且苦食明目或謂紫葉者爲香荼青者爲青荼亦謂紫色者爲紫蓼青色者爲青蓼其

大不苦者為高蓼（或作馬蓼）此與王氏水陸二穢同意朱子所謂辣（俗作辢）荼或即斯艸但不當以苦菜當之耳

蓼雖穢艸然古人飲食資其性味内則亨雞豚魚鼈皆實蓼腹中又切之以和羹膾與葱芥等耳漢史游急就篇蓼與葵韭蘓薑並列於蔬品淮南子亦云蓼菜成列說文以為辛菜而尹都尉書有種芥葵蓼韭葱諸篇（見劉向別録又北史蕭大圜云穫菽尋汜氏之書露葵徵尹君之録又漢書藝文目農家者流有尹都尉十四篇）長沙定王故宮有蓼園其調和食味大有用也良耜篇特以其妨稼故薅之耳案顏師古言蓼有數種長鋭而薄生於水中者曰水蓼葉圜而厚生於澤中者曰澤蓼一名虞蓼唐本艸謂虞蓼為水蓼蘓恭注云生下溼水旁葉似馬蓼大於家蓼韓保昇本艸言蓼有七種曰青蓼香蓼馬蓼水蓼紫蓼赤蓼木蓼紫赤二蓼葉小狹而厚青香二蓼葉相似而薄馬水二蓼葉濶大

有黑點木蓼亦名天蓼蔓生葉似柘葉六蓼花皆黄白子大如胡麻惟木蓼花黄白子皮青滑諸蓼皆冬死惟香蓼宿根重生合此諸說觀之唐蜀二本艸之水蓼其即顔之澤蓼乎良耜所薅當指此艸孔疏引爾雅虞蓼之文以釋詩而虞蓼澤蓼顔以為一艸矣又案蓼字亦作𧀍

絲衣

絲衣載弁箋云載猶戴也士助祭之服也正祭視濯視牲則使小宗伯令使士則非正祭矣故為繹賓尸此敘與詩相符合有明證者也朱傳改為祭而飲酒之詩夫祭而飲酒正楚茨所謂燕私湛露所謂在宗也乃燕也非祭也燕飲樂章不應列之於頌

絲衣敘靈星孔疏引漢書張晏注釋之漢郊祀記云高祖令天下立靈星祠常以

歲時祠以牛晏注云龍星左角曰天田則農祥也晨見而祭之又後漢書祭祀誌云漢興八年高帝令天下立靈星祠以后稷配食謂天田星也與班書晏注同案農祥即房星以霜降晨見東方則祠靈星當在夏九月矣論衡謂靈星即龍星又謂周制春雩秋八月亦雩今靈星乃秋之雩此語非是雩正祭在巳月祈祭則秋之三月皆可行春秋非雩之正期又雩祭祭五精帝非祭靈星不得合為一祭且八月龍星未見安得而祭之通典亦言周制仲秋之月祭靈星於國之東南殆襲充之誤也玉海云周書作雒農星皆與食今周書云日月星辰皆與食不云農星玉海據宋本當不誤矣

祊有二種亦是正祭時既設祭於廟又求神於廟門之內禮記郊特牲索祭祝於祊及小雅楚茨祝祭於祊是也二是明日繹字亦作釋祭時設饌於廟門之西室郊特

牲祊之東方失之矣及頌絲衣是也繹與祊同時而繹其大名也廟門外之西有堂有室繹于堂以接尸祊於室以祭神是日祭禮簡接尸禮大故絲衣敘繹賓尸春秋宣八年壬午猶繹皆言繹而不言祊特牲疏云自堂徂基自羊徂牛是祭神也兕觥其觩旨酒思柔是接尸也故知事神簡接尸大

不吳不敖吳字有胡化下快五乎三切而義同胡化切者何音也下快切者陸音也俱見釋文五乎切者徐音也見說文韻譜陸徐兩家說吳字俱據說文而音形各異正未知誰合古義耳釋文云吳舊如字說文作吳吳大言也何承天云吳字誤當作吳从口下大故魚之大口者名吳胡化反㩇此音乱驚俗也音話(下快反)今說文云吳姓也郡也一曰大言也从夨(祖力切 傾頭也)口五乎切(音吾)徐鍇曰大言故夨口以出聲詩曰不吳不揚今寫詩者改吳作吳又音胡化切其謬甚矣陸引說文作

吴而今本从夨口然則今說文吴字豈徐氏所定乎至于口下大及胡化切說本何承天其來已久徐氏謂今人寫詩之謬殊不可解又大言何須夨口不如口下大取義明捷何說較優也但史記孝本紀引周頌作不虞不驁銷世家索隱亦言古虞吴音相近故舜後封虞亦姓吴虞本以吴得聲古字通用多取音形彷彿又似从夨口五乎切為得也黄氏韻會虞卦兩韻收吴字禡韻收吴字而於虞韻取徐說於卦韻禡韻取何陸二家之說不辨其孰是得闕疑之道近世揚慎古音略以从何音樺作吴亦從陸音話陳第古音攷从徐音吾作吴殆一偏之見也又案孔疏述毛綠衣吴字作娱云人娱樂必讙譁故以娱為譁定本作吴泮水吴字依王肅作誤云誤與傷為類故以揚為傷謂不過誤不損傷也毛傳不破字而兩詩吴聲古字多假借文同不妨義異毛公得於師授說必有本得其義可勿泥其文从

廿六

大从六非經指所關兩存之可也

酌

遵養時晦毛以遵為率養為取謂率此師以取闇昧之紂指武王言也鄭以為追美文王言養紂而老其惡按左傳宣十二年晉隨會引此詩證攻昧之義而解之曰耆昧也註云致討于紂則養之訓取春秋時已尔毛義有本也孔叔曰退自循養與詩偁晦後儒多从之語雖美恐非詩指況以此語指武王愈不得言養晦五年須暇姑緩紂誅耳何嘗自晦哉

繹酌頌者多異說而傳為正矣傳意云於美武王之師也率此師以取闇昧之紂於是周道大光明矣是用天下無不助之所以然者因我周之受殷用天人之和龍訓和辨不以彊力也蹻蹻然有威武者武王之所為則用使後世有所承嗣實見商頌

維爾之事信得用師之道矣大介有嗣參用歐蘇述之餘皆疏義

書牧誓云桓桓而詩亦有桓頌書盛成云大賚而詩亦有賚頌名雖同義實別矣

桓

牧誓勉將士而桓頌美武王武成言賑賜而賚頌謂封建也

賚

敍云大封於廟也封於文王之廟故述文王之勤勞以勸敕諸侯也朱傳本遵敍獨首句云此頌文武之功與經文殊不相合劉瑾謂朱傳頌文王之功亦如大武兼頌文武之德不知大武篇經文文武竝言此篇經文言文不言武豈可相例邪

朱傳文武當作文王定是傳寫之誤

賚般二頌皆云時周之命言此周之所以受命也一則由於勤勞天下一則由於

廿七

懷柔百神各承上文而明其致王之由耳集傳以賚頌云凡此皆周之命而非商之舊於義短矣周之代商當世共知何煩作驚喜之詞以自夸詡邪殆淺夫俗儒之情非温柔敦厚之旨

般

裒字三見詩常棣般武及般頌是也三裒字毛皆訓聚鄭則般頌獨訓衆案爾雅云裒聚也又云裒衆多也聚則必多二義相成鄭不為易傳矣韻會謂裒通作捊引易裒多益寡古易作捊多為證案古易捊多見易釋文及玉篇誠有之然捊乃把取義與詩捊克義同非此三詩之捊又字或作褎褎乃褎揚字傳毛切當是假用

毛詩稽古編卷第二十四

魯頌駉之什

魯頌四篇箋疏以爲作於文公時宋世説詩者以泮水閟宫二詩多祝願之詞疑爲僖公時作不知僖公居位最久故有難老眉壽之偁至萬有千歲語特頌美過其實耳非必生前之祝願也敍言季孫行父請命於周而史克作頌孔疏謂僖公壯時不應請命於王自頌已德故知作於文公時斯言良是且非直此也季孫行父文六年始見春秋經至襄公五年而卒卒之年去僖公之薨凡五十九歲當僖公世行父方壯童齡安能任請命之役乎又禮記檀弓疏引世本行父乃公子友之曾孫云友生齊仲齊仲生無逸無逸生行父據春秋杜預注范甯注則行父是友之孫友爲僖公季

廿八

公且事僖其孫及曾孫未必事於僖公世也

駉

牧馬坰野無妨田作不必言務農而務農在其中矣歆酒胥樂情理優旱不必言有道而有道在其中矣使人得之於言外此所以為善頌也朱子譏敍為鑿徒以其詞而已夫古人作詩多微詞渺旨言有盡而意無窮豈能如後人記事之文講學之語哉

駉駉牡馬疏云牧馬定本作牡馬詩攷云河北本作牧馬可見古詩牧牡二字迭用今本注疏作牡餘本同惟呂記首章作牧馬

駉篇所說馬名凡十有六其七爾雅無文而賴傳以明驪黃騂騮雒驔騏也然傳云豪骭曰驔疏以為骭古案切脚脛也毛白長說文云驔驪馬黃脊也所言物色互異其

騂則傳云赤黃說文云赤色騏則傳云倉祺（亦作騏）說文云青驪文如博棊及驪之純黑深黑駵之赤身黑鬣與赤馬黑毛尾皆稍異而不甚相遠惟黃與騅說文無釋要之毛先於許當以傳為正矣又案驪駵二名亦見爾雅但未解其毛色耳而驒馬則與尒雅之驓（釋畜云四骹皆白驓骹口交切脛也驓音增）物色相類豈一馬而兩名與又案十六馬中其驪皇黃騏駱駰駵七者別見它詩惟小戎之騏東山之皇四牡之駱皇華之駰有傳皇駱駰傳與駉同騏則彼傳云騏文此傳云倉騏彼疏謂青黑色名綦馬名騏亦作綦文此疏謂騏是黑色倉騏青而微黑也則二傳義亦同又四鐵傳以驪訓鐵鐵驪皆黑義亦同此傳

騂本作騂从馬觲（息營切）渻聲馬赤色也惟駉篇有騂當此義騂騂角弓當作觲騂牡騂黑騂剛皆當作⿰牛辛又有莘其尾當作觲

駉四章分配良戎田駑四馬本毛傳之說而孔氏申之云良馬以朝祀故云彭彭言有力有容也戎馬齊力尚強故云伾伾言有力也田馬齊足尚疾故云繹繹言善走也駑馬給雜役貴其肥壯故云祛祛言彊健也義允矣後儒說詩罕用其說惟宋張文潛耒衍其意言良馬以朝祀故云斯臧戎馬尚彊故曰斯才臧言其德才言其用也田馬尚疾故云斯作駑馬給雜役故云斯徂作者習其動止之節徂則足以行而已於義更暢惟斯作與毛異耳毛訓作為始謂同於古始

有駜

鷺于下鷺于飛猶云載飛載下也指鷺鳥言以興潔白之士也周頌振鷺取義亦同今以鷺為鷺羽舞者所執而于飛于下為舞者之容特見下文鼓咽咽醉言舞故作此解耳然則次章醉言歸是執鷺羽以歸家乎

屢舞僛僛屢舞僊僊小雅以爲刺鼓咽咽醉言舞魯頌以爲美彼之舞以醉而淫於禮此之舞以醉而盡其歡也盡歡而能不淫禮斯善矣然詩人已防其過也故次章即繼之云醉言歸正賓之初筵所謂既醉而出並受其福者也

泮水

泮水閟宮兩詩述僖公武功皆因人成事耳伐淮夷鄭譜以十六年會淮當之孔疏申其意謂淮夷近魯霸者獨令魯伐之應在十七年之末經傳無文者因舊史脱漏之故戎狄是膺疏亦以爲史文脱漏或十年齊伐北戎魯使人助之師賤師少故不書其説或然然源謂十三年會鹹十四年城緣陵皆爲淮夷病杞十六年會淮亦謂淮夷病鄫魯實從役此亦伐淮夷之一證也而會鹹之舉亦因王室有戎難秋爲戎難故諸侯戍周十六年又以戎難故諸侯戍周豈非膺戎之事乎佗

廿

頌者夸大其詞掠人之美歸功於君臣子之常情耳成二年鞌之戰襄十八年平陰之役皆借晉力也而季文子立武宮以示後世季文子以所得於齊之兵作林鍾而銘魯功焉正祖史克之故智也朱子以為祝願之詞殆不然僖公時齊晉相繼而霸攘去除四裔實有其事會盟征伐魯悉與焉豈徒祝願哉

頖泮一字而異形王制明堂位禮器皆作頖魯頌作泮詩釋文作頖云本又作泮頖泮信一字矣頖宮之為學名見王制明堂位而魯頌獻馘獻囚等語又與禮將出征受成於學反以訊馘告之制合則為學名無疑矣載埴據通典魯郡泗水縣有泮水謂僖公築宮於泮水上因名泮宮泮宮非學名近世楊用脩深信之然實非也泗水縣今隸兗州府泮水一名雩水源出曲阜縣治西南西流至兗州府城東入泗水見一統記信有然矣但水以泮宮故名泮以舞雩故名雩俱起於後世

殆好事者取經語以名水耳水因詩而得名反執水名以證詩說何其惑也用脩又引左傳晉侯濟自泮語以證此詩泮水則益誤襄二十五年左傳晉侯濟自泮會於夷儀夷儀衛地今順德府邢臺縣是也夷儀故城又在縣西百二十里晉都今太原府平公自西來濟泮始至夷儀則泮水又在夷儀西矣北直之邢臺與山東之曲阜相去甚遠左傳之泮水在晉衛閒與魯無涉而通典之泮水發源曲阜而入泗終始不出魯境安得經流晉衛閒用修引此證彼彊合二水為一疏矣總之辟廱頖宮為天子諸侯學名有圜水半水之異漢儒近古定有據而言之後人好為異說適見其陋也宋胡仁仲欲解靈臺文王有聲二詩辟為君廱為和夫於樂君和鎬京君和成何文義哉

旆茷疏云古今字則此詩之茷茷即出車之旆旆矣毛公出車傳云旆旆旒垂皃

泮水傳云茷茷言有法度也語殊而義合今用李氏說兩詩皆訓飛揚皃與毛正相反夫旗幟飛揚正可得市童憐耳豈詩人所樂觀乎又茷字誤作筏辨見附錄

茆釋文云音卯徐音柳說文云力久切玉篇云閭酉切皆同徐集傳叶謨九反不知何本朱子叶詩全用吳棫韻補此字吳亦力久切朱子弗从未審其故又毛晃謂音卯者从寅卯之卯蓴菜也音柳者从戼酉戼之酉蒲柳也此殆臆說

茆今之蓴菜也周禮醢人供茆菹以為朝事豆賈毛傳云鄭注周禮皆云鳧葵也釋文引鄭小同云江南人謂之蓴菜是已陸疏亦以為蓴又云或謂之水葵案蓴亦作蒓顔氏家訓謂蔡朗父名純諱蒓為露葵郎此菜矣陶氏別錄列於下品案如荇而圓華實亦如荇莖紫大如箸柔滑可羹臭但不可與鱔鼈同食食者成病見爾雅翼春夏嫩莖未葉名稚蓴葉稍舒名絲蓴至秋老名葵蓴或作猪蓴又譌為瑰

蓴為龜蓴顏之推以豬蓴為荇蘇恭从之宋馬某脩開寶本艸始辨其非當矣又
後漢馬融傳注引廣雅茆鳧葵而云葉圓似蓴俗名水葵以茆蓴為二艸亦誤
順彼長道屈此羣醜傳云屈收也案釋詁屈收皆訓聚則義得相通傳意應同此
而疏不引之箋云屈治也箋引釋詁淈治是氏注引此詩以證淈屈二字音義同
唉毛義長矣如毛說則醜為衆指魯國人民如鄭說則醜為惡指淮夷此詩後四
章方侈陳服淮夷之事首四章未及此意也郭景純注尒雅於屈收引此詩於淈
治則云淈書敘作汩音同而不引此詩是从毛不从鄭又釋文引韓詩云屈收也
收斂得此衆聚義亦同毛

閟宮

閟宮敘云頌僖公能復周公之宇葢取經第七章語蔽全詩之義也七章復周公

廿二

之宇正與三章大啟爾宇二字字相應三章啟宇與侯魯文連七章復宇與常許
保魯文連則宇為土宇而非屋宇雖愚者亦知之矣朱子乃謂敘詩者誤以宇為
屋宇而譏其謬何陋視古人至此竊意朱子之為此說者殆因已以僖廟為作詩
本旨遂謂敘意亦然當指宮廟為宇耳夫使敘者之意果同集傳則當云頌僖公
能脩閟宮與泮水敘一例矣何變文為周公之宇乎 源謂泮水閟宮兩詩取義各
別泮水主頌脩泮宮故每章皆言泮閟宮備言僖公能興復祖業故追本先德以
及其身又歷舉其承祀郎戎拓土服遠之事內而室家之睦外而臣子之宐天錫
眉壽民樂赴功至卒章營建之事則興復祖業之一端也且寢廟並舉不專言廟
也亦無由見新廟之即為閟宮也朱子合新廟閟宮為一事因斷全詩專為脩廟
而作固已疏矣又移己之誤於敘而大譏之何以服古人之心乎

毛以閟宫爲姜嫄廟而在周新廟爲閔公廟鄭以閟宫新廟皆姜嫄廟而在魯兩
家所見既殊後儒復出新說大約皆合閟宫新廟爲一而廟則泛指羣廟也夫以
廟爲羣公之廟理猶可通至謂新廟即閟宫詩因脩廟而作則甚誤末章寢廟並
言所脩不獨廟矣不應首章獨言廟誤一也通篇惟祭祀是廟中事外如公徒公
車龜蒙鳧繹當許諸章所述與脩廟無涉誤二也后稷周公皇祖固祭於廟矣皇
皇后帝何與於廟祭而亦及之誤三也故凡以脩廟爲作詩本恉而閟宫新廟首
尾相應者斷不然也細推詩義惟傳得之傳以閟宫爲姜嫄廟詩意不在閟宫也
特借爲詠姜嫄之發端耳以新廟爲閔公廟詩意不嫥在新廟也特舉爲頌僖公
之一事耳詩之意在廣述僖公恢闢疆土脩舉制度以復周公伯禽之舊故敍用
復周公之宇一語蔽之後儒舍此而求之首尾失之遠矣噉康成之說實肇其端

詩篇之長未有如閟宫之百二十句者詩章之長亦未有如閟宫第三章之三十八句者然細案其分章之法甚有倫次首章追溯后稷次章敘周之興皆未及魯三章始言魯公受封因及僖公祭祀之勤四章言僖公征伐之威五六章言其土境之廣七章言其福祿之厚末章言其興作之功蓋以類分章不計句之多寡也朱子嫌其多寡相懸彊欲取而均之遂據首章四章各十七句為率分二三兩章為三章而所分第四章止十六句則直指為經文脫落欲於籩豆大房下增鼓鐘喤喤語以足之斯亦武斷之甚矣又經文克咸厥功以上言克商之事王曰叔父以下言封魯之事意本兩截宜分也而反合之乃命魯公以上四句皆言封魯秋而載嘗以下與上文皆言祭祀語氣相接宜合而反分之章法未能盡均而章意先受割裂矣

居岐之陽一語而兩見詩皇矣言文王則岐陽乃程邑也閟宮言大王則岐陽乃周原也大王遷周文王宅程兩都皆在岐之陽相去百里而近矣案岐字本作郊山名夫亦水名岐水亦名大欒水出石橋山東南流合漆水又合杜水水經注引淮南子及漢書音義皆同逕岐山而又詘逕周城南周原於山為南於水為北皆居其陽故曰岐陽

實始翦商與甘棠勿翦翦字皆當作前翦俗說文云翦羽生也前齊斷也甘棠傳以翦為去閟宮傳以翦為齊箋以翦為斷俱當翦義非翦義矣說文又有揃字云搣比列反也又云搣批側氏切也批捽昨沒切也捽持頭髮也與二詩之翦俱無當韻會揃字注引閟宮詩殆不嫌又案翦以羽前从刀皆諧肯聲肯从止在月上今改肯為前而又加刀為剪加羽為翦皆隸變之譌

致天之届居字今釋為至極句法實不順箋云居殛而疏引釋言證之與今本尔

卌

雅雖不同然必不誤也釋爲致天之誅文義始明快矣尔雅注今止存郭氏一家
故無由證其異同郭之外注者十餘家其存於唐初者有李巡注三卷樊光注六
卷孫炎注六卷沈琁集注十卷與郭注俱載䂓文目陸德明敘録有犍爲文學劉
歆樊光李巡孫炎五家注五經正義所引又有某氏謝氏顧氏之説則仲達所見
注本尚多邢昺之訓必有據矣
龍旂承祀疏申箋意引明堂位語證魯君祀帝當建日月之章此龍旂定是廟祭
舊説以此爲郊祀者謬宋曹氏曰司常言日月爲章王建之交龍爲旂諸侯建之
魯雖僭郊禮而以旂不以常猶不敢全僭也明堂位乃曰日月之章則又過矣嚴
華谷信其説然此經下文云六轡耳耳春秋匪懈享祀不忒則此承祀即春秋享
祀明是廟祭而非郊祭魯郊之不建常仍無明文可據也

享以騂犧犧字止有許宜一反集傳欲與下宜多兩叶故有虛宜虛何二反然古多字與祇字通用音相同故移謻音馳侈侈尺氏切等字皆以多得聲多之與犧韻本同不必轉犧音以就多也集傳叶詩率宗吳棫韻補棨韻補收多於四支不收犧於五歌朱子果於自信蓋亦不全用其說矣又下文犧尊釋文犧素何反此亦可叶多朱子不用而翻立一音斯自信之太過也

夏而楅衡康成周禮封人注以為楅設於角衡設於鼻及箋詩則从毛傳以為楅衡其角孔疏兩存之不辨其孰是案說文衡字从角从大行聲本取橫大木於牛角耳與鼻無涉也況對人職注鄭司農杜子春皆以為設於角康成先注禮雖破鄭杜之義後箋詩仍从毛傳蓋自覺前說之短矣

閟宮詩公車千乘此大國之賦見於經者也馬融注論語引司馬法謂百井為成

每成出車一乘包咸注論語謂每十井出車一乘說各不同宋李樗以為百里之國提封萬井適合千乘之數若百井一乘必十萬井而出千乘十萬井之地開方計之為方三百一十六里有奇與大國方百里之制不合故取包說然此乃拘方之見也朱傳用司馬法之說以釋閟宮與箋疏意同亦知魯地不僅百里矣故其論語注言顓臾在魯地七百里中明堂位之說朱子不盡以為非也後儒闇於論世徒執孟子王制之語而斥周禮職方為誣不知孟子止聞其畧而王制一篇乃漢文時博士諸生所作豈可過信哉必如包氏說則十井之田止八十家耳使之出兵車一乘輜車一乘四馬十二牛甲士歩卒等共百人以及甲胄弓矢五兵旌旆之屬無一不昇民豈能堪先王之世不應有此重賦朱子舍包而取司馬良有見矣

詩言二矛者二而康成解之不同清人箋云二矛酋矛夷矛也閟宮箋云二矛重
弓備折壞也疏申其意以為酋矛長有四尺夷矛三尋是酋短於夷也清人禦狄
守國之兵守國兵欲長當兼用夷矛閟宮膺戎狄懲荊舒攻國之兵攻國兵欲
短當止用酋矛故一弓而重之亦一矛而有二俱備折壞二矛當是二酋矛斯言
甚詳辨然衛風伯兮箋引攷工記兵車六等為說與此箋意正合六等者一軫二
戈三人四殳五戟六酋矛不數夷矛而彼疏論六等六建之異同六建數夷矛不數軫謂肯
驅車上當具五兵五兵者戈殳戟酋矛夷矛也又謂步卒無夷矛肯驅非步卒當
有夷矛夫伯兮詩為伐鄭而作亦攻國之兵而孔氏以為用夷矛與此自相戾矣
要之此詩二矛與重弓文連無異弓當亦無異矛鄭總以備折壞釋之最為允當
公徒三萬鄭以三軍釋之具當臨碩則又以為二軍孔疏取其二軍之說謂舉大

卅六

數必就其近者三軍三萬七千五百人可云四萬頌主嫥美不應減退其數又襄十一年春秋書作三軍明肯此無三軍也昭七年復書舍三軍則其作其舍皆書也便僖公有三軍文以後無之春秋何不書舍故知僖公無三軍矣其説良是嚴緝載李氏語謂伯禽以來已有三軍襄公時三卿專權分三軍為己之賦耳非此時方有三軍也噫謬矣三家作三軍正因前此止二軍不便於三分故也設本有三軍竟三分之可耳焉用作乎若不作而書作是春秋乃曲筆非信史何名為經且孔疏言魯二軍原不言周公伯禽時即然也東遷之後諸侯强者弱弱者强非復西京之舊衛晉皆侯爵也而臧宣叔言衛於晉不得為次國杞二王之後安公爵也而春秋或書侯或書伯晉武公受王命本以一軍為晉侯也見左傳莊十六年而獻公作二軍見閔元年文公作三軍見僖二十八年又作五軍三十一年襄公舍二軍文二年景公作六

軍（成三年）厲公罷新上二軍（見成十六年杜注）止捊四軍悼公舍新軍（襄十四年）豈有常哉又當時諸侯多樂自居弱小以避霸國重賦故魯作三軍叔孫憂改將及已宋之會季孫願視邾滕（襄十四年）平丘之會子產爭承以鄭為伯男（昭十二年）則春秋時除齊晉楚霸國外能具三軍者鮮矣魯之弱已久事事非伯禽之舊豈獨軍制哉頌主誇美故鄭姑以三軍釋之耳要非其實也

公徒三萬朱傳曰三軍為車三百七十五乘三萬七千五百人其為步卒二萬七千人此以每乘百人計之也併炊家子固守衣裝廝養樊汲二十五人悉數之為軍矣夫此二十五人皆老弱不任荷戈者耳可備伍兩卒旅師之列乎案一乘甲士三人步卒七十二人三軍當用車五百乘其為步卒則三萬六千人（併甲士一千五百人并三萬七千五百人孔疏說三軍之數謂此故采芑疏亦以三千軍為十八軍）

淮夷來同莫不率從鄭以來同為同盟率從為以中國盖僖公非王非霸故不係

諸魯也良為有見而後儒莫用

凫繹二山俱在今交[兖]州府鄒縣東南凫在縣東南五十里繹在縣南二十五里亦

名鄒山禹貢嶧陽孤桐即此山也郭景純謂此山純后[石]積構連屬如繹絲然故

以為名禹貢作嶧奠[尊]其名也魯頌作繹眡其義也又有葛嶧山在今淮安府邳州

非此詩及禹貢之嶧漢書地理記云東海下邳縣西有葛嶧山古文以為嶧陽說文

云葛嶧山在東海下邳夏書云嶧陽孤桐皆誤以禹貢之嶧陽為葛嶧孔仲達蔡

仲默俱引漢書以釋禹貢失於攷矣案鄒縣本邾國凫繹二山不在魯境內詩曰

保有殆夸詞蓋魯擊柝聲聞於邾地密邇而世相讎殺魯君臣欲吞邾久矣作頌

者其情見於詞乎上章大山龜蒙下章常許本魯地其曰詹曰奄有曰居道其實

也惟　此章純是溢美之談

居常與許傳云常許魯南鄙西鄙獨言南西毛必有本也疏申之以為常南鄙許西鄙傳意或尔矣鄭以常為薛之旁邑而引春秋莊王十一年築臺於薛及田文封薛號孟嘗君以證薛旁有常邑又以許為許田左傳隱八年鄭易許田桓元年鄭假許田孔疏倶引此詩葢據箋為說　此未必然也築臺於薛魯地也孟嘗之薛奚仲舊封也春秋時薛尚存魯安得築臺於其國中明是異地而名偶同耳嘗自在奚仲國旁與魯之薛邑何預哉至許田為鄭有桓公夲以易祊耳豈僖公復以祊易之鄭邪經傳無明文亦臆說也或謂常是齊所侵地蓋夲於管子令案管仲勸桓公親諸侯反其侵地故歸魯常潛國語亦載其事常作堂　此桓公始圖霸時事也僖公即位在桓公二十七年齊久已偁霸矣常地之歸當在莊公時不在僖公時不應擧以頌僖又齊在魯北常為齊侵

定是魯北境與傳南鄙又不相符此說尤不足信也

令妻壽母宜大夫庶士謂善其妻壽其母宜其大夫庶士也皆頌魯侯燕喜言令壽宜本一例朱傳云令善之妻壽考之母則下句文義難通矣可云大夫庶士是令妻壽母宜之耶

閟宮與殷武末章皆言營作之事故朱子謂文義略同胡一桂從而附會之言閟宮篇全依倣殷武而作如出一手吁謬矣二詩除末章而外詞指既殊體裁亦別何嘗相似乎揚雄言奚斯晞考父止謂兩人皆作頌非謂文體之同也要之商頌傳之周大師而考父得之非考父作奚斯但作廟未嘗作頌雄言亦謬也又閟宮末章先言路寢後言新廟是寢廟俱脩輔廣陳櫟乃謂寢即廟中之寢尤為謬妄彼特欲證閟宮新廟為一不當兼言脩寢耳獨不思古人廟制前廟後寢廟比於

路寢廟後之寢比於小寢故天子之廟亦有小寢亙若此詩之寢果在廟中是乃
小寢耳何云路寢哉
魯頌頌僖公之賢而春秋多書其失德之事學者疑之宋趙氏黄氏李氏諸儒皆
論其故大約以僖特中材庸主而頌詞多溢美故任季友則賢任仲遂則否天下
有霸主則能自固無霸主則不能自立其說似之而未盡然也源謂僖公自是中
材以上之人過惡誠有之要不失為賢君也古來人主除二帝三王數大聖人外
其餘令德之君俱不能每事盡善成康至賢尚有誤信流言佩玉晏鳴之失宣王
中興英辟而美刺並載於詩國語亦紀其失至列國諸侯為詩人所美者衛武公
文公鄭武公秦仲及襄公齊桓公魯僖公凡七君衛鄭二武與祭之兩君事在春
秋前其見春秋者衛文滅邢書名以示貶齊桓霸業雖隆而内多慚德要此二君
卅九

者不害其為賢矣僖公亦猶是耳安得因春秋所譏併疑頌語之失實乎案魯遭慶父之亂禍難相尋齊睥睨其旁欲乘釁襲取微仲孫湫言裔父幾不祀（事見左傳閔元年）國勢岌岌矣及僖公立魯復晏然意其撫和臣民交好隣國易亂為治轉危為安綏輯定應多術詩敘所言足用愛民務農重穀君臣有道以及脩泮宮復周公之宇乃其實事也不賢而能然乎但所行者不過脩舉舊章勤政節用無焚焚可紀之功而春秋之法常事不書無由取而筆之於經其失德之彰彰者載在國史又不可盡削夫子既書之以示戒後世更録魯頌頌美之詞以補春秋之未及始不橆叛惰焉又魯本羸國僖亦非雄才欲保境自安勢須結援大國無伯而從楚此社稷之故未可深辠也至春穐書郊始於僖者以其既成牲後卜日為怠慢故譏之耳常郊不書因卜之非禮而書非謂郊始於此也黄氏謂僖始僭郊為不賢

之大謬矣若夫敗郲於偃敗莒於酈禦侮之勇也取須句反其君存亡之義也納

王於王求釋衛侯親親之仁也僖之美亦稍見春秋經傳不僖頌有之矣

商頌那之什

梛

置我鞉鼓傳云殷置鼓改明堂位楹鼓為置鼓以就經文明是釋置為楹也鄭通其意讀置為植云植鞉鼓者為楹貫而樹之葢植即古置字見金縢植璧注故疏引之以證此二字之同然則此詩置字毛鄭義本同音亦宜同矣釋文云置毛如字鄭作植時職反又音値亂非是

湯孫奏假假字毛賈訓大鄭音格訓升而皆以為奏樂大者大樂也升者升堂之樂也奏鼓為堂下之樂奏假為堂上之樂下文鼓管與磬亦有堂上堂下之分鄭

卌

解較明劃矣

綏我思成箋云安我心所思而成之謂神明來格也呂記朱傳引之皆云安我以所思而成之人謂神明來格也皆改心為以而於成之下增一人字朱傳又謂箋有脫扃令正之葢指此二字矣然箋語自通不煩增改疏申箋云於祭之時心所思者惟思神耳故知安我心所思而成之謂神明來格也竝不疑箋有脫扃朱子亦知箋不誤特欲裁剪其言以就己説耳嚴緝引箋仍用原文已窺破此意

自古在昔四語毛鄭皆祖外傳先聖傳恭猶不敢專立解朱呂亦遵用焉嚴獨以有作為作樂謂此樂乃古昔時前人所作也意雖順而戾於古

烈祖

大雅之偁文武必追美大王王季商頌之於二宗亦然𧬂𧬂烈祖頌中宗也古帝

命武湯皆頌高宗也推本祖德以為子孫光詩人立言之體後先一轍矣鬷字兩見詩陳風鬷邁商頌鬷假是也陳箋商傳皆訓總鬷假者謂總集大衆指助祭諸矦及羣臣而言當此而無言無争所以難也朱子據中庸故改鬷為奏恐不然左傳引此詩亦作鬷矣何獨以中庸為正乎况經傳引詩與本文互異者多有安得皆合此而从彼也又百祿是總字亦作鬷見釋文可見鬷總古通用烈祖篇三假字鄭皆音格訓升毛則鬷假以假皆訓大來假無傳王肅述之訓至是來假假字毛鄭皆音格也假字有五音其音格者訓來訓至訓登見易王假有家釋文來與至義同登即升也格音止有此二義耳宋儒又轉為感通之義殆因至義而附益之與又案假訓至者字本作徦亦作狢假通作格神之格思神保是格是也書格于上下格于皇天及有苗格遠人格孔傳俱訓至矣其假字見說文

云至也从亻叚聲古雅切

玄鳥

東萊於生民祖鄭箋巨迹為説於玄鳥祖毛傳春分郊禖為解履迹吞卵事同一

轍或用或否商周互異葢公劉次章以後皆未經刊定之書也方知呂記初本元

以毛義解生民矣

正域彼四方謂湯也肇域彼四海謂武丁也美中興之功詞同於開創詩所以為

善頌也

武丁孫子疏云詩所以偁王名者王肅云殷質以名葢以武下為殷王名矣案殷

天子皆以號舉觀湯名履而號天乙則可推矣疏之言非也

武丁孫子王肅述毛以為武丁之為人孫子也大縢鄭雖因那詩毛傳湯為人子

孫之語而為之説然實青出於藍矣嚴緝从其説且辨之云武丁之後無顯王況
孫子祀其先王不應自誇其武德葢解為武丁之孫子本鄭氏説而呂記朱傳皆
从之也
武丁孫子武王靡不勝鄭以為武丁之孫子有武功有王德曾子固議之當矣然
謂武王即成湯則二語文義不屬又成湯功業上文述之已詳此又複述亦未必
然也王肅述毛云武丁為人孫子能行先祖武德王道無不勝任庶爲得之況如
鄭説則前美成湯後美孫子如曾意則肯後俱美成湯皆無一語偁揚武丁功德
詩本祀高宗不應反略之也
龍旂十乘鄭以為二王後及八州之大國葢獨擧尊者言之助祭諸侯固不止十
乘也呂記載朱子之説謂助祭者旣以䑺數為節又便分助四方之祭不知四方

卌二

之祭何祭也如指方社之方則祀典多矣何獨言方祭如就此詩而言則祀高宗止於廟中安得有四方之祭殊不可曉集傳不著斯語始亦自悟其非與

長發

禹敷下土方外大國是疆朱子引天問語斷於方字絶句案孔疏申毛鄭云禹敷廣下土以正四方京師外之大國於是畫其疆境則解爲四方而屬上句先儒本讀如此不始於朱傳也嚴緝以禹敷下土爲句非是

幅隕旣長隕字毛訓均鄭讀爲圓案隕于敏切圓王問切音本相近故鄭改讀以就均訓圓本訓圜全也後世讀圓爲王權切而音始相遠矣說文長箋以爲始於宋儒或有然

感生帝之説雖出於緯書然謂古帝王之興各秉五行之王氣當有其理豈可槩

斥爲誣玄王桓撥鄭以為承黑帝而生子故偁玄韋昭注國語亦以水德為說義
本通也正叔改玄為深微而引老子玄之又玄語證之易讖緯以黃老相去無幾
耳
受小國是達受大國是達鄭以堯封契於商為小國舜復益其土地為大國此據
緯書中候握河紀攷河命為說故宋儒不從釋為隨其大小無所不宜然詩玄王當舉其實
事未必漫為虛詞也緯書之言雖不可盡信豈遂無一語足信乎
玄王前受小國後受大國孔申疏據握河紀攷河命二緯書之言謂稷契皆公爵
堯封之當百里舜又益之當不止百里此仲達揣度之詞也案史記三代年表褚
少孫云堯知稷契賢故封之契七十里稷百里褚或別有據乎然則堯封契止七
十里舜益之始百里耳

卌三

湯降不遲鄭訓降為尊賢下士非臆説也宋公孫固引此詩以美晉公子已作是解矣見晉語詩疏亦引之宋為商後彼自釋其先代之詩豈無所本乎又韓詩外傳七引此詩皆證謙己下人之義毛韓異師而解同尤見非一家之私説今釋為降生義殊短

昭假遲遲王肅述毛假字音格訓至孔氏嫥引鄭説為毛義取寬暇之意而王義無聞焉後儒皆以為感格上帝則遲遲義難通縱彊為之説終未愜矣案孔子閒居引此詩注以為湯之明道及於民遲遲然安和是鄭本以假為至及箋詩而改之也源謂昭假者光昭被格之義遲遲者弘遠悠裕之義聖德及人無所偏黨亦非取效旦夕故書言光被易言顯比此昭假之謂也易言久道化成此遲遲之謂也

昭假之假鄭訓寬暇孔謂寬暇者取假借之義則假不必改音故釋文云古雅反其以為毛音格鄭音暇者徐邈之說也源謂假字訓至者賈格二音俱可讀假字音賈者至暇二義俱可通則此詩假字止讀本音可括鄭王兩家義矣毛傳解綴旒為表章駿厖為大厚謂為下國之表準章程使下國之性行極其純厚文義本通也鄭氏今用公羊傳語以綴旒取喻於旌旗至駿厖二字無可引證則以駿為俊言湯為英俊厚德之君後儒言其與綴旒義不相當故爭立異解宋董逌以齊詩作駿駹而集傳取之輔廣因為之說言綴旒喻為諸侯傳箸駿駹以馬喻能秉載諸侯自以為工矣但三國時齊詩已亡董氏宋人何由見之亂不可據信案宋葉夢得云今韓詩章句不存而齊詩猶有見者然唐人謂之既亡則書之真偽未可知也葉所疑正董所據者耳近世有偽造申公詩說及子貢古詩編

卌

次者或云古詩編次乃宋世齊詩當即此類董氏誤信偽書後人復信董氏之誤
鄞人豐坊偽作
人情好異往往如此柰經學之淩裂何
不競不絿傳云絿急也案絿字尔雅無文說文亦訓急義同毛朱傳獨訓緩反其義徒取與競對耳然字訓須有本可意為之乎
毛傳訓龍為和者二酌頌我龍受之長發何天之龍是也孔疏不能詳其義然古人字訓不盡與後世同毛之詩傳有自正不必以後人文義彊推其故耳鄭云龍當作寵今皆从之不知蓼蕭毛傳訓龍為寵則龍字本有寵訓無煩改字也但傳既訓龍為寵而於二頌則易其解定是詩學相傳如此必非苟為異也後儒从鄭不如从毛之當
允也天子鄭箋云信也天命而子之然則天子者猶云畀天其子之尔下與之以

卿士正謂天之下而予之惟子之故予之文義聯貫皆言天意如此朱傳云天子指湯則以天子為偁目之詞下文降予無所承叀須補出天字不如箋意之明順矣又降予朱傳誤作降于觀釋降為賜而予字無訓則作傳詩已誤偶然邪抑有意改之邪

殷武

殷武第四章皆言湯事頌武丁而追述其祖德也後儒必欲目武丁則武丁為天子不應偁下國王氏以下國為諸侯之國而高宗命之則與首句命字不應同章而異指朱傳云命之以天下則易于為以文義亦萊俱難通也源謂鄭箋指湯言非誤也左傳引此詩而申之曰此湯所以獲天福也襄二十六年後漢黄瓊亦云詩咏成湯之不追遑見瓊本傳則以此詩言成湯其來甚古非康成臆刱之解矣詩首言天

眷

之眷命所以降鑒于殷者以其能嚴敬下民也因言嚴敬之實在于慎賞罰無所僭濫勤政事不敢怠遑故天命湯于七十里之小國使為天子大建其福也湯德如此而武丁繼之安得不中興乎言湯正所以言武丁耳

鄘風商頌皆有景山之語先儒直釋為大山不云山名也朱傳於鄘則曰測景於商則曰山名 源 謂景山之名載于輿記者甚多皆後人因詩而傳會為之耳案寰宇記景山在緱氏縣西南八里緱氏今屬河南府偃師縣是西亳有景山也又云景山在應天府楚丘縣北三十八里宋應天即今歸德府所謂穀孰南亳也其北五十里有大蒙城即所謂北亳蒙也括地志亦謂蒙城有景亳因景山而得名是南北二亳之間亦有景山也寰宇記又云景山在澶州渭南縣澶州今大名府開州水經注亦言濟水北逕元氏縣又北逕景山而引衛詩證之則是三亳之外

別有景山也合而觀之衛南之景山因鄘風而得名緱氏應天之景山因商頌而得名皆好事者之傳會作詩時未必先有此名耳又山海經亦有兩景山其見北山經者南望鹽販之澤郭注引外傳景霍爲城之語則此山扗晉地其見中山經者爲荊山之首郭璞以為今南郡界中則此山在荊域皆非詩之景山山海經為伯益所記其山名在作詩之前然二山去商衛絶遠俱非詩人所指而三亳衛南景山之名又紀於後世故先儒釋詩直以為大山良有見也而朱傳獨以殷丘之景山為山名者徒據左傳景亳之語遂謂景山之名湯世已有之耳然左傳云商湯有景亳之命（昭四年）景與亳連文定是地名非山名也使景為山名則當如下文塗山岐陽之例矣又景亳皇甫謐以為即北亳（括地記祖其説）杜預注云鞏縣西南有湯亭或言亳即偃師則又以爲西亳謐預皆晉人而言景亳互異可見地名變易已

無可攷何得據之而指為山名乎
殷武篇皆敘武丁生存之事末章言其能脩寢廟復舊制如定之方中斯干緜閟
宮諸詩皆以宮室之脩治見興盛之氣象詩人往往如此故毛傳以寢為路寢鄭
箋亦以孔安爲王居之而甚安則成之者高宗自成之也朱傳不用古義以寢為
廟中之寢亂不然寢在廟後其小者耳詩何舍廟不言反舉小以該大乎礙於義
矣人謂此特為百世不遷之廟不在三昭三穆之數既成始祔而祭之之詩則其
言又自相違戾夫後死者合食於先祖斯謂之祔故昭祔於昭穆祔於穆也既在
昭穆之外而號為特立之廟又焉祔哉
今以殷之世次攷之則以寢為百世不遷之廟尤無是理也高宗後迄殷亡僅八
君耳除祖甲庚丁二及外則為六世是紂乃高宗七世孫也紂之時高宗尚在三

昭三穆中非親盡應祧時也百世不遷之廟誰立之乎劉壎以爲當立於帝乙時

是併數二及爲世矣不亦謬乎壎又推明朱子立廟之說而以周制斷之謂三宗

之廟中宗當穆祖甲當昭後世祧主穆當入中宗廟昭當入高宗祖甲廟如周之

文武世室天祖甲乃祖庚弟武丁子父子同爲昭周制果尔乎武丁之主未及祧

而帚遷於周矣安得更有祧主入武丁廟乎周之文穆武昭箸在經傳故後人得

知之商之孰爲昭孰爲穆經傳無明文壎何所據而言之鑿鑿乎又案殷有三宗

中宗高宗皆見頌其一爲大宗則湯孫大甲也見史記殷本紀及漢書王舜劉歆

毀廟議甚明壎乃以祖庚弟祖甲當之而謂與二宗同立不遷之廟其謬尤甚彼

之爲此說者因蔡沈解無逸以祖甲爲帝甲而非大甲耳夫無逸述祖甲事在二

宗之後故鄭注以爲帝甲而蔡傳从之不爲無理然但言祖甲之賢不言祖甲之

卅七

偁宗也至湯孫大甲之爲大宗則史有明文可據也瓒乃以意易之可乎

毛詩稽古編卷第二十五

總詁

舉要　小敘　四始　六義　詩樂
詩人　集傳　詩證　逸詩

小敘

歐陽永叔言孟子去詩世近而最善言詩推其所説詩義與今敘意多同斯言信矣源因攷諸孟子所論讀詩之法其與人不外二端一曰誦其詩不知其人可乎是以論其世一曰説詩者不以文害詞不以詞害意然則學詩者必先知詩人生何時事何君且感何事而作詩然後其詩可讀也誠欲如此舍小敘奚由入哉何則凡記載之文以詞紀世議論之文以詞達意故觀其詞而世與意顯然可知獨詩

卌八

則不然除文王清廟生民數篇外其世之見於詞者寥乎罕聞矣又寓意深遠多敍詞淑恉或似美而實刺或似刺而實美其意不盡在詞中尤難臆測而知夫論世方可誦詩而詩不自著其世得意方可說詩而詩又不自白其意便後之學詩者何自而入乎古國史之官旦慮及此故詩所不載者則載之於敍其曰某王某公某人者皆代詩人著其世也其曰某之意某之化美何人刺何人者是代詩人白其意也旣知其世人得其意因執以讀其詩譬猶秉燭而求物於暗室中百不失一矣故有詩必不可以無敍也舍敍而言詩此孟子所謂害意者也不知人不論世者也不如不讀詩之愈也

詩敍本自爲一編毛公分寘篇首本欲便於讀耳無它意也輔廣附和朱子之說至詆毛公上誣聖經皐不可逭吁何至此哉 源謂敍非注比自宜寘經前注順文

釋義而已未讀其文無庸尋其義也若叙所指者乃作詩之世與其人及作之之故苟未明乎此雖誦之終篇茫不知所言之何事言之者何意也惟得叙而始曉然矣故寘之篇首俾讀者先觀焉則於經易入斯亦甚有惠於後學而反以為辠乎況一篇之叙猶全書之叙也全書之叙必寘卷端一篇之叙獨不可寘篇首乎朱子之詩傳亦以叙弁諸首矣廣亦將辠之乎

朱子辨說力詆小叙而於國風尤甚謂其附會書史依託名謚鑿空妄說以欺後人源竊怪其言之過也小叙傳自漢初其後叙或出後儒增益至首叙則采風時已有之由來古矣其指某詩為某君事某人作皆師說相傳如此非臆說也若必求其證驗的切別見它書史而後信之則詩叙與它書史皆秦以前文字而漢世諸儒傳之者也安見它書史可信而詩叙獨不可信乎至依託名謚之語尤屬淺

文邶柏舟之刺頃唐蟋蟀之刺僖猶與謚義相近也若宣非信讒之名昭非好奢之號而陳之防有鵲巢敘以為刺宣公曹之蜉蝣敘以為刺昭公何所依託乎朱子又謂小敘之說必使詩無一篇不為美刺時君國政而作不切於性情之自然又使讀者疑當時之人絕無善言則歸君過則歸己之意非溫柔敦厚之教斯語尤不可解夫詩之有美刺總迫於好善嫉邪忠君愛國之心而然耳此非性情必醜正黨惡視君親如秦越而後為性情邪況刺時之詩大抵是變風變雅傷亂而作也處污世事暗君安得不怨怨則安得無刺孔子曰可以怨孟子曰不怨則愈疏未嘗以怨為非也惟其怨所以為溫柔敦厚也而朱子大譏之是貢諛獻媚唯諾取容斯謂之忠愛而厲王之監謗始皇之設誹謗律足稱盛世之良法矣有是理哉史遷有言詩三百篇大抵聖賢發憤之作朱子所見何反出遷下也既以刺時

爲不可而悉指爲淫女之詞夫淫奔之女反賢於忠臣義士邪

詩之有小敘猶春秋之有左傳乎春秋簡而嚴詩敖而婉厥指渺矣俱未可臆求而縣定也無左傳則春秋不可讀無小敘則詩不可讀

毛敘之有齊魯韓猶左傳之有公穀也公穀存故人皆尊左齊魯韓亾故人或疑毛俱存則短長易見偏亾則高下難明也人情好異而猒常往往然矣

毛敘後齊魯韓而立而後之詩悉宗毛左傳後公穀鄒夾而立而後之春秋必首左其舍彼取此非一時一人所能定也其見確矣其論公矣大全脩而毛左復詘

後世之經學其可問哉

經之足重以其爲古聖賢作也古聖賢作之復得古聖賢釋之不愈足重乎六經訓釋惟詩最古其字訓則有尒雅蓋周公及子夏之徒爲之也其篇義則有大小

五十

敘又子夏之徒爲之也繼之則有詁訓傳而兩毛公亦六國及先漢時人也視易之王書之孔三禮之鄭俱出其前矣然則學詩者正當以雅敘傳三者為正宗而精求其義三者所未備然後參以後儒之說可耳雅敘傳有定解反舍而他求斯舛矣夫雅敘傳皆古聖賢之徒爲之也今舍之是不信古聖賢也不信聖賢之釋經何不併聖賢之經而弃之乎後之爲詩者吾惑焉鄙先儒之說以爲陋矜臆獲之見以為奇支離穿鑿愈巧而愈失其真盡已之神智既非能勝於古人而人情事勢度數名物及字之義訓聲形又不如生其世者見聞之確反欲跨而出其上亦不自量之甚矣

四始

四始之說先儒言之各異二雅風頌四者人君能行之則興不行則衰故此四詩

爲王道興衰所自始此鄭康成之説而本於大敘者也關雎爲風之始鹿鳴爲小雅之始文王為大雅之始清廟為頌之始此司馬子長之説也大明在亥為水始四牡在寅為木始嘉魚在巳為火始鴻雁在申為金始此詩緯汎歷樞之説也觀大敘歷言風雅頌之義而總斷之曰是謂四始則風雅頌正是始非更有為風雅頌之始者鄭説得之矣子長未見毛敘其所言四始不知宗何詩也翼奉治齊詩而知五際七情之要五際七情亦緯書汎歷樞之説也然則亥寅巳申之為四始其出於齊詩乎

六義

詩有六義其首曰風大敘論之語最詳複約之止三意焉云風天下而正夫婦又云風以動之教以化之又云上以風化下此風教之風也云下以風刺上主文而

譎諫又云吟咏情性以風其上此風刺之風也云美教化移風俗又云以一國之
事繫一人之本言天下之事形四方之風此風俗之風也餘所言風則竱目國風
要之風俗之風正當國風之義矣然必有風教而後風俗成有風俗而後風刺興
合此二者國風之義始備而風教實先之惟風刺之義其風自下而上故大敘十
七風字獨以風刺上以風其上陸氏讀為諷焉
詩人興體假象於物寓意良深凡託興在是則或美或刺皆見於興中故必研竆
物理方可與言興學詩所以重多識也朱子論興獨異是謂興有兩意有取所興
為義者有全不取其義但取其一二字者夫全不取義何以備六義之一乎即如
關雎以次章本賦也而集傳目為興究其所為興者止取左右流之寤寐求之兩
之字相應耳其釋召南之小星取兩在字兩興字為興王風揚之水取兩之字兩

不字為興皆此類也不近兒戲乎甚有經文本無其字而集傳代為補出使其句法相應者如鄭風揚之水魏風園有桃唐風綢繆小雅常棣之類不勝屈指是六義不在書而在集傳矣尤可笑也元儒有朱克升者著詩傳疏義最推重集傳謂能以虛詞助語發明詩蘊克升疏義為脩大全諸臣所謀襲而沒其名併滅其書始指斯類而言噫吾之不能無疑於集傳亦正在此又案蘇子由謂興者是當時所見而有動乎其意非後人可得而知如關雎之類乃比而非興噫誤矣朱子雖不純用其語而所云全不取義者實蘇語為之厲階

毛公獨標興體朱子兼明比賦然朱子所判為比者多是興耳比興雖皆託喻但興隱而比顯興婉而比直興廣而比狹劉舍人論比興以金錫圭璋瀚衣席卷之類當之噫則比者以彼況此猶文之譬喻與興絕不相似也朱子釋詩新例凡興

義之明白者皆判為比如螽斯綠衣匏有苦葉諸篇本興也而以比目之由是比興二體疑溷而難分故釋興體反欲推而遠之使離夫正意而全不取義之説出矣

比興皆喻而體不同興者興會所至非即非離言在此意在彼其詞微其指遠比者一正一喻兩相譬況其詞決其指顯且與賦交錯而成文不若興語之用以發端多在章首也如我心匪石螓首蛾眉毳衣如菼如山如阜金玉尔音如跂斯翼价人維藩敦琢其旅之類皆比也而集傳槩以為賦夫詩中顯然之比體既溷之於賦中更欲於興體中分立比體取本同者而彊求其異不得不爭同異於毫芒之閒如凱風篇以首章為比次章為興小雅谷風篇以前二章為興末章為比青蠅篇以首章為比二三章為興支離穿鑿風雅掃地矣反謂先儒不識比興何以

服其心乎

風雅頌之名其來古矣不獨大敘言之也見周禮大師之職又見樂記師乙啻子貢之言又見荀子儒效篇歷歷可據也又三百十一篇皆古樂章也二南雅頌之入樂載於儀禮之燕禮鄉飲禮及內外傳列國燕享所歌無論矣至魯人歌周樂則十三國繼二南之後周禮籥章迎寒暑則龡豳詩祈年則龡豳雅祭蜡則龡豳頌大戴投壺記僃可歌者八篇則魏風之伐檀在焉漢末杜夔能記雅樂則伐檀之詩與鹿鳴騶虞文王竝列十三國變風之入樂又歷歷可據也宋程大昌謂詩有南雅頌而無國風自邶至豳十三國詩皆不入樂豈非妄說乎彼徒見蘇氏釋鼓鐘篇以雅以南誤以為二雅二南故生此說耳蘇氏之謬前辨已悉之矣見小雅鼓鐘篇程又謂季札觀樂自邶以下左傳但紀國而不言風故知無國風之名殊不知

五三

二南之詩不盡得於境内兼得之於南國周召之名不足以盡之故言南南指其地非以爲詩名也十三國之詩皆得於境内自應舉國名以槩之言國言南皆據實而言其爲風一而已且季札聞邶鄘衛則云是其衛風聞齊則云泱泱乎大風之名較然程獨不見乎又案吕氏春秋云禹省南土塗山氏女令妾候禹于塗山之陽女乃作歌曰候人猗兮實始爲南音周公召公取風焉程以南爲詩名或本於此然吕覽言取風不言無風也況吕覽豈傳信之書乎

詩樂

詩篇皆樂章也然詩與樂實分二教經解云詩之教温柔敦厚樂之教廣博易良是教詩教樂其指不同也王制云樂正立四教以造士春秋教以禮樂冬夏教以詩書是教詩教學其時不同也故敘詩者止言作詩之意其用爲何樂則弗及焉

卽鹿鳴燕羣臣清廟祀文王之類亦指作詩之意而言其奏之為樂偶與作詩之意同耳敍自言詩不言樂也意歌詩之法自載於樂經元無煩敍詩者之贅及樂經已不存則亦無可攷矣集傳於正雅諸詩皆欲以樂章釋之或以為燕饗通用或以為祭畢而燕或以為受釐陳戒併以詞之相似億度而為之說殊不知古人用詩於樂不必與作詩之本意相謀馬端臨文獻通攷論之甚悉如射鄉之奏二南兩君相見之奏文王清廟何嘗以其詞哉況舍詩而徵樂亦異乎古人之詩敎矣朱子嘗論陳體仁書言詩之作本以言意非為樂而作斯語甚當及傳詩則傅會樂章以立義與已說相違此不可解也

詩三百篇具作者之主名有詩人自箸之者如節南巷伯烝民崧高是也有見於他典者如載馳見左傳亦見敘鴟鴞書金縢亦見敘常棣國語抑國語亦見敘桑柔左傳亦見敘時邁思文皆國

語是也其詩人不言他典不載而敘得其姓氏者風之清人公子素渭陽秦康公七月周公小雅之何人斯蘇公賓之初筵衛武公大雅之公劉泂酌卷阿皆召康公民勞召穆公板凡伯蕩召穆公雲漢仍叔韓奕江漢皆尹吉甫常武召穆公瞻卬召旻皆凡伯及魯頌四篇皆史克尔其餘或言某大夫某人或言大夫或言敍臣或言下國或言太子傅或併不言人蓋古世質朴人惟情動於中始發為詩歌以自明其意非若後世能文之士欲暴其才有所作輒繫以名氏也及傳播人口采風者因而得之但欲識作詩之意不必問其何人作也國史得詩則述其意而為之敘固無由盡得作者之主名矣師儒傳授相與講明其意或於敘間有所附益然終不敢妄求人以實之闕所不知當如是耳朱子集傳始以葛覃卷耳為后妃作綠衣燕燕日月終風為莊姜作東山文王大明緜為周公作惟文王本呂氏春秋然非先儒所取信鑿然言之毫不置疑矣

集傳詩證

朱子釋詩多引它書以證成己説如釋鄭遵大路則引宋玉登徒賦釋祭晨風則引百里奚妻扊扅歌釋雅楚茨神保則引屈原九歌釋頍弁則引漢魏以來樂府釋文王陟降則引春秋傳天王命諸侯之詞釋行葦江漢諸詩則引博古圖器物銘釋周頌陟降庭止則引楚詞大招皆取其語之相同及文勢之相似者以為取義亦必相類其用意可謂勤矣 源閒嘗攷六經之文互相沿襲者多有語雖同意未必盡同也即如柔遠能邇出納朕命舜命官言之見書舜典而民勞詩亦云柔遠能邇烝民詩亦云出納王命不得謂此二詩因命官而作也不憖遺一老煢煢與嬛同余在疚魯哀公誄孔子言之見左傳哀十六年及禮記檀弓而十月之交亦云不憖遺一老閔予小子亦云嬛嬛在疚不得謂此二詩因悼賢臣而作也鶉之賁賁與奔同晉童謠也

見左傳僖五年而鄘之鶉奔豈克敵之詩乎如兔窺與類同尾衛卜繇也見哀十七年而周南之
汝墳豈失國之詞乎竪良夫見竊於衛侯云繇繇生之瓜矣哀十七年可謂大雅之繇
爲怨鬼之語乎胥矣數義和之罪云顛覆厥德沈湎於酒矣見書胥征可謂抑之弟三
章爲誓師之文乎此類殆不勝詘指又嫥舉詩詞言之如之子之偁可施於女子
亦可施於天子杕杜之卑以剌寡特亦可以勞士卒嚶嚶艸蟲倉庚喈喈之語采
桑女及嫁子語出桃夭傳用之而王者之勞將帥亦用之至如萬壽無疆介尔景福樂
只君子彼其之子四牡孔阜所謂伊人等語皆重見疊出然而篇各一義義各有
歸不得槩而同之也況後世騷人墨士擷取經文不過攬其芳華以資潤色豈暇
尋其本恉哉今因片詞之偶同遽謂經之正解在是是猶指隙中之末光而盡日
月之全照據涔中之一勺而測江海之洪流也彼引詩斷章尚不可用爲正解況

字句之閒偶相蹈襲在彼亦出於無心者乎

逸詩

古詩三千孔子刪爲三百其亾逸者多矣篇名之稍見於書史者如貍首鳩飛茅鴟河水新宮驪駒祈招采齊肆夏樊遏渠支祴明明崇禹生開武宿夜繆之柔矣之屬先儒皆云逸詩不彊爲之說也惟呂叔玉以肆夏樊遏渠爲時邁執競思文三頌韋昭以鳩飛爲小宛河水爲沔水然鄭康成不用三頌之說杜元凱不用沔水之說皆卓見也宋儒又以新宮爲斯干采齊爲楚茨益屬傅會若夫徹之爲雝振羽之爲振鷺勺之爲酌象之爲武斯固說之有本者矣

毛詩稽古編卷弟二十六

攷異 尔雅毛傳異同 鄭箋破字異同 康成它注與箋詩異同
釋文正義異同 集傳用顏注韓詩異同

爾雅毛傳異同

爾雅與詁訓傳皆説詩之最古者也尔雅始於周公而子夏之徒述而成之詁訓傳作於大毛公而淵源實出於子夏故此二書之釋詩往往相合然其中亦不無小異或詩之所有而雅無文或雅之所釋而毛無傳或雅傳並有訓釋而義趣迥不相謀竊嘗推其故二書皆出子夏而弟子各述其師説則不盡同傳爾雅之學者雖稍增益其文而未必取資於詩傳毛公之傳詩亦自述其師説箸之於書而未嘗規摹於爾雅是其同者由於所出同而非譔襲其異者由於述者之殊而非

有意於立異也孔疏申毛於其同者則云毛依用尔雅爲説於其異者則云毛謂尔雅未可盡从殆未必然也後儒又謂尔雅後出依倣傳義改易字形尤爲謬論辨見魏秦兩風今案傳義之與雅異者才十之一耳而其異之實又各有不同有異而不可同者有異而未嘗不同者今特表出之以俟攷辨

寤寐思服服思之也案釋詁云服事也箋用以易傳　左右芼之芼擇也案釋言云芼搴也孔疏通兩義爲一辨見本詩　于沼于沚沚渚也鳧鷖在渚渚沚也案釋水云小渚曰沚　抱衾與裯裯单被也案釋訓云禱裯同謂之帳箋用以易傳

野有死麕郊外曰野案釋地云郊外謂之牧牧外謂之野　壹發五豵一歲曰豵言私其豵傳同案釋獸云豕生三豵箋用以易傳辨詳七月詩　惠然肯來言時有順心也案釋言云肎可也箋用之本詩有辨　景山與京京高丘也如坻如京

傳同爾雅釋丘云絶高謂之京非人謂之丘丘與京異　騋牝三千馬七尺以上曰騋此周禮庾人文也騋馬與牝馬也爾雅釋畜云騋牝驪牡此郭義也禮記鄭注引此作騋牝驪牡　考槃在阿曲陵曰阿爾雅釋地云大陵曰阿孔疏謂大雅有卷者阿則阿有曲者於隱遯爲宜　悠悠蒼天蒼天以體言之尊而君之則偁皇天元氣廣大則偁昦天仁覆閔下則偁旻天自上降鑒則偁上天遠而視之蒼蒼然則偁蒼天爾雅釋天云穹蒼蒼天也春為蒼天夏為昊天秋為旻天冬為上天傳取義分雅以時別康成和合二說語詳孔疏　齊子豈弟言文姜於是樂易然爾雅釋言云愷悌發也箋用其義　胡瞻爾庭有縣特兮獸三歲曰特爾雅釋獸云豕生一特　騧驪是驂黄馬黑喙曰騧爾雅釋畜云黑喙騧不言黄馬說文同傳　宛在水中坻坻小渚也爾雅釋水云小渚曰沚小沚曰坻　宛丘之上兮四方高中央下曰宛丘爾雅釋丘云宛中宛丘又云

丘上有丘宛丘本詩有辨　心焉惕惕惕惕猶忉忉齊甫田傳云忉忉憂勞也案釋訓云惕惕

愛也郭云韓詩以為悅人故曰愛　溉之釜鬵鬵釜屬案釋器云䰛謂之鬵鬵鉹

尺氏切也孔疏云䰛非釜類雙舉者以其俱是食器　言私其豵獻豜于公豕一歲

曰豵三歲曰豜案釋獸云豕生三豵又云麋鹿屬絕有力豜箋用尔雅豵義易傳疏

併用豜義述箋辨詳本詩　于彼原隰高平曰原案釋地云廣平曰原高平曰陸

坎坎鼓我蹲蹲舞我坎坎舞傳蹲蹲舞皃案釋訓云坎坎蹲蹲尔雅蹲作墫說文同喜也

如竹苞矣苞本也案釋木云　如竹箭曰苞郭注為叢生義　九十其犉黃牛黑脣

脣曰犉殺時犉牡傳同案釋畜云黑脣犉郭以為通謂黑脣牛不主為黃牛說文

同毛傳　執爨踖踖踖踖爨竈有容也案釋訓云踖踖敏也　皇尸載起皇大也

案釋詁云皇王君也箋用以易傳　先集維霰霰暴雪也案釋天云雨霓霰同案說文霓即霰

之或體為霄霻郭以為水霻雜下孔申傳云霰散久必暴霻非謂霰即暴霻　止于丘阿丘阿曲阿也案釋丘云非人為之丘大陵曰阿丘與阿別孔疏云以下丘側丘隅類之則丘阿非二物　奉璋峩峩半珪曰璋案釋訓云峩峩祭也箋从之王肅以為傳不言祭辨詳本詩　依其在京京大阜也案釋地云大阜曰陵釋丘云絶高謂之京孔疏通其義謂丘高大為京則京亦土之高者與大阜同　履帝武敏敏疾也案釋訓云敏拇也箋从之孔申傳云毛謂尔雅不可盡从　陟則在巘巘小山別於大山也案釋山云小山別大山鮮又云重甗郭注云山形如累兩甗孔疏引以釋巘隒魚檢切　錫爾介圭以作爾寶寶瑞也案釋器云珪大尺二寸謂之玠則非諸侯瑞圭箋用雅義易傳韓奕以其介圭同　振古如茲振自也案釋言云振古也箋用以易傳　在坰之野邑外曰郊郊外曰野野外曰林林外曰坰案釋地云郊外謂之牧

牧外謂之野孔疏云野為通稱又假牧與此牧異嫌相涉故略之 皋皋皇皇皋

皋䫉也案釋訓云皋皋作也箋以皋皋為進進與䫉作義相近 右諸條皆異而

不可同者也

惄如調飢惄飢意案釋詁云惄思也釋言云惄飢也箋以釋詁孔謂惄本訓思是

飢之意非飢之狀故箋以思義相接成 終風且暴暴疾也案釋天云日出而風

曰暴今二義雖異然相兼亦可通 庶姜孽孽孽孽盛飾也案釋訓云孽孽戴也郭

注云頭戴物孔疏以為頭戴物乃婦人盛飾皃 在河之滸滸水隒也案釋丘云

夷上洒下漘釋山云重甗隒孔疏通之言漘是水岸隒是山岸故漘為水隒 將

叔無狃狃習也案釋言云狃復也箋从之孔謂復亦恰習意 在水之湄湄水隒

也案釋水云水艸交曰湄孔通之與漘同 中唐有甓唐堂塗也案釋宮云廟中

路謂之唐堂塗謂之陳　孔通之云堂之與陳廟廷之異名耳其實一也　象弭魚
服弭弓反末也案釋器云有緣者謂之弓無緣者謂之弭孔用孫炎義釋之謂不
以繳束骨飾兩頭為弭是弭乃弓弰弛則反曲故為弓反末　歲亦陽止陽歷陽
月也案釋天云十月為陽此詩及杕杜箋皆用之孔謂歷盡有陽之月方至十月
毛正解十月為陽之義　憂心愈愈愈愈憂懼皃案釋訓云瘐瘐病也愈瘐字憂異義同
病義亦相通　其為飄風飄風暴起之風案釋天云回風為飄回旋之風必猝㗴
而起義相通　以妥以侑侑勸也案釋詁侑報也孔云已飲食而後勸之亦是重
報之義　追琢其章追彫也金曰彫玉曰琢案釋器云玉謂之雕金謂之鏤人云
玉謂之琢孔云敝文可以相通　其菑其翳自斃為翳案釋木云自斃柛音申蔽者
翳郭注引近詩孔通其義云生木自倒枝葉覆地而陰翳　汔可小康汔危也案釋詁

云譏汔也箋用雅義辨詳本詩　徂隰徂畛畛埸也案釋言畛殄也邢疏謂畛地畔之徑路也至此而易之主故畛爲場埸則地絕故謂之殄　又釋訓所釋晏晏旦旦丁丁嚶嚶蓁蓁萋萋㬥㬥捐捐憲憲泄泄懽懽愮愮讙讙熇熇諸義皆與傳異孔疏申之以爲傳解字訓雅言作詩之故故有不同　右諸條皆異而未嘗不同者也至于周南之崔嵬岨𡺅風之岵屺雅傳相反乃後世傳寫之誤非作者本意茲不贅及焉

鄭箋破字異同

康成釋詩多改經字以就己説説詩者譏之然其間得失懸殊不能無辨今悉攷之有自據當時讀本未嘗改者如顧言則疐疐爲嚏釋文云疐本又作嚏素衣朱繡繡爲綃魯詩作綃見士昏禮注東有甫草甫作圃韓詩作圃又甫圃古通用古之人無斁斁爲擇孔疏云此經斁字本有作擇者

串夷載路串為患釋文云串一本作患疏亦云好是稼穡稼穡維寶稼穡皆為家嗇釋文云尋鄭本二字皆無禾疏亦云昊員維河河為何釋文云河本亦作何是也有古字音義本相通者如其虛其邪邪為徐古邪徐音同魯頌邪字叶但尔雅釋訓作其徐徐蘧篨不殄殄為腆疏引儀禮注云腆古文字作殄其魚魴鰥鰥為鯤疏云鰥鯤古通用梟在梟薪梟為裂鄭自云古聲梟裂同公孫碩膚詒厥孫謀孫皆為遜疏云古遜字借孫為之示我周行示為寘疏云古示寘同讀視民不恌視為示鄭自云視古示字鄂不韡韡不為柎鄭自云古聲不柎同抑此皇父抑為噫抑懿噫通用辨各詳本詩飲酒溫克溫為蘊疏云溫蘊通用既匪既敕匪為筐說文云匡飲器筥也筐乃重文垂帶而厲厲為裂裂假不瑕裂假為厲瘕祭統厲山氏魯語作烈山氏可見古厲裂通用維其勞矣勞為遼疏云字相假借孔棘我圉圉為禦圉禦通用辨詳正字靡人不周周為賙賙通用周字懿厥哲婦懿為噫不云自頻頻為濱置我鞉鼓置為植辨皆詳本詩是也此二之常者以改字而實非改也又有改其字而不改其義者如白茅純束純為屯其之展

也屢為禮隰則有洋洋為畔是也有所改之字義雖小異而不甚相遠者如自貽伊阻所謂伊人伊可懷也伊誰云憎伊字皆為緊出其闉闍闍為都既敬既戒敬為儆立我烝民立為粒幅隕既長隕為圓是也有改之而有補於文義者如良馬祝之祝為屬齊子豈弟為闓圛其弁伊騏騏為綦疏云禮無騏色弁顧命有之者新王特設此使士服之此言諸侯常服當作綦釋文云騏說文作璂云弁飾也或亦作璂浸彼苞稂稂為涼無相猶矣其德不猶猶皆為瘉勿罔君子勿為末舟人之子舟為周熊羆是裘裘為求賓載手仇仇為㪺莫肎下遺遺為隨謂之尹吉吉為姞應田縣鼓田為朄是也有改之而無妨於文義者如悅懌女美懌為釋山有橋松橋為槁其人美且鬈鬈為權有蒲與蕳蕳為蓮田畯至喜喜為饎七月大田同其祁孔有祁為麎攘其左右攘為饟上帝甚蹈蹈為悼有兔斯首斯為鮮其政不獲政為正以歸肇祀后稷肇祀肇域彼四海肇皆為兆用狄蠻

方狄彼東南狄皆為剔實墉實壑實為是來旬來宣旬為營徐方繹騷繹為駱鋪

敦淮濆敦為乜何天之龍龍為寵是也有改所不必改而文義反迂者緑兮衣兮

緑為椽說於農郊說為襚誒我乎堂兮堂為棖宅人是愉愉為偷小人所腓腓為

芘不可與明明為盟似續妣祖似為巳辰巳之巳君子攸芋芋為憮維周之氐氐為桎

之實之履二切先祖是皇楚茨信南山燹燹皇皇皆為暀爾雅釋文音旺傚載南畮大田載芟良耜傚載為

熾菑式勿從謂式為慝無自瘵焉瘵為際后稷不克克為剋先祖于摧摧為唯釋文

子雷反艸不潰茂潰為彙賚我思成賚為來及敘哀窈窕哀為衷刺幽王幽為厲十月

之交雨無正小旻小宛四敘同祀高宗祀為祫玄鳥敘是也

康成它注與箋詩異同

康成箋詩與注它典之引詩者多有異同蓋因先通韓詩後見毛敘人它典所引

類多斷章則就文立義故也其得失亦徃徃互見故後儒釋詩或反取它注今列

其異同頗加裁擇焉

關雎鈙哀窈窕論語注云哀世夫婦不得此人箋破哀為衷云中心恕之疏引鄭

侖劉琰謂鄭以為疑故兩解之又述毛意謂后妃以己得配君子淑女獨幽處未

升故哀念之犯義為正矣　君子好逑緇衣逑作仇注訓仇為匹彼疏申之言以

好人為匹與毛傳善匹小異而實同箋訓逑為怨耦謂和好衆妾之怨者辨見本詩　葛覃服之無

斁緇衣斁作射注言絺綌為君子之衣令君子服之不厭箋訓服為整言整治之

無厭倦　何彼襛矣箴膏肓以為齊侯嫁女乘其母王姬嫁時之車儀禮疏謂此

乃三家詩說箋以王姬嫁于齊自乘其車　壹發五豝射義注以為喻多得賢彼

疏云斷章箋以為不忍盡殺仁心之至　威儀棣棣孔子閒居棣作逮注以逮逮

爲安和皃箋从傳富而閑習　先君之思以勖寡人坊記勖作畜注以爲定姜詩言獻公當思先君以孝于我彼釋文云此是魯詩箋从毛敍莊姜送歸妾鄭畣是椑云後見毛詩改之　采葑采菲無以下體坊記注有二說一謂采其葉而可食無以根美兹取之證記不盡利一謂人之交友取一善而已不可求備于人此則別解詩義彼疏以爲注記時未見毛傳不知是夫婦之詩也箋謂無以顏色之惡弃其相與之禮　鶉之彊彊鵲之奔奔表記彊彊作姜姜奔奔作賁賁注以爲爭鬭皃云大鳥姜姜於上小鳥賁賁於下以證君命逆則臣有逆命箋謂居有常匹行則相隨　爾卜爾筮體無咎言坊記體作履注訓履爲禮言旣卜筮然後與我爲禮則無惡咎之言箋从毛傳爲兆卦之體　心之憂矣於我歸說表記注以爲欲歸其所說忠信之人彼疏謂斷章以證不以口譽人箋以爲君無所依當于我

六三

舍息　何戈與祋樂記注引此詩祋作綴云綴表也所以表行列也彼疏以為魯齊韓詩毛傳云祋殳也箋不易傳　維鵜在梁不濡其翼表記注以為鵜胡善居泥水之中在魚梁以不濡汙其翼為才如君子以偁其服為有德箋以為鵜當濡翼而不濡非其常喻小人在朝非其常　夏屋檀弓注以為今之門廡其形旁廣而卑箋以為設禮食大昇　七月篇周禮籥章注以流火觱發為豳風于耜舉趾饁彼南畮為豳雅穫稻春酒躋彼公堂稱彼兕觵為豳頌箋以女心傷悲為豳風穫稻春酒為豳雅羽酒斯饗為豳頌　人之好我示我周行緇衣注以為示我忠信之道箋以為人有以德善我者置之于周之列位（此及德音今皆从記注嘫箋義實勝）　德音孔昭鄉飲酒禮注以為嘉賓有孔昭之明德可則效箋以為語先王之德教甚明可以示天下之民　六笙詩鄉飲酒禮注以為其義未聞又以為孔子之肖已亾箋

以為孔子時俱在其義與衆篇合編故抒　成不以富亦祇以異論語成作誠注
以為此行誠不可致富適足以為異箋以為女不以禮為室家成事不足以得富
也亦適以自異于人道　覩我仇仇亦不我力緇衣注以為待我仇仇然不堅固
亦不力用我箋以為待我謷謷然亦不問我在位之功力　潛雖伏矣亦孔之炤
中庸炤作昭注以為聖人雖隱居其德甚明箋以喻賢者伏處炤炤易見不足以
逃　明發不寐有懷二人祭義注以明發為明日繹祭之夜自夜達旦二人為父
母文王繹祭之夜達旦不寐思其父母箋以二人為文武　靖共爾位正直
是與神之聽之式穀以女表記注訓穀為祿言敬治女位之職事與正直之人為
友則神聽女之所為用祿與女箋訓共為具穀為善言有明君謀具女之爵位神
明則祐聽之其用善人必與女呂記取禮注較優　鼓鐘篇中侯握河注以為昭王時作

六四

孔疏云時未見毛詩依三家為說箋从敍刺幽王　彼都人士狐裘黃黃緇衣注

以為黃衣則狐裘大蜡之服彼疏云此以正衣解之箋謂取温裕而已不言大蜡

心乎愛矣遐不謂矣表記遐作瑕注以遐為胡謂為告箋以遐為遠謂為勤

矦于周服周禮職方注引此云服服事天子也箋云為君子九服之中　於緝熙

敬止緇衣注以為明明乎敬其容止箋以為敬其光明之德　駿命不易大學注

讀易為亦聲云天之大命持之誠不易箋音亦云不可改易難易義長今从之　上天之

載無聲無臭中庸注讀載為裁言上天造生萬物人無聞其聲音臭氣者以喻化

民之德清靜如神箋謂天之道難知　聿懷多福表記注訓懷為至言述行上帝

之德以至于多福箋訓懷為思言述行此道思得多福　六師及之會臨碩以六

師卽六軍箋以為二千五百人為師未備六軍殷末之制孔疏以箋為誤疏得之

鳶飛戾天魚躍于淵中庸注以為聖德至天則鳶飛至淵則魚躍箋以喻惡人遠去善人得所記注優矣本詩有辨　豈弟君子求福不回表記注以君子求福脩德以俟之不為回邪之行箋以不回為不違先祖之道　予懷明德不大聲以色中庸注訓懷為歸言我歸有明德以其不大聲為嚴厲之色以威我也箋以為不虛廣言語以外作容皃　匪棘其欲遹追來孝禮器棘作革欲作猶遹作聿注以為文王改作非欲急行己之道乃追述先祖之業來居此豐邑而行孝道時使之然也箋訓來為勤言非急欲以己之欲乃追述王季勤行之孝本詩有辨　武王成之坊記注以為武王築城鎬京箋以為伐紂定天下成龜兆之吉占疏謂記斷章此當顧上下文必著其功之盛美方可繼以君哉後儒皆从記注　豐水有芑武王豈不仕詒厥孫謀以燕翼子表記注訓芑為枸檵詒為遺言武王豈不念天下之事乎如豐水之有

芑矣乃遺其子孫以善謀以安翼其子也今皆从此亦通彼疏云翼助也此證數世之仁
箋从毛芑為艸詒訓傳孫訓順翼亦从毛為敬言傳其順天下之謀以安其敬事
之子孫　生民詩檀弓注引大戴禮帝繫篇言帝嚳有四妃則姜源乃帝嚳妃稷
乃帝嚳子箋以姜源為高辛氏之世妃稷非帝嚳子　后稷肇祀庶無辠悔以迄
于今表記肇作兆注以為祀后稷于郊以配天庶無辠悔乎福祿傳世乃至于今
箋以為后稷祀帝于郊而衆民咸得其所無有辠過也子孫蒙福以至于今　旣
醉以酒旣飽以德坊記注以為饗燕非嫥為酒肴亦以觀威儀成德矣箋从毛傳
以悳為施惠及歸俎　顯顯令德中庸顯作憲注以憲憲為興盛皃箋以顯顯為
光中庸疏云憲憲乃齊魯韓之詩　保右命之自天申之中庸右作佑注以為天
乃保安佑助命之為天子又申重福之箋以為成王官人羣臣保右而舉之乃後

命用之又用天意申敕之記注允矣　芮鞫之卽周禮職方氏注以芮為水名箋以芮為水内鞫為水外之箋得兼二義亦勝朱傳从之　無言不讎表記注以為讎猶荅也箋以讎為售二義稍異而實　相在爾室尚不愧于屋漏中庸注以為君子雖隱居不失其容德視女在室獨居猶不媿于屋漏屋漏非有人也況有人乎箋以為剩助祭者在宗廟之室怠惰不敬不念屋漏有神而起愧心　維此惠君祭統注以惠為施惠箋以惠為順　生甫及申孔子閒居注以甫為仲山甫箋以為甫侯　肅雝顯相書傳注以肅雝指助祭諸侯云四海敬和明德來助祭箋以肅雝屬周公顯相屬諸侯書傳注義長　不顯不承無斁于人斯大傳斁作斁注以為文王之德豈不顯明豈不承成先人之業箋以為助祭者光明文王之德承順文王之意鄭荅炅模言注禮在前箋詩在後故

六六

有異二説倶未盡善當从毛義　夙夜基命宥密孔子閒居注訓基爲謀言夙夜謀爲政教以
安民箋从毛以基爲始言早夜始順天命不敢解倦行寬仁安靜之政　鄉䠶禮
注引吕叔玉語以時邁執競思文三詩即肆夏昊遏渠詩箋周禮注皆不用其説
王制注以辟爲明廱爲和所以明和天下泮之言班所以班政教泮水箋以爲
辟廱者築土邕水外國如璧泮之言半東西門以南通水北無也孔疏以爲箋言
其形禮注解其義兩相接成　夏而楅衡周禮封人注以楅設於角衡設於鼻箋
以爲皆設於角　公徒三萬畱臨碩以爲二軍孔疏以二軍爲是　鬷假無言時
靡有争中庸鬷作奏注訓假爲大言奏大樂於廟中人皆肅敬金聲玉色無有言
者箋訓假爲升言總升堂而齊一宗然無言語争訟　帝命不違至于湯齊湯降
不遲聖敬日躋昭假遲遲上帝是祗帝命式于九圍孔子閒居日躋作日齊注訓

湯齊為躋升日齊為齋莊假為至以為殷之先君不違天命至于湯而升為君又下天之政敬甚疾其聖敬日莊嚴其明道至于民遲遲然安和天用是敬之命之用事于九州箋訓假為暇以為天所命契之事世世行之至于湯而當天心湯之下士尊賢甚疾其聖敬之德日進以其德聰明寬暇天下之人遲遲然天命是故敬之命之用事于天下（記注昭假得之）為下國綴旒郊特牲引此綴旒作畷郵以證郵表畷之義以為田畯督約百姓於井閭之處彼疏謂此乃三家詩畷郵者井道相連畷之處造郵舍以處田畯言成湯施仁政為下國諸侯之處所使不離散箋以為諸侯繫心於天子如旌旗之旒綴著於縿（箋勝注然毛傳尤當）右間有臧否雖出管見或不無一得焉其不置辨者則以箋義為正矣

釋文正義異同

六七

毛傳簡質述者各有異同今止抒康成一家之說蓋因孔氏正義義取畫一毛無
傳者槩取箋義述之惟箋義顯與傳殊始旁取王肅孫毓諸家之說以述毛義否
則畧焉然諸家之說亦有大勝於鄭者惜其書已亡不可攷矣今取其音義見於
釋文而孔疏所遺者紀之於左以俟後之識者擇焉
窈窕淑女王肅云善心曰窈善容曰窕此楊雄語與毛傳無閒義本合孔用鄭申毛故駁楊　左右流之左
右王申毛如字鄭音佐佑孔用鄭申毛近解用王音然不如鄭　百兩御之御王肅魚據反云侍也
毛云送御皆百乘則亦當音訝肅此音義倚易傳不如訝義長　逝不相好王崔申毛如字毛云不及我以相好孔不為疏未詳如字
之　顧言則疐傳疐跲也釋文跲作劫云崔云毛訓疐為劫今俗人云欠欠欱欱
義
是也不作劫字人體倦則伸意倦則欱音丘據反玉篇云欱欠張口也崔義勝孔　濟
盈不濡軌軌舊龜美反謂車轊頭也依傳意宜音犯今用舊音　將其來施施王申毛

如字鄭七羊反〔案次章箋云言其將來會亦／應如字若七羊反當為請義〕二矛重喬傳重喬累荷也荷舊音

何謂刻矛頭為荷葉相重累也沈何可反謂兩矛之間相負荷〔孔引候人傳以／荷為揭義同沈〕

舍命不渝舍音赦王云受也沈書者反〔鄭訓處孔／述毛用之〕不寔好也好如字鄭云善也

或呼報反〔近解用／或說〕聊樂我員樂者洛一音岳〔毛鄭義皆作洛音／未詳音岳之義〕士曰既且且

音俎往也徐子餘反〔既且無傳鄭／亦不訓往〕會且歸矣且七也反沈子餘反〔未詳／沈義〕蔓屨

五兩兩王肅如字沈音亮〔音異／義同〕莽我官勞勞如字又力報反〔如字非箋疏／義近解用之〕碩

大無朋傳云朋比也王肅孫毓申毛比必履反謂無比例也〔近用／此解〕人之為言為

于偽反或如字下皆同本或作偽者非〔于偽乃鄭義孔申毛作偽依定本也孔又／云王肅諸本皆作為言如字豈王義乎近〕

〔解皆讀／如字〕小戎王云駕兩馬〔毛云兵車鄭云此羣臣之兵車孔云元戎先行／從後行者謂之小戎故箋申之皆不言駕兩馬〕穀

旦于差旦本亦作且王七也反苟且也徐子餘反差鄭初佳反王音嗟韓詩作嗟徐

七何反沈云毛意不作鬱罝毛無破字宜从鄭讀據此則王亦破字然觀徐之且音及韓之作鬱則或是讀本之
異何戈毋祓何何可反又音何河何義未詳七月毛傳鵻土晚寒謂晚節而氣寒也
與鄭異義而饑之鬻子之閔斯鬻鬻由六反徐居六反一云賣音育衙也勿士行枚行
毛音衡鄭音銜王戶剛反行字毛無傳何自知其音衡鄭云行陳衡枚則銜字非釋行也行陳之行正應戶剛反不當獨為王義釋文亂
有誤烝在栗薪栗如字鄭音列孔用鄭申毛亦為析薪義烝然罩罩烝王衆也呂用王義保乂
爾後艾五蓋反徐音刈毛訓從徐音當訓治亦通共武之服共鄭如字王徐音恭近解用恭音
侵鎬及方鎬王云京師鄭得之王非是于焉逍遙焉于虔反又如字於虔反鄭義也孔述毛用之近解用
如字為義不及鄭優噲噲其正噦噦其冥傳正長也冥幼也長崔直良切幼崔音杳辨詳本詩
不弔昊天弔如字又丁歷反下同毛鄭皆為至義噫丁歷反如字不知誰義近解用之柳此皇父柳如
字詞也徐音噫近用如字之義曰予不戕戕在良反王作臧臧善也孫毓評以鄭為改

字上二條本詩皆有辨　舍彼有辠舍音赦一音捨毛訓除應从捨音　淪胥以鋪鋪徧也王云病

也王用江漾傳義亦通　歙酒溫克溫王如字柔也鄭於運反蘊藉也近解从王　誰適與謀適

如字王徐都歷反如字者箋疏義也近解用王徐音　廢為殘賊傳廢忕也一作廢大也此是王

肅義肅得之本詩有辨　哀我憚人憚丁佐反徐又音但不同音但當訓罷未詳其義　禮儀卒度

度如字沈待各反　神嗜飲食釋文嗜作耆云而至反徐云又巨之反下同沈徐二反

義俱未詳　秉馬在廄秉馬王徐繩證反四馬也鄭如字近从王徐　福祿艾之艾徐又音

刈　實維何期期本亦作其音基王如字基音乃鄭義若如字則期乃期望義亦通　各奏爾能能

如字徐奴代反又奴來反二反義皆未明　有那其居王那多也毛無傳孔从鄭述毛莫聞王義　中心

藏之藏子郎反王才郎反表記釋文亦云王如字辨詳本詩　駿命不易易毛以豉反鄭音亦下

文及不易維王同本詩有辨　王赫斯怒斯毛如字此也鄭音賜鄭云斯盡也孔述毛亦云盡怒　於

六九

論鼓鍾於樂辟雝於音烏鄭如字辨見本詩　昭茲來許繩其祖武來王如字鄭音賚

說見本詩　聿追來孝來字同來許　貽厥孫謀孫王申毛如字鄭音遜孔从鄭述毛近解从王

先生如達逹宅末反小羊也沈云毛如字孔謂毛鄭意同未詳沈義　柔遠能邇能徐云毛

如字鄭奴代反孔从鄭申毛其申鄭亦不同耐義說見本篇　覆狂以喜狂王居往反鄭求芳反王義未詳

胡不相畏相毛如字鄭息亮反孔从鄭述毛　云如何里王云痺病也與憂義小别　其

風肆好風福鳳反王如字云音也鄭以風切為義孔述毛用之近解从王義　邦國若否否音鄙惡也

舊方九反王同云不也近从王　慶旣令居令力呈反使也又力政反命也王言也

近从王義辨見本詩　燹師所完燹於見反徐云鄭於顯反王肅孫毓皆為賢反云北燹國

本詩有辨　來旬來宣來毛如字鄭音賚孔从鄭申毛近解如字　鋪敦淮濆敦王申毛如字云

㬎也近解為㬎義而未必同王　懿厥哲婦懿於其反沈又如字近用沈音本詩有辨　不弔不祥弔如

字又音的鄭訓至孔申毛从之近解如字　假以溢我傳云溢慎慎王崔申毛竝作順解慎孔从義
無此疆爾界界釋文作介云大也界字毛無傳箋疏皆經界義介大未知誰義　旣昭假爾假鄭王竝
音格沈云毛如字如沈讀則假音賈訓大當謂王業之光大亦通　於薦廣牡於鄭如字王音烏近从王音
假哉皇考假音暇徐古雅反今从徐音　耆定尔功耆毛音指致也鄭巨移反韓詩音
同鄭云惡也案鄭云老不云惡鄭字誤不知誰解　觲未有艾艾五葢反徐音刈觲保乂同　命不易哉
易鄭音亦王以豉反觲文王大明同　於繹思於鄭如字王音烏同於薦　狄彼東南狄王
宅歷反遠也孫同鄭作剔沈云毛如字未詳所出　敦商之旅敦鄭都回反王都
門反昬也毛無傳王義可以述之孔申毛用鄭義近解亦从箋　昭假遲遲假古雅反鄭云暇也王訓至音
格孔以鄭述毛近解从至義
又案陸博士孔祭酒倶生唐初又同在十八人之列然其釋詩恉趣多殊陸賓吴

人孔為冀産意學有南北之分與非也孔奉敕為正義故專主傳箋陸之釋文寻
任己意自應芻引它說矣諸家之述毛見釋文而不見正義者前既表出之至釋
文所引韓詩及說文與諸家之說或迥與毛鄭義別而著之於編當必有取焉尔
今亦紀之如左以見陸孔之異同因稍加折衷焉

我姑酌彼金罍引說文姑作扔云秦以俗市買多得為扔不如毛鄭姑且之說為
順　施于中逵引左傳杜注逵方九軌案毛云九逵之道義合尔雅杜為鄭國言
之故異義孔辨之良是　不可休息息作怠陸孔意異辨見本詩　鵲巢箋鵲之
作巢冬至架之陸架俗本作加功孔云冬至加功所見箋本各異　迨其吉兮引
韓詩云迨願也案鄭云迨及也義各通　寔命不同引韓寔作實云有也案毛云
寔是順　江有汜致嫡能悔過陸以嫡為夫人孔疑是大夫以下孔得之　渚引

韓一溢一否曰渚案毛云渚小洲也水岐成渚毛義合尔雅　胡迭而微迭引韓詩作臷云常也不如孔訓更迭長　終風且暴引韓云終風西風毛云終日風韓説或有夲　死生契濶引韓云約束也不如毛訓勤苦明當　招招舟子引韓招招聲也案毛云號召之皃聲皃義稍殊陸又引王逸云以手曰招以言曰召意同毛　中心有違引韓違佷也案毛云離也鄭云徘徊也毛義長　湜湜其沚湜引説文水清見底與鄭持正義異水清近之　箋涇水以有渭故見渭濁見渭或作見謂陸孔本異辨見附録　不我能慉陸云慉毛興也孔云諸本皆作慉養孫毓引傳云慉興非也慉養義順　碩人俁俁引韓作扈扈云美皃與毛云容皃大得通　毖彼泉水毖引韓作秘説文作泌案毛云毖流皃韓義未詳説文誤引附録有辨　王事敦我引韓詩敦迫案毛云厚鄭云投擿不如敦迫明順　室人交徧

摧我摧引韓作誰云就也案毛云沮鄭云刺譏之言當从毛　新臺有洒引韓洒

作漼云鮮皃與毛訓洒為高峻俱通　河水浼浼引韓作浘浘音尾云盛皃毛以浼

浼為平地韓較長　鄘引鄭云紂都以南曰鄘引王云王城以西曰鄘孫毓譏肅

語無驗鄭義為長得之　中冓之言引韓詩云中冓中夜謂淫僻之言案毛云中

冓内冓鄭申之云宮中新冓成淫僻之語不以冓為夜又案漢書注晉灼云冓奢

詩以為夜博雅亦云夜也玉海引此皆同韓　不可詳也詳引韓作揚揚猶道也較毛

詳審義為顯　邦之媛也引韓媛作援援取也案毛云美女曰媛鄭以媛助申之

為允　騋牝三千陸云騋馬六尺以上也孔申傳云七尺曰騋定本云六尺亂誤

孔得之　大夫跋涉引韓不由蹊遂而涉曰跋涉案毛曰艸行曰跋水行曰涉勝

韓　淇澳綠竹引艸木疏辨皆詳本詩　有斐君子引韓斐作邲美皃案毛云文

章皃義勝　僴引韓詩說文不如毛義優辨見本詩　㸦槃扗澗澗引韓作干云
磽确之處與毛山夾水曰澗各通　巧笑倩兮美目盼兮引韓倩蒼白色盼𥅻色
妥毛云倩好口輔盼𥅻白分勝韓　施罛濊濊引馬韓說文三說見本詩　鱣鮪
發發引馬云負箸网尾發發然妥毛云盛皃馬較優　庶姜孽孽引韓孽作钀云
長皃與毛盛飾義各通　焉得諼艸云諼亦作萱又引說文作藼或作蘐意以諼
為艸名勝孔　曷其有佸佸引韓詩至也與毛云會各通　岷引韓云美皃不如
毛訓民　體無咎言引韓體作履云㚢也與毛兆卦之體各通　不與我戍申戍
引韓云舍也不如毛訓守明當　緇衣之蓆兮蓆引韓云儲也說文云廣多妥毛
云大也合尒雅　駟介旁旁引韓云旁旁彊也妥孔用北山毛傳不得已釋旁旁
勝韓　二矛重喬引韓喬作鷸雉名未詳其義當以毛為正　洵直且侯侯引韓

詩美也案毛云君也美義較明近解從之　子寧不嗣音引韓嗣作詒詒寄也不
如毛嗣習當　挑兮達兮引說文達不相遇也案毛云往來相見皃義順　聊樂
我員員引韓詩作魂魂神也案義亦通孔云員助語　有女如荼箋荼茅秀引劉昌
宗秀作蒡音酉孔申箋秀如字得之　方秉蕑兮引韓詩蕑蓮也案毛以蕑為蘭
當矣　洧之外洵訏且樂引韓作恂盱案毛云訏大也較勝　贈之以勺藥引韓
勺藥離艸也言將離別贈此艸案毛云香艸韓義美矣　還引韓作嫙似沿切嬛引
韓作嬛音權皆云好皃案毛云還便捷皃儇利也義長　美且鬈引說文云髮好
皃偲引說文云彊也案毛鬈云好偲云多才較優　齊子發夕引韓云發旦也不
如毛自夕發至旦明順　行人儦儦引說文行皃不如毛云衆皃　四矢反
兮反引韓詩作變變易也不如鄭云反覆　河水清且淪猗引韓云順流而風曰

淪案毛云小風水成文轉如輪義各通　不素飧兮引字林云飧水澆飯也案毛
云孰食鄭云負飧毛訓正　見此邂逅引韓邂覯不固之皃不固義未詳當从毛
訓解說　生于道周引韓周作右案毛以周為曲各通　人之為言辨見本篇及
前則　俴駟孔羣引韓駟馬不箸甲曰俴駟案毛云四介馬也義相反韓非是
宛丘引尒雅郭注中央隆高勝毛本詩有辨　穀旦于差引諸說見前則皆不如毛
鄭　予所蓄租引韓云租積也與毛云為也各通　烝在㮚薪引韓㮚作蓼力菊
反云衆薪也案鄭以㮚薪為裂薪孔申毛用之未知衆薪作何解　破斧一二章
引韓云錡木屬銶鑿屬又云銶今之獨頭斧案毛云錡鑿屬銶木屬孔云未見其
文亦不審厥狀則毛韓之相反難辨其孰是　坎坎鼓我引說文坎作竷云舞曲
也案毛無傳鄭云擊鼓坎坎然俱通　蹲蹲引尒雅見前則與毛異義而俱通　烝

然汕汕引說文汕汕魚游皃罧毛云樔鉏交切也不可易　劬勞于野引韓云劬數

也不如毛　賁然來思云徐音奔毛鄭全用易為釋意似右徐而左毛鄭然毛鄭

優矣　下莞上簟釋莞與箋異義箋當矣辨見本詩　或寢或訛引韓訛作譌譌

覺也與毛云動也各通　節南山引韓云節視也不如毛云高峻皃當　何用不

監監引韓云領也義未詳當从毛鄭訓監察　昦天不傭傭引韓作庸庸易也與

傭均義各通　視天夢夢引韓詩云夢夢惡皃不如毛鄭敼義明當　蔌蔌方有

穀陸佖方穀以方有穀為非孔申毛有有字　山冢崒崩崒字陸孔音讀各異見

本篇　抑此皇父抑引韓云意也不慭遺一老慭引韓云閭也二義俱不如箋箋

云抑之言噫慭者心不欲自彊之詞也　旻天疾威雨無正篇陸以旻天為是孔以昦

天為是孔義勝　民雖靡膴引王及韓詩義勝孔見本篇　哀我填寡填引韓佖

疹疹苦也與毛云盡也各通　惄焉如擣引韓擣作疛以為義同毛與孔疏申毛意異辨詳附録　僭始旣涵涵引韓作減減少也減少未詳其義　我心易也易引韓作施施善也案毛云説也俱通　緝緝翩翩緝引説文作咠咠聶語也義亦通　出入風議云風音諷本詩有辨　秉彼炎火秉引韓作卜卜報不如鄭云秉持　戢其左翼戢引韓云捷(音戾)也捷其噣(音晝)于左也與毛右掩左義各通　有頍者弁頍引説文舉頭皃與毛弁貌義相成　以慰我心引韓詩及王義辨見本篇　營營青蠅營營引説文作謍謍云小聲案毛云往來皃聲皃異義而實相成　有頒其首頒引韓云衆皃案毛云大首皃義勝　紼纚維之纚引韓云筰也(在各切)案毛云緌也俱通　平平左右引韓作便便云閑雅之皃案毛云辨治謂辨治其屬國義長　如食宜饇宜本作儀韓云儀我也亦通而宜義較順　薄言觀

者觀引韓作覯案鄭云觀多也近解祖韓　三星在罶罶本又當作霤豈謂屋霤

乎則在霤猶云在戶未詳其義　無遏尒躬引韓遏病也與毛云遏止兩通　堇

荼如飴引廣雅葚蘿辨見本詩及附錄　捄之陾陾引說文陾陾築牆聲案毛云

衆也捄是盛土於器登登方言築衆義允矣　薨薨引尔雅云衆也引王云亟疾

也案薨薨傳箋無釋孔用王義　臯門有伉伉引韓作閌音亢云盛皃不如毛云高

皃　黄流在中傳黄金所以飾流鬯也或無飾字陸孔意異辨見附錄　民所燎

矣引說文論見本篇　其菑其翳引韓菑反艸也翳因也因高填下也不如毛立

死自斃二義合尔雅　崇墉仡仡引韓云仡仡搖也案毛云仡仡猶言言皆高大

也義長　文王烝哉引韓云烝美也與毛君義俱通　築城伊淢淢又作洫引韓

洫深池不如毛成溝之當　王公伊濯引韓云濯美也案毛云大也得之　皇王

維辟辟音璧又婢亦反法也與箋異義而俱通箋云君也　荏菽旆旆引郭璞云荏菽今胡豆案鄭云大豆孔申箋駮郭良是　或歌或咢傳徒擊鼓曰咢陸本作徒歌曰咢孔以徒歌爲誤孔得之　公尸來止熏熏引說文作醺云醉也案毛云和說鄭云坐不安毛義長　于橐于囊取厲取鍛皆引說文辨各見本篇　柔遠能邇引廣雅書注本詩有辨　曾是掊克云掊聚歛也辨見本詩　天不湎爾以酒云飲酒齊色曰湎又引韓詩閉門不出客曰湎上即鄭義與韓俱通　耗斁下土引韓云耗惡也此義迂　胡寧瘨我以旱瘨引韓作疹云重也與箋云瘨病俱通　王纘之事纘引韓作踐踐任也義亦通　肇敏戎公肇引韓云長也不如毛訓謀　鋪敦淮濆引韓辨見本篇　清廟引杜預云肅然清靜之廟案杜注本賈逵鄭箋云有清明之德者之宮孔申箋以賈說爲非孔義勝　維天之命引韓云

七五

維念也義大通維當作惟　執競云執持也又引韓云執服也上郎鄭義勝韓

來牟引廣雅辨見本詩　萬億及秭云秭一本作數韓詩云陳穀曰秭案毛云數

億至億曰秭秭乃數名與尔雅合又於文義為順韓說非是　潛有多魚潛亦作

涔音岑引韓云涔魚池案毛云潛槮合尔雅　辛螫引韓作辛赦見本詩　以車伾

伾引字林伾作駓丕也案鄭云有力義長　有騂有騢騂引韓詩及字林云白馬

黑髦案毛云青驪驎物色不同未知孰是　狄彼東南狄引韓作鬄除也不如王

申毛為遠義　憬彼淮夷憬引說文作𢥠音獷云闊也一曰廣大也案毛云遠行

皃義為當　實實枚枚引韓云閑暇無人之皃案毛云礱密較優　大糦是承

引韓云糦大祭也與鄭黍稷義各通　玄王桓撥撥引韓作發發明也不如毛云

撥治　湯齊日躋引記注見前則　苞有三櫱櫱引韓云絕也案毛云櫱餘義長

撻彼殷武撻引韓云達也義亦通　勿予禍適適引韓云數也不如毛云過也為允

又釋文引韓詩有義與毛同而語暢於毛反足助顯其義者今亦劉之於左

我姑酌彼金罍毛云人君黄金罍韓云天子以玉飾諸侯大夫以黄金飾士以梓

芣苢毛云芣苢馬舄馬舄車前韓云直曰車前瞿曰芣苢（生於兩旁謂之瞿）　采蘋毛云蘋大蓱韓云沈者曰蘋浮者曰薸（薸即蓱）　委蛇毛云行可以迹也韓云公正也（公政故可以迹）

謔浪笑敖浪毛無傳韓云起也（孔引尔雅注云意萌也與起合）　深則厲毛云以衣涉水曰厲謂由帶以上也韓云至心曰厲　無發我笱發毛無傳韓云敵也　寶維我特特毛云匹也鄭作直云相當值　奔奔彊彊毛云雜則奔奔然鵲則彊彊然韓云乘匹之皃（鄭申毛云居有常匹行則相隨蓋本毛義）　大夫夙退退毛無傳韓云罷也　中谷有

七六

萑萑毛云騅也韓云芜荾也陸璣疏本此　雉離于罿罿毛云罬也韓云施羅於車上

曰罿　在我闥兮毛云闥門內韓云門屏之間曰闥　衡從其畝毛云衡獵之從

獵之韓云東西耕曰衡南北耕曰由從韓作由　訊予不顧訊毛云告也韓云諫也

八月在宇宇毛無傳韓云屋霤也　予手拮据毛云撠挶也韓云口足爲事曰拮

据　和樂且湛常棣篇　湛毛無傳韓云樂之甚也　厭厭夜飲厭厭毛云安也韓作

愔愔云和悅之皃　九皋毛云皋澤也韓云九折之澤　無父何怙無母何恃毛

無傳韓云怙賴也恃負也　佻佻公子佻佻毛云獨行皃韓作嬥嬥徒了切云往來

皃　搆我二人毛無傳韓云數也　見晛曰消毛曰晛日氣也見韓作曣云曣見

玉海引韓作曣晛日出也韓并曣晛二字為一義日出故見日氣義相成　視我邁邁邁邁毛云不悅也韓作怖

怖亡味切云意不悅好也　俔天之妹俔毛云磬也韓作磬云譬也箋疏申毛本此　緜緜

瓜瓞瓞毛云瓝也韓云小瓜也　度之薨薨度毛云居也韓云填也居謂居之板中填義較勝刑于寡妻刑毛云法也韓云正也　貊其德音貊毛云靜也韓云定也　予其懲而毖後患懲毛無傳韓云苦也　緜緜其麃緜緜毛無傳韓作民民云衆也王申毛云緜緜然不息蓋祖此義　屈此羣醜屈毛云收也收斂得此衆聚　右諸條或闡其未明或詳其所略後儒述毛者未必不取資焉勿以異家而忽之也

集傳用顔注韓詩異同

朱子自言最喜顔監説詩無專家之陋又語門人文選注多用韓詩章句欲采錄為一冊與二家詩説多有與毛鄭同者朱子輒不从而別為立解原朱子之意嫥在攻敍不過欲偕二家之言助己樹赤幟耳故獨取其異於毛鄭者而同者則置之也今采漢書顔注説詩之語及文選注所引韓詩與毛鄭同而異於集傳者別

諸左

慍于羣小劉向曰小人成羣誠足慍也顔注云仁而不遇之詩此正祖敘説不言是婦人詩　匪風發兮匪車偈兮王吉曰非有道之風也發發者非有道之車也偈偈者顔注云見此飄風疾驅則顧念哀傷周道此與毛傳同不言非風發車偈但為念周道而傷　同我婦子饁彼南畝顔注云其婦子同以食來此與鄭箋同不言老者率之同來　嘽嘽駱馬顔注云嘽嘽喘息皃此與毛鄭同不言衆盛皃城彼朔方顔注云朔方北方此與毛傳同不言靈夏地　蠢爾蠻荆顔注云蠢動也與毛傳同不言動而無知之皃　旻天疾威弗慮弗圖顔注云幽王見天之威不思念也　淪胥以鋪顔注云無辜之人過於斂政横相牽引徧得罪也此二條皆與毛鄭同是刺君不是怨天　聖人莫之顔注引詩作謨之與毛傳訓謀同

意不以菓為定　迺眷西顧此維與宅顏注云見文王之德而與之宅居也此與毛鄭以首二章言文王同意不言大王　無然畔援顏注云彊恣皃猶言跋扈此與鄭箋同不言離畔攀援　止旅迺密顏注云言公劉止其軍旅欲使安靜乃就芮阬之閒與鄭箋同不言止居之衆日以益密　降福穰穰顏注云祀武王之詩此祖小敘之說不言祀武成康三王　貽我來牟劉向曰始自天降顏注云言天遺此物也與鄭引赤烏以穀來事同意不言是后稷貽民　右漢書注

綠竹如簀韓詩作綠薄如簀云簀積也薛君曰綠薄盛如積也此與毛傳同竝不以綠竹為綠色之竹以簀為棧　鸛鳴于垤薛君曰天將雨而蟻出壅土鸛鳥見之喜而長鳴此與毛鄭同竝不云鸛食螘　厭厭夜飲厭厭韓詩作愔愔云和悅之皃與毛傳安義同竝無安久足三義　以雅以南韓內傳曰王者舞六代之樂

舞四靈之樂大德廣之所及竝不言二雅二南　鯀蠻薛君曰文皃與毛傳小鳥
皃雖稍異然以爲皃則同並不言鳥聲　貽我來牟作嘉麰薛君曰麰大麥也此
與毛傳同竝不分大小二麥　不震不騰薛君云騰乘也此與毛傳同並不合震
騰二字訓爲驚動　右文選注

毛詩稽古編卷第二十七

正字 字義 字形 字音

字義

讀書須識字讀古人書尤須識古人字古今之字音形多異義訓亦殊執今世字訓解古人書譬猶操蠻粵鄉音譯中州華語必不合也夫字形之異則古文大小篆猶存於說文解字及鐘鼎之銘而唐李陽冰宋徐鉉及弟鍇嘗辨之矣字音之異則宋吴棫韻補一書紫陽用以協詩而近世楊慎之古音略陳第之古音攷又推演其所未備矣至於義訓一誤則古人之意趣得失所繫更重於音形而後儒之釋經反欲彊古以就今此大惑也古人字訓其存於今者僅有尔雅之訓詁釋

七九

言釋訓三篇尒雅之書固為六蓺之指歸尤屬四詩之準的故毛公詩傳亦以詁訓為名案詩雅疏皆云詁故也古今異言解之使人知也亦作故詁故皆是古義釋言者釋詁之別耳古今方國殊別故為作訓釋訓道也道物之皃以示人也由疏語觀之可見古昔聖賢（釋詁周公作釋言以下子貢之徒作）早知古今文義不同後將有誤解經意者故為此書以示之標指矣其尒雅所未備又賴毛傳釋之大毛公六國時人去古未遠且源流出自子夏傳中字訓皆有師授與尒雅實相表裏也自漢迄唐悉遵此為繩尺宋人猒故喜新各逞臆見盡弃儒先雅訓易以俗下庸詮尒雅之文既廢置高閣毛氏傳義稍不諧俗目者亦以己意易之近世學者溺於所聞古人字訓幼未經見驟而語之反驚怪而不信固其宜矣夫字義之不知何得謂之識字讀書而不識字豈能得書之意哉今取詩中字訓出於尒雅而不與俗合者

錄如左其尒雅未載而見毛傳者亦附於後

左右助也　流求也　悠思也　般整也　言我也（此義惟見詩叙葛覃言告師氏盡駉篇醉言歸凡六十七言字皆訓我今槩以為語詞矣）吁憂也（釋詁作盱）　燬火也　公事也　謂勤也（迨其謂之謂之何哉遐不謂矣凡三見）

寔是也　任大也（釋詁作壬）　育長也　育稚也　鬻稚也（孔疏以為釋言文）　冐可也

簡大也　懷至也　鮮善也　濟止也　槃樂也　弁樂也（釋詁作般）　軸病也（釋詁作逐）

申狎也　洵均也　矦君也　安奮也　踐淺也（釋言作俴）　夸說也　鞠盈也　目上為名　曰于也　猶可也　逝逮也　噬逮也（釋言作遾）　伊維也　知匹也　屋具也（釋言作握）　殆始也（釋詁作胎）　烝塵也　諗念也　每有雖也　獳屬也　飫私也

單厚也（釋詁作亶）　戩福也　卜予也　質成也　黎衆也　于曰也　殛誅也（今釋言作殛）

正長也　冥幼也（幼或作窈）　毗厚也　仕察也　訩訟也　懌服也　癙病也

仐

里病也釋詁作痯　徹道也釋訓云不徹不道也　駿長也　淪率也　憮敖也　莫謀也釋詁

作漠　腹孚也　來勸也　庚續也釋詁作賡　曷逮也釋言作遏　廢大也王肅述毛引之　熲光

也　靖謀也　將齊也　皇暀也　虔敬也　林君也　純大也　壬任也　康

虡也釋詁作源　婁斂也釋詁作摟　尹正也　詹至也　觀多也薄言觀者適觀厥成水觀厥成奄觀銍艾四觀

字皆訓多　聿述也孔疏以為釋詁文　路大也　肴善也　登成也誕先登于岸　按止也　對

遂也　㞢繼也下武　求終也　繩戒也　遹述也　濯大也　燠君也　融長也

誕大也　崇重也　密安也　話善言也　夸毗體柔也　价善也　斯離也

由於也釋詁作繇　劉爆爍而希也釋詁云劉暴樂也　虔固也　荒虛也惟某氏本有之　慎誠

也　鋪病也釋詁作痡　肇謀也　繹陳也　假嘉也　溢慎也　夸易也　夾大也

釋詁作奕　威則也　仔肩克也釋詁云肩克也　莽蜂摩曳也釋訓云甹夆掣曳也　振古也　鑠美

也　熙興也　屆收也　閟神也（釋詁作毖）　蒯齊也　屆極也（今釋詁作極）　競逐也
苞豐也　已上皆見尒雅而傳箋引之
芼擇也　調朝也　獄埆也　蔽芾小皃　誘道也　壼廣也（崔集注本如此）　懷傷也
弇闊勤苦也　說數也　洵（音絢）遠信極也　褎盛飾也　聊願也　願美也
讀抽也　姝順皃　祝織也　僴寬大也　簀積也　邁寬大皃　軸進也　將
願也　泮坡也　煢特立也　甘猒也　暵菸皃　脩且乾也（或作日乾）　韡弃也
嗣習也　伊因也　偲才也　抑美色也　目下為清　選齊也　邂逅解說之皃
行翮也　防比也　值特也　晤遇也　孌好皃　悼動也　懷歸也　掘閱
容閱也　媾厚也　忒疑也　苞本也　穹窮也　肅縮也　徹剥也　拮据撠
挶也　租為也　枝徼也　[illegible]寘也　周至也　每雖　懷和也　究深也　衍
公

美皃　單信也　除開也　腓辟也　奏為也　佶正也　輕擧也　佽利也
央旦釋文作且也　艾久也　空大也　干澗也　棘稜廉也　革翼也　猗長也
騁極也　勝乘也　遂安也　塡盡也　擣心疾　僭數也　盜逃也　祇病也
襄次也　瘵狀也　矜危也　敕固也　蹈動也　哉載也　假固也　載識
也　肆疾也　自用　土居也　喙困也　瑟衆皃　度居也　皃易直也　耆
惡也　因親也　論思也　許進也　岐知意　嶷識也　祈報也　畵廣也
徹治也　伴奐廣大有文章也　茀小也　汔危也　惛怓大敵也　兄茲也
勑齊也　赩炙也　揉順也　肆長也　贈增也　奄撫也　虜服也　戩治也
寺近也　福富也　靡累也　崇立也　隸固　靖和也　艾數也　光廣也
佛大也　噴衆皃　逢躲也　搋自也　養取也　龢和也　揚傷也　掺衆意

憬遠行皃　虞誤也　彔止也　荒有也　鬷總也　域有也　員均也　幅
廣　隕均也　桓大也　絿急也　綴表也　旒章也　共法也　罙深也　已
上皆毛傳文

諸字訓有一見者有數見者茲獨箸言我謂勤觀多三義以其猶不近俗也餘或有辨證已別見故弗箸又其文昇載傳箋可覆卷而知也至經中重語雅傳多隨文取義茲弗贅及焉

禮記郊特牲注云嘏長也大也尒雅釋詁云嘏大也說文云嘏大遠也从古叚偕也古雅切聲古雅切然則大者嘏之本義也又儀禮特牲少牢有尸命祝嘏主人之禮故嘏又為予福受福之偁小雅賓之初筵大雅卷阿二詩嘏字毛傳皆訓大周頌我將載見魯頌閟宮三詩嘏字毛無傳意必同雅矣鄭於雅之二嘏訓予福於頌亖

之三嘏訓受福未嘗徑言福也自蘇氏釋卷阿詩訓嘏為福而後儒因之遂以嘏
為福之通偁忘其字義所自出矣
詩中奄字毛傳訓釋多異義皇矣奄有四方毛云大也鄭云覆有天下執競奄有
四方毛云同也臣工奄觀銍艾鄭云久也王肅以同義述毛閟宮奄有下國奄有
龜蒙玄鳥奄有九有鄭皆云覆也久訓竊取淹義非奄字本訓其同覆二者孔疏
以為義同要之與大義亦相通耳案尒雅釋言云奄同也書奄有四海奄甸萬姓
孔傳亦訓同然則同者奄之本訓乎尒雅又云奄葢也又云弇葢也葢與弇荒
皆覆義而荒又兼乎大矣說文云覆也大有餘也又欠也玉篇云大也覆也大有
餘也息也又增欠息兩義然未有訓為忽者唐韵云忽也止也藏也取也遽也經
後人偕用義訓轉增非古矣宋王安石始用忽義以釋臣工之奄觀朱子釋皇矣

奄有亦云在忽遂之間皆彊古經以就今義詩怡殆不爾也夫銍艾在一年之內猶可以忽言之周之有四方自王季而後閔文迄武多歷年所始得之耳可云忽有哉

匪非義同猶不與弗耳無煩訓釋而鄭氏箋詩除淇澳有匪外餘匪輒訓非者匪本筐篚字借為非用耳其筐字乃車軨非器似竹篋者也說文匪器似竹篋今以篚代匪而匪專為非義矣㒓世近古匪猶為器名須隨文辨之也匡字亦然故既匡既敕鄭解同筐

卬从匕从卩音節望欲有所度及也有二音三義五剛反者我也人涉卬否卬烘于煁卬盛于豆是也又盛皃顒顒卬卬是也魚兩反者詩高山仰止說文引作卬止又大雅瞻卬昊天是也顒卬字與昂通瞻卬卬止字與仰通

八三

猗本訓犗古拜切大字見詩者俱偕也詩言猗凡十有七而分見於十篇潛那二頌之猗與齊之猗嗟皆嘆詞也伐檀三猗與兮竝用則語詞也綠竹之猗猗爲美盛萇楚之猗儺爲柔順節南山之有實其猗毛以猗爲長則指屮木鄭以猗爲倚則指畎谷皆皃物之詞也七月之猗彼女桑毛以猗爲角而束之巹伯之猗于畝丘毛以猗爲加淇澳之猗重較兮釋文以猗爲依車攻之兩驂不猗正義以猗爲依倚則皆指事之詞也此諸猗者惟猗儺於可反重較女桑畝丘三猗於綺反兩驂之猗於寄於綺二反餘皆於宜反於宜乃猗之本音此偕義而不改音者也析而觀之兩猗與三猗嗟一猗猗其禕之偕乎禕亦作欹三猗儺其婀之偕乎婀亦作婀旖㩦女桑之猗其掎之偕乎重較兩驂畝丘之犄及節南山之鄭義其倚之偕乎漣漪直漪淪漪其兮之偕乎嗟尔雅引此作瀾漪則此三猗爲漪之偕矣惟猗長之義節南山毛

義無本字可歸當竱於偕

將將鏘鏘瑲瑲鶬鶬鎗鎗皆見詩字異而音義同襍指佩玉八鑾鼓鐘磬管之聲言也五字惟瑲爲玉聲鎗爲鐘聲見說文是本義鏘字說文無篆而臤字注有鏗鏘字鏘从金亦當爲金聲其將鎗二字之爲聲乃偕也又緜之應門閟宮之犧尊亦言將將門爲嚴正尊爲盛美皆非聲與諸將異義

字形

古籀之文一敭于斯再敭于𨘢而𨘢又甚焉原其變隸之初務在厺煩趨簡徙徙曲爲還就以便俗書於古人製字初心不能復顧是可慨也姑擧一二言之如朋形異鳳古朋鳳同一字皆作𠒎履本作履義非肙言本作音失亯音悳聲父本作ㄌ从力杖亻者手也擧無杖指奔奔走夻殊夭趾之形丹林袁袁異㐺毛之象戎戒早𣅀離於申義舜𦩍鄰鄰厺

其炎文本紆而今直者叏叏木朩干午求𣲖之首本析而今連者莽茻垂坐尾屁
並竝之身以致孝本作孛季音教敎敎字皆从此離分茲从二玄茲从艸絲省易溷變僡而為億改緫
而用終旻角而作函含𣅀而取厚𠷎還作壽藥乃為秉庚本作𠩺彩正而反偏出本作
出體邪而顧整惟諧俗目算覩原文至於施作偏旁尤多譌舛如立心疑小桃手
似才乜音忒育充等字从此首如云艸頭敵廿人汁切𦫵芔等字从此昜炏為廾在奉舂則溷大扗廾
廾則溷丌基者渻卪為卪節弓音於御卬則疑邑於遻卷則疑己思息毗䏸細囟从囟
音信𠀠鼠畀鼻鬼鬼从甶音弗鬼頭也而同田尉㷉票㶾奈奔从火絲絲京㐭業業从巾
此象形非佩巾巾字而並作小郭鄗之𦎫音郭淳𦏧之𦏧皆為享字恒恆之𠀆亘須緣切之回亘恒宣
等字皆从回傳作日形似四而非四者監之皿賣之四與羅羈之网𣋳曼之目似西而
非西者覃之卤醎滷覆之襾呼訝切與遷票之㒨無音說見卷阿粟㮚桌之卤音條又勺之勺

無音句句之丂丂音糾與勹勹音包句匊等从此相類弘之乙古文肱字台台之㠯即以字與厶音私不殊夊音旨攴音朴似文肉肑勝㑞等从此如月敷敷以方而易寸躬躳㕣吕而从弓蒸作堇柔作柔𠂤作卩刖作力俱就約而舍多易上从父為布司為有司為灰會為沓並移右而居左誰分市音弗市本作芾辨口音韋口音圍石倉等字从此凡此僭差難勝指摘者也況經後儒傳寫舛誤九多自南北分崩同文莫覩爰齊梁喪亂偽字隸行藝苑雌黄云蕭子雲改易字體邵陵王顒作偽字北朝喪亂書迹猥陋嫥軏造字猥拙甚於江南迄乎唐世之開元加以衛包之改定遂變古經之字悉以世俗之書則今世之經文是也觀其體裁之陋偝非隸變之元形迹其謬譌之由多因後人之妄作故漢以來所謂經文者乃程邈之隸以古籀為古唐以後所謂今文者乃衛包之俗字而又以漢隸為古斯文墜地莫甚於斯竊謂沿襲已深者固難悉正而差譌未久者尚可速更不揣愚蒙欲加攷辨末稿

八五

竊於六蓺始先及乎四詩謹疏所聞備陳於左

雎本作鴡　之本作㞢　州从重川俗加水　徐鉉非之　逑匹字當作仇　差本作𢀩　左右上从𠂇又　求本衣求字求取當用逑　逑訓聚歛　得本作㝵

𦥑上从囟　信音　艆左从舟　輾本作展　展本又作㞡　反側當作反側　乃旁側字

采从爪木　與采異采古辨字　琴瑟本作珡瑟　友本作𠬛　芼當依玉篇作覒

覃本作㠭　谷从水半見於口　俗作谷非　葉中从𠀠　蘇合切三十葉也　此徐鉉說　飛象形　綌从谷　谷谷即朦字　與川谷字異　無俗作無　斁左𡙇𡙇从

目从夲　泥切輒　告語當作誥　公私當作𠃊私禾也　澣本作𤁋　害訓何當作曷　寧顧詞也安寍當作寍　卷本作𢎪　筐匡隸文也本作匡或作筐　嗟本作𩐜

𨢐　陟隤當依爾雅作陟𢄒　以本作㠯　𥛠刻石作㠯从乙从人　觥本作觵　說

文以䏧為俗字　矦上从𠁁台允等字同　𩔰从舟　綏安字或云當作娞　將依鄭義當作㸌凡㸌扶字竝同　㒸本作㒸上从凡凡古文終字　㒸斯當依尒雅作蕡七月同　蒻蒻當依廣雅作蒻齊鷄鳴同　宜隷作宜　尒今作爾　繩當依尒雅作憴大雅　抑篇同　夭當作㹟　華本作蕚　椽當作斲　干城當作戰干犯也　旌旗皃𢾺岐字从攴　矦俗作侯　腹本作腹　將本作㝵　喬从夭　漢本作㵄　秝本作秣　肆本作𦘔篆作肆　既右从旡旡居未切隸作旡　乘从七宅骨切　華音平般　廾音拱古文作弃　魚本作奐　煙或作煩　尾从倒毛在尸後隸从正毛作尾　麟趾當作麐麟大牝鹿也　趾本作止　定訓題作頂　角本作角　鶴本作鳥篆作鶴　巢从巛象三鳥从臼象巢形在木上俗作巢非　居蹲也亦作踞凥處也今凥義皆用居　兩二十四銖也兩再也今通用兩

御从彳从午从止从卩　又迎義當作訝　蘖俗作蘗　用从卜中　袚鬄字當作
髲　夙夜本作殂夜　艸今作草草本自保切俗用為艸字別作皁字代草　阜
螽當依爾雅作蝵　憂當作惪　亦本作夂　降乃登降字𡍮螽降當作夅夅下
江切相承般也　蘋乃俗字本作薲　濵本作蘋鉉云俗作濵非　釜錡當作鬴
釜俗作釡非　下本作丅　繭伐繭商當作翦　茇當作犮　愬本作愓鉉云別
作愬非　勿拜拜當作扒　鼠牙二字各象形　逮訓及當作隶　從隨行也𠔉
聲从相聽許也平聲女從當作从　素本作縈　很古作退俗作退　僉从亼集音
从白皮及切　緎當依說文作黬　靁俗作雷　䜋隸作𤕮　摽落當作受　摽梅
梅當作某某酸果　今下作ㄗㄗ古及字　抱當作裒抱乃捊之或體　衾俗作
衾　裯依鄭當作幬　也祭剌石作芒　死本作歺　春本作萅　脱脱當作娧

蜺 虍俗作䖘虒非 褫左从衣 雝隸作雍 平本作兮 齊本作亝 巹从
𦉜吉聲隸省作壹 發上从癶音撥又發乃破體正當作發 柏俗作栢 敖本作
敳 遊乃俗字本作游 徙隸作徙 選俗作選 閔當作愍 獲下从又 池
本作沱 鉉云别作池非 送本作送 望从亡與朔望字異下从𡈼音挺 上本作
丄 塞乃邊塞字先代反 塞淵允塞當作寒寒又本作𡫼 溫當作𥁕溫乃水名
勖从力冃 寡从宀頒 乃本作了 逝當依爾雅作遾 唐嗌冐同 冒上从冃
冐音 報从𠂔从𠬝从人 德升也德行字當作悳 悳二字皆从直心惟目横竪異 㬥依義當
作暴 敖當作傲 悼本作悼 肯本作肎 陰水南山北也 終鳯當作会 鼓
右从支 兵本作𠏊从廾収 漕本作漕 𣍘同 陳作陳俗 棗从𣏟亾 闊本
作闊 洛右从谷 㨉諮等字竝同 㑘彊也惟北山㑘㑘當此義餘竝當作皆 寒
八七

本作寒从宀从二艸从人从仌　睆當作晥小雅杕杜大東同　慰本作㷉　浚
俗濬非　厲本作砅亦作濿　瀰本作瀰　雁鴈字别詩字皆當作雁　冰當作
仌　冰泮當作判　須待當作𩓣又須左从彡須乃古文沬荒内切洒面也　眉
隸作眉　躬隸作躳窮下同　鞫鞠訓窮者當作𥷚从宀𥷚聲　顛覆當作蹎
御冬御窮當作禦　冬本作𠔠　肄依毛當作勩　念上从今　塈訓息當作𣪠
假樂洞酌同　丘从北一丠地也　裘今作裘本作求　戎本作戎　瑣右从小
貝俗作瑣非　流離流當作鶹　前隸作前　左右手當ナ又　簫如笛者字當
作籥後竝同　爵本作爵　橑梟當作桼惟青蠅當作橑　邛唐苕字皆當作藟
苕乃𦻌耳　酉俗作酉　毖當作泌　衛隸作衛　宿本作宿下佰古文夙　涉
它典皆僭濟惟此詩得其正　歙俗作飲　殷當作𣪊　寠从宀不从穴　艱本

作䫜　益上从水　讁俗作擲　北風篇涼嗜當作飄颻又涼从水沖減況淒潔

同此六字玉篇以从仌為俗　雪本作霎　雱乃旁之籀文依義當作滂　夵罬

隸作𠭊黑　俟大也待義當作竢　於本作扵　愛當作㤅　踟躕本作跱踞

泚訓鮮明當作玼　鮮依王肅訓少當作尠鮮乃魚名　網本作网罔　戚施當

依說文作䶂黿　乘本作乗　它俗作他　㥁乃俗字當作㤹　牆茨楚茨當作

薺　冓作冓非　長本作镸　讀右賣音育上从𡿧𡿧古睦字　副𥬡副當作疈

揚且清揚當作睅鄭齊風同　展衣當作襢　蒙覆當作冡从冖莫保切从豕蒙

乃唐蒙艸　㝑俗作要　雞俗作鷄　殭殭字或云當作𤟓　臯隸作睪　梓榛

當作黍　升本作升又登升字當作昇　熒當作嚥　蝃本作螮　朝本作䶒

干旄當作竿　弁上白下廾　嘉上从壴音注壴同　蟲當作䖵　善本作譱善

八八

許當作鄦凡國名地名同　衆今破作衆又譌作衆　稺右犀先稽切俗从屖或

又作稚皆誤　牲右从坐今隸渻　郱从岸　鼻當作淠　綠竹當作菉筑　匪

當依禮記爾雅作斐　磨本作䃺磨字俗　琇當依說文作璓　弁本作卉　寬

下从莧胡官切　較本作較　考訓成考攷俱通壽考考妣當作考攷擊稽攷當作

攷　凝本作冰說文以凝為俗字　螓本作𧍧　眉本作䁅　盼作盻非　䍐隸

作罛　孽本作孼櫱孽辪櫱蘖薛等字俱諧岩魚列切聲岩又諧屮音徹聲俗𡴀屮从

艸其誤已久　蚩上从屮俗作虽誤　布上从父　頓丘當依爾雅作敦丘　秋

本作秌　垣俗作垣　復往來也右从复音與復同复行故道也扶又切重也今三義

併於一復　漣乃瀾之或體泣詩當作連憑漣泣下也　箄隸作笓　㕣从人各

遷隸作遷　沃本作渼　耽當作媅　遂當作㒸　晷當作虢　泮當作畔　旦

當作怛　源本作厵渻作原鉉以加水為非　佩从人陸德明以从玉為非　支
當作杖　容乃容受義儀容當作頌　垂帶當作𠂺垂乃邊垂字　帶从重巾𠁯
其連屬固結處俗作帯非　甲本作𠇘　杭乃抗之重文河廣當作斻　跂音岐
足多指也非擧踵義跂予當作企　曾从八从囪从白　諼當作藼　綏綏當作
夂夂齊南山同　瓊石𡗝从人从穴从𥈡火劣切　搖搖當依爾雅作愮愮　棲本
作𠧪俗作栖非　桀當依尒雅作榤　渴訓盡飢渴當作潵　陽陽當作昜周頌
載見同陽乃水北山南之偁　翿本作翳　人負戈為戍戈向人為伐　申俗作
申　燥濕當作溼毛晁以作濕為後人之誤濕本水名湆作濕又轉作漯　吪从
口俗作訛　聰隸作聦　滸本作汻毛晁以从許為非　昆弟當作罤从弟从眔
眔音沓目相及也昆訓同訓後　㿝从白从虎省　奔上从夭　麻下从林匹卦切
八九

踰右俞下从角巜　巷隸作䢽俗作巷　异从廾貝渻廾音拱　襢當依說文作

膻又釋文作袒袒裼當作但袒本文莧切衣縫解也今以袒作但義而袒義別作

綻徐鉉以綻為俗字　射本作躲　鴇當依爾雅作鴇　阜本作𠂤　抑本作归

从反印抑乃俗字　邑當作䢵　介从人从八　逍遙本作消搖鉉詩逍遙後人

所加　令从亼从卩从口　魏本作敼　興从舁从同　爛本作爤孰也俗為爛

爤字　弋橛也繳躲義當作𨾴今以弋代𨾴而橛義用杙誤久矣杙劉杙也見說文

果名見玉篇　似梨見廣韻　舜本作𩫵𩫵華當作𦱶　游龍當作龍　童乃童僕字狡

童狂童當作僮　漂當作飄旁票本作㷅　滕當作滯　褰當作攐又右褰本作

𡕒　㞢與丰異　昌下从白　子衿當作襟　挑當作佻　員依字當作云又員

上从口晻音回隸渻作厶　光从火丮人上　夢寐當作㝱夢不明也　閟从夕門夜

閉而見月光是有閉隙俗从日非　肩當作豣　著當依爾雅作宁　顛倒當作⿰亻顛亦作傎　樊下从㐅即攀字　又樊圃字當作藩棥青蠅同　莽从日在茻中俗音莽又日非　蕩平當作愓　五兩當作緉　冠从冖莫狄切从元从寸　雙下从又

蓺本作埶从坴音六土也丮音戟持也持種之俗作藝　衡從當作横縱　畮亦作畞俗作畆　克本作亨　盧中从甾音兹　鰥右眔渻　猗嗟名兮名當作顯　貫依鄭當作攢　亂當作敽亂治也敽煩也　魏本作巍　提提當依尒雅作媞媞　褊當作辨　散椒當作𢿙加攴乃散雜字　謠本作䚻从言肉會徒歌意　葢下从盇

盇音合覆也从皿从大隸作葢　漣本瀾之或體音同今分兩讀鉉以為俗　廛从广里八土俗作㕓非　縣左県古堯切从倒首俗下作小非本縣掛字因借為州縣字俗又加心徐鉉非之　悳隸作德　飧从夕食俗作飱非　永號當作詠

九十

蟀本作蟋以蟀為俗字　聿今作聿筆也詩皆借　康乃穅俗以米旁之或體糠
寍當作寧　𡰥从卪从丿俗加點非　婁乃毋中女俗作婁非　梼本作柷　滴
灑俱通滴本洗字　埽从土俗从手非　帚下米象糞隸作除穢　鐘鼓从攴弗
鼓从攴餘可意推　保右从子八　粼右从巜　椒本作茮　朋今作朋　篤馬
行頓遲也篤㝷字當作篙竺　桀者當作𢺍　睘下从袁　褻作褏袖非說文以
袖為俗字　肅肅鴇羽當依尒雅作翿翿鴻雁同　苞當作枹晨風四牡同　以
食食人當作飤　粲爛當作燦爛　憂隸消作夏　白顛字當作驒　寺人之令
當依韓詩作伶凡使伶字同　臺亦作臺　鸞當作鑾詩鸞字竝同　歌驕當依
爾雅作猲獢　暢本作暘　板本作版版左从片片从半木板字俗　合當作欱
凡會飲同　几㕣下从口　竹閉當作𣪊　伐當作瞂　寢本作寑　厭厭當作懕

㱥湛露同　穋右㣎从彡㝵渚聲　殲右鑯音銛諧子廉切聲今字从鑯者皆作韱
歍右穴或作歍非　晨風當作鷐風　晨風駮東山駁字异　戟今渚作戟
篕中从皀　市本作吏　媻俗作婆徐鉉非之　衡内从角大　棲遟作遲遲優
樂依鄭當作㾼　梅枏字與楳梅异　鷊當依説文作鷏　菡萏本作菡蕳
檜當作鄶　鸞當依説文作鸞　藴結藴本作薀苑結同　偈當作揭　㐱本作
弟　言篆作亯隷作亨本許兩切轉為普庚許庚二切同此字形今普庚切作烹
許兩切作享毛晃以為後人妄加點畫　带本作巿　味本作噣　忒當作忒
年本作秊　觱發當依説文作滭冹　栗烈當作凓冽　梠今作梠鉉以為俗
懿本作懿　萑葦本作萑上艸下萑音凡今渚與萑音追𦳣字溷　鵙左貝古闃切
上㠯下犬　薁隷作葽　狐貉當作貈　薁隷作薁　塞向當作宲宲本作寏

九一

菽本作尗　壽本作𠷎　斷左絶𢇍古絶字　壺本作壷　檽當作檽＝　重穋本
作種稑　沖从水　稱舉字當作再　鬻子當作育　蠋本作蜀　剬隸作制
伊威當作蛜　蠨本作蠨　皇駁當依尒雅作騜駒有皇同　籩今作籩　小雅
大雅當作疋　賓作賔非　吹笙當作籥吹壎吹箎等同　恌當作佻　傚本作
效傚字俗　和本作咊　湛當作媅後同惟湛酒當作酖　皇皇者華皇當作雞
原當作邍　華鄂字當依說文作萼　韡本作韡　脊令當作鶺鴒　況从水
鬭从鬥 都豆切　飫本作[illegible]　矧本作矤　蹲當依爾雅說文作壿　厚當作𠪋
禴本作礿　弔訓至當作𨑩　恒本作恆　陽止當作霷采薇杕杜同　彼爾
斯何當依說文作薾　象服當作襱　瘁乃俗字本作悴顇　出車北山大明燠
民韓奕駉篇彭彭皆當作騯騯　和鸞當作鉌鑾　醻本作醻　沉作沈非　鼛

从朿攵正俗从勑來力非　佐乃俗字本作左　奏本作𡚸　嚴隸作嚴　啟行
啟明皆當作启　輕本作犨　葘中从巛音災　泄本作𣵀今通作泄莊莊三字
率乃捕鳥畢率止當作衛凡將率同　有爽當作䵷　軝右从氏　淵淵當作𣶒
𤐫駜咽咽同　闐闐當作嗔　奘从大詩奘字皆同从廾乃博弈字　泼拾當作
叐叐上屮象叐形今作犮　舉柴當依說文作𦥑　吉日慶當作𠹗　吉日率字
訓順毛鄭同　當作遳凡率循同　噦本作鉞　鄉晨當作䢅上从臼音掬晨房星也今
僭為早義而房星字僭屁　洒俗作洒非　謞言作訛非　皋隸作臯　其下維
穀無集于穀此二穀从木餘从禾　鐕當作𢈈　爪牙當作叉爪乃爪取義　藿
本作虉　優游字今作優　栗本作㮚　冥从冖日六隸破作冥謞作宲　𠈌左
从卂即𠃧字　俗从凡非　斯干裼當作禘　㠯象形　蓑本作蓑　兢本作競　麿
九二

本作孽　畢从田華畢畫當作斁　蔿瘥當作荐荐重也再至也音賤蔿所食艸
也音扇詩字皆僭　毗本作䶢　憯當作朁後同惟雨無正是憯字　昊天作昦
下从夰郎古老字　王篇以昊為俗字　居从古古即塊字从土从凵　緐乃俗字本作
緐又緐霜當作蕃凡蕃多並同　瘉瘉當依爾雅作瘐瘐　蹐脊本作蹐脊　褎
本作褏俗作褎　屢本作婁說文以尸為後人所加　炤本作焯　日食字當作
蝕　黿下从卵　沸騰當作沸縢　象从勹音包　豔隸作艷　憖从來心犬　徹
我牆屋當作徹俗作撤非　競本作競　里病當作瘇　淪隧當作陯　畬亦作
畗俗作答或作荅　古上从干　敷隸作敷　馮河當作淜　溫依鄭當作蘊
螟蛉當作蠕蛉蜻蛉也　桑扈當作雇扈　填寡當作殄　岸獄當作犴　壞木
當作瘣　璲當作燧　浚當作濬浚抒也濬深通川也　涵隸作涵　盜从次連敍

切

荏染當作𦽍　河槀當作潃　犍从亢　箎本作䶵　衹依毛當作㾀又衹

㾀皆从氏不从氐　圓隸作面俗作面非　萋斐當作緀　谷風頹當作穨　萎

當作矮　律弗當作㣯　𩗴蓼莪四月同　𥉮本作眘　沇泉當作㕓　穫薪依鄭

義當作檴　憚人當作癉小明同　檠本作㯳　鞙當作琄　跂當作攱　畀腓

當作痱　鶉當作鷻　鳶本作𪂉　方舟當作方㶿　塵雝當作㞦　祊本作鬃

燔當作膰　酏醃也酬　酏當作醶今二字互易　芬本作芬　敕从束攴　備

慎也備畀當作葡　稽首當作䭫　替本作㬱　霢下从脈　優渥當作瀀　或

當作棫　騂牡當作牸騂　罠騂犧騂剛同　耘本作䢶　耔本作秄左从禾耘皆俗

字又耕䢶等字左从耒耒以木从丰音介今渚　齊明當作齍　禾易或云易當作

殤　種當作種種種互易辨見釋文　覃耜當依爾雅作剡同頌同　滕當作螣

九三

鱶乃鱶蛇徒登切　蝨本作𧑒象形徐鍇以𧑒為誤　賊本作賊左則右戈　有
淬萋萋當作淒淒　斂右从攴　鄉从㭊俗从月非　觩本作斛　㢋从广从殳
居又切屈眼也今从旣作㢋玉篇以為俗字　來括當作佸　的从日　童羖當
作羶　大頭是頒字本義分頒當作攽　杜鎬當作鄗　莘尾當作䲜　檻泉當
作濫　殿隸文也本作殿左尻从尸丌凡徒魂切　䐢从㿝　騂騂角弓當作觲
觲　猱本作夒　緇𥿶當作䌹　綢直當作𩑈　蠆本作萬　其萊有幽幽當作
黝　滮本作淲从彪省　漸漸之石當作嶃　浸隸作泼　墳首當作頒　商本
作啇　同从冃同音冒　不易依玉當作傷　剏从刃井刱臬也易曰井法也刱
从刅到也儀刱當从井　洽陽當作郃陽　燮从又　牧野當从坶　隸右从隶
音逮今作肆　陶復當作匋窫匋瓦器也加阜乃陶丘字　墍黏土也墍茨當加艸

作蕬　茲从二玄㬎也茲从艸茲省聲艸木盛也茲字借艸茲鉉以為借茲㬎

迺當依石鼓文作迺迺字俗　削當作䏛桑柔同　高門有伉當作閌　混夷當

作昆　維其喙矣當作㖾　棫樸當作樸樸音朴木素也　瑟彼玉瓚當作璱

菑翳當作椔　串本作患　省本作𡔈从𥄉省从屮加宀為宮宵加水為減渻今

通用省　對从口漢文帝改从士　類下从犬　距鷄距也距止當作歫　惔惄

當作嫼　衝从童俗作衝　類禡當作禷　仡仡當作屹　𢉖下从屮丌　常从

𢃇从巾　賁鼓當作鼖　辟廱當作璧　逢逢當依埤蒼廣雅作韸韸　瞍右从

叜　作求當依爾雅作逑　適當作欥　豐邑當作酆　淢當作洫淢音域疾流

也非城閲洫　豐水當依禹貢作灃　考卜當作攴凡稽攴同　生民弗當作祓

鑰左从吞俗从弓非　如達當作羍　坼本作墒又左从土俗从手非　菑害

當作栽閟宮作笑籀文也　嶷當作㘈　瓜瓞唪唪當作菶菶　恤當作血　肇當作肁肁始開也肇擊也　揄當作舀　蹂本作揉　釋之叟叟釋从米　叟浮當作烰烰　豆登字从肉又豆　香上黍下甘隸作香　維葉泥泥當依廣雅作苨苨　洗本作洵　醓本作監从皿从肬肬它感切　咢隸文也本作咢　敦弓當作弴　序當作敘凡次序同　句當作彀　大斗當作枓　台背當依爾雅作鮐　朗本作眼　壺本作壼　龠从肉从八从幺　戚揚當作駥　登升上从𣥠音撥　牢隸文也本作舁　軍上从勹　密當作宓周頌宥密同宓安也山如堂者曰密今用密為宓義又誤讀宓為伏　芮鞫當作汭坭　洞酌當作迥　顒卬當作昂　詭隨當作恑凡恑詐同又隨本作遀　管管當作逭逭　泄泄當依說文作呭呭　辭語當作詞　灌當依爾雅作懽　耄本作蒙　殿屎當依說文作唸

叩　蔑从苜音末从戌　牗當依韓詩作誘　出王當作㞷　蕩蕩當作潒大可作
惕　忽怵當作咆哮　罬本作罬　顛沛當作櫍伂　玷本作刮　屋漏當作扇
惟　刺漏从水　格至當作佫　虹當作訌　藐本作藐从頁約渻聲今作貌古作
皃、燼本作㶳上从聿音津　疑从子止吴　梗右叓从丙攴隸作更　图本作圖
契上从㓞　溺當作休溺音若水名　寶諧缶聲　貪上从今　悖本作誖
陰女當作霒　隆本作隆　蟲蟲當作爞　秏本从禾　斁本作斁　滌滌當依
說文作蔽蔽　散本作散　里當作悝　假至當作假　四國于蕃當作藩　彝
作彝非　愛莫助之依毛當作薆　榦俗作幹　韓隸作韓　錫本作鍚　幭本
作辟　戹依毛當作蚅　貊本作貉　來鋪依毛當作痡　卣本作卣　截俗作
截　懿厥哲婦懿當作噫　昏椓依鄭當作闇斀　賊右从戎　濆濆當作憤憤

九五

三頌當作誦　疊从三日新莽改日為田　鍠鼓喤喤當作鍠鍠有聲同喤是
小兒聲　磬筦當作管有聲同　立依鄭當作粒　來牟當作麰　肅雝當作廱
柷圉當作敔　潛當依小爾雅作涔　和鈴央央當依文選注作鉠　佛依鄭
當作弼弼本作㢸　肩本作　象形說文以从户為俗　莽蜂當作甹夆　拚當
作翻　有畧其耜當作挈　函隸作亟　麃訓耘當作穮　有捄其角捄當作觓
酌依禮記作勺近　以車祛祛左从示與衣祛字別或云借衣祛字　有奭當
依爾雅作睓　邪乃琅邪字無邪當作衺　屈信當作詘又屈本作屈　搜本作
搜　逆迎也順逆當作屰　琛本作琛　六轡耳耳當作緝緝　騂剛當作[牛辛]犅
虧左雇荒鳥切　貝胄下从冃音冒與胄子字異胄子从肉　泰山本作大山大
岱音同也大譌為太又譌為泰　見齒當作齞　尋本作㝷今省　庸鼓當作鏞

恪本作愙　和羹當作盉　濬古文也本作容濬俗作濬非　逵从坴　闉當作口　旒乃冕旒字旗旗當作游綴旒依毛二字皆通依鄭當作游又冕旒字本作瑬　鉞本作戉从戈乚聲乚音厥　曷依漢書作遏近　櫱本作巘櫱　罙本作罙从网从米　凡从反仄　斲本作斵　虔依鄭當作榩　凡此諸字非出經生之妄造即由流俗之沿譌或以音之同久假而不反或从形之似相殽而莫知或改易其偏旁或增減其點畫各標其誤并列而著其所取正主於說文輔以蒼雅參以鐘鼎碑刻之文崇典也用或體則不復溯原文合篆隸則不更追古籒从簡也至於經字假借如懈為解遑為皇娶為取婚為昏悌為弟僻擗皆為辟之類尚不勝屈指斯或屬古人之通用未必盡後世之傳譌止取稍僻者著其槩其餘弗悉載焉

九六

說文云榛木也从木秦聲亲果實也如小栗从木辛聲鳲鳩釋文云榛木叢生也

字林榛木之字从辛木云似梓實如小栗廣雅云木叢生曰榛亲栗也皆以榛

亲為内植今經傳槩作榛無復辨矣案詩邶山有榛鄘樹之榛栗曹其子在榛

小雅止於榛大雅榛楛濟濟凡五見以文義觀之鄘之榛與栗竝言曹之榛上有

梅下有棘棘者小棗皆果實二榛其亲乎止于榛青二章為樊與棘毛云棘所以

為藩也孔云棘榛皆為藩之物故此棘是茦音刪刺非小棗則榛亦非小栗也其叢

生之榛乎餘二榛其為叢木為小栗經無明據唉陸元恪謂山有榛與樹之榛栗

子皆味如栗周語引旱麓詩韋昭注云榛似栗而小則邶與大雅之榛先儒皆以

為果實也字當作亲矣

說文云鼓廓也春分之音从壴支象手擊之也鼓擊鼓也从攴音朴从壴音駐壴亦聲

二字義殊形亦殊矣案詩惟山有樞之弗鼓及車鄰鹿鳴常棣鼓鐘四篇鼓字是鼓擊義當从攴餘皆樂器之鼓當从攴也楚茨白華之鼓鐘箋疏皆云鳴鼓鐘靈臺之鼓鐘箋云鼓與鐘伐木之鼓我箋云為我擊鼓則皆樂器非攷擊義矣攴攴形相近近本多溷不可不辨又鼓字篆作鼓籀作鼔右竝从攴玉篇作鼔从岂未知何體毛晃謂鼔是篆文隸作鼓亦从岂作鼔岂音弢源謂鼓字見說文說文所載皆小篆而兼及古籀竝無隸體鼔正是隸耳豈篆乎毛語非也又攴本章移切从手持半竹但說文云象手擊是取其形與攴字義無預

㬥晞也从日从出从廾从米㬥疾有所趣从日出夲廾之夲音滔進趣也虣虐也急也从虎从武此三字說文皆薄報反而義各不同今文與从隸概作暴而三義幷於一字惟虣字猶見周禮耳詩氓篇至于暴矣為酷暴是虣義巧言箴是用暴為暴甚是㬥義叔于田及小旻

之暴虎何人斯之暴公無當於三義韻會以暴晞當之理或然也終風且暴毛云暴疾則宜為㬥義尔雅云日出而風曰暴義取日出則暴㬥俱通惟說文作瀑云疾雨也引此詩毛云暴疾亦可指疾雨則瀑義為長此又在三義之外矣正韻暴字注兼收㬥暴虣三字訓釋而獨用一暴當之又別出虣字殊為疏謬

圉本作圄說文云圄守之也經傳以圉為囹圄字別用圉字為守義故圉禦二字通用皆音語爾雅云禦圉禁也是已禦圉又通作御其見詩者漢書王莽傳引詩不畏彊禦莽傳注引詩曾是彊禦禦作圉孔棘我圉箋云圉當作禦此圉禦通用之證也韓詩外傳引我居圉卒荒圉作御亦以御冬以我御窮二禦字皆為禦義釋文云下御字本或作禦予曰有禦侮釋文禦作御云本或作禦此圉禦與御通之證也又禦字說文云从示御聲祭也禦之為祭經傳未聞

羽族字旁或从鳥或从隹其常也然有鳥隹二旁俱可从者如雞之籀文為鷄雇之籀文為鴭（尔雅作鳸 詩作扈）雄之籀文為䧽雁之籀文為鴈鶪之或體為鵙鷬之或體為䧳鵻之或體為雒其雜之為鶏䳐之為雎鶵之為雛雅之為鴉雞俗字而今皆用之此皆見詩外如鵰為雕之籀文鷂（思含切 鷂屬）為䳕之籀文雚（山鸛）為鸛之或體翟（音如 牟母）為鴽之或體䲨（音紅 鳥肥大）為㵶之或體此未見詩皆二旁俱通者也又有鳥隹聚於一字者其在詩有籀文鷹及雟鵻鸛鸛共五字外又有鷦（即消切 桃蟲也）䳺（音歡）二字惟鸛字不見說文或疑為俗字焉（有辨見東山詩）又有从鳥从隹分為兩字者如雁與鴈鵜與鵜（古文雉）鴿（音勿 鵃鷸）與雊（雄雉鳴）鳴與唯雎與鸄（即夷切 鵚鸄）雒（音洛 作鴼）雒（音洛雒鵙也 尔雅釋文作格）與鴿（音洛鳥鷗 尔雅同）鷚（力救切 天籥）與雡（力救切 鳥大雉 苦堅切 尔雅作鷚 鳽雖鰈）與鳽（音堅 鵁鶄）雗（音翰 鷽也）與鶾（音翰 肥鶾音雉）䧙（音方 鳥名）與鴋（音訪 澤虞 尔雅作鴋）而俗字之鴉亦與雅音義別惟雁鴈二字今反通用

詩中屢字釋文多云本又作婁案說文屢字注云今之婁字本是屢空字此字後人所加唐初經字未改故陸所見本仍存古體

曰為改歲曰殺羔羊豈不曰戒釋文皆先音越又反切為馹音又凡遇日曰字皆有音反案日月日字象形古作☉云白之白从口从乙本作白截然兩字陸不辨其形字而優以音切別之竟似一字而兩讀又已字母字亦然可見隸變以來字體之敝久矣

字音

有古音有正音有俗音古音邈矣然易詩古歌詮楚騷漢詩賦樂府之協韻及說文之讀若諧聲釋名白虎通之解字猶可考驗而知也正音則九經釋文玉篇廣韻徐氏韻補諸書之音反是也至俗音不知何自而始率皆沿偽襲陋莫知所返

既乃稍入字書如不之通骨切見溫公指掌圖副富之列遇韻見黄氏韻會又如洪武正韻一代同文之書也乃大取舊韻紛更之虞本韻首收在魚韻而立模韻以代虞其所統字尤多改易刪公元韻而所統字撥入真寒刪先韻中又分麻韻別立遮韻至東冬江陽真文等韻併渻尤多俱甚諧俗吻而於雅音則乖矣竊意人之喉舌唇齶因地氣而殊亦隨天時而變其脩短厚薄洪纖鋭鈍不同則所出之音亦異故古今異音猶胡越之不相通不可以人力彊齊也源覩數百年後今之俗音翻以為正音而正音復為古音矣正韻一書為同文而設惟求人之易遵不免移雅以就俗若士君子目空今古豈可臯論儕俗效井底蛙轅下駒乎欲悉取俗音正之以雅但此編媷以說詩故止及三百篇中字仍依經文次之昇列於左

九九

雎本七余切音近鶵清母今子余切精母　淑本音孰正韻誤音叔俗讀不誤

不本甫鳩方九二切今敷勿逋没二切　悠本以周切音由喻母今於周切音呦

影母　維本以追切音遺喻母今無非切音微微母　鳥本都了切端母今泥了

切泥母吴中土語反得之（後凡土語皆指吴中）　言本語軒切疑母元韻今音延匣母先韻

母本莫後切有韻正韻莫補切改立姥韻收之今仍其誤　參本麻韻正韻分

立遮韻收之　觥古横切偕讀如公　砠誤同雎　只本平上兩聲今增讀入聲

音質　綏本息遺切支韻今蘇回切灰韻　縈於營切俗讀如容　羽本王矩切

正韻誤偶許切音語母同而音小異（已後不言何母者同此）　俗讀不誤　成是征切日母俗

讀如程澄母土語得之　詵所申切審母俗讀如新心母　憴憴詩作繩神陵切

日母俗讀如程澄母　宜本魚羈切疑母正韻誤延之切音匜喻母俗讀得之

罝本麻韻今分立遮韻收之　江本韻首古雙切音杠今陽韻居良切音姜上語得之　楚本創擧切麌韻今創祖切改立姥韻收之　負語居切俗讀如余　訝詩作御吾駕切俗讀千駕切　宮居戎切俗讀如公　夜本禡韻今分立蔗韻收之土語合古　降本江韻今陽韻　于以盛之誤同成土語得之　錡本負綺切疑母正韻養里切喩母　釜本扶古切奉母俗讀如府數母　所本疏擧切音近黍審母語韻正韻疏五切姥韻土語合古　牙本五加切疑母正韻讀如邪喩母土語得之　㝵本音殖職韻正韻音實質韻　與本余呂切正韻誤偶許切音語俗讀不誤　也本馬韻今入者韻　悔本呼皐切曉母正韻誤乎皐切匣母俗讀不誤　王負欲切疑母俗讀如育喩母　尤本江韻今陽韻　吠本符廢切奉母正韻誤芳未切敷母俗讀不誤　王雨方切俗讀如黄土語不誤　車本負麻二

百

韻今分入遮韻　者本馬韻正韻分立為韻首　兄本許榮切庚韻今許容切東
韻歆人土語不誤　威本於非切微韻今烏魁切音隈灰韻　儀本魚羈切疑母
今延之切喻母　月本魚厥切俗讀如鉞土語得之　遠于將之遠本雲阮切喻
母正韻誤音阮疑母俗讀不誤　野本馬韻今分入者韻土語得之　如爾誤同
羽俗讀不誤　述本食律切日母俗讀直律切澄母　願魚怨切俗讀千怨切土
語得之　城誤讀成土語不誤　行户庚切音衡俗讀如形　阻側吕切照母語
韻俗讀如祖精母　涉本時攝切日母今音攝審母俗讀直攝切澄母　躬誤同
宫　御本牛倨切俗讀如預土語得之　誕徒旱反定母俗讀如旦端母　赭本
馬韻今分入者韻　隰似入切邪母俗讀祭入切音集從母　遠父母遠本于願
切正韻誤虞怨切音愿俗讀不誤　且誤同寫二字土語合古　寫本馬韻今者

韻　遍本市〻俗作市緣切日母今重圓切音傳澄母　雨霔雨本王遇切疑母正韻
依據切影母　乘舟乘本神陵切日母俗讀如程澄母　它本湯何切歌韻俗讀
湯華切麻韻　莜本徐私切邪母今才資切音慈從母　詳似良切邪母俗讀慈
良切音牆從母　副本敷救切宥韻今芳故切暮韻　顏五姦切疑母俗讀如閑
匣母土語不誤　邦本江韻今陽韻　媛本于眷切正韻虞怨切音愿俗讀不誤
降本絳韻今漾韻　崇本鉏恭切牀母俗讀如戎日母　大本徒蓋唐佐二切
俗讀屠逅切土語得之　弓誤同與　旋似宣切邪母俗讀如泉從母　處本奐
約切疑母正韻弋灼切喻母俗讀不誤　懲誤同悠　賄本虎猥切曉母正韻呼
皋切匣母俗讀不誤　婦本房九切有韻今防父切音附　源本虞袁切今于權
切音爰土語得之　欣本是為切日母支韻今直追切音如椎澄母灰韻土語如
百一

時頗合古　悸其季切羣母俗讀如季見母　棲本訚之或體音犀心母俗讀如
妻清母土語得之　牛本語　切今誤于求切音尤俗讀土語不誤　溼本失入
切審母正韻習覘切日母俗讀土語不誤　檻本胡覽切匣母俗讀匽覽切溪母
日本壬伐切正韻與月同奐厥切俗讀不誤　蓭本絳韻今流韻　乘馬乘本食
證切日母俗讀如鄭澄母·軑本禡韻今蔑韻土語合古　弓誤同宮土語不誤
翔誤同詳　令命令本禡韻今蔑韻土語合古　魗本市由切日母今除留切
音稠澄母　松本詳容切邪母今息中切心母　瞿本九遇切見母正韻忌遇切
羣母俗讀不誤　雙本江韻今陽韻　晦本有韻正韻莫補切姥韻俗讀不誤
漣本瀾之或體音蘭今靈季切音連　舍捨舍本馬韻今者韻土語合古　盾
本乳允切日母俗誤同趙宣子名讀徒本切音沌定母　原誤同源　瑰本姑回

切見母正韻乎乖切音懷匣母俗讀土語不誤　缶方九切音否敷母俗讀如阜
峯母　鴞本于驕切音遙匣母今吁驕切音囂曉母　悁本烏玄切音淵影母俗
讀如蠲見母　愾本古蓋切見母今丘蓋切溪母　𢇍本府巾切敷母今阜民切
音賓幫母　宇誤同羽俗讀不誤　叔茛茛誤同睢　徹本止列直列切澄母今
又增敕列切音啜穿母　蜎誤同悁　吹本昌垂切支韻今灰韻土語如蚩合古
駪誤同詵　衍本于線切喻母正韻倪甸切疑母　旆本蒲蓋切竝母俗讀如
配滂母　罩張教切貂母又都教切端母俗讀如竈精母　楰本以主切喻母今
偶許切音語疑母　礜本芊茹切喻母正韻誤依據切音飫影母此二字俗讀不
誤　醻誤同魏　嚴本語杴切疑母今移廉切喻母俗讀土語不誤　芔誤同宮
佶其乙切羣母今激質切音吉見母　祉音侈穿母俗讀如止貂母　師本疏

移切音施審母俗讀如思心母　助本牀據切御韻今牀祚切暮韻俗讀如祚
吉日旣伯伯本如字正韻誤音禡　沮誤同雎　豫誤同譽俗讀不誤　富本芳
副切宥韻今芳故切音付暮韻　蛇本麻韻今遮韻土語合古　祥誤同詳　鼠
五寡切疑母俗讀户寡切匣母土語得之　議本宜寄切疑母今誤以智切音異
喻母俗讀土語不誤　濈阻立切從母俗讀如緝清母　負同婦　肱本古弘切
葵母俗讀如工　巖誤同嚴　項本講韻今養韻　蹙子木切音足精母俗讀千
木切清母　愈本以主切喻母正韻偶許切音語疑母俗讀不誤　褒本博毛切
豪韻俗讀補庚切尤韻　鋷馬鋷此苟切清母俗讀如吞精母　駿釋文音俊當
私閏切心母詩駿字皆同或云惟駿奔駿發當此音非也俗誤讀如俊精母　饗
誤同嚮俗讀不誤　杝本敕尒切穿母今池尒切音雉澄母　涵音含俗讀如鹽

數所主切審母俗讀如蘇上聲心母土語反近　哆本馬韻今者韻　攸誤同
悠　烏誤同羽俗讀不誤　薿本匃紀切疑母正韻養里切音以喻母俗讀不誤
社本馬韻今者韻土音合古　庾誤同愈俗讀不誤　戢誤同濈　蔦誤同島
營余傾切俗讀如融　青蝿之榛鉏臻切牀母今與亲同側詵切照母　酬誤同
醻　恭誤同宮　有鱓詩作莘誤同詵　邪本麻韻今遮韻土語合古　褣本王
遇切喻母正韻依據切音飫影母俗讀不誤　犨力展切音璉來母俗讀如撚
疑母　譈本禡韻今蔗韻土語合古　滮蒲休切竝母俗讀補尤切音彪幫母
臭氣之總名尺救切嗅腐氣也音同臭齅以鼻就臭也許救切俗讀臭為齅　俔
牽徧切溪母俗讀如憲曉母　莘誤同詵　騵誤同原　繩誤同憴土語不誤
陾如乘切日母俗讀如懲澄母　畔援援誤同媛　阮虞遠切俗讀如遠　樅本
百三

七恭切清母正韻將容切精母　嫄誤同原　埲副副本芳逼切敷母今必歷切
音璧幫母　惟誤同維　懈詩作觧古隘切音戒見母俗讀如邂逅母　輯音集
從母俗讀如緝清母　洞户頂切匣母俗讀古迥切音熲見母　弘胡肱切音横
葼韻俗讀如紅　詁本下悈切卦韻今讀如樺禡韻　初本楚居切魚韻今楚徂
切音𤕤模韻　懟本墜懟二音正韻無懟音俗嫥讀如懟　雔誤同疇　牲誤同
詵　鞃苦弘切音近鏗入音弘俗讀如紅　婟本巨乙切羣母今激質切音吉見
母　犟居竦切俗讀如公上聲　梟本古堯切音徼見母俗讀如鳶溪母此音亦見字書
疏本所菹切審母今讀如蘇心母　鉞本王伐切正韻與月同魚厥切俗讀得之
疊本徒恊切定母正韻丁恊切端母俗讀不誤　戢誤同輯　有且且本七序
切清母正韻葱庾切從母　不吳吳本胡界切卦韻今讀如樺禡韻　莜誤同茆

隕讀為圓圓本王問切問韻今王權切先韻　鉞誤同鉞　右諸字皆差殊或以母或以韻或母韻兼之古韻多通用故異者弗悉箸箸其尤者而於字母稍詳然如以武切皮以孚切鑣以文切靡以敷切丕之類皆今人舌吻所不能調正韻易以宅字宎也茲亦不及贅焉其曰今某切者已見字書者也其曰俗讀如某者未見字書者也其曰正韻某切者誤獨拄正韻也其所云俗讀云土語皆據吳地言也吳於古為蠻方而土語或合雅音至王與黃弓與公士大夫常語多溷稱而村夫里婦反得其正禮失而求野洵不誣也若夫俗讀之誤止據流傳已久者錄之其委巷陋儒市廛俗子不經師匠信口妄呼譌謬雜悉數且鄙瑣無足置辨勿以污斯編已

詩五榛當作桼者四其一仍為榛已論之於字形矣又案說文桼榛皆側詵切玉篇

篇亲側先切榛仕銀切音近岑唐韻亲榛異音亦如玉篇詩釋文曰榛皆側巾反正合亲字形當果實義惟青蠅之榛仕人切正合榛字形當叢木義俱相符也韻會榛果之榛緇詵切或作樼又作橏榛木之榛鋤臻切或作蓁皆分為兩音惟説文韻補否耳徐鉉音切皆祖唐韻而亲榛合為一音則與之異不解其故今當以詩釋文為正

怒本上聲玉篇止有奴古一切柏舟逢彼之怒釋文云協乃路反協則非本音矣唐韻始有奴古乃路二切分入麌遇兩韻豈唐以前無去音乎槩顏師古糾繆正俗云自古讀有二音毛詩君子如怒逢天僤怒此上聲逢彼之怒卑此譴怒此去聲今山東河北人但知去音失其真也斯則去聲獨盛於此矣顧陸皆吳人或未習其音故以上聲為正邪然而近世吳語止有乃路一切信乎鄉音之古今不同

也

曾有增層兩義孫炎示兒編據論語孟子檀弓注及禮部韻謂曾訓則亦訓乃而

乃義勝音皆空為增詩曾不容刀曾不崇朝曾是不意應讀如增不

應讀如層今案說文曾詞之舒也从八从曰四字（古囱）聲昨稜切則層實本音矣玉

篇子登切則也才登切經也廣韻兩音兩訓互通則增層皆可讀也黄直翁韻會謂

有音者合以本音無音者空从層音得之矣詩河廣正月板皆無音蕩次章四曾

字亦無音河廣無傳箋正月板蕩無傳玩箋意皆訓經為近則當讀為層不必拘

則乃兩訓也與之說文詞之舒一語足以該之其曾祖曾孫爾雅注以為重則亦

讀如層

以韻言詩其來古矣或謂始於陸氏之釋文非也陸言遠送于南沈讀南乃林反

以協句泥重乃梁人又言不流東蒲孫毓謂蒲艸之聲不與戎許協孫毓乃晉人
又言何以速我訟徐取韻讀才容切寧不我顧徐音顧爲古以協韻曰父母且徐
七余反協韻為下國駿厖厖徐武講切協共寵韻徐邈亦晉人三子俱在陸前已
言協句陸但述其說非剏言之也又不僅此也牖民孔易箋云易易也疏申其意
以為韻當為改易之易故轉為難易之易是康成箋詩未嘗不言韻自漢已然其
來甚古豈始於陸乎然漢世雖言韻而協韻之法至後世而獨詳者則有故矣盖
古詩世近字音本同魏晉以來漸有差殊嘫不合者才一二無庸多協後世音讀
日譌不與古合必用協以通之其法不得不詳也觀釋文所協不過三四十字是
唐初字音猶近古至宋南渡後而吳棫韻補始以協韻成書晦菴用之於詩所協
乃居過半可見後世字音之不古矣非先儒皆不知古韻吳獨知之也徐蒧敘其

書言有韻補而三百篇始得為詩豈不謬哉
古有古音亦有古韻四聲反切始於元魏僧神珙唐禮部韻始於梁沈約此不可
律古詩也陸德明謂古人韻緩不煩改字洵篤論已但釋文協句仍不能自守其
說如讀來為梨以與思協是拘於四支十灰之韻也居音據以協莫議音宜以協
為譽音餘以協居之類是拘於平仄之聲也吳棫韻補有轉聲通用之說亦知禮
部韻難協古詩矣而猶分為四聲則猶未盡
紫陽協詩雖祖吳氏韻補而其中不無小異較論之與各有得失焉竊舉其略凡
得十九條如鐘鼓樂之嘉賓式燕以樂二樂字釋文皆五教反一協芼一協罩也
洵訏且樂憂心靡樂亦匪克樂兩云何不樂與沃駁謔藥鑿襮昭虐諸字自諧不
煩協矣吳氏韻補嘯韻不收樂字豈為鄭唐秦雅諸樂乎燓芼罩等字應收入藥

百六

部而復遺之又抑詩昭樂慘懆蔓六字同在一章協韻除蔓字不必協外其昭
慘懆慼吳皆收入嘯韻而獨遺樂字疏甚矣集傳於關雎轉芼音以協樂至南有
嘉魚仍用陸反其韓奕莫如韓樂協力數反又與陸同韻而異音俱欠畫一至抑
詩靡樂則讀為洛而轉昭慘藐以協之與吳韻異未詳何據近儒古音攷樂音潦
此北人土語亦即朱反也不如五教反之典矣　又如詩中毋字皆應讀如無惟
葛覃母與否協殆欲如今讀也案否字有缶鄙痞三音然小旻之聖否膴之初筵
之醉否字義應為缶音而一叶止艾一叶史恥則當讀鄙可見否字古無缶音也
至婦之音阜起於後世尤不可叶古詩則兩詩毋字仍宜讀如美　又如說文羕
字引詩江之羕矣永字引詩江之永矣所引非一家詩也韻補徒據羕字引詩謂
永字音羕泳字以永得聲亦音羕覩別作之字而定本字之音迂矣況羕本以永

取義以羊得聲不應乖亦為聲古諧聲字皆一義一聲合而為之何得羕字上下皆聲乎尤難通也朱傳偏襲其誤　又如集傳白茅包之包補苟切與下誘之協裒苞炮袍皆以包得聲詩生民實苞實褎駓茮炰之協酬之無衣同袍協矛仇則集傳此協良爲有證韻補失載此字　又如車為居華為敷古音也故何彼襛矣首章采薇四章皆以華車為韻集傳召南無協采薇兩協葢兼用今音不知華之呼瓜切車之尺奢切古未之有　非所以協詩也觀北風之同車與飛烏協鄭之荷華與蘇都且協出車之方華與載塗協有女同車車華琚都四字協則可知矣又如旭勖與好同音詩旭日始旦釋文引說文旭讀如好今說文云旭讀如勖勖字夲以冒得聲亦見說文音亦同好也又尔雅釋訓旭旭憍也郭氏讀旭旭為好好邪疏引詩驕人好好證之是旭勖好三字古音相同信矣旭勖二字宜入篠韻韻補

百七

不收殊疏脫　又如揭且之皙也集傳皙征例反誤用韻補晳字音辨詳本篇　又如常棣四章務與戎㠯音韻補讀務為謨道切以協戎集傳讀戎為而主切以協務傳得之矣案書洪範曰蒙曰驛及蒙恒風若史記蒙皆作霧其庬徵蒙字漢書作霿顏籀莫豆反霧霿務皆以敄得聲音必相同索隱霧亦音蒙且云霧與蒙同才者協此詩蓋本此但戎字古訓汝義同音必同朱反既非無證人春秋內外傳引此詩皆作禦侮常武篇我戎與呈父協侮父兩字必不可轉作蒙音不如轉戎為汝之當也至古音攷欲改二詩戎字為武以就韻殆是妄說　又如車攻之駝集傳協徒卧反卷阿之駝集傳叶唐何反皆非才老意也案車攻之六章猗破兩字為韻足矣不必復叶駝卷阿之末章多章移切歌居之切此吳說之信而有徵者也與駝自叶不必改音以就之　又如喤字詩釋文華彭反又引徐邈音皇說文亦呼光

反斯干喤喤與璋王執競喤喤與將穰本同韻不必叶也朱傳引華彭反叶呼光
反祗贅耳　又如纘女維莘莘字韻補收入陽韻讀師莊切以協王商二字此無
它證故朱子不从當矣至于京維莘本非韻脚而集傳協之亦不可解若欲每句
用韻則有命自天保右命尓何獨無叶乎　又如母姥皐切婦房詭切韻補收入
紙韻此有證者也思齊首章母婦二字正當用此音集傳無叶豈欲從今讀乎古
音皈辨此二字謂古無壯皁二音斯言允矣但婦房詭切聲如庀而陳音喜不知
別有何據　又如公劉之四章曹牢匏三字本叶才老引儀禮玄牢鄭讀如樓因
轉匏為蒲侯切以協之殊為穿鑿集傳不用良是　又如韻補收祀字於質韻音
逸職切云毛詩四用此韻當皆為此讀四韻者楚茨以享以祀苾芬孝祀大田來方禋祀以享以祀各
二也集傳皆从之矣至旱麓之四章以享以祀亦用其音以與下景福協殊非是

百八

景福自協既備以祀不必用韻每句協韻非詩之常體也又旱麓詩六章每章四句皆隔句協不應此章獨異祀字見詩者甚多除四韻外悉如今讀可耳　又如抑之十一章以樂慘藐慶蕘五字為韻韻補皆協去聲嘯韻惟慶字叜貂反無它證然古無入聲慶轉為去當協也集傳皆叶入聲藥韻則慘字七各反蕘字音算皆無它證板詩之言蕘非韻也集傳亦彊叶之（然不足為證）　古音叚含朱而从吳良得之　又如桑柔詩亦孔之僾菸云不逮僾逮集傳無叶以二字皆隊韻本同也吳棫从古韻僾音許既切逮音徒帝反俱入寘韻然古韻隊與寘通亦吳氏說也何必改音以就之乎集傳不用叶良是　又如菲韻補力久切祖洋水釋文徐音與酒醜本叶集傳謀九切亂無本　又如古多字與祇字通用閟宮降福既多與上騂犧是宜本協集傳犧字虛何虛宜二反與宜多兩叶不如韻補之當（與上條俱詳見本篇）　又如

周頌大半無韻商頌獨勤于用韻作者意各不同也商頌玄鳥長發殷武三篇皆
句句韻出韻者僅十之一耳那自庸鼓有斁以下烈祖自黃耇無疆以下亦句句
韻那之斁奕客懌皆作夕恪八字皆同韻也韻補客克各切皆息約切夕詳龠切
斁奕懌倶弋灼切與作恪二字叶殆不謬矣朱子協詩喜每句韵而此詩獨不然
未詳厥指　右諸條雖出管見竊謂有一得焉二公千慮之失不禁後學縷指九
原可作其或有取於鄙言

毛詩稽古編卷第二十八

辨物 總辨 艸木辨 禽蟲辨

總辨

鳥獸艸木之名可資學者多識此說詩家所以樂爲攷覈也然堪爲證據者止有爾雅釋艸等七篇次之則陸璣詩疏揚雄方言以及諸家本艸注釋而已後儒多據己目前之物與土俗僞名以求合于詩此大謬也古今旣殊鄉土又別其同物而異名同名而異物者多矣可勝詰乎乃欲舉近今之上語釋先古之經文必不合矣又匪直此也物產之在天地閒亦從從隨世更易蓋天時地氣久則有變遷而物之生其形色性味亦从而異斷難執今以律古也姑舉一二端言之如荇藻

百十

蘋蘩古以奉祭祀后夫人暨大夫妻親采之見周召二南艸木疏亦言其甘美可食今此四艸無一堪供匕箸內則養父母枌榆列於珍味今惟荒歲飢民始食其皮月令五時之穀不數稻而數麻詩亦言禾麻言麻麥言叔苴今惟緝其皮為布而麻勃 華麻蕡子列於藥品不聞以為穀古以葵為五菜之主芼羹則以藿亨鷄豚則實蓼今此三艸不登於俎至蓼荼薑薇之類古為饌食所必需而今皆罕識其皃狀又稷乃五穀之長故以為官名又以名祭黍必與稷並偁古最重此二穀後世或不能辨其品類陶弘景言稷米人不識又誤以黍苗為佀蘆郭璞謂稷臬粢二物而三名本艸又分稷臬為二先儒疑之而孔仲達亦不能決又陶言稷米不宜人發宿疾為八穀中之最下者蘇頌亦言稷米不甚珍以備他穀之不孰而古以為五穀長正相反又周禮醢人饋食之豆有蚳醢禮記人君燕食之庶羞有

蝸古華切醢及蜩范今俗蚳者螘子也蝸者蠃也蜩者蟬也范者蠭也以此列之盤案今人有對之欲歐耳而古以為珍膳陸元恪孫吴人也陶隱居蕭梁人也較之為今近矣陸言蜉蝣可噉羨於蟬陶言蠐螬與豬蹄作羹乳母不能辨之二蟲者其可薦羞牙手蓋不獨習俗之殊亦物性之變也乃欲取千百年前之艸木鳥獸皆目驗而知之豈不迂哉

諸家說詩所釋艸木鳥獸艸木之名時多異同固以近古者為正矣然後儒之解勝於先儒者亦百有一二未可槩置也今備列之

周南雎鳩揚許郭陸四家分為三說當以郭為勝詳見本篇　簡兮隰有苓毛云苓大苦也孔疏引孫炎爾雅注以為今甘艸蔓延生葉似荷青黄莖赤有節節有枝相當沈括筆談辨之曰以注所云乃黄藥也其味極苦甘艸枝葉如槐高五六尺與孫

說形狀不類案郭注亦同孫而云今甘艸又曰蘦似地黃亦疑而未定也又案本艸說兩藥形狀皆與沈合當以沈爲正　碩人鱣鮪發發毛云鱣鯉也舍人注尒雅亦以鱣鯉爲一魚蓋祖毛傳　郭璞分鱣鯉爲二魚謂毛爲誤案本艸鱣亦名黃魚鮪亦名鱘魚與鯉迥别郭得之　大車毛毳衣如菼毛云菼鵻也蘆之初生也尒雅葭蘆菼薍五患切聲近玩李巡樊光以蘆薍爲一艸與毛同孫炎郭璞以蘆薍爲二艸與毛異孫郭得之　鄭隰有游龍毛云龍紅艸也疏引陸璣云游龍一名馬蓼高文餘陶隱居本艸注言葒艸極似馬蓼而甚長大即詩之游龍然則與馬蓼别艸矣案鄭以游龍爲放縱當目其長大者陶說得之　晨風隰有六駮毛云駮如馬倨牙食虎豹陸璣云駮馬梓榆樹也皮青白駮犖遥視似駮馬孔疏備其有理此勝毛　下泉苞稂毛云童粱鄭稂作涼云涼艸較勝詳本篇　豳風七月鳴鵙張華

許慎以鵙似鸜鴿王逸以鵙爲巧婦揚雄以爲盍旦郭注尒雅以爲似鶷音轄鶡音曷
而大郭說當矣　四月莠葽鄭以葽爲王萯房九切　曹氏以爲小艸曹得之　鴟鴞
陸璣以爲巧婦郭璞以爲鴟類郭勝陸　東山蜎蜎者蠋毛云蠋桑蟲也說文作
蜀云葵中蠶許說爲允上三條倂詳見本篇　熠燿宵行毛云熠燿燐也燐螢火也孔疏非
之以爲螢火不可名燐宋陸佃以爲燐者火之微名久血螢火皆可名燐陸言是
也案崔豹古今注數螢火異名云一名燐廣雅云景天燐火螢也皆袒毛說　鹿
鳴食野之苹毛云苹蓱也鄭以爲藾蕭孔疏是鄭今用之　緜篇菫荼如飴毛云
菫菜也孔疏以爲是烏頭詩緝以爲是內則之菫荁嚴說當矣詳見本篇　右凡十有
三條惟鱣六駮鴟鴞苹今通用之餘則源特有所取焉尒
詩有三杞三芑三荼二梅二桐二杝櫟二棘二竹二蒲二鬱二茨三負二桑扈皆

百十二

同名而異物者也三杞者一杞柳見鄭將仲子一山木困學紀聞云梓杞也見雅南山有臺
湛露一枸檵古詣切見雅四牡杕杜北山四月此嚴緝之說困學紀聞同杕杜北山傳無明文三芑者一菜
見小雅采芑一艸見大雅文王有聲一穀見生民三荼者一苦菜見邶谷風唐采
苓一茅秀見鄭出其東門豳鴟鴞一委葉見豳七月頌良耜二梅者一酸果見召
南摽有梅一枏見秦終南陳墓門二桐者一白桐見鄘定之方中一梧桐見大雅
卷阿二杝櫟者一苞櫟見秦晨風此嚴緝之說一栩杼見唐陳二風及二雅諸篇二棘
者一酸棗見邶凱風魏園有桃一棘刺見雅楚茨青蠅嚴緝之說二竹者一篇竹見衛
淇奥一竹箭見衛竹竿雅斯干二蒲者一蒲柳見王揚之水此鄭說與王異一莞苻離見
陳澤陂雅魚藻韓奕二鬱者一車下李見豳風七月一鬯艸見大雅江漢二苕者
一苕饒見陳防有鵲巢一陵苕見小雅苕之華二櫖者一果實見邶簡兮鄘定之

方中曹鴟鳩雅旱麓一木名見雅青蠅二茨者一蒺藜見鄘墻有茨雅楚茨一屋蓋見雅甫田瞻彼洛矣三負者一水蟲見諸詩一海獸似豬皮可為弓鞬矢箙見雅采薇一馬二目白見魯頌駉篇二桑扈者一青質肏肉見雅小宛一素質有文見桑扈凡為物者三十有四而并十五名焉

艸木辨

古有五穀六穀九穀百穀之名而後世人有三穀六米八穀之目穀之為說長矣言五穀者有二說麻黍稷麥豆五行之五穀也見月令五時之文及周禮疾醫注黍稷菽麥稻九州之五穀也亦名五種見周禮職方氏之文及孟子五穀注六穀者稌即稻黍稷麥粱苽亦名六食見周禮食醫之文及膳夫饌人兩注亦名六齍俗作粢誤見小宗伯文九穀者先鄭以為黍稷稻秫麻大小豆大小麥後鄭去秫大麥而

增粱菽皆見周禮大宰注崔豹古今注以為黍稷稻粱三豆二麥爲穀子以為黍稷麻麥稻粱菽大小豆又與二鄭異說總出於臆見耳百穀者古無定名韓詩薛君云穀類非一故言百國語周弃播殖百穀注云黍稷稻粱麻麥苽菽雕胡之屬皆不能歷舉其名也梁楊泉物理論始以稻粱菽三者各二十種蔬果助穀各二十種當百穀之數魯外傳言烈山氏柱能殖百穀百蔬易言百果甲坼是穀與蔬果各以百名不得併蔬果於穀方成百數楊說殆非是三穀者即稻粱菽也物理論云稻者溉種之總名粱者黍稷之總名菽者衆豆之總名是也六米者黍稷稻粱苽大豆見周禮舍人注及疏後鄭九穀麻小豆小麥皆無米故獨數此六者矣八穀亦有二説一黍稷稻粱禾麻菽麥見本艸注陶隱居云八穀之中胡麻最良又引董仲舒白禾是梟苗麻是胡麻檕胡麻今之脂麻也一稻黍大小麥大小豆白米麻見大象賦注云玉海總諸說而斷之黍稷

卽粱又名穄稻粱麻麥有大小菽卽豆有大小苽卽雕胡秫九者足該之矣其在於詩曰黍曰秬

曰秠者皆黍也曰稷者稷也曰稻曰稌者皆稻也曰粱曰穈曰芑者皆粱也曰麻

曰苴者皆麻也曰麥曰來牟者皆麥也曰菽曰荏菽曰藿者皆菽也其曰禾曰穀

曰粟者總名也曰重稑曰稙穉者種之早晚而非穀名也今惟稻麥菽麻苽五者

明白易曉其黍稷粱菽四者難於別識而漢以來又以粟為穀名陶隱居載之於

本艸名偁復相疑溷解者紛紛各有異同有以粱為秫稷者矣氾勝之有以秫為黏

稷者矣許慎有以稷粱粟為一穀者矣孫炎郭璞賈公彥等有以稷米為人不識者矣有以粱

為白粱者矣皆陶弘景有以黍為黏稻者矣崔豹有以粟為似稷而黏者矣顏師古有以秫

為黏黍者矣蘇頌皆難據信源嘗合本艸諸家注釋參諸目驗惟近世李氏綱目其

言近之李謂黍稷卽今北方之黍子黏者為黍不黏者為稷粱秫與粟卽今北方

百十四

之小米大而毛長者為粱細而毛短者為粟（本唐蘇頌之說）粟之黏者為秫（本孫炎尒雅注及蘇恭唐本艸之說）粟即粱也漢以後始分其粒細毛短者為粟耳黍稷與粱秫苗葉相似而結實不同粟穗叢簇聚而粒圓黍稷之穗疏散成枝而粒長合之所見殆不相遠也李又謂今之高粱乃黍稷之別種即廣雅之藋粱木稷食物本艸（明正德間汪穎著）謂之蜀黍蘆穄俗稱蜀秫亦偁蘆粟罙高粱莖葉皆似蘆高文餘粒大如椒米性堅實有二種黏者可和稬（俗作糯）秫釀酒作餌不黏者可作餻煑鬻南北皆植之而北方最多編籬織席縛帚併薪偈用其莖葉誠如李言但目為黍稷別種未審何據也豈因陶隱居本艸注及朱子集傳言黍苗似蘆（辨見王風）且見近世祭祀用此當稷故為此說乎嘆論其名則黍稷粱秫粟五者兼之論其形則五者無一相類正不知當古何穀李訓為黍稷別種未可信也竊意此穀名蜀黍又名蜀秫必自蜀

來三代時蜀為遠裔此種未入中國如胡麻安石榴之類皆後世始得而栽之則
經傳所言穀名未必有此種矣又有玉高粱亦名玉蜀黍種出西土葉似高粱而
肥短高三四尺斯又其別種也
周禮大宰九穀食醫六穀倉人六米中皆數苽米詩雖不及嘆豳風之木實兼稻
菽苽粱孔疏云禾是大名非徒黍稷重穋四種稻秫苽粱輩皆可名禾而小雅陳饋八簋苽亦居一焉案苽蒲類
也葉亦相似春末生白芽如筍者菰菜也又謂之茭白中心如小兒臂者名茭手
又名菰首爾雅謂之蘧蔬郭注云似土菌生菰艸中啖之甜滑音同氍毹內有黑灰如墨者名烏鬱羅願
曰此植之黑壤歲久汙泥入其中以潘水漚則去之此菰首之不臧者也九月華
如葦芀音條結實長寸許霜後刈之米甚白而滑膩作飯香脆周禮負宜菰干寶云
菰米飯膳以負同水物也宋玉賦所謂雕胡之飯枚乘七發所謂安胡曹植七啟

所謂芳菰皆此米也陶隱居云菰米一名雕胡可作餅倉案菰說文作苽又名苽蔣艸吳人呼菰為茭今池澤中多有然但米其白食之其菰米一任波漂矣古人以麻為穀又用以為衣於五行屬金月令秋食之仲秋又嘗之周禮籩人以蕡賁朝事之籩鄭風叔苴以九月此其實之併於食者也績其皮為布則吉凶服皆用之五冕皆麻冕也皮弁服爵弁玄端服深衣皆麻衣也蜉蝣之麻衣如雪不染者也七月之載玄載黃我朱孔楊染之者也後世不食麻其以為衣僅施於喪服耳不止俗尚之異亦物性之變也又有紵麻宿根土中不種自生其皮可緝布東門之池可以漚紵是也又有苘蔴一名蕡麻葉大如桐華黃夏開北土最多其皮可績碩人褧衣說文云褧檾同公穎切也檾枲屬檾褧苘蕡字同正此麻也又案本艸麻入本經上品華實皆入藥華名麻勃本經云麻華上勃勃者七月七日采之

良子名麻蕡又名麻藍又名青葛本經云九月采又土者損人糸殼為麻仁惟葉不用吳晉云有毒食之殺人

瓜之為類甚多約之止有二王禎農書云併果者為果瓜併菜者為菜瓜是也果瓜古食甘瓜五代始有西瓜胡嶠得之於回紇喫二瓜花葉性味俱相類後世僂易以函瓜之名耳菜瓜有胡瓜越瓜諸種信南山之瓜剥之以為菹其菜瓜乎有敦瓜者瓜有苦辯亦非果瓜矣七月與緜之瓜則未有以定矣

詩兩言匏匏有苦葉酌之用匏是也三言瓠齒如瓠犀甘瓠纍之幡幡瓠葉是也一言壺八月斷壺是也凡六詩言葉者二言實者三言棲辯者七苦葉甘瓠舉也用匏瓠葉斷壺瓠犀比也毛傳說文艸木疏皆以匏瓠為一物陸佃埤雅辨其不同以為長而瘦上曰瓠短頸大腹曰匏似匏而圓曰壺匏苦瓠甘復有長短

之殊陸此言殆因小雅甘瓠左傳苦匏之語而分之乎然苦匏不材義本於詩詩之苦葉陸璣以為少時可為羹八月中堅彊不可食則非性本苦也且葉苦非實苦也本艸言其形狀雖殊而性味則一大抵匏瓠古本通偁後世因其形異而分名之其有苦者陶隱居以為甘者忽苦韓保昇以為甘苦二種甘者大苦者小要各得之目驗古今物性變易不可執一論矣

采芹兩見詩皆興也雅采菽以興車服（此毛義）頌泮水以興德化（毛云水則采取其芹宮則采取其化也）案芹本艸作蘄陶隱居以芹為俗字然芹字見說文云从艸斤聲則芹字古矣陶語誤矣本艸名水蘄又名水英入本經下品即尒雅之楚葵矣厥種有二青芹取根赤芹取莖葉周禮以芹菹為豆實故采之韻會云又有馬芹俗謂胡芹不可食惟子香美可調飲食案尒雅茭牛蘄即此郭注云葉細碎似芹亦可食與黃異

葭菼蒹葭萑葦皆見詩衆言之凡為物者三焉毛傳云葭蘆也又云葭為葦尔雅
云葭華注即今蘆也又云葭蘆注葦也夏小正傳云葦未秀為蘆說文云葭葦之
未秀者又云葦大葭也然則葭葦并一艸也華與蘆其别名也毛傳云菼薍音俗玩
也又云菼騅也又云薍為萑尔雅云菼薍注似葦而小實中夏小正傳云萑未秀
為菼說文云菼萑之初生一曰薍二曰騅又曰薍菼也然則萑菼并一艸而小於
葦也薍與騅其别名也毛傳云蒹薕也尔雅云蒹薕注似萑而細高數尺江東呼
為薕說文云薕蒹也然則蒹獨一艸而又小於萑也薕其别名也三者之辨如此
尔雅又云其萌虇音綣注萑葦之類其初生者皆名虇此則總三者為言矣嚴緝
俗彙諸說而斷之曰蒹也葭也萑也三物而十一名大者葭蘆葦又名華一物而四
名初生為葭長大為蘆成則為葦中者菼薍萑又名騅一物而四名初生為菼長

百十七

大為亂成則名為萑小者蒹薕荻一物而三名也秦風之蒹葭釋小與大者言之也衛風之葭菼豳風及小雅之萑葦舉中與大者言之也其言明且悉矣但謂蒹薕別名荻惟見玉篇至廣雅云藡荻同萑也陸璣云荻至秋為萑皆謂萑荻一艸說與嚴粲說文既以菼為萑之初生以薕為蒹矣復以蒹為萑之未秀者玉篇既以蒹薕為荻矣復以藡為萑而荻訓亦同是萑蒹鉅細之分獨郭注辨之它家猶溷為一也嚴祖郭說非臆見矣又本艸別三者狀皃言大者長丈餘中空皮薄而色白中者中空皮厚而色青蒼小者短小而中實可作薕此嚴語所未及又毛傳以菼蘆為一艸說雖出先儒而未盡信

詩言藟必與葛併周南王風大雅凡三見樛木箋疏釋文皆以為葛藟二物而相似信矣孔引艸木疏云藟一名巨瓜似燕薁亦延蔓生案巨瓜陶隱居以為郎千

歲藟入別録上品又名藟蕪云藤生如蒲萄葉似鬼桃陳藏器云蔓似葛葉下白冬只凋葉大者盤薄故名千歲藟引詩葛藟及陸疏巨瓜證之是藟乃木類說文云藟艸也蘽木名而引莫莫葛藟以證藟則以詩之藟為艸類案尒雅釋艸無藟釋木有諸慮山蘽欇音涉虎蘽山蘽注云今江東呼蘽為藤似葛而粗大然則葛藟其山蘽乎藤生之物艸木兩可通尒雅以為木說文以為艸矣樛木釋文亦云藟本或作蘽又左傳杜注解葛藟為葛之藟蔓滋蕃亂非是

蒿之種類至多詩詁詩緝及韻會皆備箸之今取其名見尒雅與毛詩者列之於左一蒿菣去刃切注今人呼青蒿香中炙啗者為菣即鹿鳴食野之蒿是也艸木疏云汝南汝陰人皆云菣一蘩皤蒿注白蒿即召南于以采蘩豳風小雅兩采蘩祁祁是也春生秋香美可食又可㷖埤雅云蒿青而高蘩白而繁此二蒿之辨矣一

百十八

蔚牡菣注無子者即蓼莪匪莪伊蔚是也亦名齊頭蒿牡蒿與馬新蒿別艸見隱
居別錄注陸疏合之誤矣三四月生苗秋華黃結實如車前子而內子微細不可
見故云無也一莪蘿注今莪蒿一名藁蒿即小雅菁菁者莪蓼蓼者莪是也亦名
蘿蒿或埤雅詩緝以為人名角蒿者非是埤雅莪俄而蒿直蔚粗而莪細此其易辨也
而詩人不能精識所以為憂思之至與一艾冰臺注今艾蒿即王風彼采艾兮是
也其字从乂艸之可以乂病者又削冰令圓舉以向日以艾承其影則得火曰冰
臺其以此乎二月宿根生苗莖直上白色葉白布面青背白七八月有花實一莖
蘋音賴蕭注今蘋蒿也初生亦可食即鹿鳴食野之苹是也艸木疏云莖似箸香美
可食一蕭萩音秋注蒿也即王風彼采蕭兮曹風浸彼苞蕭小雅蓼彼蕭斯采蕭穫
萩大雅取蕭祭脂是也艸木疏云今謂萩蒿或云牛尾蒿可作燭有香氣故祭祀

以脂藙音雪之為香亦名香蒿一購蔏蔞注蔞蒿也生下田初出可噉江南用羹魚

即周南言刈其蔞是也蘩蕣蔞三蒿並別見召南艸木疏云萊似艾高丈餘已上八種皆見詩

雅又蘬彤蓬薦黍蓬郭注不言是蒿而說文及埤雅以為蒿屬見召南騶虞衛風

伯兮又蓍艸亦蒿類不見尒雅而曹風下泉詩有之又尒雅云蘩之醜秋為蒿注

醜類也春時各有種名至秋老成皆通呼爲蒿今槩釋艸蘩之類自皤蒿已外又

有蘩菟蒵音兮蘩由胡二種注皆未詳然艸木疏謂皤蒿一名游胡北海人謂之旁

勃而引夏小正蘩游胡游胡旁勃語證之埤雅謂白蒿白兔食之而僊故尒雅又

曰蘩菟蒵則斯二蘩與皤蒿故一種矣要之蘩之醜其即蒿之醜與故邢疏以為

蘩蕭萩之類又月令芸始生蒼頡解詁云芸蒿也根名茈胡茈音紫又音柴亦作茈通作柴葉嫩

時可茹別録云柴胡葉名芸蒿辛香可食又本艸茵蔯似蓬蒿而葉緊細後世亦

百十九

名蒿又有同蒿邪蒿宋嘉祐始列本艸同蒿氣味與蒿同邪蒿似蒿而葉紋皆邪
此不載詩雅而俱得蒿名
離騷云薋菉葹以盈室薋以惡艸喻小人也此三艸皆見詩薋詩作茨本作薺即
蒺藜詩牆有茨楚楚者茨是也菉即王芻詩作綠綠竹猗猗終朝采綠是也葹即
卷耳又名卷施詩采采卷耳是也二茨一言埽一言抽亦以為惡艸矣卷耳王芻
雖采之而不盈意亦非嘉卉乎唉兩詩取興之意實不枉此又卷耳堪茹蒺藜入
藥王芻可染皆有用於人而王芻以興衛公之德尤為嘉植非惡艸也騷人云朝
搴阰之木蘭夕攬洲之宿莽宿莽即卷施以其拔心不死故名爾雅郭注以為一
艸矣案木蘭去皮不死宿莽經冬不枯喻己性堅貞不為讒人所間與盈室取譬
不同則靈均之寓興于物豈可一律論乎

茅賤艸也而用於人甚溥又以其潔白故古人重之菁茅見於書白茅見於易祭祀則以束酒封諸侯則以苴土會禮則以為罍冪所謂物薄而用重也其在詩或質言之曰茅白茅包之畫爾于茅白茅束兮是也或本其初生曰荑自牧歸荑手如柔荑是也或咏其花曰荼有女如荼予所捋荼是也其類之貴者則別而言之曰菅可以漚菅曰華菅兮是也攷之本艸厥種不一有白茅菅茅黄茅香茅芭茅芭音巴之屬白茅短小華於春夏之間菅茅生山上似白茅而長華於初秋黄茅似菅茅而莖上開葉華於深秋可索綯三者葉相似皆白華根甘可入藥而白茅為勝香茅一名菁茅一名璚瓊同茅荆州貢之芭茅叢生葉大如蒲長六七尺以五者合之詩則召南小雅之茅白茅也陳風之菅小雅之白華菅茅也豳風之茅黄茅也二荑不知何茅靜女毛傳謂取其有始有終始為荑終為茅可以併祭祀則此

百廿

美其香茅乎碩人之茅徒取柔爲比則泛指諸茅可也芭茅不見詩而見爾雅云芑音芑在𦶇是也然郭璞謂芑屮皮可為繩索履屩則七月之于茅容或取之矣尒雅又云白華野菅比管茅也又云藗牡茅注曰白茅屬則詩所未及又云蔈音縹莓音吁荼猋音標藨音婷芀音苕六者皆茅秀之別名鄭繇之荼當之矣

梅之名四見於國風而召南與蔡陳之梅毛皆有傳召南傳云盛極則隋音惰落者梅也蔡陳二傳皆云梅柟也陸元恪𣔋梅條梅亦各有疏於𣔋梅曰梅杏類也於條梅曰梅樹皮葉似豫章然則召南之梅是和羹之梅蔡陳之梅是梅柟之梅截然兩木毛陸意正同矣又說文云梅柟也可食从木每聲或从某作楳徐鍇莫桮切又云某酸果也从木甘闕古文从口作槑徐鍇莫後切是兩木元各一字古人經文字必各異後世溷爲一耳況梅性畏寒不產北土召南江沱已入梁境自應植之

非察陳所宜木也其爲柟樹無疑陸疏又言豫章子青不可食相之本理細緻於
豫章子有赤白二種説文以爲可食殆對豫章言與尒雅釋木梅柟明是秦陳之
梅非召南之梅郭注云似杏實酢蓋誤認兩梅爲一也邢疏引陸氏條梅疏證之
合於經而違於注又不辨其同異疏忽甚矣
詩有二梅而尒雅之梅柟是條梅非摽梅也郭注以爲似杏誤矣尒雅有二條而
詩終南之條是尒雅之槄音叨山榎非柚音又條也埤雅以爲柚誤矣當以毛傳及艸
木疏爲正
陸疏言榛有兩種一種枝葉如㮚子如橡子味亦如㮚一種枝葉如木蓼高丈餘
子作胡桃味遼東上黨皆饒案味如胡桃者今亦用爲果俗呼榛子與松子相
亞非㮚類也詩言五榛爲果實者四詳見正字邶鄘大雅先儒皆以爲似㮚曹在兗豫

間未必産遠果大抵四榛皆梟耳
桐有四種詩與尒雅得其二焉定之方中之桐白桐也即尒雅之榮桐木亦名華
桐名椅桐名泡桐三月開華如牽牛華而白色心微紅實長寸餘殼內有子片輕
虛如榆莢葵實材堪作琴瑟埤雅謂其不實者誤卷阿之桐梧桐也即尒雅之櫬
梧四月開嫩黃小花五六月結子可食古稱鳳凰非此不棲矣郭璞合上二桐為
一木者誤至月令三月桐始華陶貞白以為白桐宋寇宗奭以為梧桐言其始華
之時陶說近之矣二桐之外又有青桐即梧桐之無實者又有岡梧早春開淡紅
華實大而圓南人用之作油亦名油桐名罌子桐名荏桐名虎子桐名紫華桐宋
羅願謂湛露詩其桐其椅乃此桐亂無明據如以其實離離證之則朝陽之桐何
嘗不乘實乎又湛露與定之方中皆桐椅並稱所指自應一種榮桐實長寸餘足

當離離之目矣

唐陳兩鳳及四牡皇華之栩東門之枌薪采菽之柞棫緜旱麓皇矣之柞皆柞櫟也郎尒雅栩杼是也楽此木又名杼樹高二三丈小則聳枝大則偃蹇葉如櫧音諸葉木堅而理邪故有不材之偁四五月著華黄色子名芧直呂切又名橡可染皂亦名皂斗儉歲可以禦飢服食家亦用之孫思邈所謂非果非穀而最益人者也狙親厺切公之所賦仲治之所拾皆是物矣車舝篇云其葉湑兮采菽篇云其葉蓬蓬可見葉之蕃茂但車舝喻姤女蔽君故以湑兮為譏采菽喻才賢相繼故以蓬蓬為美一木也而美刺不同詩人取興豈有定乎鄭箋云柞之葉新將生故乃落則又耐霜之木也鴇羽四牡篇曰苞苞訓稹旱麓篇曰瑟瑟訓衆則又叢生之木也至秦風之苞櫟華谷以為别木

唐之苞栩秦之苞櫟皆有柞櫟之名說詩者不明言其爲兩木宋掌禹錫脩嘉祐
本艸指爲一木亦莫辨其非惟嚴氏詩緝云詩有二柞櫟謂尒雅栩杼唐風之苞
栩是也尒雅櫟其實梂(音求)秦風之苞櫟是也(大全於唐風不引栩杼而引櫟實梂誤甚)今案艸木疏二
風之柞櫟各有釋埶文類聚亦分柞櫟爲二木於柞引尒雅栩杼及車舝采菽旱
麓緜諸詩於櫟引尒雅櫟實梂及秦風苞櫟之陸疏則嚴說非無據矣
艸木疏言榆之類有十種葉皆相似皮及木理異耳今十種榆不可得而數矣間
嘗攷之詩及尒雅有其七焉唐風山有樞尒雅藲茎(音迭)注云今之刺榆也陸疏云
針刺如柘葉如榆爲茹美滑於白榆陳藏器本艸謂江東無大榆有刺榆是也陳
風東門之枌尒雅榆白枌此白榆也郭注云枌榆先生葉卻著莢皮色白是也本
艸謂之零榆入本經上品其葉名榆錢三月取其仁作糜羹(見別錄)亦可收至冬釀

酒曬乾可作醬酉謂之醔䤅音茂豆見說文及崔寔月令小雅大東浸彼穫薪尔雅穫落陸疏云
穫今栩榆也葉如榆皮堅韌可為絙索甑帶材可為杯器是也大雅皇矣其灌其
栵尔雅栵栭注木似槲樕而庳小陸疏云葉如榆木理堅韌而赤可為車轅栵本
桌類唉元恪所言十種惟取葉似栵葉似榆當亦榆類矣此四者詩雅俱載之唐
風隰有榆此荚榆也荚榆有朿白二種而白者名枌則此其朿榆乎秦風隰有六
駮陸疏云駮馬梓榆皮青白駮犖遙視似馬矣陸疏又引里語云斫檀不諦得繫
迷繫音計迷尚可得駮馬則駮雖名榆而亦似檀也尔雅無姑其實夷郭注云無姑
枯榆也生山中菜園而孚剝取皮合漬之其味辛香所謂無荑周禮壺涿氏謂之
牡橭午貫象齒以殺淵神者即此彼注云橭讀為枯枯榆木名釋文云橭音枯亦音姑山榆也本艸入別錄中
品云三月采實陰乾陶云氣臭如犼音信小獸也黄色有臭氣居澤中食鼠性殺蟲辟蛀周禮用以

敍淵神始亦具氣臭乎此三者二見詩一見雅合前凡七矣元恪所云十種未知此得當其七否也外此則本艸有梆（音郎）榆皮味甘寒圖經云皮有滑汁秋生莢如北榆榆莢皆二月生此獨以八月異矣廣記云梆榆無莢則誤也人名郎榆左傳莊四年楚子伐隨卒於樠木之下孔疏以為木似榆僧呼為朗榆葢樠朗同音也（釋文樠郎蕩反）正此木矣齊民要術有梜（古協反）榆凡榆梜榆味苦凡榆味甘此於詩雅所偁未審異同如何耳又廣雅云杜仲蔓榆也山榆毋估也柘榆梗榆也杜仲皮類榆梆故得榆名然十種榆葉皆相似而本艸謂杜仲葉似辛夷亦似柘則非榆類毋估與無姑音同其即姑榆乎刺榆刺如柘梗榆其即樞乎爾雅說文云梗山枌榆有刺莢可為蕪（字亦作蕪）荑（音同）者則梗榆即姑榆耳豈姑刺兩榆同類而稍別乎案内則甘旨之併枌榆與焉後世亦有榆糜榆醬皆用其莢是榆乃佳味今人無食

榆筴者惟采其棍皮以和香劑而歲飢則貧民食之可見物之性味古今不同甚矣

楊楊欫柳下欫（玉篇云楊枝直不垂柳垂條木）此二木之辨也㗇其為類不一其名亦互通王風之蒲桼陳二風之楊即尒雅所謂楊蒲柳也亦名蒲楊又名水楊又名青楊左傳所偁萑蒲乃董澤之蒲者即此葉廣長條短勁韗與柳同陸疏云有皮青皮白二種白者大楊青者小楊皆可為箭幹齊風之折柳小雅采薇之楊柳小弁之柳菀柳之柳即尒雅所謂桑柳醜條也注云阿那欫條矣葉長枝輭（俗作軟）其華名柳絮入水為萍古人春取火於榆柳即此陶貞白以為即水楊者非是大雅皇矣之檉即尒雅所謂檉河柳也郭注云今河旁赤莖小楊小幹弱枝細葉如絲名赤楊又名朱楊又名赤檉又名雨師又名欫絲柳又名三春柳氣能應雨負雪不凋一歲

百廿四

三華華穗長三四尺紅色如蓼衍義云汴京甚多䘚近世呼為西河柳醫家用之
治小兒麻疹即此木矣鄭風之檦杞即尒雅所謂旄澤柳也亦名杞柳木理微赤
可為車轂其納條可為箱篋孟子所謂為桮棬者即此蒱岐以為柜柳矣案柜柳
即尒雅楥音袁柜柳音昂郭讀柳為柳云柜柳似柳是也本艸作欅柳陶隱居云皮似
槐檀葉如櫟槲寇宗奭云謂檀非檀謂柳非柳然則尒雅之旄與楥殆一木乎呂
南之唐棣秦風之苞棣即尒雅所謂唐棣移也圖葉弱蔕微風大搖名移楊又名
移柳又名高飛又名獨搖郭云似白楊江東呼夫移案今通呼白楊俗偁之誤也
自是一類而小別耳其白楊不見詩雅而文選十九首詩有之
漢廣綢繆葛生黃鳥王鄭兩揚之水皆言楚楚荊也荊有二牡荊蔓荊楚乃叢木
非蔓生其牡荊乎神農經名小荊圖經名黃荊唐本艸注云箠杖用此牡荊枝勁

作科故侰牡以別於蔓蔓荊子大牡荊子小故又名小荊亦宜於薪本艸綱目云
季冬不樸則樕大於盌鐠薪柬楚皆樸用也葛蒙馬烏止焉非樸之餘則未樸者
也凡木心圜荊木心獨方故卜龜用之緜詩爰契我龜疏以契爲楚焞是矣有青
赤二種青者爲荊赤者爲楛嫂條皆可爲筥箱古貧女以荊爲釵即此二木也大
雅榛楛濟濟陸疏謂楛似荊而赤莖上黨人調問婦人欲買釵否曰山中自有楛
亦以二木爲一類

禽蟲辨

嚴氏詩緝黄氏韻會皆謂郯子五鳩備見於詩今復合之尔雅參之本艸分別其
名以爲說詩之一助雎鳩氏司馬杜注鷙而有別故爲司馬主法制郎關雎之雎鳩尔雅云雎鳩
王雎是也注云江東人呼之爲鶚案鶚鵰類似鷹而土黄色深目好峙又名負鷹

淮南子謂之沸波以其翺翔水上扇魚令出也鄭樸以爲鳧類詩詁以爲杜鵑皆

誤祝鳩氏司徒杜云鷦鳩也鷦鳩孝故爲司徒主敎民即四牡嘉魚之鵻爾雅云隹其鳺鴀音夫浮是

也注云今鵓鳩案此鳥亦名斑鳩小而灰色大而斑如梨華點者不善鳴惟項下

斑如眞珠者善鳴掌禹錫曰秋分化爲黃褐侯春分復爲斑鳩黃褐侯者青鵻鵻鵻

同也嚴氏以爲鶻鳩者誤鳲鳩氏司空杜云平均故爲司空平水土即鵲巢之鳩曹風之鳲鳩

尔雅云鳲鳩鴶甲吉二音鵴音匊是也注云今布穀月令鷹化爲鳩注謂之搏穀搏布音

相近矣似鶉長尾又名鴶鵴又名擭穀又名郭公皆以其聲之似也方言以爲戴

勝者誤嚴緝用歐陽氏說謂鵲巢之鳩非鳲鳩亦謬爽鳩氏司寇杜云鷙故爲司寇主盜賊即

大明之鷹尔雅云鷹鶆音來鳩是也注云鶆當爲鷞字之誤鷹與鳩同氣禪化故亦

鶻鳩矣鶻鳩氏司事杜云春來冬去故爲司事即小宛之鳴鳩氓詩食桑葚之鳩尔雅云鶌鳩

鶻鵃是也注云似山鵲而小多聲案此鳩春來秋去好食桑葚易醉而善淫其音啁嘲其尾屈促其羽如襤褸飛翔不遠莊子謂之鷽鳩鄭樵以為鸍鴒者誤黄氏以鳴鳩非鶻鵃亦誤此所謂五鳩也尒雅又有鵖音及鳩鵧符悲切又音平鵖注云小黑鳥自呼江東名為烏鵖本艸綱目言即戴勝三月即鳴小於烏能逐烏俗謂之駕犁五更輒鳴至曙而止此在五鳩之外亦不見詩

雉類甚多說文載其名有十四一盧諸雉二喬雉三鳪音卜雉黄色鳴自呼四鷩雉五秩秩海雉色黑在海中山上六翟山雉七翰雉八卓雉九伊洛而南曰翬五采備十江淮而南曰摇十一南方曰𠱇十二東方曰甾十三北方曰稀十四西方曰蹲此皆見尒雅而微不同尒雅盧作鸕翟作鸐音狄翰作鶾音汗卓作鵫丁罩反摇作鷂𠱇作[illegible]甾作鶅音淄稀作鵗音希蹲作鷷音尊又景純合鶾雉鵫雉為一鳥云今白鵫也

百廿六

江東呼白鵫亦名白雉則為十三種矣左傳五雉杜註以翬及四方雉當之惟南
方則曰翟不曰𪇆彼疏謂說本賈逵但不知逵又何本況以五雉配五工正鷂雉攷本鸐雉摶埴翟雉攷金鶅雉攷皮翬雉設五色
亦逵與樊光之說杜何弗从也其見於詩曰右手秉翟曰
其之翟兮曰翟茀以朝此翟雉也曰如翬斯飛此翬雉也曰有集維鷮此鷮雉也
別名止此三者其餘言雉皆其總名尒雅人有敘雉名鵽音掇鳩又名洪洪注云出
北方沙漠本艸拾遺名突厥雀斯非中國鳥故說文十四雉弗與焉
十四雉其三見詩翬雉翟雉鷮雉是也翬雉素質五色備生伊洛之南王后褘衣
為六服之首刻繢其形其雉類之貴者乎斯干取其飛以比宮室鄭以為形皃之
顯也翟雉尒雅謂之山雉注云長尾者故萬舞則右手秉之后夫人以飾衣又用
爲車蔽皆取其文采也鷮雉尾又長於翟能丕且鳴性耿介故詩人以興碩女鷮

翟二雉俗通呼為翟矣翟雉亦名山鷄然山鷄有四種鷸翟外鷩雉錦鷄是也皆有采毛鷩雉在首錦鷄在腹錦鷄小於鷩雉文九燦爛尒雅鷮天鷄乃此鳥矣郭引周書文鶾證之

黄鳥四見尒雅一皇黄鳥二倉庚商庚三鵹黄楚雀四倉庚鵹黄也為名凡六焉其名又曰黄鸝留曰黄粟留曰黄鸎鶯同曰長股曰摶黍曰黄袍見夏小正毛詩傳陸璣詩疏諸書其咏於詩止黄鳥倉庚兩名埤雅云名黄鳥者皆興名倉庚者皆賦此特鄭説耳東山之倉庚毛不以為賦也至鶯字雖見詩而非鳥名其代木之鳥鳴先儒説詩幷箸為何鳥宋羅願以鶯當之引禽經鶯鳴嚶嚶為證謂名鶯以此又言鶯是蟄鳥冬以泥自裹至春破土而出此正出谷遷喬之事按禽經後人僞撰之書其言不足據信惟出谷之解於理可通良不謬也又按玉篇云鶯有文

百廿七

鳥始指詩求反語則以伐木之鳥爲鷽其來古矣

鷹鸇鷂鵰隼皆鷙鳥也而皆見於詩周南之雎鳩鶚也即尒雅之王雎秦風之晨風鸇也尒雅亦云晨風鸇注以爲鷂屬陸疏亦以爲鸇似鷂青黄色是鸇鷂别鳥也原始合鸇鷂爲一藝文類聚又合鸇隼鷂爲一（引詩義問云晨風今之鷂又引詩義疏云隼鷂也）俱非是四月之鶉鵰也説文鶉作鷻云鵰也从鳥敦聲與鷂同類而别鳥似鷹而大長尾短翅土黄色其皂者即鷲也采芑之隼隼也尒雅鷹隼醜其飛也翬陸疏以爲鷂屬又名擊征又名題肩（廣雅作鶅鷉）又名雀鷹性健黠以中之爲後故猗嗟侯之正取斯鳥名矣大明之鷹鷹也尒雅謂之鶆鳩與鳩同氣故亦名鳩頭有毛角亦名角鷹五者皆鷙鳥也詩以鶚喻后妃以鸇喻賢者而隼以喻將士鷹以喻尚父惟鵰爲貪殘之喻取興豈有定乎説文又以鳶爲鷙鳥（鳶鳶俗）然尒雅云鳶鳥醜皁

麓箋云鶬鴰類莊子亦言其銜腐鼠而嚇鵷鶵此正茂先所謂不善搏擊貪於攫

肉者四月 詩雖與鶉並擧要非其倫

小雅有兩桑扈尒雅亦兩釋之埤雅謂喙鹵丕之桑扈以性之竊脂盜竊脂肉言即尒雅

之對剖葦者是鶯羽之桑扈以色之竊脂言郎尒雅之對竊丹者是此解與郭注

合於義允矣陸疏解竊脂爲竊取脂肉正指小宛桑扈言也李時珍非之誤矣李

又謂桑扈毛蒼褐色而有黄點其淺黄淺白淺青淺玄淺丹皆喙色非毛色

也當必有據

烏有四種而三見於爾雅慈烏反哺小而純黑又謂之孝烏俗作鴉鵶鴉烏不反哺巨

喙腹下白爾雅鷽斯鵯鶋音匹居毛傳作卑居是也燕烏似雅烏而大白項而羣飛又名鶷

轄曷二音鶡戛葛二音尒雅燕白脰烏是也山烏似雅烏而小赤嘴穴乳 出西方尒雅鸀音蜀

山烏是也惟不箸慈烏至云烏雀類其掌縮則四烏兼之矣詩小卉之鸒斯雅烏也餘烏則未有以定之

爾雅紀夭鳥之名凡七一曰鵅（音格）鵋鶀（音忌欺） 注云今江東呼鵂鶹為鵋鶀亦謂之鴝鵒一曰鴟鴞鸋（音寧）鴂 注云鴟類一曰狂茅鴟注云今鳶（茶庇工音）鴟也似鷹而白一曰怪鴟注云即鴟鵂也見廣雅（案廣雅云肥鵂鴟鵂怪鴟也） 一曰梟鴟注云今土梟一曰萑（音丸）老鴟（屠兔二音） 注云木兔也似鴟鵂而小兔頭有毛角脚夜飛好食雞一曰烏少美長醜為鶹鷅注云鶹鷅猶流離詩所謂流離之子比七者折之有十一名併注則十八焉案本艸拾遺以鵅鵋鶀怪鴟老鴟三者為一鳥而分大小鴟鵂大如鴟鷹鵂鶹微小如鴝鵒也合之郭注則大者怪鴟而小者乃鴝與萑矣又以梟鴟鶹鷅為一鳥觀郭注以梟鴟為土梟鶹鷅即詩之流離則藏器之説信矣但謂鴞即梟鴟

未必㸔鴞梟字異物亦異說文鴞以号胡到切得聲梟从鳥頭在木上是字異也鴞
云鴟鴞鸋鴂梟云不孝鳥是物異也其在詩則梟者旄丘之流離也所謂少美長
醜食母而飛者也鴞者墓門之鴞也所謂惡聲之鳥如辨鳩綠色者也尒雅之鸋
鴂郭注旣不从巧婦之說而以為鴟類當卽此禽矣豈與雷離為一鳥乎李氏本
艸注謂詢諸野人鴞梟果是一鳥此惡可信也今據尒雅以合之詩則旄丘之流
離瞻卬之梟卽尒雅之梟鴟𠃄鷅也墓門之鴞豳風之鴟鴞瞻卬之鴟泮水之飛
鴞卽尒雅之鸋鴂也若茅鴟則僅存於逸詩篇名其鴟萑怪鴟則詩不及焉又梟
梟堅堯切當讀如徼鴞于嬌切當讀如遙音各不同荀子非十二子篇梟敵天下
楊倞注云梟與鴞同不知楊之意以為音同乎義同乎亂誤又梟鴞于嬌切見詩
釋文及說文玉篇廣韻皆同獨正韻吁嬌切豈因于吁字形相類致此誤耶今象

百廿九

與貫囂同音併梟字亦作貫囂音幾欲涸梟鴞為一字矣觀荀子注則兩字之誤讀始

始於唐世藏器唐人宜其合梟鴞為一鳥也

鴟說文云鵋（是為切）也徐云俗呼為鵋一曰舊也是鴟乃貪殘之鳥非怪鳥也嚶怪

鳥多取名焉尔雅鴟鴞茅鴟怪鴟梟鴟皆是郭注鵂鴟鴟鵂亦獎

蟬有多種蟬與蜩其大者也爾雅别其類有七而總偁之曰蜩一蜋蜩注引夏小

正傳繹之夏小正云五月良（當作蜋）蜩鳴傳云良蜩者五采具是也二螗蜩夏小正

五月唐蜩鳴傳唐蜩者匽郭亦引之（引唐作螗匽作蝘）又云俗呼為胡蟬江南謂之螗蛦

（音彝）是也本艸注言螗蜩頭上有華冠一名蟬華又名冠蟬矣案此兩蜩皆以五月

鳴月令仲夏之月蟬始鳴周書時訓解云夏至又五日蜩始鳴其兼指兩蜩與方

言以蜋蜩為一蜩而二名漢書師古注以螗蜩為蚻蟧（音貂料）皆誤三蚻（音札）蜻蜻（子盈）

切注云如蟬而小方言曰有文者謂之蠽夏小正曰鳴蚻虎縣棨夏小正云四月
鳴札傳云札者寧縣也鳴而後知之故先鳴而後札是已又名麥蚻四蠽音節茅蜩
注云江東呼為茅截似蟬而小青色是也五蝒音武延切馬蜩注曰蜩中最大者為
馬蟬本州謂之蚱側格切蟬入本經中品別錄云蚱蟬生楊柳上五月采癸隱居云
此云柳上乃詩云鳴蜩嘒嘒者彩大而黑五月便鳴俗云五月不鳴嬰兒多灾是
也六蜺五兮切寒蜩注云寒螿也似蟬而小青色月令曰寒蟬鳴鄭注云寒蟬寒蜩
謂蜺是也方言謂之瘖蟬景純引月令規其失似矣然陶隱居云瘂蟬自是雌者
陸璣師謂瘂蟬初瘖得寒風冷露乃鳴兩言雖異俱可證方言之不誤七蜓蚞音挺木
螇螰音奚鹿注云即蝭蟧音帝料又音提聊也一名蟪蛄齊人呼螇螰是也棨小正月令
詩訓解皆以寒蟬鳴為七月之候郭注既引月令以證蜺則三書所偁當同為一

物然小正傳云蟬也者蝭蠑也蝭蠑應即蝭蟧是蟧蟟而非寒蟬之二蟲者其皆
鳴於秋與隱居謂蛁蟟（同切蟧又音刀聊）色青以七八月鳴寒蜇聲淒急於九十月鳴李
時珍注云秋月鳴而青紫色者曰蟪蛄曰蛁蟧曰蜓蛛曰螇螰曰蛥（音舌）蛈小而
色青紫曰寒蜇曰寒蜩曰寒蟬曰蜺是二蜩同一物形色小異耳至蟪蛄之名埤
雅引莊騷之文（莊云蟪蛄不知春秋此夏蟬見逍遥遊騷云歲聿兮不自聊蟪蛄鳴兮啾啾此秋蟬見招隱士）以為兼夏秋之蟬
信矣其郭注所云蟪蛄則螗目秋蟬矣今合之於詩碩人之螓首尔雅之蚻也蕩
之如螗尔雅之螗蜩也鄘之鳴蜩尔雅之蜋螗馬三蜩也小弁之鳴蜩則獨指馬
蜩也其蕩之如蜩乃尔雅總名之蜩耳又有蟰（音）母二三月鳴小於寒蜇見隱居
別録而詩雅俱弗載焉
尔雅謂蟲醜奮而列蟲之類凡五其三見於詩案許慎以蝗為蟲蔡邕以蟲為蝗

凡經傳𡠉言螽者即蝗也（取名物疏之說）如春秋經書螽者是（或據漢書五行記於春秋則名螽於漢則名蝗證螽）
蝗非一物殊不知名螽者襲麟經之舊
文名蝗者从漢世俗偁耳元非二蟲也至余雅所列五螽皆別以它名特蝗類而
已詩周南螽斯即凩斯螽尔雅蜇（斯同）螽蜙蝑是也亦名舂黍亦名蚣（蜙同）蝑（子紅切）亦
名舂箕陸璣以為蝗類五月以股相切作聲者也嚴緝乃謂螽斯是阜螽而非斯
螽謬矣詩艸蟲尔雅艸蟲負蠜（音樊）是也又名常羊陸璣以為大小長短如蝗好在
艸茅中者也羅願謂即丘蚓者誤（辨）詩阜螽尔雅（阜螽同）螽蠜是也李巡陸璣皆以為
蝗子陳藏器以為狀如蝗有異辨（拾遺證類二本艸言可入蟮樂）又有蟿（音契）螽螇蚸（音歷）郭注以為
似蜙蝑而細長又有土螽蠰（音攘）谿郭注以為似蝗而小二螽不見詩亦大類而小別
者乎本艸綱目云數種皆似蝗而大小不一長角修股善跳有青黑斑數色亦能
害稼性不忌妒一母百子五月動股作聲至冬入土穴中芒郭氏人食之要之

尔雅云螽醜奮注云好奮迅作聲此足見螽之性狀矣五螽惟阜螽先儒異説李陸二家直指為蝗藏器以為似蝗埤雅以為今之蹲蜙青色飛不能遠未知孰是顔師古注漢書以螽為阜螽祖李陸之説也嚴緝釋螽斯又因而加誤

鱮好旅行鱒好獨行二魚命名以此鱅似鱮而頭大於鱮鯇似鱒而形大於鱒鱮亦名鰱鯇亦名鯶皆常魚也

鱣鮪同類而鱣大鮪小鱣背有甲鮪背無甲為不同耳鱣又名黄魚蠟魚玉板魚鮪又名鱘魚又名魱音亙鱛瞢贈切吳都賦筌魱鱛鮪又有大小二種大者王鮪小者鮛音叔鮪亦名鮥音洛子見尔雅及郭注案周禮言獻鮪月令言薦鮪夏小正言祭鮪俱不及鱣詩潛敘亦言季冬薦魚春獻鮪是鮪必特薦鱣僅與諸魚並列而已可見古人貴鮪而賤鱣也今鱘魚味甚美較黄魚實勝云

毛詩稽古編卷第二十九

數典　祀典　樂舞　禮制　土田　梁名
門室　器用　旗幟　佩玉　衣裘

祀典

鄭玄王肅論郊祀各不同鄭謂天有六天歲有九祭王謂天惟一天歲止一祭六天者天皇大帝及五精帝也九祭者冬至圜丘祭天皇大帝配以帝嚳為一祭大司樂地上之圜丘大宗伯禋祀昊天上帝祭法禘嚳是也夏正月祈穀於南郊祭感生帝配以后稷又為一祭郊特牲迎長日之至春秋書郊左傳啟蟄而郊祭法郊稷是也夏祈穀於南郊徧祭五精帝配以五人帝又為一祭春秋經及月令大雩左傳龍見而雩是也四時及季夏迎氣祭五精帝亦配以五人帝人幷為五祭

百卌二

小宗伯兆五帝於四郊月令迎氣於四方是也季秋大饗明堂祭五精帝配以五人帝及文武又為一祭以文配五帝曰祖以武配五帝曰宗月令大饗帝孝經宗祀文王於明堂以配上帝祭法祖文王（何佟之曰孝經周公攝政時故文言宗祭法成王反位後行故文言祖）而宗武王是也合之凡九矣王則謂圜丘即郊日至與孟春止祭一天其迎氣與明堂皆祭人帝非祭天後儒各宗其師說故歷代郊祀之制互有變易宋儒主王惟明堂之祭仍以為上帝云以鄭學言之其樂章則圜丘歌昊天有成命明堂歌我將春祈穀夏大雩皆歌噫嘻而商頌長發大禘亦圜丘所歌也至迎氣之樂章則周頌無文焉又玄鳥至之日郊禖祈祭亦祭感生帝而配以先禖生民克禋克祀是也此在九祭之外

社稷歲凡三祭其二祭見詩載芟祈社稷此春祭也月令仲春命民社指此甫田

以社以方良耜秋報社稷此秋祭也又一祭在孟冬月令大割祀於公社是也詩未及焉案王鄭論社稷亦多異議謂社祭句龍稷祭后稷是人鬼非地神者此孔安國賈逵馬融之說而王肅祖之者也謂社是五土總神而句龍配之稷為原隰之神而后稷配之此鄭玄之說而其徒馬昭等述之者也肅與昭等往復辨難不啻聚訟後儒莫能定其是非焉

七廟之說王鄭亦不同鄭謂周止祭四代及太祖合文武二世室而為七廟王謂七廟為天子常禮二世室在七廟之外二說之是非止據商書七世之廟一語可斷之矣鄭信韋玄成議而不見古文尚書故有此謬然王氏之說實祖禮器王制荀卿書穀梁傳及劉歆馬融之言其來已久鄭何弗之信乎

先儒言禘祫其說有三鄭玄以為祫大而禘小王肅張融孔晁之徒以為禘大而

祫小賈逵劉歆杜預之徒以為禘祫一禮而二名古經殘畧無由斷其孰是以鄭
見論之賈劉杜之說長也孔疏釋詩據鄭箋為說而鄭之言禘則有四焉圜丘
祭天而配以嚳一禘也南郊祭感生帝而配以稷二禘也大宗伯以饋食享先王
卽五年再殷祭三禘也致新主於廟遠主當祧因大祭以審昭穆四禘也四者二祭天二
祭廟皆得禘名矣周頌雝篇五年之禘也商頌長發南郊之禘也宋儒則从王義

樂舞

禮記下而管象成童舞象鄭注以為大武蓋周頌有二象維清奏象舞象文王之
事武奏大武象武王之事左傳季札所見舞象文王之象也禮器文王世子內則
明堂位祭統仲尼燕居所云象皆武王之象也武詩則籥管以吹之故云管象武
樂則干戚以舞之故曰舞象

先王不制夷禮而制夷樂白虎通曰先王推行道德和調陰陽覆被夷狄故制夷狄樂何不制夷禮禮者身當履而行之夷狄不能行禮也特設韎師鞮鞻氏二職以掌之魯太廟亦納夷蠻之樂然有舞而無聲與雅樂不同止以美大王者之德無所不被耳又周之王化先致南方迨王伐紂誓師獨舉八國而髳微庸濮皆南蠻可見也故南樂尤重焉旄人以敎國子胥鼓具節而鼓鐘詩舉南樂以總四夷毛韓二家皆云示德廣之所及必有本矣宋儒不信古義冢妄解爲二南

禮制

王伯厚應麟言康成釋禮其經傳無明文者輒引漢禮證之葢漢世去古未遠其制度猶有三代之遺用此證彼或可得其彷彿耳今以見於詩者言之抱裯襆抱帳也副漢步搖也六珈步搖上飾也鄉士之館衣緇諸廬也重喬所以縣毛羽也疏云猶今

百卌四

之鷺毛槊則又證以唐制汕擭罟也邪幅行縢也醻今之勸酒也簫賁錫者所吹也春酒中山冬釀也戈今之句子戟也以至有瞽樂器則大予樂可據也挈壺之刻漏玉瓚大斗之尺寸則漢之禮器猶存也然猶不敢質言之僅曰某若今之某而已後世攷古彌遠即漢制亦不可致何況三代乃欲飆近事以測古經如據韓愈畫記以釋載獫歇驕據大隄曲以釋漢有游女據姚崇焚蝗之令以釋秉畀炎火據滬負叉網以釋月離于畢據俗諺簸頭吹箄纂以釋一之日觱發皆非吾所敢信

土田

成周土田之制鄉遂都鄙不同鄉遂之法溝洫以授田貢以制賦比伍以調兵遂人夫閒有遂遂上有徑至萬夫有川川上有路此溝洫法也而以什一貢法制賦至調兵則小司徒五人為伍至五師為軍又凡起徒毋過家一人是一家出一夫

一鄉出一軍此比伍法也都鄙之法井田以授田助以致賦丘乘以調兵小司徒九夫為井至四縣為都此井田法也而以九一助法制賦至調兵則司馬法甸方百里實六十四井出兵車一乘甲士三人步卒七十二人馬四匹牛十二頭此丘乘也溝洫以十叙數井田以九叙數比伍以家叙兵丘乘以田叙兵比伍一家出一人丘乘七家出一人此其異也陳溥宝木鐘集論之甚詳今案良耜之百室箋以為共洫而耕并族而居其鄉遂乎信南山之畇甸箋以為甸方八里居一成之中甫田之十千箋以為成方十里其田萬畝其都鄙乎噫嘻之三十里箋以為萬夫之地疏以為與公邑采地共為部詳見本詩其兼乎鄉遂都鄙乎

梁名

梁之名所施甚多而詩有其四無逝我梁在彼淇梁維鵜在梁鴛鴦在梁有鵜在

梁皆濆梁也石絕水為堰而笱承其空天官𩣺人為梁王制虞人入澤梁指此如

茨如梁橋梁也以木為之月令謹關梁周語十月成梁浮梁也雖用以渡水而異

於橋惟天子得乘之五楘梁輈車上之梁也毛云輈上句衡謂輈稍曲而上至衡

從衡上而下句之則衡横於輈下如屋之梁輈亦名轅以上為梁者四而棟梁不

與焉

門室

天子有五門最外曰皐門次内曰庫門又内曰雉門又内曰應門最内曰路門外

朝在皐門内治朝在應門内燕朝亦名路寢在路門内所謂三朝也路門亦名畢

門亦名虎門亦名寢門以其内有路寢也路寢之内有小寢五是為王之六寢六

寢之内則為后之六寢亦謂之六宮康成曰婦人稱寢曰宮正寢一燕寢五與王

同諸侯有庫路雉而無皐應惟魯以周公故庫雉二門得兼天子皐應之制然止三門而已無五門也

牖下通明之地也朱子以奥當之屋扇當白之處也朱子以暗室僻之始未因名而敷實乎

器用

人挽車曰輦周禮注引司馬法曰夏后氏謂輦曰余車殷曰胡奴車周曰輜車又曰夏后氏二十人而輦殷十八人而輦周十五人而輦宋書及通典皆曰夏之末代所造井丹亦云桀駕人車然輦之爲用行則載任器止則爲蕃營師旅田役用之不以乘也周禮小司徒鄉師縣師稍人均人遂人所掌者是皆併徒役之用詩車攻傳以徒爲輦者爲田獵也黍苗篇我輦爲城譙也何艸不黄篇有棧之車箋

百卌六

云輦者爲用兵不息也皆以載任器帷中車掌王后五路有輦車左傳晉范宣子
使二婦人輦而如公齊子尾疾於公宫輦而歸衛公叔文子輦而如公此得用以
乘嗘王后止乘於宫中三子或遇變或疾或老皆非其常也桀無故而駕之則世
以爲譏矣黄公紹謂王朝步自周步爲步輦恐不可信
禮簠方而簋圜簠盛稻粱簋盛黍稷然用簠則簋從用簋或不設簠簋亦以盛稻
粱故古書言簋多不言簠凡言二簋者稻粱也諸侯日食以之若用享則簿矣故
易曰應有時也四簋者加以黍稷諸侯朔月食之而養賢者以爲平常燕食則禮
待之隆也六簋者加以麥苽天子朔月食之若盛舉則稻粱各二合黍稷麥苽是
爲八簋伐木篇陳饋八簋是也又有十二簋王者以待諸侯而上大夫八簋下大
夫六簋此則禮食所用不同於常食矣

圜曰筥方曰筐筐五斛筥五升筥小而筐大然筐之爲制又不同大筐五斛小筐五升深者爲懿筐淺者爲頃筐采桑欲其多容故取其深卷耳易盈摽梅將盡則用其淺而已鹿鳴之筐以受幣帛楚茨之筐以受黍稷牢肉鄭義采蘋之筐以受蘋藻采菽之筐以受豆籩良耜之筐以受饁餉之黍而與筥偕者三焉其小筐乎若大筐則盛米以饋賓用之

䠶有鵠有正有質而的其總名也大䠶䠶皮矦的以鵠製皮爲之賓䠶䠶采矦的以正采畫爲之燕䠶䠶獸矦的以質畫熊麋虎豹鹿豕之形爲之猗嗟不出正此賓䠶也賓之初筵箋云舉鵠而棲之於矦此大䠶也經云發彼有的傳云的質此燕䠶也毛以首章爲燕䠶矣鄭衆馬融王肅謂鵠大於正正大於質並在一矦皆誤惟康成據周禮分爲三䠶之矦獨得之陸佃言皮矦有鵠無正采矦有正無鵠

百卌七

獸矦有質無鵠無正是也質亦采畫但正畫五色質畫各獸之形爲臬則質亦可爲正案質亦名埶行葦傳云已均中蓺箋云埶質也疏以質爲正鵠之總名又正亦作䲧鴻鵠摯䲧皆鳥也鵠高遠䲧捷黠以中之爲俊故的取名焉

旗幟

司常九旗曰常也旂也旜（亦作旃）也物也旗也旟也旐也旞也旌也常旂旟旐旌五者皆見詩鄘之干旄毛以為旃鄭以為旃與物則二者亦見詩詩得九旗之七而旂九屢及之出車采芑之旂以出師庭燎采菽載見之旂以覲於王玄鳥之旂以助祭閟宮之旂以承祭韓奕之旂天子所賜皆諸矦事也九旗中常最尊而旂即次焉天子建常諸矦建旂非他人可得假故詩咏旂婞目諸矦矣尔雅釋天亦詳旂制大約竿首設旄旄首注旌九旗所同而旗竿則綢以素錦韓奕之綏章毛云

大綏指竿首之旄也下以纚帛爲縿音衫而衆旒著焉旒有九詩所云央央淠淠陽陽茷茷皆旒縿之皃狀也畫素龍於縿故載見閟宮玄鳥三詩皆言龍旂也縣鈴於竿首故載見又言和鈴央央也至於綦組之飾與諸旗等耳而朱纓以維持之則同於大常案王之金路亦建大旂此或王之旂制乎諸侯旒不曳地當不必用纓維矣

馮氏名物疏引左傳楚子元皋陽虎之旆證六月詩白旆是軍前大旗當矣至以昭十三年晉治兵邾南辛未建而不旆壬申復旆之爲大將所建大旗則不斾凡經傳用字有虛實此傳之旆乃虛字耳曲禮武車綏旌德車結旌注云綏舒散之也結收斂之也傳不旆即收斂之謂旆之即舒散之謂非實指旗幟之名也小雅胡不旆旆與左傳不旆之義同其白旆央央悠悠旆旌方是旗幟之名案司常九

百卌八

旗不列旆名尓雅長尋曰旐繼旐白旆注云帛續旐為燕尾孔仲達亦謂旆是旗之尾意無燕尾為旐有燕尾為旆此其異乎巾車革路建大白以即戎注以大白為殷旗鄭答趙商以為王不親將故建先王之正色又釋名白旆殷旌也帛繼旐者也然則白者旆之色繼旐者旆之形也詩之白旆左傳之大旆及諸旆皆戰伐時所建則旆即大白無疑

佩玉

古之君子必佩玉亦用以充耳 然惟天子純用玉下此皆襍玉石其見於詩者如鄘風玉之瑱也衛風充耳琇瑩小雅充耳琇實皆充耳也如鄭佩玉瓊琚王風貽我佩玖秦風瓊瑰玉佩大雅何以舟之維玉及瑤毛云舟帶也鄭云玉瑤容刀之飾皆佩也著詩之瓊華瓊英瓊瑩毛以為佩而鄭以為充耳也木瓜之瓊琚瓊瑤瓊玖經雖不言

所用然琚見鄭風玖見王風瑤見大雅皆以為佩名則此三者亦佩也今攷之毛傳惟瓊云玉之美者琚云佩玉名瓊玖云玉名其琇瑩琇實及衛之瓊瑤齊之瓊華皆云美石王之佩玖齊之瓊瑩秦之瓊瑰皆云石似玉至齊之瓊英毛無傳而鄭以為猶瓊華則亦美石也孔疏又以王之佩玖例衛之佩玖謂玖亦非全玉然則詩言瑱佩止瓊琚是全玉耳餘皆石也但英瑤玖瑰瑩諸名俱合瓊為文則玉石兼用可知蓋古制如此其說必有本矣黃公紹韻會譏毛傳為非而自為之解以玉之生成比之艸木謂瑩猶艸木之榮玉之始生也英為玉之最美華為玉之方成實為玉之既成亦猶艸木之英華與實也斯穿鑿之見矣況爾雅木謂之華艸謂之榮榮而不實謂之英是三者之在艸木元不得有生成之別黃欲釋玉而先誤釋艸木將焉欺乎

百卅九

衣裳

王之吉服九其六冕服其三弁服冕服六者大裘而冕也衮冕也鷩冕也毳冕也絺冕也玄冕也弁服三者爵弁也皮弁也冠弁也公之服自衮冕而下如王侯伯自鷩冕而下如公子男自毳冕而下如侯伯孤自絺冕而下如子男卿大夫自玄冕而下如孤士則爵弁冕服皆玄衣纁裳爵弁服純衣纁裳緇帶韎韐皮弁服素衣素積緇帶素韠冠弁亦謂之玄冠亦謂之委皃其服謂之朝服緇衣素裳凡九服惟大裘不見詩九罭之衮衣采菽之玄衮衮冕服也唐風之七衣鷩冕服也大車之毳衣毳冕服也采菽之黼絺冕服也終南之黻衣繡裳玄冕服也瞻彼洛矣之韎韐同頌之絲衣載弁爵弁服也淇澳之會弁終南之錦衣狐裘皮弁服也召南鄭唐檜之羔裘鄭之緇衣冠弁服也外又有服弁服凶服也弁絰服弔服也韋

弁服戎服也在九服之外矣而韋弁服亦見詩東山之裳衣六月之常服我服采芑之命服皆是人有玄端服亦玄冠玄衣與朝服同而裳不用素爲異上士玄中士黃下士雜色天子諸侯皆以朱天子視𦤎以皮弁諸侯視朝以朝服大夫士在私朝以玄端冕服爵弁服緣衣也中衣用素皮弁服朝服麻衣也中衣用布即十五升布所謂帛不裏布也唐風之素衣朱襮諸侯冕服之中衣也謂之繡黼丹朱惟君得服之大夫士中衣得用素衣不得朱襮矣若夫檜風之狐裘則息民之祭服也曹風之麻衣則深衣也檜風之素冠毛以爲練冠鄭以爲祥冠也鳲鳩之騏弁綦色之弁也顧命特設此服非禮之常服也故鄭以騏爲璂理或然也秦風之袍澤褻服也無羊之蓑笠野服也都人士之緇撮則大古之冠而用爲始加者也

褘衣褕翟闕翟鞠衣襢衣褖衣 此王后之六服也其色經傳無文惟襢衣用丹縠

百卌

見毛傳耳孫毓以為褘衣亦褕翟青闕翟黑鞠衣黄襃衣赤褖衣黑鄭玄以為褘

衣玄褕翟青闕翟赤鞠衣黄襃衣白褖衣黑褕翟鞠衣褖衣兩家所説色同餘三

服則異要皆臆説難信約而論之三翟本象雉而鷂褕翟雉青質則鄭説近之鞠似

麴塵又象桑葉始生定為黄色而以丹縠為襃衣毛説必有本則鞠襃之色當以

孫説為正男子褖衣色黑則婦人亦宜然兩家説同亦有徵信者也至褘衣之為

赤為玄闕翟之為赤為黑無可據矣其見於詩則葛覃之濯衣毛以為副褘盛服

鄭以為褘至褖皆是也采蘩之被襃褖二衣之首飾也邶之綠衣鄭以為褖衣也

君子偕老之副笄褘衣褕翟之首飾也象服鄭以為褕翟闕翟也其之翟亦此二

翟也其之襃襃衣也惟鞠衣弗及焉

裘有狐裘有羔裘有麑（亦作麛）裘有貉有貍而羔裘之用爾多大裘而圜黑羔裘也

五冕之服爵弁服冠弁服皆羔裘天子諸侯燕居玄端服亦羔裘詩之羔裘皆冠弁服也君用純臣異其褎飾故有豹袪豹袖豹飾之偁焉狐裘有三一狐白裘天子視朝及弁服用之諸侯朝天子亦同皆裼以錦衣卿大夫在王朝亦衣狐白惟裼用素衣為異二黄衣狐裘蜡祭後息民之祭及兵事韋弁服用之三狐青裘大夫士玄衣之裘也玉藻玄綃衣裼之是也玄衣即玄端服與天子諸侯服同而裘異矣見秦終南者狐白裘也見檜羔裘及小雅都人士者黄衣狐裘也見邶旄丘者狐青裘也毛云狐蒼青蒼色同麛裘者諸侯視朝君臣皆皮弁服則服之其受外國聘享亦然裼衣或絞蒼黄之色或素而素為正矣見論語玉藻聘禮注而不見詩豳風取貍貉為裘貉裘以燕居論語狐貉之厚以居是也貍裘以從戎左傳定九年東郭書幘而衣貍製是也外又有虎裘狼裘裘之武猛者也君之車右及左服之又

有犬羊之裘裘之賤者也庶人服之

稽疑

它注引傳疑誤　正義引尒雅疑誤　監本經注疑誤　釋文疑誤

集傳疑誤

它注引傳疑誤

毛傳之來最古後儒相傳讀本各别它注所引與今本不無異同亦攷證之一助也特録之如左

鱣鮪發發傳云鱣似鮎見文選西京賦李善注今傳云鱣鯉　胡不遄死傳云胡顔而不速死也見文選李注今無之　漸車帷裳傳云幢容見周禮巾車疏今是箋非注　悉率左右以燕天子傳云驅禽於王之左右見東京賦李注今無於王二字　巷伯傳云巷伯内小臣也掌王后之命於宫中故謂之巷伯伯被讒將刑寺人孟子傷而作詩以刺幽王也見後漢孔融傳注今謂之巷伯以上是箋非傳伯被讒以下傳箋俱無之案敘下例無傳汎玩次章末章傳文則以被讒為巷伯決非毛意章懷注誤引　其繩則

直傳云不失其繩直之宜也見東京賦注今無之宜二字介人維藩大師維垣大邦維屏傳云當用公卿諸侯為藩屏也見後漢光武紀注今無之崇牙樹羽傳云置羽於栒上以為飾也見東京賦李注今止云置羽也少六字致天之屆傳云屆極也見文選李注今無之稷勤百穀殁於畟水之山見魯語韋注今無之亦不知何篇之傳[illegible]畟水見山海經云后稷葬焉注云其城方三百里鼯鼠虎皮也見東京賦李注不知何篇之傳右諸條多是引者之誤惟韋注最古必不謬而今逸其文以此推之傳文之譌闕可勝語哉

正義引爾雅疑誤

詩疏引尒雅及郭注每有與今本不合者如聿脩厥德毛傳云聿述也疏以為釋詁文今釋詁無此語又如筲盲恐盲鞠鄭箋云筲盲盲稚也鬻子之閔斯毛傳云鬻稚也疏皆以為釋言文今釋言云幼鞠稚也無盲鞠字孔疏又引郭璞云鞠一

百卌二

作毓故鬻為稚也今郭注亦無此文但引尚書康誥不念鞠子哀而已豈今尔雅郭注非全書邪又如小雅後予極焉鄭箋云極誅也魯頌致天之屆鄭箋云屆極也疏皆以為釋言文今釋言云殛誅也不云極又云屆極也不云殛意極殛二字通用乎然郭注殛誅引書鯀則殛死注屆極則云有所限極二字義竝不相通孔疏所據豈孫李輩讀本異邪又如始及公子同歸毛傳云殆始也疏云釋詁文說者以為生之始今釋乃胎始非殆始郭注云胚胎未成亦物之始則亦非殆字孔疏所據定非郭義也不然或詩之殆及古本原作胎及也姑記以竢博識

監本經注疑誤

今世監本注疏是萬歷十七年鐫版辨經學者必據此為證然譌舛甚多貽誤後學不淺推其由殆緣監臣不親讐較率委槧監為之此輩文義疏陋徒艸艸竣局

以欺其長致滋錯謬也且其誤非一端有沿譌已久因循不改者有原本不誤昧者妄改之反致誤者有書寫偶誤失於較正者經文人人誦習其誤顯然可見至傳箋之誤有它本可對或諸本俱誤又有孔疏申釋可推較而知然疑信者相半矣今録出以備攷併使後世鐫是書者用為較讐之一助云　我姑酌彼金罍箋饗燕之禮饗誤作響　迨冰未泮冰誤作氷泮誤作泮經傳疏同氷泮皆俗字　揚且誤作楊經傳同　終然允臧然誤作焉此俗人據朱傳而妄改　碩人箋姣好姣誤作佼又箋文之大箸傳齊大子兩大誤作太　美目盼兮盼誤作盻經傳同　鱣鮪發發當依石經改為潑潑　氓二章傳能自悔悔誤作誨　木瓜傳瓊瑤美石石誤作玉當依孔疏及呂記改正　王風譜至于夷厲上少一圈與疏溷　暵其脩矣傳脩且乾也呉棫韻補引此作日乾　兔爰傳造為也為誤作偽

百卌三

火烈具揚傳揚揚光也玩疏語傳衍一揚字呂記嚴緝引此亦無下揚字　茹藘
經藘誤作蘆　溱洧傳渙渙春水盛也今脫春水二字當依呂記嚴緝及元本注
疏補入　齊詁訓傳詁字誤作誥　齊譜禹貢青州上少一圈　雞鳴箋東方且
明之時且誤作早　著東方未明肉敘下箋云俱誤作傳云　素飧飧从夕食經
傳疏皆誤作飱　白石粼粼經傳皆誤作粼粼　無衣美晉武公美誤作刺　秦
譜秦之變風秦誤作翳　鴥彼晨風經傳鴥皆誤作鴪　傳駛疾駛誤作馱　無
衣箋澤褻衣澤誤作襗當依呂記嚴緝改正　視尒如莜箋男女交會女誤作子
正是四國傳正長也長誤作是　豳譜后稷之曾孫曰公劉者曰誤作也　七
月次章箋入本於此於誤作佗　采蘩祁祁傳誤作祈祈　鑿冰沖沖誤作冲冲
經傳疏同　朋酒斯饗傳饗字誤作響　東山次章箋家無人則然則誤作惻

常棣敘下箋召穆公脫穆字　況也永嘆況誤作况經傳同　兄弟既翕傳翕合
也合誤作如　女心傷止首章經文女誤作汝　由儀敘下箋萬弟之意意誤作
處當依孔疏改正　載沈沈誤作沉經注同　新田傳新美天下之士下誤作子
歇彼飛隼經歇誤作鴥　田車既好傳大艾艸以為防艾誤作芟疏同　夾茀
金鳥傳諸侯夾茀金鳥鳥達屨也兩鳥字中間疑脫一金字　祈父箋引書若疇
圻父當依孔疏改為若壽　傳箋羌戎疑當作姜戎　載弄之璋箋正以璋者以
成之有漸玩文義及疏語正當作止　三十維物傳異毛色異誤作冀　爾牲則
具箋索則有之索誤作素　勿罔君子箋勿當作末末誤作未下末罔同　犉三
有事傳有同國之三卿同誤作司　亦孔之痗傳有衍文詳附錄　雨無正昊天
疾威當依孔疏改為旻天　而月斯征箋月視朔朔誤作朝　無忝爾所生經無

百卌四

字誤作毋此見釋文云毋音無故妄改之也不知釋文經本作毋元與今本異見
呂記　不離于裏離誤作罹　譬彼壞木箋傷病之木木誤作本　無拳無勇箋
言無刀勇者言下脫無字　經僮誤作𢈔　巷伯敘未脫四字箋內衍四字詳附
錄　匪莪箋我視之以為非莪我誤作貌玩疏可知　穫薪箋穫落木名也既伐
而析之穫誤作穫析誤作折　契契箋契憂苦疑當作契契憂苦　載翁傳翁誤
作如　廢為殘賊傳廢狀也狀當依王肅及定本改為大　四月傳溥大大誤作
天　塵雝雝誤作雍經注同　式穀以女箋是使聽乎天命乎字誤在天字下
其德不猶傳猶若也若誤作苦　我蓺黍稷蓺誤作藝　曾孫之穡箋斂稅曰穡
呂記引箋稅作穫　受天之祜祜誤作祐　自古有年箋豐年之法豐誤作晨
今適南畝箋亙辭亙誤作亟　琴瑟擊鼓箋擊土鼓擊誤作繫　炎火箋盛陽氣

嬴嬴誤作嬴　畀雨祁祁誤作祈祈經注疏同　大田田畯至喜箋勞倦倦字誤
鞞鞛傳容刀刀誤作力　兄弟具來箋具猶皆也皆誤作來　大侯既抗箋有
缺文詳附録　以祈爾爵箋爵女當作女爵　采菽箋牛俎牛誤作生　赤芾在
股箋蔽前前誤作膝　福禄膍之膍誤作脆經傳同　角弓傳調和元本作調利
疏申傳同　民胥然矣箋天下之人皆如之今如誤作知　後予邁焉箋引左傳
子誤作予　緜蠻箋飢則予之食飢誤作食　酌言嘗之箋立賓主主誤作注
漸漸之石敘役久病於外於誤作在　不皇朝矣箋皇正也正誤作王疏亦誤
月離于畢傳畢噣噣誤作蠋　何艸不玄箋艸芽孽者孽誤作蘖　有棧之車據
韻會傳箋皆作輚車與經異今經注同誤作棧　不顯亦世傳仕者世禄仕誤作
也　捄之陾陾箋捄捊捊聚兩捊俱誤作桴　迺立皋門箋有闕文詳附録　淠

百卌五

彼涇舟淠誤作渒經注疏同　條枚箋木之枚本枚誤作枚　思齊篇脱惠子宗公一章經注疏皆缺約有兩葉在卷十六之三弟十七葉弟四行後　雝雝在宮傳雝雝誤作廱廱　上帝者之傳耆惡也惡誤作老　作豐伊匹箋大小適與成相偶成誤作城　燕翼傳燕安安誤作及　荏菽傳荏菽戎菽也戎下脱菽字　旆旆旆誤作斾經傳同　實種傳雜種雍誤作雜　載燔載烈箋既為郊杞之酒旣誤作郎　或肆之筵傳或陳之筵者之誤作言　醓醢箋蘸菹蘸誤作非　天被爾祿箋祿臨天下臨誤作福當依元本改正　公劉敘下箋周公居攝公誤作王　干戈箋句子戟子誤作矛　京師之野傳是京乃大衆所宜居之野野誤作也　止基箋作宮室之功止止誤作也當依元本改正　媾于庚人箋無擾當依孔疏及呂記改為撫擾　傳山東曰朝陽山誤作由　正敗箋敗壞敗誤作厲

玉女箋君子比德焉焉誤作為　會莫惠我師箋不肯惠施以賙贍衆民施誤作
於　靡屆靡究箋日祝詛日誤作旦　内奰奰誤作奰經注疏同　顛沛之揭傳
沛拔拔誤作挼箋大木木誤作本　遠猶辰告箋有鈌文祥附録　屋漏箋厞隱
厞誤作扉　民各有心箋二者意不同意誤作竟　面命箋對面語之語誤作與
庻無大悔箋悔恨也誤作侮慢也　上三條當依元本改正　國步斯頻箋頻比
比誤作止　予豈不知而作箋而猶女也女誤作與　寧莫我聽箋我之精誠識
誤作神　宜無悔怒箋我何由當遭此旱當誤作常　三條當依元本改正　昭假
無贏箋贏緩緩誤作綏　入覲于王箋以當職來常誤作當　顯父餞之箋周之
卿士卿士誤作公卿當依孔疏及嚴緝改正　周頌譜降於祖廟上功大如此上
各少一圈　大又何求箋女歸誤作時歸　噫嘻成王傳噫勑勑誤作和箋能成

百卌六

周王王誤作公　駿發尔私終三十里箋使民疾耕發其私田竟三十里者一部一吏主之於是民大事耕其私田萬耦同舉也竟三十至其私田凡二十字皆脫厺人箋二耜為耦二誤作三當依元本補入改正　鯈鱨箋白鯈鯈誤作鰷　克昌厥後後誤作后　將予就之箋女扶將我女誤作艾　屢豐當依石經改屢為婁　有驛傳有缺誤詳附録　從公于邁箋于往往誤作邁　烈祖以假以享箋假升也升誤作大嘗依元本改正　古帝命武湯箋誤雙行寫　龍旂十乘箋二王後二誤作三　幅隕既長經隕誤作幁　有震且業箋邑君之震君誤作吾

天命多辟箋告曉楚曉誤作饒　下告曉偈誤作饒　又六亡詩華黍由庚二叙下皆云有其義而亡其辭　此乃毛公語儀禮疏謂之毛公續叙當依傳箋例細字覃行今偈作大字與叙無辨後有鐫是書者似宜改正　又傳箋附入經之故須別

以經字然亦單行以異於釋文正義至鄭譜置卷首與經異處自應作大字或比經低一格以孔疏分注其下庶覽者瞭然今本細字雙行與正義文相間雜止以圈別之頗有失圈致譜疏無辨如前所指摘者皆因立例未善也後世鐫是書者或有取於鄙言　以上止及經文傳箋其疏文浩汗譌謬難縷指或與經注同誤則因又便連及之至所引艸木蟲魚疏甚多凡陸璣輒作陸機通本俱誤又徧檢它本皆然雖元本亦不免不知誤始何時也惟近世毛子晉家刻本从玉旁作璣差彊人意焉其餘誤字止可臨文塗乙未能別簡條陳姑闕勿論

釋文疑誤

陸氏釋文有功經學然載在注疏中者已非全書至近世尤不爲俗學所尚罕寓目焉襲舛仍譌彖負連幅十倍傳箋良足惋也案古人經由師授讀本各分而字

百卌七

書亦異略載於釋文其曰某本又作某本亦作某者讀本之不同也其曰字又作某字亦作某者古字之通用也相沿既久脫誤愈滋又釋文元本所載經文或與今本經文異則別作之字與今本同而元字反異俗儒傳寫不知其故往往互易其文甚有但改元字而別作之字不改遂至兩字相同者非有它據何由正之又釋文多引爾雅說文字林方言艸本蟲魚疏廣雅箸書及韓詩之語亦時與彼文不同兩異必有一誤然未可臆斷也蟲據管見所及稍辨其一二其可疑者仍兩存之以俟傳識者擇焉　關雎敘后妃之悳也下釋文獨單行寫與箋溷　般之無斁傳斁厭釋文厭本亦作猒二猒必有一誤　頃筐傳畚屬云以下凡單言云俱係釋文畚何林云云艸器也說文同孔疏引說文亦云艸器今說文云蒲器　虺隤云虺隤說文作頹今說文無頹字有隤字疑釋文經本作頹而云說文作隤今本二字互

易是俗儒妄改後倣此　我姑酌彼金罍云秦以市買多得為夃夃誤作盈　兕觥云兕字又作兕今兕兕互易當依呂記改正又推此則七月吉日絲衣釋文兕作兕當亦近本互易其字又云饙本亦作餴今饙誤作饙　陟彼砠矣云礌本亦作砠今兩字皆作砠葛藟縈之云帶本亦作縈今帶縈互易皆當依呂記改正

螽斯云螽音終尔雅作蜙蝑下當脱　斯字傳蚣蝑云蚣字林作蚣下蚣當作蜙詵詵云詵說文作𬺈今說文無𬺈字而詵字注引此詩疑詵𬺈亦互易案𬺈字見玉篇多部云姓也或作騂𨐨甡甡　又云螽斯江東呼為蚝蝑音竹帛反音字疑當作蚝　兔罝云菟又作兎今菟兎互易當依呂記改正　言秣其馬云秣說文云食馬穀也今說文無秣字字作餘　惄如調飢云惄溺當作愵惄詳附録　麟趾云止本又作趾今止趾互易當依呂記改正　又云定尔雅顛也顛誤作頲

百卌八

被之僮僮箋髮髢云髮皮寄反鄭音髮下三字可疑　采蘋引韓詩藻字當作薻
詳附録　勺繭云繭韓詩作劉今劉誤作箋當依玉海改正　行露箋早投云投
本又作莫今投誤作露　穿我屋云穿本又作穿穿今誤作穿穿音川亦見禮記
釋文　迨其吉兮韓詩云迨願也當依玉海改願為願　夙膺云膺本亦作膺今
二字互易當依呂記改正　五紽云紽字又作紕二紽必有一誤　不可選也云
選雪兗反選也下選字誤　覯閔云遘本或作覯今遘覯互易當依元本改正
緑衣云禮衣毛氏云融皆云色交句有誤　燕燕箋戴嬀生子名完云完字又作
皃今皃誤作皃　擊鼓箋公子馮云馮本亦作憑同皮冰反今脱同字　雄雉敘
刺衛宣公云刺俗作刺今兩字皆作刺　有鷕云鷕沈雉皎反元本雉作耀　濡
軓云說文云軓車軾前也从車凡聲今軓誤作軌凡誤作九　旭日云說文旭讀

若好今說文好作勖○泮泮誤作泮　采葑云葑今菘菜菘音嵩今嵩誤作蒿
旄丘云音毛丘或作古北字疑北當作㐀㐀乃古丘字又云旄字林作嵍山部
又有嵍字亦曰嵍丘今𠕋嵍皆誤作嵏當依元本改正○蒙戎云蒙徐依左傳讀
作厖若而下二字可疑　流離云鶹鷅誤作鶹　毖彼泉水引說文有誤字衍文
詳附録　新臺有泚云泚說文作泚云新色鮮也君子偕老篇引說文同今說文
云玉色鮮　二子乘舟𠕋駛字俱誤作駃秦晨風誤同　𠕋髦云說文作髳呂說
引釋文云髦韓詩作髳今說文髳乃或體本作鬏引此詩則作髳係韓詩為是
象飾箋褕翟褕音遥字又作褕今揄誤作褕遥誤作遇當依元本改正　椅桐云
梓實桐皮曰椅椅誤作梓○干旄箋旒縿云縿何沈相沾反沾誤作沽　載馳云
驅字亦作駈今駈驅互易當依呂記及元本改正推此則釋文驅字本皆作駈其

百卌九

言驅作駈脅戴驅秦脅驅之類俱後人互易○淇奧引艸木疏云㵎亦水名正義亦引陸璣
云淇㵎二水名今陸疏無此文　綠竹云藩萹筑也又云萹筑本亦作扁今兩萹
皆誤从竹　琇瑩云琇說文作璓今兩字俱作琇　倩盼云倩本亦作蒨蒨誤作
倩又盼誤作兮　施罛云濊大魚網目豁豁也今脫一豁字又引凝流㵋說文異
詳本篇　河廣云刀說文作舠正義云說文作舠今說文無舠舠字字見玉篇云
音彫舟也　伯兮箋軫也云軫本亦作軨今軨誤作輔又酋矛云酋在由反發聲
末二字可疑　報之以瓊瑤云瑤說文云美石今說文云玉之美者引此詩　黍
離云說文作穚今說文無穚字字見玉篇云禾杷也　其樂只且云且子餘反人
作且七也反有誤　杕河之漘引尒雅夸上涌下不漘不誤作水　如璊云璊說
文作𤩝解此璊云禾之赤苗謂之虋玉色如之今璊虋皆誤作璊禾誤作木今說

文無穡字其夾苗字作虋　丘中傳墝埆云埆苦角反苦誤作若　樹檀傳彊韌
之末云韌本大作刃元本韌作忍觀下文陸以傳字爲假借則作忍良是　窠鴇
云鴇依字作鳵今兩字俱作鴇　釋掤云箭筩筩誤作筩　清人云喬喬彊也彊
誤作疆　箋矛矜引方言云其柄謂之矜今方言矜作鈐彼注云今字作槿又引
郭注巨巾反誤作巨中　逍遙云逍本作消今兩字俱作逍　右抽云抽說文作
搯搯誤作掐　明星箋早於別色時云蚤音早本亦作早弋鳧箋弋繳射云繫本
又作繳今蚤早早三字繫繳兩字各互易當依元本改正　東門之墠云壇依字
當作墠今兩字皆作墠當依呂記改正○渙渙云渙說文作汎汎父弓切今說文
云汎浮也从水凡聲不引此詩徐孚梵切　贈之以芍藥云勺藥韓詩云離艸也
今脫此十六字當依呂記補入　蟲飛薨薨云薨呼弘切薨作薨　總角云總本
百五十

又作揔今兩字竝作總當依玉海及元本改正　魴鱮云鱮象呂及鱮誤作鱮
其負唯唯釋文誤編疏後　蕈苐云苐音弗苐誤作苐當依呂記改正○魏詁訓
傳第九下云姫姓國也誤作姫魏○摻摻云摻說文作㦰㦰左誤从木　言采其
藚云藚音續說文音其或及此反大遠續音瓡誤　桑者閑閑云閑閑音閑本亦
作閑今誤作閑閑音閒當依元本改正　素餐云餐說文作餐或从水上餐字誤
朱繡箋繡當為綃云繡鄭改為宵宵音消本作綃今兩宵皆誤作綃當依元本
改正　白㕦𨜒𨜒云𨜒刊薪反𨜒誤从𨜒刊非毋當作利　見此邂逅覯本又作
逅今覯逅互易　豹褎云褎本又作褎今兩字皆作褎上二條當依呂記及元本
改正　有杕之杜敍兼其宗族云宗族本亦作宗矣今矣誤作族　葛生傳齋則
角枕又引內則斂枕篋云齊本亦作齋篋口牒及今齊誤作齋口誤作曰　游環

傳蒯環也云靳環居覲反本又作蒯今靳蒯互易已上共四字當依元本改正
厹矛云厹音求厹誤作厶當依呂記改正　有條有梅云沈云荆州曰柟楊州曰
梅重實揚州人不聞名柟觀沈下語乃孔疏則當云荆州曰梅揚州曰柟　渥丹
云丹韓詩作沰沰搓角反搓左誤从木　晨風云鴥説文作鴪呂記引此同元本
鴪説文作鴥今説文同原本　同袍云袍抱毛反抱誤作袍　穀旦云旦本亦作
且今且誤作旦　淑姬云叔音淑本亦作淑今誤作淑音叔　斧以斯之引爾雅
斯誃離也誃誤作侈　月出云皦本又作皎劉本又作懰今皦皎劉懰各互易當
依呂記及原本改正　乘駒云驕舊音駒沈云或作駒字是後人改之今脱此十
五字當依呂記補入記又云皇皇者華篇内同　有蒲與荷箋芙蕖之莖曰荷云
夫本亦作芙渠本亦作蕖今夫芙渠蕖各互易當依元本改正　檜弟十三云子

百五一

男誤作子南　曹第十四云曹者誤作曹音　歸説云説音稅稅誤作悅　三百

赤芾云芾音味反服謂之芾此有誤　浸彼苞稂云漫本又作浸今漫浸互易當

依呂記及元本改正　愾我寤歎云愾説文云太息也今説文無愾字　觱發云

説文作畢發今説文作滭沷　栗烈云説文作颲颲今説文颲風雨暴疾也颲冽

風也與毛傳氣寒異義不引此詩　饁彼南畝箋俱以饟來云饟式亮反式誤作

式　殆及公子同歸釋文殆作迨云迨始也今迨誤作殆又脱始也二字當依呂

記改正補入　重穋云説文云禾邊作重是穜稑之字禾邊作穜是穜埶之字今

人亂之已久今説文無此語　鴟鴞云鴞于驕反于誤作吁　蓄租云租子胡反

又作租如字二租有誤　又離乃旦反乃誤作及　又翛素彫反翛字誤陸本經

作消消　蠨蛸云説文作蠨蠨今誤作蠨　我斨引説文方銎斧銎誤作鉞　四

國是吪云訛又作吪今訛吪互易當依元本改正　伐柯云饌士戀反士誤作王
九罭云罭本亦作䍘二罭有一誤　狼跋云狼跋省郎歜也省疑作音　載疐
云疐本又作疌疌恐誤疌疾葉切疾也　鹿鳴引說文芩蒿也今說文云艸也
倭遲云遲韓詩作倭夷遲上疑脫倭字　雖傳夫不引艸木疏一名浮鳩今陸疏
浮作鵓　我馬維駒云駒音俱恭矦反本作驕元本無恭矦反三字本下有亦字
又據呂記則釋文直作驕又說文引詩我馬維驕云馬高六尺為驕　常棣傳常
棣棣云棣作核者亦亦字疑當作非○況左誤二　閱牆云牆本或作墻元本墻
作廧　妻帑云今讀音孥也孥誤作拏當依元本改正　坎蹲云坎說文作竷云
舞曲也蹲本或作墫說文云士舞也今說文竷注曰繇也舞也樂有章墫注曰舞
也又云蹲七旬反七誤作毛　吉蠲云蠲舊音圭圭誤作堅　象弭箋末彎云彎

百五二

說文方血反今說文無䘏字　旆旆云旆蒲貝反貝誤作昇　奐㬇傳不㬇云㬇
或作麑麑今誤作霓　彤弓箋敵愾云愾說文作鎎鎎今誤作鐐　孔熾云熾尺意
反尺誤作反　方叔涖止云莅本又作涖今莅涖互易當依呂記改正　○馺誤作
馺　車攻鈙脩器械云三蒼云械總名也說文云無所盛曰械今說文云械器之
總名一曰有盛曰械無盛曰器　傳艾艸云艾魚廢反艾誤作芟　箋甫曰云甫
田舊音補補誤作浦　湀拾云㕛本又作湀今㕛湀互易三條當依元本改正
○犬兕云兕本又作光今光誤作光　抆未央引說文與今異詳本篇　不蹟云迹
當作蹟蹟足跌也今脫此八字當依嚴緝補入　爲錯云錯說文作厝字林同千
誤作乎　其下維穀云穀从木㱿聲㱿誤作穀　槷之云槷徐丁立反丁誤作下
遁思遯字又作遂今誤云遁遯字又作遯當依呂記及元本改正　采遂箋牛薠云

藬本又作蘈今藬蘈互易當依元本改正　如鳥斯革云革韓詩作鞠今鞠誤作
勒當依呂記及元本改正　載衣之裼云裼韓詩作褅齊人呼小兒被為褅兩褅
俱誤作裼當依說文及呂記改正　尔牲則具索誤作素　憂心如惔釋文正義
引說文舁今本異詳本篇又引說文忝小契也並誤作小熱當依元本注疏今本
說文及玉篇改正　箋桯轄云桯本有作手旁至者本有誤作又　鞠訩云九六
反九誤作兀　訊之占夢云訊本又作訊今訊訊互易當依元本改正　虺蜴云
蜴星歷反又作蜥蜴蜥當倒轉　有菀其特云菀音鬱今苑誤作菀當依呂記改
正　又有嘉殽云肴本又作殽蹶維趣馬云蹷俱衛反今肴殽互易蹷誤作蹶當
依呂記及原本改正　豔妻煽方處云說文作傓今兩字俱作煽　不慭遺云慭
尒雅云願也强也且也今尒雅無此文惟願也强也見小尒雅又正義引說文云

百五三

慭冐从心也亦與今說文異　讒口嚻嚻云韓詩作謷謷今謷誤嶅當依呂記及玉海改正　噂沓云噂本又作沓今噂沓互易當依呂記及元本改正　亦孔之痗云痗又音悔當依元本改正　如彼行邁云邁遠行也今脫此四字當依嚴緝補入　戎成不退云退徐音退本又作退首退字必誤　憯憯日瘁云慘子感反今慘誤作憯當依呂記改正　孔棘且殆箋甚急迮且危云笮本又作迮今笮迮互易當依元本改正　宛彼鳴鳩云菀於遠反菀誤作苑當依呂記改正　曰父毋且云且觀箋意宜七也反也誤作池　維王之邛云邛其凶切凶誤作斤　僶誤作僶　為鬼為蜮云蜮音或或誤作惑　有靦面目云姡面醜也疏引說文作面靦詳本篇　巷伯傳縮屋云縮又作摍所六反摍今誤作樀　緝緝翩翩云緝說文作咠云咠語也咠字誤當依說文為聶語又說文引詩本作咠咠幡幡與翩翩

為句則語屬上章與幡幡為句則語屬下章未詳孰是　氿泉云氿字又作厬厬
今誤作斔　無浸穫薪云浸子鴆反字又作浸今寖誤作寑　跂彼織女云跂說
文作歧今跂誤作岐　或慘慘劬勞云慘字又作懆懆字誤疑當作懆　呰此譴
怨釋文誤入日月方奥下　悤心且妯云妯郭音尒雅盧叔反又音迪今尒雅郭
注無音○我蓺黍稷蓺誤作藝　祝祭于祊祊說文作鬃云門內祭云誤作示
工祝箋受嘏云嘏古雅反雅誤作嘏　神耆云耆而至反耆今誤作嗜當依呂記
改正　霢霂云霢亡華反亡誤作士○疆埸有瓜箋剝削淹漬云淹英鉗反鉗非
韻疑當作鉗　亨于祖考箋納亨云亨普庚反亨誤作享　甫田述箋語甫之言
丈夫也言誤作田　攸介攸止云介音㫰王大也王誤作止當依元本改正　箋
道義相講肆云肆字亦作肆元本上肆字作肄　不稂云稂說文作蓈云稂或字

百五四

也禾粟之采生而不成者謂之童蓈今兩蓈字皆誤作節采字誤作秀　炎火箋
飆誤作飇釋文亦誤　○祁誤作祈　戢其左翼云戢韓詩云捷也捷其噣於左捷
誤作捷當依玉海改正　大侯既抗云抗苦浪反苦誤作若　箋舉侯而棲鵠
云鵠鵠也說文云卽鵠也小而難中又云鵠者覺也直也躲者直己意今說文無
此文鵠字注云鴻鵠也　發彼有的云勺音的本亦作的今誤作旳音勺當依元
本改正　錫尒純嘏嘏古雅反今脫嘏字當依元本補入　威儀反反云及韓詩
作昄昄蒲板反善皃今昄誤作昄當依玉海改正　○怭怭云怭說文作佖佖今誤
作怭　側弁之俄云俄五何反又廣雅云衺今衺誤作哀　采菽云菽本亦作菽
二菽有一誤以生民推之上菽字當作叔　○福祿膍之膍誤作䏶　○騂騂引說文
詳本篇　見晛引韓詩曣晛誤作㬐見當依玉海改正　婁驕引尒雅裒鳩樓聚

也褭誤作裹　臺笠云尒雅作臺今尒雅作臺○尹吉云吉毛如字吉誤作言
苑結云苑於粉反粉誤作勿當依元本改正　厼帶云蔕音帶今誤作帶音蔕當
依呂記及元本改正○如蕤箋尾末揵然云揵其言反又音虔疑當作丘言反又
音虔今揵字有此兩音　言綸之繩箋綸釣繳也云繁音灼亦作繳今繁誤作繳
繳誤作故　浸彼稻田云浸本又作濅濅今誤作寖二條當依元本改正又以下
泉大東推之浸濅二字必經俗儒互易　嘯歌云歗音嘯本亦作嘯今誤作嘯音
歗當依元本改正　戢其左翼箋禮義相下云下遐嫁反遐誤作段○緜蠻云緜
面延反面誤作而　漸漸云漸漸亦作嶄嶄今嶄誤作漸當依呂記改正　傳畢
噣云噣又音晝本又作濁今晝誤作晝濁誤作獨　三星在罶云罶本亦作霤又
誤作文　倪天云倪說文譬喻也喻誤作譽　造舟云造廣雅作艁說文艁古造

字二艞皆誤作船　緜敘本由大王也云一本無由字本誤作及　陶復云復說文作寝寝今誤作覆　俾立室家云卑本又作俾今脫此五字當依呂記補入
捄捊誤作桴又引說文引取誤作引聖　椁之云栖字亦作椁今栖椁互易當依元本改正
傳樸抱木也云枹音毛反音字誤○淠誤作渒　榛楛引艸木疏楛似荊上黨人織以為筥箱織誤作莨當依陸疏改正
民所燎矣云柴祭天柴誤作此○攘之云攘如羊反攘誤作攘○王此大邦王徐于況切于誤作子　崇墉仡仡云說文作圪今圪誤作仡○靈臺箋民冥也云冥又亡定反亡誤作云　晳王云晳本又作悊今悊誤作晳
維晳正之箋契灼云挈本又作契今挈契互易當依元本改正　荏菽云叔或作菽今叔菽互易當依呂記及元本改正
二條當依元本改正
實種脫字詳附錄又維種亦誤作雜○或揄云揄弋沼反弋誤作戈　釋之傳淅

米云淅說文云汏米也汏下脱米字　取瓶云瓶字亦作瓶今瓶瓶互易當依元
本改正　行葦箋耇凍梨也云梨利知反又利方反方字誤　脾臄傳臄函云函
本又作𦚤說文云舌也又云口次肉也今說文函作圅象舌形函从人在臼上小
阱也从肉爲𦚤食肉無厭也非舌義　敦實傳覯者如堵牆云堵丁古反丁誤作
寸　大斗云斗字又作枓今枓誤作枓　台背箋鮐文云鮐湯来反湯誤作易
既醉箋下徧羣臣云徧音遍今遍誤作音當依元本改正　宜君宜王云且君且
王一本且竝作宜字今三且字皆誤作宜當依呂記及元本改正　橐橐引說文
與今異詳本篇　在巘云甗本又作巘今甗巘互易當依元本改正　取鍛引說
文與今異詳附録　飄風云票本又作飄今票飄互易當依呂記及元本改正又
推此則匪風蓼莪釋文飄作票亦是近本互易　惛怓云惛說文作㥉云怓也釋

文惛亦不僚也案惛當作怋釋文當作說文下惛字當作憭僚當作憭并誤四字
當依說文改正　下民卒癉云癉本又作疸當但反今癉疸互易但誤作宣當依
元本改正　蹶泄泄云爾雅云今云誤作反又云泄說文作呭今呭誤作泄　辭
之懌矣云繹本亦作懌繹今誤作懌當依元本改正　及爾同僚云寮字又作僚
元本經與釋文僚寮字倒相反　殿屎云屎說文作吚吚誤作呼　攜無曰益箋
女攜掣民云摩本又作掣今摩掣互易　牖民孔易箋易易也云易也以豉反易
誤作異　俾晝作夜云畀使也本亦作俾今畀俾互易　箋沈湎云耽本或作湛
今耽誤作沈上四條當依元本改正　內㬥誤作㬥又箋時人忕於惡云忕說文
云習也又四月正義引說文與此同今說文無忕字　靡哲不愚云喆本又作哲
今喆哲互易當依元本改正　覆芳服切芳誤作苦。　洒埽庭內云廷音庭今廷

庭互易○不僣不賊云譖諸本亦作僣注及下我譖同今譖僣譖三字皆互易
告之詁言云詁說文作詁今詁誤作詁上三條當依元本改正又引說文訓故言
也今訓作詁元本作詁皆誤當改从說文　旟旐有翩云偏本亦作翩今偏翩互
易　畀禍以燼云盡本亦作燼今盡燼互易　好是稼穡云家王申毛音駕下句
家穡維寶同今兩家字皆誤作稼上三條當依元本改正○蟊賊云蝨說文作蝨
蝨字誤當作蟲徐鉉曰惟此字象蟲形不从矛　裒恫云同本又作恫今同恫互
易　荼毒篯愠怒云愠紆運反紆誤作舒　中垢云垢古口反古誤作古　來燚
云燚本亦作燚今燚誤作燚上四條當依元本改正　雲漢敍鏥於云鏥音𪊧𪊧
字誤　蝕蝕云蝕尔雅作爞今爞誤作蠱　篯雷聲尚殷殷然云然一本作雷雨
之聲當殷殷然上然字上當有缺文　炎炎云炎于連反于誤作如　如惔如焚

云惔音談今談誤作淡二條當依原本改正又云惔說文云炎燎也今說文云憂
也　敬共明神云明祀本或作明神今祀神互易　趣馬師氏傳趣馬不秣師氏
弛其兵云秣說文作餘施本又作弛今餘誤作秣施弛皆作弛上三條當依元本
改正　我儀圖之云我義毛如字鄭作儀今義誤作儀當依呂記及原本改正
其散維何云脊本亦作散今脊散互易當依元本改正　籩豆有且云且又七救
反救非韻疑當作敘　八鸞鎗鎗云將本亦作鎗今兩字皆作鎗　祁祁云祁巨
移反巨誤作豆　訏訏云訏況甫反甫誤作角　其追其貊云貊說文作貉云北
方人也今說文云北方豸種也　如震如怒云一本此兩如字皆作而今兩誤作
爾　○鋪敦云鋪韓詩作敷敷誤作敷　哲夫成城云喆音哲本亦作哲今喆哲互
易二條當依元本改正　皋皋訿訿傳訿訿窳不供事也云窳說文云嬾也今說

文云窳污窬也案訓嬾者字應作窳上从宀不从穴說文無此字惰窳偷生見史
記○樓苴云苴士加反加誤作如　清廟敍洛邑云雒本亦作洛今洛雒互易當
依元本改正又亦字誤作音　維天之命引韓詩維念維訓念當从心匊文選注
引薛君章句作惟當改从之　○維周之禎云禎音其尔雅云同徐云本又作禎音
貞與崔本同今首句誤作禎音眞元本不誤案禎眞不同音況據下文義又合之
孔疏及尔雅斷應改从元本　6天作傳夷易云易羊豉反下除易日皆同除誤作
徐　箋坤以簡能云巛亦作坤今巛誤作巡　時邁敍柴望云說文字林祡作柴
執競敘下釋文誤單行寫上又誤顛箋云　威儀反反云反反如字今誤作一
又如字　駿發爾私云浚本亦作駿今浚駿互易　有瞽云瞽本或作鼓今鼓誤
作瞽三條當依元本改正　簫管箋賁錫云錫方言云張皇反即乾糖也反字誤

百五八

今方言云餳謂之餦餭郭注云即乾糖也　潛云潛小尒雅作橬今脫尒字　宣
哲云哲本亦作晢以抑瞻卬推之上哲當作喆　俾緝熙云卑本亦作俾今卑俾
互易　有容敘箋既黜殷命云絀又作黜今絀黜互易二條當依元本改正　耆
定尒功云耆鄭云惡也案箋云老不云惡句有誤　敬之云漫子息反經傳箋竝
無漫字音又不合必有誤　◎徂隰徂畛傳畛場云場音易音誤作暘　緜緜其麃
云麃說文作穮云穮鉏田也今說文云耕禾閒也　有椒云椒沈作俶俶今誤作
椒當依元本改正　穀時犉牡云犉本亦作犉二犉有一誤　絲衣敘箋商謂之
肜云融餘戎反尚書作肜今融誤作戎當依元本改正　載弁俅俅云俅說文作
絿今說文俅字引詩弁服俅俅云冠飾皃絿字引詩不競不絿云急也　鼐鼎及
鼒云說文作鎡今說文鼒字引此詩而以鎡為俗字　不吳不敖引說文與今異

詳本詩　蹻蹻王之造云造詣也詣誤作諸○屢豐云婁力住反婁誤作屢二條

當依元本改正　般云於繹思毛詩無此句齊魯韓詩有之今脱有字　駉敘下

云駉古熒反説文作驍又作駫今説文駉字引詩牡駉之野云从馬同聲牧馬苑

也駫字引詩四牡駫駫云从馬光聲馬肥盛也二字徐皆古熒切驍字云良馬也

从馬堯聲徐古堯切然則駫乃此詩駉字驍乃别字○又云坰古熒切古今誤作

若　鼓咽咽云咽本又作淵鼓鼓字衍或是鼘字誤分爲兩字　詒孫子云詒本

或作貽二詒必有一誤　其旂茷茷云伐本又作茷今兩字俱作茷當依元本改

正　薄采其茆云茆或名水葵葵誤作戾當依艸木疏改正○不吴云吴鄭如字

又王音誤作吴音話同今誤誤作吴吴誤作吴當依元本改正又作吴上疑有闕

文　憬彼淮夷云憬説文作憲音獷云闊也一二云廣大也今説文引此詩云覺悟

百五九

也又矍字注云讀若詩穬彼淮夷具應字不引此詩（穬穬俱古猛反）稙穉云穉韓詩云
幼稼也稼誤作穉當依玉海改正　俾民稼穡云卑本又作俾今卑俾互易當依
元本改正　遂荒大東云荒如字下注作荒云至也應依元本改正下注為韓詩又
兩荒字必有一誤　鳧繹云繹字又作嶧同山名也同誤作周當依元本改正
居常與許箋築臺於薛云薛字又作薜二薜有一誤　、那箋齊之日云齊本作齋
今齋誤作齊　濬哲云悊音哲字或作哲今誤作哲音悊　、聖敬日躋云鄭注禮
記讀此為日齊齊莊也今兩齊俱誤作齊　、昭假云假況云鄭箋云寬暇以此義
訓非韓字也疑有誤　、駿厖云駿音峻今誤作音俊　敷奏云傳音孚本亦作敷
今誤作敷音孚本亦作孚二條當依元本改正　百祿是總云總本又作緫緫今
誤作駿　三櫱引韓詩云櫱絕也絕誤作色當依玉海改正　且業箋撓敗云撓

又女卯反卯誤作卬當依元本改正　宷入云說文宷從罙从网米云冒也今罙
誤作罙网誤作内　天命多辟云辟音壁王者辟邪也者字當依元本改作音下
辟字疑當作僻　松桷有梴云梴丑連反柔梴同物耳句有誤　右凡字當改正
顯有它據者則云某字今誤作某或繼之云當依某書改正雖無據而可信者則
云某字誤當作某其欲信而未敢浸者則云疑當作某其可疑者則云必有誤其
引它典文雖異而義同者弗贅及其義異而各通者則兩存之不置辨案釋文成
於唐初所載經注猶存漢隸舊體後衛包改用今文字晝盡失其舊矣主所引今
雅今止存郭氏注本又今世說文乃徐鉉韻譜非許氏始一終亥之舊與元朗所
見必有差殊宜其書中引述不盡相符也故於譌字之外亦備列之俾好古者得
覽焉

百六十

集傳疑誤

集傳所載經文近儒馮嗣宗以注疏本較之得譌字及文倒者卄有二 續較之又得十二譌字脫者倒者各一今列於左 鄘終焚允臧焚誤作焉今監本注疏亦誤 王羊牛下括誤作牛羊下括 齊不能辰夜辰誤作晨 小雅求爾新特尒誤作我 朔月辛卯月誤作日 胡然厲矣然誤作爲 家伯維宰維誤作冢 小旻如彼泉流誤作流泉 爰其適歸爰誤作奚 大雅天降滔德滔誤作慆 抑篇如彼泉流誤作流泉 商頌降予卿士誤作降于已上馮氏較得 召南無使尨也吠尨誤作庬 何彼襛矣襛誤作穠 衛竹竿遠兄弟父母誤作遠父母兄弟 小雅言歸斯復斯誤作思 昊天大憮大誤作泰 楚茨以享以祀享誤作饗 福祿膍之膍誤作膍監本注疏亦誤 豈不能趨趨誤作趍 不皇朝矣皇誤作遑下二章

同　大雅淠彼涇舟淠誤作渒監本注疏亦誤　以篤于周祜脫于字　周頌既右饗之
饗誤作享　魯頌其旂茷茷誤作茷茷　商頌來格祁祁誤作祈祈已上續較所𡬶
右并二十六條其中有妨文義者羊牛之為牛羊扆之為扆龠之為我予之為于
其失韻者趨之為趍音馳而茷茷則不成字皆當急改之其餘雖於義無損嘆不可
妄易經文也又馮氏謂朱子作傳時三家詩已亡所據止毛傳本耳不應有同異
此定是傳寫之誤余謂傳寫之誤固有之至如不能扆敉家伯冢宰昦天泰憮奚
其適歸天降慆德降于卿士此六詩確是朱子自改觀注語可見也
集傳經文多誤而傳中譌字亦復不少有朱子欲改而不及者有後儒知而辨者大全載
亦有相習而莫覺者今列于左　壹發五豝注豝牡家也牡字誤當作牝潛室陳
氏語辨之　𢼸衣繡裳注𢼸之狀亞兩已相背亞當作弫已當作弓　小人所腓注引

程子語朱子自云欲删而未及見大全　南有嘉魚注鱒鯽肌鯽字誤當作鱗肌字衍朱克升疏義辨之而大全不載　或耘或耔注引漢書苗生葉脫生字隤其土誤作墤其土　頍弁賦而興又比也原本作賦而比輔廣劉瑾增入興又字誤三篇同　小宛交交桑扈注俗嘐青觜觜字誤當作雀　築城伊淢注淢城溝也城字誤當作成池之竭矣章注賦也朱子自云作比爲是見大全　閔予小子引大招三公揖讓劉瑾言揖讓當作穆穆　賚注此頌文武之功文武當作文王　駉注此言僖公牧馬之盛輔廣言僖公當作魯侯大全載其語　右并十二條

俗本集傳將原本反切皆轉爲直音意在便童蒙之誦習也然其間舛謬頗多反詒誤初學矣　頡之頏之頡戶結反俗本音潔　招招舟子招照遥反俗本音韶　揚且之晳也且子餘反俗本反音疽後且皆誤音　子之湯兮湯他郎反又他浪

反俗本音蕩　吉蠲為饎蠲古玄反俗本音娟　旣佶且閑佶其乙反俗本音吉下民之孽孽負烈反俗本音桀　瓜瓞唪唪唪布孔反俗本音蚌　菶菶萋萋菶誤同唪　聽我藐藐藐美角反俗本音麥　如壎如篪篪音池俗本音除此非轉切為音不知何故致誤　又有元本乃破字而俗本誤以為音者　假樂君子假依中庸左傳作嘉俗本音嘉　我心慘慘慘當作懆俗本音懆　鬷假無言鬷中庸作奏俗本音奏　又有元本誤而今本是者又有二本異而皆通者茲不贅及

百六二

毛詩稽古編卷第三十

附録

國風

周南

毛傳古雅簡質讀者不可率易如關雎首章傳云后妃有關雎之悳是幽閑貞婦之善女宜為君子之好匹初視之竟似目后妃為善女矣及觀次章傳云后妃有關雎之悳乃能併荇菜備庶物以事宗廟方知下文淑女不得指后妃也不然流之與求之文義不倫矣孔疏申首章傳意謂后妃既有是悳又不妬忌思得淑女以配君子故此淑女宜為君子之善匹此善會傳意者也嚴緝既言后妃併荇菜

百六三

又以求之為求后妃此誤認傳意者也

薄污我私傳云污煩也箋云煩煩撋之釋文云阮孝緒字畧云煩撋猶捼莏也撋而專反又而純反捼奴禾反莏素何反案煩字亦作㥾玉篇云㥾扶袁切㥾捼也撋本作擩周禮有擩祭玉篇云撋摧物也捼說文云摧也从手委聲一曰兩手相切摩也今俗作挼非是玉篇作挱云亦作莏廣韻云手挼莏也周禮鬱齊獻酌注獻讀為莎以醪酒摩莎泲之

漢廣之游女韓詩以為漢神其祖屈宋湘巫之說乎敍曰說人也章句云言漢神時見不可得而求之見文選李善注夫說之必求之然惟可見而不可求則慕說益至敍意或尔尔又從而實之以事遂有交甫請佩之說矣又鷄鳴防有鵲巢二詩韓敘亦以為說人未詳其義

惄如調飢釋文云惄本又作愵韓詩作溺音同今案玉海載釋文引韓詩愵如調飢則溺乃愵之譌也又案説文云愵憂皃讀與惄同玉篇云憄奴歴切思也愁也或作愵二字音義皆與惄同字形與愵溺相似溺當為愵愵當為憄皆傳寫之譌耳呂記引釋文云惄本又作惄惄乃惄之俗書亦誤

汝墳末章韓詩薛君章句曰王室政教如烈火矣猶觸而仕者以父母甚迫飢寒之憂為此祿仕韓義雖未必得詩指然後漢周磐居貧養母儉薄不充誦此慨然而嘆詩可以興信夫

召南

睢鳩鶚也鳲鳩鷹所化也皆鷙鳥也后夫人取興焉有别與均一非鷙不能故以象婦德興或曰鳲鳩生三子一為鶚然則二鳩同種而鶚為貴矣

采蘋箋引內則織紝組紃疏云紝也組也紃也皆織之紝謂繒帛紃絛也組亦絛之類案組紃之别詳內則疏云組紃俱為絛皇氏云組是綬也但薄濶爲組如繩者為紃耳又案說文云組綬屬紃圜采也禮疏應本此為說釋文以組為綫恐未然綫縷也簡兮瓶轡如組取其有文章豈一縷之謂乎

采蘋釋文引韓詩云沈者曰蘋浮者曰薸今目驗此二艸薸沈而蘋浮頗恠其相反案薸字尒雅翼反玉海引韓詩皆作藻雅翼云蘋根生水底葉敷水上不若小浮萍之無根而漂浮也故韓詩云沈者曰蘋浮者曰藻藻音瓢即小萍也蘋亦不沈但比萍則有根不浮游耳羅語良是薸與藻字形相類因而致誤耳又案黄氏韻會引韓詩亦作藻玉海兩引此文一蔓而一藻則此字之誤其來久矣

左傳說采蘋詩云濟澤之阿行潦之蘋藻寘諸宗室季蘭尸之敬也襄二十八年穆叔語意

召南大夫妻是蘭姓女乎季蘭之偁與季姜季姬一例矣蘭姓不載經傳故後世無聞古或有之也桑中之孟庸宅典亦不載以與姜弋竝舉故知是姓弋之爲姒若非穀梁傳則亦莫可攷矣杜注以季蘭爲少女之佩蘭者殆是臆說案後世亦有蘭姓如漢蘭廣晉蘭維梁蘭欽皆是師古注急就篇謂出自鄭穆公蘭古未有氏其祖之名者況鄭之七穆竝無蘭氏顏說未必然也詳左傳之言安知後世蘭姓非季女父族之苗裔乎

近世說文長箋引易豫卦殷薦語證詩殷其靁殷當如字讀謂殷本訓作樂之盛易以靁象作樂之聲詩以樂象靁之聲皆言其盛此亦可通但不若以殷殷象雷聲尤有致耳

摽有梅釋文摽婢小反又符表反說文拋字注云弃也从手从尤从力或从手票

聲詩摽有梅落也義亦同 匹交切是摽乃抛之重文㕭摽字別見去聲云擊也一
曰孚闔壯也符少切音義皆與詩異

何彼襛矣詩後人誤以春秋事實之肯辨之詳矣近世有僞爲申公詩說者謂齊
襄殺魯桓莊王將平之使榮叔錫桓公命因使莊公主婚以桓王妹嫁襄公國人
傷之而作斯亦巧於傅會矣不知桓公初被殺魯即請以彭生除恥而齊亦從之
矣齊魯未嘗相讎焉用天子女爲釋憾之具哉

邶

周書作雒篇云武王克殷建管叔于東建蔡叔霍叔于殷俾監殷臣孔晁注云東
謂衛殷謂邶鄘又云周公降辟一叔俾康叔宇於殷俾中旄父宇于東晁注云康
叔代霍叔中旄代管叔據此則康叔乃封於邶鄘而衛地以與中旄非康叔國與

諸經傳異未詳其故竊意分與二子當在初黜殷時厥後中旄或遷廢則併以衛
與康叔容有之也姑記以存疑
康成詩譜云衛頃公當周夷王時衛國政衰變風始作孔疏云衛世家頃公厚賂
周夷王夷王命為衛侯故知當夷王時案劉恕通鑑外紀辨世家語為非云頃公
元年魯獻公之三十二年也當厲王十六年冐賂周周命為衛侯時仁人不過小
人在側變風始作今合周本紀衛世家觀之厲王以三十七年奔彘衛釐侯之十
三年也逆計釐侯之立應在厲二十五年釐乃頃之子頃在位十二年應以厲十
三年立不得與夷王同時而世家乃言其賂夷三代世表亦以頃當夷世其書自
相矛盾至賂周得矣索隱駮之良有理則其事亦不足信譜疏皆以世家為據殆
未攷其真也至劉謂賂周在厲十六年又不知何據并和以前紀年修短俱不可

百六七

攷耳

終風韓詩章句云時風又且暴使己思益隆二語頗似五言古詩陸士衡贈顧彥先詩隆思亂心曲正用薛君語

雉鳴雌曰鷕雄曰雊詩求牡偁鷕求雌偁雊是也故潘岳䠶雉賦云雉鷕鷕以朝雊而徐爰引顏延年語以譏其誤

涇以渭濁箋云涇水以有渭故見渭濁釋文云故見渭濁舊本如此一本渭作謂後人改耳今玩文義作謂爲是疏中箋云先述涇水之意言以有渭故人見謂已濁則孔代亦以爲作謂

湜湜其沚箋云湜湜持正皃唐皇甫湜字持正本此

夫子謂商太宰曰西方之人有聖人者焉不治而不亂不言而自信不令而自行

蕩蕩乎民無能名焉此曰我釋尊言也簡兮詩西方美人所指將無同蓋遼明以
肯大法雖来被東土然觀周昭穆二王時太史蘇由扈多覩光風而知祥西極化
人說者以為即神足弟子中天臺之建寶佛剎之濫觴可見此時天法必稍有流
傳一二士大夫明悟淵識者能默記之但未比戶誦習耳故邶國詩人聞風思慕
晉語亦引西方之書齊姜氏大國女所聞必有由来矣彼美人兮西方之人兮渴
仰戀慕情見於詞邶賢人具脩淨土觀者與姜氏所引書曰懷與安實疚大事懷
則不能解脫安則不能精進大事所謂一大事因緣也姜引之雖斷章要皆微妙
宗旨略見於周世者合之夫子之言足證東土之有大法久矣及祭火之後已遭
煨燼然劉向敘列仙箸有佛名傳毅承明帝問便對以天竺之教非素有流傳豈
能知之乎又夫子之答太宰抑三王卑五帝藐三皇獨歸聖於西方非神孚冥契

杜語言文字之表不能推尊至此所謂惟聖知聖也與邶賢齊女得之於流傳者
又異矣噫此可為知者道也

毖彼泉水釋文云毖說文作䀣直視也案今說文䀣字注云直視也讀如詩毖彼泉水然則說文引詩乃作泌非作䀣也玉篇亦云說文作泌矣不知何人改泌為䀣又譔入直視之訓也觀呂記引釋文云毖說文作泌是宋本注疏原無誤而元本注疏則誤與今同可見誤之來已久

釋文别作之字譌舛最多賴詩記所引得正其一二惟泉水飲餞于禰釋文云禰韓詩作坭呂記引此坭作泥今攷玉篇録韓詩異同此字亦从土旁作坭又廣韻云坭地名當指詩飲餞之處則獨此一字今本得之

王事敦我箋云敦猶投擲也擲釋文作擿云與擲同或作摘非案說文擿直隻反

㩀也投也無擲字玉篇擿雉戟反投也弃也擲同是擲字後世所益也其擿字說文宂歷竹戹二切玉篇多革切注皆云拓拾也之石切果實也與擿義別故陸以為非說懌女美鄭讀懌為釋案說文懌字注云經典通用釋是漢以前此詩元作說釋康成非破字也然箋云說懌當作說釋則明是改懌為釋非原作說釋矣意當時說懌說釋經本各不同鄭特據釋以改懌乎姑記以俟攷

鄘

刺宣姜之詩俱列鄘風牆有茨君子偕老鶉之奔奔凡三焉而定之方中即繼其後說詩者以為箸衛亡之由也然宣姜所生子女五人皆無失悳戴文二公宋許二夫人竝見詩而文公尤賢狄難以後衛得復存者文公也自此迄君角又血食四百餘年非中冓貽羞康叔久不祀矣史記謂昭伯乃公子伋同母弟國人以伋

之奴淩悉朔姣莫肎與狄戰而衞以亡然則文公之為衆心所附佇克昌厥後始亦以伋故與但昭伯之母夷姜也宣公烝於夷姜生伋黔牟及頑昭伯之生與其子文公無異也兩世因烝而得子卒延四百餘年之國祚誰謂天道禍淫邪吁文公之後有衞者宣姜之子孫也睿宗之後有唐者武后之子孫也二事千載若一轍矣

詩多用相字如相鼠有體相彼鳥矣相彼投兔相彼泉水相其陰陽之類皆訓為視孫炎亦見編據陸璣疏河東大鼠能人立之説魏碩鼠疏又牵合韓愈詩禮鼠拱立之句欲解相鼠為相州之鼠謂相州與河東相鄰當有此鼠詩以鼠有禮體喻人之不如斯亦鑿矣詩本以鼠之貪惡喻無禮之人豈如孫所云哉相州與河東卽魏相州今河南彰德府魏漢河北縣今山西平陽府解州平陸縣中隔晉地不可謂鄰禮鼠之僞文人借經語為藻

飾豈足為據況此詩作於文公時衛已徙河南矣相杜河北非復衛有詩人目其地産以為畀端何得及之哉

論衡云詩彼姝者子何以予之其傳曰譬彼練絲染之藍則青染之朱則赤丹朱商均已染於唐虞之化矣然丹朱慠而商均虐者至惡之質不受藍朱變也此與小敘臣子好善賢者樂告以善道意略相符矣毛氏無此文必是三家詩説然魯詩無傳齊詩有后氏孫氏傳韓詩有内外傳而外傳今存克所謂傳其齊之后氏孫氏及韓之内傳乎克又解維惪用老為伯奇放流首髮早白解子孫千億為宣王德順天地天地祚之子孫衆多皆與今詩異其言鸖鳴九皋聲問于天及周餘黎民靡有孑遺則與毛鄭之説同

衛

百七十

水經注淇水東詘而西轉逕頓丘城北又詘逕頓丘城西則頓丘在淇水東南也

婦涉淇而逰氓至此又涉淇而嫁之是婦居淇西北矣淇水東南流入河復開隍

郎古黄河北岸氓居在焉則河之北淇之南也兩人本各天一涯氓以異鄉客子

與婦數語目成挈之歸家雖蚩而實黠矣婦以輕信被紿失身匪人後之見弃又

誰訴乎

王

暵其脩矣傳云脩且乾也孔疏無解案且者將然之詞上章言暵乾下章言暵溼

而脩在其間故毛以將乾為訓乎又脩之本義謂脯之加薑桂者脯乃自溼而乾

之物宜取且乾為義矣劉熙釋名云脩縮也乾燥而縮也亦堪助發毛義吳棫韻

補引傳作日乾䏿不如且義長

釋文云脩如字本或作蓨音同案蓨字兩見尔雅云蓧蓨者彼釋文音陽云苗以由宂六徒歷二反蓨者彼釋文宂凋切郭注皆未詳則蓨是艸名非此詩蓨字又說文云蓨苗也苗蓨也玉篇云蓧苗也蓨蓧也苗蓨也皆祖尔雅

王風傳兩言騅而義不同萑騅也是艸菼騅也是色

毳衣如菼傳菼騅言其色也箋菼薍言艸名也疏謂傳但言菼色未詳艸名故箋引釋艸文以定之是已今案傳語即尔雅釋言文但釋言字作騅注云菼色如騅在青白之間釋畜云蒼白雜色騅是尔雅之意以馬色比艸也毛傳字作騅箋言青者如騅鄭㑹張逸人謂騅鳥青非艸名菼亦青蓋毳冕服具五色菼言其青璊言其亦各舉一色也是傳意以鳥色比艸也一以鳥肜一以馬肜物異而義同

鄭

周禮賈公彥疏謂鄭說婦人者九篇衛則三樂記孔疏亦言鄭風二十一而說婦人者九篇今案之殆不然也鄭之刺淫者惟女曰雞鳴刺不說德而好色丰刺男行而女不隨東門之墠刺不待禮而相奔野有蔓艸男女思不期而會溱洧刺淫風大行凡五篇其有女同車有女如雲二詩雖說婦人皆一刺忽一閔亂不言淫也即併數之亦僅七篇安得九乎至衛刺淫則不止於三若不數邶鄘則賈疏所舉桑中乃鄘風也

左傳紀鄭事所言城門凡為名十有二曰渠門見一曰皇門見一曰師之梁門見四曰北門見二曰東門見大曰閨門見一曰時門見一曰鄟音專門曰倉門曰舊北門已上皆一見又有遠郊門曰桔戶結切柣大結切之門見三又有外郭門曰純門見二惟東門兩見於詩意此門當國要衝為市塵鱗萃之墟與故諸門載於左傳亦惟東門則數及之隱四年宋

衛陳蔡四國以師圍焉襄十一年晉悼公以諸侯伐鄭則齊宋之師門焉是年又伐之則觀兵焉二十四年楚伐鄭亦門焉子產對晉使所謂井堙木刊指斯地也昭十年鄭火子產辭公子公孫於此門之外焉蓋師旅之屯聚賓客之往來無不由是其爲鄭之孔道可知宜乎詩之一興一賦皆舉以爲端也雖然除地之墠行上之栗特假以寓興耳至五爭之後室家相弃出此門者但見亂離之象詩所爲閔與

齊

東方之日兮韓詩薛君章句以爲説其顏色美盛若東方之日後世文人率祖其語以入詩詞如神女賦耀乎若白日初出照屋梁日出東南隅行淑兒耀朝日秋胡詩明艷侔朝日正襲此意也故李善注文選皆引薛語證之然以爲詞家佐筆

百七二

之資洵美矣若釋經自當以毛鄭為正

不能辰夜孔疏言乾象以來諸歷及今太史所候晝夜以昏明為限故晝漏率多於夜五刻惟馬融王肅注堯典因有日出日入語遂以見日為限故晝夜之刻相等蓋日見之前日入之後距昏明各二刻半故論昏明則晝多五刻夜少五刻據日出入則晝夜均也鄭作士昏禮目録舉其全數謂日入三商為昏即此義案正義成於太宗時孔未見麟德歷所言太史所候其甲寅元歷乎近歷日法上據寒暑為脩短無復五刻之贏縮不知始於何歷也疏又言馬王晝漏六十夜漏四十已減晝以裨夜鄭注堯典又減晝五刻以增之誠為妄説案劉洪乾象歷鄭為注釋乃於尚書不用其日法又自違其日入三商之義斯不可解

載驅箋以為汶水之上蓋有都焉襄公與文姜所會孔疏謂汶北尚是魯地襄公

當入魯境蓋詩四章皆上二句言襄公下二句言文姜也案水經注云汶水又南逕鉅平縣故城東而西南流城東有魯道詩所謂魯道有蕩也汶水夾水有文姜臺汶水又西南流詩云汶水滔滔矣然則文姜臺者即康成所謂都乎

魏

后妃而采荇夫人而采蘩國君而采莫采桑采藚雖曰躬親非必身執其役也猶籍田之躬耕公桑之親繅云尔但二南敬以供祀魏風儉而非禮故美刺分焉

秦

小戎虎韔鏤膺交韔二弓二韔皆从韋觀釋文云韔勑亮反下同則今本無誤矣韻會謂上字从革作韔下字从韋作韔不知何據

艸木疏釋秦風苞櫟言河内人謂木蓼為櫟椒榝之屬也其子房生案木蓼本艸

謂之木天蓼宋圖經云今出信陽木高一二丈三月四月開華似柘華五月采子

子作毬形似檾麻子可藏作果實近世李氏綱目云其子可爲燭其芽可食薛田

詠蜀詩有地丁葉嫩和嵐采天蓼芽新入粉煎之句是也又有藤天蓼小天蓼并

三焉唐本注謂作藤蔓華白子如棗者藤天蓼也食療謂樹如梔子冬月不凋者

小天蓼也三者雖異功用相髣髴云

火

古人順時布令必揆星象以示期如定中水正木見之類皆是而言火尤多季春

火見則出火季秋火伏則内火土功則火見而致用用冰則火出而畢賦雩祭必

俟龍見蒼龍三次大火實當其中武王伐殷出師之日月在辰馬辰馬房心也以

次言房心當大火以星言心獨爲火也又火出而火陳知陳必建有星孛於大辰

即大火知宋衛陳鄭將災用以占驗尤不爽焉裨竈梓慎言火出於夏為三月夫子
言火伏而蟄者畢是火之伏見乃一歲寒燠發斂之大界又房四星心三星體皆
明大舉自井見易以曉民宜古人多用以布令也豳風流火箸將寒之漸也晉張
翟云火中寒暑乃退火昏中而暑退暑既退而火西流當為七月矣豳風詠夏商
時事翟語在周景王時前此則星火以正仲夏見堯典五月初昏大火中見夏小
正小正傳云大火者星也後此則季夏昏火中見又韋月令皆以火為夏之中星
惟仲與季不同斯乃歲差所致孔疏據鄭禽孫皓語謂堯典通舉大火之次月令
獨指心星故異殆非也歲差法始於晉虞喜康成未及知耳觀小正之大火是心
而以五月中則堯典非統舉可知夏近堯世所差尚微秦則遠矣要之自唐迄祭
幾二千年而火之昏中未有在夏後者今歲差踰甚目驗星宿直至七月中氣方

百七四

得昏中及西流則已仲月矣致冬至日躔較察時又差二十四度火中遅至初秋何怪焉余舊有即席詩其領聯云蘭芷秋風人北渚芙蓉夕露火西流流火與芙蓉同句合於古而舛於今時未諳星象耳然農人暑夜田作猶指房心尾為大人星以記夜之淺深非以其明大而易見耶大人者大辰之誤也吳語人似紉稍異於辰云

公孫碩膚德音不瑕小尔雅云道成王大美聲稱遠也以公孫為成王與毛同以瑕為遠與毛異

小雅

鹿鳴之什

唐文宗述毛詩鹿鳴疏謂苹葉圓而華白叢生野中恐非藾蕭今孔疏無此語先

儒以為疑 源案孔氏詩敘言昔之為義疏者有全緩何胤舒瑗劉軌思劉醜劉焯劉炫諸家而焯炫為殊絕今據以為本然則文宗所見其孔氏所刪者乎孔所據獨二劉耳餘家義疏雖不采入正義然唐世必有在者文宗或偶見之

古人文字簡貴語無虛設況皇華詩諏謀度詢字各有義內外傳所載魯穆叔之言乃詩學之最古者不誤矣歐陽以為變文協韻殆不然蓋文體冗長莫盛於宋故其釋詩亦徒取文義疏達其中精義奧旨俱順口讀過不復尋究反詆先儒之說為迂盡掃而弃之斯亦經學之一阨也

鄭箋以伐木為文王未居位在甿時與友生於山巖伐木為勤苦之事孔氏申其說謂史記本紀周大王曰我世當有興者其在昌乎則大王時文王年已長大是諸侯世子之子耳遷岐之初民稀國小地又隘險而多樹木或當親自伐木所以

勤率下民案鄭說似無稽而孔氏申之則有理也武丁商王小乙子也祖甲武丁子也皆避居荒野涸迹民間又居天子位尚且躬為小人況侯國之孫乎大王之世與商二王不遠風俗宜相類文王伐木於山不可謂必無其事矣

采薇箋采謂脆脕之時疏云定本作脆腝案說文脆从肉從絕省小耎而流切稍前大也易斷也此芮切玉篇同又云俗作脆脕詩釋文音問玉篇無阮無怨二切色肥澤也又音問新生艸也腝說文音有骨醢也从肉耎聲人移切

歲亦陽止箋十月為陽坤用事釋文云坤本亦作巛困魂切天作箋引易坤以簡能釋文坤作巛云巛本亦作坤易坤卦釋文亦云坤本又作巛巛今字也大戴禮保傅篇坤字亦作巛案巛字卽卦形偃之則☷立之則巛耳此字不見說文而㒳見張揖廣雅一云順也一云柔也集韻云坤古作巛象坤畫六斷

象弭箋云弓末反彆者釋文云彆釋文方血反又邉之入聲埤蒼云弓末反戾也
案今釋文無彆字玉篇作弻皁結皁計二切弓戾也亦作彆廣韻亦作弻彆方結
切義同又案彃彆彆弸一字四形見攷併五音集韻
南仲之名不見他典惟汲冢紀年有之云帝乙三年王命南仲距昆夷城朔方此
正出車詩詠事也又據紀年文王以 丁十二年立至帝乙三年於位五年矣而
逸周書序言文王立西距昆吾北備獫狁則亦爲初年事二書語正相合意南仲
以王臣會西伯出征如春秋所書王人會伐之事與玩詩云自天子所謂我來矣
又云王命南仲往城于方又云天子命我城彼朔方則紀年語頗近之但據此則
南仲乃王臣非文王之屬矣一年而平二寇在即位之五年不在受命之四年矣
皆與毛鄭相左紀年之書非先儒所取信姑記以備攷

百七十六

檀車幝幝釋文云幝韓詩作𦄒案說文幝車敝皃昌善切𦄒偏緩也尺善切二字同音然則偏緩者正車敝之狀與廣雅𦄒𦄒緩也注𦄒字因淺治羨二切義同而音異玉海載釋文云韓詩作檀車張張音同恐悞

卜筮偕止會言近止箋云或卜之或筮之俱占之合言於繇為近繇音宙兆卦之詞也卲古籀字顏師古曰左傳始作繇案繇从卜从繇今俗多脫卜字迺作繇

魚麗傳鱧鮦疏云徧檢諸本或作鱧鱄或作鱧鯇或作鱧鯉定本作鮦案說文鮦魚名一曰鱶也直龍切鯉鱧也胡瓦切鱧鱶鱄鮦各同音是一魚而異名也昭與尔雅郭注合惟作鱧鯇者乃孫叔然之說

南有嘉魚之什

南有嘉魚傳罩罩篧也篧說文作籱云罩魚者也竹角切重文為籗釋文籗字助

魚反又矱護二音皆與說文異且言泥重說籱非罩豈疑傳誤乎案尔雅籗謂之罩正與傳合不可易也捕魚之器古今容或殊制矣

埤雅云嘉魚鯉質鱒鯽肌肉甚美會乳泉出於丙穴集傳用其語曰鯉質鱒鯽肌出於沔南之丙穴改鯽為鯽又割取下句肌字不成文義其傳寫之譌乎元本朱克升疏義已辨其誤詩經大全謀襲疏義成書竟不改正此二字又不載克升語可異也

傳汕汕樔也釋文樔側交反或作罺同疏引尔雅樔謂之汕案樔罺二字本為兩義樔見說文云澤中守艸樓則非捕魚器矣而無罺字罺見玉篇云罟也壯交切又初敎切其樔字注同說文意古止有樔字故傳借為罺義其罺字則後人所益與韻會止載罺字注云通作樔合罺樔為一字則反以罺為正矣正韻承其誤故

百七七

樸字不收韻中

蓼蕭箋引虞書外薄四海釋文薄音博虞書釋文薄荷各切徐音扶各反與詩不

同又易靁風相薄釋文薄音旁各反與書釋文同則亳博二音俱可訓迫矣案玉

篇廣韻上有蒲各二切

鞗乃革轡首謂之革亦謂之靶革末飾以金謂之金厄亦謂之鋚凡三物矣鞗

徒彫切鋚說文云鐵也一曰轡首銅以周切鞗鋚異物亦異字趙宦光謂詩本作

鋚革石經並改為鞗非是

元戎十乘傳引司馬法文備舉三代隧軍車名夏鉤車殷寅車周元戎箋復釋其

名義其於鉤車則云鉤鞶行曲直有正也鞶釋文作般云般今作鞶余謂釋文作

鉤股良得之疏引巾車金路鉤樊纓以證鉤鞶之義然鉤膺鞶帶乃車制之盡飾

者不以施於革路豈反為衡突之用乎韓詩言元戎之制車縵輪馬被甲衡軛之上盡有劒戟被甲之馬安用金鏤之鉤采罽之帶乎夏后忠質之世豈陥軍之車反文於周乎況與先正之意亦不相合也（毛傳云鉤車先正車先疾元戎先良）寅案九章筭術有鉤股之名（見周禮保氏注）横閣為鉤直長為股其形磬折郎工人之矩也車之行似之則一直一曲皆方正而不斂故云曲直有正孔疏又云鞶定本作般或謂車行鉤曲般旋曲直有正不必為馬飾此說較優於鉤鞶然不如取象於鉤股尤為明確也采芑次章傳云言周室之彊車服之美也言其彊美斯劣矣疏引老子語國家昏亂（有忠臣六親不和有孝子）申之以為名生於不足宣王承亂劣弱矣故詩人盛稱其彊美源謂此語雖勝然未必毛意先王除凶靖亂惟以德競不極兵威周之盛莫如文武文王閉門脩德而服混夷因壘而克崇武王以三百乘而禽紂故皇矣詩言伐密伐崇采

百七八

薇出車二詩言伐玁狁及西戎大明末二章言伐紂皆不侈俑車甲之多軍容之盛豈力不足哉所恃不在此也荊蠻小醜耳宣王起十八軍以臨其國雖克有成功然威已殫矣至於路車命服炫熿於道元臣塼闐以壯國體可耳制勝之本當不在此詩人述中興事業而區區以此見其彊矣矜詡之餘其有諷切之思乎故毛傳以彊美為劣謂彊矣在武力斯劣者在文德耳

車攻傳大芟艸以為防元本作大艾艸得之釋文負廢切正合艾音而字作芟誤矣呂記及玉海引此皆作艾穀梁傳昭八年說田獵之制文頗與此傳同首句云艾蘭以為防則字當作艾無疑

湊翼奉自言學齊詩其說吉日庚午云南方之情惡也惡行廉貞寅午主之西方之情喜也喜行寬大巳酉主之是以王者吉午酉也然則此其齊詩之說乎後世

風占有六情之說蓋本於此六情者好惡喜怒哀樂也申子主北方其情好行貪狼亥卯主東方其情怒行陰賊戌丑主下方南與西其情哀行公正辰未主上方北與東其情樂行姦邪寅午主南西二方而六各以其日時與方占風之來以觀休咎奉主二而詩指其一焉

鴻雁之什

鴻雁鄭箋云書曰天將有立父母民之有政有居宣王之爲是務孔疏云今泰誓文言天將有立聖德者爲天下父母民之得有善政有安居彼述王將伐紂民喜其將有安居是安居爲重也宣王之爲是務言所爲安集萬民是以民之父母爲務意同武王所以爲美案孔言今泰誓即河內女子所獻僞泰誓也所引二語與古文亶聰明作元后元后作民父母意相仿髣非無義趣矣又大明七章孔疏引

百七九

其文曰師乃鼓譟前歌後舞格于上天下地咸曰孜孜無怠此紀武王入商事深
得六師欣戴之情定非誑語惟思文箋疏所引赤烏之事則屬緯書之説耳
夜未央箋云猶言夜未渠央也釋文云渠其據反示兒編辨渠字音義甚詳今録
之云渠其據反則與遽同音荀子修身篇渠渠然唐楊倞渠竟反注渠讀為遽古字
渠遽通又古樂府調弦未遽央淵明禊詩枯悴未遽央攷之廣韻遽卒也急也是
謂未卒然而中也至如淵明讀山海經詩壽考豈渠央渠讀為去聲渠又轉為詎
渠詎皆訓豈與遽音同而義異
祈父箋引書若疇圻父釋文云𠷎此古疇字本或作壽孔注尚書直留切馬鄭音
受疏云彼注云順受萬民之圻父定本作若疇與鄭義不合誤也案此本是箋引
尚書自應从鄭作壽疏語得之今監本作疇當改正又案説文𨡕醻𠷎壽𢭏擣𢿌

䵳幬壔璹檮檮字从𠷎猶而翳翿復从𣪊𠷎直由切詶也从口𠷎又聲𠷎古文𠷎
也今𠷎作疇𠷎本从𠷎而疇反从壽隸變之譌也宜疇壽之互異矣又𠷎改作壽
而醻䵳翿擣幬璹檮皆从之譌亦同詩左執翿𡚁我䵳兮惄焉如擣酌言醻之獻
醻交錯如相醻矣一朝醻之皆是璹檮字不見詩而小星衾裯鄭以為幬焉
祈父傳云宣王之末司馬職廢羌戎為敗箋引千畝之戰實之亦言與羌戎戰實
指姜戎也而字皆作羌孔疏申傳箋直云姜戎為敗姜羌字形相似豈傳箋元作
姜後譌為羌與
斯干傳以瓦為紡甎朱子以晝中漆室女手甎物當之黄氏以湖州婦人覆鄣一
瓦當之皆疑而未決是其制已不存矣孔疏云婦人所用瓦惟紡甎而已始其所
習見然則唐世猶有此物

百八十

節南山之什

維周之氐鄭破氐爲桎梏之桎釋文云桎之實反又丁履反礙也疏引孝經鉤命

淩曰孝道者萬世之桎鎋又引說文曰桎車鎋也今說文云桎足械也之日切並

無車鎋之訓豈徐氏韻譜遺之乎又字書桎字止有之實一切棨康成破字多取

音同則丁履反當是古音又明載陸氏釋文而字書不收亦屬疏漏

式夷式已釋文云已毛音以鄭音紀棨傳文已巳已二字形各不同何至兩可

乎甚哉隸變之誤經學也

憂心如醒傳云病酒曰醒疏引說文云病酒也醉而覺言既醉得覺而以酒爲病

故云病酒此說得之徐鉉韻譜因醉而覺語疑醒即古醒殆未必然

桀紂之世有湯文而幽厲之末罔有代德詩云瞻烏爰止于誰之屋民之望湯文

急矣迄踐祭而湯文不出烏始不擇屋而止焉三代以後所以多無禄之民也誰
謂天道古今不變哉
悠悠我里亦孔之痗毛云悠悠憂也里居也痗病也鄭云里居也釋文云里本或
作㾖後人改也孔疏云毛以為悠悠乎可憂也為此而病亦甚困病矣鄭以為悠
悠乎我居今之世亦甚困病為異呂記云董氏曰里顧野王作㾖尔雅以㾖為病
集注同之今毛以里為病蓋當毛作傳時字為㾖也尔雅云㾖病也邢疏引悠悠
我里為證而云里㾖音義同總觀諸說方知傳文有誤也凡箋義與傳同者例不
重訓毛果云里居鄭不應複出矣孔述毛云為此而病指里也亦甚困病指孔痗
也又言鄭里居與毛異合之呂記邢疏則毛鄭里字訓病不訓居明甚源謂傳文
當云里病也中間居也痗三字乃昧者妄增耳伯兮心痗傳已有釋故此詩止訓

百八

里字俗儒怪病字非里字常訓因增入悔字以當之見里字無釋則謀箋文居也以實之耳注疏諸本誤皆同雖元本亦誤又呂記謂毛作傳時字當作痙此未必然毛義由師授不專據經文且古字多通用當借里耳後儒據尓雅改為痙容有之釋文所云良是也

曾我暬御朱傳引國語居寢有暬御之箴國語正此暬字耳劉瑾辨之以為楚語作褻意瑾所見國語必非善本反執其誤字以為正可嗤已案暬从埶日狎習相慢也褻从埶私服也暬御正取狎習之義

孔棘且殆箋甚急迮且危釋文云迮本又作笮側格反案說文迮迮起也笮迫也則箋文作笮為長

巧言云奕奕寢廟閟宮云新廟奕奕周禮隸僕注引詩寢廟繹繹不知何篇文又

云五寢五廟之寢也天子之廟惟祧無寢繹繹相連皃前曰廟後曰寢
爾雅桑扈竊脂郭注云俗謂之青雀觜曲食肉不食粟朱傳用其語曰俗呼青觜
肉食不食粟刪去雀字曲字不成文義此必傳寫之誤當云俗呼青雀而刪去觜
曲二字耳然諸本皆同讀者莫覺也案本艸桑扈喙或曰如脂或黃如蠟並無青
觜者

惄焉如擣毛云擣心疾也孔申之言如有物之擣心又引說文擣手推也一曰築
也語證之案釋文云擣或作㿧韓詩作疛除又反義同㿧疛皆从疒本作疒人有疾病象倚箸之形女戹切毛韓直以為心疾之名則擣似特借耳疏語恐非毛恉但說文無㿧字而
疛訓小腹痛與心疾不合疏姑據擣字本訓釋之亦非無見

巷伯詩敘云巷伯刺幽王也寺人傷於讒故作是詩也箋云巷伯奄官寺人內小

百二

臣也奄官上士四人掌王后之命於宫中為近故謂之巷伯與寺人之官相近
讒人譖寺人寺人又傷其將及巷伯故以名篇案敍故作是詩也下脱巷伯奄
官四字箋巷伯下内小臣上衍奄官寺人四字疏申敍謂經無巷伯字而篇名巷
伯故敍解之曰巷伯奄官言奄人為此官也則知敍未脱此四字矣又申箋謂巷
伯内官用奄上士四人内小臣而謂之巷伯者以此官於宫中為近是箋文内小
臣解巷伯非解寺人也不應云寺人内小臣下文云奄官不應上文先出奄官則
知箋文直當云巷伯内小臣也而中間奄官寺人四字皆衍文矣此其誤殆因傳
寫者誤將敍内巷伯奄官移入箋而箋内巷伯不應複出遂改為寺人也疏又謂
定本敍内無巷伯奄官四字於理為是釋文亦云官本將此注為敍文而呂記嚴
緝載敍語皆無此四字則近本之敍不為誤也至箋之稱巷伯者移以解寺人其

誤最甚非孔疏無由正其失矣
巷伯傳蔡盡縮屋而繼之釋文云縮又作摍疏云摍謂抽也論文義摍字爲正矣
案說文縮猷也一曰攄也摍蹴引也皆所六切
谷風之什
有洌氿泉疏引說文云洌寒皃今說文無洌字止有洌字訓水清
大東箋闓置官司釋文云闓音開字亦作開齊風載驅箋闓　釋文闓亦音開則
闓開二字音義同矣案說文闓苦亥切玉篇廣韻同又曰亦音開其義則同釋文
甫田之什
或耘或耔傳云耔雝本也疏引漢書食貨記以釋雝本之義而文多不同案漢書
言后稷畎田之法苗生葉以上稍耨壟艸因隤其土師古曰隤下也以附苗根比盛暑壟

盡而根浅能耐音風與旱疏引此苗生葉脱生字𧷢字作遺盛字作成又脱暑字玩文義定是詩疏之誤呂記朱傳皆引此文誤亦與疏同惟王伯厚玉海引此與潘書合

甫田次章社方田祖三祭近世馮氏名物疏何氏古義二書欲以月令仲夏大雩當之謂祭五精帝必配以五人帝神農以配炎熛怒也此謬矣月令云仲夏命有司爲民祈祀山川百源大雩帝用盛樂以詩合之絶不相符大雩之祭以上帝爲尊詩不應反畧之也山川百源將雩而先祈也非社非方也且社方與雩各一祭祭亦不同時不得總社方於雩也田祖是神農固爲炎帝矣然大雩之祭徧於五精帝則五人帝咸在何獨舉其一也大雩用盛樂月令所言樂器十有九焉詩止及其三不得謂之盛也彼徒見詩言祈雨與大雩相合又穛稺正仲夏時因爲此

說耳不知古人龍見而雩當以建巳之月不以仲夏月令本章之書未必合古禮康成注已規其失何足用為據乎詩本傷今思古非若身遇而目覩者媾詠一時事也上言耕耨之勸此亦祈穀之至義各有取不必皆指仲夏如執耘耔二字以槩全詩則末章千倉納庾萬箱載稼亦與耘耔同時乎馮又以祈穀非祈雨譏古注疏則尤妄以御田祖鄭引周禮籥章文證之矣不言祈穀也孔申鄭郊後始耕之言則引月令注元辰吉亥始耕之祭為證矣始耕之祭在祈穀祭後非一事也且祈穀之祭祭上帝而配以后稷不祭神農也此與經田祖之祭顯不相合馮誤指為祈穀而譏之不已過乎詩詠農事往往言雨如信南山之霢霂大田之興雨皆是此詩述春祈之祭因及甘雨以起下黍稷之文耳非媾言祈雨也豈可因此一語遂合方社田祖為一祭而以祈雨槩之哉近書多妄說不足置辨惟馮疏攷

百四

據頎碓然亦有此無稽之語郄誤後學故特辨之

詩云祈祈糸蘇七月出車大田韓奕玄鳥是也石刻皆从邑今監本注疏大田誤作祈與五詩異嚴緝云監本作祁俗本作祈誤今監本已誤矣惟朱傳嚴緝作祁其玄鳥詩祁祁則呂記朱傳誤作祈

琫璲有珌傳云天子玉琫而珧（音遙）珌諸侯璗（徒黨切）琫而璆（音虯）珌大夫鐐（音遼）琫而鏐（力幽切）珌士珕（力計切）琫而珕珌案定本集本如此釋文同而孔疏稍異諸侯璆珌作鏐珌大夫鏐珌作鐐珌云天子諸侯琫珌異物大夫士則同尊卑之差也如今本則琫珌同物者惟士耳又案說文亦載此文惟不言大夫耳其云士珕琫而珧珌則士亦異物餘與今本毛傳同蓋各據所聞也又疏引說文云珕蜃屬而不及於蜃故天子用蜃（珧蜃甲也）士用珕今說文無不及於蜃句豈韻譜遺之乎又案傳言琫珌

之物爲名凡七然玉璆皆玉也璗金之美者與玉同色鏐黃金之美者與璙皆金也鐐白金銚琇皆

蜃也三物而七名焉

大侯既抗弓矢斯張鄭箋並不推明賓躲名正之義而孔疏申箋論之甚詳人本箋文必有脫落在君侯謂之大侯以下大侯張而弓矢亦張之上

發彼有的以祈爾爵蘇氏釋此謂求勝以爵不勝者意本鄭箋箋云發矢之時各心競云我以此求爵女嚴華容辨之謂求勝以爵不勝不如較義求中以辭爵之優所見良是然嘗求之孔疏知鄭箋本不作是解爵女當作女爵文倒者傳寫之譌耳孔申鄭云以求不飲女養病之爵又云我以此求女爵謂求不飲也又引躲義辭爵語證之使仲達爲疏時箋文已作爵女則不應以求不歓釋之其引鄉躲文又當較論其同異矣不知二字之倒始於何時也朱傳全用箋語亦作爵女

百八五

魚藻之什

芾在股箋云芾大古蔽前之象今本作蔽膝殆俗儒妄改耳蔽厀俗作膝乃芾之
别名周世用之何云大古又何云象哉孔疏申箋以為大古衣皮先知蔽前後知
蔽後重其先蔽者故存之示不忘古則當為蔽前明矣又尔雅衣蔽前謂之襜注
云今蔽厀采綠毛傳亦云鄭蔽前之偁當本此今諸本俱誤作厀惟吕記引箋作
蔽前得據吕記以正之

采綠之綠卽衛風淇奥之綠尔雅所謂王芻與竹各一艸陸璣以綠竹為一艸孔
疏已辨其誤嚴緝復引陸疏以釋采綠則尤誤又其所引疏語與今本艸木疏及
衛風正義所引各不相同故錄之以備攷嚴引疏曰艸也其莖葉似竹青綠色高
數尺今淇澳旁生如艸其艸澀礪可以洗欖笏及盤枕利於刀錯俗呼為木賊彼

土人謂之緑竹自如艸至木賊二十三字皆今本所無況旣云艸也又云如艸義

有礙嚴殆誤也案木賊艸始見於宋嘉祐補注本艸云苗長尺許無枝一幹寸節

葉寸寸有節此所言物色與陸疏迥異

國語記龍漦之妖固已異矣白華詩疏引帝王世紀合之尤足爲異世紀謂幽王

三年嬖褒姒時褒姒年十四推其初生當在宣王三十六年也厲王流彘之年童

妾感漦妖時方七歲歷共和十四年而宣王立立三十六年而妖子生則褒姒之

在母腹凡五十年其母生子時亦五十六歲矣又童妾十五歲而笄爲共和九年

旣笄而孕即自孕後計之亦四十二年矣妖物之生固異於人乎老聃在母腹亦

七十餘年與之相似但老聃生而白首故有老子之偁妖子夜啼猶然嬰童耳斯

又其不同者雖然使褒姒生而白首豈能致驪山之禍哉

百六

卬烘于煁傳云煁烓竈也烓字釋文音反不同一音恚又丘弭反又呂沈同口頴
反又何康瑩反又顧野王口井烏攜二反惟口頴口井同音尔雅釋文烓音頃郎
此二反之直音也合之𠀤五讀矣又玉篇口迥烏圭二切廣雅曹注烏攜烏鈌圭
恚口井四切徐鉉口迥切玉篇二切郎釋文顧反也曹徐除烏攜口井口迥外惟
餘二切為異合前共七讀矣案說文烓从火圭聲讀如冋此許音也為最古則烏
攜烏圭近之人耿字以烓省為聲則頃音近之當以冋頃兩讀為正今槩讀為恚
从釋文首音也
古之學者且井且養三年而通一蓺族黨之官歲時目吉必屬民讀法歙酒攷其
德行道蓺故歙酒之人皆通經術習禮儀瓠葉首章箋云此君子指庶人有賢行
者其農功畢乃為酒漿以合朋友習禮講道蓺豈漢世猶有此風乎觀此可想見

古人之田家樂矣

漸漸之石首章釋文最多遺脱只如勞字鄭訓遼濶與毛不同則音亦當異朝字鄭王孫皆釋為朝見則當讀為潮兩字俱應有音及今釋文只云勞如字而已

不皇朝矣箋云皇正也疏云皇正也釋言文箋疏兩正字今皆誤作王箋又云不能正荆舒使朝於王下兩章又云不能正之則為正字無疑又釋言云王匡正也竝無皇王之文若皇王君也則見釋詁況以訓此皇字文義萧矣今諸本俱誤又案王肅述毛訓皇為暇而後儒宗之文最明順今集傳經文作遑定是傳寫之誤

韻會云輚通作棧詩有棧之車注从車然則經與注字各別也今本注疏棧字皆从木不从車黄所見是宋本也今本作棧定是昧者據經字而改耳

大雅

文王之什

文王篇自次章以下章法首尾相承如貫珠近世王元美謂曹子建贈白馬王詩祖此源謂大雅多有此章法下武旣醉二詩亦然下武惟三四章不接而餘章皆相連矣它若棫樸之首二章皇矣之七八章生民之五六章假樂之三四章桑柔之二三章雲漢之七八章烝民之首二章江漢之五六章瞻卬之三四章皆此章法也

大明詩八章毛鄭次章六句三章八句四章六句五章八句呂記朱傳嚴緝皆次章八句三章六句四章八句五章六句取其與首尾兩章六八相間也不知改自何時

詩言摯仲氏任是大任乃摯國次女漢儒謂禮惟嫁長女餘俱為媵自殷以前皆

然與此詩不合通義疑之良是矣 源謂漢儒之言亦不謬但所言者特禮之大概耳在當時行之必更有變通生女者多寡不齊不足者或取同姓國女為娣姪有餘者或嫡夫人所出得嫁為嫡而娣姪取諸庶出更有餘或以備它國之倂皆未可知也不獨孿任為仲女而已見於春秋者紀季姜為王后魯叔姬為齊夫人季姬為鄫夫人皆非長也見於衛碩人詩者齊女三姊妹嫁衛邢譚三國皆為夫人亦不以女弟隨嫁也則當時之有變通可知已 源又因此竊歎古人風俗有不若今人之美者男女之別固其大也古人尊男而卑女故姑姊娣姪一人為妻餘皆為妾不以為辱待之既卑亦不甚繩以節行故列國夫人往往淫佚不制而通室易内之事時見於世家右族甚有奪人之妻以予人殭人之子而烝其母如魯人之於施氏孔圉之於大叔齊人之於衛公子碩者此今人市井無賴子所不忍為

而當日名邦卿大夫為之恬不知怪何今人之反勝古耶豈非洙泗之文誦習旣久漸漬入乎人心各生其愧恥邪又不僅此也古者諸侯世其國卿大夫亦世其家皆有土有民怙侈縱欲有自來矣後世天下定於一統無常貴常富之家一有緘禮之事人即以王法議其後宜其有所顧忌也況愧恥內生所得於聖人之教澤者有素乎

俔天之妹毛訓俔為譬韓詩俔作磬孔疏言俗語譬喻為磬作以譬為磬豈可以今人文義求之乎觀孔疏則唐世方言猶然矣

蓷荼之蓷是苦蓷而非鳥頭前已辨之矣釋文據廣雅合之三輔人土語謂蓷是藋案廣雅云蓷藋也說文云藋蓷艸也一曰拜商（尔雅作蔏）藋其說相同則詩之蓷容或指此也又案本艸有蒴藋別錄言此一名蓷艸生田野春夏采葉秋冬采莖亦

以蔞蘿為一艸蘇恭疑其無出處誤矣陶蘇又謂與陸英一物甄權之說亦然宋
圖經云春抽苗莖有節節間生枝葉大似水芹衍義云華白子初青如綠豆顆十
月方熟又蘇恭以芹名水英接骨名木英併此艸為陸英名三英云
其繩則直釋文云繩本或作乘案經作繩傳作乘箋云傳破之乘字後人遂誤改
經文今案傳引釋詁繩謂之縮誤繩為乘耳此訓縮版不訓繩直也與經文繩字
何涉又鄭箋云乘聲之誤當為繩是言後人傳寫之譌耳不以傳為破字也釋文
所述箋語今並無之此不可解
廼立皋門章箋云內有路門當作內有寢門一曰路門中間脫去四字觀疏云文
王世子曰至於寢門是內有寢門也疏又云寢門一曰路門以路寢在路門之內
故係而名之則可見矣

左右趣之傳云趣趍也案說文云趍趨銷走也讀如馳从走多聲疏申箋云趣向
之趣於義無取故轉為疾趣然說文云趣疾也玉篇刘云趣趍也遽也則疾趣乃
趣字本義非轉訓也又趨走也七俞切趣七喻切趍直離切三字音形各異而義
則同今俗人寫趨字多省筆作趍莫辨其音之異佩觿集宋郭忠恕云奔趍之趍為進
趨其順非有如此者則兩字之混久矣
淠水名說文云出汝南从水畀聲匹制切詩三偕其字皆為皃狀之偁小弁為萑
葦之衆采菽為旂動之形棫樸為舟行之皃同此淠字今淠彼涇舟諸本俱作渒
則傳寫之誤也觀韻會淠字注引此三詩正韻淠字亦引棫樸詩則誤尚未久至
渒本作箄說文云水在丹陽从水箄聲匹卦切玉篇箄又作渒
黃流在中傳云黃金所以流鬯也釋文云一本作黃金所以為飾流鬯也是後人

所加正義云定本及集注皆云黄金所以飾流鬯也有飾字於義易曉則俗本無飾字者誤陸孔二君意正相反余謂無飾字簡而當矣且黄金以爲勺不僅飾也

思齊篇大全録陳止齋之言曰古人於夫婦之分甚嚴刑于寡妻刑于二女刑之一字法近於忍此眞謬論詩之言刑多矣其恒訓不過法則之意耳儀刑文王百辟其刑之儀式刑文王之典所刑者君也祖也亦將忍於君祖邪

皇矣首章孔疏引書多方曰惟天五年須夏之子孫注云夏之言暇今世尚書諸本皆作暇莫知原文之爲夏者未審何時所改豈唐明之世與卽此以推可見後世五經文字竄易者多矣賴有古注疏得知其萬一耳

家國興亡之際忠臣義士所痛心也雖有聖人受命不能禁人故土之思矣殷之既亡也叛周者有四國焉吾讀破斧詩而知之傳見周之將興也不忘殷者亦有四

百九十

國焉吾讀皇矣詩而知之（見箋）疏云密須疑周將叛殷故距之密須之君雖不達天命亦是民之先覺者也吁可與論世矣文王之伐密也管叔諫曰其君天下之明君也伐之不義（疏引皇甫謐言）是或一見也所以有啟商之域與

集傳經文多譌脫其六字為晦翁自改既論之於稽疑中矣至皇矣篇以篤于周祜脫去于字雖未見其為朱子意然觀假樂之讀為嘉樂駿假之讀為奏格上帝甚蹈之為上天甚神假以溢我之為何以恤我皆彊詩義以就它書而爰其適歸爰之爲奚則直據家語以改經字安知此詩于字非因孟子而刪之乎蔡仲默注禹謨降水警予改降為洚併禹貢北過降水亦改為洚正用斯例也它如孝經繫詞武成大學往往竄易其文而孝經尤多所刪削孔子之詩叙子夏之詩敘則擯弃之是直以作者自居而聖人文語特述其進退黜陟耳至堯夫諸卦圖本出道

書之說則取卉周易卷首又指為義文二聖所為後儒耳目可盡塗乎先君子嘗謂源云汝徒讀宋儒之經耳尚未讀孔氏之經也向頗以為疑今乃知其信然

鼉鼓逢逢樂書宋陳暘以為鼉鳴應更故詩人託言以為靈德之應非實鼓也此謬矣麀鹿白鳥但言其得所不言其似何樂以為靈異也況此二章言靈悳見於樂箋有明解若託鼓為喻則虡業鼓鐘又喻何物乎

生民之什

生民第五章二種字以文義論之種之黃茂應去聲實種實褎應上聲釋文止有支勇一反推其故定是種字上脫一實字案釋文云種支勇反注種雍種種生不雜竝同觀此章注內尚有使種黍稷種字而釋文不及此可知矣鄭箋使種黍稷正解經文種之黃茂耳穀之黃色者惟黍稷故鄭以黍稷釋黃種字去聲者是本音故不反切但章

内有二種字其支勇反宜加竇字别之今本無竇字則傳寫之扁也然其誤已久
嚴緝二種字俱云上聲此承其誤而不覺也呂記音反皆遵釋文獨此二種字鈹
則疑之也惟朱傳二種字前去聲後上聲卻與古暗合
生民或蹂箋云潤溼之將復舂之趣於鑿也釋文云鑿子洛反精米字林作糳云
糲米一石舂為八斗也子沃反左傳桓二年釋文引字林亦同孔疏引呂旻箋云米之率糲十粺
九鑿八侍御也亦以八斗為鑿與釋文同案説文毇从臬其九切从殳米一斛舂八
斗也許委切其鑿字自作糳云从毇丵讀如涅士角切聲糲米説文糲作糲以萬得聲洛帶切一斛舂為
九斗曰糳則洛切又粺字注云毇也與陸孔之説異源謂説文毇鑿二字一會意
一諧聲不可易字林糳字與鑿同音但省丵首耳至粺九糳八定當以孔陸為正
疏所引呂旻箋本於九章粟米法信而有徵又左傳桓二年齍粢偕食不鑿若鑿為九

斗則不鑿者直是糲米用糲米為齍盛必無是理楚語言天子親舂禘之盛又言
禘郊之事皇后親舂穀梁傳桓十四年亦言宗廟之事夫人親舂而此詩舂簸正以併
廏祀之用皆不用糲之證也說文毇糳兩字注互易之為是其粺字以隨毇而更
矣
爾酒既湑箋云湑酒之泲者也釋文云泲字又作𣿬同案玉篇𣿬子禮切手出其
汁亦作擠廣韻云手搦尼革切按也酒也然則𣿬字正當湑義箋及周禮禮記注皆作
泲借也泲本水名今借用濟
度其夕陽孔申鄭以為總言豳人一國之所處皈其地當在梁山之西蘇氏謂度
山西之地以廣豳人之居不知又是何山之西呂記朱傳皆从之嚴緝則用疏義
取鍛釋文云鍛丁亂反本又作碫說文碫厲石字林大喚反案碫今說文作碫
百九二

厲石也以石段古雅反俗也聲春秋傳曰鄭公孫碬字子石徐鉉音乎加切外並無鍛字碬以段徒玩切以叚耑省聲音鍛碬以段音遐音形俱異但段叚二字筆畫相似書者易亂須視音切為辨陸徐不同如此當必有一誤矣又案玉篇兩字並載云碬都亂反礪石也碬下加反碚恰轄軋三音碬高下也廣雅釋器云礱碬礪也曹憲注碬都玩反顧梁人曹隨人礪石皆是碬非碬而碬字注則玉篇别義可見唐以前說文元作碬故二書音切與陸同釋文當不誤也唐韻碬碬俱訓礪石徐音殆宗之韻會碬碬音訓皆同唐韻而碬引詩及廣雅碬字不用玉篇注則過信徐鉉矣其春秋傳鄭公孫碬今本作段亦作叚印段亦叚段迭見釋文俱無音反蔑由致辨又宋褚師段作人部叚字說文韻譜叚字屬文部此三字皆字子石名亦宜同而今監本注疏二文錯出近世書都無善本俗人涵寫其多誤固宜至宋褚師段釋文云徒亂反依

徐反字作𠬝部𠭊字而監本作叚定是傳寫之譌但釋文别徒𢿱為徐反則當時
必有遐音可見𠭊叚涵寫在唐初已然
蝥阿敍孔疏引釋文云賢堅也以其人能堅正然後可以為人臣故字从臣今說
文云賢多才也从貝臤聲與疏所引異
媢于庚人呂記引箋云親恚庚人謂撫擾之今監本作無擾文義俱通但疏云無
擾皆安樂之義則呂記得之矣無擾止一義何云皆乎又煩擾字从手馴擾字从
牛右皆从夒憂卽猱字今右誤从憂左又涵从手謬甚
民勞箋汔幾也釋文幾音祈易井卦注釋文幾音祈又音機案訓微者當讀機音
訓近者祈機二音俱可讀
蕩之什

訏謨定命遠猶辰告鄭箋當有闕文以疏合之當云大謀定命謂正月始和布政於邦國都鄙也為天下遠圖庶事而以歲時告施之即正歲縣之象魏也今本箋文敓即正歲縣之象魏也八字案疏申箋謂既云謀定而別云時告則謀定時未告也周禮大宰正月縣治象小宰正歲觀治象正月周之正月正歲夏之正月是再縣之也二時不同與謀定時告相合故以定命為正月始布政教以辰告即正歲縣之象魏也今敓正歲一證則文義不全矣

萬民靡不承釋文云靡一本作是案鄭箋云天下之民有不承順之乎謂承順之也則康成讀本靡當作是

屋漏箋云設饌於西北隅而厞隱之處釋文云厞扶味反隱也沈云許慎凡非反今說文厞隱也从厂非聲扶沸切徐氏此切非許意矣又厞字从厂不从广厂呼

旱切广負儉切音各異今本注疏誤从广作厞

淑慎爾止傳云止正也為人君止於仁云云止於信此特偕大學文釋此詩止義

也疏謂大學為此言引此詩證之故傳依用焉誤矣然文王篇於緝熙敬止疏又

云大學引此文何前後相戾邪

誰能執熱近世楊用修謂熱不去體為執熱非手持之義杜詩執熱露白頭韓文

如執熱之濯清風古義本如此此語甚辨而實非也手持熱物解出鄭箋鄭不較

古於杜韓乎案唐分進士明經為兩科故文人多不諳經義如文王時尚未有鎬

京而宋之問詩鎬飲周文樂常棣非黃華字亦不作棠而李商隱詩棠棣黃華歎

皆不自知其誤也豈可執以為據

好是稼穡鄭解為居家吝嗇之人後儒譏之然釋文言所見鄭本此章稼穡皆作

家畜則元非改字也鄭箋詩時齊魯韓詩俱狩彼或別有據矣

征以中垢韓詩征作往外傳以為人君不用賢無知妄行之意與箋疏異外傳云以明扶明則昇於天以明扶闇則歸其人兩瞽相扶不傷牆木不陷井穽則其夻也詩云維彼不順往以中垢闇行也斯義亦勝矣

徹申伯土田箋云正其井牧釋文牧手又反又如字案井牧者周禮小司徒井牧其田野注引左傳牧隰皋井衍沃襄二十五年文釋之以為二牧而當一井是也若手又反則牧當作牧井收見易井卦然牧收異文乃破字不當用音反且論箋文義則井牧優矣

燓民箋引書天聰明自我民聰明疏云泰誓文豈今文泰誓邪何與皋陶謨語相合也謨亦今文安知鄭所引非謨邪又引書注云天之所謂聰明有德者由民也

言天所善惡與民同當亦鄭說

顯父餞之呂記引鄭箋云顯父周之卿士也今本鄭箋卿士作公卿孔疏則作卿士云諸矦反國王臣餞送惟卿士故知顯父周之卿士則今本之誤信矣又嚴緝引箋及總注皆作公卿嚴後於呂其所見本應誤

我居圉卒荒箋云荒虛也疏云荒虛釋詁文某氏曰周禮野荒民散則削之惟某氏本有荒字耳其諸家尔雅則無之要周禮野荒必是虛之義也案康成箋詩本據尔雅為說則荒虛之文古本定有之不知何時逸荒字而諸家俱不見收㕘有某氏解僅存於孔氏詩疏後儒尚得知之耳獨怪邢昺作尔雅正義竟不載孔疏某氏語以補今文之鈙方信宋人經學遠不逮漢唐也

苴字有十四音義各不同楊用修丹鉛錄載其說訓為水中浮艸者當讀如槎召旻詩如彼

棲苴是也今監本釋文苴士如反呂氏詩記士始反撓音當士加反意監本誤加
為如呂記誤加為始皆因字形之相近也嚴緝苴音茶獨得其正至朱傳七如反
則是麻之有子者豳風叔苴當从其音非此苴也其七字豈又釋文士字之譌乎
案韻會六麻韻苴字與茶楂同鋤加切其見六魚韻子余切者又云士加切因引
詩棲苴證之蓋用此釋文切也可見宋本釋文不誤呂朱誤切亦起於近本耳

頌

周頌

文武吉甫謂吉甫也文武是憲謂申伯也文武維翰謂文王也不顯成康自彼成
康謂武王也詩中往往有此皆非舉謚為言昊天有成命及噫嘻兩頌皆言成王
正猶下逮及酒誥之成王何彼襛矣之平王也以三頌所偁為兩王之謚因謂康

貽以後尚有頌者此歐陽之臆說而朱子和之者也駮難之文備於通義矣

鄭箋因今文泰誓以釋詩貽我來牟孔疏因詳録其語今文泰誓唐世猶存故仲達得存之於疏雖是贗作然乃先漢遺文惜其全篇不可見已今記之如左泰誓曰惟四月太子發上祭于畢下至於孟津之上注云孟津地名又曰太子發升舟中流白魚入於王舟王跪取出涘以燎之後漢文苑傳註引此下尚有羣公咸曰休哉句注云白魚入舟天之瑞也魚無手足象紂無助白者殷正也天意若曰以殷與武當待無助今有仁人在位未可伐也得白魚之瑞卽變稱王應天命定號也涘涯也王出於岸上燔魚以祭變禮也又曰至于五日有火自上復于下至于王屋流之為鵰其色赤其聲魄五至以穀俱來注云五日燎後日數王屋所在之舍上流猶變也鵰當為鴉鴉鳥也燎後五日而有火為烏天報武王以此瑞書說曰烏有孝名武王卒父

業故烏瑞臻赤周之正穀記后稷之德又禮説曰武王赤烏穀芒應周尚赤用兵
王命曰為牟天意若曰須假紂五年乃可誅之武王即位此時已三年矣穀蓋牟
麥也詩曰貽我來牟是鄭所據之文也已上所云注當即鄭氏書注孔疏又云太
誓止言白魚不言魚之大小中候合符后云魚長三尺赤文有字題之目下授右
注云右助也天告以伐紂之意是其助然則目下有此授右之字也而授右之下
猶有一百二十餘字乃云王維退寫成以二十字魚文消蓋其鱗甲之上有此字
非目下所能容直言出涘以燎不言迴舟在此岸燎也大誓之注不解五至而合
符后注云五至猶五來不知一日五來為當異日也言五至以穀則第五至時乃
有穀耳書説云穀以記后稷之德者尚書璇璣鈐及合符后皆有此文注云稷好
農稼今烏銜穀故云記之也案孔氏引緯書以補大誓注所未備正可作大誓疏

思文疏引說文云𪎊周所受來牟也一麥二夆象芒刺之形天所來也棨今說文此乃來字注云來周所受瑞麥來𪎊一來二縫象芒朿之形天所來也故為行來之來詩曰詒我來𪎊與疏所引文小異其𪎊字注云來𪎊麥也或从艸作莱

詩言捕魚之器凡十有二既詳之於潛頌矣今觀唐皮日休陸龜蒙漁具詩為題十有五惟网罩梁簃郎潛四與詩同餘曰罶女減切曰筒曰車曰鳴榔曰滬今謂之籪曰叉魚曰藥魚曰䑳魚曰種魚曰舴艋曰笭箵皆詩所未有又宋陸游入蜀記言吳江縣治有石鐫魯文清公名幾字吉甫南宋人漁具詩比松陵唱和集所載皮陸詩又增十事俗儆民譏機巧日滋肆為不仁之器殘害水族是可慨也吾邑多水民恃捕魚為恒業漁者既長子孫於中而邑人亦賴以充口腹廣殺物命恬不知怪非大覺緣果之文豈能救之哉或謂网罟作於包犧羲皇聖人未嘗不教人以殺吁此闡提輩所籍

百九七

口以助其貪饕而不知為此論者正坐不讀書之故也网罟之制始於包犧之世
耳豈真包犧作之邪布网轉九昆蟲尚能之而何況於人即後世漁畀日增並無
煩聖人之教也意网罟本出自民間聖人順民之欲不為禁制遂以為羲皇作之
耳如謂羲皇作网罟以教殺則弧矢能殺人而殺人亦聖人之教邪繫詞之意本
贊廣大八卦既畫則天下事物總不出其範圍非謂古聖人果列離益諸卦於前
朝夕觀玩方造出网罟耒耜諸器也作是解者無智人也與其書不能讀者也又
包犧作网罟獨是易繫詞耳禮運古未有火化民食鳥獸之肉是燧皇以前民已
擊鮮而食漁獵之畀此時即應有之併非始於羲皇時矣蓋洪荒以來民物雜居
各以智力相角人為物之靈自能角物而勝之因取以薦齒牙事勢應爾豈必聖
人教之邪易詞明易象之悉備則以為在既畫卦之後禮運推禮制所由興則以

為在未鑽火之前立言之指各有攸歸故兩書皆夫子之言而先後不同要之洪荒時事無書史可稽夫子止約畧言之耳何可偏執其一語遂謂羲皇之教殺乎大抵古人立法惟是因民利導否其大甚知民之欲色則為婚禮以防其淫知民之欲味則教之以時而取以禮而食以禁其多殺如是而已若果能窮其淫殺之根而悉除之豈不甚願然必待覺王降生方能為此要其出世有期其化物有緣非人間帝王所可代為也夫覺皇之於鈍根猶有權教況帝王乎、

魯頌

駉篇有驔有魚毛傳曰豪骭音榦曰驔孔疏云説文曰骭骹音敲也釋畜云四骹皆白驓音增無豪骭白之名傳言豪骭白者謂豪毛在骭而白長也如疏言則傳豪骭下當有一白字否則曰當作白必有脱誤然諸本注疏及呂記朱傳嚴緝引傳皆同

不應諸本俱譌傳既無白字則孔疏豪毛白長之解又从何來況豪骭白驔亦不成文義此甚不可曉也

其旓茷茷茷从艸从伐朱傳獨从竹从代作筏筏不成字字書所無嗳諸本皆同不知誤始何時今讀者俱莫覺近世俗下書有字彙者遂造一筏字收入竹部堪發一笑

薄采其茆釋文云茆干寶云今之鳧葵也堪為蒪江東有之案鳬葵音鴨鹿鳬亦作䲦玉篇䲦鴨同一字廣雅曹憲注云䲦於甲反亦有鴨字如此宋庠國語補音云鳬烏甲反即鴨字又案鳬鴨一類茆亦名鳬葵其以此與

東萊於邶風辨萬舞兼干羽其見韙矣至魯頌之閟宮商頌之那仍依用鄭箋以萬為干舞盖公劉次章以後皆未經刊定之書也又國風二雅皆詳載鄭譜之文

三頌則闕焉始信已亥重脩此書為功不淺惜未竟其緒耳

商頌

那頌執事有恪箋云執事薦饌則又敬也釋文薦作荐淺練反本又作荐禮記薦馬釋文亦作荐云荐又作薦鄉歛酒祭薦釋文云薦本亦作荐案廣韻云荐畜食作甸切薦之本訓為獸所食艸是薦荐音義俱同也其偕為奉進之義亦同

玄鳥長發殷武三詩皆句句用韻惟天命玄鳥四海來假維女荊楚數語不協耳

今號句句協韻者為柏梁體㗫虞廷賡歌三句皆韻五子弟三歌若依左傳則六句皆韻陶唐下多率彼天常一句又厥道作其行國風二雅如碩人著猗嗟九罭皇皇者華斯干鳧鷖等篇中多有連句用韻者及商頌三篇亦然此體之來古矣惟七言則始於柏梁耳

隕左从𨸏本隕墜字以音近圓（本王問切）故讀圓而訓均諸本皆然獨監本經文作幁
誤也攷字書俱無幁字惟元人韻府群玉有之注幁幁禮部續降此又員字注云
詩幅員旣長今詩作幁注當作圓據此則幅幁字有从巾旁者而不以為詩字始
因幅幁二字往往連用而幅本从巾寫者謬移幅旁之巾加之於隕相沿旣久因
增此俗字耳今字書不收蓋已覺其誤而監本經文反用之不可不急為改正也
又康成讀隕為圓本以音之近今圓讀為圜遂併詩幅隕字亦讀為圜譌以生譌
學者莫覺

小雅云信彼南山維禹甸之大雅云豐水東注維禹之績又云奕奕梁山維禹甸
之魯頌云纘禹之緒商頌云禹敷下土方又云設都于禹之績皆指所見覩追念
禹功也詩人稱述往聖主於頌揚祖德周所言惟后稷公劉大王王季文武二王

商所言惟玄王相土成湯武丁中宗除此而外雖二帝之聖不一及焉而獨於禹則言之至再至三者何與洪水之災民其魚矣禹復取而置之平土俾得耕田食穀萬世之天下皆禹所再造也後人舉目輙見之遂箸之於詩耳不僅詩也仲虺言纘禹舊服周公言陟禹之迹劉子言禹明德之遠皆在百千載之後況當日之民躬被其澤者乎宜其德禹之深併愛其子孫雖有僻王猶奉為君不忍叛乃再傳至太康而黎民咸貳致羿寒得乘釁篡竊微少康中興禹幾不祀矣即桀之惡亦非甚於紂也紂之亡有西山義士洛邑頑民桀既放即帖然并戴商豈夏之臣民盡不忠不義哉嘗思其故而嘆人心之囿於習俗不可變也堯舜禹三聖相繼民得聖人而為君者已百五六十年父子祖孫習見其如此彼以為為吾君者非聖人不可矣竟不知此乃萬古一逢之泰運也又堯舜皆傳賢則易姓之事彼亦

習以為常也獨禹傳子及孫而大康又逸豫滅德民乃翻然思去之矣又十餘傳

而至桀躐又加甚焉遂合而歸湯不復顧彼素所責望其君者剎且深固不肎以

子孫而恕之也至商之末造則傳子已習為故事而賢聖之君又不過累世而一

見民始不甚求備於君且知革命之為大變也而各睠念其故主矣民之歸周不

如戴商之速時使之然也夏與商僅兩代間而人心之不同乃尒後之儒者乃欲

以近今習俗斷三代以前之治敿得失豈知論世者哉

毛詩稽古編後敘

起甲寅訖丁卯閱十有四載三易稾始成此編雖嘫未敢自謂盡善也憶初脫稾時以質於朱子長孺賴其指摘得以改正者數十條今復再易稾所改正又數倍於前矣欲求就正之人不能起長孺於九原也輟斤息弦之歎烏能已已噫余之有是編也豈偶嘫哉余家本世為易學幼嫥習之而後以餘力及它經顧心獨好詩吟誦不去口時童小無知識徒以其葩詞韻語便於喉吻故好之耳及稍長粗通文義則疑之甚以為五經皆聖人所以訓世詩獨連章累幅俱淫媟之談此豈可為訓時時為同學者道之莫余啻也後或告余曰此解者自誤耳詩義本不如是余因思春秋卿大夫賦詩相贈荅如風雨褰裳蘀兮有女同車野有蔓艸諸篇皆與焉若从今解則牀笫之言不踰閾必為嘉賓所譏可見古詩義不如是告余

不淺非妄言但未知古人詩說載在何書也逮又吞將成人矣適暑月先君子命
源纂書見笥中有十三經注疏者卷帙頗多竊闚之方知詩有子夏敘毛公傳鄭
氏箋大喜曰此其古人詩說乎遂請此書於先君子伏而誦之則益喜恍若披霧
見天始信詩教之真足訓世不媿為聖作矣而向日之疑盡釋更徧覽餘經愈歎
古經真面目汩没於後儒之訓釋者不僅詩也從此先儒之說始深入識田每持
以折衷經義不為衆喙所惑後又於它書更見前輩論經學多有右漢而左宋者
至如馬貴與楊用修極口為詩敘訟寃語俱明確甚發其先得我心焉然以語人
輒笑而弗信學者沉於所聞又何怪乎惟朱子長孺慨然以窮經自任而與余遊
處最密持論又多與余同故所箸周易廣義尚書埤傳毛詩通義讀左日抄等書
並以示余共為論定余頗效其一得而詩則亦自成一書云蓋余自童年好詩繼

乃歷疑而得信以至白首而其信益堅又輔以儕輩之同心知己之并事方有是
編也豈偶然哉雖然經義宏深管闚蠡測叙自謂盡善乎因感就正之無人故述
其顛末書於卷後